PROSA 2

Landvermessung

Band 19

Prosa 2

Residenz Verlag

Herausgeber: Günther Nenning
Mitherausgeber: Milo Dor, Marie-Thérèse Kerschbaumer, Anna Mitgutsch, Robert Schindel, Julian Schutting

Design: Peter Pongratz
Assistenz: Leopold Nenning

Mitarbeiter im Herausgeberbüro: Johanna Dollhäubl, Evi Födermair, Christiane Poppenreiter, Elisabeth Steinegger
Projektkoordination: Eva Lämmerhirt

Wir danken für die Unterstützung durch: das Bundeskanzleramt, Staatssekretariat für Kunst – das Bundesministerium für auswärtige Angelegenheiten – das Bundesministerium für Bildung, Wissenschaft und Kultur – die Bundeshauptstadt Wien – das Bundesland Burgenland – das Bundesland Kärnten – das Bundesland Niederösterreich – das Bundesland Oberösterreich – das Bundesland Salzburg – das Bundesland Steiermark – das Bundesland Tirol – das Bundesland Vorarlberg – die Österreichische Nationalbank – die Wirtschaftskammer Österreich – die Arbeiterkammer Österreich – den Österreichischen Gewerkschaftsbund

Bibliografische Information der Deutschen Bibliothek
Die Deutsche Bibliothek verzeichnet diese Publikation in der Deutschen Nationalbibliografie; detaillierte bibliografische Daten sind im Internet über http://dnb.ddb.de abrufbar.

www.residenzverlag.at

Umschlaggestaltung: wolf, www.typic.at
Umschlagbild: Peter Pongratz © VBK Wien
Typografische Gestaltung/Satz: wolf + dietrich, www.typic.at
Gesamtherstellung:
Ueberreuter Buchbinderei und Buchproduktion Gesellschaft m. b. H.
A-2100 Korneuburg, Industriestraße 1

ISBN 3-7017-1428-2

JOE BERGER

märchen für konsumkinder

von einem, der auszog, das fürchten zu lernen

es war einmal ein vater, der hatte einen sohn, dems nicht gruseln wollte. barthel, so sein name, fürchtete nicht mensch noch tier und hatte auch vor polizisten keine angst.

was auch seine eltern unternahmen, ihm die spur einer neurose anzuhängen, es fruchtete nichts; barthel war und blieb arbeitsunfähig, da für einen furchtlosen im kleinsten büro kein plätzchen frei ist.

schüttete ihm ein guter freund einen eimer mit gründlingen ins bett und in den schlaf, – nichts. wie kalt das wasser auch war und wie brav die fischlein auch zappelten, barthel grunzte vor vergnügen und träumte einen erfreulichen winterlichen badeausflug.

sperrte ihn sein verzweifelter vater mit fünf, sechs klapperschlangen zusammen, dann quietschte barthel vor freude, nahm die kastagnetten und klapperte mit den bestien einen flamenco aufs parkett.

stellte seine zitternde mutter ihm einen chinesen vor, so klopfte ihm barthel ungerührt auf die schulter und diskutierte einige stunden über die »gelbe gefahr« mit ihm.

all das und ähnliche sperenzchen, wie korruption und inflation, konnten dem barthel das gruseln nicht lehren. er war und blieb nicht gesellschaftsfähig.

da geschah es eines tages, dass zwei verkalkte pensionisten das gerücht verbreiteten, in einer gewissen burg begebe sich ein märchenhaftes fräulein allmitternächtlich auf gespensterpirsch. dazu sei sie, sagenhafterweise, angehalten, weil sie zu lebzeiten dem mit reicher beute von der jagd heimkehrenden gemahl ein handgetriebenes messer durch ihren buhlen in den körper stossen liess, um ihn derart dem erlegten wild in die ewigen jagdgründe nachzuschicken. so streuten es zumindest die beiden sklerotiker aus.

auch barthel vernahm das gerede und beschloss, sofort zu handeln. er kaufte einen strauss teerosen und näherte sich der abbruchreifen burg. bei gutem schnaps und bester laune erwartete er das flittchen. als eine nahe kirchturmuhr mit zwölf schlägen ganz widerlich die nachtruhe störte, da bog sie um die windige ecke und machte ein dummes gesicht. und sie war so schön, dass barthel kopfüber die nichtrenovierte treppe hinunterstürzte und ihr zu füssen mit einem schienbein- und nervenzusammenbruch liegenblieb.

das fräulein aber tat dreierlei: es nahm die rosen, einen kräftigen schluck aus der flasche – und ging nach hause.

barthel wurde gefunden und ward geheilt. dachte er des morgens an das weib, schnitt er sich beim rasieren die wange; dachte er abends an sie, konnte er nicht schlafen.

und wenn er nicht gestorben ist? – dann sitzt er noch heute im büro.

allerleirauh

niemand kann sicher sagen, wann herr allerleirauh gelebt hat. ob damals oder spätestens noch früher. jodok allerleirauh war handelsangestellter einer gemischtwarenhandlung und als solcher, mit seinem reichhaltigen repertoire verkaufsfördernder imponiergesten, ein könig von einem mann.

als seine frau, die sich jahrelang an verschiedene krankheiten verzettelte, weitab von dieser welt geriet, blieb jodok nur sein fünfzehnjähriges töchterchen emma, das alleweil recht schnuckelig und guckelig anzusehen war. emma hegte eine horrende zuneigung zu ihrem erzeuger, sie glorifizierte ihn nicht gerade knickrig, nannte ihn »goliath« und wollte ihn seit ihrem fünften lebensjahr heiraten. nach dem tode der mutter näherte sie sich dem vorschulalterbegehren, indem sie mit inbrünstigem getschilpe und allerlei rauhen finten ihren vater ins inzestiöse lotsen wollte. jodok hielt diese wohlüberlegten herausforderungen für spätpubertäres getändel und schenkte ihnen keine beachtung, zumal man ihm immer wieder hochfahrend versicherte, dass dieses so-tun-als-ob den üblichen prahlereien des alters seiner tochter zuzuzählen sei. da der narr, an dem sie einen narren gefressen hatte, nicht zu fressen war, musste die unnachgiebige tochter umdisponieren: von langer hand vorbereitet, brannte sie kurzerhand durch, ihren goliath vorderhand sitzenlassend.

emma allerleirauh wurde weltoffen und lebte vielerorts herum. sie war bemüht in anderen kulturkreisen zu leben, um dem töchterlein jodoks unähnlich zu werden, um zu vergessen, wer sie war. und als eines tages ein smarter junge mit ihr zu tolpatschen begann, nahm sie ihn zum mann, um auch noch mäntelchen, kleidchen und namen ablegen zu können.

der sitzengebliebene jodok stürzte in die arbeit und verkaufte dementsprechend, wodurch seiner karriere nichts mehr im wege stand. verkaufsleiter allerleirauh konnte sich dinge leisten, die es ihm gestatteten, den verlust der tochter mit einem hartgesottenen »bah!« zu ignorieren. jodok liess vergnüglichkeiten und ablenkungen auf sich herniederprasseln und sparte nicht mit gutverdientem geld. nur frauen gegenüber verhielt er sich skeptisch; nach dem abgang von gattin und tochter schien ihm das weibliche geschlecht entbehrlich. notfalls half er sich alleine, was er spielend verkraftete. eines schönen jahres verbrachte er seinen vierwöchigen urlaub höchstselbst in athen. jodok wirbelte auf die akropolis und lotete das nationalmuseum aus, und wurde durch die kolossale strahlungsintensität der brühheissen sonne beinahe triefäugig. zwecks erholung rumorte er mit armen und beinen im meer herum und pumpte sich in schattigen hinterhöfen bis zur anmassung mit retsina voll. – na sowieso!!

nach dem gestrampel in der ägäis und der opulenten zecherei nahm er in der bar des hotels noch den einen oder anderen an die brust, wobei es scheinbar unumgänglich schien, eine junge engländerin, eine gewisse mrs. davis, kennenzulernen. die kam wie der schnaps, hatte honiglippen, und augen! augen, glänzend wie das leuchtende fett in der suppe.

eine abscheulichkeit für jodok, aber mrs. david gelang es schier mühelos, seine abneigung zu dezimieren. allmählich bezauberte ihn ihre weltoffenheit, sprudelte seine wünsche durcheinander, liess neue entstehen, – und die wurden von der jungen engländerin sofort in gewahrsam genommen.

geistesabwesend gab sie sich ihm hin, und »goliath!, goliath!!« schwirrte es aus der geniessenden mrs. david.

jodok heiratete seine tochter auf gedeih und verderb vom fleck weg, kannte er sie doch kaum mehr.

das märchen von den märchen

es war einmal eine zeit, da gab es mächtige märchen und alle träumten sie. nur radegund spagat träumte sie nicht, – sie war schlafblind. ihre zeitgenossen erwachten mit glänzenden oder erschrockenen, trauernden oder lüsternen augen; radegund mit verschlafenen und verklebten. kein arzt, kein freund konnte sie von dieser vertrackten krankheit befreien, kein erlebnis brachte einen traum: ihre nerven wollten nicht, sie streikten im schlaf und zeigten keine filme.

als ersatz las radegund spagat in stockfleckigen büchern, die sie nach dem ungewöhnlichen durchblätterte. so kam sie auf den wetterfrosch. sie besorgte sich ein durchschnittliches exemplar und setzte es in ein transparentes kunststoffglas.

kam schönwetter, quakte das tier auf der spielzeugleiter, drohte schlechtes wetter ins land, lümmelte das vieh auf dem boden des gefässes und hielt das maul. das tat es mit der genauigkeit eines rheumatikers bis an sein lebensende. als der quaker eines tages von einem nahenden hochdruckwetter, statt auf die leiter geholt, zu boden gedrückt wurde, musste sich die schlafblinde um ersatz umsehen; war sie doch das ding schon so gewöhnt, dass sie nicht mehr darauf verzichten wollte.

da hockte nun im selben gehäuse mit gleichen klotzigen augen ein anderer frosch und kletterte nach wetterlage mit der geschicklichkeit eines gerüsters. wenn ihn radegund näher betrachtete, glaubte sie manchmal ein blinzeln zu beobachten, doch wollte sie nicht glauben, dass der wetterwitterer kokett sei. je intensiver sie jedoch schaute, desto mehr gebärdete er sich ungewöhnlich. und einmal dachte sie sogar, dass er unzüchtige bewegungen macht und zoten quakt. der schrecken war gross, beinahe träumte sie.

radegund schenkte dem hüpfenden halunken nun mehr aufmerksamkeit: blinzelte er sie an, zwinkerte sie zurück; quakte er vor behagen, schnurrte sie ins glas. so trieb sies bis zur gewissheit, – das vieh ist verliebt in sie.

dem wetterfrosch wurden sonne und regen gleichgültig. sah er radegund, turnte er die sprossen empor, war sie abwesend, konnte ihn das schönste wetter nicht trösten: er sass o-beinig auf dem boden und träumte. und als sie sich einmal nackt zeigte, verliess er mit einem mächtigen satz die ihm zugewiesene kunststoffwohnung. radegund hatte die schwatzhafte gewohnheit, die abstrusen erlebnisse, die sie mit ihrem animalischen untermieter vollführte, einer freundin zu schreiben. eines tages – sie will gerade berichten, dass ihr kleiner nun endgültig auf feinere speisen umgestiegen ist –, hüpft der fallott auf die tabulatur der reiseschreibmaschine und beginnt – als wäre er ein polkatänzer – von einer taste zur anderen zu springen, eine nachricht tippend!

»küsse mich, erlöse mich, ich bin nicht, was ich scheine«, steht da in ihrem begonnenen brief, und es ist unverkennbar die handschrift ihres sensiblen hausfreunds. radegund weiss sofort bescheid: sie hat einen prinzen, einen potentiellen könig im domizil! garantiert wird er sie heiraten und zur königin krönen, auf seinen thron wird er sie hieven, wenn sie ihn erlöst. stehts nicht so in den alten büchern?

bedächtig nimmt sie die verwunschene majestät in die hand, züchtig senkt sie den blick, scheu haucht sie den kuss auf des prinzen breites maul; zärtlich drückt sie ihn an ihren busen, um die verwandlung zu erleichtern. und die exzellenz – triumf! – beginnt sich zu verändern, beginnt sich zu dehnen, lärmt auch etwas, fühlt sich allmählich gänzlich anders an. und als radegund es wagte – lag ein barometer in ihren armen.

radegund spagat war nicht mehr schlafblind. sie träumte mächtige märchen zoologischer natur. über ihrem bett hing ein verbeultes barometer, das nie das wetter wirklich zeigte.

ALOIS BRANDSTETTER

Aus meinen besten Geschichten

Weltkriege

Den Ersten Weltkrieg, sagt Großvater, kann man mit dem Zweiten Weltkrieg gar nicht vergleichen. Im Zweiten Weltkrieg ging nämlich alles maschinell, während im Ersten Weltkrieg noch sehr viel mit der Hand und mit den Pferden gemacht werden mußte. Der Erste Weltkrieg hat sich weitgehend zu Fuß abgespielt. Nur wenn man in einem Auto oder auf einem Motorrad sitzt, spielen Senkfüße keine Rolle.

Auch die Kameradschaft war im Ersten Weltkrieg eine andere als im Zweiten Weltkrieg, und zu Weihnachten 1915, als ihnen an der italienischen Front ein Pferd erfroren ist, haben mit Ausnahme eines gewissen Thomas Raffreider, eines Fleischhauergesellen aus St. Veit an der Glan, alle geweint. Keiner hat sich geschämt, weil es ergreifend war. Weihnachten an der Front ist das Schönste, was es überhaupt auf der Welt gibt. Im Frieden ist es leider ganz anders, weil es zu viele Geschenke gibt, sagt Großvater, jedoch keine Kameradschaft. Wenn man aber nicht weiß, ob man noch lange auf dieser Welt und am Leben ist, feiert man das Fest des Friedens ganz anders. Es ist sehr schön, wenn man sich, wie der Großvater, in der Stellung S auf der Marmolata befindet und mit den Kameraden stille Nacht und heilige Nacht singt und es ist ein Ros entsprungen. Draußen geht ein wilder Sturm, und es ist finster und unheimlich, wodurch es im Schneebunker warm und friedlich ist. Die Soldaten denken an daheim und an die Frau und die Kinder (wenn sie welche haben), die gerade den Christbaum entzünden und an den Vater an der Front denken und recht traurig sind, weil er nicht bei ihnen ist, sondern an der Front, sodaß sie ihn entbehren müssen. Es ist sehr erhebend, wenn man weiß, daß jemand an dich denkt, sagt Großvater, und im Ersten Weltkrieg hat man dieses Gefühl immer gehabt, jedoch am stärksten zu Weihnachten. Die Kriegsweihnachten sind allen in unvergeßlicher Erinnerung. Auch die Pferde haben gespürt, daß Christus der Heiland auf die Welt gekommen ist, obwohl sie zur unvernünftigen Kreatur gezählt werden müssen. Sie sind dagestanden und haben den Kopf gesenkt. Da haben die Soldaten gewußt, was sie sagen wollen. Nur im Krieg ist der Frieden wirklich schön.

Die Luft auf der Marmolata war aber sehr dünn, weil die Berge hoch sind, und viele haben Nasenbluten bekommen. Nasenbluten und Fußschäden lassen sich vergleichen, sagt Großvater.

Ein Krieg ist aber im Rosengarten schöner als in der Tiefebene. Jeden Abend im Sommer ist das Alpenglühen, das sich nicht um den Krieg kümmert. Im Krieg erlebt man das Alpenglühen aber stärker als im Frieden, weil man nicht weiß, wie oft man es noch erlebt. Das ganze Firmament ist blutrot. Das paßt sehr gut zum Kriegshandwerk, wo es auch nicht immer fein hergeht. Die Italiener haben nämlich oft eine Offensive angekündigt, obwohl der Respekt vor den italienischen Soldaten nicht sehr groß war, weil sie auch Katzelmacher genannt wurden und sehr verlaust waren, indem sie schwarze Haare hatten und viel zu viele Kinder, sodaß sie zu Hause die Not erlitten haben. Wurde jedoch ein Italiener erschossen, hat er dem Großvater aber auch leid getan, weil es sich bei einem Italiener fast immer um einen Familienvater handelt.

Die Junggesellen haben zu Weihnachten aber nicht an ihre Frau und ihre Kinder denken können, sondern an ihre Mutter. Die Junggesellen fühlen sich oft sehr zu ihrer Mutter hingezogen. Einige von ihnen haben noch im Tod vergebens nach ihrer Mutter gerufen. Sobald sie aber eine Frau haben, denken sie an dieselbe, und an ihre Kinder (sofern dieselbe schon welche geboren hat). Im Krieg kommen aber bekanntlich nicht so viele Kinder auf die Welt. Großvater sagt, das hängt mit dem Urlaub zusammen, den man aber nicht immer bekommt, wenn man gerade möchte, und starke Lust hätte, jedoch einen steifen Korporal, welcher die Situation an der Front im Auge hat und an seinen Kaiser denkt, während der gemeine Soldat dauernd nur noch an seine Frau denken kann. Der Krieg hat schon manche Empfängnis verhütet. Einmal hat der Briefträger aber einem Soldaten, einem gewissen Josef Leitner aus St. Thomas am Blasenstein, ein Telegramm an die Front gebracht, worin geschrieben gestanden ist, daß seine Frau das erwartete Kind erhalten hat. Da haben alle zu schießen aufgehört und dem Kameraden zum freudigen Ereignis gratuliert und die Hand geschüttelt. Der Feldkurat hat sich gewünscht, daß der neue Erdenbürger ein anständiger Mensch und ein braver Soldat für den Kaiser werden möge. Der Kamerad hat aber gesagt, sie sollen sich nicht über ihn lustig machen, weil damals die Offensive war und von einem Urlaub gar keine Rede. Das war allen ein wenig unangenehm, und sie haben wieder weitergeschossen, weil die Italiener auch keine Pause gemacht haben.

Großvater sagt, daß sein Gedächtnis leider schon sehr schlecht ist. Die toten Kameraden kann er aber trotzdem nicht vergessen. Er erinnert sich gern an die toten Kameraden, sagt Großvater. Es ist sehr schade, daß sie den Frieden leider nicht mehr erleben durften. Es war aber leider ein Schandfrieden. Leider haben wir den

Krieg nicht gewonnen, sodaß die Opfer leider umsonst gewesen sind, genaugenommen.

Einmal hat sich aber ein Pferd vor einen Soldaten gestellt, den die Italiener von der anderen Seite herüber erschießen wollten. Da hat einer gesagt, daß der Bräunl eigentlich einen Verdienstorden kriegen müßte, was aber nicht sein kann, weil er leider tot ist, und auch wenn er noch am Leben wäre, wäre er leider nur ein Pferd, für welches der Kaiser keine Orden vorgesehen hat. Ein Pferd ist jedoch oft treuer als ein Mensch, sagt Großvater, und namentlich im Krieg. Im Krieg weiß man, was man an einem Pferd hat. Zwischen einem Pferd im Krieg und einem Pferd im Frieden ist ein himmelweiter Unterschied. Ein Pferd und ein Kraftfahrzeug sind aber gänzlich zwei Paar Stiefel. Sie unterscheiden sich genauso wie der Erste Weltkrieg vom Zweiten Weltkrieg.

Es kann schon sein, sagt Großvater, daß es auch im Zweiten Weltkrieg zu Weihnachten oft schön war, wie Vater sagt. In Rußland kann er sich das schon vorstellen, weil die Winter dort empfindlich streng sind und die Luft ist klar, daß einem schier der Atem friert. Letztlich kann man aber den Zweiten Weltkrieg mit dem Ersten nicht vergleichen. Darüber sind sich auch alle Veteranen einig.

Advent

In der Vorweihnachtszeit des Jahres 1948 bekamen wir das erste Radio. Meine Eltern waren ursprünglich sehr gegen das Radiohören eingestellt. Schließlich gaben sie aber auf das Drängen von uns Kindern in Gottes Namen nach, die Mutter fuhr nach Wels und brachte ein Gerät nach Hause.

Der Vater war recht konservativ und sträubte sich gegen alles Neue, so auch gegen den Volksempfänger des Dritten Reiches. Da steckt der Teufel dahinter, sagte er. Er war über die Erste Republik und den Ständestaat hinweg Monarchist geblieben. Die Ablehnung des Volksempfängers war seine Art des Widerstandes. Er richtete sich gegen die technische Neuerung, aber auch gegen den gottlosen Geist, der aus ihr heraustönte. Vater hatte freilich plausible und praktische Gründe für seine Verweigerung. So redete er sich dem Bürgermeister gegenüber, der zu ihm gesagt hatte: Nun, Müller, du wirst dir doch auch einen Radio anschaffen, auf seine Gleichstromanlage heraus, die das Betreiben des Volksempfängers, der auf Wechselstrom angewiesen sei, leider nicht erlaube. In der Familie aber sagte er: Wenn einer keinen Radio hat, dann kann auch niemand kommen und zu ihm sagen, er hat einen Feind- oder Schwarzsender gehört.

Es war ein kalter Tag Anfang Dezember, als die Mutter mit dem 12-Uhr-Autobus aus Wels mit einem Radio heimkehrte. Sie hatte schon am Morgen zu meinem Bruder Josef und mir gesagt, daß wir sie zu Mittag vom Omnibus (sie sagte *Onibus*) abholen sollen.

So standen wir zur festgesetzten Zeit an der Haltestelle und sahen, wie die Leute aus dem überfüllten Autobus stiegen. Mittendrin eine kleine Frau mit einer großen Schachtel, unsere Mutter mitsamt dem Radio! Sie gab es uns zum Tragen. Das Paket war schwer und ließ so schon vom Gewicht her einiges erwarten. Zuhause wurde es vor den Augen der versammelten Familie aufgeschnürt und das Radio auf den großen Tisch gestellt. Unser neues Radio war ein Apparat mit einer ausgeprägten Vorder- und Rückseite. Die Front war eine richtige Fassade, ein mit zwei kleinen hölzernen Halbsäulen an den Ecken regelrecht architekturmäßig gestalteter Prospekt, auch orgelähnlich, während die Rückseite unansehnlich war, flach und mit einem Brett mit einigen Löchern recht lieblos vernagelt. Vorne hui, hinten pfui, sagte Bruder Felix. Das Gehäuse machte insgesamt einen sehr massiven Eindruck, es war Vollbau. Damals wurden von der Radioindustrie auch noch Tischler und Maler beschäftigt. Gestrichen war der Kasten wie ein feines Schlafzimmermöbel.

Seitlich war ein Schalter angebracht, mit dem man Lang-, Mittel- und Kurzwelle einstellen konnte. Die Mutter sagte aber, daß für uns nur die Mittelwelle in Frage komme. Außerdem habe der Verkäufer gesagt, daß man die meisten Namen, die vorne darauf geschrieben stehen, vergessen könne, für uns, habe er gesagt, komme nur Linz und München in Betracht. München sei für die Wettervorhersage sehr günstig. Die Namen der Stationen waren aber auch zu verrückt, ich hielt die meisten für reine Phantasienamen: Sottens, Hilversum, Bordeaux, Ceneri, wo hat denn einer schon so etwas gehört! Da schau her, sagte der Vater, da sind auch Feindsender dabei. Mir leuchtete als Kind auch sofort ein, daß für uns, eine Bauernfamilie auf dem Land, höchstens die Mittelwelle in Frage kam. Die Langwelle war sicher für die reicheren Leute in der Stadt. Die Kurzwelle wieder brachte ich mit einigen ärmeren Arbeiter- und Kleinhäuslerfamilien in Zusammenhang. Die Ultrakurzwelle war seinerzeit noch nicht erfunden.

Die Mutter sagte, daß der Verkäufer den Radio schon eingestellt und gesagt habe, daß wir ihn immer so lassen können, wie er ihn eingestellt hat. Die Mutter hatte dem Verkäufer gesagt, daß der Vater vor allem die politischen Nachrichten und sie und die Kinder eigentlich nur das Wunschkonzert, das immer recht schön sein soll, hören möchten. Die Mutter hatte den Verkäufer gefragt, wie man den Radio einschalten muß, damit man die politischen Nachrichten und das Wunschkonzert hören kann. Da hat ihr der Verkäufer das Radio gleich eingestellt.

Mein Bruder Felix, der die Hauptschule besucht hatte und physikalisch und technisch der Verständigste unter uns war, hatte zur Mutter gesagt, sie müsse einen Radio mit 6 Röhren verlangen. Mit 6 Röhren, sagte er, bekommt man schon eine ganz gute Musik. Als ich später einem Freund erzählte, daß wir einen Radio mit 6 Röhren bekommen haben, sagte dieser, das sei gar nichts, über 6 Röhren könne er nur lachen, sie hätten daheim nämlich ein Radio mit 12 Röhren. Außerdem müsse man *das* Radio sagen und nicht *der* Radio. Er fragte mich, ob ich vielleicht meine, daß das Wort Radio vom Radi komme, den man auf Hochdeutsch als Rettich aussprechen müsse. Dann zeigte er mir mit den Händen, wie groß ihr Radio mit den zwölf Röhren sei. So groß, sagte ich, ist euer Radio? Mich ziemt, du verwechselst den Radio mit dem Kachelofen, sagte ich.

Die Frage der Anzahl der Röhren spielte in den Gesprächen der Kinder über die Radios eine große Rolle, ähnlich wie die Frage der Anzahl der Steine bei den Uhren. Wenn einer seine Firmuhr bekam, war die erste Frage: Wie viele Steine hat deine Uhr? Außerdem mußte es eine Armbanduhr und durfte es keine altmodische Taschenuhr sein. Wenn einer sagte, seine Uhr habe 15 Steine, dann verstummte das Gespräch. 15 war viel, mehr konnte man nicht erwarten. 15 bedeutete einen reichen Göden. Eine Uhr, die etwas wert war, mußte am Zifferblatt *Made in Switzerland* und 15 *Jewels* stehen haben. Alles andere nannten die Kinder einen *Pra-*

ter. Ein anderer wichtiger Punkt war die Garantie. Wieviel Garantie, fragte ich den Nachbarsbuben, hast du auf dieser Uhr? Ein Jahr, sagte er. Da kann ich nur lachen, sagte ich triumphierend, meine Gödenuhr hat 12 Monate Garantie!

Lange Zeit konnten wir kein Radio brauchen, weil wir es nicht anschließen konnten. Vater betrieb neben seiner Mühle einen kleinen Generator, der das Haus mit Gleichstrom versorgte. Der Strom aber, den der Vater von der Mühle ins Haus herüberlieferte, war für die Mutter und uns eine ständige Quelle des Ärgers. Daß er sich mit diesem Strom nicht schämte, sagte die Mutter. Jetzt schaut euch einmal diesen Strom an, sagte die Mutter zu uns, wenn das Licht der Stubenlampe besonders schwach war und die Stube nur sehr notdürftig beleuchtete. Sicher ist der Müller drüben auf seinen Säcken eingeschlafen und hat vergessen, das Laub vom Rechen der Turbine herauszuheuen. Und wir müssen hier im Dunkeln sitzen, sagte sie, und sehen die eigene Hand nicht vor dem Gesicht. Wenn wir doch auch endlich bei der Stromgenossenschaft angeschlossen würden! Auch unsere Magd beschwerte sich oft über Vaters Strom. Im Winter, sagte sie, muß sie die Kühe bei dieser Finsternis beim Euter angreifen, damit sie spürt, ob sie diese Kuh schon gemolken hat oder nicht.

Leider, sagte sie, ist sie keine Katze, die auch in der Finsternis sehen kann. Vor allem im Winter, wenn der Innbach wenig Wasser führte und Vater seine ganze Wasserkraft für den Mahlgang brauchte, bekamen wir im Haus herüben nur sehr wenig Strom ab. Du hast es gut, spottete einmal ein Nachbar dem Vater gegenüber, du brauchst bei deiner Funsel wenigstens nicht verdunkeln. Das war gegen Ende des Krieges, wo statt der Führerreden aus den Volksempfängern immer die Meldungen über Luftangriffe und den Anflug der Geschwader kamen und Verdunklung angeordnet wurde. Der Winter war für uns während des Krieges und nach dem Krieg bis zu unserem Anschluß an die Stromgenossenschaft immer eine sehr dunkle und düstere Zeit. Dieses Licht, sagte die Mutter, ist nur gut zum Ausdrehen und zum Bettgehen. Bei einer Handarbeit verdirbst du dir nur die Augen. Und sie hätte so viel zu stopfen!

Am Heiligen Abend aber war das Haus hell erleuchtet. Der Vater stellte nämlich am sogenannten Fastweihnachtstag, das ist der Heilige Abend, immer schon am frühen Nachmittag die Mühle ab und kam ins Haus herüber. Seine gesamte Wasserkraft aber warf er an diesem Tag auf den alten Gleichstromgenerator. Jetzt hatten wir es wunderbar hell in der Stube, so hell, daß einem der Raum fast fremd wurde. So ein Licht! sagte die Magd, das ist ein Licht! sagte sie, so ein Licht sollte sie alle Tage haben! Da wäre die Stallarbeit freilich eine Spielerei. Der Vater blickte stolz auf die Glühbirnen. Heute wird ihnen eingeheizt, sagte er. Es kam aber natürlich gerade zu Weihnachten oft vor, daß eine Glühbirne ging. Die Birnen waren so sehr an die Unterversorgung gewöhnt, daß sie dem plötzlichen weihnachtlichen Stromstoß nicht standhielten, Weihnachten war für unsere Birnen wie ein Schock. Die Mutter hatte stets Kerzen in Griffweite. Ohne Kerzen, sagte sie, stünden wir schön da.

Nachdem nun das neue Radio von uns allen gehörig bestaunt und eine Zeitlang ausprobiert worden war, sagte die Mutter, daß wir den Radio jetzt abdrehen und erst am Heiligen Tag zu Mittag, wenn sie aus Rom den Segen des Heiligen Vaters übertragen, wieder einschalten wollen. Das ist ein guter Anfang und gewissermaßen eine Einweihung für unseren Radio, sagte sie. In der Adventszeit, in der Fastenzeit und an Freitagen, sagte sie, gehört sich das Radiohören nämlich nicht. Die Mutter rechnete das Radiohören von Anfang an zu jenen Lustbarkeiten, die einem Kirchengebot zufolge – wie das Hochzeithalten – zu den sogenannten geschlossenen Zeiten nicht angebracht waren. Das Radiohören fiel ihrer Meinung nach eindeutig unter Lust und Vergnügen. Vergnügungen, auch unschuldige, gehörten aber nicht zum Ernst dieser Zeiten. So schickte sich etwa am Freitag auch das Ausgehen nicht.

Am Freitag gehen die Rotzigen aus, sagte die Mutter. Jährlich aber am 25. November, dem Namenstag der heiligen Katharina von Alexandrien, der Patronin der Müller und zugleich der heiratswilligen Jungfrauen, drehte die Mutter den Knopf des Radios nach links und sagte: Kathrein stellt den Tanz ein.

Rorate

Oft ließ sich der Winter sehr früh und sehr grimmig an und brach doch schon um die Weihnachtszeit noch einmal zusammen. Ein unzeitgemäßer und verfrühter Frühling fiel ihm in den Rücken, ein Föhn vertrieb den Schnee, Regen schließlich ließ die Gräben und Bäche überlaufen.

Der unregulierte Innbach, der auf einigen Landkarten als *Wilder Inn* verzeichnet ist, um ihn vom großen und eigentlichen Inn, der dem Innviertel den Namen gegeben hat, zu unterscheiden, ist noch heute ein stark mäandrierender und darum auch hochwasseranfälliger Bach. An Tagen, an denen es, etwa zur Schneeschmelze, eine *Gieß*, das heißt Hochwasser, gab, stieg ich gern auf den Dachboden der Mühle und blickte ins überschwemmte Tal hinaus. Nichts reinigt die Landschaft so sehr wie Föhn, sie wirkte in allem scharf konturiert, die kleinen Bauernwälder auf den Hügeln und Kuppen und die Sträucher und Büsche an den Wiesen- und Feldrainen wie gemalt und gerahmt. Das Wasser im Talgrund, diese Spiegelfläche, aus der die Bäume und die Häuser ragten, verlieh allem eine ungewohnte Übersichtlichkeit. Die Entfernungen verkürzten sich, der Weg nach Pichl erschien jetzt von hier heroben wie ein Katzensprung, auch die sonst unsichtbaren Kirchtürme von Kematen, Steinerkirchen und Meggenhofen konnte man ausnehmen. Der Hausruck wurde sichtbar. Mein Standort, die Mühle selbst, stand rundum von Wasser umgeben. Blickte ich lange steil in das fließende Wasser hinunter, so kam es mir vor, als würde ich samt der Mühle stromaufwärts schwimmen. Um diese zuletzt unangenehme Sinnestäuschung los zu werden, drehte ich mich dann vom Fenster weg und blickte in den Dachboden hinein. Hier war es an Hochwassertagen still, die Mühle war auf Wasser angewiesen, zu viel aber setzte sie außer Betrieb.

Der Weg *nach dem Bach*, ein Steig und Abkürzungsweg den Innbach entlang, war bei Hochwasser unpassierbar. Nun mußte man auf der Hauptstraße gehen. Normalerweise aber benützten wir ausschließlich den Steig. Er führte meist dicht am Ufer entlang, ohne freilich jede Schleife und Windung des Baches mitzumachen, man ging zeitweise quer durch eine Wiese und frei, dann wieder wie durch einen Tunnel von Sträuchern und Bäumen. Einige Gräben waren mit Brettern überbrückt, und immer wieder gab es über den Zustand dieser *Stiegel* und *Brückel* Anlaß zu Klagen. Oft mußte man über einen Graben springen, wenn die Gieß ein Brückel fortgeschwemmt hatte, es konnte lange dauern, bis sich endlich einer der Sache annahm. Den Anrainern und Besitzern, über deren Grund dieser Weg führte, war das alte Wegerecht gar nicht immer angenehm. Oft ließ sich auch einer urplötzlich eine Umleitung oder Schikane einfallen, versetzte von einem auf den anderen Tag eine Brücke oder verschrankte an irgendeiner Stelle, um den Verkehr in eine andere, von ihm gewünschte Richtung zu lenken. Abkürzungen aber haben etwas von einer naturgesetzlichen Konsequenz und Hartnäckigkeit, sie abzubringen ist ähnlich schwer wie das Verkämmen eines natürlichen Scheitels oder Haarwirbels. Einige Bauern versuchten das Problem mit *Adel* (Jauche) zu lösen, es zeigte sich aber, daß auch dieser Weg nicht zum Ziel und zu einem dauernden Erfolg, das heißt zur Abschaffung des Steiges führte. Lieber gingen wir kurz durch Gestank als lange Umwege. Der Weg nach dem Bach hielt sich, die Vernunft schaffte sich Bahn.

Der Weg führte an einigen markanten Stellen vorbei. Man wußte, wenn man an dieser oder jener Eibe oder Esche oder an dieser oder jener Brücke die Turmuhr die halbe oder die dreiviertel Stunde schlagen hörte, daß man es eilig hatte oder daß man sich nicht zu beeilen brauchte, um zurecht zu kommen. *Läuteten* die Glocken bereits *zusammen* und man befand sich erst bei den Trumler-Bäumen, dann versäumte man die Epistel oder kam überhaupt erst zur Predigt zurecht, je nachdem, ob der alte oder der junge Pfarrer den Gottesdienst hielt. Einen Teil des Weges konnte man diesseits oder jenseits des Baches gehen, *herenter* oder *enter dem Bach*. Auch sonst gab es Alternativen und bevorzugte Stellen, etwa um einem Fahrradfahrer auszuweichen oder Schnellere zu überholen oder Entgegenkommende vorbeizulassen. Eine besondere Erinnerung ist mir der Gang nach dem Bach zur Winterszeit, wenn etwa mein Bruder und ich unterwegs zum Rorate frühmorgens durch Neuschnee stapften und die erste Spur in den Schnee traten. Stellenweise war der vertiefte Weg auch verweht, und man tat gut daran, den Rand der Wächte zu wählen. Oft war es entsetzlich kalt, weil der Wind pfiff, daß einem der Eintritt in die ungeheizte Kirche gleichwohl wie die Rettung ins Warme und Ruhige und als himmlische Wohltat erschien.

Ich machte die Erfahrung, daß alte Kirchenräume ihr eigenes Klima haben. Sie bewahren in ihren dicken Mauern lange in den Winter hinein die Temperatur des Herbstes, während sie im Frühling, wenn es draußen bereits mild und lind wird, erst so richtig eisig werden. Im Sommer sind sie angenehm kühl. Um Maria Lichtmeß war meistens der Höhepunkt, das heißt Tiefpunkt, erreicht und die Kirche zum Eiskeller geworden. So hatte die konservative Kirche ihre besonderen Jahreszeiten, die hinter den äußeren immer um eine halbe Saison nachhinkten.

Die Kälte beeinträchtigte aber die Feierlichkeit, beschleunigte die heilige Handlung, Temperatur und Tempo stammen nicht von ungefähr aus derselben etymologischen Wurzel. Da man mit klammen Fingern oder mit Fäustlingen schlecht hantieren kann, brachte der Pfarrer später über dem Spieltisch der Orgel und seitlich am Tabernakel einen elektrischen Strahler an. Der Organist umhüllte sich außerdem immer noch mit einer Decke, was seine Bewegungsfreiheit, namentlich im Pedalbereich, freilich einschränkte und auch gewisse musikalische Auswirkungen zeitigte. Virtuosentum konnte man bei diesen Temperaturen auch nicht erwarten. Er spielte im Winter eben nicht mit Händen und Füßen, sondern nur manual. Die Leute aber saßen da, fröstelten und sangen *Tauet Himmel den Gerechten, Wolken regnet ihn herab*. Das Leben war voller Härten und körperlicher Unannehmlichkeiten, vom Leiblichen her aber bekam man ein gutes Verständnis für den geistigen und geistlichen Sinn von *Advent* und *Weihnachten*, auch eine klare Vorstellung von Not und Erlösung. Wir saßen etwa da und sangen *Die Tür macht auf, das Tor macht weit*. Dann aber drehte sich jemand um und zischte: *die Tür zu!*, wenn ein Träumer hinter sich zu schließen vergessen hatte.

Auch die Sakristei war mit einem kleinen Ofen notdürftig beheizt, das war schon wegen der Holzkohlen für das Weihrauchfaß bei Hochämtern und an Festtagen notwendig. Die mit dem Weihrauch betrauten Ministranten hatten es in jedem Fall gut, sie brauchten nur von Zeit zu Zeit in die Unwirtlichkeit des Kirchenschiffes hinauszugehen, konnten aber nach kurzer Zeit und bevor ihnen kalt geworden wäre, wieder in die Sakristei zum Ofen zurückkehren. Auch durch die Bewegung beim Drehen der aus dem Rauchfaß genommenen Pfanne wurde einem warm. Vom Duft, den die Kohlen im Faß oder ein auf die heiße Ofenplatte gelegtes Weihrauchkörnchen verströmten, ganz zu schweigen. So kam zur Wohltat der Wärme jene des Wohlgeruches des Harzes des indischen Boswellia-Strauches, von Mastix, Galbanum und Räucherklaue …

Was aber in aller Welt muß einem Menschen heute geboten werden, daß er sich mitten im kalten Winter wohl zu der halben Nacht aufmacht, um zu Fuß in eine ferne Ortschaft zu eilen, wo ihn ein ungeheizter Raum erwartet? Wofür lohnt es sich, meilenweit zu gehen? Für Zigaretten? Würde man eine Umfrage veranstalten, um herauszubekommen, was den Menschen ähnliche Wege und Opfer wert wäre wie dereinst unseren Vorfahren Religion und Kirche, so würde man wahrscheinlich, wenn auch mit anderen und moderneren Worten ausgedrückt, so ziemlich genau das zu hören bekommen, was der Apostel Paulus im 13. Kapitel seines Briefes an die Römer laut Lesung vom 1. Adventsonntag als *comessatio* (Gelage), *ebrietas* (Trunksucht), *cubile* (Unzucht), *impudicitia* (Ausschweifung) und *contentio* (Streit) bezeichnet. Und das ist es wohl, was heute noch mehr als im alten Rom allen Verkehr und alle Bewegung motiviert und die Menschen umtreibt. Die Römer scheinen gewußt zu haben, wovon Paulus spricht, und Paulus selbst hat es auch gewußt. Schließlich hatte er sich vor seiner Bekehrung auf dem Weg nach Damaskus gerade durch *contentio* ausgezeichnet, wo er doch etwa an der Steinigung des Erzmärtyrers Stephanus, dessen Fest am 26. Dezember gefeiert wird, mitgewirkt und auch sonst bei der Verfolgung der Christen eine wichtige Rolle gespielt hatte. Das Fest *Pauli Bekehrung* feiert die Kirche am 25. Jänner. Wir sagten: *Pauli Bekehrung, halbs hinum, halbs herum*, was so viel bedeutete wie: Der Winter ist zur Hälfte überstanden, es geht dem Auswärts entgegen. Und der Völkerapostel, der vom Saulus zum Paulus wurde, ist nicht der einzige große Heilige, der Irrwege und Umwege ging, bis er den Ausweg fand, der seinem unruhigen Herzen den seligen Frieden schenkte.

Paulus selbst hat Sätze geschrieben, die es verlohnen, daß man läuft und sich anstrengt, sie zu hören und zu verstehen. Hieronymus, der seinerseits ein begnadeter Schriftsteller war, sagt über ihn: »Sooft ich den Apostel Paulus lese, meine ich nicht Worte zu vernehmen, sondern Donnerschläge.« Als Beweis für die Wortgewalt des Paulus kann etwa die erwähnte Lesung vom 1. Adventsonntag gelten, die alles das, was man unter Erwartung und Advent, Besinnung und Umkehr versteht, theologisch und poetisch unvergleichlich und unvergänglich formuliert: *Brüder! Ihr wisset, die Stunde ist da, vom Schlafe aufzustehen; denn jetzt ist das Heil näher als damals, da wir zum Glauben kamen. Die Nacht ist vorgerückt, der Tag bricht an. Lasset uns also ablegen die Werke der Finsternis und anziehen die Waffen des Lichts. Wie am Tage lasset uns ehrbar wandeln: nicht in Schwelgereien und Trinkgelagen, nicht in Unzucht und Ausschweifung, nicht in Zank und Eifersucht. Vielmehr ziehet an den Herrn Jesus Christus.*

Im Ohr habe ich aber auch noch die kosmische Drohbotschaft des Evangelisten Lukas von eben diesem 1. Adventsonntag: *Es werden Zeichen erscheinen an Sonne, Mond und Sternen, und auf Erden wird große Angst unter den Völkern sein wegen des ungestümen Rauschens der Meere und der Fluten …*, in lebendiger Erinnerung auch den an die Fastenzeit erinnernden violetten Ernst der Kirche in der Adventszeit, unterbrochen nur vom Rosarot des 3. Adventsonntages, des Sonntags *Gaudete*, dessen Introitus schon die Freude der weihnachtlichen Frohbotschaft ankündigt. *Du hast Dein Land gesegnet und Jakob heimgeführt aus der Gefangenschaft.*

Die biblischen Ankündigungen des Endes haben wir immer sehr direkt und wörtlich genommen und gefürchtet. Wenn etwa ein Baum verrückt spielte, sich sozusagen im Datum irrte und zur Unzeit zu blühen begann, war die Bereitschaft allenthalben groß, diese botanische Unregelmäßigkeit im Sinne der Zeichen vor Weltuntergang und Jüngstem Gericht biblisch und eschatologisch zu verstehen. Auch Lourdes und Fatima hatten in unserem Denken eine große Bedeutung. Nicht selten wollte auch einer an Sonne und Mond seltsame Veränderungen bemerkt haben. Im März des Jahres 1945 schließlich sahen angeblich Hunderte Menschen auf den Welser Straßen und Plätzen, wie sich die Sonnenscheibe zu drehen begann. Viele knieten nieder …

Seit dem Jahr 1938, erzählte die Mutter, herrschte in unserem Haus die Angst und das Bewußtsein, daß wir in einer Endzeit leben und daß Katastrophen ungeheuren Ausmaßes bevorstehen. Vater war von einem ausgeprägten Pessimismus, vor allem die herrschende Kirchenfeindlichkeit war ihm ein untrügliches Zeichen für die Nähe der Letzten Dinge. Schon als Kind war mir durch Vaters Reden der Begriff des Antichristus und der Name des Elias, des einzigen lebend Entrückten, dessen Wiederkunft vor dem Ende erwartet wird, durchaus geläufig. Geläufig waren mir auch von Gebeten und Gesprächen her Wörter wie Krieg, Hungersnot, Dürre, Feuersbrunst, Pest, Gefangenschaft, Sturmflut, Erdbeben, Verfolgung und Teuerung. Die sogenannte *Gottgläubigkeit* war uns ebenfalls ein heidnischer Greuel, wie überhaupt die Religion meinen Vater hinderte, sich mit dem nationalsozialistischen Zeitgeist anzufreunden.

So ist mir etwa über meine Geburt am 5. Dezember 1938 folgendes berichtet worden: Meine Mutter habe an diesem Tag noch ganz normal gearbeitet, sie habe für die Dienstboten und Taglöhner, die mit landwirtschaftlichen Winterarbeiten beschäftigt gewesen seien, ein Abendessen gekocht und aufgetragen, dann habe sie sich unbemerkt zu Bett begeben. Vater habe inzwischen mit dem Schlitten die Hebamme geholt, und es sei dann alles sehr schnell gegangen. Die Taglöhner und Dienstboten seien noch um den Tisch beisammengesessen und hätten sich mit Singen und Gesprächen den Vorabend des Nikolaustages vertrieben, als der Vater die Stube betreten und gesagt habe, daß das erwartete Kind angekommen sei. Das hätten die Leute kaum glauben können. Dann sei die Frage des Namens erörtert worden. Einer der Anwesenden habe gemeint, daß heuer die Namen Adolf und Hermann groß in Mode gekommen seien. Der Vater habe aber gesagt, daß er doch lieber bei den alten Namen bleiben wolle. Nachdem er seine bisherigen Kinder Felix, Theresia, Anna, Maria, Rosa und Josef getauft habe, sei er mit seiner Frau übereingekommen, den neuen Erdenbürger nach dem heiligen Jesuiten Aloisius von Gonzaga auf den Namen Alois zu taufen.

Auch sonst haben meine Eltern zu verstehen gegeben, daß sie von dem neuen Aufbruch, diesem ganzen falschen Advent, nicht viel hielten. Das war nicht der aktive Widerstand, aber ein gefährlicher Mangel an Begeisterung. Immer ermahnte Mutter den Vater, sich mit politischen Reden bei den Bauern zurückzuhalten und nicht sich und die Familie zu gefährden. Vater fuhr aber fort zu prophezeien, daß alles ein schlimmes Ende nehmen würde, was ohne Gott begonnen worden sei.

Obwohl die Menetekel zunahmen und die Cassandrarufe und Prophezeiungen sich allmählich zu erfüllen begannen, war der Glaube an den Endsieg unter der Bevölkerung fast bis zuletzt ungebrochen. Es herrschte mitten in der Apokalypse immer noch der Glaube an die Wunderwaffe, mit der der Führer zu guter Letzt ähnlich dem feurigen Elias alles zu Gunsten des Deutschen Reiches entscheiden würde.

Schließlich versorgten sich einige Unentwegte in der Nachbarschaft mit Munition und Pulver und schickten sich an, damit die Brücke über den Innbach neben unserem Haus zu laden, um sie zu gegebener Zeit zu sprengen und so die Alliierten auf dem Weg nach Wels aufzuhalten. Als ob die Amerikaner auf den Weg *nach dem Bach* angewiesen gewesen wären ... Dabei wären wir wohl mit in die Luft gegangen. Zuletzt siegte die Einsicht, und man versenkte kurz vor dem Einmarsch der Amerikaner die Munition in einem Teich. Im Schlamm dieses flachen Teiches steckten die Patronen dann, und es war mir beim Eislaufen oder Eisschießen auf diesem Teich immer ein wenig mulmig zumute, seit mein Freund sagte, daß sein Vater gesagt habe, diese Munition könne einmal durch die Erschütterungen zünden ... Es geschah aber nichts dergleichen, auch nicht, als der Wirt nach dem Krieg wieder anfing, wie früher das Eis zu brechen, auf Schlitten zu laden und zu seinem Eiskeller zu bringen, wo er damit bis in den nächsten Herbst hinein auf natürliche Weise seine Kühlung bewerkstelligte.

Mein Vater wurde auch nach 1945 über die Politik in Österreich nicht mehr froh. Zu viel war auch jetzt seinem Verständnis nach daran im Widerspruch zum Christentum, an dem er sich unverbrüchlich orientierte.

Zeit seines Lebens galt für ihn der römische Festkalender. Sprach er von Ereignissen der Vergangenheit, dann nannte er statt des Datums meistens den heiligen Tagesregenten. Am Thomastag im Jahr 1927 hatten wir eine solche Gieß, daß das Wasser … Oder er sagte zu uns: Nach Georgi dürft's nimmer durchs Gras waten.

Als am frühen Morgen des 6. Jänner 1971 die Mutter starb, sagte er: Der Herrgott hat unsere liebe Mutter am hohen Tag seiner Erscheinung abberufen. Er selbst starb am frühen Morgen des 1. Jänner 1977. Er starb am Festtag der Beschneidung des Herrn.

GERHARD BRONNER

Goldene Cabaret-Jahre

Der g'schupfte Ferdl (1952)

Wenn ich diesen Text an den Anfang stelle, so ist dies kein Zufall, denn damit begann eigentlich alles. Es war nicht nur mein Durchbruch als Liederschreiber, sondern auch Qualtingers Debüt als erfolgreicher Interpret. Zwar habe ich schon vorher eine Unmenge von Liedern verfaßt, ebenso wie Qualtinger vorher schon etliche musikalische »Nummern« vorgetragen hat, doch das war das erste Lied, das die Leute immer wieder hören wollten. Vielleicht deshalb, weil sie es nicht glauben wollten, daß es so ein Lied – einen Boogie-Woogie im Wiener Dialekt – wirklich gab.

Entstanden ist es folgendermaßen: ich arbeitete damals häufig im Sender Rot-Weiß-Rot, einer von der amerikanischen Besatzungsmacht betriebenen Rundfunkanstalt, die in einem einzigen Stockwerk eines Wiener Mietshauses untergebracht war. Dort gab es Büros, ein Schallplattenarchiv, einige Aufnahmestudios und was man sonst noch zum Betreiben eines Senders benötigt – nur eines gab es nicht: einen Orchesterproberaum. Wann immer also ein Orchester zu proben hatte, wurde ein Raum angemietet, und zwar der tagsüber leerstehende Saal der Tanzschule Thumser auf der Neulerchenfelderstraße.

Eines Tages hatte ich dort eine Orchesterprobe zu leiten, und so betrat ich zum ersten Mal in meinem Leben eine leibhaftige Tanzschule. (Jede Dame, die irgendwann das zweifelhafte Vergnügen hatte, mit mir tanzen zu müssen, wird bereitwilligst bestätigen können, daß ich niemals einen Tanzkurs absolviert haben kann.)

Jedenfalls leitete ich die Orchesterprobe, und als sie nach einigen Stunden zu Ende war, ging ich eilig davon. Doch noch bevor ich die Straßenbahn erreichte, fiel mir auf, daß ich meine Aktentasche mit den ganzen Noten in der Tanzschule vergessen hatte. Ich rannte zurück, doch das Lokal war schon verschlossen. Ich läutete beim Hauswart, der keinen Schlüssel hatte und mir schadenfroh erklärte:

»Da müssen's halt auf'd Nacht wiederkommen.«

Obwohl ich Besseres zu tun gehabt hätte, kam ich »auf'd Nacht« wieder und wurde mit etwas konfrontiert, das mir bis dahin völlig verborgen geblieben war: in der Tanzschule Thumser fand an diesem Abend eine sogenannte »Perfektion« statt.

Was das ist?

»Perfektion« bedeutet, daß an diesem Abend kein Tanzunterricht stattfand, sondern daß den Zöglingen der Tanzschule Gelegenheit geboten wurde, das bisher Erlernte zu »perfektionieren«. Es war – mit anderen Worten ausgedrückt – eine ganz normale Tanzveranstaltung, oder wie das im Fachjargon der Wiener Schlurfs viel treffender genannt wurde: man ging »auf den Schwung«.

Ich betrat also den Vorraum des Etablissements, wandte mich an die Garderoberin und fragte sie nach meiner Aktentasche. Während sie diesbezügliche Erkundigungen einholte und mich wartend stehenließ, brach plötzlich hinter mir eine laute Streiterei zwischen zwei »Perfektionisten« aus. Worum es dabei ging, habe ich nie erfahren, ich weiß nur, daß die Verbalinjurien kurz danach in Tätlichkeiten ausarteten, einige weitere Besucher mischten sich ein, und kurz danach war eine wilde Massenrauferei im Gange. Ich registrierte einen lauten Aufschrei:

»Paß auf G'schupfter, die Sau hat a Messer!«

Wer oder was diese »Sau« war, habe ich auch nie in Erfahrung bringen können. Ich weiß nur, daß die Kapelle im Saal einen lauten Boogie-Woogie zu spielen begann, um das Publikum von der Rauferei abzulenken, und daß kurz danach die Garderoberin mit meiner Aktentasche erschien. Ich nahm die Tasche, drängte durch die Raufenden dem Ausgang zu und kurz danach war ich wieder auf der Straße.

Ich ging stadteinwärts Richtung Stadtbahn, doch das eben Erlebte begann in mir zu arbeiten: der Boogie-Woogie-Rhythmus begann, sich in mir selbständig zu machen. Dazu hörte ich kreischende Mädchenstimmen, sah im Geiste immer wieder die wütenden Gesichter der Raufenden – kurz: noch ehe ich die Stadtbahn bestieg, war die erste Strophe des »G'schupften Ferdls« im Rohentwurf fertig.

Wie die Rauferei in der Tanzschule Thumser ausging, weiß ich nicht. In meiner Phantasie ging sie folgendermaßen weiter:

Heute ziagt der g'schupfte Ferdl frische Socken an
Grün und gelb gestreift, das ist so elegant,
Schmiert mit feinster Brillantine seine Locken an,
Putzt die Schuach und nachher haut er sich ins G'wand
Weil beim Thumser draußen in Neulerchenfeld ist Perfektion.

An der Ecken trifft er dann die Mitzi Wastapschick
Das beliebte Pinup-Girl von Hernals
Ihre Kleidung ist, wie seine ganz dezent und schick
Sie hat beinah echte Perlen um den Hals
Weil beim Thumser draußen in Neulerchenfeld ist Perfektion.

So gehn die Beiden mit vergnügtem Sinn zum Thumser hin
Bei der Garderobe sehen sie ein großes Schild:
»Die p.t Gäste werden höflichst gebeten
die Tanzlokalität ohne Messer zu betreten.«
Da legt der g'schupfte Ferdl ohne lange zu reden
Sein' Taschenfeitel hin – die Mitzi hat im Taschl eh noch
einen drin.

Da fangt mit Schwung und Elan
Ein g'strampfter Jitterbug an
Gespielt von Charly Woprschaleks Golden Boys aus Hernals
Und mit Elastizität,
Die sich von selber versteht
Schleift der Ferdinand die Mitzi aufs Parkett.
Das ist ziemlich übervölkert schon
Weil beim Thumser ist heut – eh scho' wissen –
Perfektion.

Das Saxophon das improvisiert
Die Nummer »I Can't Give Anything But Love«
Beim letzten Ton, da hat er sich g'irrt,
Worauf der Ferdl sagt: »Das is' ein g'selchter Aff!«
Aber gleich nebenan steht ein junger Mann,
Der glaubt, daß ihn der Ferdinand gemeint haben kann.

Und er ist über diese Randbemerkung sehr deprimiert
Der g'schupfte Ferdl hat ihm nämlich einst die Mitzi entführt
Er findet das zwar sehr gemein
Doch haßt er Schlägerei'n
Drum beißt er nur den Ferdl in die Nasen hinein.
Der ist ganz desperat
Er weiß sich kein' Rat
Weil er's Messer blöderweis' in der Garderob' liegen hat.

Aber gleich drauf wird ihm besser,
Weil ihm fällt ein, die Mitzi hat ja noch ein Messer,
Er reißt sich z'samm und gibt dem Gegner einen Stößer.
Durch diesen Stößer fliegt der durch das ganze Tanzparkett,
Am andern Ende pickt er traurig an der Wand,
Und fünf sechs Tänzer, die ringeln sich am Boden,
Davon sagt Einer: »Jetzt gibt's wahrscheinlich an Maroden!«
Daraufhin fragt ein Anderer: »Warum net gleich an Toten?«
Sie schütteln sich die Hand
Dann beuteln sie den Ferdinand aus'm G'wand.

Kaum hat der Ferdl seine Flaschen,
Sagt er: »Mitzi reib mir's Messer aus der Taschen!«
Doch die Mitzi sagt: »Der Teufel soll's hol'n,
Jetzt hat mir wer mein Taschl g'stohl'n.«

Und indem daß dann der g'schupfte Ferdl wehrlos war,
Hat die Übermacht ihn ziemlich malträtiert.
Er bekam ein blaues Äugl, das er schwer los war,
Das hat er mit kalte Umschläg' sich kuriert.
Und er nimmt so oft ihm der Schädel brummt, zwei
Pyramidon.

Doch nächste Woche ziagt der g'schupfte Ferdl wieder frische
Socken an
Grün und gelb gestreift, das ist so elegant
Schmiert mit feinster Brillantine seine Locken an,
Putzt die Schuach, und nachher haut er sich ins G'wand.
Weil beim Thumser draußen in Neulerchenfeld ist wieder
einmal Perfektion.

Die erste öffentliche Aufführung des »g'schupften Ferdls« fand im Herbst 1952 im großen Saal des Wiener Konzerthauses statt. Ich begleitete mich selbst am Klavier und war dementsprechend nervös. Doch die Reaktion des Publikums war so, daß mir sofort klar wurde, daß mir hier etwas Besonderes gelungen war.

Die »Fachleute« allerdings waren anderer Meinung. Einige Verleger, denen ich die Nummer anbot, lehnten die Veröffentlichung mit dem Hinweis ab, daß das Lied zu lang war. Ein »normaler« Schlager wurde auf 2, maximal 3 Seiten gedruckt. Der »g'schupfte Ferdl« hingegen nahm 8 Seiten in Anspruch. Einer der angesprochenen Verleger meinte, daß es unmöglich sei, mit dieser Nummer die hohen Druck- und Papierkosten einzuspielen.

Weitere Reaktionen in Kürze:

»Für so eine Nummer gibt's kein Publikum, und ich leb' davon, daß ich den Publikumsgeschmack kenne.«

»Das ist kein echtes Wienerlied und kein wirklicher Boogie. Mit der Nummer sitzen Sie zwischen den Stühlen im Gatsch.«

»Der Text ist so ordinär, daß man die Nummer nie im Rundfunk spielen wird. Sowas können's höchstens am Cabaret bringen.«

Also gab ich die »ordinäre« Nummer dem Helmut Qualtinger, und der sang sie über 150 Mal in unserem ersten gemeinsamen Programm »Brettl vor dem Kopf«. Doch obwohl das Publikum allabendlich in Beifallsstürme ausbrach, war mir klar, daß man von der Cabaretbühne aus keinen Schlager lancieren kann. Was wir brauchten, war eine Schallplatte. Und nun begann der Leidensweg von Neuem. Jeder der von mir angesprochenen Plattenproduzenten lehnte entrüstet ab, wobei die diversen Begründungen womöglich noch schleißiger waren als die der Verleger: »Der Text ist so wienerisch, daß man ihn schon in St. Pölten nicht mehr verstehen kann.«

»Die Nummer ist über drei Minuten lang, die geht nicht auf eine Plattenseite. Sie könnten's natürlich schneller singen, aber dann versteht man noch weniger vom Text. Am besten wird's sein, wenn Sie's wegschmeißen und was Neues schreiben.«

»Über Brutalität Witze machen, das find' ich überhaupt nicht komisch.«

Schließlich fand sich ein Außenseiter der Plattenbranche, der zögernd bereit war, dem Projekt näherzutreten. Allerdings stellte er zwei Bedingungen: erstens müßte ich die Produktionskosten bezahlen, und zweitens dürfe die Nummer nicht vom Qualtinger gesungen werden, weil »den kennt kein Mensch«. Angesichts der Tatsache, daß ich im Jahr davor bei diesem Außenseiter eine ungemein erfolgreiche Schnulze namens »Ich hab' mich so an dich gewöhnt« aufgenommen hatte, schlug er vor, daß ich den »Ferdl« selbst singen solle.

Obwohl ich mich nicht als den idealen Interpreten dafür betrachtete, willigte ich ein – schon um meine Produktionskosten so niedrig wie möglich zu halten.

Einige Wochen später kam die Platte in einer Auflage von 1000 Stück auf den Markt. Doch kaum, daß die ersten 400 Platten verkauft waren, geschah etwas, womit kein Mensch gerechnet hatte:

Die Tanzschule »Thumser« klagte den Produzenten und mich auf Verleumdung und Rufschädigung, und zwar mit der Begründung, daß es im Etablissement Thumser noch nie zu tätlichen Ausschreitungen in der von mir geschilderten Form gekommen sei. Ebenso sei es unwahr, daß das Publikum mit einem schriftlichen Hinweis aufgefordert würde, Messer an der Garderobe abzugeben, etc. Das Gericht erließ flugs eine einstweilige Verfügung, die zur Folge hatte, daß sämtliche in den Geschäften vorrätigen Platten beschlagnahmt und eingestampft wurden.

Natürlich berichteten die Zeitungen ausführlich über den Fall, was zur Folge hatte, daß plötzlich ein ungeheures Publikumsinteresse an dieser Platte entfacht wurde. Sie war aber nirgends erhältlich.

Da hatte ich die Idee, den »Ferdl« noch einmal aufzunehmen, allerdings ohne Nennung des Namens »Thumser«. Die Tanzschule sollte in der neuen Version »Wimmer« heißen, allerdings vergewisserte ich mich vorher sorgfältig, daß es in ganz Wien kein Etablissement dieses Namens gab.

Die zweite Version des »g'schupften Ferdl« kam kurz vor Weihnachten 1952 auf den Markt und wurde sofort ein Bestseller. In wenigen Wochen waren über 100 000 Platten verkauft und die »Fachleute« wunderten sich.

Und wenn sie nicht gestorben sind, dann wundern sie sich noch heute.

Der Wilde mit seiner Maschin' (1956)

Als wir im Jahre 1956 unser zweites Programm »Blattl vor dem Mund« in Angriff nahmen, sagte mir der Qualtinger:

»Könntest du mir nicht wieder sowas Ähnliches wie den ›g'schupften Ferdl‹ schreiben?«

»Der ›Ferdl‹ war ein glücklicher Tausendguldenschuß«, erwiderte ich, »sowas kann man nicht auf Befehl wiederholen – so gern ich auch möchte.«

»Wieso? Denk' ein bissel nach. Der Ferdl kann doch nicht aufgehört haben zu existieren. Und wenn er existiert, kann er doch jeden Tag neue komische Geschichten erleben, über die man g'spaßige Lieder schreiben sollte.«

»Darf ich dich an Nestroy erinnern, der einmal gesagt hat: ›Es is' nix mit die zweiten Teil.‹ Ich jedenfalls bin nicht bereit, Nestroys Erkenntnisse in Frage zu stellen.«

»Verschanz dich nicht hinterm Nestroy. In Wirklichkeit bist du nur feig'!« sagte Qualtinger und wandte sich mißmutig von mir ab.

So etwas kann man sich nicht sagen lassen, ohne irgendwie darauf zu reagieren. Also begann ich nachzudenken. Zuerst mit Widerwillen, dann mit Trotz.

Einige Tage später ging ich durch die Wiener Innenstadt und kam beim Kärntnerkino vorbei. Offensichtlich war eben eine Vorstellung zu Ende gegangen, denn es strömten etliche Menschen aus dem Kino heraus. Darunter einige »Halbstarke« in ledener

Gewandung, die sich auf ihre vor dem Kino geparkten Motorräder und Mopeds setzten, um mit überdimensionaler Lärmentwicklung davonzubrausen.

Während ich ihnen verärgert nachblickte, fiel mir ein, daß in eben diesem Kärntnerkino vor einiger Zeit der Film »Der Wilde« mit Marion Brando gelaufen ist. Ein übrigens sehr guter Film, der eine starke Aussage enthielt, die natürlich von jenen, die es anging, überhaupt nicht zur Kenntnis genommen wurde. Das in diesem Film zu Recht angeprangerte »Macho-Gehabe« der »Black Angels« erschien einer ganzen Generation von Halbwüchsigen nicht als verwerflich, sondern als nachahmenswert. (Leider werden bis zum heutigen Tag in Europa nur die negativen Vorbilder aus den USA nachgeahmt. Das Positive wird völlig ignoriert.)

Während ich weiter durch die Stadt ging, fielen mir immer mehr junge Menschen in Lederkleidung auf, die mit zweirädrigen Fahrzeugen zu schnell und zu laut durch die Straßen brausten. Und plötzlich wußte ich, was ich zu schreiben hatte:

Vor ein paar Monat' geh ich aus mit der Hilde
Ich mit der neuen Schal'n und sie mit'n Kostüm
Wir geh'n ins Kärntnerkino, und wir sehn »Der Wilde«,
Ein leiwander Film.
Ich schick die Hilde z'haus und steh dann allan do
Weil dieser Film der geht ma nicht aus'n Sinn
Und ich beschließ, ich kauf ma wie der Marlon Brando
A klasse Maschin'.
Ich bin nämlich immer für's Moderne
Jeder muaß sich heut' motorisier'n.
Zwar Andr'e reißen immer wieder Sterne
Aber mir kann sowas net passier'n!
Ich kaufe einer Witwe billig das G'wand o
Und leg beim Daimler-Puch die Anzahlung hin
Und jeder sagt, ich schau jetzt aus wie Marlon Brando

Mit seiner Maschin'.
Bis jetzt war ich in meiner Platten der G'füllte
Jetzt wissen's alle, in mir steckt noch was drin
In meiner Gassen nennt mich jeder jetzt der Wilde
Mit seiner Maschin'.
Weil ich fahr' jetzt jeder Limousin' vor,
Schließlich liebt der Mensch von heut den Sport
Ich hab' zwar ka Ahnung, wo i hinfahr
Aber dafür bin i g'schwinder dort!
Ich hab an Spezi und der wollt' mi verzahn do
In eine Fahrschul' – aber i geh net hin
Das is' kein Aufenthalt für einen Marlon Brando
Mit seiner Maschin'.
Weil jeder Wachmann, der mich sieht, ist im Bilde
Er schalt' von weitem schon die Kreuzung auf grün
Weil wann die rot is', siech ich rot – ich bin der Wilde
Mit seiner Maschin'.
Leider gibt es immer wieder Viecher
Die behandeln mich mit Spott und Hohn
Nennt mich Einer »halbstark« oder »Pülcher«
Kränkt er meine Generation.
Mei' Vater sagt – aber dem geht der Verstand o –
Ich hab' für wahre Ideale kan Sinn.
Na is' des net a Ideal? – der Marlon Brando
Mit seiner Maschin'!

Beim Schreiben dieses Textes war ich dem Wiener Dialekt sehr dankbar. Wie jedermann weiß, der irgendwann zu reimen versucht hat, gibt es in der deutschen Sprache etliche Worte, auf die es keinen echten Reim gibt. Zum Beispiel »Mensch«, »Silber«, »Körper«, »Orange« und »Film«. Der Wiener aber sagt nicht »Film«, sondern »Fühm« – und darauf konnte ich anstandslos »Kostüm« reimen.

Noch größer war mein Problem, Reime auf »Brando« zu konstruieren, denn außer »Kommando« fand ich keinen. Zwar hätte ich Anleihen aus dem Italienischen machen können – etwa »allargando« – aber der Schlurf, den ich hier zu porträtieren gedachte, hat das Wort »allargando« noch nie gehört. Und wenn, dann hätte er damit nichts anzufangen gewußt. Also entstanden Reime wie »allan do« (allein da), »das Gewand o« (das Gewand ab) und »Verstand o« (Verstand ab).

Daß diese Nummer – von meinen Reimjonglierkünsten abgesehen – auch eine Aussage enthielt, die sogar heute noch eine gewisse Gültigkeit hat, das konnte ich damals nicht vorhersehen.

Die Zeile »i hab zwar ka Ahnung, wo i hinfahr – aber dafür bin i g'schwinder dort« ist unzählige Male von Psychologen, Verhaltensforschern und Journalisten zitiert worden. Meist ohne Quellenangabe. Doch wenn hin und wieder eine Quelle genannt wurde, dann lautete sie meist »das berühmte Qualtinger-Chanson«.

In diesem Zusammenhang ein Kuriosum am Rande: vor Jahren kaufte ich meinen Kindern die österreichische Fassung des Spiels »Trivial Pursuit«. Auf einer der Karten fanden wir die Frage »Von wem stammt das Lied ›Der Wilde mit seiner Maschin‹?«

Ich bin bereit zu wetten, daß 99% aller Befragten geantwortet haben: »Von Helmut Qualtinger«.

Nicht ganz zu Unrecht, denn wenn mich Helmut Qualtinger nicht sekkiert hätte, wieder sowas Ähnliches wie den »g'schupften Ferdl« zu schreiben, wäre diese Nummer nie entstanden.

Der Bundesbahnblues (1956)

Schon die Entstehungsgeschichte des Bundesbahnblues wäre wert, als Cabaret-Nummer festgehalten zu werden. Und die geht so:

Im Jahr 1956 begab sich der große Louis Armstrong mit einem grandiosen Musikerensemble auf eine Europatournee, die bis nach Wien führen sollte. Damals wurde innerhalb Europas noch nicht so viel geflogen wie heute, also bediente man sich – sicherlich zum Teil auch aus Ersparnisgründen – der Eisenbahn. Die letzte Tourneestation vor Wien war München, also bestieg man ebendort einen Zug, um nach Wien zu reisen.

In Attnang-Puchheim blieb der Zug längere Zeit stehen, Louis Armstrong verspürte Hunger, stieg aus, um sich ein Paar Würstel zu kaufen, doch ehe er diese verspeisen konnte, fuhr der Zug ohne ihn davon.

In Wien herrschte natürlich riesige Panik. Kein Mensch wußte, was mit »Satchmo« geschehen sein mag. Man telephonierte kreuz und quer durch ganz Europa, doch kein Mensch kam auf die Idee, in Attnang-Puchheim nach Louis Armstrong zu suchen.

Mittlerweile saß dieser ganz verloren auf dem Bahnsteig herum und wartete auf ein Wunder. Natürlich konnte er sich mit niemandem verständigen, da er der deutschen Sprache nicht mächtig war. Und sogar, wenn er Deutsch gekonnt hätte, bin ich nicht sicher, ob ihm das in Attnang-Puchheim viel geholfen hätte.

Jedenfalls versetzte ich mich in seine Lage: die einzige, ihm zur Verfügung stehende Informationsquelle, um irgendwie weiterzukommen, war der Fahrplan der österreichischen Bundesbahn. Und ich malte mir aus, wie die seltsamen Ortsnamen Österreichs auf den Mann aus New Orleans gewirkt haben müßten. Und von da war es nur noch ein gedanklicher Schritt zu einem traurigen Blues, gespickt mit alpinen Ortsnamen – kurz dem Bundesbahnblues.

Oh, I was travelling through this country
Travelling with the Bundesbahn – ah geh wusch,
ah geh wui!
I said, I was travelling through this country
With that doggone Bundesbahn – ah geh wusch,
ah geh wui!
Taking along my baby, suddenly she was gone – total verschwunden.
And now I'm looking for my baby,
Isn't it a goddam shame? – Himmelfixnoamal!
I said, I'm looking for my baby,
Isn't it a goddam shame? I said Himmelfixnoamal, and I mean it!
There is just the Fahrplan of the Bundesbahn to blame. – Zu blöd!
Is she in Scheibbs, in Lunz,
In Ybbs, in Schrunz,
In Wulkerprodersdorf, in Attnang-Puchheim?
Is she in Mistelbach, in Stinkenbrunn,
In Ischl or in Fuschl or in Graz?
Tell me where's my baby or I'm certainly going nuts – sonst wer i narrisch!
Is she in Hadersdorf-Weidlingau
In Kaisermühlen, Gänserndorf, Amstetten?

Is she in Klagenfurt, in Breitenfurt,
In Zwettl or in lovely Wieselburg?
All I know, she's gone and
Somewhere im g'scherten Jogelländ – my poor baby!
Is she in Oberlaa, is she in Unterlaa
Is she in Erlaa or is she in Laa an der Thaya
Dann schrei i Feuer!
Is she in Bruck an der Mur, an der Ybbs, an der Donau
Or is she in Bruck an der Leitha? And so weiter …
This is no Genuß
I sing the Bundesbahnblues – for my baby.
I ask the Bahnhofsvorstand, I ask the Kassier,
I ask the man who sells the heiße Würstel.
I ask the Fahrdienstleiter, the man with the beer,
I even ask the Putzfrau with the Bürstel.
But nobody could tell me
Where my baby might be …
Since then I'm travelling through this country
Using still the Bundesbahn – from Bludenz to Marchegg
Looking for my baby from Braunau to Sankt Veit an der Glan
But my baby is weg.
I'm wearing out my shoes
Singing the Bundesbahnblues – oh yeah!

Natürlich erhebt diese Nummer keinen wie immer gearteten Anspruch auf intellektuellen Gehalt. Sie ist vielmehr eine der wildesten Viechereien, die ich je geschrieben habe. Aber wenn der dunkel geschminkte Helmut Qualtinger sie als heisere Armstrong-Imitation vortrug, so war das ein konzentrierter Frontalangriff auf die Lachmuskeln des Publikums. Dieses völlig wirre Mischmasch von Pidgin-English, unterfüttert von alpinem Gefluche und dazu die willkürliche Aufzählung von seltsam klingenden Ortsnamen, löste allabendliche Begeisterungsstürme aus.

Und ich stand jeden Abend in der Kulisse, hörte dem Qualtinger zu, vernahm das johlende Gelächter des Publikums und wunderte mich darüber, daß mir so ein Blödsinn einfallen konnte …

Die alte Engelmacherin (1957)

Das Seltsamste an diesem Lied ist, daß ich es in dieser Form überhaupt nicht zu schreiben beabsichtigte. Mit anderen Worten: ich hatte überhaupt nicht vor, zum Thema Abtreibung, Geburtenkontrolle, Schutz des ungeborenen Lebens, Familienplanung – oder was immer auch für Synonyma für diesen Begriff erfunden wurden – in irgendeiner Form Stellung zu beziehen. Ich war und bin der Ansicht, daß diese ganze Thematik eine Gewissenssache jeder einzelnen damit konfrontierten Person sein sollte, und daß daher kein Mensch – egal, ob Straßendemonstrant oder kirchlicher Würdenträger – die Entscheidung anderer Menschen so oder so beeinflussen darf.

Nachdem das geklärt ist, will ich endlich erzählen, wie es zur »alten Engelmacherin« kam:

Eigentlich wollte ich nur eine schlichte Parodie auf ein Heurigenlied schreiben; und ich nahm mir daher vor, das für mich markanteste Merkmal dieser Gattung aufs Korn zu nehmen. Nämlich die Tatsache, daß in vielen »klassischen« Heurigenliedern, wenn man sie genauer betrachtet, die ärgsten Scheußlichkeiten so besungen werden, als ob sie weiß Gott wie erstrebenswert wären.

Einige Beispiele gefällig?

»A so a Räuscherl das is' mir lieber, als wie a Krankheit, oder a Fieber …«

Oder: »Mei' Alte sauft so viel wie i, daher die große Sympathie …«

Oder: »Verkauft's mei' G'wand, i fahr in' Himmel ...«

Oder: »Wann i amal stirb ...«

Oder: »Aner hat immer das Bummerl ...«

Diese Reihe ließe sich beliebig lang fortsetzen, aber wozu? Ich will schließlich von der Genesis der »Engelmacherin« berichten.

Ich suchte mir das unappetitlichste Thema aus, das mir nach einigem Nachdenken in den Sinn kam, und beschloß, dieses im Stil eines Heurigenliedes, mit einer picksüßen Musik im Hintergrund, zu verherrlichen. Und so entstand – zu meinem eigenen Erstaunen – das Folgende:

Wenn ich denk' an vergangene Zeiten,
An die herrlichen Sehenswürdigkeiten
Uns'rer Wienerstadt von anno damals,
Dann klopft bis zum Hals mir mein alt's Wienerherz ...
Es erzählte mir oft mein Herr Vater
Von der Sesselfrau, vom Maronibrater,
Doch mit'n Fiaker und Wasserer gingen dahin
Die schönsten Berufe von Wien.
Man hat drüber g'sungen voll Herz und voll G'müt.
Nur für einen Beruf gab's bis jetzt noch kein Lied ...

Die alte Engelmacherin vom Diamantengrund,
Die gibt's heut' nimmermehr
So manchen Mäderl, das in Not war
Und vor Angst und Scham halbtot war,
Hat gerettet sie die Ehr'.
Sie hat an Floh gemacht aus jedem Elefanten und
Erwarb viel Sympathie,
Weil hast du heut' auch keine Sorgen,
Hast du sie vielleicht schon morgen
Und an Ausweg wußt' nur sie.
Ihre Kundinnen, die waren niemals skeptisch.

Sie blieben ihr ein ganzes Leben treu
Und war ihr Werkzeug einmal nicht ganz antiseptisch,
Dann machte sie statt einem Engerl zwei.
Die alte Engelmacherin vom Diamantengrund
Verteidigte sich dann:
»Überlegt's euch doch a Wengerl,
's gibt im Himmel so viel Engerl
Und auf ein, zwei mehr kommt's wirklich nicht mehr an.«

Sie hat viel Katastrophen verhindert
Auch die Wohnungsnot hat sie oft gelindert.
Und sie hat – auch wenn's niemanden kümmert –
Atome zertrümmert, als Erste in Wien.
Sie verzichtete auf jeden Titel
So bescheiden waren ihre Mittel
Was die Ärzte erreicht hab'n mit viel Evipan,
Hat sie nur mit'n Gottvertrau'n 'tan.
Und manchmal, als Lohn für ihr edles Bemüh'n,
Da kommen die Engerln auf Urlaub nach Wien …
Zur alten Engelmacherin vom Diamantengrund
Wir liebten sie so sehr,
Weil ihre Hilfe war für Alle
Und ihr Sinn fürs Soziale
War beinah' schon legendär.
Die alte Engelmacherin hat jeder 'kannt am Grund,
Sogar die Polizei.
Ja, aber auch ein Polizeirat
Is' a Mensch und is' verheirat'
Deshalb fand er nichts dabei.
Jedoch es gibt im Leben immer wieder Neider
Die Ärzte hab'n ihr's Handwerk abgestellt.
Die machen heut' genau dasselbe, aber leider
Verlangen's dafür zehnmal soviel Geld …

Die alte Engelmacherin vom Diamantengrund
Hat das net lang ertrag'n,
Und sie ist vor ein paar Jahr'n
Leider selbst ein Engerl word'n –
Und dann hab'n die ander'n Engerln sie derschlag'n. – Hallo!

Es scheint nach so vielen Jahren völlig absurd, aber mit diesem Lied habe ich in den Fünfzigerjahren, ohne es je beabsichtigt zu haben, etliche Tabus gebrochen. Es wurden in diesem Text Dinge ausgesprochen, die man nicht an die Öffentlichkeit bringen durfte. Es ist daher immer wieder passiert, daß während des Liedes etliche Besucher aufstanden und laut schimpfend das Theater verlassen haben.

Einige wohlmeinende Freunde und Bekannte fragten mich, ob es nicht möglich wäre, die Nummer zu streichen – oder doch wenigstens zu »entschärfen«, doch ich dachte nicht daran.

Obwohl ich ursprünglich etwas ganz anderes schreiben wollte, gefiel mir die »Engelmacherin« so, wie sie war. Hin und wieder kann es nämlich geschehen, daß ein Lied, während es geschrieben wird, seine eigene Dynamik entwickelt, die den Autor mit sich davontragen kann.

Vielleicht klingt es angesichts dieses Textes abwegig, aber zum ersten Mal verstand ich, was mit »Pegasus, dem geflügelten Dichterroß« eigentlich gemeint war.

Daß mein privates Dichterroß mich ausgerechnet in die Gefilde eines nicht existenten Diamantengrundes, noch dazu zu einer alten Engelmacherin transportieren sollte, das sieht ihm ähnlich.

Ich glaube, wenn sich ein Kabarettist überhaupt je auf ein Roß zu schwingen wagt, dann ist für ihn die Rosinante des Don Quijote wie geschaffen.

Oder vielleicht noch besser: der Esel des Sancho Pansa. Da bleibt man näher zum Boden der Realität.

Der Papa wird's schon richten (1958)

Eines Tages erfuhr ich von einem befreundeten Journalisten, daß der Sohn eines hochrangigen Politikers mit seinem Sportwagen einen Mann totgefahren hat, daß aber »von höchster Stelle« strengste Weisung erteilt wurde, darüber in den Zeitungen nichts zu berichten.

»Das ist doch ein Skandal«, sagte ich.

»Drum erzähl' ich dir's ja. Vielleicht kannst du was damit anfangen ...«

Ich begann nachzudenken, und noch während ich mitten im Nachdenken war, erzählte mir ein bekannter Wissenschaftler, daß er sich um einen Posten in der damals neugegründeten Atomkommission beworben hatte, doch wurde ihm ein anderer Sohn eines ebenso hochrangigen Politikers vorgezogen.

An diesem Abend besuchte ich die Eden-Bar, den »Nobeltreff« der Wiener Schickeria, und dort sah ich jenen Politikersohn, der einen Mann überfahren hatte, fröhlich plaudernd mit einigen Freunden. Natürlich hatte ich keine Ahnung, wovon die jungen Herren sprachen, aber ich stellte mir einen Bericht über diese Konversation etwa so vor:

Da neulich, da sitz' ma in der »Eden«.
Der Gießhübl, der Puntigam und i
Man red't so – was soll ich ihnen sagen –
Vom Wagen, und was man so schon red't um zwei Uhr früh.

Die Weiber, die hab'n wir schon nach Haus expediert,
Wir warn schon – wie man so sagt »après«.
Und weil man dann trist und ein bisserl nachdenklich wird
Passiert's daß man richtiggehend philosophiert
Das is' schon so bei der »Jeunesse dorée«.
Auf einmal sagt zu mir der Puntigam:
»Sag, was is' wahr an dem Tamtam?
Ich hab' da sowas aufgeschnappt,
Du hättest einen Unfall g'habt?«
D'rauf sag' ich: »Es is' nix passiert,
Mein Porsche is' schon wieder repariert.
Nur leider is' mir ein Passant
Bevor er gstorb'n is', einig'rannt.«
Da mischt der Gießhübl sich ein:
»Was is' jetzt mit dein' Führerschein?«
»Naja«, sag' ich, »na ja, was soll schon sein?

Der Papa wird's schon richten
Der Papa wird's schon richten,
Das g'hört zu seinen Pflichten,
Dazu ist er ja da.
Und wenn man einen Sohn hat,
Und so a Position hat,
Und soviel Protektion hat
Wie mein Papa,
Dann genügt oft schon ein Telephonat
Zum richtigen Ort
Und dort sind sofort
Die Akten unauffindlich.
Sitzt dort ausnahmsweis' ein Falscher am Draht,
Der glaubt, er kann da Manderln machen und wird rabiat …
Der Papa wird's schon richten,
Der Papa wird's schon richten,

Er weiß so viele G'schichten,
Die and're Leute stör'n.
Vom kleinsten Referent'n
Hinauf zum Präsident'n.
Wer wichtig ist, der kennt'n
Mein' alten Herrn.
Man dient ihm gern
Und applaniert die leidigsten Affair'n
Ganz intern.«

Und wie ma da so sitzen in der »Eden«
Und reden – inzwischen war's schon viertel, halber drei,
Da sag' ich, nachdem ich a bissel grübel:
»Gießhübel,
I hör', du hast a kleine Schererei.
In unseren Kreisen spricht man überall davon:
Man hätte dich einfach abgelehnt
Für irgendan Job bei der Atomkommission
Für monatlich x-tausend Schilling als Lohn,
Sie sag'n, du wärst zu unintelligent …?«
Da sagt der Gießhübl d'rauf: »Na klar,
Ein bisserl was is' schon d'ran wahr.
Wenn's 'd z'rückdenkst noch an uns're Schul'
Da war ich eher schon a Null.
Na und die Universität,
Du kennst mich ja, die liegt ma net,
D'rum war ich bisserl desperat,
Daß man mich dort net g'nommen hat.«
D'rauf sag ich: »'s tät mich int'ressier'n:
Wirst du da gar net protestier'n?«
»Zuwas«, sagt er, »soll ich mich strapazier'n?

Der Papa wird's schon richten,
Der Papa wird's schon richten,
Das g'hört doch zu den Pflichten
Von jedem Herrn Papa.
Und brauch' ich einen Posten,
Dann laßt er sich's was kosten
Sonst frag' ich mich: zuwos denn
Ist er sonst da?«
Plötzlich kommt zu uns von hinten herum
Der Kellner daher
Und sagt: »Bitte sehr,
Darf ich die Rechnung bringen?«
Und der Puntigam sagt: »Bitte darum!«
Dann schaut er in sein Portemonnaie
Und sagt: »Es is' zu dumm … – wissen's was, Herr Ober?
Der Papa wird's schon richten,
Der Papa wird's schon richten,
Er sitzt mit seine »Nichten«
Fast jeden Abend da,
Dann geb'n 's ihm das zu lesen,
's is' net so viel g'wesen,
Er zahlt's ja von den Spesen,
Der Herr Papa
Er hat es ja
Er applaniert mir jeglichen Faux pas
Mein Papa!

Diese Nummer schlug – von Qualtinger virtuos vorgetragen – wie eine Bombe ein. Noch während der Proben nahmen wir das Lied auf, die Platte kam kurz danach auf den Markt und wurde schlagartig ein Bestseller.

Mit Windeseile sprach es sich natürlich herum, welche Politikersöhne da besungen wurden. Den Söhnen ist natürlich nichts passiert, aber die Herren Papas wurden kurz danach in den wohlverdienten Ruhestand versetzt.

Und als ich das nächste Mal die Eden-Bar besuchen wollte, wurde mir vom Geschäftsführer in wohlgesetzten Worten bedeutet, daß man zwar nicht daran denke, mir ein Hausverbot zu erteilen – aber vielleicht sollte ich mir doch ein anderes Lokal suchen. Man sei nämlich immer bestrebt, die Stammgäste nicht sinnlos zu verärgern.

Jahre später betrieb die Eden-Bar eine Werbekampagne mit dem Slogan:

»Wir sitzen in der ›Eden‹ – und reden.«

Tantiemen bekam ich natürlich keine.

ALBERT DRACH

Wegfall winziger Liebe

Eine kernbeißerische Elegie

Daß das Unmögliche unmöglich bleibt, ist das Endergebnis aller Erkenntnisse. Die Frage, was man hätte tun, was unterlassen sollen, um einen anderen als den unwiederruflich bestehenden Zustand herbeizuführen, stellt sich allerdings erst, wenn alles so gekommen ist, wie es nicht hätte kommen sollen. Wenn keine Nachholung für das, was vom Versäumnis betroffen ist, gesucht und gefunden werden kann, wäre es noch möglich, ein Beispiel für künftige Fälle aufzuzeigen. Allein, die Eignung hiezu setzte die Hoffnung voraus, daß solches Kommende sich in unsere Ordnung einfügt, sofern es überhaupt anlangt, und wir bereit und imstande sind, die gewonnene Weisheit rechtzeitig und richtig anzuwenden. Vorauszuschicken ist allerdings, daß kein Ei dem anderen mehr gleicht, als oberflächliche Betrachtung es verwechslungsfähig macht.

Wenn nun gerade vom Ei die Rede ist, darf auch das Wesen erwähnt werden, das einem solchen an die zehn Tage zuvor entschlüpft sein mochte, ehe es meine Frau und ich auf einem zu Unrecht befahrenen Waldweg hilflos vorfanden und auflasen, nämlich ein Vogel der Gattung Fink, der mit sonst nichts bekleidet war als drei aufgestellten Federn auf dem Kopf. Es wurde später dank der Einsicht eines Briten als ein Exemplar der *species* Kirschkernbeißer entlarvt, obwohl es auch in herangewachsenem Zustand nur selten sich von dem ernährte, wonach es hieß und was es auch schwerlich im Wald gefunden hätte. Es mußte überdies nach seinem Aussehen und Verhalten von sachverständiger Seite in seinen ersten drei Lebensjahren für männlich gehalten werden, bis es zu Beginn des vierten diese Annahme schlagkräftig widerlegte, falls es nicht seine bisherige Beschaffenheit dadurch grundlegend verändert haben sollte, daß es erst ein Ei legte und diesem in kurzen Abständen sechzehn weitere hinzufügte. Durch diesen Umstand mußte auch die Namensgebung eine gewisse Modifizierung erfahren, weil ich das Tier ursprünglich Lullo genannt hatte, während es nunmehr doch nur den Namen Lulla verdiente. Für meine Frau allerdings lag die Sache durchaus einfach, weil sie das kleine Federvieh, als welches sie es bisweilen bezeichnete, einfach mit dem Namen Leu versah, der sowohl männlich als auch weiblich sein konnte, daher kein Austausch des Endlautes durch den Wechsel der geschlechtlichen Beschaffenheit nötig wurde.

Von diesem Vogel war mithin auszusagen, daß er, gerade als die Suche nach einem passenden männlichen Partner sich als vergeblich erwiesen hatte, sich als das herausstellte, was erfolglos gesucht worden war, nämlich ein Weibchen, zumal er zum gleichen Zeitpunkt sein erstes Ei legte. Daß er auf diese Weise schließlich die siebzehn erreichte, das hatte für mich etwas Mystisches an sich, weil ich an einem Siebzehnten geboren bin, siebzehn Essays geschrieben habe und bei siebzehn Besuchen im Spielkasino beim Roulette auf den Siebzehner gewonnen hatte. Außerdem war die Leistung des Vogels auch nach wissenschaftlicher Erfahrung unerklärlich oder zumindest ungewöhnlich, zumal ein kernbeißerisches Wesen weiblicher Beschaffenheit bei einem Gelege im Jahr bestenfalls vier Eier zustande bringen soll, Lulla aber nicht nur für die abgelaufene Zeit, die sie zu Recht oder zu Unrecht noch für einen Lullo gehalten worden war, den Höchstertrag von zusammen zwölf nachholte und die vier für das beginnende Jahr vorausleistete, sondern darüber hinaus noch ein weiteres Ei, nämlich das siebzehnte, beistellte, das nirgendwohin eingeteilt werden konnte. Schon allein diese Umstände ließen ein Wunder vermuten, wenngleich es in der Wissenschaft kein Wunder und keine Vermutung gibt und es selbst im Glauben unzulässig wäre, sich auf eins von beiden zu verlassen.

Damit sind die wesentlichen Gegebenheiten aufgezählt, von denen bei diesem Beispiel auszugehen sein wird. Vorerst stellt sich nur noch zusätzlich die Frage, ob nicht bei der Beobachtung auch der Beobachter selbst miteinzubeziehen wäre. Dies schon deshalb, weil auch bei der Gewinnung allgemein und für immer anwendbarer Sätze, wenn es solche überhaupt geben sollte, doch auch darauf Bedacht genommen werden müßte, durch wen, auf welche Weise und bei welcher Gelegenheit sie zustande kamen. Dabei spielt es vielleicht eine Rolle, daß der Forscher oder neugierige Laie nur einen Bruchteil seiner Zeit mit dem Wesen, dessen Gehaben er betrachtet, verbringt, im übrigen aber meist freizügig ist, während ihn das zu beobachtende Geschöpf immer in einem Behälter, Gehege oder wenigstens in dessen Umkreis erwartet. Weiters steht ihm der Anspruch an seiner Leistung, wenn sie eine war, allein oder in Gemeinschaft mit anderen an ihr beteiligten menschlichen Personen zu, während das von ihm aufzulösende und zu enträtselnde Wesen doch nur ein anonymer Gegenstand der Erkenntnis zu bleiben hat.

Mithin ist nur noch vorauszuschicken, daß die erwähnte Kernbeißerin seit ihrer Auffindung an einem freien Mittwochnachmittag durch mich und meine Frau und ihrer Anfangspflege auch zur Nachtzeit seitens der letzteren immer in einem alten Drahtkäfig gehalten worden war, der nach einschlägigen, allerdings erst später zugänglich gewordenen Beschreibungen wegen räumlicher Sparsamkeit dazu nicht gerade geschaffen war. Sie hatte darin bloß eine Stange zur Verfügung, von der sie in gestrecktem Zustand mit dem Schnabel leicht die obere Deckwand des Behälters erreichen konnte. Auf den Boden, der in der Folge mit einem Heubelag ausgestattet war, gelangte sie vermittels einer dreistufigen Steige zu den der Aufnahme ihrer Körpernahrung dienenden zwei Gefäßen sowie der großen Wasserschale, die zum Trinken und Baden bereitstand. Sie benützte sie in ihrer ersten Zeit ständig, später nur fallweise, wenn sie träge war, was bei Kernbeißern im allgemeinen die Regel ist. Im übrigen schwang sie sich von der Stange hinunter und wieder hinauf, zumal sie ansonsten nur im Käfig den sehr kurzen Weg von der einen Seite zur andern auf der Stange oder dem Boden zurücklegen konnte. Sie flog allerdings mitunter gegen das Vorderteil ihrer Behausung, das wie eine Zugbrücke aufgehoben wurde, wenn sie am Morgen kurzfristig Ausgang hatte, das aber nachgiebige und zum Teil abgelöste dünne Drahtseile enthielt, durch die sie sich zuweilen auch unerlaubt in beschränkte Freiheit zwängen konnte. Der Käfig stand auf einem niederen Koksofen, welcher seit dem Aufenthalt Lullas im Raum nicht mehr beheizt wurde. Das Zimmer, das sich im ersten Stock befand und uns nunmehr zur Einnahme der Hauptmahlzeiten zur Verfügung stand, hatte früher den Charakter eines Chefzimmers meiner Anwaltskanzlei, die ich später ins Parterre verlegte. Doch war in dem Raum von damals her unterhalb des Fensters der Gaskonvektor verblieben, mit dem es bei Bedarf erwärmt werden konnte. Diese Erwärmung empfahl sich bis in den Frühling hinein, denn der Raum lag gegen Norden und hatte niemals Sonne. Auch standen an der Gipswand gegenüber dem Koksofen bis zum anderen Fenster Reihen von Töpfen mit großen und kleinen Blattpflanzen, in deren Mitte ein Gummibaum, der ursprünglich bis zur Decke gereicht hatte, von dem letzten Hausmädchen, das wir beschäftigten, einer Liliputanerin, aber umgeworfen worden war, viel an Höhe eingebüßt hatte und sie nie wieder erreichte. Höher als er lag seitdem die lange Karniese, die über beiden Fenstern in vier Metern Abstand vom Boden angebracht war und von der es nur noch zwanzig Zentimeter bis zur Decke waren. Das Zimmer war seit der Abteilung eines zweiten Raumes zur Handhabung von Strick- und Nähmaschinen würfelförmig geworden und maß daher in der Länge und Breite genausoviel wie in der Höhe. Zwischen den beiden Fenstern, somit unterhalb der Karniesenmitte, war noch eine alte Etagere mit Marmorplatte, das letzte übriggebliebene Requisit aus meinem Elternhaushalt. Ansonsten stand nur noch der Tisch im Zimmer, der viereckig war, mit den Sesseln, davon zwei an der Wand gegenüber dem Fenster, von denen gewöhnlich nur der eine nächst dem Käfig besetzt und der Platz meines Sohnes war. Ihm gegenüber saß meine Frau, und der Platz neben ihr war meist leer. Auf der gegen die Pflanzenwand saß ich, und den Sitz gegenüber nächst Lullas Käfig hatte meine Tochter inne.

Nie hatte Lulla Veranlassung genommen, sich dem Tisch zu nähern oder bei Flügen über ihn Verdauungsergebnisse auf ihn fallen zu lassen. Ebensowenig ist sie je dem Konvektor nahe gekommen. Ihre Aufenthaltsorte außerhalb des Käfigs waren nur die lange Karniese, die Tellerlampe, auf die sie sich nur dann zu setzen pflegte, wenn die Lichtröhren unter derselben nicht eingeschaltet waren, schließlich aber der hohe Gummibaum, von welchem sie in den vergangenen Jahren manches Blatt abgeknappt hatte, wenn sie zornig war oder auch nur studienhalber, um die Schärfe ihres Schnabels und den Widerstand der Materie zu erproben, oder auch nur deshalb, weil sie das unter dem Umgang mit Pflanzen verstand. Im übrigen war sie, wie erwähnt, nicht besonders beweglich und schon gar nicht neugierig. Die kleineren und größeren Pflanzen neben dem Gummibaum, darunter ein Drachengewächs und eine Bougainvillea, die beide aus Gran Canaria stammten, nötigten ihr ebensowenig Interesse ab wie die vielen vorhandenen Treibhauserrungenschaften, die hiezulande gezogen wurden. Nur drei- oder viermal geriet sie versehentlich in die Sphäre dieses Grünbestandes, wobei sie aber offenbar zu Fernzielen unterwegs gewesen, an deren Verfolgung sie die Fensterscheiben behinderten. Soweit solche oberhalb des Konvektors geschlossen blieben und nicht durch das sommerliche Drahtnetz ersetzt wurden, sprachen sie Lulla nicht zu ihrer Durchdringung an, wie sie überhaupt auch deren Ersatz zur Hitzezeit nicht zum Versuch der Erweiterung ihrer Freiheit veranlaßte.

Im übrigen genügte dem meist trägen Vogel sein Bereich, und es ist sogar fraglich, ob er den Blick in den Hof und Garten, den er tagsüber hatte, häufig oder überhaupt nutzte, es sei denn die wenigen Male, die er sich von uns lossagen wollte. Auch in Richtung auf sonstige Teile der Wohnung hatte er nur einmal einen Anlauf genommen. Damals war er meiner Frau, die er schon damals nicht besonders mochte, in Richtung Küche gefolgt, aber schon unterwegs im Korridor kläglich gescheitert. Kernbeißer gelten übrigens als scheue Vögel, die sich nur im Winter aus Anlaß der Fütterung zu zeigen pflegen. Ansonsten verlassen sie kaum ihr verstecktes Revier. Sie wollen allerdings hoch hinaus, daher vielleicht der Drang Lullas nach der Karniese, der Lampe und dem Gummibaum. Ich habe nur einmal, als ich nach dem Todes meines Vaters im Sommer den von ihm gezähmten Meisen, Kleibern, Buch- und Grünfinken im Garten Körner zukommen ließ, die Wahrnehmung gemacht, daß sich zwei Kernbeißer in großem Abstand auf den Tisch zu den andern gesellten. Sie saßen dort ziemlich lange, als ob sie nachdenken würden, wiewohl nicht sicher ist, daß sie es wirklich taten, fraßen nichts und kamen auch nicht näher, obwohl die Nahrung auch für sie geeignet gewesen wäre. Als ich ihnen solche zuwarf, um ihnen das Näherkommen zu ersparen, entfernten sie sich, wenn auch keineswegs eilig. Welches von ihnen das Männchen, welches das Weibchen war, konnte ich nicht ersehen, doch schienen sie nach ihrer Einigkeit gegen die Außenwelt Eheleute zu sein. Einen anderen Kernbeißer habe ich vor Jahresfrist in einer Zeitung fotographiert gesehen. Er befand sich vereinzelt in einem Netz, das italienische Fallensteller ausgelegt hatten, und bewegte sich nicht. Auch Lulla war allein und würde sich im gleichen Falle kaum sonderlich gerührt haben. Ein Italiener, der ins Haus kam, äußerte sich übrigens, solche Vögel mit großem und krummem Schnabel schmeckten nicht so gut wie andere Singvögel. Der Bräutigam meiner Tochter, der Franzose ist, sagte bloß, man nenne sie gros bec, das ist Dickschnäbel. Franzosen sind zurückhaltender und feinfühliger und sprechen nicht zu Lebzeiten des Betroffenen in dessen Gegenwart über die Bekömmlichkeit seines Genusses.

Obwohl der Vogel die seit Generationen eingewurzelte oder doch wohl überlieferte Furcht vor Menschen nicht zeigte, wie sie unter wildlebenden Gefiederten, insbesondere aber unter Kirschkernbeißern, gebräuchlich ist, zumal er nun auch schon, und das beinahe seit Geburt, das beginnende vierte Jahr unter uns lebte, so kann doch nicht gesagt werden, daß er bisher durch lange Zeit hindurch eine bestimmte Person einer anderen vorgezogen hätte. Im allgemeinen pflegte er das an den Rand seines Käfigs herangebrachte Futter von jedermann anzunehmen, ohne dabei auch nur einen Schritt näherzukommen, um das Anbot zu erhalten. In den Augenblicken seiner beschränkten Freizügigkeit hat er nur in seinem ersten Lebensjahr sich einmal auf meine Schulter gesetzt, das Jahr darauf auf die meiner Frau. Im beginnenden dritten Jahr, als meine Tochter zum ersten Mal studienhalber nach Frankreich reisen sollte, hatte er gerade vor, sich in ihr Haar zu setzen, doch kam es nicht mehr dazu. Meinem Sohn gegenüber ist Lulla meistens reserviert geblieben und hat ihn später sogar abzulehnen begonnen. Dieser fühlte sich nämlich durch ihr ständiges mittägliches Bad im Suppengenuß beeinträchtigt, da er behauptete, es sei von ihr bei deren gründlicher Reinigung Badeflüssigkeit im Spritzwege auf seinen noch gefüllten Teller gelangt. Er griff einmal in den Käfig, um durch diese Gebärde das Tier zu einer Unterbrechung der Wasserung zu veranlassen. Seither stand Lulla von ihren Badegewohnheiten gänzlich ab, und als sie diese viel später in herabgesetztem Ausmaß wieder aufnahm, geschah es nie mehr in Gegenwart meines Sohnes. Daß sie auch ansonsten über ein gewisses Erinnerungsvermögen verfügte, geht schon daraus hervor, daß sie mehr als zwei Jahre, nachdem sie mit einer zusammenklappbaren Leiter aus Anlaß einer andauernden Stuhlverstopfung und verweigerter Nahrungsaufnahme zur Besichtigung durch den Tierarzt von der Karniese herabgeholt worden war, noch immer Schauder und Furcht durch aufgeregtes Herumfliegen im Käfig oder Raum zum Ausdruck brachte, wenn dieses Gerät durch das Zimmer getragen wurde.

Doch ging die Erinnerung Lullas nicht so weit, daß sie Dankbarkeit gegen meine Frau für die Zeit ihrer ersten, unter Einlegung von Nachtwachen durchgeführten Pflege und Aufzucht gehegt haben würde. Außer der ständigen Futterannahme und der einmaligen Rast auf einem Teil ihres Körpers hatte sie ihr in der Folge keinerlei Wohlwollen mehr zum Ausdruck gebracht. Möglicherweise war Dank nicht ihre Sache, oder sie war hierin bereits tatsächlichen menschlichen Erwägungen gefolgt oder hatte bei allfälliger Wandlung aus einem Lullo in eine Lulla die ihrem neuen Geschlechte arteigene Bißfreudigkeit gegen Angehörige gleicher Beschaffenheit von Natur mit übernommen. Tatsache ist, daß sie ihrer Nährmutter nicht nur die Ausmistung des Käfigs und das Zutragen frischen Heus übelnahm, was noch auf eine konservative Gesinnung hätte schließen lassen können, sondern daß sie außerdem anläßlich der Futterverabreichung, bei der sie Neuerungen durchaus zugänglich blieb, es nie unterließ, die Geschenkgeberin vor oder nach, ja selbst bei der Geschenkannahme auf eine Weise in die hingehaltene Hand oder den hingehaltenen Teil derselben zu beißen, daß es nach ihrem Anschlage weh tat und auch weh tun sollte. Dabei machte sie keinen Unterschied, ob es sich um ihre gewöhnliche Versorgung mit Körnerfutter und Salaten handelte oder ihr Leckerbissen, wie Äpfel, Birnen und Feigen, angeboten wurden. Diese ablehnende Haltung wurde um nichts gemildert, nachdem der Schnabel Lullas von blauer Tönung, die er schon im Frühjahr statt im Sommer angenommen hatte, nach Legung des siebzehnten Eies wieder in seine ursprüngliche und durch drei Jahre beibehaltene Bräune zurückgeführt worden war. Ja, es schien, daß die Unfreundlichkeit des Vogels nur noch größer und heftiger wurde. Allerdings hatte das gefiederte Wesen sich weder, wie wir schon zu befürchten versucht waren, in ein Männchen zurückverwandelt, noch schien es geschlechtlich neutralisiert zu sein.

Allerdings blieben nunmehr auch die vielleicht einem nicht befriedigten erotischen Drange geschuldeten wippenden Bewegungen Lullas von hinten nach vorne und wieder zurück, zugleich mit der Schnabelrückbräunung, aus. Das ließe allenfalls die Frage offen, ob die noch vor der warmen Jahreszeit eingetretene Blautönung ihres Nahrungsaufnahmeorganes, die unter Finkenvögeln nur beim Kirschkernbeißer, coccothraustes coccothraustes, vorzukommen hat, nicht über die Anzeigung sommerlicher Witterung hinaus, oder statt dieser, den Anspruch auf Paarung und Mutterschaft zum Ausdruck bringen sollte und so vielleicht schon dem Urvogel zu eigen war. Aber das mag ein Anliegen für Wissenschaftler sein und nicht für einen einfachen unerfahrenen Laien in der Tierhaltung.

Nach der Zurückversetzung des Schnabels in dessen ursprünglichen braunen Farbton war Lulla übrigens auch nicht mehr oder nur höchst selten gewillt, von hausfremden Personen Nahrung anzunehmen. Wenn sie dies aber tat, spie sie das Angenommene noch in Gegenwart der Spender wieder aus und versagte sich selbst dann nicht den Biß, den sie vorher, nachher oder selbst anstatt der Annahme dem Geber versetzte. Eine Unterscheidung der Geschlechter traf sie nun nicht mehr, wie eine solche bei bestandener Blautönung des Schnabels noch vorkam, da sie damals Männern bisweilen mehr Rücksicht erwies, als sie Frauen gewähren konnte.

Wahr ist indessen, daß sie bereits begonnen hatte, mit mir eine Ausnahme zu machen. Zwar sah ich Lulla nur morgens und mittags, da ich trotz vorgerücktem Alter weiter meinem bürgerlichen Erwerb nachging, um meine noch junge Frau und meine studierenden Kinder zu versorgen und, wenn ich abends heimkehrte, Lulla zufolge frühzeitiger Dämmerung schon schlief und nicht gestört werden sollte. Immerhin saß ich am Frühstückstisch im gleichen Zimmer mit ihr und legte ihr jedes Mal für ihren Bedarf an natürlichem Kalk die Schale meines Frühstückshühnereies auf die Streu ihres Käfigs. An Tagen, an welchen mein Appetit geringer war oder ich ihn um ein geringes zugunsten Lullas zurückstellte, ließ ich in der Schale auch noch einen Bruchteil ihres früheren Inhalts. Mag nun sein, daß der Vogel die ihm belassenen Nährstoffe schätzte oder seine Neigung zum Eiweiß urtümlichen kannibalischen Gelüsten geschuldet war, jedenfalls nahm er nach seinem Morgenausflug, der vor meinem Frühstück erfolgte, zuerst meist den Eiinhalt und dann die Schale in Anspruch, die er für seinen Aufbau benötigte. Ein etwa vorhandenes Embryo aber schien er mit größtem Wohlgefallen in sein Inneres zu befördern, bevor er der zunächst von meiner Frau beigestellten Körnernahrung oder dem seitlich ihm zugesteckten Salatblatt oder Apfelstück zusprach. Wenn er nun vor seiner Rückkehr in seine engere Heimat noch auf einem niederen Zweige des Gummibaumes oder auf seinem Käfig saß und dort versuchte, das Grünzeug und die Frucht herauszuziehen, um ihrer in beschränkter Freiheit zu genießen, dann hielt ich ihm jedes Mal die von ihm bevorzugte Zirbelnuß hin, welche wegen ihrer Kostspieligkeit nur in bescheidenem Ausmaß unter die Sonnenblumenkerne der Futterschale gemischt war. Er nahm von meinen Fingern das Anbot mit Würde entgegen und bückte sich in einzelnen Fällen sogar danach. Nie aber hielt er es für angebracht, mich für meine oft gedankenlose Gebärde zu bestrafen, wiewohl er mir kaum einen Schritt entgegenkam. Sobald die Tage ganz kurz geworden waren und der Herbst sich seinem Ende zuneigte, war meistens ich es, der als Frühaufsteher den Vogelkäfig öffnete und Lulla herausließ. Dazu war es oft schon nötig, das elektrische Licht einzuschalten. Je nach ihrer Laune blieb Lulla noch eine Zeitlang in ihrem Behälter oder verließ diesen überhaupt nicht, bevor ich den Eirest einlegte. Aber ob nun das Tier wegen der anhaltenden Dämmerung oder ungeachtet des eingeschalteten künstlichen Lichts aus Trägheit oder Schlafverlangen seinen Ausgang hinauszögerte oder gänzlich unterließ, auf jeden Fall hinderte es mich nie daran, die Schale meines Frühstückseies in seinen Bereich zu bringen, auch wenn es selbst daneben auf der großen Wasserschale saß. Daher überließ mir meine Frau vorübergehend die Fütterung überhaupt, und ich blieb dabei ungebissen und unbedroht.

So kam während einer Abwesenheit meiner Frau anläßlich eines Kurzbesuches bei unserer Tochter in Frankreich auch noch der Streuwechsel im Vogelhaus dazu, der, sooft ihn meine Frau durchgeführt hatte, immer zu energischen Protesten seitens Lulla geführt hatte, während die Bedienerin, sprich Raumpflegerin, bereits bei bloßer Annäherung an den Käfig an den Haaren gezaust wurde. Es zeigte sich aber auch hier alsbald, daß Lulla nichts dagegen hatte, wenn ich das Heu austauschte. Selbst wenn sie auf der Stange oder Steige saß, äußerte sie keinen Einwand, ja begab sich sofort hinunter, sobald meine Arbeit beendet war.

Von ihrer Stimme machte sie immer seltener Gebrauch, je kürzer die Tage und je länger die Nächte wurden. Nur manchmal ließ sie einen Laut vernehmen, der so schrill war, als ob etwas mit ihr nicht stimmte, sei es nun, daß sie Schmerzen spürte oder ihre Einsamkeit beklagte. Saß ich aber in ihrer Nähe, so schwieg sie mit mir. Nur bei meinem Kommen und Gehen ertönte derselbe Klang, Kernbeißer sind im allgemeinen sparsam im Ausdruck. Selbst ihr überlieferter Gesang zeigt wenig Verschiedenheiten. Vor Einbruch des Winters sang Lulla einmal in meiner Gegenwart, als ich von meiner Kanzlei kurzfristig zu ihr ins Zimmer gekommen war. Und diesmal war es eine Tonfolge, die sich fast zu einem Liede fügte, das schmerzlich anhob und hoffnungsvoll ausklang. Auch stellte sich ein Refrain ein, der ständig wiederkehrte. Danach verlangte der Vogel herauszufliegen, was ich ihm nicht versagen konnte. Er streifte im Flug auf den Gummibaum meinen Scheitel und kehrte gleich in den Käfig zurück. Er sang von nun an nicht wieder, und ich bedauerte sehr, kein Tonband zur Hand gehabt zu haben, während er noch gesungen hatte.

Je seltener die Sonne schien, die auch sonst nie in den Raum gelangte, um so kürzer war der Zeitraum, den ich mit dem Vogel verbringen konnte. Wenn wir mittags alle bei Tisch waren, nahm auch er seine Mahlzeit ein, ob er nun damit auf uns gewartet haben mochte oder nicht. Hatte ich mich am Morgen eilig gebärdet, flog er gar nicht aus. Auch wurde er oft im Käfig belassen, wenn die Bedienerin gerade kam. Einmal war er jedoch bei solcher Gelegenheit ausgeflogen und auch mittags noch nicht zurück. Meine Frau hatte ihn, als sie ihn auf der Karniese bemerkte, mit der Klappleiter zu erreichen versucht, und er hatte in alter Angst die Flucht ergriffen und war irgendwo hinter die Pflanzen gefallen. Es dauerte eine Stunde, bis man ihn fand, da er sich gar nicht meldete. Er lag unter der kleinsten und entferntesten Topfschönheit, den Flügel eingeklemmt. Das nächste Mal, als der vernachlässigte Vogel nicht nach Hause wollte, wagte meine Frau nicht mehr, die zusammenklappbare Sprossenvorrichtung herbeizuholen, um ihn zur Rückkehr in seine engere Heimat zu bewegen. Sie stieg auf die Marmorplatte der Etagere, aber erreichte die Karniese nicht. Als sie sich um einen Stab verlängerte, flog der Vogel unermüdlich zu einem anderen Karniesenteil, unter dem keine Etagere stand, und von dort auf die höchsten Höhen des Gummibaumes und die Lampe. Trotz böser Sätze, die meine Frau äußerte, beharrte er auf seiner beschränkten Freizügigkeit. Als ich aber nach später Rückkehr ihn freundlich zum Einlenken aufforderte, ließ er sich gleich freiwillig unter Hausarrest stellen. Es kann auch der Tonfall, nicht der Wortlaut meiner Anrede gewesen sein, die er sinnentsprechend würdigte.

Wie meine Frau einmal, gleichfalls nicht in meinem Beisein, die Zimmertüre offenließ und in die Küche ging, ist ihr Lulla zum einzigen Mal gefolgt, aber schon im Korridor auf den Teppich gefallen. Es kann sein, daß sie damals nicht aus Zuneigung, die sie ihr kaum mehr zeigte, den für sie weiten Weg in die Küche wagte, sondern daß sie einen noch viel weiteren im Sinne hatte, nämlich uns zu verlassen. Vielleicht auch wußte sie aus dem Luftzug oder aus nicht aufgeklärter Ahnung, die jedem unkomplizierten Geschöpf zu eigen sein kann, daß das Küchenfenster gewöhnlich oder zeitweise offenstand.

Immerhin wendete ich von da ab Lulla mehr Aufmerksamkeit zu, und sie kürzte ihre Ausflüge, um mir nicht zu mißfallen. Häufiger als bisher streifte sie mein Haar, wenn sie nach dem Gummibaum trachtete, wozu sie nicht so niedrig hätte zu fliegen brauchen. Aber selbst wenn sie zur Karniese strebte, machte sie einen Umweg über mich hinweg, obwohl sie dabei die Richtung ändern mußte und dazu eine richtige Kehre zog, die selbst Kraftfahrern zu schaffen gemacht haben würde. Daher begann ich mich zu fragen, ob nicht dieses natürliche und einfache Wesen, das so tief unter der Stufe der Menschen stand, mir jene Zuneigung entgegenbrachte, die ich in meiner näheren und weiteren Umgebung bisweilen peinlich vermißte.

Von da ab sprach ich manchmal auf den Vogel ein, als ob er mich verstünde. Es waren allerdings nur Worte, wie man sie kleinsten Kindern sowie den Haustieren mit verstellter Stimme zu geben pflegt, so lange, bis es mich schließlich immer mehr zum gebräuchlichen Ausdruck drängte. Ab und zu war mir, als ob Lulla Antwort gäbe, mit einem Laut, der sich fast so ausnahm, wie wenn eine Krähe weinen würde. Indessen näherte sie sich mir von da ab um einen Schritt, sobald ich ihr einen Bissen hinhielt, wenn sie nicht zu weit von mir entfernt war. Sonstige Freundlichkeiten erwies sie mir nicht.

Wie nun meine Tochter zur Weihnachtszeit zurückkehrte und

ein Fichtenbaum neben Lullas Käfig aufgestellt wurde, kümmerte sich der Vogel gar nicht um das Gehölz, versuchte aber zum andern Male, Jenny ins Haar zu fliegen, das er nur deshalb nicht erreichte, weil das Mädchen unwillkürlich ihr Haupt zurückzog. Es glaubte, ihm im Austausch gegen seine Geste seinen Finger hinhalten zu sollen. Lulla aber ließ es nachsichtig bei einer Warnung mit ihrem Schnabel bewenden und biß nicht zu.

Die Beziehung meines Sohnes zu ihr hatte sich noch weniger zum Besseren verändert. Er nahm es Lulla übel, daß sie im Speisezimmer war, daß sie ausflog und manchmal nicht einmal mittags in ihren Käfig zurückkehrte, daß Wasserspuren an der Wand hinter dem Käfig standen, die noch von früheren Bädern Lullas herrührten und fallweise durch neue ergänzt wurden, daß die Streu auf dem Käfigboden kaum frisch blieb und Stange und Steige nicht abgekratzt wurden. Und er fürchtete zudem, wenngleich zu Unrecht, daß der Vogel auch einmal Verdauungsergebnisse auf den Tisch fallen lassen könnte, wenn gerade die Mahlzeit aufgetragen wäre. Sowie nun Lulla die falsche Darstellung von außen hörte und vielleicht spürte, daß etwas gegen sie im Gange war, mußte es geschehen, daß sie wieder ein großes und ein kleines Blatt vom Gummibaum abbiß, und zwar so, daß der Schaden erst zur allgemeinen Kenntnis gelangte, als sie schon verbittert den Heimflug angetreten hatte.

Es ist richtig, daß nun von meiner Frau ein Ausgehverbot über sie verhängt wurde. Als ich aber am nächsten Morgen etwas später ins Speisezimmer kam, saß der Vogel bereits wieder auf der Karniese. Die Verbotserlasserin hatte entweder ihre Verordnung vergessen oder ihr heimlich zuwidergehandelt. So brauchte ich mich auch nicht mehr daran zu halten.

Sicher mußte mein Sohn inzwischen festgestellt haben, daß ich ganz offen für die Kernbeißerin eintrat, weil ich es abstellte, daß das Nachtmahl, sobald Lulla schlief, noch im Speisezimmer eingenommen wurde, zumal nunmehr die Dämmerung früher eintrat.

Ferner verbot ich, daß im Zimmer telefoniert wurde, weil das Telefon auf der Etagere stand und das Ziffernblatt beleuchtet werden mußte, wenn man die Nummer wählte. Ich selbst führte Privatgespräche am Telefon fast nie, schon gar nicht in den Abendstunden.

Im Februar erschien meine Tochter neuerdings, diesmal mit ihrem Bräutigam. Sie blieben aber nur ein paar Tage und fuhren dann mit meiner Schwiegertochter und meinem Sohn auf Skiurlaub. Wilhelm hoffte, durch Beistellung seines Fahrzeuges und seiner Fahrerschaft zu dem, was ich ihm für die Reise an Zuschuß gegeben hatte, auch noch einen Teil von dem zu erhalten, was ich aus gleichem Anlaß Jenny zugemessen hatte. Sobald ich die Lage mit meiner Frau mißbilligend erörterte, hatte plötzlich Lulla sich eingemengt und einen Protestlaut von schneidender Schärfe ausgestoßen. Wogegen und zu wessen Gunsten sie aber Protest einlegte, war dem nicht zu entnehmen.

Wenig später bewarb sich der Bräutigam meiner Tochter telefonisch um die Hand derselben und ersuchte mich, die bürgerliche Trauung in Österreich vorzubereiten, während die kirchliche Trauung später in Frankreich stattfinden sollte. Dann sagte mir Jenny auf gleichem Wege den Termin an, zu dem beide Zeremonien in Aussicht genommen waren. Inzwischen hatte Lulla leise zu singen begonnen, wozu sie vielleicht die Stimme meiner Tochter, die sehr angenehm klang und über den Hörer hinaus im Zimmer vernehmbar war, angeregt haben konnte. Bisher hatte sich der Vogel freilich um Telefongespräche ebensowenig gekümmert wie um das Bellen des Hundes, das er aus dessen Zwinger untertags nicht minder häufig bis in seinen Behälter mitgeteilt erhielt. Und obwohl sein Singen leise war wie eine bloße Untermalung gesprochener Worte, wich es von Weisen kernbeißerischer Art doch ebensosehr ab wie von der Folklore mit Refrain, die er bei beginnendem Winter zum besten gegeben. Es hatte fast den Anschein, als würde die Musik zart und sanft gerade am Gegenstand angebracht und sollte Hoffnung und Wünsche enthalten, wie sie kein anderer, von Natur aus besser begabter Finkenvogel hätte zum Ausdruck bringen können. Es war schlechthin Lullas Gesang.

Dann kam der Monat März mit frühzeitig warmem Wetter, und der Schnabel der Kirschkernbeißerin wurde blau über Nacht, wie er nach wissenschaftlicher Erkenntnis in bloß bläulicher Tönung erst bei beginnendem Sommer hätte werden dürfen. Lulla war schweigsamer als je. Nur selten kam noch ein einzelner Laut aus ihrer Kehle, der so schrill klang, als empfände sie Traurigkeit oder Schmerz. Mag sein, daß es auch Sehnsucht war oder den Beginn der Wehen im voraus anzeigte, beides Zustände, die bei derlei Gefiederten nicht so leicht voneinander unterscheidbar sind. Denn die Zeit der Werbung und Liebe ist bei ihnen kurz und für Einsame überflüssig, weil ohne Gegenstand. Und auch die Ablage nicht befruchteter Eier einer Kernbeißerin dient niemandes Bedarf. Aber Lulla legte nicht.

Immerhin trug sie von da ab fast ständig Heu im Schnabel und lief aufgeregt in ihrem Behälter herum, in dem sie bisher geruhsam auf Stange oder Steige lange seßhaft geblieben war und selbst auf dem Rand der großen Wasserschale und den Futternäpfen geduldig ausgeharrt hatte. Nun beförderte sie auch ihre Halme auf die Karniese, obwohl diese vermöge ihrer ununterbrochenen Rundungen den Nestbau von vornherein ausschloß. Bisweilen allerdings, wenn ich Lulla einen besonderen Leckerbissen vor Augen führte, konnte sie der Lockung nicht widerstehen, ließ ihre Halme fallen und nahm ihn zärtlich an, wobei sie mir auch noch mehrere Schritte entgegenkam. Möglich ist allerdings, daß sie mir damit nur einen Gefallen tun wollte und mein Anbot ansonsten ausgeschlagen hätte.

So rückte die Zeit um die Mitte des Märzes heran, die schon einem Cäsar abträglich gewesen und nicht minder einem einäugigen und an einem Flügel versehrten Gimpel, den mein Sohn, damals noch klein, mit mir zusammen am Rande des Hochschwabs gefunden, mit Fliegen gefüttert und schließlich frei und ohne Käfig in der Wohnung herumflattern gelassen. Auch dieser Vogel strebte nach Höhen, wie er aber einmal Schwere in sich fühlte und den Boden aufsuchte, waren gerade die Iden des März angebrochen. Da nun auch Lulla häufig das Fliegen nicht aushielt und dabei zu Boden fiel, fürchtete meine Frau, die stämmigen Füße der Raumpflegerin würden der Kernbeißerin ein schlimmes Ende bereiten, wie ihre eigenen zarten und doch blinden den einäugigen Gimpel schon seinerzeit ereilten. Cäsar wurde wenigstens vor dem Zertretenwerden seitens weiblicher unterer Extremitäten durch die oben angesetzten männlichen Schwerter eines Brutus, Cassius und Cinna bewahrt.

Indessen legte der Vogel auf Ausflüge nicht mehr denselben Wert, seit er einsah, daß auf der Karniese kein Nest zu machen war. Den Gummibaum hatte er für ein solches scheinbar nie für geeignet gehalten. So lief er auf seiner Stange hin und her oder hüpfte ins Heu, um neue Halme zu holen und schon geholte wieder dorthin zurückzubringen. Bei allen diesen Hantierungen aber behielt er mich weiter im Auge, und wenn ich auf den Käfig zutrat, so eilte er mir entgegen, ob ich ihm Nahrung brachte oder nicht, ob er solche annahm oder ablehnte. Auch flog er gleich in den Käfig zurück, sobald ich die Schale meines Frühstückeies hineingelegt hatte, selbst wenn sie von mir schon völlig leer gegessen war. So ging es, bis meine Tochter wiederkam, um nunmehr ihre Hochzeit zu halten. Die Iden des März waren vorbei, und Lulla hatte überlebt. Nur mußte ich diesmal, weil Jennys Abschied bald bevorstand, die Zeit, die mir meine Befassungen übrigließen, mit ihr verbringen. Und Lulla hatte Verständnis, daß sie, die bei uns bleiben würde, noch mehr als sonst zurücktreten mußte. Sie näherte sich mir, sobald ich an ihren Käfig trat, auch wenn sie viele Schritte machen mußte, um zu mir zu gelangen. Und sie legte den Schnabel auf meinen Fingernagel, wenn sie das Futter nicht annahm, weil sie Halme zu tragen hatte. Ich hielt sie immer für entschuldigt bei ihrem unnützen und hierin beinahe menschlichen Unterfangen. Hatte doch der Tierhändler mir einmal zu verstehen gegeben, Lulla betrachte sich selbst sicher längst dem Menschentum zugehörig, wenn nicht uns andere der Kernbeißerei. Überdies hatte der Jude Heinrich Heine den Satz aufgestellt, daß man nicht zweierlei gleichzeitig mit einem Munde bewirken könne, sonst löge der Mensch auch noch beim Fressen. So mußte die Kernbeißerin, die als solche kaum log, nicht erst mit ihrem Schnabel auf das Korn hinpicken, um aufzuzeigen, daß sie wegen Abwicklung der Heubeförderung keine gleichzeitige Aufnahmsfähigkeit für Körpernahrung besäße.

Die Differenzen Lullas mit meiner Frau blieben weiter aufrecht. Wahrscheinlich gefiel ihr weder der Tonfall der an sie gerichteten Worte noch das sachliche Zutragen der Nahrung, während sie selbst sich in ihrer Sphäre behelligt fühlte. Auch mochten das Anlegen der zusammenklappbaren Leiter und die sonstige gewaltsame Verfolgung und Handanlegung zur Unterbrechung vorgehabten Außenseins noch die Voreingenommenheit Lullas gegen ihre Versorgerin bestärken. Den Ausschlag aber gab wahrscheinlich die vollständige Abkratzung ihrer Stange in Ausnützung eines ihrer Ausflüge sowie die noch bedenklichere, weil erstmalig vorgenommene Reinigung der kleinen Steige unter denselben bedenklichen Umständen. Dazu kam die Anbringung einer Tapete über den Wasserflecken hinter dem Käfig. Daß all dies nur deshalb geschehen war, um die Familie des Bräutigams, insbesondere dessen Eltern, würdig im Speisezimmer bewirten zu können, falls sie den Blick gegen den Koksofen richten sollten, wenn alle gerade bei Tische saßen, mußte Lullas Horizont übersteigen. Im übrigen hatte der Vogel während der ganzen Zeit der privaten Familienfeier, welche den Hochzeitszeremonien und dem anderswo einzunehmenden Hochzeitsmahl voranging, beharrlich geschwiegen. Nur als die Fremden gingen, folgte eine Äußerung, die kurz und scharf war, als wollte sie das Treffen auch noch symbolisch abschneiden, oder aber als würde sie den Abgang aller nachdrücklich bedauern.

Wie die zivile Hochzeit vorüber war und die Franzosen unter Mitnahme meiner Tochter nach Frankreich gefahren waren, blieb ich wieder mit Lulla allein, und sie nahm das Futter aus meiner Hand, als wäre es ein Juwel, und entschuldigte sich, wenn sie es nicht annehmen konnte, weil sie Halme herauf und wieder hinunter zu tragen hatte. Dazu kam allerdings noch eine weitere Geste, die sie bereits vor Jahresfrist ausgeführt, als sie die Bläue des Schnabels angelegt und vorgehabt, ihre siebzehn Eier zu legen, nur daß sie diesmal kein einziges zustande brachte. Sie bewegte sich nämlich wieder in Abständen von hinten nach vorne und von vorne nach hinten, wozu aber auch ein seitliches Ausbreiten der Federn und schließlich ein rasches und oft wiederholtes Zittern mit dem Schnabel hinzukam, wie das Klappern eines Storches mit dem gleichen Organ, nur ohne das von jenem erzeugte Geräusch. Ich konnte den Tierhändler nicht mehr über den Sinn dieser Veränderung befragen. Er hatte in einem entlegenen Wiener Bezirk ein großes Geschäft aufgemacht und sein hiesiges einem Stellvertreter überlassen, der nicht über seine Erfahrung verfügte. Immerhin nahm ich an, daß es sich wohl bei den Verrenkungen und Zuckungen Lullas um eine erotische Gebärde handle, die an niemand gerichtet war, und wäre sie selbst mir zugedacht und überdies zulässig gewesen, doch keine Entsprechung ermöglicht haben würde.

Meine Frau fand diese Geste peinlich und unschicklich, ob sie nun im Käfig auf der Mitte der einzigen Stange oder während des Ausgangs auf der Karniese ausgeführt wurde. Sie verwies dem kleinen Federvieh dessen Dummheit, so daß Lulla mangels Eingehens auf ihre Instinkte sie noch minder liebte als vordem, während sie mir ihre Gunst beließ, weil sie sich vielleicht noch immer verstanden glaubte.

So war April schon vorgeschritten, und das Wetter blieb nicht beständig. Die Vögel im Umkreis begannen zu singen, während Lulla stillblieb, abgesehen von dem schrillen Laut, den sie gab, wenn ich kam, und wiederholte, sobald ich sie verließ. Ob der aber ein Zeichen des Grußes und Abschieds oder eines Leides sein sollte, war nicht abzuschätzen. Von Siegfried ist gesagt, daß er nach einem Bad in Drachenblut die Sprache der Vögel verstand und doch an einer Stelle verwundbar blieb, da ein Blatt in das Blut gefallen war. Doch dem Drachen war sein Blut zu nichts nütze, und er hatte die Vogelsprache vergessen.

So blieb Lulla bei ihren Gebärden und übertrieb sie noch, soviel sie konnte, und kümmerte sich weder um die Vögel, die aus dem Garten sangen, noch um die Sperlinge, die im Ventilator ein Nest gebaut hatten und nun zu acht vor dem Drahtgitter am Fenster dicht beisammen saßen. Mag allerdings sein, daß der Kernbeißerin ihr eigenes Quartier nun nicht mehr so eng vorkam im Vergleich zu diesem, das in Hör- und Sehweite blieb, wenn Lulla ausgeflogen war, und auch ansonsten Akkorde an sie in raschen Tonfolgen gelangen ließ. Das Wetter änderte sich, aber nicht zum besseren, und man heizte häufig zum Frühstück und Mittagessen den Konvektor, aber nicht am Abend, da dann außer mir niemand zu Hause war und ich in der Küche aß, damit Lulla schlafen konnte. Und sie verhielt sich lange unruhig auf ihrer einzigen Stange im Käfig, bis sie sich doch in eine Ecke zurückzog, bei guter Laune und erträglichem Wetter gegen den Garten zu, im anderen Falle in Richtung Wand. Und ich begann auf diesen Umstand zu achten, wenn ich leise durch ihr Zimmer ging. Sie aber rührte sich dann doch noch, wie um mir zu zeigen, daß sie nicht schliefe oder daß ich sie geweckt hätte.

Ende April reiste ich mit meiner Frau im Flugzeug nach Paris, der kirchlichen Trauung meiner Tochter halber, und wir verfügten, daß der Vogel während der Zeit unserer Abwesenheit im Käfig bleibe, um nicht von der Raumpflegerin zertreten zu werden, daß aber diese trotzdem seine Versorgung übernehmen solle. Sowohl auf dem Hin- als auch auf dem Rückfluge brachte ich die Rede auf

Lulla in dem Sinne, daß ich es schwerlich ertragen würde, wenn ich sie nicht mehr hätte. Und als wir an Notre-Dame vorbeifuhren, wollte ich unbedingt auf den Vogelmarkt, um einen männlichen Kernbeißer zu erstehen. Aber man ließ mir keine Zeit dazu und sagte mir weiters, solche Vögel seien hier selten und zudem nicht gefragt. So blieb mir nichts anderes übrig, als mit leeren Händen zu Lulla zurückzukehren, und ihr, uns dort zu erwarten, wo wir sie hingestellt hatten und festhielten. An ihren Gebärden hatte sich nichts geändert, nur daß sie die von ihr gesammelten Halme zuletzt in die große Wasserschale abwarf, vielleicht weil sie einsah, daß ein Nest nirgends anzubringen war und sich überdies der Nestbau erübrigte, weil sie nichts hineinzulegen hatte, ja selbst im Tauglichkeitsfalle ihrer einschlägigen Bemühungen doch kaum etwas auszubrüten gewesen wäre. Bald darauf begann sie in gleicher Art mit ihrer Nahrung zu verfahren, die sie doch später benötigte. Hierin mußte ein Nachahmungstrieb vorliegen, der etwa das berücksichtigte, was sie von der Zubereitung von Salaten oder dem Einbrocken in Suppen wiedergeben konnte, wie es allerdings zwar bei Tische in Österreich vorzukommen pflegt, bei uns aber zumeist in der Küche bereits geschah. Mein Sohn allerdings, der inzwischen aus Frankreich eingetroffen war, bestand darauf, daß Lulla inzwischen ein Ei gelegt und es sogleich gefressen habe. Spuren von solchen Vorgängen, wie Reste grünscheckiger Schalen, waren nirgends ersichtlich. Und von der Nahrung im Wasser hatte niemand gesehen, daß sie der Vogel später herausgeholt hätte, um sie seinem Genusse zuzuführen. Freilich waren am Morgen seine Futterschalen der Ergänzung immer bedürftig, meistens waren es die besten Körner, die fehlten, manchmal mangelten fast alle. Mag sein, daß ein Teil davon in der Streu verschwand. Denn Lulla, die weit mehr bekam, als sie brauchte, war schon immer verschwenderisch mit dem Ihren verfahren.

Den 17. Mai trug ich, wie auch sonst an diesem Tage, eine rote Krawatte, wiewohl ich diese Farbe sonst nicht sonderlich mag.

Doch hatte mein Vater einen Tag vor seinem Tod, ebendem, auf den das heutige Monatsdatum zutraf, die rote Krawatte bewundert, die ich damals zum ersten Mal trug, und es war von ihm mit Bezug auf sie sein letztes Wort gesprochen worden, in dem er sie mit dem Ausdruck »wunderhübsch« versah. Von Lulla konnte dergleichen nicht erwartet werden. Auch schien sie gegen Rot allergisch, hatte auf das rote Etikett des Körnerherzens gepeckt, sobald man ihr ein Herz dieser Art zur Verfügung stellte, auch auf rote Radieschen, selbst auf Erdbeeren, die dieses Jahr zwar noch selten waren, welche sie aber nach anfänglichem wilden Hinbeißen dann doch in geradezu süchtiger Eile in sich aufnahm. Diesmal aber kam sie sofort mit besonderer Zärtlichkeit meinen Fingern nahe, in denen ich ihr wie gewohnt eine Zirbelnuß hinhielt. Sie umschmeichelte diesen Teil meiner Hand und mußte ihn auch mit ihrer Zunge berührt haben. Darauf holte sie den Rest der ersten Erdbeere herbei, den ihr meine Frau gerade zugesteckt hatte und für den diese mit Bissen bedankt worden war, und sie suchte das ihr kostbare Geschenk zwischen meine Finger zu pressen. Danach allerdings begab Lulla sich sofort in die Mitte der Stange und vollführte dort ihre wippenden Bewegungen von vorn nach hinten und von hinten nach vorn und drückte sich dabei flach auf die Stange mit gespreizten Federn. Und auf ihrem Kopf waren drei davon aufgestellt, wie damals, als sie nur diese aufwies und am übrigen Körper nackt als Küken ins Haus gekommen.

Ab dem 18. Mai, dem Todestag meines Vaters, hatte ich mich außer mit meinem bürgerlichen Beruf noch mit den Büchern eines schwer lesbaren Autors zu befassen, über den ich aus Anlaß einer Tafelenthüllung eine Gedenkrede halten sollte. Ich war mit mir übereingekommen, um ein oder das andere Wort in dieser Rede unterzubringen, rund zweitausend Seiten aus seinen Büchern zu studieren und zu exzerpieren. Bis dahin war ich im Verlaufe von Jahren freilich nur auf deren hundert gekommen. So stand ich nunmehr noch zeitiger auf, um zu frühstücken, und öffnete den Drahtvorhang an Lullas Käfig, der eine Art Zugbrücke darstellte, damit sie ins Freie gelange. Sie stürzte sofort heraus, begab sich aber ebenso schnell wieder in ihr trautes Heim zurück, sobald ich die Eischale darin hinterlegt und Futter und Wasser gewechselt hatte. Sodann fiel sie über den natürlichen Kalk her. Aber wie ich zum Käfig trat, war sie schon bei mir auf der Stange, nur durch das Gitter von mir getrennt, und pickte auf die Zirbelnuß, die ich ihr bot, nahm sie jedoch nicht, sondern ließ sie fallen und pickte zärtlich auf meinen Fingernagel, begab sich in die Mitte ihres räumlich sparsam beschaffenen alten Hauses auf ihre einzige Stange, wippte dort von hinten nach vorn und wieder zurück und spreizte dabei seitlich die Federn, daß sie völlig flach aussah, und ihr Schnabel öffnete sich kurz und wiederholt und zuckte, als ob ein Storchenschnabel klappere, nur daß es gar keinen Lärm verursachte.

Ein anderes Mal, als ich schon vor dem Frühstück meine Lektüre begonnen hatte, traf ich Lulla, bereits ausgeflogen, auf der Karniese an und in deren Mitte dieselben Bewegungen ausführend, als ob ich ihr dorthin folgen sollte, was ich doch nicht hätte tun können, wenn ich es selbst gewollt hätte. Meine Frau schimpfte mit ihr und wollte sie durch Vorzeigen eines Stabes zur Rückkehr bewegen, erreichte dies aber nicht. Nur daß der Vogel plötzlich und zum ersten Mal dort außen eine weiße Spur hinterließ, die meine Frau übersah und die ich ihr verschwieg, so daß sie bis heute blieb. Ich aber redete dem Vogel zu, seine Heimreise anzutreten, was er mit einem Laut des Bedauerns auch sogleich tat.

In der Folge hatte ich wenig Zeit für ihn. Einmal mußte er sehr gründlich gebadet haben und lief völlig naß im Käfig herum. Als ihm meine Frau den 25. und 26. Mai morgens das Futter auswechselte, waren nicht viele Körner abgängig, aber mehr als sonst schwammen in der großen Wasserschale. An beiden Tagen war der Vogel nur kurz ausgeflogen, daher schon im Käfig, als meine Frau den Futter- und Wasserwechsel ausführte. Das eine Mal wurde sie noch dabei gebissen, das andere Mal nicht mehr, was sie lobend erwähnte. Ich trat an das gartenseitige Ende des Drahtbaus heran und bot Lulla eine Zirbelnuß. Sie eilte von ihrer Streu geradezu auf die Stange und stürzte zu mir. Dann tippte sie leicht auf meinen Fingernagel und vollführte in der Stangenmitte die schon gewohnten Bewegungen, die mir nicht weiter auffielen, weil sie so häufig erfolgten. Ich ging in den Garten und fütterte sonstige Vögel. Dabei hatte ich den Eindruck, als hätten Türkentauben mit ihren infekten Verdauungsergebnissen das erste Holzhäuschen, das selbst größeren Gefiederten leicht zugänglich gewesen wäre, verunreinigt. Da ich mit meinen Händen eine Schmutzstelle berührt haben konnte, wußte ich, daß ich sie sofort zu reinigen hätte. Wie ich ins Speisezimmer kam, saß Lulla auf der Stange an der Gartenseite und hatte mich offenbar erwartet. Ihr Schnabel, der mir bereits gebleicht vorkam, lag bald in Andacht auf meinem Fingernagel, als ob sie sich so mit mir vereinigen würde, und indem sie ihn öffnete, durch diese Berührung zitternd so viel Liebe empfinde, als ihre Kleinheit zuließ. Zudem verzichtete sie nunmehr auf die Zurschaustellung des Wippens und Flachdrükkens auf der Mitte ihrer einzigen Stange.

Den 27. flog sie nur einen Augenblick aus und kehrte im Sturzflug in den Käfig zurück. Ihr Futternapf war voll, und in der Wasserschale lag nichts. Lulla trug keinen Halm mehr im Schnabel und saß ohne Bewegung auf ihrer Stange. Ich schloß meine Lektüre ab und betrachtete den Vogel. Es schauderte ihn wie von Fieber. Seine Augen waren geschlossen. Mein Sohn, der sich spät erhob und nie um Lulla gekümmert hatte, schrie mich an, ich müßte nach Wien mit dem Tier in ein Tierspital oder zur Hohen Warte. Ich nahm meinem Sohn sein ungewöhnliches Extempore übel und lehnte ab. Es sei heute Christi Himmelfahrt und gewiß nirgends ein Arzt aufzutreiben. Auch wäre gegen die Veterinäre manches einzuwenden. Sie verständen bestenfalls etwas von Hunden und Katzen, notfalls von Hühnern, Enten, Gänsen und Papageien, sicher nichts von Kernbeißerinnen, geschweige denn von Lulla. Das einzige, was der Mann gewußt hatte, der Lulla mit der zusammenklappbaren Steigleiter habe holen lassen, war, ihr roten Vitaminsaft einzuflößen, den sie gar nicht wollte, und zu erklären, daß ein so gut gefüttertes Tier fünf oder sechs Tage ohne Nahrung auskommen könne. Lulla könne sich nur selber helfen, da brauche keiner seine Stimme zu erheben, der sonst nur leise spreche und von Lulla nichts wissen wolle.

Den 28. war ich schon um vier Uhr morgens im Speisezimmer, und Lulla war nicht da. Sollte ihr in der Nacht etwas widerfahren sein und meine Frau sie weggeschafft haben? Ich fand den Vogel vor dem Käfig auf dem Teppich hocken, er war durch das Drahtgitter durchgeschlüpft und hatte nicht auffliegen können. An einem 28., wenn auch nicht in diesem Monat, war meine Mutter gestorben, die ich auf meiner Flucht ins Ausland allein in äußerster Gefahr zurückgelassen hatte. Nun brachte ich das Tier in den Käfig zurück, und es setzte sich auf die Wasserschale, versuchte zu trinken, brachte aber nichts hinunter. Ich weckte meine Frau und rief die Tierspitäler an, es meldete sich kein einziges. Erst um sechs Uhr hob eine Aufräumefrau den Hörer ab und sagte, es würde ein Arzt um sieben den Dienst antreten. Es traf aber keiner ein, auch nicht um halb acht, um acht, um halb neun. Um neun sei einer zu erwarten. Wir versuchten, Lulla Wasser oder Vitamine einzugeben, sie spie alles aus. Am Vortag hatte sie die Augen meist geschlossen gehalten, nun sperrte sie diese auf, aber sah uns kaum. Um neun war noch immer kein Arzt zu erreichen, und ich mußte meinen Vortrag abzudiktieren beginnen. Meine Frau blieb bei Lulla. Die hatte sich inzwischen aufgerafft und das Ende ihrer Federn, das in die Wasserschale hing, herausgezogen. Nun saß sie auf dem Futternapf, aber fraß nichts. Um halb zehn, als noch niemand im Tierspital erschienen war, holte mich meine Frau aus der Kanzlei. Lulla wurde aus dem Käfig herausgenommen und in eine Schachtel auf Streu gebettet. Sie lag und zitterte mit ihrem Schnabel, von dem die Sommerbläue völlig verschwunden war. Als meine Frau dem Vogel die Hand näherte, biß er nach ihr. Er sah sie aber nicht an, es war nur eine mechanische Bewegung. Wie ich ihm meinen Finger nahe brachte, biß er auch nach mir, aber erreichte mich nicht. Doch bäumte er sich nunmehr nach Kräften auf und stieß seinen lautesten Schrei aus, der war auch der letzte.

Wir begruben ihn sofort im Garten und entfernten seinen Käfig vom Koksofen, alle seine Futtervorräte und was sonst besonders an ihn erinnerte. Meine Frau stellte einen Zierstrauch dorthin, wo er gewohnt hatte, aber ich ließ es nicht zu. Sein Platz sollte leer bleiben. Sie legte auch Blumen auf sein Grab und errichtete aus dürren Zweigen ein Kreuz. Er ist aber bestimmt nicht dort. Die vier Jahre, welche er bei uns gewesen, war er in seinem Raum ohne Sonne ausgekommen. Nun ist er nirgendwo. Nur die weiße Spur inmitten der Karniese ist von ihm geblieben, denn der Gummibaum wurde gereinigt und treibt neue Blätter aus.

Am 30. Mai hielt ich meinen Vortrag. Aber die ihn lobten, beleidigte ich. Es war mir eingefallen, daß Lullas Gebärden des Wippens und Flachdrückens auf der Karniese und ihr Picken auf meinen Fingernagel, ja auch das Anbot der Erdbeere an mich nichts anderes besagten, als daß sie Hilfe brauche und Legenot habe. Ich aber hatte ihre deutliche, einfache Sprache ungebührlich mißdeutet.

Den 1. Juni unterließ ich es, einen ehrlichen Mann davon abzuhalten, daß er unter dem Druck eines einfältigen, aber selbstherrlichen Richters seinem unehrlichen Bruder sein Eigentum um einen Pappenstiel hinwarf. Mir war eingefallen, daß ich damals im Garten den Tod aus dem Futterkasten heraufgeholt und trotz innerer Warnung in Lullas Schnabel gebracht hatte.

Am Abend war meine Frau in Tränen aufgelöst. Sie würde dem kleinen Federvieh auch nicht im Falle der Auferstehung wieder begegnen können. Ich gedachte jener Magd in Flauberts *Schlichtes Herz*, die dem ausgestopften Papagei, der übrigens Lullu hieß, ein kirchliches Begräbnis und geweihtes Grab besorgen wollte, welche in Wirklichkeit ihr selber zuteil wurden. Sogar der Heilige Geist hatte die Gestalt einer Taube angenommen, und in Werfels *Der veruntreute Himmel* verwechselte eine Köchin das farblose Tier mit ihrem farbenprächtigen. Lulla hatte manche Wunder bewirkt, das des ewigen Lebens freilich nicht. Von mir aber ist sie dreimal verraten worden. Damals, als sie mir zeigte, wie es um sie stand, wie sie mir sogar ihre Lieblingserdbeere anbot, damit ich sähe, was klar war, und täte, was noch getan werden konnte. Wie mich die innere Stimme berief, ihr mit ungewaschenen Fingern nicht nahe zu treten, und ich ihr den Tod in den geöffneten Schnabel steckte. Und zuletzt, als sie sogar durch den Mund meines Sohnes um Hilfe rief, der sonst nie schrie und sich niemals für sie verwendete. (Und es wäre vielleicht auch damals noch Zeit gewesen, sie ins Leben zurückzuholen.) Denn Lulla war die winzige Liebe in mir, die jetzt für immer wegfiel. Ich habe nicht um mich geweint.

HELMUT EISENDLE

Der kleine Tod

While alive be a dead man,
thoroughly dead;
and act as you will,
and all is good.
Williams

Der Mensch kann nicht leben, ohne zu handeln.

Lipsky sitzt in einem Park auf einer Bank. Neben ihm steht eine Flasche mit Jamaica-Cola, in der Hand hält er ein Papptablett mit Leberkäse, Brot und Senf.

Es ist früh am Morgen.

Auch wenn man aufhört zu handeln, wenn man den Dingen ihren Lauf läßt, ist das eine spezielle Art des Tuns, etwa wie eine Lawine auf einem Schneehang dadurch ausgelöst werden kann, daß man über ihm steht.

Wie das Schweigen eine stumme Weise des Sprechens ist, ist die Untätigkeit ein passives Tun.

Das ständige aktive oder passive Handeln ist aber nichts anderes als die Anwendung von Gewalt, einer Gewalt, die die eigene Lage und die der Dinge und Umstände fortwährend ändert. Gewalt ist immer im Spiel.

Es ist ein Irrtum anzunehmen, es gäbe Ideen, unwandelbare Ideen, des Tuns und Lassens, des Wollens und Verhinderns, der Liebe und des Hasses.

Die Menschen, die das Leben in ein derartiges System pressen, befinden sich auf einem sakralen, nicht aber auf einem realen Weg. Was durch Worte, durch Sprache bezeichnet ist, ist so veränderbar, so wandlungsfähig wie das Wort selbst. Das Handeln ist der Widerspruch des Redens. Die Beschreibung ist nur sie selbst, das Tun, die Tätigkeit, die Tat, Mord und Totschlag, Liebe und Raserei haben die Worte hinter sich gelassen. Was bleibt, sind die Erfindung, der Traum, die Stilisierung der Wirklichkeit in Begriffen, die Phantasie der Innenwelt.

Wenn es Weisheit gibt, besteht sie darin, zu begreifen, daß die Handlungen, die Gebärden und Gesten, die Taten, die wir an Ideen gebunden vollziehen, von diesen nicht abhängig sind.

Die Idee folgt der Aktion, und nur weil die Welt voller Aktionen ist, die im nachhinein überdacht worden sind, vermeint man, der Gedanke wäre der Vater der Handlung. Die Idee ist eine seltsame Blüte der Praxis, nicht deren Wurzel, wie man glaubt. Trotzdem sind diese seltsamen Blüten, die aus unseren Köpfen sprießen, kein Makel, sondern ein Element des Lebens, zumindest ein Lebenselement dessen, der zu mutlos oder zu klug ist, etwas zu tun.

Die Beschreibung des Handelns oder Denkens, also Literatur, ist nur ein schwaches Surrogat von beiden. Es bewirkt nichts und stellt auch die Komplexität der Dinge nicht dar. Es ist nichts Endgültiges, sondern eine Momentaufnahme des Prozesses zu einem unbekannten Ziel hin. Sie, die Beschreibung, ist ein Detail, ein erfundenes Detail, ein Stück Sprache, ein Stück Phantasie auf den Nenner einer angenommenen Wirklichkeit gebracht.

Ich habe den Schein und die Wankelmütigkeit der Sprache und ihrer Begriffe erfahren. Jeder Verdacht ist mir recht, um meine Krankheit, die Krankheit des Zweifels, zu stärken.

Da die Handlungen, unser Tun und Lassen aber an die Idee der Sprache gebunden sind, zerfallen mir nicht nur wie Lord Chandos die Worte wie modrige Pilze im Munde, sondern auch die Vorstellungen über das Tun oder die Handlungen selbst. Sie färben die

Vergangenheit mit Erinnerungen, die ihrerseits an der sprachlichen Unvollkommenheit leiden. Ich handle nicht mehr, weil ich denken kann, das Denken aber ist Phantasie.

Beispielsweise neigt man dazu, die Idee der Liebe als etwas genau Festgelegtes, etwas Klares zu sehen. Sie ist das Paradies oder der Abgrund, entweder sind wir in glücklicher Sicherheit oder zum Leiden verurteilt. Ich kann heute nicht sagen, was dieser Begriff, der für mich an ein bestimmtes Erlebnis, an eine Phantasie gebunden ist, darstellt: Instinkt, Sehnsucht, Trieb, Traum, Gewalt, Herrschsucht, oder ist dieses seltsame Wort ein Reiz, einem Phantom, einer Erfindung meines zu mancher Zeit dunklen Geistes nachzujagen?

Ihr Name war Phyllis.

Ich weiß, daß das Abenteuer mit dieser Frau mein Leben beeinflußt hat. Es hat meine Phantasie auf Bahnen geleitet, auf die sie ohne diese Frau nie gekommen wäre. Und trotzdem glaube ich heute noch an eine Erinnerung, allerdings eine Erinnerung, die die Trivialität als Hauptmerkmal besitzt.

Wie unzählige Male zuvor, saß sie in einem der dunklen Viertel der Stadt in einem Lokal, einer Bar Papillon, und trank.

Selten habe ich Beziehungen zu Frauen dieses Schlages gehabt, und bei keiner einzigen war das Instinktmäßige so vordringlich. Trotz aller Reserve bestimmte mich ein unterschwelliges Gefühl, ein Bedürfnis, das stets auszubrechen drohte, ein Drang, der Herrschaft und Sehnsucht zugleich war. Mein Kopf, der Verstand wehrten sich gegen diese Bestimmung, die Vernunft fand hunderterlei Gründe gegen dieses Verhältnis, doch meine Gefühle traten wie Wellen auf und richteten jedes Argument zugrunde.

Wie hatte es begonnen?

Die erste Erinnerung ist die an meine schmerzende Hand. Ein Schlag auf den mit Gläsern vollgestellten Tisch im Mohrenkopf hatte mich verletzt und eine eiternde Schnittwunde hinterlassen.

Ich erinnere mich genau, Phyllis war neben mir. Wir hatten die ganze Nacht getrunken. Aus einem nichtigen Anlaß geriet ich in Wut, eine Regung, die mich selten überkommt, und ich schlug mit Gewalt auf den Tisch. Die Scherben flogen durch den Raum, das Blut spritzte, und ich sank vornüber. Der Wirt, sein Name war Anton, und ein Gast schleppten mich in einen Nebenraum und säuberten die Wunden mit Alkohol.

Die ganze Angelegenheit, denke ich heute, war eine Gebärde, die Phyllis galt. Es war nicht der Beginn unserer Bekanntschaft, aber vielleicht ein Zeichen der Art und Weise unserer Beziehung.

Gut, ich stand neben Phyllis, wir tranken Bier und Schnaps. Draußen gingen die Lichter an.

Phyllis trug eines jener aufreizenden Kleider, die mehr zum Vorschein bringen, als durch die Stoffmenge zu erwarten ist.

Ich selbst fühlte mich verkommen, war es wohl auch; die Kleider rochen nach Gasthaus, nach Schnaps, Schweiß und Bratenfett, der Körper war verschwitzt, das Haar strähnig und feucht.

Das Papillon ist ein Männerlokal. Frauen haben hier nichts zu suchen, außer ihre Profession erfordert es. In diesem Lokal verkehren keine normalen Menschen. Hier halten sich Spieler, Zocker vom besten Schlag, Trinker, Süchtige, Dealer und Abhängige auf. Es sind Menschen aus einem nachtländischen Reich, einem Eiland, dem es an vielem mangelt, dem alles jene fehlt, was Länder üblicherweise auszeichnet: Ordnung, Vernunft, ein ausgeklügeltes System von Gesetzen und Vorschriften, Wohlstand, Sicherheit, wenn diese auch nur Versicherung heißt, Wachstum, Parkplätze, Autobahnen und eine demokratische Gesinnung.

Das nachtländische Reich liegt jenseits des Asphalts und hat doch mit ihm zu tun. Es hat etwas von Unterwelt, von einem Ghetto, erfüllt mit Schmerz und Wehmut, mit Nichtsnützigkeit und gleichgültigem Elend.

Seine Gegenden sind die Städte, aber auch Landstriche in bekannten Ländern. Im Norden ist es vielleicht so schön und karg wie das Innere von Spanien um Murcia oder Lerida, im Westen könnten die Mischwälder mit ihren Farben an den Süden der Steiermark erinnern, es riecht nach frischem Wein und gebratenen Kastanien, im Osten, wo vielleicht das Meer liegt, wäre es felsig wie die Gegend um Genua, die man cinque terre nennt, und im Süden gliche es dem lieblichen Anjou, ungefähr dort, wo der Kindermörder und Kampfgefährte Jeanne d'Arcs, Chevalier Marschall Gil de Reiz, einstmals sein Schloß besaß.

Der Himmel ist am Abend weit wie über Berlin, die Luft klar und gläsern, ein kühles, freundliches Blau wie in der Stunde der Hinrichtung nach einer durchzechten Nacht.

Dieses nachtländische Reich hat keine Zukunft, es hat Vergangenheit, die Vergangenheit seiner Bewohner. Kein Fortschritt ruft hier zum Krieg auf, kein Parlament befiehlt hier den Frieden, kein Staat fordert hier Treue, nichts ist in diesem Lande so wichtig, daß es den Bewohnern zur Last werden könnte.

Es ist ein Land voll Faszination und Grausamkeit, so grausam wie die Städte, die es besitzt; Berlin mit dem Wedding, dem türkischen Kreuzberg, seinen lichtlosen Hinterhöfen, Barcelona mit dem barrio chino, Rom mit Trastevere, Genua mit dem Hafen, den Marokkanervierteln, München mit Haidhausen oder dem Viertel um den Viktualienmarkt kurz vor Mitternacht, Paris mit dem Mont Parnasse, mit Montreuil, wo die Clochards neben der Peripherique den Rest ihres Lebens verkaufen, oder Frankfurt mit dem Bahnhofsviertel. Es ist so schön und gefährlich wie die Städte Wien, London, Marseille, die neben ihren Gesichtern auch Fratzen haben.

Ja, ich habe einen Teil meines Lebens in diesem nachtländischen Reich zugebracht, ich lebe zeitweilig in ihm, genauso wie die Männer und Frauen im Papillon.

Ich bin über die verstaubten Landstraßen bei Murcia gegangen, vorbei an den alten Bauernhäusern, an den Olivenhainen, an den ausgetrockneten Flüssen, den Wiesen mit dem verbrannten Gras, ich saß bei Wein und Kastanien in einer Buschenschank und blickte auf die Hügel der Steiermark, ich war in Genua, fühlte mich in dieser verwüsteten und prächtigen Stadt zuhause, in den dunklen Gassen am Hafen genauso wie oben bei den herrschaftlichen Villen, deren Ausblick weit übers Meer reicht; ich sah die roten Felsen, die Schluchten von cinque terre, wanderte durch das liebliche Anjou, stand im verfallenen Schloßhof von Chantocé und blickte ins Moor, ich lebte in Berlin in einer Lindenallee, saß in den Eckkneipen zu jeder beliebigen Zeit bei Korn und Pils, ich schlenderte über die Ramblas von Barcelona hinüber ins barrio chino, ins Chinesenviertel, ich spielte in Haidhausen mit Jugoslawen Billard, pokerte mit Italienern, trank griechischen Wein, Demestica, Rezina, Metaxa und Ouzo, ich durchzechte Tage und Nächte und wartete, wartete auf die blaue Stunde.

Die Bewohner dieses seltsamen Landes findet man überall: im Papillon, bei Ibro, in Harry's Pinte, in Joe's Schnapshaus, im Mohrenkopf, im Theatercafé, in der Bohemia, in der Bar Pastis, im Schillerhof, in den unzähligen Stehausschänken, in den Bahnhofshallen, überall.

Es sind Denker und Spieler, Zweifler und Gestrauchelte, Gehenkte, wie der auf der zwölften Karte des böhmischen Tarot, Glückliche, wie der in der S-Bahn auf der Fahrt von der Friedrichstraße zum Wannsee, in der Manteltasche die halbvolle Flasche mit Limbo, es sind Frauen, deren Schönheit kein Gestern und kein Morgen kennt, ihre Strümpfe ziehen Falten wie ihre Gesichter, sie sitzen in der letzten Ecke eines Lokals mit schmutzigen Fingernägeln und verwischtem Teint, sie warten auf den Verehrer, auf den freundlichen Kavalier, der nichts mehr von ihnen will, der zahlt und einen ausgibt, weil es ohne das nicht geht; es sind Dichter und Träumer, Verfolgte und Verfolger, die nie ans Ziel kommen, freischaffende Trinker und Poeten, die nie vom Erfolg geschlagen wurden, die immer schon bereit waren, überallhin zu verschwinden, wie der Herr Doktor Serner, für immer, denn sie haben nichts zu verlieren, keinen Markt, keine Freunde, kein Haus, keine Zukunft; es sind jene Figuren am Stuttgarter Platz in Berlin, wie die eine mit dem Spitznamen Semmel, der Taschendieb, wie Nino, der zwergenhafte Zuhälter mit seinem Mädel aus Schleswig-Holstein, die den Autostrich um zwanzig Mark macht, es sind auch jene aus den Hinterzimmern, die Zocker und Hasardeure, die Pornoliebhaber, die Südländer, die Türken, Jugoslawen und Portugiesen, deren Augen angeschlagenen Glaskugeln gleichen, es sind die Narren, die Irren, die Anstaltsinsassen, die nur mehr denken und auf jede Verständigung verzichten, die schwätzen und konfabulieren, weil sie sich endlich selbst genug geworden sind, es sind jene Helden des Versagens, die den Gönnern das Gönnertum schenken, es sind jene, die Mitleid erregen und dadurch den Verdienst des Selbstwerts und der Überlegenheit anderer für sich buchen können, es sind auch jene vielfach Verurteilten der Hauptbahnhöfe, die unrechtmäßigen Schläfer hinter der Gepäcksaufbewahrung, die, gejagt von Klofrauen und Bahnpolizisten, vor der Sperrstunde die Bierreste der Großzügigen trinken; es sind jene kleinen Ladendiebe, die sich auch einmal den Lachs zum Frühstück im Park gönnen, es sind die verlorenen Kokser und Wermuthbrüder, die Trinker, die am Erfolg der anderen verzweifelt sind, es sind alle jene, die zwar Vergangenheit, kaum aber Zukunft haben.

Es führt kein freiwilliger Weg in das nachtländische Reich; eines Tages kommt man an, ohne Wunsch und ohne Trauer. Man geht über die staubigen Straßen, blickt in die hügelige Landschaft, steht im Schloßhof von Chantocé, vor sich das Moor und über sich den gläsernen Himmel, man sitzt in den Beiseln, Pinten, Kneipen, Bars, vor sich das Glas und wartet, wartet auf die blaue Stunde der Hinrichtung, in der die Träume erfüllt und die Ziele erreicht sind.

Ich passe in dieses Reich, wie Phyllis, wie die anderen. Meine Zweifel und Ziele kommen aus der Nacht.

Ich stehe im Papillon neben Phyllis.

Die Männer in der unmittelbaren Nähe blicken verstört mit verschleierten Augen zu uns herüber. Unmerklich rücken einige näher.

Phyllis ist betrunken; sie strahlt eine Art von Verkommenheit aus, die Wünsche erzeugt, welche Schönheit nie erzeugen kann.

Mit der Zunge fährt sie über ihre Lippen, ihre Hände liegen auf den Schenkeln, die durch das dünne Kleid scheinen. Ihre Finger sind gespreizt.

Plötzlich steht sie auf, geht, ohne ein Wort an mich zu richten.

Ich schaue in die Augen der Männer. Einige lächeln, zynisch und sanft.

Im Dunkel der Straße steht sie unvermittelt neben mir, hautnah mit großen Augen. Ich spüre ihren Atem, diese Mischung aus Schnaps, Ketchup und dem Geruch von Parfum und Öl.

Sie packt meine Hände, und ich spüre den Schmerz in den Wunden.

Der Schweiß bricht mir aus den Poren.

Wortlos stehen wir einander gegenüber; verschwitzt, verschmutzt, feindlich, das Gegenteil eines Paares.

Der Alkohol und die Nächte haben uns zu Gegnern gemacht. Trotzdem haben wir miteinander zu tun. Wir haben eine Beziehung, ein Verhältnis, wir stehen in einer zwanghaften Abhängigkeit, fern von Sympathie und Verliebtsein.

Ich fühle den Widerwillen, reiß mich los und gehe die Straße entlang. Phyllis ist hinter mir, wer eher geht, macht den anderen zum Bittsteller, ich gehe, spiele den Gleichgültigen. Sie berührt meinen Arm und stößt einen Laut hervor. Ich drehe mich langsam um. Als sie meine geballte Hand sieht, lächelt sie.

Ihr schweißüberströmtes Gesicht berührt meine Wange. Ich gebe auf.

Mein Ich befand sich in einer hermetischen Isolierung. Die Außenwelt, die Situationen, in denen ich lebte, nicht zuletzt Phyllis hatten mich auf eine negative Weise überwältigt. Was sich in mir offenbarte, war nicht einmal Verzweiflung, es war ein Zustand der extremen Mangelhaftigkeit, eine Insuffizienz des Reagierens, ein Abhandenkommen des Willens, bestimmt durch das Gefühl, unterlegen, ausgeliefert zu sein. Ich, mein Ich, hatte nichts mehr zu bestimmen. Diese Unfähigkeit, über mich selbst zu verfügen, drückte sich in Ekel gegenüber allem und jedem aus. Doch gemeint war ich, mein hilfloses Ich. Ich war es, der der Bestimmung, der Gewalt der Dinge unterworfen war, und anstelle einer möglichen Identifikation mit den Umständen, eines Sich-daran-Gewöhnens, ergab sich Fremdheit, eine Impotenz des Fühlens und Handelns. Ich spürte die Unnatürlichkeit meines Zustandes, und doch gehorchte ich und unternahm nichts, um ihn zu ändern. Ich wußte mich verfolgt, von allen, von den Männern, die ich traf, genauso wie von Phyllis. Und doch glaubte ich, im geheimen mit ihnen, mit ihr in Verbindung treten zu können. Ich war unfähig, zwischen Deutung und Wirklichkeit zu unterscheiden.

Dieses Netz der Beziehungen zu den anderen, doch vor allem zu Phyllis, war mir unerklärbar, obwohl es Kausalität besaß. Ich wurde gezwungen, in Beziehungen gezwungen, entweder aus meinem Wunsch oder aus einer verschwommenen Gesetzmäßigkeit heraus. Zentral befand ich mich in einem Netz, ein Gewirr von Kontakten umgab mich wie eine Spinne, ich webte Kontakte wie Fäden, Berührungen zur Umwelt, zur Umgebung, zu Phyllis, zu den anderen. Das Material dieser Fäden zur Außenwelt waren Worte, Gesten, Gebärden, mein Äußeres.

Ich deutete alles, was mit mir geschah, alles, was ich mit mir geschehen ließ. Die Ich-Beziehung, die ich in mir feststellen mußte, als einen außergewöhnlichen Zustand diagnostizierte, bestimmte mich gegen meinen Willen. Die Deutung, die Interpretation ließ mich alles wie im Traum erleben. Ich erkannte die Banalität der Situationen, denen ich ausgeliefert war, und flüchtete mich in die Interpretation. Ich wurde zum Objekt meiner Betrachtung. Im Mittelpunkt gab es etwas, das man Ich nennt, die

Hülle, ein Körper, war das Bewußtsein, das Instrument der Diagnose, ein anderes Ich, das Ich der anderen, das Ich von Phyllis.

Ihr schweißüberströmtes Gesicht berührt meine Wange. Ich gebe auf.

Jedes Hotel ist in den Gerüchen seiner Besucher beschreibbar. Die Sauberkeit oder ihr Gegenteil, das Inventar, die Verkommenheit der Einrichtung oder der Stil, das Benehmen des Personals, seine Sprache sind Nebensächlichkeiten, sind Symptome.

Hotels, ob das Grandhotel an der Côte d'Azur oder die Kaschemme in der Vorstadt, erkennt man durch die Nase, über den Geruch, den die Gäste hineintragen und auf immer hinterlegen. Der Geruch ist ein Charakterzug der Unterkunft.

Der Portier, ein grauhaariger Mann mit Brillen hoher Dioptrienzahl, war eine Ergänzung des süßlich-verkommenen Geruchs in der Rezeption.

Neben mir steht Phyllis, ich spüre und höre sie. Der Mann hinter dem Pult sieht und hört nichts. Ignoranz gehört zu seinem Beruf.

Die Türe fällt laut hinter uns ins Schloß.

Die Luft im Zimmer ist stickig, man hat den Eindruck, die letzten Gäste seien eben erst gegangen.

Durch den Raum schwebt ein billiges Parfüm.

Ekel überkommt mich, ich stürze ins Bad und übergebe mich. Phyllis hat die Fenster geöffnet, die Vorhänge vorgezogen und sich auf das Bett gelegt.

Sie sagt etwas, und ich höre nur den Ton ihrer Stimme. Ich blicke zu ihr, sie scheint zu warten, ihre Hände gleiten in zeitlicher Verzögerung über ihren Körper.

Meine Lenden spannen sich, ich spüre die Erregung, nehme sie wahr und weiß, daß ich ausgeliefert bin.

Langsam tauche ich in eiskaltes Wasser und bin gelähmt. Ich ringe nach Luft, gehe ins Bad und wasche mein Gesicht. Mein Spiegelbild erschreckt mich.

Die Raserei, die Besinnungslosigkeit ist ein Mittel gegen die Schwäche.

Obwohl in mir nichts Wildes, nichts Ungestümes ist, spiele ich es. Alle Gebärden, alle Gesten der Besessenheit, der Wollust, der Vernichtung, der Demütigung sind mir recht, wenn sie nur meinen Ich-Verlust, meine Insuffizienz übertünchen.

Ich gehe aus dem Bad und lege mich aufs Bett zu Phyllis. In der Lust ist alles möglich, alles das erlaubt, was Grenzen überschreitet, alles Verbotene wird zum Gesetz. Man verbindet sich die Augen, um sich selbst nicht zu sehen, um die eigene Schwäche nicht zu spüren, man spielt die Übertretung, begibt sich in einen Zustand der bewußten Bewußtlosigkeit, der Gesetzlosigkeit, ignoriert alles jene, dem man bei geöffneten Augen unterworfen ist.

Die Vorstellung, etwas Verbotenes zu tun, kommt aus dem Gehorchen. Der verschleierte Blick, das nebelhafte Bewußtsein tut, als gäbe es keinen anderen Zustand.

Nichts ist in solchen Momenten fremd und geschützt. Man fällt in die Phantasie und verteidigt mit ihr alles, was man wünscht.

Der kleine Tod, la petite mort, im Leben, ohne Bewußtsein vollzogen, erlebt als ein Sterben jeder Beherrschung, jeder vernünftigen Regung. Das Maßlose dieser Situation drückt sich nicht mehr in Sprache aus, das Denken ist ausgeklammert, man reagiert.

Es dauert Stunden, Monate, Jahre, ein Leben und ist doch nur ein Moment.

Erschöpft falle ich zur Seite.

Neben mir Phyllis, schweißgebadet, Opfer und Täter, Siegerin und Unterlegene, geschunden, gedemütigt wie ich selbst.

Es ist ein Gefühl, welches der haben muß, der heimlich einem Selbstmörder folgt, der sich zur Verweigerung des Handelns und Eingreifens entschlossen hat, der jede Moral von sich weist, der den Genuß in der Zerstörung des anderen sieht. Der Sadismus der Passivität, des Bewußtlosen.

Die Krankheit der Wollust, das Bedürfnis eines Menschen, den anderen zum Objekt zu machen, zum Objekt einer Lust, der man sich stets verweigert, einer Lust, die erst entsteht, wenn Bewußtsein und Vernunft hinter einem liegen.

Unfaßbar langsam, zeitlupenhaft komme ich zu mir, kommt die Klarheit zurück. Ich falle in eine entspannte Erschöpfung.

Ich höre den Vorhang, den Wind, der ihn bewegt, das Rauschen des Regens, der die schwüle Atmosphäre erlöst.

Meine Erinnerung ist eine zufällige Kollektion einzelner, oberflächlicher Bilder. Das Komplexe der Situation meiner Vergangenheit ist nicht faßbar. Über eine Minute des Lebens, eine beiläufige Minute ein Buch schreiben, ein Leben lang schreiben.

Die unausgesprochene Bedeutung des Lebens zielt auf Lust, auf verschiedene Lüste, auf die Varianz der Lüste, auf das Erotische. Demütigung, Erniedrigung, Entehrung sind damit verbunden.

Das böse Pendant zur Schönheit ist die Lust.

Die Situation forderte es, ich, Phyllis, wir waren nur Werkzeuge von Umständen.

In einem schwülen, mit billigem Parfüm durchdrungenen Hotelzimmer dritter Kategorie, in dem sich zwei betrunkene Menschen, eine Frau und ein Mann, befinden, die hemmungslose Stunden mit Alkohol hinter sich haben, kann nur Bestimmtes passieren. Es muß abnorm und pathologisch sein, es ist trivial, banal, ein Klischee.

Bilder und Vorstellungen primitiver, einfacher Träume rufen einen Widerstand hervor. Jedes Mittel ist recht, um Bilder zu erzeugen, die auf einer Verkommenheit des Denkens beruhen. Auf die andere Seite kommen. Sich dem Anspruch nicht mehr beugen. Jeden Stolz aufgeben, das Dasein als Frau, die Existenz als Mann.

Ich glaubte, daß die Grenzenlosigkeit von Phyllis weder Stolz noch Scham kannte. Sie erzwang aber auch die Aufgabe dieser Merkmale von jedem, der mit ihr in Berührung kam. In ihr war ein Wille zur Aufopferung, der aggressiver ist als Mordlust.

Ich war ein Opfer, voll mit schlechtem Gewissen. Sie erzeugte in mir Gedanken der Grausamkeit, die ich nie gedacht hätte.

Angst, das Vermeiden von Schmerz, Aggression als Folge, Aggression als Mittel zur Lust. Angst ist die Mutter der Orgie. Suspense, die Verzögerung, die Vorwegnahme, die Andeutung, das Nichtvollziehen, die Demonstration des Leidens aus Lust, die Grenzüberschreitung, das Maßlose, die Vergewaltigung, der Körper, die Absenz der Vernunft, das Chaos der Sekretion, Schweiß, Blut, Tränen, Sperma, alles ist jenseits eines Begriffs der Leidenschaft und Liebe.

Sehnsucht und Vernunft. Mit diesen Begriffen liegt die Liebe im argen. Die Vorstellung versagt, verselbständigt sich in Worten.

Liebe ist ein abstrakter, ein logischer Begriff. Lust, Wollust und Gewalt sind sein Korrelat. Die Verwirklichung der schwärzesten und bösesten Träume in einer Aktion der Rücksichtslosigkeit, der Schamlosigkeit, der Ausbeutung, des Überfalls, des Verbrechens, des Bösen.

Das Positive eines Wortes im Negativen definieren. Normalität ist wie die Gesundheit ein Begriff, der nur von seinem Gegenteil her zu betrachten ist. Abnorm, krank.

Berühre ich die Begriffe, spüre ich in mir die Erregung, eine verhaltene Raserei, die an mein Schicksal rührt, die mein Weltbild zerstört, bin ich auf dem richtigen Weg.

Ich bin wie die schwarze Kugel, die Acht, beim Pool-Billard, die lange geschont wird, der man aus dem Wege geht, auf die man aber letzten Endes doch zukommt, um sie in ein Loch zu stoßen. Die anderen Kugeln sind die Begriffe, die Wörter, die Sprachelemente, die das Spiel ausmachen. Mein Körper mit seinen unbewußten Wünschen ist die schwarze Acht.

Ich warte darauf, mich verkriechen zu können. Noch werde ich von den Kräften über ein Feld getrieben. Bilder.

Ich bin mit Wunden übersät. Bisse, Flecken, Schürfungen. Der Schweiß brennt auf meinem Körper.

Wir haben einander, uns, nicht geschont, nichts gegeben. Schweißnah liegen wir wie Leichname nebeneinander, übereinander und warten, daß der Rest von Leben in uns wieder erwacht.

In den Ohren klingen die Schreie, das Stöhnen, Beschimpfungen, der hervorgestoßene Ekel, die Sucht, der Schwall, der uns unbewußt aus den Mündern kam.

Das Zimmer ist verwüstet.

Die verkommene Ordnung hat sich uns gebeugt. Nichts steht an seinem Ort. Das Bett ist verschoben, der Teppich halb unter ihm, die Nachttischlampen umgestürzt am Boden.

Ihre Kleider bedecken wie verstreute Nebelballen den Raum. Das Blau des Himmels.

Wie Blitze tauchen, während ich langsam erwache, Momente der letzten Stunde vor mir auf.

Ich fühle die feuchte braune Haut, die Lippen, die Zähne, ich höre das Atmen und Stöhnen.

Bilder reihen sich aneinander, blitzartig.

Das würgende Gefühl der Lust, das Drängen, der Zerstörungswille, die Vernichtung der Zeit.

Bilder, die Erschrecken auslösen.

Ich stehe aufrecht im Bett, ihre Arme umschlingen meine Hüften, ich spüre, daß die Wollust mir das Blut aus den Adern saugt. Meine Haut fühlt sich kalt und naß an.

Das Bild, übersetzt aus der Erinnerung in Sprache, ist verlorengegangen. Die Trivialität der Begriffe nimmt der Vorstellung den Wert.

Sprache verbraucht sich, nützt sich ab, und die Abnutzung ist ein Maßstab des Trivialen, des Banalen, des Kitsches, des Normalen, des Durchschnitts, der Gewohnheit.

Wie die Begriffe nebelhaft sind und in zwei verschiedenen Menschen niemals die gleichen Eindrücke hervorrufen können, wie aus diesem Grunde die Menschen einander niemals verstehen können, so wechseln in ein und demselben Hirn auch die Begriffe,

Bilder, Erinnerungen, sie werden zitternd, ungenau, verschwommen wie Nebelbilder. Sicher ist nur das Verbrauchte, es ist ein allgemeines Gut und brauchbar zur sinnleeren Verständigung. Das Originelle läßt sich nicht mitteilen.

Wir fallen, wir stürzen wie sich begattende Vögel auf das Bett, kriechen ineinander, verkrallen uns, sterben und lieben. Begattende Vögel, Bett, kriechen, verkrallen, sterben, lieben.

Ich habe sie gewürgt, geschlagen, sie hat mich geschunden, beleidigt, gedemütigt, aufs Blut gereizt.

Wir haben einander nichts, absolut nichts gegeben.

Oder ist das Bild der Erinnerung ein Wunsch, ein gegenwärtiger Wunsch?

Oft meine ich, daß ich von Phantomen beherrscht werde, Phantome, die Erfindungen meines nachtländischen Geistes sind.

Ich traf Phyllis zu einer Zeit, in der ich dem Alkohol mehr Vertrauen schenkte als den Menschen, die ich traf.

Sie stand an der Theke der Kaliste-Bar.

Mich bestimmte damals nur ein Weg: von der Theke zum Pissoir und zurück. Ich meinte, mein Mittel gefunden zu haben: Alkohol, Phantasien und die Ignoranz der Menschen und des Lebens als Folge.

Tagelang war ich mit Pierre de Rose durch die Stadt und Lokale gezogen. Wir waren Figuren des nachtländischen Reiches. Und obwohl wir in der Gosse waren, sahen wir die Sterne über uns. Wir schliefen, wo wir bewußtlos wurden; an der Theke, am Tisch einer Gaststube, auf der Straße, in Hausfluren, in der U-Bahn, im Pissoir.

Trotzdem unterschied uns etwas von den Kollegen, den anderen Bewohnern des nachtländischen Reiches. Zumindest am Anfang redeten, dachten wir noch, konfabulierten und hatten Spaß, uns in eine Rolle zu begeben, immer mit der sicheren Distanz der Überlegenheit des Besserwissers, des Geretteten, des Sportsmanns. Wir lebten gleichsam im luftleeren Raum zwischen dem

Normalen, der verdrossen seiner Arbeit nachgeht, und dem Verlorenen, dem am Asphalt der Stadt Gestrandeten. Über die einen lachten wir, über die hinter den Schaltern, die in den Geschäften und Büros, wir machten Späße und provozierten sie, die anderen aber waren, zumindest was das Äußere betraf, unsere Brüder, Menschen, die unser Mitgefühl besaßen. Wir spielten mit dem Gedanken, so zu sein wie sie, ihre Karriere nachzuvollziehen. Das Stigma, das unser Äußeres, unser Verhalten abgab, ehrte uns. Wir genossen die Bruderschaft zu den Letzten dieser Welt, und jedes Lächeln war uns ein Beweis für unsere eigene Verkommenheit.

Doch wir waren nicht wie sie, wir hatten Geld, für uns war dieses Leben eine Attitüde, ein Einfall, eine Wendung aus Langeweile.

Vormittags, als die einschlägigen Lokale geschlossen waren, saßen wir mit einem Hot-Dog in einem Park, neben uns eine Flasche Gin und eine Dose Cola. Das war die Stunde der Theorie. Am Abend kam die Praxis. Wir begaben uns in das nachtländische Reich, in einen der unzähligen Stehausschänke, zum Hauptbahnhof, wo wir, wie die vermeintlichen Brüder, die Bierreste der Großzügigen tranken, umherlungerten und die Abscheu der Ankommenden und Abfahrenden genossen.

Der Bahnhof war uns ein lieber Ort.

Bahnhöfe sind Stationen der Sehnsucht für jene, die irgendwo geboren sind, die Türken, Jugoslawen, die Mazedonier, Bosnier, Kroaten, die Dunkelhaarigen aus Mostar, aus Anatolien, aus Istanbul oder Tekirdag am Marmarameer mit dem natürlichen Wunsch nach der fernen Heimat, ihren Bergen, dem Meer, dem Süden, der karstigen Landschaft, in der die schwarz gekleideten Frauen warten.

In Grüppchen stehen sie hier im Kreis und vergessen, wo sie sind. Wir standen bei ihnen, tranken mit ihnen, waren gut Freund mit ihnen, gaben vor, welche von ihnen zu sein.

Die Gespräche und Witze, die es hier gibt, sind die von einsamen Männern.

Ob es der Bahnhof Zoo in Berlin, der Jugendstilbahnhof von Valencia, die Flughafenatmosphäre des Hannover Bahnhofs oder der Hauptbahnhof von Graz ist, bleibt gleich. Die Menschen auf den Bahnhöfen sind sich seltsam ähnlich. Wünsche werden hier zum Charakter des Ortes.

Frauen sieht man selten, wenn, sind es Verlorene, die keinen Dünkel mehr kennen, sie haben nichts mehr zu geben, und niemand nimmt ihnen etwas. Diese Frauen hatten in unserem Leben keinen Platz. Und andere gab es nicht. Wir tranken, schütteten alles Trinkbare in uns hinein, wir waren allein, obwohl wir viele waren, allein mit dem Alkohol, mit dem Dreck, dem Schweiß, den verschmutzten Kleidern, schamlos, ohne Schranken, nur mehr darauf aus, den Körper zu bedienen, den Durst zu stillen, eine seltsame Karriere zu machen.

Unsere Überlegenheit den anderen gegenüber verschwand, als wir einen bestimmten Grad von Verkommenheit erreichten. Das Spiel war keines mehr.

Wir verfielen gleichsam, wurden ekelerregend, einsam, hoffnungslos, unfähig, den bewußt eingeschlagenen Weg zu verlassen.

Wir begaben uns ins Dunkle, ins Nachtländische, in die Dämmerung der Delirien.

Feindschaft, Haß und Niedertracht kamen auf. Wir begannen zu kämpfen, um jedes Glas, um jeden Bierrest, um jeden Schnaps, immer geplagt von der Angst des Betrügers, von der Angst des Gauners und Diebes.

Ohne unseren Willen wurden wir in Schlägereien verwickelt, die, von trunkener Bösartigkeit getragen, nur darauf aus waren, zu verletzen, Blut zu sehen, um den Preis eines einzigen Schlucks Gin oder Schnaps. Jede kleinste Möglichkeit eines Mißverständnisses genügt in solchen Situationen, das Bösartige lawinenartig zu entwickeln und jede Rücksichtnahme zu ignorieren. Wir lernten den Abschaum der Großstadt kennen, waren er. Wir gehörten dazu. Selten bei Besinnung, sahen wir vor uns nur noch das Grab des Säufers: den Kanal, den Straßengraben, die Gosse, das Pissoir.

Längst sprachen wir nichts mehr. Die Phantasie mied uns, die Vernunft hatte sich aus dem Staub gemacht. Nichts konnte unser Fallen aufhalten. Die blauen Augen von Pierre de Rose – er ist um Jahre jünger als ich – waren rotgerändert, sein Gesicht aufgedunsen, die Hände zittrig.

In einem Anfall von Raserei hatte ich meine Hände verstümmelt. Der Schmerz der Infektion verhinderte den letzten Rest von Zurückhaltung.

Ich war am Ende.

In einem letzten Aufraffen begannen wir Abschied zu nehmen. Wir kauften zwei Flaschen billigen Fusel und zogen uns zurück.

Gleich Elefanten verschwanden wir im Sumpf des Asphalts, um uns den Rest zu geben, um in der Einsamkeit des Trinkers zu verkommen.

Wir lagen in einem Pissoir der U-Bahn und tranken bis zur Bewußtlosigkeit.

Als ich aufwachte, war Pierre verschwunden.

Ich zog allein weiter.

Nach einigen Stationen kam ich in die Kaliste-Bar und traf Phyllis.

Sie stand an der Theke und trank.

Ich hatte damals keinen Blick mehr für Menschen, ob Mann oder Frau, für mich bestand die Welt aus Gebern und Nehmern, aus Verfolgten und Verfolgern, aus mir und den anderen.

Für mich war Phyllis zu dieser Zeit keine Frau, sondern eine Quelle, ein Etwas, ein Mensch, der mir die Qual des Durstes und der Einsamkeit nehmen konnte. Ich hatte keinen Blick für sie als weibliches Wesen. Nur ihre Hände und ihr Mund waren von Bedeutung. Die Hände zahlten, hoben das Glas, schoben es mir über den Tisch, der Mund sagte etwas, sprach Wünsche über weiteren Nachschub von Schnaps und Bier aus.

Ich besaß keine Sprache, keinen Sinn für Menschen. Meine Hände führten das Glas zu den Lippen, der Gaumen spürte den Schnaps wie heißes Gold, die Nase nahm den vertrauten Geruch auf, die Augen starrten auf die Flaschen hinter dem Regal.

Phyllis trank mehr als ich. Sie machte sich gleichsam zu meinem Spiegelbild, wollte es übertreffen, nicht im Äußeren, sondern im Charakter. Sie nahm mich auf wie einen auslösenden Reiz, einen Anreiz, um auf mich als Verzerrung meiner Person zu reagieren. Es machte ihr Spaß, mich zu übertrumpfen. In ihr war eine seltsame Art von Emanzipation, ein Drang nach Überlegenheit, eine Mitleidlosigkeit den Männern gegenüber, die mich verwirrte.

Jedes Extrem reizt sie zu einer Gebärde der Überlegenheit, treibt sie in eine Position der Siegerin, der Täterin.

Sie schüttete in sich die doppelte Menge hinein, die ich mir zumutete.

Ihr Prinzip ist und war, alles, jedes Extrem zu überbieten. Sie unterwirft sich den Gesetzen des nachtländischen Reiches so vollkommen, bis jeder, der mit ihr zu tun hat, sich gut fühlt, besser fühlt als sie, weil er weniger getrunken hat, weil er weniger verkommen ist.

Trotzdem unterscheidet auch sie sich in einem Punkt von den anderen. Sie ist von einem Ehrgeiz besessen, in ihr ist, so tief sie auch sinkt, ein Widerstand, der nicht zu brechen ist. Sie ist nie verloren. Auch wenn sie am Boden war, lächelte sie.

Vielleicht war ihre Rücksichtslosigkeit, Grenzen und Normen, denn auch in diesem Milieu gibt es sie, zu überschreiten, nichts anderes als eine Neugierde, eine Gier, alle Variationen und Möglichkeiten des Lebens zu erfahren, jedes Detail zu erproben.

Sie hatte Geld. Woher, war mir immer unklar geblieben. Sie besaß es, weil ihr Leben, ihr Lebenswandel es in seiner Absolutheit forderte. In Armut hätte sie ihr Leben verkauft, nur um es einen Moment lang in vollsten Zügen zu genießen.

Der Schatten der Erinnerung. Ich werde nie erfahren, was hinter diesem Schatten steht. Was ich erlebt habe, läßt kein Urteil zu, ja, ich weiß nicht einmal, ob irgend etwas geschehen ist.

Als ich Phyllis in der Kaliste-Bar zum ersten Mal sah, war ich am Ende.

Ich weiß nicht, was an diesem Abend noch alles passiert ist.

Am nächsten Morgen oder irgendeinem Morgen wachte ich in ihrer Wohnung auf.

Phyllis pflegte mich, ließ mich in Ruhe, schonte mich. Sie wartete, denke ich heute, auf meine Erholung, um ihr Spiel mit mir fortzusetzen. Sie war hinter mir her, alle waren hinter mir her.

An ihren Augen erkannte ich, daß ich für sie nur ein Ding, ein Objekt war, ein Spielzeug. Ich war ein Gebrauchsgegenstand ihrer Lust und ihre Grenzüberschreitung.

Diese Erkenntnis reizte mich, erweckte einen aggressiven Widerstand in mir.

Ich glaubte, sie zu durchschauen, und nahm mir vor, ihre Pläne zu durchkreuzen, sie mit ihrer eigenen Methode zu erledigen, ihr eben in nichts nachzustehen. Phyllis war in der Zeit, die ich in ihrer Wohnung verbrachte, nahezu zärtlich. Sie spielte eine Rolle, die Rolle der Krankenschwester und Frau. Doch es war nur ein Vorspiel. Auch in ihrer vorgegebenen Aufopferung machte sie mich zum Narren.

Während ich noch schwach war – der Alkohol hatte meinen Körper verseucht und geschwächt –, träumte ich, sie zu demütigen, ihr das Grausamste anzutun, was ein Mann einer Frau antun kann: sie völlig meinem Leben, meiner Lust unterzuordnen, sie lieblos zu gebrauchen, zu benutzen, wie man ein Werkzeug benützt. Diese Träume nahmen immer mehr Gestalt an. Sie wurden zu einer fixen Idee.

Eines Tages zogen wir los. Die Szenerie wiederholte sich. Wir schlugen uns durch Bars, Stehausschänke, wir trieben es in Toiletten, in Männer- und Frauenklosetts, in U-Bahnabteilen, um drei Uhr früh auf offener Straße, inmitten von Menschen. Es war Sport für uns.

Es überfiel uns, es kam über uns überall, unerwartet und bei jeder nur denkbaren Gelegenheit. Eine kleine nur wahrnehmbare Geste, die zufällige Berührung genügte. Ein Hausflur, eine Bretterwand, die Nacht, alles war uns genug.

Wir waren wieder im nachtländischen Reich.

Unsere Körper verstanden einander in Berührungen. Uns verband eine wortlose Selbstverständlichkeit.

Obwohl wir voneinander kaum etwas wußten, war das Verhältnis zwischen uns eindeutig. Es gab keine Zukunft, keine Pläne, keinen gemeinsamen Gedanken, der sich auf später bezog.

Die persönliche Geschichte jedes einzelnen war von denkbarem Desinteresse.

Das Persönliche verpflichtet, verpflichtet zu einer gemeinsamen Zukunft. Man wird zu einem Menschen, zu einem Paar, das einen Weg geht, kraft der Vergangenheit einen gemeinsamen Weg einschlägt.

Meine Erinnerung wird von Bildern beherrscht.

Das Hotel.

Ich höre Phyllis. Sie schläft.

Die Lippen sind halb geöffnet. Auch im Schlaf sind ihre Bewegungen aufregend und erotisch. Sie liegt da, ein Bein im Knie abgewinkelt, das andere über mir, die Hand unter der Brust.

Vielleicht entspricht die Erinnerung einem Traum, einer Phantasie, vielleicht ist diese Erinnerung nur ein Bild meines Unbewußten, das, zusammengesetzt aus banalen und trivialen Vorstellungen, Wünsche zum Ausdruck bringt, die ich nicht verwirklichen kann. Meine Erinnerung als Wunschtraum.

Ich glaube, daß die Phantasie Lebensersatz ist, sie dient der

Erregung, der Spannung und ergibt über ihre physische Wirkung ein Surrogat von Wirklichkeit. Die einfachsten Träume, Bilder, die ich irgendwann aufgefangen habe, dienen mir, sind für mich brauchbar und nützlich.

Ich bin, so gesehen, die Hauptperson in einer Trivialgeschichte, eine Begebenheit, in der meine innersten Wünsche berücksichtigt werden. Frau und Mann, ein Phantom und ein erdachtes Ich, mein Ich, spielen unter der Regie meines Unbewußten. Das Einfachste wird durch die Phantasie verschlüsselt, primäre Bedürfnisse zu einem Abenteuer.

Ich phantasiere, und es ist mir gleichgültig, ob diese Phantasien ein Korrelat in der Wirklichkeit haben. Ich habe die heldenhaften Ziele der Auffälligkeit aufgegeben.

Mein Wunsch ist, ein unauffälliges Leben zu führen, in dem die Phantasie zur Befriedigung meiner Bedürfnisse führt.

Es ist bedeutungslos, ob eine Geschichte wahr ist, ob sie originell ist, es ist gleichgültig, ob sie gut oder schlecht ausgeht, nur ob sie in mir Befriedigung erzeugt, ist wichtig.

Alles, was mich berührt, im Innersten berührt, deutet eine Bedrohung meines Ichs an. Meine ganzen Zweifel sind Rettungsversuche meines Ichs. Die Vorstellungen von Gut und Böse widerstreben der Zweideutigkeit meiner privaten Moral. Gewalt oder Rücksichtnahme entsprechen mir nicht. Mein Ich bestimmt sich in der Abweichung von diesen Normen. Die Richtung der Abweichung ist unklar. Gegen die Tabus von Gewalt und Verbrechen setze ich meine Träume ein. Die Phantasien gestatten mir jede Grenzverletzung, ich spiele mit Verboten in Gedanken wie Kinder mit Murmeln auf der Straße.

Ich behaupte eine phantasierte Existenz und nehme sie als gelebt und erlebt an. In Gedanken bin ich der, der ich nicht sein kann. Ist aber die Vorstellung, der Traum, intensiv genug, bin ich glücklich.

Phyllis liegt neben mir. Ihr Haar ist feucht und glänzend, es fällt schlangenartig von ihrem Kopf. Mein Mund ist trocken. Ich hebe den Hörer des Telefons ab und verlange eine Flasche Kognak und Mineralwasser. Kurz darauf klopft es. Ich stehe auf, öffne die Türe, das Tablett mit den Getränken wird hereingereicht, ich bedanke mich und gehe zum Bett zurück. Vorsichtig trinke ich Schluck für Schluck. Langsam kehrt das Leben in meinen Körper zurück. Während ich Phyllis betrachte, wie sie neben mir schläft, merke ich, daß ein gemischtes Gefühl aus Kraft und Bösartigkeit meinen Kopf zu beherrschen beginnt.

Ich trinke weiter, versuche das Gefühl zu unterdrücken, es hinunterzuspülen.

Als ich mich über Phyllis beuge, ihren Atem spüre, verstärkt sich dieses Gefühl.

Die Kognakflasche ist halb leer.

Ich bin Opfer und Täter zugleich. Dieses Merkmal läßt sich auf mein ganzes Leben anwenden, auf meine Existenz als Herr Doktor Lipsky genauso wie auf die Situation, in der ich mich damals befand.

Phyllis schläft. Sie atmet ruhig und regelmäßig.

Langsam öffne ich die Hände und spreize die Finger.

Ihr Hals ist wie Wachs, der kleinste Druck meiner Finger würde genügen.

Der Moment des möglichen Zugriffs, der Entschluß wird zu einem Spiel.

Phyllis öffnet für einen Augenblick die Lider.

Ein langsamer Krampf, ein Zittern würde ihren Körper erschüttern. Sie würde die Arme um mich schlingen, ihre Fingernägel in meinen Rücken graben, Blut würde über meine Hüfte laufen.

Sie würde schreien, sich gegen mich stemmen, in ihren Augen wäre Todesangst.

Ich würde zudrücken. Sie läge unter mir wie ein Fisch, eine Schlange, sich windend, um ihr Leben ringend.

Meine Fingernägel würden sich in ihren Hals bohren. Der Schmerz würde ihr Gesicht verzerren. Sie würde kratzen, beißen, sich bis zuletzt wehren.

Ich würde ihr den Rest geben.

Phyllis würde zucken, der Krampf würde langsam verebben, ihr Kopf fiele zur Seite.

Ihr Gesicht wäre rot von meinem Blut, schweißgebadet. Sie wäre dem Tode nahe.

Ein letztes Mal würde ich zupacken, den Rest von Leben aus ihr pressen.

Ich fiele über sie her. Willenlos ließe sie alles mit sich geschehen. Keine Lust, nichts mehr wäre in ihr.

Meine Befriedigung wäre vollkommen.

La petite mort, der kleine Tod am Rande des Lebens.

Ich drehe mich zur Seite und greife nach der Flasche.

Als ich aufwache, ist es dunkel. Eine Nacht und ein Tag sind vergangen.

Das Bett neben mir ist leer. Phyllis ist verschwunden. Ich stehe auf, dusche, kleide mich an und verlasse das Zimmer.

Der Portier weiß nichts von ihr.

Ich verlasse das Hotel.

Es regnet. Im Zustand der Nüchternheit tauchen Bilder der Nacht vor mir auf. Die Phantasie mischt sich mit der Erinnerung. Was geschah in dieser Nacht? Leidenschaft, zumindest der Begriff, den ich davon habe, ist etwas Gefährliches, Gewalt, versteckt oder offen. Nur das Radikale macht das Leben aus. Das andere, das Normale, beugt sich den Übereinkünften, die Zugeständnisse an den Frieden, an die Harmlosigkeit sind.

La petite mort, der kleine Tod. Im Alkohol, in der Verkommenheit, in den Beziehungen der Menschen untereinander, im Abenteuer.

Frauen waren für mich stets von Bedeutung. Wenn nicht im Leben, so doch in den Träumen, in den Ängsten genauso wie in den Phantasien. Sie waren mein Elixier, gaben mir Kraft, forderten mich, machten mich geschickt und durchtrieben, kalt und verkommen, sehnsüchtig und romantisch. Ich konnte in den Beziehungen zu den Frauen nur Gegnerschaft, nur etwas Feindliches finden, auch wenn in mir verborgene Wünsche ruhten. Die Möglichkeit ihrer Erfüllung war nie gegeben. Ich baute mir Bilder auf, Phantome, die aus dem Weiblichen bestanden. Diese Träume der Liebe und des Zusammenlebens wurden gesetzmäßig enttäuscht. Wenn ich ein Zusammenleben versuchte, waren meine Ordnung, meine Welt, mein Ich aufs äußerste bedroht. Die Bindung an eine Frau, glaube ich heute, ist mir nicht möglich, weil mein Code, mein Lebensstil keine Bindung zuläßt. Mein Code heißt Einsamkeit, Beziehungslosigkeit in einem nachtländischen Reich, und darüber der Schein von Sicherheit.

Paranoia oder Vorsicht, wo liegt der Unterschied?

Ich suchte Phyllis.

Ich ging durch die Lokale, begann mich langsam wieder zu betrinken. Papillon.

Eine Frau, die schräg gegenüber saß, lächelte. Ich zahle und gehe.

Kaliste-Bar, Mohrenkopf.

Sie wird an der Theke lehnen und trinken.

Ich schließe die Eingangstüre hinter mir. Der Platz ist leer.

Ihr Name geistert durch meinen Kopf. Ein Geschwür.

Es nimmt Formen an. Ich sehe sie vor mir. Mein Bewußtsein beginnt sich zu vernebeln.

Ich torkle aufs Pissoir.

Mein Leben wird durch einen Weg bestimmt: von der Theke zum Pissoir und zurück.

Die Abhängigkeit von einer Frau ist ein Merkmal ihrer Gefährlichkeit.

Es gibt etwas zwischen den Menschen, zwischen Mann und Frau, eine direkte Wahrnehmung, etwas, das jenseits von Sympathie, Schönheit, Attraktivität und Sprache liegt. Es ist ein Instinkt, ein Relikt aus der Tierwelt, das einzige, was an uns noch natürlich ist.

Die ganzen Tricks, Floskeln der Höflichkeit und Werbung, die Gebärden, die Gesten und Annäherungen sind bedeutungslos, weil sie erlernt, weil sie imitiert sind.

Mit den herkömmlichen Begriffen ist dieses Aufeinanderzugehen nicht zu beschreiben. Die Körper beginnen gleichsam zu sprechen, sich auszudrücken, direkt und ohne Umschweife.

Ich verlasse das Pissoir, sehe den leeren Platz und gehe. Es ist kurz vor Mitternacht, die Straßen sind leer, es regnet immer noch.

Die Trivialgeschichte eines Exzesses geht seinem Ende entgegen, denke ich.

Ich habe mich damit abgefunden, dieses Abenteuer mit irgendeiner Frau, einer Dame der Halbwelt zu vergessen. Hinter jeder kann sich eine Phyllis verbergen.

In der Innenstadt, in der Nähe des Bahnhofs, sehe ich die ersten Prostituierten.

Trotz meines Alters war ich noch nie in einem Bordell, ich habe davon nur geträumt. Ich habe auch noch nie mit einer Prostituierten geschlafen.

Ich würde auf die Erstbeste zugehen und ihr eine Zigarette anbieten. Ich glaube, das gehört dazu.

Sie wäre um die fünfzig.

Wir gingen in ein Haus, durch einen langen Gang in den Hinterhof, mehrere Treppen hinauf.

Ich würde das Geld auf den Tisch legen. Ihre Schenkeln wären dick, geädert und mit blauen Flecken übersät.

Ich würde sie Phyllis nennen.

Ich wanderte die Straßen entlang. Das Nieseln ernüchterte mich.

Ich kam zum Bahnhof. Links, neben den Bahnsteigen, war eine Bar. Ich trat ein. Im Hintergrund saß eine Frau. Sie erinnerte mich an Phyllis. Ich ging auf sie zu, sie blickte mich an, bösartig, ihr Haar war strähnig und stumpf, die gelben Zähne ekelerregend.

Der Alkohol ist das Mittel der Zerstörten, das Mittel, ihr Leiden zu lindern. Nicht er gibt ihnen den Rest, sondern er ist die letzte aller Hoffnungen und Vergnügungen.

In der Halle standen die Stromer und Trinker in kleinen Gruppen zusammen. Wenn die Polizei kommt, werden sie, wie jeden Tag, in die Toiletten und Pissoirs flüchten. Die Klofrauen werden sie schreiend vertreiben.

Hinaus in den Regen, ins Elend, ins nachtländische Reich.

An der Bar kaufte ich eine Flasche Weinbrand.

Ich ging durch die Reihen und war einer von ihnen.

Die Einsamkeit des nächtlichen Trinkers. Verloren, unter dem Zwang eines Bedürfnisses. Der Wunsch nach Glück auf einen einfachen Nenner gebracht.

Ich dachte an Phyllis, hob die Flasche und trank.

Solange ich Wünsche habe, lebe ich. Ich spiele die Verkommenheit, ich leiste sie mir aus Luxus.

Phyllis, dachte ich und spürte wieder diese seltsame Mischung aus Erregung und Ekel.

Sie muß in der Wohnung sein.

Ich stolpere nach vorne aus dem Bahnhof.

Die Nacht wurde immer einsamer. Ich trank, irrte durch die Gassen, der Wunsch, Phyllis zu finden, begann sich wie ein Schmerz zu entwickeln.

Ich lehne mich an eine Hauswand.

Als ich aufblicke, merke ich, daß schräg gegenüber das Haus ist, in dem ihre Wohnung liegt.

Ich laufe über die Straße, stürme die Treppen hinauf.

Läuten. Stille. Ich trete gegen die Türe. Schweigen.

Noch einmal. Die Türe springt auf. Das Licht brennt.

Ich stürze ins Zimmer.

Im Bett liegt Pierre de Rose. Er lacht.

Plötzlich sehe ich einen Schatten neben mir und spüre im selben Moment einen brennenden Schmerz im Unterleib.

Phyllis, denke ich.

Sie hält das Messer noch am Griff.

Ihre Augen sind aufgerissen. Ich falle vornüber. Zeitlupenhaft.

Ich sehe Pierre, höre ihn schreien, lautlos, er springt aus dem Bett, reißt das Telefon vom Nachttisch und stürzt zu mir. Er hebt die Hand und schlägt zu.

Phyllis fällt vor mir zu Boden.

Ihr Mund ist geöffnet.

Ich stürze in ein gähnendes Loch. Die schwarze Acht.

Eine Phantasie ist zu Ende.

HERBERT EISENREICH

Tiere von ganz natürlicher Grausamkeit

Den Hunger, den man hatte, vergißt man, sowie man sich sattgegessen hat, und auch die Gaunereien, die man begangen hat, vergißt man, wenn man sich weit genug von ihnen entfernt hat, und alle Probleme, die man gelöst hat, hören auf, und sogar die Probleme, die man nicht gelöst hat, hören einmal auf, Probleme zu sein, und man vergißt sie. Es gibt aber Dinge, die man nicht vergißt, und wenn man sich an solche Dinge erinnert, fällt einem alles andre mit ein, was damit verknüpft war; auch der Hunger, und auch die Gaunereien.

Der Hunger war wirklich schlimm in jenen Tagen. Wir konnten uns schon nicht mehr erinnern, wann wir den letzten Bissen im Mund gehabt hatten, und immer noch dauerte unser Vormarsch an, und mit jedem Schritt entfernten wir uns weiter von dem Nachschub, der irgendwo hinten hängengeblieben war. Ganz vorne waren die Panzer mit aufgesessener Infanterie, und dahinter marschierten, manchmal gedrängt und manchmal in die Länge gezogen, mit kilometertiefen Abständen die Kompanien des Regiments. Wir marschierten am linken Straßenrand, einer hinter dem andern, auf schiefgetretenen Absätzen. Am Feldrain lag mitunter ein zertrümmertes Funkgerät, eine leere Munitionskiste oder ein auseinandergebrochener Panjewagen. Einmal sahn wir auch Kühe liegen, sie lagen auf der Seite und drehten sich mählich auf den Rücken, die Beine steif von sich gestreckt. Auf den Rücken drehten sie sich, wenn der Bauch sich blähte, und daran erkannte man auch, daß sie schon einige Tage lang tot und deshalb ungenießbar waren. Auf der anderen Seite der Straße begegneten uns zuweilen kleine Trupps von Gefangenen, und in der Mitte fuhren die Autos nach vorne. Wenn sie zurückfuhren, hatten sie meist Verwundete aufgeladen oder erbeutete Waffen und andres Gerät, und wenn sie nach vorne fuhren, waren sie voll mit Munition und mit Treibstoff für die Panzer. Aber Verpflegung brachten sie nicht, und in den Hütten und kleinen Dörfern, die wir passierten oder eine halbe Nacht lang bewohnten, gab es überhaupt nichts zu essen: alles hatten die Russen mitgenommen, und was sie nicht hatten mitnehmen können, hatten sie verbrannt. Hier wuchsen auch keine Sonnenblumen, deren Kerne wir früher, wenn einmal die Verpflegung ausblieb, gekaut hatten. Das einzige, was wir im Munde hatten, war der Staub, den die Autos in dicken, bauschigen Wolken und unsere vielen Stiefel in kleinen flachen Schwaden aufwirbelten, und selbst das Wasser war rar, weil viele Brunnen zerstört oder verunreinigt waren. »Das ist nicht Stalin«, sagte der Prinz zu Reith, »das ist Tolstoi«: und wir alle begannen zu spüren, wie tief dieses Rußland war.

Den Krieg selber hatten wir uns anders vorgestellt: mehr kämpfen, weniger marschieren. Zwar wurde vorne manchmal geschossen, aber bis wir an den Kampfplatz kamen, hatten die Panzer schon alles erledigt, und wir sahn die zerschossenen Panzer mit den verschobenen oder gelüpften Drehtürmen und mit den geborstenen Rohren, wenn sie gesprengt worden waren, und andere Panzer, deren Umriß man nicht erkennen konnte, weil sie brannten, und wir sahn auch ausgebrannte Autos und umgestürzte Geschütze ohne Verschluß, und hier und dort eine Leiche, über der die Fliegen summten; und wenn wir uns später umdrehten, sahn wir den Rauch von den brennenden Fahrzeugen steil und sehr hoch in den Himmel ragen, ganz schlanke, gerade, schwarzbraune

Säulen aus Rauch, und wenn wir noch weiter wegwaren, sah es aus, als hingen dicke dunkle Schnüre vom Himmel herab.

Der Hunger war so schlimm, daß wir zu streiten begannen. Wir stritten um Nichtigkeiten, und Hartleben tat sich besonders hervor; er sagte: »Fünfe habe ich abgeknallt.«

»Keine zwei«, erwiderte Jahn gereizt. Am Morgen hatten die Russen von links herüber angegriffen, doch hatten wir sie vor dem Bahndamm, der neben der Straße herlief, gestoppt, und nachher zählten wir an die zweihundert tote Russen. Es war vollkommen lächerlich, darüber zu streiten, doch Jahn und Hartleben stritten darüber, wer mehr erledigt hatte.

Molterer sagte dazwischen: »Die Russen sind schon gut. Im Gelände sind sie wirklich verteufelt gut, da kommen wir einfach nicht mit. Und schon gar nicht die Franzosen. Die Franzosen sind einen ganzen Dreck was wert.«

»Mein Gott!« rief Hartleben aus. »Du redest wie frisch aus den Windeln gekrochen.« Er sprach sehr schnell und gebrauchte am liebsten die abgedroschenen Redensarten des Soldatenjargons. »Der redet«, und damit wandte er sich an uns, »der redet wie frisch aus den Windeln gekrochen.«

»Molterer, laß ihn quatschen!« rief Jahn, aber Molterer sagte: »Du willst mir weismachen, daß die Franzosen was wert sind?«

»Mein Gott, wer hat denn davon geredet?» fragte Hartleben, etwas von oben, zurück. «Aber die Russen sind ganz den gleichen Dreck etwas wert, das kannst du mir glauben, verdammt noch mal.«

»Die Russen sind besser als die Franzosen«, sagte Jahn.

»Die Russen sind einen Dreck was wert!« brüllte nun Hartleben gegen Jahn. »Schau sie dir an, wie sie rennen! Schau sie dir an!«

»Die rennen, weil sie nicht wollen«, warf der kleine Edthofer ein, aber Kubalek sagte: »Und wie die wollen! Das haben wir heute früh gemerkt. Prack und Huber haben's gemerkt.« Die beiden waren gefallen.

»Sie wollen nicht, aber sie müssen«, sagte der Prinz zu Reith. Er war ein richtiger Prinz und Gefreiter in unserer Gruppe, und ein phantastisch feiner Kerl, wir lernten russisch miteinander. Mit dem, was er gesagt hatte, war ein Schlußpunkt gesetzt, aber Jahn versuchte erneut, ins Gespräch zu kommen, und er beschimpfte uns alle. Der Unteroffizier Pelikan, der unsere Gruppe führte, versuchte zu befehlen, aber auch er war müde und ausgehungert, und so sagte er nur: »So hört doch endlich auf mit diesem verdammten Unsinn!«

Wir stritten auch oft übers Essen, und als wir wieder einmal übers Essen stritten, mischte sich Pelikan ein; er sagte: »Eigene Schuld. Warum habt ihr eure Eiserne aufgefressen. Eigene Schuld.«

Er hatte die Eiserne Ration genau so aufgegessen wie wir alle, denn niemand hatte Lust, das Zeug mit sich herumzuschleppen. Deshalb hatten wir auch die Gasmasken weggeworfen, und, als der Vormarsch kein Ende nahm, auch die Gasmaskenbüchsen, die Gasplanen und all das andere Zeug, das man doch nie brauchte. Ich sagte: »Das ist es ja nicht. Das ist es ja wirklich nicht. Von ein paar Deka Hundekuchen ist noch niemand satt geworden.«

»So hört doch endlich auf!« sagte Pelikan, beinah flehend. Aber ich sagte: »Im nächsten Krieg werd' ich Zahlmeister.«

»Zahlmeister ans MG!« schrien einige hinter uns, und Molterer brüllte: »Die soll'n uns was zum Fressen schicken, verdammt nochmal! Die Zahlmeister hinten, die fressen sich einen Bauch an, daß sie'n schon nicht mehr schleppen können. Die soll'n uns was zum Fressen schicken!«

»Die lassen uns glatt verhungern«, sagte Bader.

Wir lehnten an dem Bahndamm, den wir am Morgen verteidigt hatten, und warteten auf den Befehl zum Aufbruch. Wir blickten hinüber zu der Straße, auf der jetzt ein langer Zug von Gefangenen nach hinten kroch; und Bögelein sagte: »Verhungern soll'n sie alle, diese verfluchten Rußki!«

»Das walte Gott!« sagte Hartleben.

»Wer?« fragte Bader geringschätzig. »Gott? Was verstehst denn du schon von Gott?« Wir merkten, daß Bader sich ärgerte. Ich erinnerte mich, daß Bader niemals, wenn sich Gelegenheit geboten hatte, zur Kirche gegangen war, und überhaupt hielt er nicht viel von der Religion. Jetzt aber, an der Front, war's ihm unangenehm, wenn jemand von Gott zu sprechen begann, ernsthaft oder auch nur im Leichtsinn, wie eben Hartleben. »Laß den lieben Gott aus dem Spiel«, wiederholte er mürrisch. »Der paßt nicht in dein dreckiges Maul.« Hartleben wollte erwidern, doch Jahn war schneller; er brüllte Hartleben an: »Jetzt halt einmal dein gottverfluchtes Maul! Fünfe hast du abgeknallt, was? Fünfhundert hast du abgeknallt, aber nur mit'm Maul, verdammt noch mal!«

»Mein Gott, mein Gott», versuchte Hartleben zu witzeln. »Benehmen sich wie die ersten Menschen.«

»Verhungern soll'n sie alle!« wiederholte Bögemann stur, indes Jahn sich nicht abhalten ließ, Hartleben zu beschimpfen: »Weil du seit Polen schon dabei bist, brauchst du nicht zu glauben, daß du uns imponieren kannst mit deiner verdammten Angeberei! Wo bist denn gesteckt in Polen und Frankreich und wo du sonst noch warst? In deinem gottverdammten Auto bist du gesessen, piekfein wie'n General, und hast dir den Krieg von hinten angeschaut. Und's tut dir leid, daß man für dich noch keinen eigenen Orden erfunden hat, 'nen Autoreifen mit Eichenlaub um den Hals, oder sonstwas!« Hartleben war schon seit Polen dabei, aber die ersten zwei Jahre hindurch war er Kraftfahrer gewesen, und fürs Autofahren ganz hinten gab's keine Orden, und daß er keine Orden hatte, stierte ihm's mächtig, das hatte ich bald gemerkt. Er war erst seit zwei Wochen bei uns, und wir alle hatten schon irgendwelche Orden, und er hatte keinen. Hartleben schwieg, und er antwortete auch nicht, als Thiele sagte: »Tja, Benzin verdirbt den Charakter.« Aber ich sah, daß seine schwarzen, über der Nasenwurzel zusammengewachsenen Augenbrauen zuckten.

Bögelein blickte noch immer hinüber zu den gefangenen Russen, die sich auf der Straße nach hinten schleppten. Er sagte noch einmal: »Verhungern soll'n sie alle!« Das schnappte Hartleben auf, und er stimmte ihm zu: »Dafür taugen sie grade noch. Und das tun sie auch. Da kannst du Gift drauf nehmen.«

»Red nicht so blöd daher«, sagte Bader, und Molterer sagte: »Nein, die lassen eher uns verhungern.« Aber Hartleben war nicht gewillt, sich noch einmal niederreden zu lassen, und er sagte: »Und wie die verhungern! Massenweise, sage ich dir!« Wir alle waren so abgestumpft, daß keiner ihm widersprechen wollte, nur Bader trat auf ihn zu und schaute ihm ausdruckslos ins Gesicht. »Guck nicht so blöd aus der Wäsche!« fuhr ihn Hartleben an. »Hab' ich sie gesehn oder nicht? Hab' ich sie gesehen bei Kiew oder nicht? Ich hab' es gesehn in den Lagern bei Kiew, wie sie die Krüppel ausgeführt haben, steif wie Scheiter Holz und dürr wie's Rückgrat von Heringen, sage ich dir!« Bader schaute ihn immer noch schweigend und ausdruckslos an, aber Jahn sagte scharf: »Wenn du glaubst, daß du mir imponieren kannst mit deiner verdammten Angeberei, dann hast du dich getäuscht!«

Von der Straße her rief unser Leutnant. Wir stemmten uns hoch, ich hängte meine Patronengurte um den Nacken und legte das MG über Kubaleks Schulter, und schwerfällig stolperten wir hinüber zur Straße und traten an. Unterm Gehen sagte Hartleben noch zu Jahn: »Auch du brauchst mir nichts zu erzählen über Kiew. Ich weiß, wie das war. Und goldrichtig war's, das sag ich dir nur!« Wir waren alle entsetzlich bös aufeinander, aber es wurde nicht besser, wenn wir einander beschimpften. Wahrscheinlich spürten wir insgeheim, daß der Krieg eine ganz miserable Sache war.

Als wir hintereinander auf der Straße standen, fehlte Boohls. Wir blickten zurück und wir sahen, daß er noch immer am Bahndamm lehnte, und Molterer und der Prinz liefen hin und sie merkten, daß er nicht bei Bewußtsein war. Sie setzten ihn auf einen

Karabiner und trugen ihn herbei. Wir riefen um den Sanitäter, von Gruppe zu Gruppe hüpfte der Ruf nach hinten weiter; doch noch ehe der Sanitäter da war, kam ein Panzerspähwagen von vorne, und der nahm den Bewußtlosen mit. Das war der zweite Kollaps in vierundzwanzig Stunden.

Das Regiment marschierte weiter, und wir marschieren bis spät in den Nachmittag hinein, und wir wußten schon nicht mehr, wie das weitergehen sollte. Ich fragte Kubalek: »Hast du meine Technik ausprobiert?« Meine Technik beim Marschieren war die, eine Weile hindurch den einen Fuß voll zu belasten und den andern nur mitzuschleifen, und nach ein oder zwei Kilometern zu wechseln. Kubalek drehte sich gar nicht um und sagte so leise, daß ich Mühe hatte, ihn zu verstehen: »Ich bin zu müde dazu.« Aber endlich machten wir halt in einer Ortschaft, der dritte Zug war dran mit Postenstehen, und wir anderen suchten uns Nachtquartiere in den Hütten. Der Prinz war mit mir, und wir gerieten in ein abgelegenes Haus, das sauber aussah. In der Stube hockten Russen, nur Frauen und Kinder, auch ein ganz kleines. Damals konnte ich schon so viel Russisch, als man eben brauchte, um sich verständlich zu machen; meine Bedürfnisse waren nicht größer als mein Sprachschatz; aber jetzt war ich zu erschöpft, um diese Kenntnisse zu verwerten. Und ich bedeutete ihnen mit Gesten, daß wir hier schlafen würden und daß wir etwas zu essen brauchten. Ich führte meine Rechte mehrmals rasch hintereinander zum Mund, aber die älteste der Frauen erhob sich von ihrem Platz und schüttelte den Kopf. Die Leute hier waren arm, sie waren ausgeplündert von ihren eigenen Truppen, und wir wußten, daß sie sich nicht zwingen ließen, ihre versteckten Lebensmittel, sofern sie überhaupt welche versteckt hielten, herauszugeben. Dieweil ich noch mit den Russen verhandelte, ging der Prinz hinunter zum nahen Bache, welchen wir knapp vor dem Dorfe überschritten hatten, um sich zu baden, ich aber fühlte mich nicht mehr kräftig genug für den Weg und blieb. Ich setzte mich auf die Bank gegenüber dem Ofen, um den herum die Russen saßen, und als ich endlich saß, gähnte ich lang, und mein Gähnen ging in ein kratzendes Husten über. Die Alte musterte mich, und sie schaute mir auch zu, als ich die Stiefel auszog. Mit der Spitze des rechten Stiefels setzte ich, beide Beine lang weggestreckt, ober der Ferse des linken an, und indem ich das linke Bein langsam anzog, streifte ich den Stiefel vom Fuß; dann versuchte ich's auch mit dem rechten auf diese Weise, doch meine unbeschuhten Zehen schmerzten, als ich sie gegen die Ferse stemmte, und schließlich mußte ich das rechte Bein über das linke schlagen und mit beiden Händen werken, bis sich der Stiefel so weit gelockert hatte, daß ich ihn vom Fuße schlenkern konnte. Ich zog auch die Socken aus; dann betrachtete ich meine schmutzigen, angeschwollenen Füße, und ich merkte, daß die Alte hersah. Zwei Tage vorher, bei einem hastigen Aufbruch mitten in der Nacht, hatte ich meine Fußlappen verschmissen, und seither trug ich die Socken; wenn ich sie beutelte, löste sich der Staub aus dem dicken Gewirk. Die Füße glänzten grau, wie mit zerstäubten Granit gepudert, und das Strickmuster der Socken zeichnete sich in der Schmutzschicht aus Staub und Schweiß ganz deutlich ab. Die Alte sah auch das, und sie erhob sich, verließ den Raum und kehrte bald wieder, ein halbvolles Wasserschaff in den Händen; das setzte sie wortlos, sich bückend und unter dem langen Rock die Knie beugend, vor mir ab; und ich tauchte die Füße ins Wasser. Die Kälte des Wasser wirkte so jäh erfrischend, daß mir übel ums Herz wurde, doch achtete ich dieser Übelkeit nicht, und ich netzte die Waden und rieb den Schmutz von den Füßen. Nachher schmierte ich die brennenden Ballen mit Hirschtalg ein. Das hatte ich schon als Knabe gelernt, wenn ich tagelang im Ennstal wanderte oder über die Hügel des Mühlviertels, bis hinein in den Böhmerwald und hinüber zur Moldau. Hier in Rußland half aber auch der Hirschtalg nicht mehr viel, und ich hatte nicht immer welchen zur Hand. Ich dankte der Alten für das Wasser; und dann, die Stiefel wieder an den Beinen, trat ich hinaus in den kleinen, von einer halbhohen rohen Steinmauer umschlossenen Hof, in welchem ein Brunnen stand. Allerlei Gerümpel lag umher, und ein Verschlag war eingebaut, in dem die Leute einst ihre Hühner gehalten haben mochten, und vielleicht eine Geiß. Ich fühlte mich sehr unternehmungslustig, ich fühlte mich wunderbar agil, und ich legte die Bluse ab und zog mir das Hemd über die Schultern nach unten, so daß es herabhing wie ein Schurz. Dann wusch ich das Gesicht, den Hals, die Arme und die Achselhöhlen, dann Brust und Rücken, und schließlich den Kopf. Ich merkte, daß die Alte hinter mir hantierte, sie wühlte in dem Gerümpel, aber ich scherte mich nicht darum; mein Gewehr lehnte neben mir, die Patronengurte lagen dabei, da konnte sie nicht heran; und ich blieb dann noch lang bei dem Brunnen und spritzte noch und noch Wasser über meinen Körper, und ich spülte den Mund aus und reinigte die Nasenlöcher, in denen der Staub in Krusten klebte, und ich putzte mir die Ohren sauber. Endlich kleidete ich mich wieder an, und als ich dann zurück in die Stube kam, brannte im Herd ein Feuer, und auf dem Feuer stand ein Topf, und in diesem Topf war Hirsebrei, und ich kriegte von diesem Brei fast ein ganzes Kochgeschirr voll, und das ganz kleine Kind, das herinnen war, kriegte auch von dem Brei, und als ich dann aß, dachte ich, daß ich ganz langsam essen sollte, gemächlich, um die seltene Gabe zu genießen, und behutsam, um den Magen nicht durch das plötzliche Übermaß von Fülle zu verstören, aber ich brachte es nicht zusammen mit meinem Hunger, und ich leerte das Kochgeschirr, ohne auch nur einmal innezuhalten, bis auf den Boden. Der Hunger war wirklich schlimm gewesen, und wir alle hatten schon nicht mehr gewußt, wie wir weitermarschieren sollten mit diesem Hunger, der schon ganz anders schmerzte als jeder Hunger, den ich kannte. Dieser Hunger tat selber schon nicht mehr weh, das Brennen und Ziehen im Unterleib hatte schon aufgehört, es herrschte jetzt eine Erschlaffung im ganzen Körper, eine ganz unnatürliche Leichtigkeit im

Kopf, und das Gefühl in der eingefallenen Magengrube und im Becken, als blähe sich das Gedärm zum Zerplatzen. Immer waren wir durstig, aber nach dem Trinken fühlten wir uns speiübel und noch viel schwächer und hohler und wackeliger als zuvor. Und der Gaumen war dick und klebrig. Immerzu dachten wir ans Essen; wir hielten uns für nichts andres mehr tauglich als fürs Essen. Und jetzt hatte ich gegessen; ein ganzes Kochgeschirr voll Hirsebrei hatte ich gegessen, hatte ich geleert bis auf den Boden. Als ich mit dem Löffel nichts mehr herauskriegen konnte, versuchte ich's mit den Fingern, und wirklich erwischte ich all die Reste, die an den Wänden hingen; und als ich die Finger abwinkelte und mit der Hand bis über die Wurzel hinuntertauchte, erwischte ich auch, was unten am Boden und in der Kante zwischen Wand und Boden klebengeblieben war; und von den Fingern schleckte ich all diese Reste ab. Ich war nicht satt, aber ich empfand die unbeschreibliche Genugtuung, gegessen zu haben, und ich dachte an all die Tage ohne Essen, und ich dachte daran, wie schwierig alles gewesen war, nur weil wir nichts zu essen gehabt hatten. Und ich dachte an Kubalek, an den Prinzen, an Bader, an Molterer und an die anderen alle, und daß sie ebenso bedürftig waren, wie ich gewesen war. Aber die Alte hatte mich, als sie mir den Hirsebrei gab, gebeten, nichts zu verraten, weil die Hirse dem ganz kleinen Kind gehörte; die Hirse gehörte nur dem ganz kleinen Kind, denn ohne diese Hirse würde es sterben müssen, weil überhaupt nichts zu essen da war außer der Hirse, und von der Hirse nur wenig. Ich dachte an Kubalek, der einige Schritte vor mir marschiert war in dem schleifenden Trott dieses endlosen Marsches; und wenn die Spitze hielt und einer nach dem andern, wie hintereinander aufgestellte Dominosteine, sich auf die Böschung fallen oder hinein in das angrenzende Feld kippen ließ, war er immer ein wenig zu früh damit dran und brachte die lange Reihe, wenn sie, vorne beginnend, nach hinten zu umfiel, aus der Ordnung. Sein Gesicht war stumpfrot, die Umgebung der Augen, besonders die Lider und die Tränensäcke, färbten sich dunkel; wenn er lag und der Körper sich entspannte, zitterten seine Knie so unbeherrscht, daß man es sah. Er redete beinah überhaupt nichts mehr, und wenn wir nach einer Marschpause aufbrachen, mußte ich ihm auf die Beine helfen und ihm das MG über die Schulter legen. Einmal war Hartleben dabei und witzelte drauflos: »Trag du das MG, ich trag' die Verantwortung.« Das war ein alter Spruch, aber Kubalek wurde so wütend darüber, daß er ihm das MG übern Schädel schlug; doch Hartleben hatte den Stahlhelm auf, und es war keine Kraft in dem Schlag, und Hartleben taumelte nur und er fing sich wieder und zog die Pistole, aber da warf sich der Prinz dazwischen und machte dem Streit ein Ende. »Sonst wär' es zu einer Knallerei gekommen«, sagte Edthofer nachher. »Der hätt' ihn glatt übern Haufen geknallt.« Ich freilich glaubte, daß Hartleben nur hatte großtun wollen, denn seit der Sache mit der Handgranate war er ganz verrückt mit Großtun. Er war mit zwei anderen in ein Bauernhaus gegangen und hatte Butter und Eier verlangt, und als er nichts kriegte, fuchtelte er mit der Pistole herum, die Russen aber rührten sich nicht und rückten nichts heraus, und Hartleben langte nach der Handgranate, die er im Stiefelschaft stecken hatte, und drohte, er werde sie in den Herd legen und die ganze Bude in die Luft jagen, aber die Russen blieben ungerührt stehen und erwiderten nichts, und vor allem: sie gaben ihm nichts, und Hartleben schraubte die Sicherungskappe herunter und nahm die Abzugsschnur zwischen die Finger und trat ganz dicht an den Herd heran, und er blickte scharf zu den Russen hinüber und forderte noch einmal Eier und Butter, aber die Russen schauten gar nicht erst hin zu ihm, und die anderen merkten, daß die Lage entsetzlich peinlich geworden war für sie, und auch Hartleben merkte das, er merkte es wohl am meisten, und weil die Russen nichts herausrückten, und weil sie sich auch von der Handgranate nicht einschüchtern ließen und überhaupt keine Angst oder sonst etwas Erniedrigendes zeigten; weil es Hartleben also überhaupt nicht gelungen war, irgendeine Verbindung zwischen sich und diesen Russen herzustellen, nicht einmal die Verbindung, die in einer Veränderung der Distanz entsteht – deshalb zwängte Hartleben Schnur und Kopf in den Stiel zurück, schraubte die Kappe drauf und steckte die Handgranate in den Stiefelschaft zurück, und er ging zur Tür, und im Türrahmen drohte er noch einmal mit der Pistole, aber nun hätte er ebensogut mit einem Grashalm drohen können; sie verließen das Bauernhaus, und die, die dabeigewesen waren, lachten nachher über Hartleben und erzählten uns, was sich ereignet hatte, und alle lachten dann über ihn und bewunderten heimlich die Russen, die sich nicht von ihrer Stelle hatten bewegen lassen. Seither suchte Hartleben uns zu beweisen, was für ein Kerl er dennoch war. Daran dachte ich jetzt, und ich dachte auch an das ganz kleine Kind, das zum Sterben verurteilt war, wenn es keine Hirse mehr gab, und ich dachte auch daran, daß mir die Alte das Versprechen abgenommen hatte, nichts von der Hirse zu verraten, und daß ich vorher, als ich noch hungrig gewesen war, ihr das Versprechen gerne gegeben hatte.

Ich weiß ganz genau, daß ich dies, und daß ich nicht das Gegenteil gedacht habe. Indes: all meinen Gedanken zum Trotz stand ich auf, ging hinaus, suchte Kubalek, der mit seinem MG im Schatten einer Hütte lehnte, und sagte ihm, daß es in meiner Hütte Hirsebrei zu essen gab. Dann traf ich Jahn und Bader, und ich erzählte den beiden von dem Hirsebrei, und ich zeigte ihnen das Haus und sagte: »Ihr müßt sehen, ob ihr was findet. Schaut unter das Gerümpel im Hof.« Bader rief Thiele hinzu, und mit Thiele kamen die anderen alle, und alle gingen hinüber zu der Hütte, in der ich gegessen hatte. Ich selber machte einen Umweg durchs Dorf, um nicht so bald in der Hütte zu sein wie die andern, und plötzlich begannen jenseits der Straße zwei Hütten zu brennen, und gleich darauf eine dritte. Unterwegs sah ich Molterer kommen, und er erzählte mir, daß Hartleben abgeführt worden war. Er hatte zu essen verlangt in den Häusern, und wenn er nichts kriegte, zündete er die Hütte an. Er wurde festgenommen und abgeführt, und später sollte er eingesperrt werden, denn er beraubte uns damit unserer Unterkünfte, und später, als wir in Ruhestellung lagen, wurde er tatsächlich abgeurteilt und in ein Strafbataillon versetzt, und nachher hörten wir nichts mehr von ihm, und viel später erfuhr ich, daß er hatte überlaufen wollen und daß er dabei von den eigenen Leuten abgeknallt wurde. Ich traf dann noch ein paar Leute vom zweiten Zug, aber denen sagte ich nichts von der Hirse; Molterer wußte es schon, und er war vorausgeeilt. Schließlich traf ich noch den Unteroffizier Pelikan, und der erzählte mir, daß der Prinz beim Baden ertrunken war. »Muß ein Herzschlag gewesen sein«, erklärte er mir. »Sprang rein ins Wasser und war auch schon weg.« Ich ging mit Pelikan rasch zu meiner Hütte zurück, und ich bemühte mich, gar nicht daran zu denken, denn das war eine bittere Sache. Ich mußte aber immerzu denken, daß es mir hätte ebenso ergehen können wie dem Prinzen, wenn ich nicht so hundsgemein müde gewesen wäre und so hungrig, und einen Moment lang war ich meinem Hunger sehr dankbar, dem Hunger mit allem, was sich damit verbunden hatte; und ohne Zögern betrat ich mit Pelikan die Hütte.

In der Stube waren alle da bis auf Hartleben, und natürlich war auch der Prinz nicht da. Auf dem Herd stand ein großer Topf, und alle drängten sich um den Herd, in dem ein mächtiges Feuer angefacht war. Die Alte saß in ihrem Winkel und blickte unverwandt vor sich hin. Neben ihr saß die Frau mit dem ganz kleinen Kind. Mitunter hob die Alte den Kopf und blickte geradeaus, aber sie schaute uns gar nicht an, sondern blickte durch uns hindurch auf eine ganz ungemeine Art. Sie ignorierte uns nicht; das wäre, da wir hungrig und müde waren, leicht zu ertragen gewesen. Sondern sie blickte auf irgend etwas, das ich nicht sah, und sie blickte dieses ferne Ding durch uns hindurch an. Sie durchbohrte uns mit ihrem Blick auf jenes unsichtbare Ding, welches sie also an uns heranzog, durch uns hindurchzog und durch uns mit sich verband.

Mir fiel ein, was der Prinz ein paarmal orakelt hatte: »Das ist nicht Stalin, das ist Tolstoi.« Und ich ging hinüber zu der Alten und sagte, indem ich die Schultern hob und wieder fallen ließ: »Nitschewo«. Mehr als dies eine Wort aber brachte ich nicht hervor; mir war, als habe ich all mein Russisch verlernt, und ich kam mir sehr kläglich vor mit dem einen Wort, und je verzweifelter ich mich bemühte, dann doch noch etwas dazuzusagen, eine Erklärung, eine Entschuldigung, ein Leugnen vielleicht, desto mehr kam mir vor, ich hätte niemals auch nur eine Ahnung vom Russischen gehabt. Die Alte schaute auf, aber ich konnte nicht feststellen, ob sie wirklich mich angeblickt hatte oder wieder jenes ferne Ding hinter mir, irgendwo weit hinter meinem Rücken; jenes Ding, mit dem ich durch ihren Blick nun untrennbar verbunden war, auf Gedeih und Verderb, wie das hieß. Es dämmerte jetzt. Die andere Russin zündete eine Lampe an, dann setzte sie sich schweigend auf ihren Platz zurück. Thiele sagte zu mir: »Ein ganzer Topf voll war da. Wir haben nicht lange suchen müssen; draußen im Hof. Ein Haufen Gerümpel lag darüber, das war schon verdächtig. Dann noch ein paar flache Steine hoch, und wir waren schon dran.« Ich sagte zu ihm, und dann auch zu Molterer, welcher herankam: »Das war doch klar, daß ich's euch sagte.« Ich kam mir, kaum daß ich den Satz gesprochen hatte, verdächtig vor, und ich fühlte mich schrecklich flau im ganzen Leib, und der Geruch, der vom Herd herüberwehte und den ganzen Raum erfüllte, kroch mir widerlich in die Nase; mir wurde speiübel. Ich bemühte mich, an irgend etwas anderes zu denken, und ich überlegte, ob der Prinz wohl schon begraben war, und weiter, ob man ihn überhaupt herausgefischt hatte. Aber auch diese Überlegungen paßten mir nicht, mir wurde nicht besser davon, und als wir eine Katze quer durch die Stube rennen sahen, war das eine willkommene Abwechslung für mich. »Die braten wir dazu!« rief Jahn, und Edthofer rief: »Das gibt einen Braten zur Hirse!« Pelikan hatte die Katze auch schon gesehen, und er sagte in seinem schleppenden

Tonfall: »An der ist nichts dran. An der ist doch wirklich nichts dran. An der ist weniger dran als an einem Froschschenkel.« Ich knipste meine Taschenlampe an, und in dem Lichtkegel fing ich die Katze ein. Wir sahen, daß sie jung war und mager und dürr, ihr Fell war ruppig, und Molterer sagte: »Pfui Teufel! Die ist das Schlachten wirklich nicht wert.« Und wir sahn, daß sie eine kleine Maus im Maule trug, uns ekelte vor der Katze, und als sie die Maus zu Boden fallen ließ, sahn wir, daß die Maus noch lebte. Nun kamen alle herbei und beobachteten die Katze und die Maus, es bildete sich ein Ring um die beiden, nur Bader kehrte gleich wieder an den Herd zurück. Indes die Maus ganz kleine Bewegungen machte, ohne sich aber vom Fleck zu rühren, schob sich die Katze langsam nach hinten, bis sie einen Katzensprung von der Maus entfernt war. Die merkte das und begann zu laufen. Sie wackelte beim Laufen, sie schien nicht mehr sicher auf den Beinen zu sein. Sie kam auch nicht weit, denn mit einem einzigen Satz war die Katze da, ihre Pranke fuhr nieder auf die Maus und preßte sie fest auf den Boden. »Die kommt ihr nicht mehr aus«, meinte Thiele, und Molterer rief: »Verdammt, die hat sie festgenagelt!« Nun lag die Katze, mit hochgerecktem Hinterteil, vor der Maus, und ihre Pfoten ließen los. Die Maus lag ruhig und rund wie ein kleiner schmutziger Tennisball dazwischen. Unverwandt blickte die Katze hin. Als sich die Maus nicht rührte, schlug die Katze zu, aber nicht von oben, sondern flach über den Boden hin, und so schleuderte sie den kleinen Ball zur Seite. Im Nu war sie hinterher und schlug nun mit der anderen Pfote, und nun schon wieder mit der rechten, und gleich darauf zweimal mit der linken, und dann noch einmal mit der rechten Pfote, und Molterer rief: »Verdammt noch mal, die spielt ja richtig Hockey mit ihr!« Thiele meinte: »Die läßt sich aber auch alles gefallen«, doch Edthofer entgegnete ihm: »Sie kann doch nicht mehr anders, merkst du das nicht?« Thiele schwieg, aber Molterer sagte: »Wenn sie noch etwas besser in Form wär', hätt' ich auf die Maus gesetzt. Aber die ist fertig, mit der ist nichts mehr zu gewinnen.« Inzwischen hatte die Katze, nachdem sie die graue Kugel quer durch die Stube getrieben, wiederum von ihr abgelassen, aber als die Maus so ruhig, als wäre sie schon tot, auf einer Stelle liegenblieb, haute die Katze noch einmal zu, es war ein flacher Hieb knapp über den Boden hin, und mit diesem Hieb fegte sie die Maus so heftig zur Seite, daß sie an ein Tischbein prallte und dicht daneben liegenblieb. Da schlug die Katze wieder zu, doch nun so, daß die Maus an den Pfosten gepreßt wurde. »Die hämmert sie fest«, sagte Molterer, und Thiele sagte: »Die hat einen Mordsärger, weil die Maus nicht mehr mitmacht.« Als die Maus kein Lebenszeichen mehr von sich gab, schnellten die beiden Tatzen hin und hoben den grauen Knödel in die Höhe, warfen ihn fort und fingen ihn wieder knapp über dem Erdboden, warfen ihn wieder fort und drückten ihn wieder nieder, und Molterer rief: »Mein lieber Freund, die schenkt ihr wirklich nichts!« Endlich ließ die Katze wieder ab von der Maus, die unmerklich zuckend dalag, und wandte sich ab, als interessiere sie sich nicht mehr dafür. Eine Weile geschah nichts; dann aber begann die Maus zu laufen, und einen Moment lang hatten wir eine Spur Hoffnung für sie; es schien, als wäre der Katze dieser Fluchtversuch entgangen. Die Maus aber konnte nicht mehr richtig laufen, sie wackelte ungeschickt, wie jemand sehr Dicker, über den unebenen Fußboden, und ich platzte heraus: »Die läuft wie 'ne aufgezogene Spielzeugmaus.« Bader, vom Herd herüber, zischte halblaut: »Ruhe«, aber es war schon zu spät: schon war die Katze wieder über der Maus, und ein einziger Schlag genügte, um ihren Lauf zum Stillstand zu bringen. Ich begegnete Baders ärgerlichem Blick, und ich ärgerte mich selber über meine vorlaute Bemerkung; vielleicht war die Katze dadurch auf den Fluchtversuch der Maus erst aufmerksam geworden, vielleicht hatte ich die Maus verraten. Jahn sagte: »Die kommt ihr doch nicht mehr aus«, und Molterer pflichtete ihm bei: »Die hat wahrhaftig keine Chance mehr.« Nach kurzem Überlegen fügte er hinzu: »Außer, wenn wir ihr einen Vorsprung verschaffen.« Doch Bader, von seinem Platz beim Herd herüberrufend, wehrte sich dagegen: »Nein! Das ist wahrhaftig nicht unsere Sache. Die sollen sich ihre Sache ganz unter sich ausmachen. Uns geht das gar nichts an; es ist ja nur ein Zufall, daß wir dabei sind. Darum sollten wir uns gar nicht einmischen in diese Sache. Uns geht es nichts an.« Auch Jahn war dagegen, und Molterer beharrte nicht auf seinem Vorschlag. Unterdessen umkreiste die Katze, hochgebuckelt und flink, ihr Opfer, lautlos und lauernd. Wir merkten, daß die Maus sich in ihr Schicksal fügte; sie machte nicht eine Bewegung mehr, als man vernünftigerweise von ihr verlangen konnte. Edthofer meinte zwar, sie spare ihre Kräfte für eine wirklich aussichtsreiche Chance, aber Molterer glaubte das nicht; er war fest überzeugt davon, daß sie am Ende war mit ihren Kräften, und daß sie eingesehen hatte, daß jedes Aufbegehren, jeder Ausbruchsversuch aus dem Kreis ihres Schicksals, den die Katze lautlos eng und immer enger zog, eine pure Vergeudung von Energie, ein zermürbender Selbstbetrug mit eitler Hoffnung, eine blinde, sinnlose Revolte gewesen wäre. Die Katze strich an ihr vorbei, kehrte um und hüpfte über sie hinweg, und mitunter schlug sie eine ihrer Pfoten leicht, wie zufällig, über den runden Rücken der Maus. Die wackelte jedesmal, rührte sich aber nicht mehr von der Stelle. Noch einmal versuchte die Katze ihren Trick von vorher: sie setzte sich einen Schritt etwa hinter der Maus auf die Lauer und blinzelte weg. Und wirklich fiel die Maus darauf herein; es war ja auch kein Wunder, sie mußte vollkommen fertig sein mit ihren Nerven, dachten wir alle. So lief sie auch nicht, sondern stemmte sich schief und torkelnd vom Boden ab, und als sie zu laufen beginnen wollte, brach sie nieder und mußte sich noch einmal hochstemmen, ehe sie richtig vom Fleck kam, und wiewohl das verhältnismäßig rasch ging, war es nicht so rasch wie ein richtiges, wie ein gesundes Laufen, und jedenfalls viel zu wenig rasch für die Katze, die aus ihrer Lauerstellung losschnellte und beide Tatzen über die Maus warf, und dann war sie wirklich toll: die Maus mit den Zähnen haltend, hüpfte sie ausgelassen umher, ließ sie zu Boden fallen und schleuderte sie fort, stürzte sich abermals über sie, preßte sie an die Wand, hämmerte sie mit ganz kurzen harten Schlägen dort fest, fegte sie in einen Winkel, schupste sie wieder hervor, warf sie durch die Luft und fing sie in dem Moment, da sie auf den Boden fiel, wieder auf, schlug ihre Krallen in das dünne Fell, schubste sie vor sich her und schnappte zu, und das trieb sie kreuz und quer durch die ganze Stube und dermaßen flink, daß ich sie mehrmals aus dem Lichtkegel meiner Taschenlampe verlor, und endlich ließ sie wieder ab von der Maus, und Molterer sagte: »Das hat ihr den Rest gegeben, jetzt ist es aus mit ihr.« Die Maus lag nun nicht mehr gerade auf dem Bauch, sondern war halb auf die Seite gefallen, und plötzlich, noch so im Liegen, begann sie, sich zu drehen, und noch einmal, aus dieser Drehung heraus, kam sie auf alle vier Füße zu stehen. Gelangweilt, des Sieges und der Beute sicher, strich die Katze heran und gab der Maus einen lässigen Rempler, tupfte sie nur ein klein wenig an, und die Maus kippte um und blieb liegen. Es war wirklich und endgültig aus mit ihr, das merkten wir alle und das merkte auch die Katze, die ihr Opfer nun zwischen die Zähne nahm und nach hinten ins Finstre verschleppte. Es war wirklich zu Ende mit der Maus, und ich sagte: »Immerhin, sie hat nicht aufgegeben. Sie hat nicht aufgegeben bis zum Ende.« Und jetzt erst kam mir zum Bewußtsein, daß sie nicht geschrien, daß sie die ganze Zeit ihres hoffnungslosen Kampfes hindurch nicht einen Laut von sich gegeben hatte. Aber mittlerweile war der Hirsebrei fertiggeworden, und wir aßen ihn fast so heiß, wie er vom Feuer herunterkam. Ich sah die Frau mit dem ganz kleinen Kind, und ich setzte mich so, daß ich nicht hinzuschaun brauchte. Als wir gegessen hatten, sagte Molterer, sich mit der Zunge die Lippen wischend: »Wir hätten ihr doch einen Vorsprung verschaffen sollen, meint ihr nicht?« aber es interessierte sich niemand mehr dafür, und alle gingen zurück in die Hütten, in denen sie sich einquartiert hatten; nur Kubalek, Bader und Molterer blieben hier. Die Wachen waren eingeteilt, Molterer schleppte Stroh herein, wir breiteten unsere Zeltbahnen drüber und legten unsere Tornister zurecht. Alle Russen hatten die Stube verlassen, nur die Alte hockte noch drüben beim Herd. Sie löschte das Licht. Wir nahmen die Schlösser aus den Gewehren und schoben sie in die Hosentasche; dann streckten wir uns hin, um zu schlafen. Ich dachte an den Prinzen, der nicht hatte mitessen müssen von der verdammten Hirse. Er hatte sich einfach geschraubt, und ich begann, wütend zu werden auf ihn. Ich machte ihm heimliche Vorwürfe, weil er nicht dabeigewesen, weil er mich im Stich gelassen hatte und nicht dageblieben war. Diese Vorwürfe waren zu töricht, und ich dachte an die Russen; daß sie es selber gewesen waren, die alle Lebensmittel fortgeschafft hatten, und dieser Gedanke machte mich bös auf die Russen. Ich dachte auch an die Maus, und ich überlegte, wie dieser läppische Zweikampf ohne Chancen – ohne die Chance des Davonkommens für die Maus, und ohne die Chance eines wahren Siegs für die Katze – ausgegangen wäre, wenn wir der Maus den Vorsprung verschafft hätten; Molterer hätte es tun soll'n, dachte ich weiter, ärgerlich darüber, daß er es nicht getan hatte; und ich überlegte, wie dieser Zweikampf wohl ausgegangen wäre ohne den Zwischenruf, der mir entschlüpft war. Und in all meinen Gedanken begann ich zu merken, daß sich jedes nur mögliche Unheil gegen mich verschworen hatte; das stand fest. Aber genauer zu denken war mir nicht möglich: ich dachte unordentlich, alles Gedachte geriet mir durcheinander: die Russen in der Stube und die Maus und der Prinz und die brennenden Hütten und alles – und endlich war ich nicht mehr sicher, ob ich noch dachte, oder ob ich schon träumte.

Ich hatte noch nicht geträumt. Ich hätte das, was nun geschah, zwar auch geträumt haben können, aber ich habe es nicht geträumt. Und daß ich es nicht geträumt hatte, merkte ich daran, daß ich merkte, wie über alle Maßen grauenhaft es war; denn das

Grauen des Traumes hat zumindest das Maß der Zeit, und das ist das Vergessen. Was aber nun geschah, ist unvergeßlich geschehen:

Ich glaubte, die Augen geschlossen zu haben, aber das mußte ein Irrtum gewesen sein, denn ich sah ganz genau, daß sich die Alte erhob und an mein Lager herantrat. Eine fürchterliche Angst überkam mich, zugleich mit einer grausamen Ohnmacht; laut in der Stille des Schreckens hörte ich die langsamen, gleichmäßigen Atemzüge meiner schon schlafenden Kameraden; ich wollte die Augen vor dem Herannahenden verschließen, aber die Lider gehorchten mir nicht mehr ganz. Und da war die Alte schon neben mir niedergekniet; sie streckte ihre Hand neben mir aus, und ihre Finger bekreuzigten meine Stirn.

Gleich danach war sie, ohne ein Wort gesprochen zu haben, hinausgeschlichen; sie ließ mich allein mit meinem Elend und meiner Erbärmlichkeit, allein mit meinen unbrauchbaren Gedanken. Ich hatte nicht geträumt, doch nun hörte ich auch auf zu denken. Ich brauchte nicht mehr zu denken, denn was ich wissen mußte, wußte ich nun: daß ich besiegt war für mein Leben. Und ich wußte von diesem Moment an: selbst wenn wir siegen würden bis Wladiwostock und rund um den Erdball –: für mich war dieser Krieg verloren, und mehr als der Krieg.

Am nächsten Morgen marschierten wir weiter. Gegen Mittag kam eine Ju und warf ein paar Verpflegungsbomben ab; es gab Brot, Schokolade und Fleischkonserven. Mir schmeckte nichts, aber ich zwang mich zum Essen. Wir wußten ja nicht, wann es wieder etwas zu essen geben würde.

GUNTER FALK

Vier Prosastücke

Zutreffende Beschreibung eines Sisyphos

Regen wies ihm den rechten Weg. Sonne verwirrte ihn.

Gehen, gehen, den Weg beschreiben, den Weg durchwandern, den andere schon gegangen sind. Gehen, gehen, die Beine bewegen, die Füße versetzen, die des Gehens ja müde sind. Gehen, gehen, der Leib erlahmend, der Sinn entzwei.

Von Zeit zu Zeit, wenn er in der Ferne, die sich immer wieder vor ihm auftat, einer Behausung gewahr zu werden glaubte, mochte er seine Schritte beschleunigt und, wer weiß, sich seines Zieles, das ihn doch zu diesem Gang getrieben hatte, entsonnen haben. Allein, so oft Hoffnung ihn solcherart zu erfüllen begann, so oft verwies ihn die Wirklichkeit, der er immer wieder anheimfiel, in die Schranken seiner Ohnmacht. Denn stets zeigte sich das angestrebte Gebäude mit seinen Schutz bietenden Mauern, einer narrenden Fata Morgana gleich, als ein Ort, der ihm keine Bleibe verheißen konnte, als ein Ort, der sein Ziel nicht war, als ein Ort, der, mag sein, einer Telegraphenverwaltung als Unterkunft diente, oder der Straßenwacht vielleicht als Abstellraum, nie jedoch für diesen Zweck erbaut worden war, nach dem er so inständig verlangte.

So war er immer wieder genötigt weiter zu ziehen und seine Hoffnung erstarb von Mal zu Mal, doch sein Verlangen, welches ihn zu diesem Weg gezwungen hatte, gewann ständig an Unbändigkeit.

Der Regen, den er als Zeichen ja annahm, wurde zusehends dichter; sein Mantel, den er, weiß wann, sich umgeworfen hatte, tropfte von Wasser wie ein vollgesogener Schwamm, und er war auch ähnlich schwer geworden; sein Haar, welches blond in der Sonnenglut vielleicht einst geleuchtet hätte, klebte ihm, von Rinnsalen durchzogen, an der Stirn und wäre bei dem unsicheren Licht wohl kaum noch von seinem aufgelösten Gesicht zu trennen gewesen, so stumpf war seine Farbe geworden. Die Schuhe aber, gleichfalls vollgesogen vom Naß und von Schlammspritzern bedeckt, quackten bei jedem Schritt.

Schmal war der Weg, den er ging, aufgeweicht und stellenweise von riesigen Pfützen überflutet – er versank ja schier in diesem Morast –, doch ließen sich die Spuren jener, die vor ihm den Pfad durchmessen hatten, noch immer erkennen, und er nahm dies als Hinweis, daß sein Weg, sollte er sein Ziel auch nie erreichen, trotz allem der rechte sei; welchen Ort schließlich hatten seine Vorgänger einzunehmen gewünscht, wenn nicht denselben, nach dem auch ihm der Sinn stand, und sei dieser gespalten, und sei sein Gang ein Kreuzgang, und sei Golgatha, das nie zu erklimmende, und sei die Auferstehung, die nie geschehende, und sei Nichts, das nie zu erfahrende, auch sein Ziel: eine Stätte, die jedem, der vom Verlangen beseeligt ist, die Gelegenheit, unter Dach und Fach seine Blase zu leeren, gewähren kann.

Regen wies ihm den rechten Weg. Sonne verwirrte ihn.

Gehen, gehen, den Weg beschreiten, den Weg durchwandern, den andere schon gegangen sind. Gehen, gehen, die Beine bewegen, die Füße versetzen, die des Gehens ja müde sind. Gehen, gehen, der Leib erlahmend, der Sinn entzwei.–

Credo

ich glaube nicht

an gott, an die siegreiche klasse, an die herrschende selten, denn die herrschaft ist schlecht, der sieg weit, sein ergebnis zweifelhaft, der staat gewalttätig, die menschen schlimm, die filosofie blöde, die wissenschaft dumm, gläubig oder herrschaftlich, der glaube übel, das übel unausrottbar, die ausrottbaren menschen, der mensch ein affe, nicht einmal lustbegabt, seine fantasie kennt grenzen, seine grenzen sind sein dreck, sein produkt einer ökonomie, auch gott, oder die herrschende klasse, oder die siegreiche, oder der herrschaftsfreie schnörkel, oder die rotierenden idioten, oder auch die kaum noch wahrnehmbaren bewohner von apartments, oder auch die kaum noch sichtbaren lenker von raketen, oder auch ich, füllung von tuchwaren, oder auch du, genosse, genießer des mehrwerts, oder auch sie, lenker von heerscharen, fettwanst, oder auch übler, oder auch wir, csardastänzer, voll teuren fusels, daher wohl auch stinkend, blöde, glaubend, warum nicht an gott, warum nicht an raketen, warum nicht an die ökonomie, warum nicht mit zwei fingern an der stirn, stinkend, warum nicht auch mit mehr, auch glaubend, auch rauchend, auch brennend, auch leuchtend, warum nicht auch ein leuchtendes vorbild sein, warum nicht für die jugend, oder die klasse, oder die klasse, oder gott, oder die nation, oder mich.

Franz erwacht

Franz erwacht: licht durchdringt die dünne membran seiner lider und badet sein bewußtsein in eine bebende spirale von rotorange. Unklar fällt ihm ein schmerz auf, den er an seiner hüfte glaubt lokalisieren zu können; es ist kein stechen, assoziiert er, eher möchte er die empfindung als dumpf bezeichnen, und das wissen von seinen organen läßt ihn nach möglichen orten forschen. Franz zieht die arme an, dreht die schulter und stemmt den linken ellenbogen gegen das deckenknäuel, auf dem er liegt – dies wird ihm im augenblick der handlung klar –: es gelingt ihm dadurch, auf den bauch zu rollen, und die bewegung ausnutzend dreht er sich auf die linke seite. Seine augen öffnen sich, lichtfülle blendet ihn, und er wendet sein gesicht der unterlage zu. Vielleicht hat er sich an etwas gestoßen, findet er als erklärung für sein schmerzgefühl; wo er ist, ist ihm bekannt. Erst augenblicke später beginnt er diese wahrnehmung als kurios und zugleich schmerzlich zu erleben: von den möglichen orten, an denen er hätte in schlaf fallen können, ist dieser ihm eher zweifelhaft. Hier wohnt er, Franz, weiß er in stiller evidenz, hier aber hatte er nicht zu schlafen gewünscht, überfällt ihn auch die erinnerung. Sein schmerz an der rechten hüfte hat nachgelassen, doch nun verspürt er ein stechen an der linken, aber mit der erinnerung an eine nierenuntersuchung weiß er sich zu beruhigen. Einem impuls nachgebend, dreht er sich um seinen schwerpunkt, läßt die beine über den bettrand baumeln und am boden halt suchen, hebt den oberkörper an und steht auf. Seine augen haben sich geöffnet.

Es ist tag; die sonne, die er nicht sehen kann, scheint zu scheinen; es muß gegen mittag sein: ein gefühl von schattenkonstellationen, die er an den gebäuden außerhalb des fensters feststellt, führt ihn zu diesem schluß. Er ist allein. Der boden, über den sich seine zehen tasten, ist von den kleidungsstücken des vergangenen tages bedeckt. Er empfindet stille, er hört sie; er hört stille, indem er entfernten verkehrslärm, das tropfen eines wasserhahns, leisen wind in den fensterläden und schritte in der wohnung über sich wahrnimmt. Er schlägt mit dem arm leicht gegen einen türstock, drückt gegen einen lichtschalter und besieht sich in einem spiegel. Er taucht mit dem kopf aus dem spiegelbereich, dreht den kaltwasserhahn an und trinkt: seine lippen schließen sich um den wasserstrahl; erinnerungsspuren an das haus seiner eltern und die unterschiedlichen geschmäcker aus beiden wasserleitungen erfüllen ihn. Sein anblick, faßt er zusammen, erscheint ihm als häßlich.

Er geht, ohne klare zielvorgabe, dreht lichtschalter ab und an, und läßt sich mit sicherer bewegung auf die wc-brille fallen. Während er uriniert, überlegt er, ob er hungrig sei. Er imaginiert die lebensmittel, die er vorrätig haben müßte, variiert ihre zusammenstellung und zubereitungsart und hört in sich, wie er es empfindet, ob eine der kombinationen ihm lust bereiten würde. Mit einem stück toilettenpapier säubert er seinen peniskopf von urinresten, drückt gedankenlos mit der linken auf den spülungsknopf und stellt sich wieder vor den spiegel. Er könnte ein lokal aufsuchen und etwas essen, überlegt er; er zieht grimassen, um den eindruck seines gesichtes zu verlöschen. Die erinnerung an den hüftschmerz, den er beim aufwachen verspürte, überfällt ihn, und seine gedanken streifen durch das dunkel der vergangenen nacht: ob er sich vielleicht etwas verletzt hatte. Gleichsam bandschnitten beginnt er sich einiger gesprächsfetzen zu entsinnen, doch die erinnerung ist szenenhaft, die abfolge der bandschnitte läßt keine handlungslogik erkennen.

Nochmals geht er ins wc und uriniert. Erneut drückt er den spülungsknopf und besieht sich die gedämpfte sturzflut. Er schlendert, nahezu sorglos, die schultern relaxierend auf- und abdrückend, zurück zum bett. Mit zögernden handbewegungen versucht er, das knäuel aus decken, leintuch und polstern zu entwirren. Er könnte das radio andrehen, kommt ihm in den sinn, als er sich ins bett fallen lassen will, und mit einigen schritten und handbewegungen führt er diesen vorsatz aus. Überrascht lauscht er einem orgelkonzert; er mußte sich in der zeiteinschätzung vertan haben, es mußte früher sein, als er erwartet hatte. Ich werde baden, denkt er.

Er dreht das radio lauter, damit er das konzert trotz des wassers, das in die wanne fließen wird, hören kann, und betritt wieder das badezimmer. Das knäuel auf seiner lagerstätte beschäftigt seine gedanken, während er sich im spiegel betrachtet. Der dröhnenden bässe einer unbekannten kirchenorgel ungeachtet empfindet er stille. Als der organist höhere noten anschlägt, die er nahezu staccato wieder verklingen läßt, dreht Franz, kurz entschlossen, die wasserhähne auf, drückt den stöpsel in den abfluß und gießt ein schaummittel in die wanne. Er stützt die linke an den wannenrand, prüft mit der rechten die wassertemperatur, korrigiert die einstellung der hähne, und weiß, was noch zu tun verbleibt. Obwohl der entschluß ruhig und klar in ihm lagert, fröstelt ihn ein wenig. Er dreht den heißwasserhahn etwas mehr auf. Weißer schaum beginnt sich bereits auf der wasseroberfläche zu bilden. Franz betritt ein weiteres mal den von orgelklängen durchströmten wohnraum und öffnet einen schrank. Seine hände wühlen im dunklen interieur, betasten werkzeuge und verschiedenes, im grunde unnützes zeug, wie er sich lächelnd eingesteht, dann schließen sie sich um ein verlängerungskabel.

Franz, immer noch nackt, entnimmt das kabel dem schrank, steckt das eine ende an den stromanschluß im vorzimmer und entrollt die drei-meter-schnur. Aus dem vorzimmerschrank schließlich holt er die heizsonne und schließt sie im bad an das kabel an. Leise beginnt der apparat zu summen, und die drähte strahlen ein freundliches glühen aus. Franz schlendert in die küche, beschließt aber, doch nichts zu essen. Er glaubt sich erinnern zu können, in der vergangenen nacht noch etwas zu sich genommen zu haben. Erneut blickt er kurz aus dem fenster. Es dürfte gegen zehn uhr sein, korrigiert er seine erste einschätzung, doch er hat zu wenig lust, dies mit einem blick auf die uhr zu überprüfen. Schließlich betritt er wieder das bad.

Er mißt den wasserstand am wannenrand und beschließt, die hähne abzudrehen. Ärgerlich geht er in den wohnraum zurück und dreht das radio ab. Im bad ist nun nur noch das leise knistern des schaums und das summen der heizsonne zu hören.

Franz betrachtet sich nochmals im spiegel. Er versucht zu lächeln, und das spiegelbild lächelt zurück. Ein gefühl der zärtlichkeit für seinen körper nimmt ihn ein, und er streicht sanft über sein haar hinter dem ohr und über seine hüften. Rituell seufzend setzt er sich an den wannenrand und hält probeweise beide beine ins wasser. Die temperatur ist ihm eher hoch, aber da ihm kalt ist, rutscht er schließlich in die wanne.

Als das wasser seine hüften berührt, scheint ihm der schmerz unerträglich zu sein. Schließlich aber ist er doch bis zum hals mit wasser bedeckt, und der sturm seiner empfindungen beruhigt sich. Er liegt ganz still und hört nichts außer dem knistern des schaums und dem summen der sonne. Er hat angst, er weiß es. Beim erneuten durchdenken des technischen prozesses schöpft er wieder etwas mut. Er hebt den oberkörper an, greift aus der wanne und faßt die heizsonne am griff. Er legt sich in die wanne zurück, bis ihm das wasser wieder bis zum hals geht, und hält das leise summende heizgerät über der wasseroberfläche. Dann läßt er das gerät los.

des winters wenn ich früh aufsteh
ein beitrag zur deutschen dichtung

des abends wenn ich früh aufsteh des morgens wenn ich zu bette geh: dann riechen die linnen dann tropft der wasserhahn: dann fängt mein portierjob wieder an. fröhlichen auges und nerviger hand betätig ich die drehtür und du gehst rein und ein anderer geht aus: in diesem leben ists ein rechts kommen und gehen: aber in betuchter livree mit der sozialistischen schiffermütze weiß ich alles wohl zu zählen zu ordnen zu schätzen als auch zu erzählen.

des winters wenn ich früh aufsteh: des sommers wenn ich zu bette geh: ich weiß: die jahreszeiten flattern mir in den ohren wie auch ins haar: alljährlich fledermäuse die wegen einer erkältung des ultraschalls verlustig sind.

du gehst ein und ein anderer tritt aus: manche treten ein: du fliegst raus: du kindchen wenn du früh aufstehst: du alter wenn du zum friedhof gehst: dann gurren die tauben dann lodert der hahn dann fängt die volkswirtschaft zu produzieren an. dann rasseln die räder dann knarrts im hosenleder dann trotteln die schuhe dann knisterts im gebälk dann blitzts im gewölk dann wiehert das gestüt dann liiert sich das geblüt: dann eilen die hasen über rasierte rasen dann freien die onkels ihre treuen basen: dann wird die oma zum opferlamm dann fangt der opa zum fixen an:

des abends wenn ich in die portierloge geh: des nachts dann wenn ich an der drehtür steh: des morgens tun mir die füße weh:

tagsüber auf dem kanapee: dann strotzen die glieder: dann schwillt der damm: dann quillt aus der nase der nasenhafer.

Franz Xaver hieß ein mann: der hatte ein programm: doch dieses war passé: er schluckte lsd: doch das rauschgift tat ihm gut: da verließ ihn jeder mut: er lief durch den garten: ließ frau und köchin warten: er ging durch die drehtür raus und machte sich den garaus.

schön ists: ein portier zu sein: da gehn manche raus: da kommen manche rein: da bist du ein wärter und wirst immer härter: da versickern die zähren: im leeren: schön ists: noch immer hier zu sein: hier bist du nie allein: hier ist gehen und hier ist kommen: hier werden sogar die kapläne vernommen.

und tapfer jobben die wirtschaftskapitäne:

ach schiffer: dein mützel: unversehrt vom scharmützel: stolz jedes schmiedes:

wer reimt da die schmiede: wer schmiedet den reim: wer leimt da die triebe: die mancherortens entflattert sind: wer heilt die vampire: die armen tiere: wer kann gegen schnupfen noch immer aufmupfen: es muß ja nicht der kanzler sein.

wir sind nur portiere: und drehen die türe: im parterre: des alkoven: des großen des doofen: und heizen den ofen: den hochen in donawitz:

nichts: geht mehr: sagst du: wenn deine schicht vorüber ist: alles geht: ihre einsätze können sie im nächsten leben tätigen: in der nächsten schicht: um zins und rente vermehrt: schon mancher rentier ward zum rentner erkoren: und manch rentner schon ward geehrt: durch trommel trompete und letztes licht: von zeit zu zeit sind auch frührenter rentiers geworden: wenn sie stammkapital beerbt:

nichts geht mehr: sagen wir: wenn die drehtür verrostet ist: oder vereist: des winters etwa: wenn wir früh aufstehn: nichts steht mehr: sag ich dir: wenn deine lust verkostet ist: und deine frau verreist: auch des sommers: wenn wir daumen drehn: oder gewehrtrommeln:

die rohrdommeln päppeln im walde: warte nur: balde: tummeln sie auf der halde: sich: wart nur: geschwinde: da zappeln die pappeln im winde: schnell: schnell: balde: da zappelst du auch: und vom hochofen spürest du: kaum noch verdruß:

geschweige denn ruß:
wart nur:
kalt:
trommelts im ohr:
bald:

REINHARD FEDERMANN

Die Stimme

Dr. Morawec sah sich einen Vortrag halten. – Meine Damen und Herren, sagte er. Er trug einen schwarzen Anzug und eine silberngestreifte Krawatte. Er hielt sich mit beiden Händen am Pult – intelligente Hände! flüsterte ein Mädchen in der ersten Reihe. Morawec sah über sie hinweg, starrte auf die weißen Nullen, die sich hinter dem Mädchen zu Haufen ballten, und sagte: Meine Damen und Herren. Natürlich wollen wir alle nichts mehr davon hören. Den meisten von uns ist es damals nicht gutgegangen, und einige haben sich nicht immer ganz tadellos benommen.

Irgend jemand räusperte sich, als er das gesagt hatte, und Morawec fuhr fort zu reden, in leicht gereiztem Ton, mit erhobener Stimme: Es geht uns jetzt besser, wir wollen nicht mehr dran denken, wir benehmen uns auch wieder ganz tadellos, und wir wollen lieber hören, wie es sein wird, wenn es uns noch viel besser geht. Es kann aber sein, daß es uns entgegen unseren Erwartungen eines Tages schlechtgehen wird, so schlecht, daß wir keine Tränen haben werden, unseren Zustand zu beweinen, und was werden wir dann tun? Womit werden wir gerüstet sein, welcher Waffen werden wir uns erinnern, wenn wir unser Gedächtnis vermauert haben? Meine Damen und Herren, wir sollen unser Gedächtnis nicht vermauern, wir sollen es luftig und übersichtlich halten. Ich weiß nicht, ob ich mich verständlich gemacht habe: Ich denke an ein Arsenal, an einen Saal voll blankgeputzter Waffen, deren jede an dem ihr gebührenden Platz hängt, aber ich hätte genausogut sagen können: Meine Damen und Herren, wir sollen nicht vergessen. Nicht einmal die Tiere vergessen ja das Leid, das ihnen widerfahren ist, und ist es denn den Tieren geschehen? Ist es den Steinen geschehen, die nichts spüren und stumm sind?

Ich bitte Sie, diese pathetische Ausdrucksweise zu entschuldigen, aber mir hat sich eben eine Vorstellung aufgedrängt, besser gesagt: ein Bild, das ich oft vor mir sehe: ein gestaltloser Haufen von Morast und Mauerwerk und verfaulenden Substanzen, und dieser Misthaufen ist die Weltgeschichte, wenn wir uns nicht erinnern. Ich habe von den Tieren gesprochen, meine Damen und Herren, ich wollte damit sagen: den Tieren schläft die Erinnerung im Blut an die Leiden selbst ihrer Vorfahren, und der Wind, der von weither kommt, trägt ihnen den Geruch des Unheils zu.

Wir sollen uns erinnern. Das ist ohnehin das einzige, was wir tun können.

Darum will ich Ihnen die Geschichte eines Mannes erzählen, meine Damen und Herren, eines Unteroffiziers, den ich gekannt habe. Er hieß Matthey und war ein noch junger Mann, Student der Medizin. Es ist keine schöne Geschichte, und wer sie nicht hören will, der soll sie nicht hören.

Er hat so schöne Mörderhände, sagte die junge Dame in der ersten Reihe. Morawec aber ließ sich jetzt nicht mehr irritieren. Er trug seine Geschichte den weißen Nullen vor, und es wurde ihm dabei leichter. Zuerst studierte Matthey im Hörsaal, sagte er. Er studierte Berichte und Abbildungen. Dann studierte er im Seziersaal. Nun wurden sie ruhig. Seziersaal, das war, um sie zur Ruhe zu bringen, und Morawec konnte ganz leise fortfahren. Da studierte er Leichen; und dann studierte er, wie es ist, wenn einem der Kehlkopf zerschossen wird. Vielleicht waren es auch die Stimmbänder. Er konnte das nicht wissen. Er wußte nicht viel.

Morawec erzählte, und es war ihm nicht ganz klar, wem er erzählte; ob er die Geschichte nicht etwa sich selbst erzählte; und ob er erzählte, um sich zu erinnern oder um zu vergessen.

Er wußte nicht viel. Er wußte den Himmel und den Weizen, das klebrige Blut auf seinem Bauch und das heiße Blut auf seiner Brust und auf seinen Armen, er wußte, daß es in kleinen Wellen kam, und er wußte, daß diese kleinen Wellen ihn schwächten, jede ein bißchen mehr. Dann sah er Hosen und Stiefel durch das Dickicht der Halme laufen, und einmal sah er seinen Leutnant, der warf sich neben ihm ins Feld, und über sie hin fuhr niedrig Maschinengewehrfeuer. Matthey stützte sich auf beide Ellbogen und konnte sich ein bißchen aufrichten, nicht für lange, aber doch so lange, daß er etwas sagen konnte.

Er sagte: »Herr Leutnant.« Wie er das sagte, das kam ihm seltsam vor und in gewisser Weise unwirklich; darum wiederholte er es nur einmal. Der Leutnant sah aber nicht auf und antwortete auch nicht, sondern rieb sein Gesicht am dichten Grund des Weizenfelds, und dann merkte Matthey, daß er selbst nicht hören konnte, was er sagte. Er räusperte sich, aber er hörte auch kein Räuspern; dann schrie er: »Herr Leutnant! Herr Leutnant!«, aber er hörte auch kein Schreien, und da wußte er, daß er stumm war.

Die Maschinengewehre, die Abschüsse und die Einschläge der Panzerkanonen lärmten genauso wie vorher, und auch die Leute schrien, wie sie vorher geschrien hatten. Nur Mattheys Stimme war ausgeschieden.

Zuletzt hatte er geschrien: »Sie kommen!«

Da hatte er sie nämlich gesehen, wie sie alle auf einmal aus ihren Löchern sprangen und direkt auf ihn zugelaufen kamen, kleine, hellbraune Gestalten; sie wirkten, gegen den blauen Himmel gesehen, lächerlich, wie Schießbudenfiguren, aber das waren sie nicht, sie schössen selbst, im Laufen schössen sie aus ihren klobigen kleinen Maschinenpistolen, wie Heinzelmännchen sahen sie aus auf der grünen Wiese, und ihm schien, als ob sie alle

O-Beine hätten, aber dann duckte er seinen Kopf in das Erdloch, denn jetzt fingen auch die Panzerkanonen an zu schießen, alle auf einmal. Allmählich hörte er, wie seine Kameraden sich aus ihren Löchern davonmachten, er dachte: Sie werden mich in meinem Loch massakrieren, und so machte er sich auch davon, aber er war nicht zeitig genug wieder unten auf der Erde, denn gleich beim ersten Sprung traf es ihn in den Hals. Er hatte noch den Schrei »Sie kommen!« im Ohr, den Schrei, den er selbst ausgestoßen hatte.

Was er jedoch vorher gesagt hatte, wußte er nicht mehr. Vielleicht hatte er gesagt: »Was haben sie denn heute, warum greifen sie nicht an?«, oder er hatte gesagt: »Mich soll's nicht wundern, wenn wir schon im Kessel sitzen, du wirst sehen, die lassen uns da liegen, bis keiner mehr herauskann«, oder er hatte gesagt: »Schmeiß mir eine Zigarette rüber.« Er konnte sich nicht erinnern; er machte auch keinen Versuch dazu. Er schaute mit aller Kraft auf den Leutnant, der noch immer seinen Kopf in die Wurzelerde rieb, wie ein Säugling, der müde ist und doch nicht schlafen will, seinen Kopf in die Kissen wühlt. Wenn man Schmerzen hat und nicht schreien will, macht man es auch so. Matthey hatte keine Schmerzen. Er hatte sich vorgenommen, den Leutnant zu hypnotisieren.

Einmal sah der Leutnant auf. Er hatte Erde auf der Nase, und auf den Wangen hatte er auch Erde, und seine Augen sahen ganz hell und leer aus dem Gesicht. Matthey machte Bewegungen mit den Armen, er gab Winkzeichen, wie die Matrosen es tun mit kleinen dreieckigen Fähnchen, aber da er die gültigen nicht kannte, improvisierte er die Zeichen, er erfand seine eigenen. Der Leutnant folgte seinen Bewegungen mit den Augen, aber sein Blick blieb genauso leer wie vorhin, und da merkte Matthey, daß es ringsum still war, vollkommen still. Wenn ich jetzt flüstern könnte, dachte Matthey, nur ganz leise flüstern, dann müßte der Leutnant mich hören. Was könnte man ihm nicht alles sagen! Ich bin verwundet, könnte man ihm sagen. Bitte bring mich wenigstens bis zum Waldrand, es ist ja gar nicht weit – den Wald würden sie bestimmt verteidigen, und im Schutz der Bäume konnten sie ihn bis zum nächsten Verbandsplatz bringen –, bitte nimm mich mit, es kann dir ja nichts passieren, der Weizen steht hoch, sie können dich nicht sehen. Man könnte ihn bei seiner Offiziersehre nehmen oder vielleicht bei seiner humanistischen Erziehung, wenn er eine bekommen hatte, aber das war ja egal, wenn man flüstern konnte, nur ganz leise, konnte man sich mit ihm auseinandersetzen, ihn überzeugen. Er konnte nicht flüstern, nicht einmal ganz leise, und die Winkzeichen, die er gab, waren einfach nichts. Der Leutnant schaute ihnen zu und rührte sich nicht, und mit einem Mal sprang er auf, der Weizen rauschte, dann hörte Matthey wieder die Abschüsse der Kanonen und das Feuer der Maschinengewehre, und nun rauschte es im Weizen von allen Seiten. Die Laufschritte, die Matthey hörte, bewegten sich hauptsächlich auf den Wald zu, aber einmal liefen sie auch in entgegengesetzter Richtung, die Schreie, Schüsse und das Rauschen der Halme kamen, hörten auf, kamen wieder, und dazwischen hörte Matthey lange Perioden der Stille, und das war eine ganz ungeheure Stille.

In der Stille geschah am meisten. Da brannte die Sonne, die sehr steil am Himmel stand mit einem breiten Vorhof, der erst golden war und dann silbrig, und an der Peripherie weißlichblau, und Matthey lag still, zitterte und schwitzte. Er dachte: Wundstarrkrampf. Gegenstoß. Ich verblute. Sie kommen. Sanitäter. Schweine. Wundstarrkrampf. Er dachte nur in der Stille. Wenn der Lärm wieder anfing, geriet er in freudige Erregung, weil dann nämlich immer Leute in seiner Nähe vorbeiliefen, und einmal mußten sie ihn ja entdecken. Er entnahm dem Lärm auch die Gewißheit, daß die Stellung noch gehalten wurde.

Es war der Augenblick, der alles entschied, als sich plötzlich dicht über ihm der Weizen teilte, ein fremdes Gesicht in seines sah; als er das Erschrecken in dem Gesicht wahrnahm, einen kurzen Aufschrei hörte und den Mann blitzschnell am Bein packte, ehe der Mann noch davonlaufen konnte, und ihn damit zu sich niederriß.

Der Mann war ein Sanitäter.

Es begann gleich darauf wild zu schießen, und der Sanitäter blieb halb neben ihm, halb über ihm liegen. Matthey fühlte an seinen eigenen Rippen das Herz des anderen klopfen. Es war ein widerwärtiges Herz, ein stinkendes Herz, aber man mußte es zwingen, zugunsten des Verwundeten zu entscheiden, und Matthey zwang den Sanitäter, indem er sein gestiefeltes Bein nicht losließ. Er hielt es noch fest, als der Sanitäter sich schon bemühte, ihn unter den Armen zu packen und kriechend mit sich zu schleifen. Der Sanitäter schimpfte mit ihm und beschwor ihn, dabei lief ihm der Schweiß über das rote Gesicht, und sein Herz schlug jetzt in der geschwollenen Halsschlagader, denn er mußte alle Kräfte aufbieten, und das Schießen wurde immer wilder. Da ließ Matthey das Bein los. Ich muß ihm vertrauen, dachte er verzweifelt, und gleichzeitig bereitete er sich darauf vor, die Hand des Sanitäters, wenn er loslassen sollte, um davonzulaufen, augenblicks zu packen.

Statt dessen sah sich Matthey bald darauf unter den schütter stehenden ersten Fichten liegen. Es waren kleine, schwache Fichten, und die Sonne brannte auf den Nadelboden noch schlimmer als auf das Weizenfeld. Der Sanitäter, der jetzt neben ihm kniete und ihn unaufhörlich befragte, kramte aus seiner Umhängtasche Verbandzeug und legte ihm einen Notverband um den Hals. Dann ließ er ihn liegen, und Matthey war im Zweifel, ob er es nicht doch mit einem Verräter zu tun gehabt habe. Der Lärm schwoll wieder an und kam näher, und einmal krepierte eine Panzergranate ganz in der Nähe.

Darauf wurde es still, und diesmal war es eine angenehme Stille. Matthey atmete den Geruch des Waldbodens ein, der erinnerte ihn an seine Kindheit, und einmal hörte er eine Biene summen. Dann hörte er Schritte, und als er den Hals drehte, um die Näherkommenden anzuschauen, spürte er, daß sein Hals ganz steif war, und dann spürte er einen dumpfen Schmerz. Eigentlich hatte er den Schmerz schon lange gespürt, aber jetzt erst wußte er es.

Es war der Sanitäter, der noch einen zweiten herzugeholt hatte. Der zweite war ein blasser Junge mit einer Stahlbrille. Ein Pfarrer, dachte Matthey. Sie trugen eine Bahre, die stellten sie neben ihm ab, dann rieten sie ihm, sich ganz steif zu machen, aber es nützte nichts, er knickte in den Hüften ein, als sie ihn auf die Bahre hoben, und sie keuchten, trippelten und hatten Mühe, ihn in die richtige Lage zu bekommen. Sie hoben die Bahre, auf der er lag, mit einem Ruck hoch und trugen ihn durch den Wald.

Es war angenehm für alle drei, denn alle drei entfernten sich aus der Feuerlinie und hatten Grund dazu, am angenehmsten aber war es für Matthey. Er sah auf die grünlichgoldenen Spitzen der jungen Fichten und dachte: Heimatschuß. Lazarett. Bett. Essen. Trinken. Urlaub. Mädchen. Dann dachte er sich in der Straße seiner Heimat. Es war eine bunte Geschäftsstraße, und er dachte sie bunt, glänzend und unbeschädigt, denn als er sie vor einem Jahr zum letztenmal gesehen hatte, war sie noch bunt, glänzend und unbeschädigt gewesen. Er hatte zwar von mehreren schweren Bombenangriffen gelesen, und in den Briefen seiner Mutter war auch von Zerstörungen in der Straße die Rede, aber so lange man sie nicht gesehen hatte, waren die Zerstörungen nichts.

Die beiden Sanitäter stellten die Bahre auf einer Lichtung ab, dort erschien sein Hauptfeldwebel, den er nie gemocht hatte, und überreichte ihm eine Schachtel Schoka-Cola. Matthey machte eine Geste freundlichen Danks, aber da gerade einige Panzergranaten in der Nähe einschlugen, konnte der Hauptfeldwebel den Dank nicht quittieren, denn er begab sich in Deckung, und die Sanitäter auch, und Matthey lag allein auf der sonnigen Wiese. Er horchte nach den Abschüssen, aber es kamen keine mehr, es rührte sich überhaupt nichts mehr bis auf einen Zitronenfalter, der rund um seine Bahre zitternde Kapriolen schlug.

Später kam ein Sanitätsauto angefahren, man lud Matthey hinein; er lächelte die Träger an und hob grüßend die Hand. Drinnen, im Halbdunkel des Wagenkastens, mußte er etwas warten, dann lud man hinter ihm noch drei Verwundete ein; er konnte seinen Hals nun nicht mehr drehen und erkannte sie darum nicht. Als man die Hintertür zuwarf, wurde es ganz finster. Er lag still und dachte an die Nacht und drehte seine Schoka-Cola-Schachtel zwischen den Fingern. Irgendeinmal begann es zu schaukeln und zu stoßen, Matthey schwitzte und dachte nach, ohne daß ihm etwas klar wurde, und dann verlor er das Bewußtsein.

Er sah, erwachend, in ein großes, rotes Gesicht, das ganz verschwitzt war, und in blinzelnde graue Augen. Es war ein sehr merkwürdiges Gesicht, es war über ihm, aber verkehrt, so daß die Nasenlöcher unnatürlich groß waren und er die grauen Haarbüschel sehen konnte, die aus den Nasenlöchern wuchsen. Er spürte warmen Atem auf seinem Gesicht, unangenehm warmen Atem und Nikotingeruch, und im Hals spürte er einen scharfen, brennenden Schmerz, und dann wurde er gewürgt. Der Arzt schlang die Binde um seinen Hals und Mattheys Kopf stützte ein Mädchen. Sie sah aufmerksam auf den Verband, und er spürte an seiner Wange, daß sie eine kühle Hand hatte, dazu bemerkte er, daß er auf einem blutigen Tisch lag und daß man ihn ganz ausgezogen hatte. Er empfand es als etwas ungehörig, daß er nun als ein gelbhäutiges Ding, von kalter Luft umweht, auf einem blutigen Brett lag, da er doch Stunden vorher noch ein achtbarer, strenger und zuverlässiger Waffenträger mit Silberlitze gewesen war. Er sah vorsichtig auf das Mädchen, dessen Hüfte in gestärktem weißen Tuch sich gegen seine Hüfte preßte und dessen weißgestärkter Arm gegen seinen Kopf hin ausgestreckt war wie ein Wegweiser. Sie war ein sehr hübsches Mädchen, schwarz, und er konnte sehen, daß sie Locken hatte, wenn sie auch von dem Häubchen fast ganz verdeckt wurden, und sie die Haare wahrscheinlich hinten zusammengebunden hatte. Sie hatte feuchte Augen, die auf einem hellen Grund zu schwimmen schienen, und volle Lippen, die sehr rot wirkten. Jetzt waren sie nicht geschminkt, und in einem anderen Augenblick erschienen sie ihm als fahl und rissig, aber Matthey konnte sie sich geschminkt gut vorstellen. Er erinnerte sich, daß er das Mädchen früher einmal gesehen hatte, wo, wußte er nicht, in einem Cafe oder in der Straßenbahn, aber er wußte, wie sie ausgesehen hatte. Damals trug sie ihre Locken offen, und ihre Lippen waren sehr rot, sie trug eine orangefarbene Bluse, einen schwarzen Rock, und ihre Beine bewegten sich sehr schön. Es mußte auf der Straße gewesen sein, auf einer hellen, sommerlichen Straße, auf der sie spazieren ging. Sie ging und blieb vor einem Schaufenster stehen, besah sich die Preise, es war ein Sportgeschäft, und sie betrachtete einen Badeanzug. Wahrscheinlich war sie aus seiner Heimatstadt.

Da erinnerte er sich noch viel besser. Er hatte sie angesprochen und war mit ihr zusammen weitergegangen, in den Wald, da hatten sie sich auf eine Wiese gelegt und miteinander geschlafen, und sie hatte gesagt: Du mußt immer bei mir bleiben, du mußt immer bei mir bleiben, hörst du, du mußt immer bei mir bleiben. Er war schon damals Unteroffizier, und die Mädchen hatten es sehr auf ihn abgesehen, denn er war ein hübscher Soldat, und darum hatte er sich auch nicht gleich erinnert, denn es waren so viele Mädchen gewesen damals in dem schönen Sommer, fast jeden Tag eine, und sie hatten alle gesagt: Du mußt immer bei mir bleiben.

Jetzt waren keine weißen Nullen mehr da, und keine junge Dame machte Bemerkungen über seine Hände, und Morawec dachte nicht daran, Vorträge zu halten. Er erschrak. Er merkte, daß er log. Er hatte so getan, als habe dieser Matthey das Mädchen gekannt. Als habe dieser Matthey mit ihr geschlafen. Möglich, daß sie aus Mattheys Heimatstadt war. Er mochte sie auch gekannt haben, und vielleicht hatte er sogar mit ihr geschlafen. Aber was waren das für Vielleichts, da es Dinge gab, die Morawec bestimmt wußte? Und warum hatte er so getan, als wüßte er, was sich dieser Matthey nach seiner Verwundung gedacht hatte? Hatte er überhaupt Matthey geheißen? War er Unteroffizier gewesen oder Feldwebel oder Gefreiter? Und wie war das mit dem Medizinstudium jenes Menschen? Und wer sagt, daß er früher ein hübscher Soldat gewesen war, dieser stumme, gelbhäutige Herr Halsschuß? Sie hatten in jenem Lazarett komplizierte Knochenbrüche, Lungenschüsse, glatte Durchschüsse, Bauchschüsse und einen Halsschuß. Der Halsschuß war dieser, das war sicher. Und das Mädchen hatte Lucie geheißen, und sie hatte wirklich schwarze Locken gehabt, Morawec wußte es, denn er hatte sie ohne Haube gesehen; und Augen, die feucht wirkten und auf einem hellen Grund zu schwimmen schienen, und Lippen, die fahl und rissig waren, aber für ihn waren sie rot. Denn für ihn hatte sie sich geschminkt. Wenn sie mit ihm allein war, war sie überhaupt ganz anders als sonst. In Gegenwart der anderen hatte sie ihre steife, vom vielen Waschen blaß gewordene Tracht an und ausgetretene Halbschuhe, die nicht mehr ganz schwarz waren und Risse hatten und merkwürdig spitz zuliefen wie Schnabelschuhe. Sie war ein anderes Wesen, wenn sie diese Schuhe anhatte. Hochfahrend, eigenmächtig, dienstlich; sie hatte dann nicht viel von einer Frau, und sie erlaubte keinem Patienten Vertraulichkeiten, keinem Arzt und schon gar keinem Sanitätsgefreiten. Wie er überhaupt bei ihr Glück gehabt hatte, war ihm später ganz rätselhaft. Er mußte sie in einer schwachen Stunde erwischt haben. Vielleicht hatte sie gerade einen Jammerbrief von zu Hause bekommen, oder sie hatte sich an einen fernen Geliebten erinnert. Morawec hatte nicht die gesunde Brutalität, die Draufgänger haben; es kam ihm später so vor, als habe er hauptsächlich mit einem scheuen Grinsen operiert und mit wenigen gut angebrachten Sentenzen. Bei dieser Art Mädchen mußte man auf Seele arbeiten, denn das war es gerade, auf das sie sich etwas einbildeten: ihre nicht vorhandene Seele; dafür hielten sie ihre unreife Sentimentalität, die sie durch unangebrachte Härte zu verbergen trachteten, weil ihnen im Innersten vermutlich klar war, eine wie fragwürdige Qualität diese imaginäre Seele darstellte. Morawec hatte sich geradezu automatisch auf diesen Typ eingestellt: er kannte ihn aus zahllosen Traktätchen, aus Volksliedimitationen und aus Filmen. Wie gut er ihn kannte, bewies er dadurch, daß er richtig zu Werk ging. Er hielt sich dabei an folgende Grundsätze: Schweigsamkeit. Im Dienst nur sachliche Bemerkungen. In der Freizeit bei besonderen Gelegenheiten träumerisches Vor-sich-Hinstarren, melancholisches Grinsen, seelenvolle Blicke, aber sehr sparsam eingesetzt. Die Worte, die zur Annäherung führten, mußten mit großen Pausen gesprochen werden und womöglich mit tiefer Stimme, die aber in geeigneten Augenblicken vor ängstlich gehüteter, tiefer innerer Erregung ein wenig zittern mußte. Betont werden mußte vor allem das vollkommene Verständnis der ganz besonderen Problematik, mit der die Seele der betreffenden Dame behaftet war. Dazu mußte man natürlich zuerst herauskriegen, auf welche Weise sie ihren ersten Geliebten losgeworden war (in schwierigen Fällen war es der zweite oder dritte), was ihr Vater und ihre Mutter angestellt hatten und wessen sich die menschliche Gesellschaft an ihr schuldig gemacht hatte. Das herauszukriegen war nicht allzu schwer; hatte man erst einmal auf den richtigen Knopf gedrückt, dann verwandelte sich die sinnige Schweigsamkeit der Dame in einen Strom unzusammenhängender Erzählungen, deren schicksalhafte Bedeutung man durch eine nachdenkliche Miene zu bestätigen hatte. Im ganzen war das Spiel also höchst reizlos, zumal es nicht sehr viele Varianten hatte, und Morawec hätte es niemals in Angriff genommen, hätte er sich nicht lohnenden Gewinn versprochen. In Lucies Fall hatte er sich leider zuviel versprochen. Sie war nicht das Teufelsweib, das zu sein sie mit ihrem abweisenden Gehaben indirekt vorgab. Er hatte sie, wie es ihm als Gefühlsmenschen nur zu oft passierte, für komplizierter gehalten als sie war.

Natürlich bedeutete ihm das wenig. Von den weiblichen Wesen, die sich in dem kleinen Lazarett befanden, war sie das einzige, das für ihn erstrebenswert war; außer ihr gab es nur eine dicke Schwester älteren Semesters und drei kindische Putzmädchen, und eines Tages war Lucie überhaupt der einzige Mensch, der mit ihm in dem Lazarett verblieb, wenn man von dem Halsschuß absah.

Der Räumungsbefehl kam über Nacht. In wenigen Stunden war alles verladen und abtransportiert. Der letzte Sanitätskraftwagen sollte sie mitnehmen: den Halsschuß, der eigentlich nicht transportfähig war, notgedrungen aber transportiert werden mußte, da der Feind nur mehr wenige Kilometer entfernt war, Schwester Lucie, die den Halsschuß unterwegs versorgen sollte, und ihn. Er hatte die Aufgabe, die letzten Einrichtungsgegenstände und Instrumente zu verstauen. Der Stabsarzt stellte ihm für diese Tätigkeit das Kriegsverdienstkreuz in Aussicht. Im Morgengrauen aber konstatierte Morawec, daß der letzte Sanitätskraftwagen ohne sie abgefahren war; warum, blieb unerklärt. Es spielte auch keine Rolle. Sie waren jedenfalls allein in einem langgestreckten Blockhaus, mitten in einem reichlich ausgedehnten Wald: er, Schwester Lucie und der Halsschuß. Er und Schwester Lucie hätten sich sofort zu Fuß auf den Weg machen können. Der Halsschuß nicht. Tragen konnten sie ihn auch nicht. Also mußten sie ihn zurücklassen. Da aber meldete sich Schwester Lucies Seele.

Matthey hatte tief und gut geschlafen. Als er erwachte, fiel ihm auf, daß es still war. Er sah über sich die beiden grauen, ungehobelten Pfosten der Pritsche, vor sich eine blaugewürfelte Decke und in einiger Entfernung eine windschiefe Tür. Mehr hatte er auch gestern abend nicht gesehen, außer der Petroleumlampe und der manchmal vorbeistreifenden Schwester. Aber um so mehr hatte er gehört: Klimpern von Instrumenten, Eßgeschirr und Leibschüsseln, Stöhnen, Seufzen, halblaut geführte Gespräche, Schritte gestiefelter Füße auf dem Korridor, Schmerzensschreie in einiger Entfernung, das Brummen von Motoren, das Rascheln eines Frauenrocks, das Knacken der Pritschen, wenn sich einer herumwälzte. Jetzt hörte er nichts.

Er hörte nichts, und das erfüllte ihn mit Schrecken. War er über Nacht auch taub geworden? Er steckte sich die Zeigefinger in die Ohrmuscheln und rüttelte in den Ohren, aber es nützte nichts. Er hörte nicht das geringste. Es kam ihm die Anwandlung, um Hilfe zu rufen, aber bald wurde ihm klar, daß er ja nicht rufen konnte; daß er überhaupt nichts tun konnte, als still zu liegen und zu warten. Und sein Warten wurde belohnt. Er hörte Stimmen. Er hörte, wie zwei Stimmen sich miteinander unterhielten, eine Männerstimme und eine Frauenstimme. Sie unterhielten sich im Nebenraum. Unter normalen Umständen hätte er nicht viel von der Unterhaltung verstanden, ja, wahrscheinlich hätte er überhaupt nicht hingehört. Aber in dieser Situation hätte er gehört, wenn eine Wanze über den Balken gekrochen wäre. In dieser Situation verstand er jedes der schrecklichen Worte, die die beiden Stimmen sprachen. Zuerst sprach die Frauenstimme.

»Ausgeschlossen«, sagte sie. »Wir können ihn nicht hierlassen. Ich lasse ihn nicht hier.«

»Willst du ihn tragen?« fragte die Männerstimme.

»Oder willst du warten, ob nicht vielleicht doch ein Sanka kommt? Der kommt nicht, das habe ich dir schon gesagt. Der hätte um vier Uhr früh da sein sollen. Die Infanterie ist schon weg, sogar die Pioniere sind schon vorbei. Zu uns kommt keiner mehr.«

»Außer den russischen Panzern«, sagte die spröde Frauenstimme.

»Willst du die vielleicht abwarten?«

»Er darf ihnen nicht in die Hände fallen.«

Matthey horchte aus allen Kräften. Eigentlich hätte er sich über das, was die Frau sagte, freuen müssen, denn sie meinte es offenbar gut mit ihm, sie war um ihn besorgt. Aber er hatte komischerweise Angst, sobald die Frau wieder zu reden anfing. Seine Sympathien waren auf seiten des Mannes, denn was der Mann sagte, schien Hand und Fuß zu haben.

»Geh«, sagte der Mann. »Geh immer der Straße nach. Vielleicht erwischt du noch einen Lastwagen. Ich werde hierbleiben.«

»Willst du überlaufen?« fragte die Frau scharf.

»Dazu brauche ich nicht weit zu laufen.«

»Warum willst du hierbleiben?«

»Du glaubst, daß wir ihn nicht alleinlassen dürfen. Vielleicht hast du recht. Es wird wohl irgendeine Vorschrift darüber geben.«

»Hör zu«, sagte die Frau, und jetzt mußte sich Matthey sehr anstrengen, um etwas zu verstehen, denn auf einmal sprach sie leise. »Ich werde ihm eine Spritze geben.«

»Nein!« schrie Matthey. Natürlich schrie er es nicht laut, denn er konnte ja nicht schreien. Er schrie es jedoch innerlich so wild, daß alle Menschen in seiner Umgebung es verstehen mußten. Sie mußten es schon an seinem Blick ablesen. Aber niemand las in seinem Blick. Niemand war da. Die beiden Menschen, die über seinen Tod sprachen, waren im Nebenzimmer. Und jetzt sprach der Mann, und Matthey war es, als sei er plötzlich eins mit dem Mann und als spreche der Mann an seiner Statt. Der Mann sagte ziemlich laut ein einziges Wort. Er sagte: »Nein!«

»Ich lasse nicht zu, daß er ihnen in die Hände fällt«, sagte die Frau schnell. »Wer weiß, was sie mit ihm machen werden? Ich sage dir, sie werden ihn massakrieren. Hast du noch nichts von ihren Untaten gehört?«

»Es wird viel geredet.«

»Glaubst du nicht, was uns gesagt worden ist?«

Der Mann gab keine Antwort, aber Matthey konnte sich seine Geste vorstellen: ein müdes Abwinken. Nein, der Mann glaubte nicht an die Untaten der Feinde, und auch Matthey glaubte nicht daran. Er war davon überzeugt, daß sie ihn frisch verbinden und gesundpflegen würden, und nach einigen Monaten oder vielleicht Jahren würde er in die bunte Straße seiner Heimatstadt zurückkehren. Wenn er nur irgendwie dazu imstande gewesen wäre, wäre er aufgestanden und hinübergegangen und hätte der Frau seine Meinung gesagt. Sie dummes Stück Vieh! hätte er gesagt. Ihnen sollte man eine Spritze geben. Sie und Ihresgleichen sind es, an denen wir alle zugrunde gehen!

»Jetzt wirst du frech«, sagte die Frau. »Weil niemand mehr da ist, der dir beibringen könnte, was man zu tun hat.«

»Ich bin dagegen, ihn umzubringen«, sagte der Mann nach einer Pause. »Du hast kein Recht dazu.«

»Hast du nicht gehört, wie sie die Verstümmelten aufgefunden haben?«

»Es ist verboten«, sagte der Mann.

»Ich hätte nie gedacht, daß du so dumm bist. Wenn du ein bißchen Ahnung von der Welt hättest!« Plötzlich hörte sie auf, mit dem Mann zu diskutieren. Sie schrie ihn an: »Ich erlaube nicht, daß sie diesem Mann die Nase und die Ohren abschneiden!«

»Ich gebe ihm keine Spritze«, sagte die Männerstimme ruhig. »Du sollst gehen. Lauf! Sieh zu, daß du einen Lastwagen erwischst. Um mich mach dir keine Sorgen.«

Matthey hörte Schritte, und dann hörte er ein Klirren. Seine Wut gegen die Frau erlosch. Jetzt hatte er nur mehr Angst. Es wurde ihm ganz schwach davon. Jetzt holt sie die Spritze, dachte er. Wenn ich nur einen Holzprügel hätte. Oder wenn ich ein Wort sagen könnte, nur ein einziges Wort!

»Du wirst ihm keine Spritze geben«, sagte der Mann.

Die Stimme der Frau wurde mit einem Mal weich. »Sei kein Dummkopf«, sagte sie geduldig. »Ich will ihm doch nichts Böses tun. Er merkt ja gar nichts davon. Ich werde ihm sagen, daß es gegen die Schmerzen ist, falls er überhaupt bei Bewußtsein ist.«

Ob es hilft, wenn ich ihr die Zunge herausstrecke! überlegte Matthey. Soll ich sie anspucken?

»Er wird ganz einfach einschlafen. Könntest du es verantworten, daß der arme, wehrlose Mensch mit ansehen muß, wie sie ihre Messer herausziehen? Du willst Arzt werden? Schäm dich!«

Es blieb schauerlich still. Dann hörte Matthey, wie sich die Schritte des Mannes langsam entfernten, und dann ging die Tür auf. Die Schwester trat ein. Sie war rein, und sie war schön. Sie trug eine dampfende Schale, in der es leise klimperte. Die Schwester mußte die Spritze vorschriftsmäßig ausgekocht haben. Matthey hob den Arm. Er mußte noch soviel Kraft haben, ihr die Schale aus der Hand zu schlagen. Aber sie stellte die Schale auf einen Hocker und näherte sich ihm mit einem zutraulichen Lächeln. Halt! sagte sich Matthey. Er lag steif, aber ihm war, als zitterte er am ganzen Leib. Keine Gewalt! Er erinnerte sich der Verhaltensweise von Irrenärzten und Wärtern. Wenn ein Patient Widerstand leistete, galt er automatisch als krank, als unzurechnungsfähig. Dann mußte er überwältigt werden. Dann mußte auch gegen seinen Willen das getan werden, was zu seinem Heil notwendig war. Aber dieses Wesen im gestreiften Kittel wollte ihn zu seinem Heil umbringen. Man mußte ihr mit Vernunft kommen. Man mußte ihr erklären, daß man mit ihrem Unternehmen nicht einverstanden war, und man mußte ihr die Gründe dafür so auseinandersetzen, daß sie ihr einleuchteten. Währenddessen hatte sie den Hemdsärmel an seinem kraftlosen Arm zurückgestreift, und nun sprach sie.

»Ich weiß, daß Sie Schmerzen haben«, sagte sie zärtlich. »Keine Angst, wir können Ihnen helfen. Ich werde Ihnen jetzt eine Injektion machen, und dann werden Sie gar nichts spüren. Halten Sie sich bitte ruhig, es ist gleich vorbei.«

Ihre Augen blickten freundlich. Ihr Mund war süß. Sie klimperte mit der Spritze in der Schale. Matthey wußte nicht, wie es ihm gelang, den Arm zurückzuziehen. Er hatte plötzlich beide Arme angewinkelt, so, daß sich seine Hände vor der Brust berührten. Mit dem ausgestreckten Zeigefinger der Rechten machte er

Punkte und Striche auf dem Handteller der Linken. Dabei bewegte er krampfhaft den Mund.

»Sie wollten schreiben?« fragte sie freundlich.

Er brachte die Kraft auf zu nicken. Vielleicht war es nur die Andeutung eines Nickens, aber sie begriff es. Sie stand auf und brachte ihm einen Block und einen Bleistift. Sie hielt ihm den Block und stützte seinen Oberkörper. Er roch die Seife, mit der sie sich gewaschen hatte, und kritzelte mit letzter Kraft die Worte auf den Block: »Will nicht sterben!«

Die Schwester hatte ihm interessiert zugeschaut, jetzt sah sie ihn entsetzt an, und mit einem Mal ließ sie seinen Körper zurückgleiten, sprang auf und ging schnell hinaus. Matthey begann das Bewußtsein zu verlieren. Er war glücklich, stolz, fühlte sich leicht. Er hatte gesiegt. Sie hätten mich getötet, dachte er im Einschlafen, und ich hätte ihnen nicht einmal sagen können, wie ich sie hasse.

Er öffnete die Augen, als er die Nähe eines Menschen spürte. Es war der Sanitäter. Matthey lächelte ihm zu.

»Wir müssen jetzt gehen«, sagte der Sanitäter.

Matthey schloß kurz die Augen, um zu zeigen, daß er verstanden habe.

»Wir können dich nicht mitnehmen.«

Wieder schloß Matthey die Augen.

»Es wird schon nicht so arg werden. Die sind auch Menschen.«

Matthey machte sein Zeichen.

»Brauchst du noch etwas?«

Matthey winkte ab.

»Ich lege die Zigaretten hierher. Da hast du den Block. Den Bleistift gebe ich dir in die rechte Hand. Da. Hier neben deiner Linken steht kalter Tee. Mehr hab' ich nicht für dich. Mach's gut.«

Matthey begann auf seinen Block zu schreiben: »Mach's gut.« Er bemühte sich sehr, die Buchstaben leserlich zu machen. Irgendeinmal bemerkte er, daß er über seinen Bemühungen eingeschlafen war. Der Sanitäter war weg. Es war wieder still geworden.

Diesmal jagte ihm die Stille kein Grauen ein. Er hatte keine Lust zu rauchen, auch keinen Durst. Er umfaßte den Block und den Bleistift, seine letzten Gefährten, seine Stütze und seinen Stab, und begann seine Lebensgeschichte zu schreiben. Es war eine lange, lange, wunderschöne Geschichte.

Als ein feindlicher Spähtrupp das Haus besetzte, fand er es leer. Ein Dolmetscher, der die Voraustruppen begleitete, entdeckte die Leiche eines deutschen Unteroffiziers, der in seinen starren Händen einen Bleistift und einen Notizblock hielt. Der Dolmetscher war ein sehr wißbegieriger Mann. Er sammelte schriftliche Zeugnisse von Feindeshand, er ließ sich von Freunden Briefe gefallener Feinde besorgen, und wenn er selbst welche fand, war er ganz stolz und studierte sie stundenlang voll Interesse. Er wollte sich diese fremde Welt klarmachen, er studierte Dokumente und Tagebücher ebenso intensiv wie Briefe, Funksprüche, Listen von Zahlmeistern, alles Geschriebene, was ihm in die Hände fiel. Voll Freude entdeckte er den Notizblock in der Hand des toten Unteroffiziers, den er ihm sogleich entwand. Dann setzte er sich zu der Leiche auf die Pritsche und sah sich seinen Fund an. Aber gleich darauf zog er eine traurige und enttäuschte Miene. Denn auf den abgerissenen Zetteln des Notizblocks gab es nichts zu entziffern. Sie waren über und über mit ganz unleserlichen krausen Zeichen bedeckt.

Irgendwo im Wald fanden sie dann auch die Schwester Lucie, ausgestreckt auf dem Boden, in komischer Haltung, und man sah nicht mehr genau, daß sie einmal Rotkreuzschwester gewesen war, denn jemand hatte angefangen, ausgestorbene Moosquadrate auf sie zu werfen, so daß man nur mehr ein Bein von ihr sah, und auf dem Fuß saß noch der spitzschnäbelige, ausgetretene, verblaßte schwarze Halbschuh. Das zweite Bein aber war schon bedeckt, und der Schuh lag ein Stück weiter weg, mit dem Absatz nach oben. Ihr Gesicht sah in die Tannenwipfel, ihre Augen waren offen, aber nicht mehr feucht, und sie sahen voll Verwunderung in das kleine Stück fleckenlosen Himmels zwischen den Tannen. In der geschlossenen Faust, die aus dem Boden ragte wie eine knorrige Wurzel, hielt Schwester Lucie einen abgerissenen Fetzen erdbraunen Tuchs. Aber den Sanitätsgefreiten Morawec, den fanden sie nicht; er hatte Schwester Lucie unterwegs verloren, als sie miteinander gestritten hatten und sie einfach in den Wald hineingelaufen war, um eine Abkürzung zu suchen. Sie hatten den Sanitätsgefreiten Morawec nicht gefunden, und sie würden ihn nie mehr finden, denn es gab ihn schon lange nicht mehr, es gab nur einen Hilfsarzt namens Morawec, der lag zu Hause in seinem Bett, und im Kabinett nebenan schnarchte seine Mutter, die Schnittwarenhändlerin.

Dr. Morawec hatte auf das Fensterkreuz gestarrt, er fand ja so schwer Schlaf, der Arme, und auf die nickenden Baumwipfel draußen in der Nacht, und dann hatte er im Geist einen Vortrag gehalten. Er hatte einen schwarzen Anzug angehabt und eine silberngestreifte Krawatte umgebunden. Meine Damen und Herren, hatte er gesagt, dann war er eingeschlafen. Er hatte wirres Zeug geträumt, und als er gegen drei Uhr früh erwachte, wußte er nur mehr dieses:

Der grüne Wagen war tief im Schnee vergraben. Morawec konnte aber noch seine Konturen erkennen. Der Mann in der Lederjacke riß eine Tür auf und sagte: Die Türen gehen auf, nur der Motor geht nicht.

Da begann der Wagen zu fahren, mit schlagenden Türen, schwankend und langsam, und dann erreichte er die blaue Biegung. Sie liefen hinterher. Vor ihnen war alles offen, alles blau, und rechts schien es tief hinunterzugehen. Auf dem Weg mit seinen tiefen, festgebackenen Erdrillen holperte ein Bauernwagen, gezogen von zwei dicken, rotbraunen Pferden, neben ihnen ging der stämmige Kutscher in Stiefeln und einer dunkelblauen Montur.

Der grüne Wagen fuhr in das Gefährt hinein und alles: Auto und Karren, Pferde und Kutscher, flog in einem leichten Bogen in den Abgrund.

Es war ein tiefgrüner See. Die Pferde tauchten noch einmal auf, platt, zweidimensional, im Profil. Dann tauchte der Kutscher auf, steif, ein stämmiger, gerader, dunkelblauer Knüppel.

Wenn es mein Kind wäre, fragte sich Morawec, würde ich hinunterspringen?

Der Kutscher begann zu schreien, tief unten. Er schrie lange und schrecklich. Der Schrecken war in Morawec selbst: Jetzt mußt du helfen! sagte er sich. Nein, es ist zu spät. Aber du mußt. Es war wie bei der Katze, die man schon halb erschlagen hat, aber wenn man jetzt aufhört, auf ihr Genick einzudreschen, dann muß sie schrecklich leiden.

Im ganzen Tal wurde es lebendig. Überall waren Retter. Da hörte der Mann auf zu schreien.

Ein leeres, weißlichgraues Boot fuhr langsam unter einer grottenartigen Brücke durch.

FRANZOBEL

Beichtgeheimnisse und Pompfüneberer

Der faulige Geruch, unzweifelhaft mit dem Öffnen seines Mundes zusammenhängend, stieß in die Nase Pfarrer Hutwelkers hinein. Offenbar war sein Zahnfleisch wieder welk. Bald würde er wieder die Nadeln der Betäubungsspritzen in sich spüren müssen, das Sägen unter seiner Schädeldecke, das aufgequollene Gesicht. Die dummen Kommentare. Zahnärzte, so war es Hutwelkers Erfahrung, nützten die Gelegenheit zur widerspruchslosen Kommunikation unbarmherzig aus. Während der andere Schmerzen leidet und sich nur unzureichend mit leichten Modulationen seiner Schreie verständigen kann, nötigen sie ihm Kommentare zu intimsten Themen ab. Zahnärzte, so Hutwelkers Überzeugung, sind die Spießgesellen des Teufels. Nie hätte er sich mit ihnen eingelassen, wenn es nicht unbedingt erforderlich geworden wäre. Mehrmals. Viel zu oft. Und schuld war einzig seine Köchin Klementine Zitzelfeigler mit ihren dauernden Rindfleischvariationen. Rindfleisch mit Tomatensoße, Tafelspitz mit Erdäpfelschmarren und Spinat, Madambre, Steak, Rindfleisch mit Fisolen oder sonst einem Gemüse, Rostbraten, Kalbsbraten, Rindfleisch mit Semmelkren, Rindfleisch in der Suppe. Rindsschnitzel.

Und immer blieben Fasern in den Zwischenräumen seiner Zähne, wurden faulig und Nahrung der Karies. Und alles bloß, weil er einmal, ein einziges Mal gesagt hatte, daß Schweine keine reinen Tiere seien. Schweine, hatte er gesagt, sind nahe an der Sünde. Schweine versperren dem Geist den Weg zu Gott. Rinder sind dagegen sauber, näher dran am Allerhöchsten. Rinder sind katholisch, Schweine der Islam, die Andersgläubigen. Aber natürlich wußte auch Klementine Zitzelfeigler, daß Hochwürden nichts so sehr erotisierte wie Rindfleisch auf dem Teller. Und wenn sie sich dann noch Schnupftabak in ihre breiten Nasenflügel zog, verlor er völlig den Verstand, so sehr war er dann seiner Köchin hinterher. Erwischen freilich ließ sie sich nie. Genausowenig wie sie ihren Pfarrer merken ließ, daß sie selbst, aus Angst vor der Materie, eine Vorliebe für Rindfleisch hatte. Sie fürchtete die Rache der Lebewesen. Die große Gleiche. Den Aggregatzustand.

Wer nämlich, war Klementine Zitzelfeigler überzeugt, viel Geflügel ißt, darf sich nicht wundern, wenn er eines Tages mit dem Flugzeug abstürzt. Logisch. Das war auch der Grund, warum sie Insekten nicht erschlug. Nicht einmal Motten oder Mücken. So etwas rächt sich. Auch aß sie keine Fische, Muscheln, Krabben. Sollte sie nämlich, die bisher noch nie geflogen war, doch einmal, weil die Zahl der geflügelessenden Passagiere überwiegt, mit einem Flugzeug mitabstürzen, und bekanntlich stürzten die meisten Flugzeuge ins Meer, würde sie, gesetzt, sie überlebte, zumindest von den Meeresbewohnern nicht gefressen werden. Einzig Rinder und Schafe konnte man bedenkenlos verzehren. Das waren gutmütige, knopfäugige Viecher, die verziehen. Also ihrer Meinung nach lagen da die Inder komplett falsch. Ganz verkehrt. Aber davon wußte Pfarrer Hutwelker, wie er so in den Zwischenräumen seiner Zähne kramte, natürlich nichts.

Ihm reichte bereits, daß sich seine an sich aufgeklärte, weltaufgeschlossene Köchin jeden 15. April in eine ganz dem Heiland ergebene Stigmatisierte verwandelte. Einen vollen Monat dauerte dann dieser Spuk, in dem die Klementine täglich außer Montag vierstündige Ekstasen durchlebte, in denen sie die Ereignisse am Kalvarienberg schaute. Große katholische Brocken. Ekstase ist ein

Wort griechischer Herkunft und bedeutet Außer-sich-sein, aber was Klementine dann täglich Punkt 18 Uhr durchlebte, war schon fast Besessenheit, fast geil. Ihre Lippen preßten sich zusammen, bald zog sie sie hinauf, bald blähten sie sich furchtbar. Das ganze Spektrum möglicher Ausdrücke lief über ihr Gesicht. Mal wirkte es gedunsen, mal ausgezehrt. Blut floß aus ihren Augen. Sie schrie entsetzlich, *Nimm mich, ja*, hob den Oberkörper, streckte flehentlich die Hände. Kreischte. Ihr Antlitz war verzerrt wie eine Maske. *Jesus*, zuckte ihr Körper. *Jesus bleib, nicht stirb für uns. Nicht jetzt.* Sie erlebte die Geißelung des Herrn, litt mit, mit jedem Stoß. Und plötzlich, wie die Häscher Christus die Dornenkrone auf das Haupt stießen, sprangen die Wunden auf, färbte sich ihr Kopftuch rot. Sie durchlebte die Leiden Christi, große Blöcke Schmerz. In ihr. Heraus. Wunden sprangen ihr ins Fleisch, die wie glasiert aussahen, beinahe leuchteten, und von denen ein balsamischer Geruch ausging. Gotti. Wie eine Prügelschrift. Sie eiterten nicht und heilten nicht, als wären sie nur zum Ansehen da. Reklame. An Händen und Füßen blutete sie. Mein Gott. Ebenso am Herzen, wo die Lanze des Pontius Pilatus den Jesus durchbohrt hatte.

Jener räuspert sich verlegen, murmelt etwas von Longinus. Fünf Jesüsser zucken mit den Schultern. Tja.

Klementine Zitzelfeigler schrie während der Ekstasen ein Kauderwelsch von unverständlichen Rufen, in denen bekannte Sprachforscher aber, die das Phänomen untersuchten, unzweifelhaft aramäische Sätze erkannten: *Elai, Elai, lema schebaktami. Kadosz! Kadosz! Kadosz!* Ihr war das unangenehm. Der Heiland spricht ja eine Sprache, die ich selbst gar nicht verstehe. Sagt mir, was er durch mich sagt. Ein Ausländer. Aramäisch wurde zur Zeit Christi gesprochen.

Selbst aß und trank sie während des ganzen Monats nichts und war zur Propheterie fähig. So sagte sie zum Beispiel wiederholt voraus, daß Pfarrer Hutwelker Papst werden würde. Auch gelang es ihr, geweihte von ungeweihten Hostien zu unterscheiden, echte und unechte Reliquien zu trennen und vieles mehr, was auch Illusionisten könnten. Sie selbst betrachtete sich als gefügiges Werkzeug des Erlösers, das keinen Willen hat, als zu dienen, zu gehorchen. Alles wünschte sie in Gott und für Gott. Nur beim ersten Ausbruch ihrer Wunden schrie sie auf, als liefe ihrer Wirklichkeit was über: *Das brauche ich ja nicht. Jesus. Wozu ist das gut. Das hat auch die heilige Theresia vom Kinde Jesu nicht gehabt. Warum ich? Zehn Zwerge auf dem Pferd. Worauf kommt es denn an? Doch nur darauf, zum Heiland zu gelangen. Heiland. Dich allein sollen wir lieben. Austernmenschen, die wir sind. Du bist unser Öffnen, unser Schlürfen. Dich für immer, immer lieben. Ja, ich will. Doch diese Wunden? Dieses Brechen? Muß das sein?*

Regelmäßig am 15. Mai verschwanden die Wunden und Ekstasen und aus der gottschauenden Klementine wurde wieder die dem Leben aufgeschlossene, rindfleischsiedende Pfarrersköchin. Sie war somit die erste Temporär-Stigmatisierte in der Geschichte der römisch-katholischen Kirche, die bislang gezählte 343 Stigmatisierte kannte, wovon 65 heiliggesprochen worden sind. Und alleine deshalb war das zuständige Episkopat eher vorsichtig mit einer vorschnellen Anerkennung.

Diese Stigmen sind nichts für anständige Leute. Meistens Schwindler. So mußte Klementine unzählige Prüfungen und Tests über sich ergehen lassen, die einen Betrug weitestgehend ausschlossen. Zahlreiche ärztliche Diagnosen bestätigten, daß die Wunden spontan während der Ekstasen aufbrachen, bluteten und später rasch verheilten, ohne Spuren zurückzulassen. Mikroskopische Untersuchungen ergaben, daß das Blut echt war. Von anerkannten Psychiatern konnte sowohl Autosuggestion als auch jede Form der Geistesstörung ausgeschlossen werden. Als gesichert galt, daß in ihr ein kleiner Kampf stattfand, der sie in sich selbst sperrte, in den Hirnlappen des Wunders, worin die Halluzinationen hausen, die Realitäten ausfransen, davonflattern.

1993 wurde sie den ganzen Monat von im Schichtbetrieb arbeitenden Schwestern beobachtet, die einwandfrei bestätigten, daß sich Klementines Nahrung auf die täglich eingenommene heilige Hostie und die zum Hinunterspülen notwendigen sechs bis acht Tropfen Weihwasser beschränkte. Die Menge des Urins wurde ebenso gemessen wie ihr Abort. Bei letzterem gab es nichts zu messen, an Urin wurde für 30 Tage insgesamt 525 ccm gemessen, was ungefähr der Hälfte einer normalen Tagesmenge entspricht. Eine solche Beschränkung ist normalerweise nur bei stärkster Insuffizienz beider Nieren möglich und führt meist rasch zum Tod. Auch bestätigten die Schwestern, daß Klementine mit wöchentlich zwei Stunden Schlaf auskam. An Händen und Füßen legte man ihr Verbände an, um sicherzugehen, daß sie sich nicht selber ihre Wunden kratzte. Doch nichts.

So wogte die Wissenschaft um sie herum, ohne Quelle, ohne Ziel, wie der Ozean. Endlich aber mußte sogar der strenge Episkopat unter der Führung Bischof Finoccis klein beigeben und Klementine Zitzelfeigler als erste Temporär-Stigmatisierte bestätigen. Und obwohl man bislang jede Publizierung vermieden hatte, fanden sich bereits jetzt jährlich tausende Pilger, die an das Wunder von Währing, so heißt der Wiener Gemeindebezirk, in dem sich Hutwelkers Pfarre befand, glaubten. Freilich durften den Ekstasen nur ausgewählte Persönlichkeiten beiwohnen, und auch die nur gegen Voranmeldung.

Für Pfarrer Hutwelker war dieses Sprechen Gottes durch seine Köchin aber eher Prüfung als Segen. Die dauernden Prophezeihungen waren ihm peinlich. Und jetzt mußte er sogar mit Bischof Finocci nach Rom fahren, um dort über seine stigmatisierte Rindfleischköchin zu referieren. Wer hätte das jemals gedacht. Hinzu kam, daß gerade von den kirchlichen Herrschaften nur wenige bereit waren, an das Wunder von Währing zu glauben. Obwohl seine Klementine alle Prüfungen vorzüglich bestanden hatte, gingen doch alle religiösen Herren unabhängig voneinander davon aus, daß es sich um einen Schwindel handelte. Einen geschickten allerdings. Man hatte ja genug Erfahrungen. Erfahrungen sind Parasiten, die sich in einem festsetzen. Wie ein Aufpasser werden sie in einem installiert.

– Hochwürden, es wäre an der Zeit.

– Ja, was denn, fauchte er den Mesner an.

– Na, die Beerdigung.

– Ja, richtig. Und Pfarrer Hutwelker ließ sich einen Schummelzettel mit den Daten der Verstorbenen geben. Das tat er immer, sogar, wenn er wie heute die Einzusegnende persönlich gekannt hatte. Ja, sogar dann, wenn er wie im Fall der Edelburg Semmelrath selbst das Sakrament der Krankensalbung gespendet hatte. Schließlich wollte er auf alles vorbereitet sein, gab es kaum etwas Unangenehmeres für ihn als ein plötzlich auftretendes schwarzes Loch – gerade jetzt, wo man ihn beobachtete wegen der Zitzelfeigler, ihn die Ministranten haßten, die einen derartigen Lapsus sicher ausgenützt hätten. Diese Albino-Kröten. Er verstaute den Schummelzettel im Armband seiner Uhr. Dann schlüpfte er in seine Soutane, klatschte sich einige Tropfen Rasierwasser ins crevettenrosane Gesicht, fuhr sich mit den Fingern schnell durchs Haar und überlegte, ob er nicht noch eine Notdurft zu verrichten habe.

Hatte Pfarrer Hutwelker schon größte Angst vor den schwarzen Löchern des Nichtwissens, so wurde er geradezu panisch bei dem Gedanken an ein plötzliches Müssenmüssen während der heiligen Messe oder der Verleihung der Sakramente. Das käme mehr als ungelegen. Das war auch der Grund, warum er sich auf Rom nicht freute. Diese Italiener hatten ganz schmuddelige Häuseln, schissen im Stehen. Ganz entsetzlich. Da würde er sicher Durchfall bekommen. Und er stellte sich vor, was wohl der Papst in so einer Situation tat. Hatte doch schon er, Pfarrer Hutwelker, Probleme, sich für alle seine Lebenslagen einen Fluchtweg zum WC freizuhalten. Aber wie machte das erst dieser alte Herr, dem, wo er auch hinkommt, tausende von Menschen den Weg zum Klo verstellten? Überall standen sie, und schrien jubelnd: Hier kommst du nicht durch, alter Mann, und wenn du zehnmal in die Hose machst. Hier nie. Oder trug er etwa eine Windel unter seinem heiligen Gewand?

Der Pfarrer biß die Zähne und seine Gesäßbacken zusammen, setzte sich eine betretene, hochwürdige Miene auf und betrat die Einsegnungshalle. Die Trauergemeinde erhob sich, und wie auf Kommando begann die Blasmusik mit einem Marsch alle Ritzen auszufüllen. Ministranten flossen aus ihren Schlupflöchern und schlossen sich Hochwürden an. Von Haus aus eingeschüchtert, sahen die Sargträger drein – als wäre ihnen alles Leben amputiert, wollten sie mit ihren verwitterten, kantigen Gesichtern die Sinnlosigkeit aller menschlichen Bemühungen darstellen, nur niemals betroffen sein. Als wäre jede einzelne ihrer großen Hautporen mit Verzweiflung angefüllt – und nicht mit Talg. Die verschlissenen grauen Uniformen taten ihr übriges. Schuhsohlen, die erbärmlich knirschten. Lächerliche Knöpfe. Epauletten. Und, um dieses Zerknitterte und Zerklüftete immer wieder alt aussehen zu lassen, den Teint nur ja in seiner grauen Milchigkeit zu belassen, lebten die meisten eine spezielle, vor allem aus Rahmsuppe und altem Kümmelbrot bestehende Pompfüneberer-Diät, die Obst und Gemüse ebenso ausschloß, wie sie jegliches Sonnenbad verbot. Solarien waren der Zunft ohnehin verpönt.

– Edelburg Semmelrath, hob Pfarrer Hutwelker erste Sätze seiner Totenmesse aus, Edelburg Semmelrath, die bei ihrer letzten Ölung noch wie in Trance das Kreuz geschlagen hat, Edelburg Semmelrath, nimm du, o Herr, sie, die arme Sünderin wieder bei dir auf, verzeih ihre Verfehlungen, bekenne dich zu deiner Tochter, deiner letzten Dienerin, Mitglied im katholischen Frauenbund, sowie im Bund der Kriegerwitwen, im Hubertusgesangverein, Naturschutzbund, bei den Adventkranzflechtern, Philatelisten und – und am Ende war die ganze Grube ihrer Aktivitäten ausgehoben, wurde vom Pfarrer so emphatisch Weihwasser über den Sarg gesprengt, daß auch den daneben stehenden Sargträgern fette Tropfen ins fahle Thomas-Bernhard-Gesicht und auf den mausgrauen Anzug klatschten.

Während sie sie abwischten, erhob sich schon die kleine Delegation des Sängerbundes und begann zu dehnen: Gläubiger Hoffnung und opferbereit / geben der Seele wir liebes Geleit. / Selig im Wiedersehen / will sie zum Vater gehen. / Näher, mein Gott, zu dir, näher zu dir. // Vater, erbarme dich, Gütiger du, schenke der Seele doch ewige Ruh. / Tilge durch deine Huld / all unsre Sündenschuld; / Näher, mein Gott, zu dir, näher zu dir. // Tönen Posaunen einst / laut durch die Nacht, / was einst schon Staube war, wieder erwacht. / Führ uns dann himmelwärts, / nimm uns ans Vaterherz. / Näher, mein Gott, zu dir, näher zu dir. // Gaben und Bittgebet bringen wir dar / für die Verstorbenen auf dem Altar. / Nach ihres Lebens Lauf nimm sie im / Himmel auf. Näher, mein Gott, zu dir, näher zu dir. // Engel und Selige leben bei Gott, / kennen nicht Mühsal mehr, Trauer und Tod. / Finden nach all dem Leid / Gottes Glückseligkeit. / Näher, mein Gott, zu dir, näher zu dir. // Chöre der Himmlischen / jubeln dem Herrn, / loben und preisen ihn, / dienen ihm gern. / Singen auch wir vereint, / wenn er im Brot erscheint. / Näher, mein Gott, zu dir, näher zu dir.

Ohne einer nächsten Strophe Luft zu gönnen, donnerte der Kameradschaftsbund mehrere Salutschüsse in den sich mit muskelstrotzenden Wolken plusternden Himmel. Der ließ sich das aber keineswegs gefallen, sondern kehrte gleich den starken Mann heraus, wies mit Nieselregen die Knallköpfe in die Schranken – so als wollte er sagen, denkt an den Winter 43, Saubande, eingebildete, denkt an die Normandie, das was damals euer Vierer sagte – auf gut oberösterreichisch: oagoanga is. Jedesmal, wenn ihr es wieder wagt, hier etwas angehen zu lassen, werden euch die Blasen eurer Opfer auf die Köpfe schiffen. Hier brennt nichts mehr an. Damit das klar ist. Ein für allemal.

Dann setzte wieder die den Trauerzug ziehende Blasmusik ein und spielte, wie es sich Edelburg Semmelrath gewünscht hatte, *La Paloma Blanca*. Und tatsächlich schiß sofort wie auf Kommando eine weiße Taube in den Trichter der Tuba, aus der darauf nur noch jämmerlichstes Gequetsche kam – wie bei einer schweren Lokomotive, wenn sie bremst. Der derart entstellten, aber immer noch würdig schreitenden Blasmusik folgte (gewissermaßen als Kohlewagen) ein an Duchamps Flaschentrockner erinnerndes Eisengestell, auf dem die Kränze der Kondolierenden hingen. Dahinter dann der Sarg, der Pfarrer samt seinen Ministranten sowie die Trauernden, die Tote zu ihrer letzten Ruhestätte zu geleiten, was sich viel besser anhört als Zwischenlager. Denn in der Praxis werden Gräber gleich aufgelassen, sobald sich niemand mehr findet, der für die Unkosten aufkommt. Aber zu wissen, was dann mit den Gebeinen ist, verlangt man besser nicht. Denn davor baute sich ein Prellbock von Verwandtschaft auf. Die Mutter, ihre Geschwister, Franzi, Lorenz, Onkel und Tanten, Cousins und Cousinen. Die Totenehre untergräbt man nicht. Was ergibt sich schon, wenn man die Einzelheiten wieder addiert? Zerriebenes. Geruch. Und als die Glocken ihr Gebimmel aus der Höhe streuten, war noch alles in Bewegung, marschierte Richtung Senke. Bloß die Pepi war zurückgeblieben und sah zu, wie sich der Trauerwurm mehr und mehr von ihr entfernte. Es ging ihr auf die Nerven, wie alle gegenseitig nach Stellen suchten, wo sie den anderen reinkriechen konnten, wie sie alle auf den Funktionsfaden ihrer Verwandtschaft gereiht waren, das ganze Zeremoniell mitmachten. Aufstehen. Niedersitzen, Knien, Singen, Beten und dann auch noch Marschieren – ohne Widerspruch. Alle. Nur die Pepi nicht. Zwischen den hölzernen Betbänken hatte sie sich verkrochen und gewartet, bis die letzten Trauernden die Aufbahrungshalle verließen. Nun war sie alleine mit den dicken, schon gelöschten Kerzen, dem schweren, goldgeränderten predigtplatzenden Buch, alleine mit der Weihrauchluft.

Die Sonne hatte sich durch die trainierten Wolken durchgeboxt, sah, was geschehen war, und wollte, da sie schlechte Stimmung nicht vertragen konnte, das Geknickte wieder aufrichten. Sie kitzelte Hochwürden derart in der Nase, daß sich dieser nur mit Mühe sein Hatschii gerade noch in der Hand verreiben konnte, einen ganzen Auswurf. Rotzerei. Wer weiß, wo die sonst gelandet wäre. Das gefiel dem Bodo Keuschnigg. Der Ministrant verspürte gerade ein penetrantes Jucken an seinem Geschlecht, das sich zu einem großen Stück Fleisch erhoben hatte und seine Hose samt dem darüberliegenden Meßgewand in ein Pfadfinderlager spannte, als wäre der Lümmel losgeschickt, aus dem Körper raus zu spionieren. Als hätte ein Hot-dog-Würstl sich erhoben, durch die Schichten Blätterteig zu brechen. Wie gerne hätte Bodo Keuschnigg da seine Hände in die Hand genommen und die Nägel sich ins Fleisch gerammt, wie gerne hätte er seine Haut so lange wundgekratzt, bis nichts mehr da war, wo sich ein Beißen hätte einnisten können. Aber er konnte ja das Kruzifix, das er zu tragen hatte, nicht einfach in die Erde rammen und sagen, so, Freunde, tut mir leid, aber ich muß mich jetzt erst einmal an den Eiern kratzen, dann kanns weitergehen. Nicht einmal anmerken lassen durfte er sich etwas, sonst konnte er sich sein Trinkgeld sonstwohin stecken. Trauernde sind pingelig, verstehen keinen Spaß, und ein sonstwohin gestecktes Trinkgeld ist nicht viel wert. Da kam ihm der niesende Hutwelker gerade recht. Der lenkte ab.

Bodo Keuschnigg konnte Hochwürden nicht leiden und wäre schon längst wie ein Holzspan aus dem rundherum gewachsenen Eiter seines Ministrantendaseins ausgeschieden, wenn nicht seine Mutter, die Bäurin Karola Keuschnigg, eine von der Religion besessene, ja geradezu fanatisierte Frau, auf dem unbedingten Verbleib bestanden hätte. Sie lebte unter ihrem Katholizismus wie eine Fußferse, nachdem sie sich im neuen Schuhwerk eine Blase aufgerieben hatte. Alles war gedämpft, gepolstert und erschien ihr äußerlich, weit entfernt. Aber Frau Keuschnigg wußte ja auch nicht, daß die Ministranten nicht bloß in den Messen knieten, sondern auch dem Bischof zum Vergnügen dienten. Von den jährlichen Schauungen der Zitzelfeigler wußte sie, von den bischöflichen Verfehlungen nicht.

Mindestens einmal pro Woche brachte Pfarrer Hutwelker die Ministranten in eine separat für diese Zwecke eingerichtete beziehungsweise so gut wie nicht eingerichtete, nämlich nur mit einem Doppelbett und einem Fauteuil möblierte Wohnung. Dort mußten sie sich unter den gierigen Augen des Herrn Bischof Heftchen ansehen und ihm dann zeigen, wie ihr kleiner Stifter darauf reagierte. Bunte Heftchen waren das, dünnes Papier. Menschen wurden da gezeigt, unbekleidete, wie sie es miteinander trieben. Große Portionen weißer Haut. Drüsen. Säfte. Automatismen. Nur wenn ihr kleiner Stifter gar keinen Ausschlag zeigte, bekamen sie einen Klaps auf den Hintern, wurden heimgeschickt. Ansonsten bestimmte der Bischof das einschlägige Exerzitium, das sogar soweit gehen konnte, den Religionsgründer in den Mund zu nehmen. Verständigt werden mußte er in jedem Fall, der Religionsgründer. Und nur den guten, sogar körperlichen Verbindungen des Bischofs war es zu danken, daß er auch prompt und jedes Mal in ansehnlicher Größe in Erscheinung trat. Aber wehe, verkündete der Bischof immer unheilvoll, ihr sagt einmal irgendwem etwas davon. Dann gnade euch Gott. Der Religionsgründer baut auf eure unbedingte Verschwiegenheit, auf euren bedingungslosen Gehorsam. Der Religionsgründer vertraut auf euch. Er ist die Weltformel, der Bewußtseinsfleck.

Bischof Finocci selbst war ein ausnehmend häßlicher Mensch. Eine gigantische, geplatzte, mit Furunkeln vollbesetzte Knubbelnase, kleine, gierige Äuglein, abstehende Ohren und ein nichtssagender lippenloser Mund, so daß er insgesamt selbst ein wenig wie sein Religionsgründer aussah. Und als ob das nicht gereicht hätte, hatte er auch noch zwei sich kreuzende Vorderzähne und, als ob sein Schöpfer in ihm ein Kreuz gemacht hätte wie in einen

Lottoschein, ausgeprägte X-Beine. Auch sein restlicher Körper neigte zu Überkreuzungen und X-Bildungen. Seine Haarspitzen waren beim Verlassen der Wurzel gespalten. Nieren wie Lungenflügel überkreuzten sich. Speiseröhre und Halsschlagader zeichneten ein X in seinen Hals. Ein Angekreuzter. Einer, wie er selber glaubte, von den 144 000 geretteten Seelen der Offenbarung des Johannes.

Die sich ekelnden Ministranten konnten das Religionsgründer-Getue nur ertragen, weil sie wirklich glaubten, daß es sie reinige, wenn sie den gespaltenen Fleischstab in die Hand nahmen. Weil sie wirklich dachten, die Berührung würde sie von ihrer Sünde loskaufen. Dennoch hatten sie oft gedacht – jeder einzelne für sich –, daß man die Erwachsenen alle totschlagen müßte, sie selbst niemals so ein Erwachsener sein möchten. Was sie letztlich aber wurden. Alle. Trotzdem war es von Hutwelker boshaft, dem Bischof seine Ministranten wie einen offenen, ankreuzbaren Kreis zu servieren, damit der sein X darüber schlug. Auch wenn keiner wußte, warum der Pfarrer dies tat oder gar tun mußte. Welches Geheimnis Hutwelker so bewahrte, indem er dem Bischof die Buben lieferte. Wofür er dieses Schweigen kaufte. Dabei war da gar keine große Entscheidung notwendig, kein ständiger Konflikt, nichts Schwelendes, Gedankenfett. Hutwelker handelte aus dem Bauch heraus. Instinktiv hatte er entschieden, alles zu tun, damit sein Geheimnis gewahrt bliebe. Er hatte es sofort gewußt. Schon als die Weiche seines Lebensweges näher auf ihn zugekommen war, hatte er gewußt, wofür er sich entscheiden, in welche Richtung es ihn treiben würde. Sich selber preiszugeben käme nie in Frage, egal wofür. Und wenn es die Unschuld aller Ministranten auf der ganzen Welt gekostet hätte. Und sogar wenn es für ihn die ewige Hölle bedeutet hätte, anstatt des Himmelreichs. Er konnte gar nicht anders. Das stand fest wie im Hintergrund die Berge, die gleich faulen Eiern ihren Gestank austeilten. Aber wenn Hutwelker sich selber vorspielte, daß er mitten in einem Konfliktsumpf zu versinken drohte, dann war das nichts anderes als das plumpe hysterische Bemühen eines geübten Schwimmers, wegen einer dummen Wette oder was, den Nichtschwimmer zu spielen. Ertrinken konnte er nicht. Nicht einmal, wenn er wollte.

Das Licht war nun sanft und klar. Der Himmel überwältigend. Vorsichtig ließen die Sargträger der Firma Pompfüneberer die schwere Kiste in die Senke. Sie hatten Angst, auf den feuchten Brettern wegzurutschen, womöglich selber in der Grube zu landen, sich in den Seilen zu verfangen, lächerlich zu sein. Dann nahmen sie die Kränze vom Duchamp-Gestell, schlichteten sie um die Grube. Pfarrer Hutwelker drückte dem übriggebliebenen Fleisch der wächsernen Großmutter das Gleitmittel letzter Worte in den Weg. Wir haben, und du hast, wir sind, und du, von dieser Welt genommen nun, wir sind, du bist. Gott hab dich selig. Amen. Und die Glocken läuteten am Himmel an. Die Blasmusik spielte den schon vertrauten Trauermarsch, mit einer krähenden Tuba untersetzt, und Erde wurde aufgegabelt, entsetzte sich im Flug. Und jeder Trauergast warf ein paar Tropfen Weihwasser und Erde auf den Sarg, sah kurz hinunter in das feuchte Loch. Sah nichts. Wie Eisenbahnkupplungen wurden dann die Hände in die Hände eingestellt, sahen sich betretene Gesichter an, von denen manche am Lachen bissen, ihren Schmerz zu ventilieren. Herzliches Beileid wünschte man. Die Verwandten bedankten sich. Menschen, die einfach zu ihrer Zeit im Leben stehengeblieben waren. In den Fünfzigern, den Sechzigern, auch später. Es stank nach ausgehobener Erde, nach durchtrenntem Regenwurm, Schnecken und nach Tod.

– Schön hat Hochwürden gesprochen.

– Und so einfühlsam, so wirklich nah.

– Mit Mitgefühl.

Auch Franz und Lorenz schüttelte man die Hand. Herzliches Beileid. Sie hatten auch das Stehen schon satt. Da hatte es die Pepi gut, die hat sich schön verdrückt. Wo war sie überhaupt?

Ihr Vater, Hugo Wurznbacher, sah ins Leere, kratzte sich. Seine Fingernägel pflügten durch den Bart, die Haut, bis sie gefüllt waren mit Speckgesicht. Dort, wo die Nase in die Wange überging, hatte sich ein bernsteingelber Eiterpatzen in sein Fleisch geschworen, jedem, der ihn sah, zu drohen. Er puhlte mit der Zunge durch die Ritzen seiner Zähne, überlegte. Sollte er schon heute zu dem Photographen gehen? Ihm auf die Füße treten, diesem Ziegelböck, damit er ihm die Anschrift dieser Dame gäbe? In jedem Fall wollte er in ihr Gesicht noch einmal sehen, die kleinen Schattenbuchten um die Augen, die Gräben um den Mund, daß es ihn kühlte.

Gut, daß er nicht mit auf die Beerdigung gegangen war. Er hatte Einsegnungen noch nie vertragen. Schon der Geruch. Die ölig dicke Heuchelei und das schmierige Betroffentun, die faseligen langen Reden, das geschluckte Gähnen überall, die gestaute Blasmusik. Das Heilige. Das haßte er. Kein Feuer, nirgendwo.

Nicht einmal beim Leichenschmaus wollte er dabeisein. Wenn er bloß an die Verwandtschaft dachte, stieß sie ihm schon auf. Ihr Speckwangengegrinse, das die billigen, ungarischen Jacketkronen zeigte, das daran raufgerollte Zahnfleischbluten, den Zölibatsgeruch aus Magensäure, Mottenkugeln, Caritas. Und fortwährend putzten sie sich ihre Schuppen von den Schultern, rieben sie sich Dreckwülste aus dem Gesicht. Stillhalten, schien es, kannten diese Semmelräte nicht. Sie waren wie Spielzeuge, die sich dauernd bewegten. Immer mußten sie mit den Knien wackeln, ihren Zähnen knirschen, mit den Fingern knacksen, mit dem Eßbesteck im Teller kratzen, ihre Uhren aufziehen, mit den Ringen spielen, den Fingern gegen die Tischplatte trommeln, mit der Zunge schnalzen oder ähnliches. So kommen sie auf einen zu. Laut polternd, daß ihnen kaum auszuweichen ist. Schon wenn man sie sieht, muß man sich Sätze überlegen, mit denen man sich schützt, sonst ist man ihnen völlig ausgesetzt. Diesen biederen, sich durchwegs für etwas Besseres haltenden Gesichtern, diesen Semmelraths, die ihn, den aus einfachen Verhältnissen stammenden Wurznbacher, immer zur Provokation gereizt hatten, verführt, mit kleinen Sticheleien so lange an ihrer gestelzten Balanciertheit zu kitzeln, bis sie umfielen, ihnen die Scham ins Teigige ihrer Gesichter spritzte, ihr Magen kippte. Kippen sollte. Lockten doch auch sie mit ihrer käsigen Art fortwährend das Unanständige, Duckmäuserische aus ihm heraus, es einzufangen, zu erschlagen und dann an ihre Sätze dranzubinden – wie leere Dosen an die Autos Frischvermählter. Ihre Reden hetzten sie wie eine Treibjagd über ihn, und immer die Verstorbene als Treiberin voran.

Wurznbacher hatte seine Schwiegermutter Edelburg Semmelrath nie leiden können. Ihr unentwegtes Naserümpfen, Naseputzen verabscheute er zutiefst. Sie war immer gegen ihn gewesen, von Anfang an. Bereits bei ihrer ersten Begegnung wußte er an der Art, wie sie die Nase hochzog, daß sie, diese strenge, bis ins Haar verrotzte Frau mit der vom vielen Schneuzen roten Nase, die Beziehung zwischen ihm und ihrer Tochter nicht bejahen konnte. Nie. Nie würde sie, Edelburg Semmelrath, Witwe des hochangesehenen Medizinalrats Seraphin Semmelrath, Entdecker des Knabenkrauts zur Regulierung der Laktation sowie Besitzer der größten Sammlung von Säugetierpenissen, erlauben, daß ihre Anna eine Wurznbacher würde. Warum auch? Übersprang doch Hugo Wurznbacher nichts von dem, was sie ihrem Schwiegersohn als Schnur spannte. Hugo war weder vermögend noch brachte er Manieren oder einen Titel mit. Wenn er wenigstens ein verarmter Adeliger wäre. Nicht einmal das. Er war dort aufgewachsen, wo abends die Männer ihre nackten Oberkörper aus den Fenstern kippen, eine Bierflasche in der Hand, dort, wo die Frauen mit Leopardenblusen und getönten Haaren Phantasien beim Frisör versitzen, wo Jugendliche in Gruppen zusammenstehen, witzeln und sich an den Eiern kratzen, Autos reparieren, Wände besprayen oder in einem Ecklokal ihr Geld verspielen. Dort, wo sich am 1. Mai alle eine rote Nelke in die Falte zwischen Ohr und Schädel stecken, wo täglich ganze Heere in blauen Monturen losmarschieren, den Tag hinter Fabriksgittern zu schuften, hinter Stempelkarten und Gewerkschaftssozialisten, Arbeit unser zu beten, die du bist im Himmel, jetzt und immerdar. Geheiligt werde dein Reich, dein Name und deine Herrlichkeit. Arbeit. Dort, wo man den Sozialismus mit der Schulmilch kriegt, wo es zum Sozialismus-Leisten, über den alles geschlagen wird, keine Alternative gibt, sogar wenn der daraus geformte Stiefel über die Hufe des Nationalen oder die Flossen des Demokratischen gezogen wird. Wen drückts?

Also war auch Wurznbacher mit Sozialismus angeschlagen, hatte obendrein den Atheismus umgehängt. Und so paßte er zu den Semmelraths wie der Fuß in eine Gugelhupfform. Hatten doch diese immer alle brav ihr Stück vom Gottkuchen genascht. Nie hätte einer es gewagt, vom Kuchen nicht zu schwärmen, ihn zu tadeln. Aber genau das hatte Wurznbacher getan. Ausgerechnet an Edelburgs Geburtstag mußte der Prolet verkünden, daß ihm der katholische Kuchen nicht schmecke, er die ganze Erlösung und alles Paradies, mit dem man dem Volk Rosinen in den Mund schob, für einen ausgemachten Humbug halte, für nichts als Machtgier, Menschenhaß, Verachtung. Das war Edelburg zuviel. So viel konnte sie gar nicht vertragen. Die Spucke blieb ihr weg. Aus Rache hatte sie die Hochzeit boykottiert, die Enkelkinder, mit denen Anna sie zu beruhigen suchte, nicht akzeptiert. Eine atheistische Familie war ihr zuwider, Proleten sowieso. Da konnten die Pepi, der Lorenz und der Franz in der Genetik noch so viele Semmeläthe sein. Noch am Totenbett verzieh sie nichts, niemandem.

Oft hatte sie tagelang auf ihrem Fensterbrett geklebt, hatte den Tauben etwas monologisiert. *Der hat unsere Anna nicht verdient. Hat einfach sie genommen, gottloser Heidenmensch, gottloser, aber das ist nicht Gerechtigkeit, der Herrgott prüft uns nur. Zumindest eines Tages* –. Die Tauben hatten nur genickt, aber weniger, ihr recht zu geben, mehr, die Kuchenkrumen aufzupicken. Aber wehe, wenn ihr einer dieser geflügelten Klumpen zu nahe gekommen wäre. Vor nichts hatte sie mehr Ekel als vor Taubenkrallen. Virenüberträger! Wo die herumsteigen. Überall! Mindestabstand, hatte Edelburg mit ihrem Stock gedroht.

Die alte Bisgurn, verfluchte Hugo Wurznbacher sie. Endlich ist sie tot. Er glaubte an keine Existenz danach. Wenn man hin ist, ist es aus. Dann fehlt jeglicher Zusammenhang. Schluß. Basta. Er schnaubte.

– Was machst für ein Gesicht, zerschnitt ihm Pfefferminzgeschmack den Grübel. Baruch Weinzwang hatte ein Talent zur Rücksichtslosigkeit. Mit seinem wild zwischen den Backen herumgeworfenen und seit Stunden jeglichen Geschmacks zerbissenen Kaugummi kam er angeblasen, Gemeinheiten loszulassen. Wurznbachers Arbeitskollege war ein notorischer Nörgler, der es liebte, allen auf den Nerv zu treten. Man hatte neben ihm immer das Gefühl, er wolle einen zittern machen, zitterte er doch selbst am ganzen Leib. Wie der Ausläufer eines Erdbebens kam er einem vor, dabei war es nur Kaugummikauen, das einen erzittern ließ. Wiewohl er es war, der eine Quelle für Nebeneinnahmen in ihrer Berufslandschaft entdeckt hatte. Hugo Wurznbacher wäre nie dahin gekommen, aus der bundesstaatlichen Prothesenwerkstatt, in der beide arbeiteten, jene Form zu schlagen, die die Kies-Lichtung auftat. Den Moos.

Waren sie sonst beschäftigt, Nasenspitzen, Ohrläppchen oder Fingerglieder, die ein Unfall armen Schweinen ausgerissen hatte, nachzubilden, kamen jüngst auch Brüste hinzu, die impotente und frauenfeindliche Chirurgen armen Weibern wegoperiert hatten, um sich so für etwas zu rächen, was sie selber nicht mehr konnten. Da lag es für Weinzwang quasi auf der Hand, Dildos zu verfertigen und an einschlägige Lokalitäten zu verkaufen. Wurznbacher half und kassierte mit. Sie produzierten Tausende von falschen Schwänzen. Alle Größen. Alle Farben. Was die Kunden wünschten. Nicht immer wurden sie dafür bar bezahlt, manchmal mußten sie auch mit Naturalien fürliebnehmen. Man beachte, klopft sich Pius an die Brust, daß diese etwas veraltete Formulierung hier durchaus Sinn macht.

Ein solches Beispiel für den Tauschhandel war der Feiste Fridolin, der in seinem Geschäft nicht nur Videos, Magazine, Matrosenpuppen, Strapse und ähnliches vertrieb, sondern eben auch die bundesprothesenwerkstattlichen Liebesknochen. Die Betonung liegt auf stattlich. Außerdem vermietete er in extra dazu hergerichteten Hinterzimmern seine Schwestern, von denen er ein ganzes Lager zu haben schien. Zum Glück sahen sie ihm selten ähnlich, hatten nie seine wäßrigen Augen und den Karpfenblick. Die meisten waren vollbusig mit aufgepumpten Lippen, Dauerwellen und sahen polnischen oder tschechischen Dorfschönheiten gleich, so auch die gegenwärtigen, Bettina und Martina. In diesem Schwesternnest also durften sich auch Pepis Vater und Baruch Weinzwang bedienen und bedienen lassen. Die beiden Prothesenbauer waren aber mit dieser Lösung bald schon nicht mehr einverstanden. Geld, meinten sie, wäre ihnen lieber.

– Aber, plusterte der Feiste Fridolin seine Backen auf wie Kiemen, die Ware ist ja quasi nur auf Kommession, so sagte er, Kommession, was weiß denn ich, aber mal ehrlich, ob ich davon etwas in das Weibsvolk bring. Doch ihr, das müßt ihr sehen, ihr bringts euch gleich in meine Schwestern ein, verschüttet euren Laich. Aber mal ehrlich, ist das jetzt etwa nichts?

Da hatte er natürlich recht. Aber wer weiß, überlegte Wurznbacher, wo der seine Schwestern herhat? Wer weiß, in was für Frauenhäusern die schon ausrangiert und abgestempelt worden sind?

– Ich jedenfalls, kratzte sich Weinzwang in der Hose, würde, wenn ich welche hätte, meine Schwestern nicht vermieten. Ich meine, nicht an so welche wie uns.

– Wieso?

– Na wenn, dann müßten sie auch Klasse haben, roch er an seinen Fingern.

– Ich würde meine Anna –.

– Ja?

– Hmm.

– Was ist mit der Kleinen?

– Was für einer Kleinen?

– Na, mit der Josefine?

– Die Pepi?

– Was soll er denn einmal werden, der Fratz?

– Ich hab gedacht, sie einmal auf eine Bordellschule zu geben, damit sie Geld nach Hause bringt, war mit einem Mal ein Leuchten in Wurznbachers Augen, nackter Glanz.

– Das klingt –.

Da trat ein älteres Paar in die Prothesenwerkstatt. Millimeterlächeln. Wurznbacher und Weinzwang dachten gleich, daß, so wie die aussahen, sie nur wegen einer Penisvergrößerung kommen konnten. Der von oben bis unten rundliche Mann rollte ein kleines Bäuchlein mit, ein Kranz stand ihm auf seiner Glatze, eine Kugel von Nase im Gesicht, gedrungene, hingetropfte Statur. Nichts Eckiges schien an ihm zu sein. Abgerundet seine Erscheinung. Der Gegensatz dazu die Frau, die ihm über den Kopf gewachsen war. Auf der einen Seite war sie in ihrem blonden, mit Dauerwellen eingefaßten Gesicht recht hübsch. Auch wenn die Nase etwas spitz geraten war, dünnlippig der Mund, blieb sie, solange man nur diese eine Seite von ihr sah, ansehnlich. Doch wehe, man bekam die andere zu Gesicht. Dort hatten sich unter der Nase, am spitzen Kinn und auf der Wange ganze Warzenkolonien angesiedelt, große schwarze Platten toter Haut, zerstörtes Leben. Wie mit einer Metallfeder stieß es einen weg. Entsetzlich. Soviel Verbitterung, dachte sich Wurznbacher, konnte man doch gar nicht lieben. Da würde ihnen auch die Gemächtverlängerung nicht helfen. Aber bitte. Bevor eine der beiden Frauenhälften oder die darin eingefaßte Kugel Mann dazu etwas sagen konnte, standen die Protheseure bereits an einem großen Schrank, Karten und

Skizzen diverser *membra virile* rauszukramen. Auch zerlegbare, quergeschnittene Modelle wurden aufgestellt.

Oh look –. Bevor die Frau aber zu Ende staunen konnte, unterbrach sie der Mann mit hörbar englischem Akzent:

– Ist es richtig, nicht, man bekommt doch Babys hier, nicht?

– Babys? Wenn sie es so nennen wollen. Sicher.

– Wir haben yes gedacht, älter nicht als sechs, acht Monate.

– Wir haben nur neue!

– Oh no. Wunderbar. Und die Augenfarbe? Haare? Kann man sich aussuchen?

– Wieso? Meinen Sie vielleicht?

– Kinder! Yes.

– Hier gibt es Brüste, Hände, Nasen, Ohren. Hier ist eine Prothesenwerkstatt, kein Kindergarten.

– Wir dachten, yes, fuhr der Runde fort, daß eine Prothesenwerkstatt ein Ort ist, yes, wo es Babys, nicht?

– Wir dachten, stach die Warzenkolonie hinterher, eins zu adoptieren, yes.

– Was?

Bevor der Vater noch fragen konnte, was ihnen so ein Baby denn wert wäre, hatte sie Weinzwang schon wieder hinauskomplimentiert.

– Widerlich, ließ er eine große Kaugummiblase platzen. Diese arroganten Zwiebackfresser kommen zu uns wie in ein Entwicklungsland und wollen unsere Kinder adoptieren. Verstehst du das? Warum schweifen sie aus. Solche Leute verursachen mir Krämpfe im Kopf. Wieso bleiben die denn nicht in ihrem eigenen Dreck, in ihren Kolonien. Aber nein, da haben sie Angst, daß später einmal die wirklichen Eltern kommen, ihnen die Kinder nie gehören. Dabei ist doch das der Sinn vom Adoptieren. Den Kindern immer vorzubeten, wir haben was getan für euch, wir haben euch gerettet, also seid gefälligst dankbar, haltet euren Mund. Das ist der Sinn: sich Schuldner aufzuziehen. Leibeigene.

– Mich hätte trotzdem interessiert, was es ihnen wert gewesen wäre.

Während draußen das muskulöse Wolkenspiel mit Sonnenlicht durchsetzt war, durchzogen von wilden blonden Streifen prügelnder Helligkeit, sah Pepi sich in der Kapelle um. Nebenbei blätterte sie durch ein Gebetsbuch und sah die Noten, Texte, die sie wie Ameisen verstand. Da fiel ein kleines buntes Bild heraus. Der aufs Kreuz genagelte Yoghurt-Körper war darauf. Ein Schmerzen runzelndes Gesicht, als hätte er beide Beine in siedender Milch. Augen, hohl wie ein leergeblasenes Ei. Pepi blätterte sich durch die Büchlein, die Gebetsbänke und hatte bald einen kleinen Bilderstapel, den sie sich in die Unterhose steckte. Dann schlich sie vor bis zum Altar, bewunderte den schweren Brokat, das Goldgesticke, dicke Kerzen und den kleinen goldverzierten Schrein. Sie wollte mit ihren patzigen Fingern sehen, was er verbarg, doch kam sie so hoch nicht. Auf einen bereitstehenden, lila gepolsterten Hocker zu steigen traute sie sich nicht. So schlich sie weiter. Hinter einem schweren, bronzierten Vorhang fand sie einen Block an fester Kühle, Kirchenrequisiten, Modergeruch. Da war ein geschnitzter Christus, der, oje, jetzt hatte sie ihn von seiner ans Kreuz genagelten Hand gerissen. Es hatte knacks gemacht. Knacks, als hätte man die Schädeldecke eines kleinen Tieres eingedrückt. Knacks. Schnell legte sie ihn wieder weg. Dann waren da noch Zinnkreuze, Ölbilder, eine betende Maria aus Gips, der Pepi, weil sie soviel beten mußte, den Kopf streichelte. Da fiel sie runter und zersprang in sich und in der feuchten Dunkelheit. Fürchterlich. Ein Geräusch war das, als fiele ein Stück Kuchen um, sehr sanft. Für Pepi aber war es, als würden Trilliarden von verdammten Seelen aus der Hölle schreien. Sie zitterte, hatte ein Empfinden für die Nähe und den Schmerz. Zum Glück hatte keiner es gesehen. Weiter schlich sie, fest gegen die Wand gedrückt, damit der große Eisenjesus sie nicht sah. Auch der hing steif am

Kreuz. Das schien hier üblich. Dann verfing sie sich in einem dunklen, blumig verschnitzten Kasten, der, das hatte ihr der Lorenz schon erklärt, ein Stuhl zur Beichte war. Die Beichte ist so eine Art Böse-Gedanken-Scheißen, wofür einem dann Gott den Mund abwischt, eine Strafe auferlegt. Die Buße ist so eine Art von Schild, das den Wasserstand vergangener Überschwemmungen anzeigt. So hoch.

– Früher, als ich noch ein Mensch war, wird Pius kurz privat, saß ich einmal in Trastevere, trank Wein und sah ein Schild: Bis hierher stand bei der Überschwemmungskatastrophe 1792 der Tiber. Was, fragte ich den Wirt, so hoch? Zwei Meter? Gibt es das? Ach was, sagte der Wirt und zeigte bis zu seinen Waden, so hoch, 20 cm, nicht so. Das Schild habe ich raufgehängt, damit es nicht dauernd von den Kindern runtergerissen wird.

– Hmmphmm.

Pepi öffnete die Mitteltür und stieg ins kleine Kämmerchen, in dem sonst der Priester saß, sah auf die rußgeschwärzte sündenschwarze Decke. *Ach lieber Gott, ich habe viele Sünden schon gehabt, stell dir nur vor, ich habe Mutter-Vater-Kind gespielt, dafür, ich bete jeden Tag, na ja, zumindest hin und wieder, ich habe Gespräche belauscht und Essen ausgespuckt, auch Käfer hab ich schon zertreten und es nicht bereut. Ich hab auch, stell dir mal vor, mir schon an Stellen greifen lassen, an die ich selber mir nicht darf.*

– Wo zum Beispiel?

Pepi war perplex. Ihr war zumute wie einem Gerüst am Rummelplatz, das nichts dagegen tun kann, daß man sich hinsetzt und wippt. So schaukelte sich dieser Satz in ihr, hallte nach, machte ein paar Überschläge, zahlte nichts. Sie war über die helle Stimme überrascht, die wie Mayonnaise klang und so gar nicht zu ihrem Bild von Herrgott paßte. Als sie dann auch noch das blutgeäderte Weiß zweier glasiger Augäpfel hinter dem gelochten Gitter sah, war es mit ihrer Gottesvorstellung ganz vorbei. Da fuhr ein Schreck durch alle ihre Glieder, wirbelte herum und kam als heller Ton zurück. *Ihhhh.* Sie kippte aus dem Beichtstuhl, rannte zum Altar, sank keuchend auf die Knie, schlug Kreuze an die Stirn und flüsterte: *Tu mir nichts, nein bitte, bitte tu mir nichts. Ich –.* Da wurde sie von einer mit geschwollenen Blutgefäßen durchzogenen Hand gefaßt, und von einer hellen Schmierstimme gehoben: *Aber nein, ich tu dir nichts.*

Es war gar nicht der liebe Gott, auch nicht sein Gabriel, sondern nur ein kleiner Diener, nämlich der Mesner Severin Roßleimer. In seinem grünstichigen Fischgrätanzug und den geflochtenen Krokodillederschuhen sah sein zerknautschtes Gesicht unter den Schmalzlocken, Haar-Ruinen, recht elegant aus. Auch wenn es den Eindruck machte, als würden ihm unsichtbare Hände oder ein Staubsauger das Kinn und die Backen so nach vorne ziehen, daß dort nur noch Platz für einen kleinen dicklippigen Mund und eine eingedrückte Nase blieb. Was im ganzen aussah wie eine aufgestellte Grapefruithälfte. Außerdem war Severin Roßleimers Haut sehr stark gerötet und mit gesprungenen Adern durchlebt, wahrscheinlich weil er höflich war. Er war den steingebrannten Jägermeistern und Obstlern immer zuvorgekommen, auch den Wein hatte er stets mit Wodka unterstützt – damit er Gehalt bekam.

– Hab keine Angst, mein Fräulein. Tu dir schon nichts.

Und Pepi, die nicht recht wußte, wobei sie nun eigentlich ertappt worden war und wie schuldig sie sich fühlen mußte, brachte kein Wort heraus. Es fiel ihr schwer, sich aus der Situation herauszuwinden. Am liebsten wär sie wortlos weggegangen. Doch das ging nicht. Ihre Füße stockten. Nur Speichel floß ihr in langem Faden aus dem Mund. Den wischte ihr Roßleimer mit einem Stofftuch von den Lippen. Und weil er schon dabei war, rieb er ihr auch die eingetrockneten Gedanken aus den Augenecken, Grünes von der Oberlippe, Schlieren aus den Wangen. Dabei spürte Pepi etwas Eingetrocknetes im Stoff, rauh und aufgesprungen. Nach Zwiebel rochen seine Finger.

– Jetzt sag mir einmal, wie du heißt.

– Pepi.

– Pepi? Diesen Namen sag ich gern. Hast Hunger, Pepi?

Freilich hatte Pepi Hunger. Mit dem Wort Hunger hörte sie förmlich ihren Bauch unbescheiden grummeln, fühlte, wie Geschmäcker im Mund zusammenliefen, sich berieten, nach was riefen. Dennoch schüttelte ihr Kopf: *Nein, nein.* Eine Art Reflex, der ihr für solche Fragen anerzogen worden war. Nur nichts von Fremden nehmen. Nichts, hatte ihre Mutter eingraviert.

– Magst du Käse? Milch?

Und obwohl sich ihr Kopf noch immer schüttelte und sie einen Vokal aus ihren Lippen kramte, der eine gewisse Ähnlichkeit mit einem kopf- und schwanzlosen Nein besaß, folgte sie doch, wie von unsichtbarer Hand gezogen, den Krokodillederschuhen, den grünstichigen Hosen samt allem Mann darin. Als hätte der Staubsauger, der sein Gesicht nach vorne zog, auch sie erfaßt. In der Sakristei wurde sie auf einen Stuhl gesetzt, zu einem groben Holztisch hingerückt. Ein großes Glas mit Buttermilch, eine dunkle Schnitte Brot und ein Teller mit einem großen weißen Kubus wurden ihr serviert.

– Käse, erklärte der Küster und strich Butter in das Brot, um es der kleinen Prinzessin feierlich zu reichen. Es gefiel ihm, wie das eingeschleimte Brot den Mundraum füllte, herumgeschlagen wurde, immer wieder aus dem offenen Gesichtlein lugte. Käse nachgeschoben wurde. Buttermilch, die einen breiten weißen Streifen auf die Oberlippe zeichnete, den zarten Flaum betonte. Pepi hatte kräftige kleine Finger, mit denen sie das Brot fest packte und es immer wieder in ihr Mündchen stieß. Unmäßige Augen, die kullerten und sich verdrehten, wenn einmal reiner Käsegeschmack auf das Maß all ihrer Dinge, die Zunge, kam. Manchmal wollte sie auch etwas sagen, es mit Wörtern ausmessen, dann spuckte sie ein bißchen, ließ es bleiben. Der Mesner hing ihr in der Verdauung, war begeistert vom Geruch, dem frischen Kind, das sich mit Käse, Buttermilch und Brot verband. Dazu die Tröpfchen, weiße Tröpfchen, die ihr vom Trinken nun schon auf der Wange standen. All das nötigte den Küster schwer, sein Atem hatte sich schon in dem Kind verfangen, seine Augen kamen nicht mehr weg, er spürte, wie ihn etwas juckte, spürte, ja begriff ein Greifenmüssen. Spürte seinen ganzen Körper aus dem Sessel rutschen, unter dem Tisch hindurchrutschen, durch den Verdauungstrakt bis nach Paris, hinein in diesen Urmeter, hinein in diesen Mund, die kleinen Zähne, die Vorläufer für ein richtiges Gebiß, Eiffelturm, die Sinne ihm entgleiten, dieses Kind. Das Maß aller Dinge. Wie klein es plötzlich war? Wie groß dagegen er, wie viel, wie starr, wie furchtbar heiß.

Und plötzlich läuteten die Glocken und spielte die Blasmusik eine schreckliche Version von La Paloma Blanca, als hätte jemand in die Tuba reingeschissen, fühlte er einen kleinen Knebel aus sich steigen, und, fiel ihm wieder ein, diese Beerdigung, die dunkel angezogenen Menschen, das Essen, das sie nun erwartete, das Kind, das sich da vor ihm überfraß und wieder in die Gruppe der Kondolierenden geschmuggelt werden mußte. Kupferrot in seinem Gesicht.

BARBARA FRISCHMUTH

Hexenherz

Das Lachen des Dalai Lama

Übel, speiübel, auf und auf. Der Druck des Ohrgehänges zwischen Beton und Knorpel. Es zieht. Nicht die Zugluft. Alles zieht. Auch die Zugluft. Zieht. Der Körper kommt nicht nach. Es reißt, rüttelt, preßt. Die Zugluft quetscht den Kopf. Es dreht sich alles um den Kopf. Die Bewegung, die Beschleunigung, der Schmerz. Die Fliehkraft in den Eingeweiden. Ebbe und Flut. Flut, Flut, Flut. Es zieht. O nein. Der Schmerz läßt sich nicht erbrechen. Ruhig Blut. Kein Krug mit Wasser weit und breit. Die Welle am Bug. Es schleudert sie, sie schleudert sich hinauf, es hat sie aus ihrem Mund geschleudert. So warm wie der Körper, sofort erkaltend.

Und er bewegt sich doch. Ihr Kopf hat sich bewegt. Der Druck des anderen Ohrgehänges. Dazwischen Äonen von Namenlosigkeit. Und eine Eruption, die in keinen Schrei mündet. Nur dumpfes, obertonloses Vonsichgeben. Das Echo krampft sich durchs Gehirn, länger noch, weit über seinen Laut hinaus.

Ein Krug voller Tränen vielleicht.

Die zähe Wut der Entleerung, nichts geht mehr. Blau nimmt überhand. Blau in seiner äußersten Schwärze. Randlos, grundlos. Ein Stimmennetz, das nicht sprechen will. Blau wie das Rauschen im Raum, das Rauschen der Geister. Im Verstummen rauscht es.

Kein Empfang, nur Rauschen. Abschwellend, anschwellend unterfüttert es den Schmerz, den die Zugluft schürt. Mit einemmal nichts mehr. Alle Leitungen gekappt. Dann wieder Rauschen, anschwellend. Verlust von Dunkelheit.

»Ich bin dein Vater Zephises und habe dir nichts zu sagen als dieses.« Der alte Mann im Rollstuhl, als Geist aus der Versenkung gezogen. »Und habe dir nichts zu sagen als dieses.« Bei der Premiere. Sie hatte gelacht, geklatscht, sich amüsiert.

Zum Glück bin ich in der Pause noch auf die Toilette gegangen! Die Zugluft rauht die Nässe an ihrer Wange. Es riecht und spornt die Übelkeit wieder. Vergebens. Nichts als Leere.

Ein Sohn, alleingelassen in einer Welt, in der nur Magie ihm helfen konnte. Der Diamant des Geisterkönigs – das nichtlügende Mädchen. Zwei Truden mit Hühnerfüßen, zum Lachen, über tausend Ecken auch zum Weinen.

Sie liegt in der Ecke. In welcher Ecke bloß? Einer sichtbaren, fühlbaren Ecke. Das Licht läuft schräg vorüber, verliert sich im stumpfen Winkel, holt sich neuen Schein gegenüber.

Wo bin ich? Bin ich? Wo?

Die Ewigkeit mangelt der Ecken. Das Leben deutet mit der Hand – voll von Schmerzen. Der Ort. Sie liegt da. Liegen braucht eine Unterlage.

Das nichtlügende Mädchen saß da, als wolle es sich demnächst legen oder als habe es sich gerade aus dem Liegen aufgerichtet. Auf einem künstlichen Erdboden, einer Bühnenbildpritsche. Mit einer zu vorlauten Unschuld, einer zu wenig unterschiedenen Unschuld. Seht alle her, wie unschuldig ich bin. Es hatte sich nicht gelegt, das Mädchen.

Wer hat sie hierhergelegt? Alles dreht sich um den Kopf, den unbeweglichen, der sich nicht beschleunigen läßt, der sich nicht dreht, in seinem Schmerz. Auf Beton, sie liegt auf Beton. In einer Ecke.

Sie war hinaufgestiegen ins Geisterreich Premierenfeier. Ein Stimmennetz in mildem, rauchigem Licht. Körper, die sich ineinanderschoben, grüßende Augen, Zähne, Lippen. Offene Spiralen vor dem Büffet, das Rascheln gezogener Brieftaschen.

Ein Glas Sekt, bitte! Des mühsamen Anstellens flüchtiger Lohn. Die mondänen weißen Götter von der Lügeninsel – jetzt grau – in Reichweite. Sie hätte sie aus ihrem Glas trinken lassen können. Ein Hoch dem Geisterkönig! Schade um den roten Schlafrock. Er kleidete ihn, und wie er ihn gekleidet hat. Das griesgrämige Wesen der Zauberei, die Geister aus den Ländern jenseits der Landkarte. Ein Diener mit dem Namen ihres Sohnes, ansonsten in nichts einander gleich die beiden. Dieser Diener neben dem Minister, der sich mit ihm unterhielt.

Dieses eine Glas Sekt, von der Flut ausgespien. Um nichts in der Welt hätte sie sich noch einmal angestellt, sich ins Einziehen der Spirale begeben. Wie gut, nur das eine Glas.

Mit der U-Bahn kam sie genau bis zu ihrer Straße. Trockenen Fußes. Es waren die Theaterschuhe. Beinah bis vor die Haustür. Viel zu bequem, um sich zwei Straßen weiter für ein Taxi anzustellen. Und was ist schon spät?

Lassen Sie den jungen Mann in Ruhe!

Sie war eigens in den anderen Wagen gestiegen. Besser nicht anstreifen an diesen Burschen. Denkwürdige Kostümierung. Der eine glich von weitem ihrem Sohn von vor ein paar Monaten. Jetzt trug der das Haar wieder anders. Man wußte nie, ob sie so waren, wie sie da plötzlich vor einem standen. Ob sich in den Abzeichen stilisierte Willkür abzeichnete oder willkürliche Stilisierung. Zeit der Wandlungen. Die Rückkehr der Symbole aus dem löchrig gewordenen Untergrund.

Sie hatte einst auch bei ihrem Sohn die kleinen schwarz-weißroten Dinger gefunden. Weil es verboten ist! Er war dreizehn. Viele Jahre her. Und er log. Weil er wollte, daß sie es herausfand. Immer wollte er, daß sie es herausfand. Daß sie sich darum kümmerte, ob er log oder nicht log.

Lassen Sie sofort diese Leute in Ruhe!

Sie hatte den jungen Mann auf den Zug zugehen sehen. Mit drei Frauen, jungen Frauen oder Mädchen, in Kopftüchern, fast zur Gänze in ihre schwarzgrauen Mäntel versteckt. Schwestern, Cousinen, junge Tanten, alles zusammen vielleicht. Und er bestellt, sie zu beschützen. Noch kein sehr alter Schnurrbart. Dichte Kinderwimpern mit dicken Brauen, von der Schwärze einer Rabenfeder. Eigentlich trugen sie dieselben Lederjacken. Man mußte aber genau hinsehen.

Wie spät? Zu spät. Der letzte Zug. Sie öffnete die Tür. Sah, wie die Geschorenen den jungen Mann und seine drei Dohlen nicht einsteigen ließen. Aussteigend drängten sie sie immer weiter zurück. Sonst gab es niemanden. Die Einsteigenden waren längst eingestiegen. Ausstieg ansonsten nur sie.

Nachts fährt kein Zug. Stundenlang. Sie liegt da, in der Ecke, und es kommt kein Zug. Nicht ein einziger. Nur das Licht brennt. Ihre Augen brennen.

Ich darf dieses gelbglänzende Licht nicht aus den Augen verlieren! Offenen Auges und bei Bewußtsein. Jemand wird kommen. In der dunklen Ecke ist sie nicht zu sehen. Nicht gleich. Sie müßte sich rühren. Etwas von sich geben. O Übelkeit der Übelkeiten! Ein Stöhnen füllt ihr den Mund.

Hinter den Lidern das Licht milde bläulich. Ihr Sohn, der nicht weiß, daß sie hier liegt. Niemand weiß, daß sie hier liegt. Nur die, die sie hierhergelegt haben, wissen, daß sie hier liegt. Weder die Freundinnen noch die Freunde. Auch nicht Robert. Glück bricht aus. Zu denken, daß man Freundinnen haben kann, Freunde, und vor allem Robert. Unwissende Freundinnen und Freunde. Einen unwissenden Robert. Alle hat es sie gegeben, auch wenn es sie jetzt nicht gibt. Liebes, liebes Leben, du. Das Leben sitzt im Kopf, um den sich alles dreht. Sie hat sich gefreut. Oft und oft gefreut. Das darf niemand vergessen. Gefreut. Am Herzklopfen für Robert. Am Lachen mit dem Sohn. Auch geweint. Die Katze. Sich an der Katze gefreut. Geliebt, geschmeckt, gefreut.

Ich will nicht erlöst werden!

Der Schmerz hat nur Atem geschöpft. Sie muß die Augen schließen.

Wenn Sie den Mann nicht augenblicklich in Ruhe lassen!

Sie hatten ihn bis zum Stützpfeiler in der Mitte des Perrons zurückgedrängt, ihn mit kleinen Stößen vor sich hergetrieben.

Scheich, du! Ist das dein Harem? Die Dohlenmädchen umflatterten ihren Beschützer mit hohen Vogeltönen aus ihren Schreckensgesichtern. Im Blick einen letzten Widerschein von Rehgeißen, die dem Geweihschlag rivalisierender Böcke lauschen.

Frieden! Dem jungen Mann war der Schweiß ausgebrochen. Frieden! Er hob die Rechte zu einem Angebot, während er mit der Linken die Mädchen in die Flucht zu scheuchen versuchte.

Das geschorene Riesenbaby, dem das Kreuz vom Ohr baumelte, nahm die Hand, als schlüge es ein, und bog sie dem jungen Mann auf den Rücken, blitzartig. Das Erstaunen konnte sich gar nicht rasch genug im Gesicht ausbreiten.

Die Mädchen wandten sich endlich der Rolltreppe zu. Laßt sie gehen! Der mit dem schütteren Zopf am Hinterschädel schien Gefallen daran zu finden, sie nicht gehen zu lassen. Er faßte nach einem Kopftuch. Da brüllte der Boß. Nur als Boß durfte er so brüllen. Arschloch! Siehst du nicht, daß die stinken?!

Sie lachten. Auch der junge Mann lachte gequält. Wenigstens das würde ihm erspart bleiben, daß sie sich an den Seinen vergingen. Du lachst? Dir wird das Lachen schon vergehen! Links eine Ohrfeige, rechts eine. Die Rabenfeder steckte im Tanzbärengriff. So fotz ich dich bis in die Türkei!

Wenn Sie nicht endlich den jungen Mann in Ruhe lassen!

Sie hatten sie nicht beachtet, nicht einmal hingehört. Bis sie den einen, der ihrem Sohn von vor ein paar Monaten glich, am Ellbogen berührte. Er stutzte. Wie versteinert für einen Augenblick. Dann zog er langsam den Arm weg.

Der mit dem schütteren Zopf wandte sich nun an sie. Wen haben wir denn da?

Oma, verschwinde! Das Riesenbaby blinzelte sie aus schweren Tränensäcken an.

Noch gut in Schuß, die Oma! Der mit dem schütteren Zopf kam näher und näher. Und diese Ohrringel, stark!

Der Boß brüllte wieder. Arschloch! Graust dir vor gar nichts? Das Riesenbaby watschte noch immer, während die Dohlenmädchen angststill davonflatterten.

Schämen Sie sich nicht? Warum lassen Sie den jungen Mann nicht in Ruhe?

Das Riesenbaby grunzte. Watschte und grunzte. Während aus den Augen des jungen Mannes Verzweiflung und Tränen schossen.

Sehen Sie nicht, wie jung er ist?

Sie hatte keine Angst. Für sie waren das vernachlässigte Kinder.

Sie hätten ihre Söhne sein können, alle.

Aber drei Weiber ficken, das schon! Das Riesenbaby lieferte seine Schläge ab wie ein Tennisballautomat.

Aufhören!

Sie packte den, der ihrem Sohn von vor ein paar Monaten glich, am Arm.

So tun Sie doch endlich was!

Er riß den Arm hoch. Als sei sie ein Gespenst. In den Augen die helle Empörung. Gscht! machte er, wie bei einer Katze.

Wenn Sie den jungen Mann nicht sofort freigeben, rufe ich die Polizei!

Sie war wütend auf die Burschen, die alle ihre Söhne hätten sein können. Söhne, die nicht gehorchten. Und obendrein frech waren. Das mit der Polizei war ein Fehler gewesen. Sie war aufgebracht. Wenn ihr Sohn sich mit Freunden gerauft hatte, war sie auch dazwischengefahren. Balgen ja, aber ich will nicht, daß ihr euch haut!

Die Wut trieb ihr die Nässe in die Augen.

Seien Sie doch vernünftig!

Wider besseres Wissen – das war nicht ihr Sohn –, griff sie erneut nach dem Arm dessen, der ihrem Sohn von vor ein paar Monaten glich. Sie rüttelte an seinem Arm, der Empörung nicht achtend, die in eisigen Haß umschlug, alten Haß, von wer weiß welcher Mutter, welchem Vater, längst in diesen Blick eingespeichert. Ein Haß, an dem lange gebrütet worden war, der sich nun in eine Faust verlagerte.

Das Licht spielt ins Rötliche, flackert an den Rändern, franst aus. Sie müßte sich rühren. Etwas von sich geben. Hilfe! Das hat sie wohl nur geträumt. Da ist niemand. Niemand, der hören könnte, was als Hauch ihrem Munde entsteigt. Kalt, so kalt. Friert sie überhaupt? Selbst für ihren Mittagsschlaf braucht sie eine leichte Decke. Dezember. In der Stadt liegt Schnee. Liegender Schnee im Dezember, kalt und ungewöhnlich. Den Verkehr behindernd. Nicht hier unten. Sie ist doch noch in der U-Bahn? In einer Ecke. Unter dem Fußgängerabgang? Sie hört keine Schritte. Warum auch, wenn nachts kein Zug fährt. Wie spät? Der Arm mit der Uhr liegt neben dem Körper, so schwer wie der Kopf, um den sich alles dreht. Die beiden müßten einander entgegenkommen. Der Arm wie gelähmt. Was heißt wie? Und der Kopf fällt sogleich in die Ausgangslage. Der Druck des Ohrgehänges zwischen Beton und Knorpel. Nie hat sie Ohrgehänge getragen. Erst seit sie fünfzig ist. Aus Spaß und weil sie ihr angeblich stehen. Jetzt drücken sie. Das eine, von dem ihr Kopf nicht hochzukriegen ist. Wieso kann sie es nicht abnehmen? Oder doch? Mit der Rechten. Die Anstrengung ist unvorstellbar. Alles, nicht nur der Kopf, tut ihr weh.

Sie hat in ihrem Leben genug versäumt. Wenn sie jetzt das Bewußtsein verliert, verliert sie. Sie weiß, daß es dann kein Zurück gibt. Das Buch der Tibeter. *O Sohn edler Familie, das, was Tod genannt wird, ist nun gekommen, also solltest du diese Haltung einnehmen!* Welche Haltung? Leben, liebes, sei so gut!

Sie steht morgens gerne auf, jeder Tag ist ihr recht. Und was sie nicht alles versäumt hat! Aber das ist es nicht. Sie möchte einen neuen Tag. Einen unscheinbaren, gewöhnlichen Arbeitstag. Was sie zeitlebens in diesen Kopf hineingestopft hat. Tut er deshalb so weh? Gelesen, gelesen und wieder gelesen. Das meiste vergessen. So gut wie nichts auswendig gelernt. Nur dieses. *Deine Seele, die die meine liebet, ist verwirkt mit ihr im Teppichtibet.* Nicht das Buch der Tibeter. Gewußt wo, heißt es im Abendland. Sie kann das Buch im Regal stehen sehen, dritte Reihe von oben, Mitte links.

Ist das Blut, was an ihrer Wange verkrustet, oder Erbrochenes? Der Schmerz bläst ihr pochend den Kopf auf. Als hätten die Ohrgehänge ihn besser zu verteilen gewußt, den ziehenden, peinigenden Schmerz.

Im eigenen Wesen ruhend, wie Wasser, das in Wasser gegossen ist, gelöst, offen und entspannt. Wenn das zu erreichen wäre. Statt dessen erinnerte Peinlichkeiten. Versagt, gescheitert, durchgefallen. Zu wenig gekämpft. Frieden! Was ist mit dem jungen Mann geschehen? Mit seinen Dohlenmädchen? Ob sie mit heiler Haut davongekommen sind? Mit heilem Kopf, wenn schon.

Der Boß, es muß wohl der Boß gewesen sein, der Führer, trug den seinen, einen geschorenen, in einem kleinen Eiermützchen, seinen Eierkopf in einem Norwegermützchen.

Weltanschauung! Dieses Wort hat sie immer erschreckt. Die Welt anschauen, darunter kann sie sich etwas vorstellen. Aber was ist eine Anschauung der Welt? Der vor Empörung klirrende Blick dessen, der ihrem Sohn von vor ein paar Monaten glich? Das entsetzte Zurückweichen der Pupillen hinter die Lider bei dem jungen Türken? Oder geht es darum, die Summe des Angeschauten und Angelesenen auf einen einzigen Nenner zu bringen?

Mir ist das nie gelungen!

Die Erfahrung des Gewesenen – eine Kette von Dafürhaltungen und Dawiderreden. Nicht so sehr, woran man glaubt, als was man alles so glaubt, ist der Skandal. Man glaubt, daß man weiß, aber man glaubt.

Woran glaube ich? An das Lachen vielleicht? Diese andere Art von Zähnezeigen? An die Anziehung? Ein Gefühl, das die Welt warmhält? Wie warm? Selbst das Riesenbaby, das bei jedem Schlag automatisch die Tränensäcke hochzieht, wird irgendwann eine Freundin haben. Ob diese Sohnesgleichen das Leben lieben? Oder wollen sie alle nur hoch hinaus? Am liebsten in eine andere Welt. Kennen die sich besser aus beim Sterben? Die so wenig Respekt vor Leibern haben? Sie weiß, wie es ist, zu gebären, und sie will nicht sterben. Aber was tun, wenn es soweit ist?

Wenigstens die Beine anziehen, den Körper ein wenig verschieben. Der Kopf ist die Lokomotive des Schmerzes, der ganze Körperzug drängt ächzend nach. Warum rührt sich nur das eine Bein?

Ein Bild, dessen heimliche Vertrautheit sie zu Tränen zwingt.

Nicht zum Weinen, das täte zu weh. Die löchrigen Schuhe des Dalai Lama. Einst als Foto um die Welt gegangen. Sie hat es im Herzen bewahrt. Die Mühsal des Weges. Die Löcher zeigen, daß viel gegangen worden ist. Keiner hat so wenig Chancen gehabt, ein anderer zu werden, als der, der er ist. Herr des Erbarmens und Sterbemeister. Sie hat mit zwölf ein Buch über ihn gelesen, ihn vergöttert. Geht es insgeheim darum, einverstanden zu sein mit dem Erlöschen des Schmerzes, dem Verstummen, Ertauben, Erblinden? Sich hinzugeben. An eine andere Wirklichkeit. In der Ich nicht bin. *Wie Wasser, das in Wasser gegossen ist?*

Der Schmerz läßt sie zu keinem Einverständnis kommen. Er will ihr kein Atemholen gewähren. Warum liegt sie überhaupt hier? Wer hat sie hier hingelegt? Verletzt, bewußtlos, ohne Hilfe. Wo sind sie alle? Der junge Mann, die Mädchen, die vier Geschorenen? Einer hatte einen schütteren Zopf am Hinterschädel. War da ein Schlag? Sie weiß es nicht. Und infolgedessen unglücklich gefallen? Die Theaterschuhe. Oder zwei Schläge? Einer für sie, die es gewagt hatte, den Schläger am Arm zu rütteln. Ein anderer für die Erinnerung, wer weiß welche Erinnerung, die sie unabsichtlich beschworen hatte.

Voller Entsetzen wirst du fliehen wohin nur möglich, aber drei Abgründe vor dir werden dir den Weg abschneiden, weiß, rot und schwarz, tief und schauerlich, und es wird sein, als stürztest du jeden Augenblick in sie hinab. O Sohn edler Familie, es sind keine wirklichen Abgründe, es sind Aggression, Leidenschaft und Unverstand.

Robert, hörst du? Alle reden vom großen Licht. Da ist kein Licht, nur dieser grünliche Schein. Dieses grünliche Wispern. Ratten laufen an der Wand hinauf. Was gäbe sie nicht für ein bißchen wärmende Dunkelheit. Roberts Arme, Roberts Körper, Roberts Stimme. Warum ist er nicht hier?

Sie möchte morgen wieder an die Arbeit gehen. Morgen ist vielleicht nicht möglich. In absehbarer Zeit. Sie hat immer geglaubt, daß sie leben wird, solange sie mit vollkommener Zuwendung bei der Sache ist. Sie war vollkommen zugewendet, bis sie hier zu liegen kam. Jetzt stört der Schmerz die Zuwendung. Sie kann ihre Arbeit nicht im Stich lassen. Jetzt, wo sie endlich weiß, wie es geht. Zu wenig gekämpft, vielleicht. Aber bei der Sache geblieben. Nicht mit der Lanze geritten. Zu Fuß einen Umweg gemacht, die Straße vom Wald aus betrachtet. Den Wettkampf versäumt, viel gesehen. Sie kann es jetzt nicht einfach gut sein lassen.

Robert, wirf alles weg, was unfertig ist. Zeig es niemandem. Und sag unserem Sohn, daß er seinen Blick schärfen soll, in Liebe. Der Schmerz bläst den Kopf auf zu einem Ballon, der sich vom Körper reißt, um im Raum zu schweben. Ein Kopf, der schneller und schneller denkt, ein Kopf, bedrängt von der Platzangst. Er hat keinen Platz mehr in der Ecke. Etwas drückt jetzt auf ihren Leib, der sich entleeren möchte.

Nicht auch das noch!

Schritte über ihr. Die Schritte schreiten dröhnend, immer dröhnender. Das Dröhnen sprengt ihr noch den Kopf. Aus dem Kopf dröhnen die Schritte. Die Katze wird auf der Fensterbank sitzen und schreien, bis Robert aus dem Ausland zurückkommt. Oder der Sohn zufällig vorbeischaut. Die Katze wird schreien, das Telefon läuten, der Briefträger klingeln.

Ich kann nicht sterben!

Die Angst fängt den Kopf wieder ein, verknüpft ihn mit dem Leib. Ihr Atem faucht durch den Knoten der Bedrängnis. Irgendwer versucht, ihr die Unterlage wegzuziehen, zerrt am Beton, darunter Tiefe mal Höhe mal Breite, der Raum.

Sie kann sich selber sehen im weißen Licht der beginnenden Frühe. Aber die Nacht ist nicht vorbei. Und das Licht ist kein Lichtstrahl, an dem sie emporgleiten könnte. Wo hinauf?

Der eigentliche Sinn des Lebens ist die Erfahrung von Glück! Der Dalai Lama lacht und lacht, bis Diesseits und Jenseits sich einander zukehren. In der Hand seines nackten Armes hält er eine Schädelschale, gefüllt mit Abzeichen.

Jemand beginnt ihren Körper zu schütteln. Der Kopf pendelt hin und her, beginnt zu kreisen. Ihr Gehirn wird dicker und dicker. Die vier Geschorenen schreiten hinter ihrem schwebenden Körper her. Der Boß schwingt den Weihrauchkessel an einer Fahrradkette. Das Riesenbaby wirft den Tennisball von der einen Hand in die andere Hand, immer von der einen Hand in die andere Hand. Der mit dem schütteren Zopf am Hinterschädel erzeugt rhythmische Schlürfgeräusche. Doch der, der ihrem Sohn von vor ein paar Monaten gleicht, hat seinen Arm verloren und schweigt. Den Arm, der sie schlug? Sie erschrickt und versucht, sich aufzurichten. Der Kopf weist kreisend in den Raum, aus ihm dröhnen die Schritte. Es ist Blut im Kopf, das keinen Platz findet. Warum kommt denn niemand? Wenn da jemand käme, der ihre Hand hielte. Nur für einen Augenblick. Die eine Hand, in der noch Leben ist. So viele Menschen überall, auf der Welt, in dem Land, in dieser Stadt, daß man sie RAUS haben will. Warum nicht einer hier bei ihr, der zu ihr sagte: *O Tochter edler Familie, laß deine Gedanken nicht wandern. Das, was Tod genannt wird, ist nun gekom-*

men, also sollst du diese Haltung annehmen. Sie kann sich an das Geschriebene nicht erinnern. Der Schmerz hat ihr Gedächtnis ausgeklinkt. Alles ist jetzt. Ihr Kopf, ihre tote Seite, der Raum, die Angst, die Nässe an den Beinen, deren eines sie angezogen hat. Das Ohrgehänge entgleitet ihrer Hand, die doch einer nehmen sollte, ein Mensch. Wenn zumindest eine streunende Katze sie leckte, eine Ratte darüberliefe. Eine Berührung noch, eine einzige, die letzte im Fleisch.

Da ist niemand. Auch keine Ratte. Nur Raum.

Ich bin einverstanden!

Sie sieht nichts mehr. Sie riecht nichts mehr. Sie schmeckt nichts mehr. Es berührt sie nichts mehr. Sie hört nichts mehr. Nur das Lachen des Dalai Lama.

Lebensgeschichte

Sie stand in der Tür und lächelte gewinnend. »Ich erzähle dir meine Geschichte. Du wirst dich wundern, was ich alles erlebt habe. Es wäre doch schade, wenn es niemand erfährt.« Sie schlüpfte an mir vorbei und holte die Hausschuhe aus ihrer Tasche. »Ich bin zu Fuß gekommen, da bleibt Dreck hängen, auch wenn man sich die Füße noch so gut abkratzt.« Larifari. Mit dem Schuheabputzen hätte sie nur riskiert, daß ich sie vielleicht doch nicht hereingelassen hätte.

Ihre Erdhörnchenaugen funkelten vor Erinnerung. »Als du klein warst, bist du auf meinem Schoß gesessen. Du warst sehr klein«, fügte sie hinzu. Sie ging mir gerade bis zum Halsansatz. »Ich war bei einer deiner Kinderfrauen zu Besuch, und da habe ich dir eine Geschichte erzählt. Du konntest schon damals nicht genug kriegen. Bist auf meinem Schoß gesessen und hast gebettelt: weiter, weiter!«

Sie hielt bereits vor der Wohnzimmertür. »Was stehst du denn noch im Vorhaus? Außer mir kommt keiner.« Das war eine kühne Behauptung. Woher wollte sie denn wissen, daß mich niemand außer ihr besuchen würde? Ich konnte mich nicht daran erinnern, sie je gesehen zu haben.

Sie antwortete auf meinen verstörten Blick. »Ich bin die Dittl aus Untersee. Du warst damals winzig.« Sie deutete mit der Hand eine Höhe knapp über dem Boden an.

»Wann war das?« Meine Frage mußte sich wie ein Stöhnen

angehört haben, denn sie legte für einen Augenblick den Kopf schief, als wolle sie sich vergewissern, daß es mir gut ging. »Wann wohl? Du warst sehr klein, so klein bleibt man nicht lange. Wie alt bist du jetzt?« Sie schaute mir aufmerksam ins Gesicht. »Na also. Es ist mindestens fünfzig Jahre her, und ich war damals ...« Sie überlegte kurz. »Was willst du, ich bin vierundachtzig.« Lächelnd strich sie sich übers doch schon ein wenig schüttere Haar. »Hättest du nicht gedacht, was?«

Ich staunte in der Tat und machte ebenfalls einen Schritt in Richtung Wohnzimmer. Das schien sie als Aufforderung zu nehmen und drückte die Klinke nieder. »Oh«, sagte sie, »du hast aber große Polstermöbel.«

»Ich liege lieber, anstatt zu sitzen.« Irgendwann mußte ich mich auch zu etwas bequemen. Ich konnte nicht alles ihr überlassen, das war unhöflich.

»Zum Liegen hat man ein Bett.« Sie setzte sich auf eines der geschwungenen Elemente der Garnitur und wippte damit. »Die Federung ist in Ordnung.« Sie ließ ihre Finger über das Gewebe laufen. »Gute Qualität, das schon. Nur die Farben. Die Farben wären mir zu lebhaft. Du mußt wissen ...« Offensichtlich hatte sie den Faden verloren.

Ich mußte einen neuen Anlauf nehmen, über meine Sitzgruppe ließ ich nichts kommen. Schon gar nicht über die Farben. Es war immer dasselbe. Erst zeigten sich alle befremdet, und dann machten sie keinerlei Anstalten, je wieder davon herunterzusteigen. Einzelne Elemente waren geschwungen, damit man Platz für die Beine hatte. Man saß viel zu gemütlich. Insgeheim bereute ich die Anschaffung schon, sosehr ich mein Sofa liebte.

»Was muß ich wissen?«

Aber inzwischen war sie draufgekommen, was es mit der Sitzgruppe auf sich hatte. Sie holte ihre Beinchen neben sich und zog anstandshalber den Rock über die Knie. »Entschuldige, aber ich bin den ganzen Weg von Untersee nach Obersee auf diesen meinen Füßen gekommen, ich muß gut zu ihnen sein.« Sie strich sich über die Waden und massierte dann ihren Vorderfuß, rieb den spitzen großen Zeh, der sich unter dem braunen Kunstseidengewebe abzeichnete. Die Strümpfe saßen ziemlich locker und machten vorne am Knöchel ein paar Falten. Sie hätte Kindergröße tragen müssen, aber Strümpfe dieser Art werden von Kindern nicht getragen.

»Was darf ich Ihnen anbieten?« Ich fragte, weil sich das gehört. Niemand war noch auf meinem Sofa gesessen, dem ich diese Frage nicht gestellt hätte. Sie schaute mich aus kleinen Augen groß an. »Du wirst doch nicht Sie zu mir sagen. Wo du doch auf meinem Schoß gesessen bist, als du klein warst.« Dann überlegte sie einen Moment. »Was hast du denn anzubieten?«

»Sherry, Mineralwasser, Hollersaft …«

Sie hatte wieder den Kopf schiefgelegt. »Selbst angesetzt, der Hollersaft?«

Ich nickte, obwohl mir klar war, daß ich das besser nicht zugegeben hätte.

»Dann möchte ich ihn kosten.« Sie traute mir diesbezüglich wohl nicht viel zu. Ich verschwand in Richtung Küche. Jetzt drohte mir nicht nur eine Lebensgeschichte, sondern auch noch eine Auseinandersetzung über die Zubereitung von Hollersaft. Dieser Nachmittag fing an mir zu entgleiten. Ich holte die Sirupflasche aus dem Kühlschrank und ließ den Wasserhahn laufen.

Da schlüpfte sie unter meinem Arm hindurch und drehte das Wasser ab. »Sparen!« rief sie mit erhobenem Zeigefinger, der doch schon ein wenig zittrig war. »Wir haben zwar bei uns noch genug davon, aber das ist kein Grund, es zu vergeuden.«

»Ich wollte doch nur, daß es kalt und frisch ist.« Ich drehte den Hahn wieder auf und ließ Wasser in den Sirup laufen, bis das Glas voll war.

»Du brauchst dich nicht zu entschuldigen, ich weiß, daß du es gut gemeint hast.« Sie nahm mir das Glas aus der Hand und trank es in einem Zug leer. »Ahhh!« machte sie. »Und nun an die Arbeit!«

Sie stellte das Glas in die Abwasch und ging voraus.

»Hast du etwas, womit du mich aufnehmen kannst?«

Ich schüttelte den Kopf, in der Hoffnung, daß das für sie ein Grund wäre, die Sitzung abzubrechen.

»Kannst du wenigstens stenografieren?«

Ich schüttelte noch heftiger den Kopf. Stenografieren gehörte zu den wenigen Fertigkeiten, die ich mit Fleiß verlernt hatte.

»Dann wird uns nichts anderes übrigbleiben, als daß du mitschreibst, was ich dir aus meinem Leben erzähle.«

Ich hätte gerne gefragt, warum uns, beziehungsweise mir, nichts anderes übrigbleiben würde, aber die Sache war schon zu weit gediehen, und jeder Widerspruch von meiner Seite würde sie nur noch mehr in die Länge ziehen. Ich nahm also Block und Drehbleistift, und setzte mich dergestalt, daß sie nicht unmittelbar sehen konnte, was ich schrieb.

»Und wenn wir alles unter Dach und Fach haben«, sagte sie, »dann veröffentlichen wir es.«

Diesmal war es an mir, zu lächeln. Wie stellte sie sich das vor? In jedem Leben ereignet sich etwas, aber ob das jemand wissen will, ist eine andere Sache. Sie hatte keine Rolle in der Geschichte gespielt, die Geschichte hatte ihr höchstens mitgespielt. Also lag es an mir, und ob mich ihr Leben interessierte.

»O Gott«, sagte sie, »was ich alles erlebt habe. Mir schwindelt, wenn ich der Vergangenheit in den Rachen blicke.« Wieder zitterte ihre Hand ein bißchen, als sie so das Kinn damit stützte, wobei sie den Ellbogen mit der anderen Hand festhielt. »Wir nennen keine Namen«, erklärte sie, »außer meinem natürlich. Ich möchte in diesem Leben nicht noch einmal angezeigt werden, verstehst du? Ich war lange genug Leiterin vom Altenheim, um zu wissen, was einem alles blühen kann.« Jetzt zitterte auch ihr Mund ein wenig.

»Soll ich die Personen numerieren?« Ich stellte mich absichtlich so an, um ihr die Lust am Herumkommandieren zu nehmen.

»Es genügt, wenn du sie mit dem Anfangsbuchstaben bezeichnest, damit man sich auskennt, wer wer ist.«

»Du kannst mir deine Geschichte ja gleich so erzählen. Zum Beispiel: O. bin ich vor sechsundsiebzig Jahren zum ersten Mal begegnet, als er auf Urlaub nach Untersee kam.«

»Wer ist O.?« Sie schaute mich mit aufgerissenen Augen an. »Und vor sechsundsiebzig Jahren war ich noch gar nicht in Untersee.«

»Ich sagte ja auch nur, zum Beispiel ... Daß du mir deine Geschichte eben gleich mit Anfangsbuchstaben erzählen kannst.«

»Kann ich nicht.« Sie wehrte mit den Händen ab. »Erzählen kann ich nur mit den ganzen Namen. Du schreibst dann die Anfangsbuchstaben hin.«

»Dazu muß ich mir ein Verzeichnis anlegen.«

»Ein Verzeichnis? Ich dachte, du bist eine Schriftstellerin und keine Gemeindebedienstete.«

»Ich muß mir eine Liste machen, auf einem Extrazettel, damit wir mit den Namen und Anfangsbuchstaben nicht durcheinandergeraten.« Jetzt sagte auch ich schon wir. Auf was hatte ich mich da eingelassen? Innerlich drohte ich ihr. Wenn du glaubst, mich mit irgendwelchen Fisimatenten bei der Stange halten zu können, wirst du mich kennenlernen.

»Wo fangen wir an?« Sachlichkeit ist immer ein gutes Mittel, Abläufe zu verkürzen.

»Bei meiner Geburt natürlich.«

Ich schrieb Ort und Datum auf. »Und dann?«

»Weißt du, wann ich zum letzten Mal mit einer Puppe gespielt habe?« Sie sah mich an, als sei das eine Aufgabe, die ich zu lösen hätte. Ich zuckte gefühllos die Achseln.

»Mit neun!« Ich malte einen Neuner aufs Papier. Später würde ich mich schon erinnern, was er bedeutete. Sie stutzte. »Hast du das? Mit einer Puppe!« Ich schrieb in Klammer Puppe dazu, um sie zu beschwichtigen.

»Ich mußte damals schon arbeiten. Bei den Bauern. Kühe hüten, Kannen tragen. Für ein Häferl Magermilch und trockenes Brot. Als Arbeiterkind mußte ich das.« Sie wackelte ein wenig mit dem Kopf. »Kann ich noch ein Glas Hollersaft haben?«

»Aber gern.« Ich stand auf und hoffte, daß sie auch diesmal meinen Hollersaft nur trinken und nichts dazu bemerken würde. Es kursierten mehrere Rezepte in der Gegend, und es haftete ihnen derselbe Bekenntnischarakter an wie dem Ende, an dem man sein Ei aufschlug.

Aber als ich mit dem frisch gefüllten Glas zurückkam, war sie schon wieder so in ihre Lebensgeschichte verstrickt, daß sie es achtlos zur Seite stellte.

»Du kannst dir nicht vorstellen, wie das damals war. Wir sind mit fünfundsiebzig Schafen auf die Alm hinauf. Da war ich zwölf. Die fünfzehnjährige Tochter des Bauern und ich. Ein starkes Mädel, aber faul. Die schweren Sachen mußte alle ich tragen. Eines Tages überhob ich mich. Netzbruch. Die Bäurin glaubte, es käme von den unreifen Äpfeln, die ich heimlich gegessen hätte. Aber das Fieber stieg und stieg. Mein Onkel kam und trug mich ins Tal. Wir fuhren mit dem Zug ins Bezirkskrankenhaus. Da wäre ich beinah gestorben während der Operation. Von da an mußte ich nach der Schule nur mehr aufräumen gehen, schließlich brauchte ich Schuhe. Dann kam das Kindsen, als ich nicht mehr weiterlernen durfte. Kindsen war lange mein Hauptberuf.« Sie trank nun doch einen Schluck. Für einen Augenblick dachte ich, sie würde das Gesicht verziehen, aber da redete sie schon weiter.

»Wenn du wüßtest, wer aller auf meinem Schoß gesessen ist.« Sie verrieb den Wasserrand, der sich auf der Tischplatte gebildet hatte. »Eines von den Kindern, so ein Wiener Lockenfritz, hat mir später das Leben gerettet. 1938. Du verstehst?!« Sie nahm die Brille ab, und für einen Augenblick trübte sich ihr Blick. »Ich saß in der Wohnung von Frau« – H. notierte ich –, »am Modenapark und ging die Liste der Haushaltsgegenstände durch, Geschirr, Stickereien, Besteck, altes Silber undsofort, die ich der Spedition übergeben hatte. Da kam so eine Nazi-Bande durch die Tür und versuchte, mir Angst zu machen. Lauter junge Burschen, die herumschrien. Wer mir das Recht gegeben habe, die Wohnung dieser Saujüdin auszuräumen. Dafür müsse ich büßen. Die hätten mich umgebracht. Aber einer von denen war dieser Lockenfritz, der« – ich schrieb K. und zeichnete ein paar Locken dazu –, »der erkannte mich wieder. Weißt du«, ihre Erdhörnchenaugen triumphierten, »was er gesagt hat? Das ist meine liebste Kinderfrau gewesen. Ich lasse nicht zu, daß wir der etwas tun. Meine liebste Kinderfrau. Er hat sich nicht geniert vor den anderen Burschen. Daraufhin sind sie abmarschiert. Bis spät in die Nacht hatte ich noch Herzklopfen. Und obwohl der Spediteur meinte, es sei nicht sicher, ob noch etwas ankommt in Paris, hat Frau H. zumindest die Möbel und das Geschirr gekriegt. Nur die teuren Spitzen und das Silber sind gestohlen worden.«

Sie stieg kurz vom Sofa und holte sich die Tasche, die sie auf den Boden gestellt hatte, an einen Platz, wo sie sie vom Sofa aus nicht erreichen konnte. Das Taschentuch war gebügelt und gefaltet, und sie wischte sich die Nase damit, während sie auf das Sofa zurückkletterte.

»Wenn ich mehr über diesen Lockenfritz erzählen soll, mußt du es sagen.«

Ich versuchte, mir vorzustellen, wie klein dieser lockenfritzige Nazi-Scherge einmal gewesen sein mußte, damit er auf dem Schoß von Dittl aus Untersee Platz gefunden hatte.

»Ich war bei einem Schmied in Dienst. Der Lockenfritz war nur sein Neffe, aber er war oft bei uns, weil seine Mutter eine Wäscherei leitete. Von der habe ich gelernt, wie man Spitzeneinsätze bügelt. Ich mußte für den Schmied und seine Gesellen kochen, und nachts schlief ich auf einem Küchenklappbett.« Sie schaute mich mit hochgezogenen Brauen an. »Gib zu, du weißt auch nicht mehr, was das ist!«

Ich gab es zu und zeichnete eine Holzplatte, die tagsüber bei Bedarf als Nudelbrett diente oder an Ketten zur Decke hochgezogen wurde.

»Also, auf so etwas schlief ich in der Küche. Aber was am schlimmsten war«, sie beugte sich zu mir und wurde leiser und leiser, als dürfte niemand Unbefugter sie hören, »am schlimmsten war dieser Hund, den der Schmied sich hielt. Ein Riesenvieh. Und immer wenn ich«, sie wurde noch eine Spur leiser, »na, du weißt schon, wenn ich meine Tage hatte, sprang er mich an. Von hinten. Er muß es gerochen haben.« Sie verdrehte die Augen. »Und die Gesellen lachten. Und wie sie lachten, diese Schmiedegesellen. Nur der Meister schrie, Karo, Platz! Und nach dem Essen nahm er den Hund in die Werkstatt mit, damit ich nicht mit ihm alleinbleiben mußte. Er war fast so groß wie ich, dieser Hund.«

Sie schüttelte sich und holte einen Packen Papiere aus der Tasche. Alte Fotos und, fein säuberlich aneinandergeheftet, ihre Zeugnisse. Das Hundezeugnis war von der Schmiedemeistersgattin, die damals schon schwer krank war, ausgestellt worden. *Verläßt gesund und lohnbefriedigt unser Haus. Am 6. 10. 1930.*

Das waren ja wirkliche Dokumente. Dittl breitete alles auf dem Tisch aus und deutete plötzlich auf ein Kinderfoto von sich. »Der einzige Mensch, der mich zeitlebens geschmerzt hat, war meine Mutter. Die schlechten Zeiten haben sie hart gemacht. Weißt du, was das einzige war, was sie am Bahnhof zu mir sagte, als ich damals von Untersee nach Wien gefahren bin? Daß du mir halt ja keinen Bankert heimbringst!«

»Und, hast du?« fragte ich mit dem scheinheiligen Gleichmut der Chronistin.

Sie warf mir einen Blick zu, als wolle sie sagen, das geht dich gar nichts an, überlegte es sich aber und meinte ein wenig spitz: »Das ist eine andere Geschichte, die ist viel später passiert. Das schreiben wir erst, wenn wir in den vierziger Jahren sind. Außerdem haben mir die im Spital gesagt, daß ich, mit all meinen Narben im Bauch, niemals ein Kind bekomme.«

Sie tätschelte eine der alten Fotografien mit einem jungen Mann im Ruderboot. »Mein Egon!« flüsterte sie. »Das war mein lieber guter Egon.« Dann küßte sie das kleine Schwarzweißfoto. »Aber der kommt auch erst später. Am Anfang, ganz am Anfang in Wien war ich bei Frau B. Die war Jüdin und hatte ein Geschäft für Brautausstattung, Babywäsche und Innendekoration, in der Annagasse. Ich bekam fünfundvierzig Schilling im Monat. Von meinem ersten Gehalt schickte ich die Hälfte meiner Mutter, um die andere Hälfte kaufte ich mir beim Trödler einen Mantel im Fischgrätenmuster. Fünfundvierzig Schilling, das war mehr, als ich je in der Hand gehabt hatte. Nur das Kind war ein Fratz, aber wahrscheinlich hat die Mutter es ihm vorgesagt. Eines Tages lief mir der Bub mit einem Tischmesser nach und schrie, er brauche mir gar nicht zu folgen, ich sei nämlich ein Unterseer Trampel. Da war ich beleidigt und habe gekündigt. Obwohl es mir bei Frau B. ansonsten gut ging. Aber das habe ich mir nicht gefallen lassen.«

Ich hatte den Buben mit dem Messer aufgezeichnet und dazu Unterseer Trampel geschrieben. Irgendwie schaffte sie es doch, auf die letzte Seite meines Blocks zu spähen, bevor ich umblätterte. »Schreibst du überhaupt mit? Ich habe das Gefühl, du kritzelst nur. Ich will dir ja nicht dreinreden ...«

»Ich habe eine bildliche Phantasie«, sagte ich, »manchmal kommen die richtigen Worte erst später. Da ist es gut, wenn ich ein paar Zeichnungen als Gedächtnisstütze habe.« Sie rückte ein wenig näher. »Laß sehen!« Ich hielt die Hand über den Block. »So gut sind sie auch wieder nicht, daß ich sie Außenstehenden zeigen möchte.«

»Was heißt Außenstehende? Es ist mein Leben, was wir beide da aufschreiben. Los, zeig her!«

Ich schlug den Block zu. »Berufsgeheimnis. Wenn du möchtest, daß wir weiter an deinen Erinnerungen arbeiten, überläßt du es mir, welche Methode ich dabei anwende.«

Es mußte sich angehört haben wie ein Knurren, denn sie lenkte ein. »Ich versteh es ja. Ich habe mein Leben lang gebastelt, und wenn ich bastle, mag ich es auch nicht, wenn mir jemand über die Schulter schaut. Da fällt mir ein, ich habe dir etwas mitgebracht. Für deine Mühe!«

Ich wehrte ab. »Bloß nicht!«

Aber sie hatte schon in ihrer Tasche zu kramen begonnen und kam mit zwei kleinen Stoffsträußchen zum Vorschein. »Eins für hier unten und eins für oben.« Sie legte sie vor mich hin, und ich betrachtete sie ausführlich. »Du sollst mir nichts mitbringen.«

»Nicht der Rede wert. Hauptsache, es gefällt dir.«

»Wo hast du das gelernt, dieses Basteln?«

Sie lachte. »Da kommst du nie drauf. Von unserer H.«

»H. haben wir schon«, sagte ich nach einem Blick auf mein Verzeichnis.

»Das macht nichts. Helene ist sowieso nur der Vorname. Weißt du, wie viele Helenen es gibt?«

»Und wer war diese eure Helene?«

»So weit sind wir noch lange nicht. Aber wenn du schon fragst, das war die Jüdin, die wir versteckt hatten, der Herr Sz., zu dem ich nach der Frau H. gekommen bin, und ich. Das war Anfang neununddreißig. Sie wußten, daß man der Dittl trauen kann. Die Helene hat früher ein Geschäft für Tiroler Andenkenwaren gehabt, am Hohen Markt. Die konnte alles. Und zeitlang war ihr auch. Sie durfte ja kaum aus dem Haus. Aber hin und wieder haben wir uns etwas getraut. Wir haben uns die gleichen Dirndlkleider genäht und ein Hakenkreuz angesteckt. So sind wir im Wienerwald spazierengegangen. Die Leute im Haus wußten nicht, daß die Helene bei uns wohnte, und die, die es wußten, wußten nicht, daß sie eine Jüdin war. Ausgeschaut hat sie nicht danach. Die Helene hat mir alles beigebracht.«

»Und was ist aus ihr geworden?«

»Aus der Helene? Ich weiß es nicht. 1944 hat sie mich noch einmal in Untersee besucht. Da habe ich im Alpenhof, der dann abgebrannt ist, als Köchin gearbeitet.«

»1944? In Untersee?«

»In Untersee. Da kannte sie niemand. Wahrscheinlich hat sie auch falsche Papiere gehabt. Und Herr Sz., bei dem sie die ganze Zeit gewohnt hat, wartete in der Nähe. Sie kam, um mir zu sagen, daß Herr Sz. mich noch immer heiraten würde, mitsamt meinem Buben. Aber da hatte ich schon wieder einen dicken Bauch, und der, der ihn mir gemacht hat, hatte schon das Aufgebot bestellt. Ich mußte nächtelang weinen. Da sah ich die Helene zum letzten Mal. Ich habe nichts mehr von ihr gehört, auch nicht von Herrn Sz., bis ich Jahrzehnte später wieder einmal auf den Hochkönig kam. Aber auch da konnte ich nicht viel fragen, da ja mein Mann dabei war. Wir sind früher oft gemeinsam auf dem Hochkönig gewesen, Herr Sz., die Helene und ich. Meine Tochter ist fünfundvierzig auf die Welt gekommen, aber so weit sind wir noch nicht. Ich glaube, wir gehen es besser der Reihe nach an. Wo bin ich stehengeblieben?« Ihr Blick war auf einmal wie leer, und ich dachte, sie müsse furchtbar müde sein. Immerhin war sie vierundachtzig und den ganzen Weg nach Obersee zu Fuß gekommen.

»Eure Helene interessiert mich. Was wohl aus ihr geworden sein mag?« Ich hegte die schlimmsten Befürchtungen.

»Das möchte ich auch wissen.« Dittl wühlte in den Fotos, bis sie die von Helene gefunden hatte. Auf den Bildern wirkte das Helenengesicht heiter und gütig. Ein helles Gesicht, ohne den Schatten böser Vorausahnung. Eine Frau Mitte vierzig in einem gestrickten Trachtenjäckchen. Einmal auf einer Wiese, ein andermal vor einer Hütte auf dem Hochkönig. »Da möchte ich noch einmal hin, auf den Hochkönig.« Dittl zeigte auf das Hüttenschild ARTHURHAUS 1. »Dieser Hüttenwirt«, sie klopfte mit dem Finger auf das Foto, »dieser Hüttenwirt hat den Herrn Sz. und die

Helene gekannt. Vielleicht weiß der noch mehr. Ich bin erst vor kurzem draufgekommen. Mein Sohn war mit dem Enkel dieses Hüttenwirts im selben Spitalszimmer in Salzburg, und irgendwie hat sich herausgestellt, daß der Herr Sz. dort öfter gewohnt hat. Dann hat die Mutter dieses Enkels, die am Telefon immer so freundlich ist, sich eingeschaltet, und wir haben uns, als wir unsere Söhne im Spital besuchten, kennengelernt. Sie hat gesagt, ich soll einmal kommen, solange ihr Vater noch lebt, der kann mir vielleicht etwas sagen. Jetzt warte ich, bis mein Sohn ganz gesund ist, damit wir auf den Hochkönig fahren können, du verstehst?«

»Was war dein Herr Sz. denn von Beruf?«

»Er und sein Bruder haben einen Eisenhandel en gros gehabt. Die haben im Krieg gut verdient. Da wurde viel Eisen gebraucht.«

Ich wollte meine Mitschrift durch das Verfertigen kleiner Stammbäume, die ich mit aufeinander verweisenden Pfeilen versah, verständlicher machen, aber so ganz war ich noch nicht dahintergekommen, wie alles zusammenhing.

»Ist dieser Hochkönig deine einzige Spur?«

»Ja. Und wenn mein Sohn und der Enkel von dem Hüttenwirt nicht zufällig in demselben Zimmer gelegen wären, und die Mutter von diesem Enkel und ich uns nicht zufällig dort getroffen hätten, und dabei nicht zufällig die Rede auf die Hütte auf dem Hochkönig gekommen wäre, dann wüßte ich nicht einmal, daß der Herr Sz. vor sechs Jahren gestorben ist, im Salzburgischen, wo er sich ein Haus gebaut hat, ganz im ländlichen Stil. Und er hat erst fünfundfünfzig wieder geheiratet. Elf Jahre nachdem er damals mit der Helene in Untersee gewesen ist. So lange hat er mich nicht vergessen können.« Ihr Blick sank tief nach innen, und ich zeichnete das ländliche Haus von dem Herrn Sz., im Salzburgischen.

Plötzlich schaute sie auf die Uhr, und da bemerkte ich erst, daß ihre Nägel lackiert waren. Sie war meinem Blick gefolgt und lachte verschmitzt. »Da staunst du, was? Ich schaue halt auf mich. Auch im Alter hat man Verpflichtungen.«

Offensichtlich hatte sie inzwischen wieder vergessen, wie spät es war, denn sie schaute noch einmal auf die Uhr. »Wenn ich in fünf Minuten losmarschiere, erreiche ich ihn noch. Zurück fahre ich nämlich mit dem Bus.«

Sie streifte ihre Zeugnisse und die Fotos zusammen. Obenauf war eines in Postkartengröße zu liegen gekommen, auf dem ich eine Wiener Gemeinderätin, die längst in Pension ist, erkannte, und den ehemaligen Bürgermeister von Untersee. »Da habe ich die Afritsch-Medaille für die fünfzigjährige Zugehörigkeit zur Sozialistischen Partei bekommen.« Sie strahlte. »Ich bin nämlich eine Eingefleischte.« Ihr Gesicht verdüsterte sich. »Als wir noch im Ennstal lebten, mußten wir Kinder die Zeitschrift ARBEITER-WILLE austragen. Da haben uns die Bürgerkinder ›Saubrut! Arbeitergesindel!‹ nachgeschrien. Das ist die Wahrheit!«

Sie war vom Sofa gerutscht und sah sich noch einmal genau im Wohnzimmer um. Dann nahm sie die Fotos und die Zeugnisse, steckte sie in den Umschlag zurück und legte ihn auf die Fensterbank. »Hier liegt er gut bis zum nächsten Mal. Weit sind wir ja nicht gerade gekommen.«

Ich brachte sie zur Tür und wartete, bis sie in ihre Stiefel gefunden hatte. »Morgen komme ich wieder!«

Ich räusperte mich. »Morgen geht nicht, da habe ich eine anderweitige Verpflichtung.« Je förmlicher, desto glaubwürdiger, dachte ich.

»Dann komme ich übermorgen.« Und damit war sie endgültig fort.

Die anderweitige Verpflichtung kostete mich genau zweieinhalb Stunden. So rasch war ich noch nie mit einer Glosse zu Rande gekommen. Aber es ließ sich nichts mehr daran herumkorrigieren, wenn ich nicht wollte, daß das Ganze vor Übergenauigkeit in sich zusammenfiel. Ich tippte den Text noch einmal. Er war nun sozusagen makellos, zumindest in meinen Augen. Und trug ihn zur Post.

Auf dem Heimweg fing es wieder zu regnen an. Es regnete schon seit Tagen, also konnte im Garten nichts getan werden. Natürlich hatte ich zu tun. Der Tag, an dem ich sagen könnte, ich hätte nichts zu tun, würde erst noch kommen müssen, obwohl ich überzeugt war, daß er nie kommen würde. Es war aber so, daß ich nicht immer tat, was ich zu tun gehabt hätte. Im Gegenteil.

Ich warf mich auf mein Sofa und überlegte, ob ich überhaupt etwas tun sollte. Schon näherte ich mich jener gefährlichen Stimmung, in der es völlig gleichgültig zu sein schien, was ich tat, oder ob ich überhaupt etwas tat. Genausogut könnte ich jetzt mit Dittl aus Untersee hier sitzen. Sie würde aus ihrem Leben erzählen, ich würde zuhören und brauchte mir nicht den Kopf darüber zu zerbrechen, wer ihr lieber, guter Egon gewesen war, oder was es mit der Wohnung von Frau H. am Modenapark für eine Bewandtnis hatte.

Nicht zu vergessen den Bankert, der mit solcher Verspätung, aber doch, in ihrem Leben erschienen war.

Auch wußte ich nicht wohin mit den Sträußchen. Sie irritierten mich, wie sie da noch immer auf dem Tisch lagen, wie ausgesetzt. Mahnmale, zum Gedenken an ihre Schöpferin. Jetzt fing ich auch noch zu spinnen an.

Verdrossen hingen die Wasserschnüre vom Himmel, und wenn der Regen zwischendurch wieder heftiger wurde, klang es, als prallten die Melkstrahlen eines überirdischen Euters auf das Dach des Hauses. Ich wollte etwas tun. Eine ganze Menge wollte ich tun. Darum war ich auch allein ins Sommerhaus gekommen. Um so ungestört wie möglich zu arbeiten. Und wenn es schon nichts mit dem Schreiben werden sollte, brauchte ich nur den Arm auszustrecken, um an ganze Stöße von ausgesuchten, zur Lektüre vorbereiteten Artikeln aus diversen Zeitschriften zu stoßen, von den Büchern ganz zu schweigen, die ich in einem Extrakoffer mitgebracht hatte.

Ich lag, und so wie ich lag, lag ich nicht gut. Also setzte ich mich wieder und griff nach dem großen gelben Umschlag, der sich noch immer auf der Fensterbank befand, wo Dittl ihn hingelegt hatte. Mich interessieren Lebensgeschichten nicht von Haus aus. Nach Möglichkeit gehe ich ihnen aus dem Weg. Aber wenn ich einmal ein paar Sätze zu hören bekomme, muß ich wissen, wie alles zusammenhängt. Vierundachtzig Jahre. Da passiert vieles, auch wenn man nicht an der vordersten Front des Weltgeschehens steht. Allein die Zeit, die sich inzwischen mehrmals um sich selbst gedreht hat.

Ich legte die Fotos auf. Die meisten waren von dieser Helene. Helene in einem paspolierten Leinenkostüm, wie sie einen Foxterrier füttert. Helene im Liegestuhl vor dem ARTHURHAUS 1, einmal lächelnd, einmal kritisch blickend, einmal mit geschlossenen Augen, zurückgelehnt, wie schlafend. Einmal auf der Wiese liegend, hinter sich einen Mann. War das der Herr Sz.? Und hatte Dittl nicht gesagt, daß Herr Sz. sich von seiner eigenen jüdischen Frau hat scheiden lassen, die wiederum von einem seiner Freunde versteckt wurde? So ergab sich eine Frage aus der anderen.

Ein Foto von Egon. *Wien, 1. Jänner 1932. Zur Erinnerung an manch schöne Stunde von Deinem Dich liebenden Egon.* 1. Jänner 1932. Wo hatte Dittl da gearbeitet? Ich blätterte die Zeugnisse durch. *Ich bestätige hiemit, daß Frl. Edith Danner, geboren am 5. X. 1909 in Stein a. d. Enns, von 21. X. 1930 bis zum heutigen Tag als Köchin für Alles in meinen Diensten stand. Dieselbe hat sich als treu, fleißig und ehrlich erwiesen und verläßt ihren Posten auf eigenen Wunsch. Wien, am 30. 6. 1932. Annie H., Wien I. Bartensteingasse 16.*

Annie H.? Dann muß es zwei Frau H. gegeben haben. Noch eine vom Modenapark.

Die Zeugnisse waren weniger chronologisch, als ihrem Format nach gebündelt. Ich stieß auf ein kleineres Blatt mit zwei österreichischen Stempelmarken zu je fünfundzwanzig Groschen, aus dem Jahr vierunddreißig, in der rechten oberen Ecke. Ausgestellt in Paris, am 17. 10. 38.

Bestätige, daß Frl. Dittl Danner am 17. Mai 35 bei mir als Hausgehilfin eingetreten ist und bis nun in meinen Diensten stand. Nur die Verhältnisse (ich mußte diesen Satz noch einmal lesen, aus der Sicht der neunziger Jahre). *Nur die Verhältnisse zwingen mich sie aus meinen Diensten zu entlassen. Ich kann nur das Aller beste in jeder Hinsicht über sie aussagen. Sie ist treu, überaus fleißig, ehrlich wie Gold, eine wahre Stütze und eine gute Freundin. Jeder der sie kennt, muß sie schätzen und gerne haben. Ich wünsche ihr auf ihrem ferneren Lebensweg das Glück, das sie reichlich verdient. Zu jeder weiteren Auskunft bin ich jederzeit bereit. Paris, Rue de Conde 10. Royal Conde, Emmy H.*

Es gab zwei Fotos dieser Frau, mit hochgestecktem dunklem Haar und einem großen weißen Spitzenkragen – K. u. K. Hof-Atelier Pietzner –, das andere eine private Aufnahme. Dieselbe Frau, mit hochgeschlossener weißer Bluse, über der linken Schulter einen Silberfuchs, an die Armlehne eines Fauteuils geschmiegt, in dem ein Mann sitzt, der Ähnlichkeit mit Hugo von Hofmannsthal hat und melancholisch in die Kamera schaut. Ob es sich dabei um Annie oder um Emmy H. handelt?

Mein erster Gedanke war, Dittl in Untersee anzurufen. Aber das kam nicht in Frage. So rasch durfte ich nicht klein beigeben. Und gewiß hieß sie jetzt anders. Das Aufgebot aus dem Jahr 1944. Zu mir hatte sie nur gesagt »Ich bin die Dittl aus Untersee.« Wenn sie anderntags nicht kam, war ich in einer dummen Lage. Was heißt dumm, in einer verzweifelten Lage. Sie mußte kommen. Ich beruhigte mich langsam. Schließlich hatte sie all diese Erinnerungsstücke hiergelassen, darunter auch ein Foto von sich, auf dessen Rückseite geschrieben steht: *Laß im dunklen Schubfach mich vermodern, Laß bleichen mich im Sonnenlicht. Laß in des Feuers Flamme mich verlodern, Ertränk mich, nur verschenk mich nicht. Aus Liebe – Dittl. 27. X. 37.*

Wem sie das wohl zugedacht hatte? Und warum war es zu ihr zurückgekommen? Oder hatte sie es nur geschrieben und gar nicht verschenkt?

Bisher war der Juli naß. An manchen Tagen hatte es nur gelegentlich, an anderen anhaltend geregnet, aber der Vorrat an Wolken schien unerschöpflich. Während es im Mai und im Juni dermaßen trocken gewesen war, daß man Ernteschäden befürchten mußte. Nun goß es wieder so heftig, daß ich mir nicht vorstellen konnte, wie Dittl dem trotzen und dennoch kommen würde.

Ich saß vor einer leeren Seite und wußte, daß an diesem Tag und aus diesem Tag wieder einmal nichts werden würde. Wenn ich wenigstens gebügelt hätte. Ich lag da, auf dem breitesten Element meiner Sitzgruppe, und versuchte die einzelne Fliege, die mit einer Unverschämtheit sondergleichen mein Gesicht erkundete, mit Blicken zu töten. Doch gerade als ich innerlich soweit war, aufzustehen und die Fliegenklatsche vom letzten Jahr zu suchen, läutete es. Noch bevor ich öffnen konnte, hörte ich ein Motorengeräusch. Als ich gleich darauf die Tür aufriß, stand Dittl unter dem Schutz des Vordachs, die Tasche überm Arm, mit beiden Händen einen Karton festhaltend, den sie mir entgegenstreckte. »Da«, sagte sie, »halt das einstweilen, damit ich mich ausziehen kann.«

»Hast du keinen Schirm?« Sie lächelte verschmitzt und deutete auf ihre Tasche. »Hier drinnen. Ich bin per Autostopp gekommen.«

Ich nahm den Karton und ließ sie ins Haus. Als sie den Mantel aus- und die Hausschuhe angezogen hatte, nahm sie mir den Karton wieder ab. »Ich habe dir etwas mitgebracht.« Sie zog die Brauen bis weit über die Brillenränder hinauf.

»Nicht schon wieder?!« Die Größe des Kartons erschreckte mich. »Du wirst staunen.« Sie band die Schnur auf, nahm den Deckel ab und brachte einen Kranz aus Moos, Flechten und jenen kleinen Stoffblumen, die ich schon kannte, zum Vorschein.

»Du sollst mir nichts mitbringen!« Ich war beeindruckt von ihrer Fingerfertigkeit.

»Und wo hängen wir ihn hin?« Ihr Blick wanderte die Wände des Wohnzimmers entlang.

»Nein, nein, nicht hier! Mein Mann bringt mich um, wenn ich noch einen einzigen Nagel in eine dieser Wände schlage.« Zum Beweis hängte ich ein Bild ab, hinter dem ein faustgroßes Loch im Verputz klaffte.

»Hast du keine Bohrmaschine?« Ich schüttelte den Kopf. »Wenn ich das gewußt hätte, hätte ich meine mitgebracht.«

Ich war bereits in der Küche und hatte ein altes Lebkuchenherz abgenommen. Sie kam mir nach und beäugte die Stelle kritisch. »Eigentlich«, sagte sie, »würde der Kranz außen auf die Haustüre gehören.« Ich überlegte angestrengt. »Die meisten Leute, für die ich einen solchen Kranz mache, hängen ihn sich an die Haustüre.« Einen Nagel in der eigens angefertigten Haustüre würde mein Mann mir nie verzeihen. »Dann sehe ich ihn doch nicht. Nur wenn ich nach Hause komme.«

»Auch wahr!« Ihre Augen blitzten, und sie hängte den Kranz an den Nagel des Lebkuchenherzens, legte den Kopf schief, rückte noch ein wenig daran herum und zupfte die karierten Schleifenbänder zurecht. Eine alte hölzerne Tafel daneben mit der Aufschrift K. u. K. WEIN- UND BIERAUSSCHANK war nicht im Gleichgewicht. Sie stellte sich auf die Zehenspitzen und machte sich auch noch daran zu schaffen. »Ich bin lästig«, erklärte sie, »ich kann schief hängende Sachen nicht ausstehen.« »Danke Dittl!« Der Kranz fing an mir zu gefallen. »Kann ich dir etwas anbieten?« Sie hatte mich entweder nicht gehört oder ihr war nicht danach, denn sie sagte nur »An die Arbeit! Ich war in meinem Leben schon so oft krank, ich will nicht, daß uns etwas dazwischenkommt. Übrigens …« Sie hatte wieder das Sofa bestiegen, mitsamt ihrer Tasche, und kramte und kramte, bis sie einen Zettel gefunden hatte, den sie mit zitternden Fingern entfaltete. »Meine Enkelin hat eine Liste mit all meinen Krankheiten und Operationen zusammengestellt.«

»Du bist schön zäh«, sagte ich, nachdem ich die erste Seite überflogen hatte. Sie richtete sich auf.

»Weil ich von klein auf gekämpft habe.« Plötzlich war sie ganz junge Sozialistin. »Als der Justizpalast brannte, 1927, bin ich sofort hin. Ich war noch bei Frau B. Ihr Mann kam ganz aufgeregt nach Hause und erklärte, daß es für sie als Juden nun bald zum Auswandern würde. Schon damals. Glaub mir, diese Schweinerei hat nicht erst achtunddreißig angefangen. Auch nicht in Österreich.« – »Egon«, sagte ich, »ich möchte mehr über Egon wissen.« Die Fotos lagen auf dem Tisch.

»Mein lieber, guter Egon. Er ist nach Schweden ausgewandert und hätte mich gerne mitgenommen, aber meine Mutter hat es nicht erlaubt.«

»Und du hast es dir von ihr verbieten lassen?« »Ich war der einzige Mensch, von dem sie Geld bekam.« Sie zuckte die Schultern, ihre Augen schwammen, und sie fuhr mit jener unnachahmlichen Bewegung, wie sie nur noch Menschen kennen, die gelernt haben, Stoff zu prüfen, indem sie ihn mit den Fingern streicheln, über ihre Gabardinehose. Erst jetzt war mir aufgefallen, daß sie bei diesem Wetter eine Hose trug.

»Was hätte ich denn tun sollen? Gegen meine Mutter wäre ich nie aufgekommen.« Sie warf mir einen glasigen Blick zu, der sie mir fremd machte. »Sie hat mir das Leben gegeben und es mir oftmals genommen!«

Ich zeichnete ihre Mutter, eine mir vollkommen unbekannte Frau, bis auf das Foto, auf dem sie, ein kleineres Geschwister am Arm, neben der sechsjährigen, schon damals zu kleinen Dittl saß, als Hexe.

»Mein Vater ist 1914, kurz vor Weihnachten, im Isonzo ertrunken. Ich habe nur meinen Vater geliebt.« Dittl begann zu flüstern. »Meine Mutter habe ich nie ausstehen können. Sie hat sich nicht um uns Kinder geschert. Nur um den Ledigen, den sie nach dem Tod des Vaters aus Deutschland mitgebracht hat. Für den ist auch extra gezahlt worden. Kein Wunder, daß nur ich übriggeblieben bin. Ich habe am meisten gekämpft.« Sie zitterte so stark, daß ich fürchtete, sie würde nicht weiterreden wollen.

»Egon«, sagte ich, »wir waren bei Egon stehengeblieben. Woher kam er, wer war er, warum ist er nach Schweden gegangen?«

Sie schien ein wenig verwirrt. »Egon! Ach ja, mein lieber, guter Egon, der war aus Graz und lernte in Wien in der Rathauskonditorei Zuckerbäcker, das heißt, er war schon Zuckerbäcker und lernte nur dazu. Und ich lernte auch alles Mögliche, wenn ich ihn sonntags dort besuchen ging. Wie man Torten mit Marzipan dekoriert und sowas. Egon war Halbjude und getauft. Zum Studieren gab es kein Geld mehr, obwohl der Vater Chemiker war. Egon war meine erste Liebe.«

Sie nahm ein Foto, auf dem Egon mit entblößtem Oberkörper und nackten Beinen auf einem kleinen Felsen sitzt, wie sie gelegentlich im Gebirge, von prähistorischen Steinschlägen gefällt, herumliegen, und Dittl vor ihm, in einem Dirndlkleid mit gezogenen weißen Blusenärmeln. Er hat die Hände auf ihren Schultern liegen, und ihr Gesicht ist ganz weich. Viel weicher als auf allen anderen Fotos.

»Er war auch bei den Sozialisten. Ich habe ihn 1933 kennengelernt. Da war ich schon bei Dr. M., einem Augenarzt, in der Goldschmiedgasse, in Stellung. Vierunddreißig waren doch die Unruhen?«

»Februar oder Juli?« fragte ich. Es machte einen Unterschied. Politisch.

»Februar«, beeilte sie sich die Sache zu klären. »Februar vierunddreißig. Mein lieber, guter Egon war mit dabei. Dann ist etwas Schreckliches passiert. Er hat während der Kämpfe im Karl-Marx-Hof einen Gendarmen erschossen. Da mußten wir ihn verstecken. Bis der Dr. Deutsch und der Dr. Bauer persönlich ihm einen Reisepaß verschafft hatten, damit er nach Schweden auswandern konnte.«

Sie nahm ein anderes Foto, das, auf dem Egon in einem Boot sitzt. »Da ist er schon in Schweden.« Sie las mir vor, was auf der Rückseite stand. *Meine Liebste! Ich fahre mit einem kleinen Fischerboot. Das Meer rauscht, meine Gedanken, mein Sehnen ist, ich will nachhause zu Dir! Und so bitte ich den Wind, er möge mein Sehnen aufnehmen und nach Wien tragen und Dir sagen, was ich fühle. Möge Dir dieser Wind Glück bringen und Dir auch meine Küsse übermitteln. Dein Egon.* Sie drückte das Bild an die Lippen, wie schon einmal.

»Seine Schwester hat mir auch sehr geholfen.«

Ich hatte nur ein Boot gezeichnet. »Egons Schwester? Ich wußte gar nicht, daß er eine Schwester hatte.«

Dittl schüttelte ungehalten den Kopf. »Nein, die vom Dr. M. Eines Morgens war ich noch nicht auf, als die Familie zum Frühstück kam. Jemand schaute in mein Zimmer. Da lag ich, bewußtlos. Ich hatte zu viel Chinin geschluckt.«

»Chinin?«

»Ich hätte das Kind nicht behalten können, ohne Egon.«

»Und die Schwester von Dr. Müller?«

»Die war Frauenärztin im Wilhelminenspital. Sie hat mir die Abtreibung ermöglicht. Ich mußte drei Wochen bleiben, angeblich wegen einer Lungengeschichte. Die hat mir wirklich geholfen.«

»Du warst gerne bei diesem Dr. M.?!«

»Sehr. Ich war vorher und nachher nie mehr so oft im Theater. Selbst als Herr Sz. zu mir sagte, ich müsse mich bilden, aber da war schon Krieg. Dr. M. hatte viele Schauspieler als Patienten, die gaben damals öfter Karten her, auch für mich. Dr. M. hatte Verwandte in Belgien. Die haben schon die ganze Zeit nach einer Stelle in einem Krankenhaus für ihn gesucht. Er ahnte, was kommen würde. 1935 ist er mit der ganzen Familie nach Brüssel gegangen. Sie hätten mich gerne mitgenommen, aber ich konnte ja nicht.«

»Weil deine Mutter es dir verboten hat?« Dittl nickte.

»Warst du noch immer der einzige Mensch, von dem sie Geld bekam?« Sie legte die Hände übereinander und meinte ohne große Dramatik »Was will man machen?!«

Ich brauchte dringend etwas zu trinken. Das Chinin war mir in die Glieder gefahren. Es erinnerte mich an ein anderes Zeitalter. Noch heute brach mir der Schweiß aus, wenn ich daran dachte, wie sehr wir damals alle an Chinin geglaubt hatten.

»Darf ich dir auch einen Sherry geben?«

Sie verstand nicht gleich.

»Einen Sherry trocken, mein Lieblingsgetränk.«

Natürlich wußte sie, was Sherry ist. Bei den Häusern, in denen sie bedienstet gewesen ist. Ihr Gesicht hellte sich auf.

»Ach ja, Sherry. Ich wußte schon gar nicht mehr, daß es den gibt, so lange habe ich keinen mehr getrunken.«

Ich schenkte zwei Gläser voll und kam damit zurück an den Tisch.

»Die Frau H. hat so gerne Sherry getrunken.« Sie nippte und stellte das Glas vorsichtig zurück.

»Die von der Bartensteingasse oder die vom Modenapark?«

»Ursprünglich haben beide im Winter in der Bartensteingasse gewohnt. Sie waren Schwägerinnen. Aber ich meine die, die dann an den Modenapark gezogen ist, und die eine Villa in Pötzleinsdorf hatte, Frau Emmy H. Sie war mir die liebere. Sie stammte aus Frankreich und ging auch dorthin zurück. Sie hatte auch eine Tochter, die einen Mann geheiratet hat, der der Mutter nicht paßte. Die beiden Jungen sind aber rechtzeitig nach Australien ausgewandert. Die Frau Emmy H. habe ich an die Grenze begleitet, nach Berg, Richtung Tschechoslowakei. Am Tag von Hitlers Einmarsch. Wir trugen alte Mäntel und waren nicht geschminkt. Ich sowieso nicht, auch Frau H. hatte nicht einmal Rouge aufgelegt. Mit nur zehn Schilling in der Tasche. So unauffällig wie möglich. Drüben warteten Verwandte auf sie. Ihr Mann stammte aus Prag. Aber sie ist bald nach Paris weitergefahren.«

»Und du?« Ich zeichnete einen kleinen Bahnhof, als hätte ich geahnt, daß es damit noch eine Bewandtnis haben würde.

»Ich mußte auf der herüberen Seite auf einen Zug zurück warten. Der nächste ging erst um fünf Uhr früh. Im Warteraum lagen drei Besoffene, die stänkerten mich an. Da ging ich hinaus, aber es half nichts. Sie kamen hinter mir her. Ich kannte mich nicht aus in der Gegend. Zu dritt erwischten sie mich, obwohl sie so betrunken waren. Ich trat nach ihnen, aber gegen drei kam ich nicht an. Sie haben mich einer nach dem anderen vergewaltigt. Das heißt, der dritte konnte nicht mehr, er schubste mich nur noch, und ich kollerte den Abhang hinunter. Es war stockfinster, und ich hörte Wasser rauschen, als ich endlich zum Halten kam. Nach einer Weile kämpfte ich mich den Abhang wieder hinauf. Das Bahnhofsgebäude konnte ich nicht sehen, nur den Zug, der da stand und wartete. Auf Knien kroch ich näher und legte mich unter den Zug. Da blieb ich liegen, stundenlang, klamm und steif vor Kälte und Angst. Als ich mich endlich traute, in den leeren Zug einzusteigen, sperrte ich mich sofort ins Klo. Ich muß furchtbar ausgesehen haben. Es war März und der Boden naß, die Männer dreckig und die Böschung voller Gestrüpp. Solange der Zug hielt, wagte ich nicht, mich zu waschen, vor lauter Sorge, entdeckt zu werden. Als der Zug dann endlich fuhr, sah ich, daß am Fuß des Abhangs ein Bach war, in den ich beinah gefallen wäre. Ich nahm mein Taschentuch als Waschlappen und säuberte mich, so gut ich konnte. Es war zu kalt gewesen. Ich bekam eine Lungenentzündung, aber die Hausmeisterin am Modenapark hat mich wieder gesundgepflegt.«

Ich hatte nur das Wort GEWALT hingeschrieben. »Bist du sicher, daß du das alles wirklich erlebt hast?« Die Lebensgeschichte rückte näher und näher, da half kein Sträuben.

»Ich bin vierundachtzig, und ich habe dich gewarnt. Du wirst dich wundern, was ich alles erlebt habe.«

»Schon gut.« Ich goß mir von dem Sherry nach, während sie ihr Glas kaum berührt hatte.

»Und du kannst dich an alles ganz genau erinnern?«

»Nicht an alles. Bei vielem muß ich mich richtig plagen. Übrigens, das hätte ich jetzt beinahe vergessen. Der Bürgermeister von Untersee hat gesagt, du sollst mein Leben aufschreiben, fürs Archiv.«

»Ich schreibe nicht fürs Archiv. Und wenn der Bürgermeister von Untersee etwas will, soll er mich anrufen.«

»Er will aber, daß du es machst. Sag mir, was es kostet. Ich bin zwar nicht reich, aber dich kann ich mir schon noch leisten.«

»Kannst du nicht. Du wolltest mir dein Leben erzählen, und ich höre dir zu, aber ich schreibe keinen Bericht fürs Archiv. Da mußt du dir jemand anderen suchen.«

»Du redest dich leicht. Jetzt, wo ich dir schon so viel erzählt habe. Ich kann das Ganze nicht noch einmal erzählen. Mit diesem einen Mal muß Schluß sein. Das wirst du doch fertigbringen. Einfach aufzuschreiben, was ich dir erzähle.«

»Hast du eine Ahnung. Einfach aufzuschreiben ... das muß gelernt sein.«

»Darum bin ich zu dir gekommen. Ich hätte mir auch eine Sekretärin nehmen können. Also, schreibst du meine Lebensgeschichte oder nicht?«

Ich hielt ihr den Block unter die Nase und ließ die bekritzelten Seiten durch die Finger zischen, ohne daß man mehr hätte sehen können, als daß sie bekritzelt waren.

»Was glaubst du, was ich die ganze Zeit tue? Verlaß dich drauf, ich erzähle dein Leben, aber ich lasse dich und mich nicht in einem Archiv begraben. Es ist doch auch dir wichtig, daß andere Leute als ich und der Bürgermeister von deinem Leben erfahren.«

Sie lächelte verschmitzt. »Archiv klingt so gut.«

Was sollte ich darauf sagen?

Als sie dann gegen Abend ging, hatte der Regen aufgehört, und man konnte zum ersten Mal seit Tagen die Gipfel wieder erkennen. »Da ist meine Mutter noch mit sechsundachtzig hinauf.«

Sie deutete auf den Berg quasi vor meiner Haustür. »Bis zum Kreuz.«

»Bosheit hält jung!« Ich stellte ihr den Hocker vor die Tür, damit sie sich beim Stiefelanziehen setzen konnte. Sie lächelte mit leicht geöffnetem Mund. »Da muß was dran sein.«

Ich hatte Dittl gebeten, mir ihren Umschlag noch dazulassen, die Fotos seien eine echte Hilfe.

»Siehst du, ich habe schon gewußt, warum ich sie von Haus aus hier auf die Fensterbank legte.« Diese Art von Rechthaberei würde sie sich wohl nie mehr abgewöhnen.

Der Sommer kam wieder zum Vorschein, und ich verordnete mir mehrere Stunden Gartenarbeit. Dabei würde ich über das Gehörte in Ruhe nachdenken können. Und in den Pausen, wenn mein Rücken unbedingt einer Lehne bedurfte, schaute ich mir immer wieder die Fotos an. PAARHOF St. Nikolai/Sölktal, Steiermark, war auf einer Tafel zu lesen, vor der Dittel stand, so wie Helene einst vor der Tafel ARTHURHAUS 1 gesessen war. Dittl hatte sich links vor die Tafel gestellt, ihr Mann rechts. Ich erkannte ihn an den großen Händen, von denen sie gesprochen hatte. Ein starker Mann in Hut und Hosenträgern, die graue Strickjacke über der Schulter. Dittl hatte behauptet, nur geheiratet zu haben, weil ihre Mutter nicht mehr auf den Buben schauen wollte. Dieser Bub war 1942 auf die Welt gekommen. Wer war sein Vater? Es gab kein erklärendes Foto. Der liebe, gute Egon in Schweden, Herr Sz. in Wien – immer noch mit Helene –, es mußte in Untersee passiert sein. Oder in Wels? Auf einem der losen Zettel, die sie selber zu schreiben versucht hatte, aber auch auf dem der Enkelin, stand etwas von Wels. Ich las den Zettel genauer. Er war dermaßen sprunghaft, daß ich nur, was ich ohnehin schon wußte, identifizieren konnte. Vor dem Wort *Wels* stand *Mandeloperation*, in der nächsten Zeile *Linzer Frauenabteilung. Haben gesagt, kann nie Kinder bekommen.* Nächste Zeile: *dreißig Jahre später Steinmandeln.*

Ihre Aufzeichnungen liefen noch mehr durcheinander. Nicht nur der Hund des Schmiedemeisters, dessen Neffe sie später als Nazi vor den Nazis rettete, schien sie belästigt zu haben, sondern auch einer der Söhne. Ob sie deswegen gekündigt hatte?

Langsam wurde mir klar, welche Anstrengung sie unternahm, indem sie mir ihr Leben erzählte. Eine Anstrengung, die ihr im Alltag gar nicht mehr möglich war, zu der sie jemanden brauchte, der außerhalb der Familie stand, bei dem sie nichts voraussetzen konnte, sondern alles erklären mußte. Von Anfang an. Ob sie sich durch meine Augen aus einer gewissen Entfernung zu sehen wünschte?

Wenn ich an das Jahr 1938 denke, ist das für mich Geschichte, die Summe dessen, was ich dazu gelesen, an Fotos gesehen und an Familiengeschichten gehört habe. Wobei sich die Familiengeschichten von der Geschichtsschreibung vor allem durch ihre Unberechenbarkeit unterscheiden.

Wenn Dittl vom Jahr 1938 erzählt, sind es Geschichten, auf die die Geschichte bereits ihren Schatten geworfen hat, anders als bei den meisten Unterseern, die erst der Krieg oder sein Ende davon überzeugten, daß da etwas in seiner Grausamkeit noch nie Dagewesenes seinen Anfang genommen hatte.

Im März 1938 hatte Dittl Frau H. an die Grenze gebracht. Bis Oktober versuchte sie, die Angelegenheiten der Frau H. zu erledigen, das hieß, ihr die Sachen, die ihr gehörten, zukommen zu lassen.

In der Villa in Pötzleinsdorf war bereits ein Ehepaar einquartiert. Der Mann Geologe, der ein berühmter Bergsteiger war. In Wirklichkeit sei er kein Nazi gewesen, behauptete Dittl. Er habe sie bis zum Oktober draußen wohnen lassen. Der Gärtner war der Verräter. Und als ich schmunzeln mußte, zornten ihre Augen auf. »Dieser Schweinehund, dem es so gut gegangen ist bei der Frau H.« Auch von ihm gab es ein Foto mit Frau, Bruder und Schwägerin. Ein in Haß aufbewahrtes Bild. »Dieser Falott!« Sie hatte mit zitterndem Fingernagel mehrmals auf das Foto eingestochen. Aber die Aufnahme war zu klein, als daß man die Gesichtszüge des Verräters erkennen hätte können.

Stück für Stück nähte Dittl damals in der Villa draußen den Schmuck von Frau H. in einen alten Pelzmantel, den sie von ihr geschenkt bekommen hatte. Der Schmuck war beim Hausmeister versteckt, der kein Verräter war. Und im Oktober 1938 fuhr Dittl zusammen mit Dr. N., dem Rechtsberater der Frau H., nach Paris. Sie hatte ein Visum für vierzehn Tage beantragt, aber kaum war sie dort, erreichte sie ein Telegramm vom Morzinplatz – offenbar hatte man von der Sache Wind bekommen –, sie müsse sofort zurück, andernfalls sie mit einer Festnahme in Paris zu rechnen habe. Warum eigentlich? Frankreich war damals noch ein freies Land. Als ich fragte, zuckte Dittl mit den Achseln. »So war es eben.«

Ich muß diesen Punkt ihrem Erinnerungsvermögen überlassen, wie die Geschichte von Helene, als das, was außerhalb der Geschichtsbücher aus der Tiefe der Jahre zu bergen ist. Selbst Diktaturen scheinen – wenn auch nur sehr kurze Zeit – in Kinderschuhen zu stecken oder blinde Flecken zu haben.

Dr. N. war am nächsten Tag mit Dittl zurückgefahren. Möglicherweise galt die enorme Drohung vor allem ihm. Dittl erzählte, daß man sie im Metropol am Morzinplatz während des Verhörs auch geschlagen hätte. Als ich genauer wissen wollte, warum, meinte sie, es habe wohl mit dem Schmuck zu tun gehabt. Sie sei aber dann doch freigekommen. Nach Paris habe sie allerdings in ihrem ganzen Leben nicht mehr fahren können.

»Und was ist aus Frau H. geworden?«

Eine Zeitlang habe sie über die Mutter von Richard Tauber, die in der Schweiz lebte, noch Post von Frau H. bekommen. Aber irgendwann sei der Kontakt abgerissen. Viel später habe sie erst erfahren, daß Frau H. in Kuba an Krebs gestorben ist.

Sie habe dann so anders gelebt, mit ihrem Mann, der ein Trinker war, und mit den Kindern, die versorgt werden mußten. Und gearbeitet. Ihr ganzes Leben lang habe sie gearbeitet. Viel zu viel gearbeitet.

In der folgenden Nacht träumte mir von Dittl. Sie kam auf ihrer geblümten Tasche geritten, wie Mary Poppins, und als sie vor mir zu stehen kam, lösten sich all die Blumen von der Tasche, wurden zu Dittl-Sträußchen und stiegen als Wölkchen in die Lüfte.

»Schade«, sagte sie, »daß du nie in der Villa in der Julienstraße warst. Wir hatten auch einen Schriftsteller. Ich kann dir sein Zimmer zeigen. Hier, auf der rechten Seite, im zweiten Stock. Und keiner durfte ein Wort reden, wenn er beim Schreiben war. Frau H., Frau Sch. und ich flüsterten nur.« Sie legte den Finger auf den Mund und machte pst!

»Wer war es?« Es kostete mich große Mühe, im Traum zu sprechen. »Ich glaube, er hieß Schätzler oder Witzler oder so. Und als er gestorben war, haben Frau H., die Witwe und ich seinen letzten Roman zu Ende geschrieben. Da schaust du, was?«

Ich schaute in der Tat, mit meinen inneren Augen, aber da war der Traum schon auf etwas anderes übergesprungen, und ich erwachte ziemlich spät, mit geschwollenen Augen und einer Art Kopfweh, die nach einer großen Kanne schwarzen Tees verlangte.

Eigentlich tat ich nichts anderes mehr, als auf Dittl zu warten, dabei war gar nicht sicher, daß sie kommen würde. Es war heiß geworden, und das bekam ihr gewiß schlechter als der Regen. Doch sie war eine, die sich zu helfen wußte.

Ich strolchte mit einer großen Schere durch den Garten, wobei ich die Einfahrt im Auge behielt, zumindest bildete ich mir das ein. Plötzlich berührte mich jemand am Ellbogen. Ich erschrak zu Tode.

»Na, na«, sagte Dittl, »wer wird denn so schreckhaft sein.« Sie trug einen noch größeren Karton unterm Arm als das letzte Mal, und als wir auf der Terrasse anlangten, holte sie ein Gesteck aus dunkelgrünem Kunstmoos mit vielen kleinen Blüten, die Handarbeitsperlen als Staubgefäße hatten, daraus hervor.

»Du wirst deine Freude dran haben.« Sie stopfte das Einwickelpapier zurück in den Karton. »Du mußt es nur wo hinhängen, wo du es immer siehst.«

Ich bedankte mich. »Nur nichts überstürzen. Am Abend werde ich mir in Ruhe ausdenken, wo das Gesteck am besten zu Geltung kommt.« Sie nickte befriedigt.

»Stimmt es«, fragte ich, während ich uns mit Mineralwasser versorgte – Dittl hatte nur Wasser verlangt –, »daß deine Frau H. auch mit einem Schriftsteller befreundet war, oder habe ich das geträumt?«

Dittl dreht den Kopf einige Male hin und her, als schlüge sie sich die Jahrzehnte um die Ohren. »Einen Schriftsteller? Jetzt hast du mich zu jäh gefragt. Er wird mir schon noch einfallen.«

Ich hatte am Vormittag Stachelbeertörtchen gebacken – die Stachelbeeren waren reif, es mußte etwas mit ihnen geschehen –, und als ich sie vor Dittl hinstellte, war sie einen Augenblick von der krampfhaften Namenssuche abgelenkt. Dieser Augenblick genügte, um ihr den Namen einfallen zu lassen. »Ich glaube, er hieß Schnitzler. Ja, ja, Schnitzler. Habe ich dir das nicht schon gesagt? Er hatte ein eigenes Zimmer in der Villa. Seine Frau war auch öfter da, auch dann noch, als er längst gestorben war.«

Ich wagte nicht, weiterzufragen. Laß dem Traum, was des Traumes ist, sagte ich mir. Das mit der Erinnerung ist eine trügerische Sache. Nur leider sind wir darauf angewiesen.

Dittl machte die Hitze mehr zu schaffen, als sie zugeben wollte. Sie wirkte fahrig und zitterte gelegentlich mit dem Kopf. »Was möchtest du denn noch wissen?« Es schien, als sei sie mit ihrem eigenen Entwurf von Lebensgeschichte zu Ende und überließe es nun mir, den Bau, den sie so kühn entworfen hatte, auszuführen. Aber es gab noch so viele Lücken. Ich sah mich außerstande, diese Lücken mit literarischer Phantasie zu füllen. Dazu hatte ich mich zu sehr auf ihre einzelnen Sätze eingelassen, als daß ich sie durch erfundene hätte ergänzen mögen.

»Dein Sohn, Dittl«, sagte ich, »entschuldige, daß ich so geradeheraus frage, aber wie bist du zu deinem Sohn gekommen?«

Sie seufzte, ging es aber dann mit der ihr eigenen Couragiertheit an. »Das war auch so eine Geschichte. Es gab in Wien einen Verein der Unterseer. Da ging ich manchmal hin, um Leute zu treffen. Das waren nicht nur Unterseer, sondern auch Menschen, die gerne nach Untersee auf Urlaub fuhren. Manchmal wurde auch getanzt. Volkstänze und so. Aber ich habe auch Charleston gelernt.« Sie lächelte spitzbübisch. »Richtigen Charleston. Ich hatte sofort begriffen, wie das geht. Mit dem Franz, einem Unterseer, der in Wien studiert hat. Mit dem habe ich Charleston getanzt. Bis mich dann einmal der Besitzer des Lokals gefragt hat, was ich denn so täte. Ich sagte, daß ich Köchin sei, er wollte es gar nicht glauben. Nicht in einem Wirtshaus, sagte ich, privat. Ich hatte so ein interessantes Kostüm an. Selbst geschneidert. Beim Otti. Der kam auch aus Untersee und ist in Wien ein berühmter Schneider geworden. Er hat es mir zugeschnitten, und ich habe es bei ihm in der Werkstatt genäht.

Ich kaufte mir eine alte Nähmaschine, die nahm ich zur Frau Dr. S. mit. Die war damals auch schon über achtzig. Eine ehemalige Primaballerina, Doktor war nur ihr Mann. Die hatte vier weibliche Katzen, vier weibliche Hunde und einen Papagei. Für die Hunde hatte sie kleine Anzüge schneidern lassen, damit sie nicht den ganzen Dreck nach oben trugen. Die Wohnung war hinter der Oper. Ich mußte jeden Tag mit den Hunden auf die Albertinarampe gassigehen. Was glaubst du, wie mich alle ausgelacht haben. Das konnte ich nicht aushalten. Nach vierzehn Tagen bin ich mitsamt meiner Nähmaschine heimlich weg.«

Sie stutzte, nahm ihren Umschlag, den ich schon für sie vorbereitet hatte, und zog ihre Zeugnisse heraus. Auf dem Zettel der Enkelin war gestanden, *kein Zeugnis von Frau Dr. S.* Ihr Gesicht leuchtete auf, wie von einem Gedankenblitz. »Darum habe ich kein Zeugnis, weil ich heimlich weg bin nach vierzehn Tagen. Ohne Lohn. Aber ich konnte es nicht mehr aushalten mit all den Viechern. Und damit mich die Dr. S. nicht findet, bin ich ganz hinaus nach Schwechat, zum Baron O., dem zweiten Direktor von Mautner Markhof. Der Baron hatte eine viel jüngere französische Frau, die in ihren Cousin verliebt war. Das weiß ich, weil der Baron sich immer bei mir in der Küche ausgeweint hat. Das war alles noch vor dem Schmiedemeister. Zu dem bin ich erst nach dem Baron O.«

»Dein Sohn, Dittl«, sagte ich. »Woher hast du deinen Sohn?«

Sie schaute mich ein wenig unsicher an. »Wo bin ich stehengeblieben?«

»Der Verein der Unterseer.«

»Ja, ja. Da war auch öfter ein Mann, den ich 1941 in Untersee wiedersah. Ich habe ja 1940 von Herrn Sz. weg, zurück nach Untersee müssen.«

»Warum denn?«

»Meine Mutter ...«

»Nicht schon wieder.«

»Sie hatte Angst, daß mir in Wien etwas passiert. Es war ja schon Krieg. Und daß ich dann nichts mehr verdiene.«

»Und dein Sohn?«

»Also 1941, ich war schon wieder aus Wels zurück, wo ich für ein paar Monate bei einer Familie mit einem behinderten Kind dienstverpflichtet war. Da habe ich mich beim vielen Schlangestehen verkühlt, an den Eierstöcken. Ich kam ins Krankenhaus Linz, und dort sagten sie mir, daß ich keine Kinder kriegen könnte. Ja, so war das.«

»Und dein Sohn ist der Sohn dieses Mannes aus dem Verein der Unterseer?«

Sie nickte. »Er hat sogar die Scheidung eingereicht. Aber seine Frau ließ nicht locker. Alle vierzehn Tage kam sie nach Untersee und behauptete, das Kind sei gar nicht von ihm. Da habe ich ihn freigegeben. Ich wollte mit dem allen nichts mehr zu tun haben.« Sie seufzte und lehnte sich zurück. »Geliebt habe ich ohnehin nur meinen lieben, guten Egon und den Herrn Sz.!«

»Und dann?« Ich fragte, weil ich fürchtete, sie würde auch mit ihrer Lebensgeschichte nichts mehr zu tun haben wollen. Sie wirkte erschöpft, und ihre Hände zitterten. Ich hatte das Gefühl, daß sie auf einmal von der Sache genug hatte. Das konnte, das wollte ich nicht hinnehmen, wo sie mich schon soweit gebracht hatte, mich auf ihr Leben einzulassen. »Und dann?« fragte ich.

»Und dann ging es so dahin. Der Bub war bei meiner Mutter, die nicht mehr auf ihn schauen wollte. Dann kam der Mann, der mich geheiratet hat, und dann meine Tochter. Was wäre mir denn anderes übriggeblieben als zu arbeiten, zu arbeiten und nochmals zu arbeiten? Das Gemeine daran ist, daß keines meiner Kinder den Beruf erlernen konnte, den es sich gewünscht hatte, weil trotz aller Arbeit kein Geld für die Internate da war, in die sie hätten müssen.«

»Aber du warst doch Leiterin des Altenheimes in Untersee. Das ist doch eine gehobenere Position.«

Sie schaute mich an, als redete ich wie eine Blinde von der Blumenwiese.

»Was heißt gehobenere Position? Ich bekam von allen Angestellten am wenigsten, weil ich keinen Lehrbrief hatte, verstehst du? Da haben mir alle meine Zeugnisse nichts genützt. Darum hat es mich ja auch bei den Kindern so gekränkt. Wir sind ins Altenheim hinaufgezogen, weil wir da eine Wohnung bekamen. Mein Mann hat auch dort gearbeitet. Man kann über ihn sagen, was man will, aber gearbeitet hat er, auch wenn er ein Saufaus war. Wenn du wüßtest, was sich da alles abgespielt hat, in dem Altenheim. Viel zu wenig Geld hatte die Gemeinde dafür, und sie haben mir vor allem die Sterbenden und die Narreten geschickt. Ein

Mann mit Speiseröhrenkrebs ist uns regelrecht verhungert. Im Spital wollten sie ihn nicht länger, und essen konnte er nicht mehr. Mein Mann und ich haben uns abgewechselt in der Wache. Wir mußten am Balkon draußen sitzen, so gestunken hat er. Das war nur ein Fall. Aber ich mag jetzt nicht mehr davon erzählen. Das ist nichts zum Erzählen.«

Sie trank ihr Glas leer, und um mich ihre Ermüdung nicht zu sehr spüren zu lassen, kehrte sie den Spieß um. »Jetzt kennen wir uns schon ein Weilchen, erzähl doch, wie es dir so ergangen ist.«

Das hatte sie sich so ausgedacht, aber das zog bei mir nicht. »Wir hatten abgemacht, deine Lebensgeschichte zu schreiben. Doch du hast mir eine Menge vorenthalten. Die Geschichte ist nicht vollständig, es fehlen wichtige Abschnitte. Wie hast du zum Beispiel die letzten Kriegsjahre und die Nachkriegszeit erlebt?«

Sie winkte ab. »Da warst du auch schon auf der Welt. Das kannst du dir vorstellen. Außerdem, wann ist eine Geschichte vollständig? Nicht einmal von meinen Kindern kenne ich das ganze Leben. Da ist genug, was ich nicht weiß. Was für mich wichtig war, habe ich dir erzählt, und wenn mir noch etwas einfällt, lasse ich es dich wissen. Plaudern wir noch ein bißchen, bis meine Enkelin mich holen kommt.« Sie schaute auf die Uhr. Es freute sie einfach nicht mehr. »Weißt du, Trinker sind alle gleich. Wenn ich ehrlich sein soll, ich genieße jetzt mein Leben. Vierzehn Jahre ist mein Mann nun schon tot«; ihre Augen blitzten auf, wie bei einem jungen Mädchen, »und ich habe immer noch keinen anderen.«

Wir lachten beide, aber ich spürte, daß ich sie verloren hatte. »Ich habe dir alles erzählt, an was ich mich erinnern kann«, sagte sie, als es läutete. Ich brachte sie zur Tür, doch es war der Handwerker, der sich meine Waschmaschine anschauen wollte.

»Weißt du was, wenn ich schon an der Tür bin, kann ich meiner Enkelin auch entgegengehen. Sie muß längst unterwegs sein. Leb wohl!« Sie küßte mich zum Abschied und marschierte dann los, klein und aufrecht, mit kurzen, bestimmten Schritten, die Arme um ihre Tasche gelegt, als müsse sie sich doch ein wenig daran festhalten. Am Ende der Einfahrt wandte sie sich noch einmal um, und ich winkte ihr, winkte ihr, bis ich sie nicht mehr sehen konnte.

Wild-Frau

Es war eine verrückte Liebe gewesen. Der erste Mann, den sie wissentlich, ja geradezu vorsätzlich verführt hatte. Vom Sehen kannte sie ihn lange. Eigenbrötler, sagten die Leute. Er hatte nicht geheiratet, mähte das Gras, rechte Heu, kümmerte sich um seine Ochsen. Wenn die Tiere sommers auf der Alm waren, ging er einmal die Woche nachschauen; jeder der Männer, die Vieh auf den Bergen hatten, stieg an einem anderen Wochentag auf. Sie hatten sich vor einigen Jahren zusammengetan. Die paar Landwirtschaften, die es noch gab, lebten alle von Weidevieh und vom Zimmervermieten.

Er war immer schon da gewesen, sie hatte ihn auch früher bemerkt, auf den Wiesen oder im Wald, wenn sie spazierenging und er Holz schlug. Aber nie hatte sie ihren Blick an ihm festgemacht, bis zu jenem Sommer.

Sie war wegen der Erbschaftsgeschichte zurückgekommen. Es ging um das Haus, und es zahlte sich aus, daß sie die Zeit im Dorf abwartete, bis geklärt war, ob und wie sie es mit ihrem Bruder zu teilen hätte. Oder ob sie sich auszahlen ließ, um ein kleines Geschäftslokal zu kaufen, für die Perlenstickereien, mit denen sie handelte und die sie zum Teil auch selbst verfertigte. Eine Entscheidung, für die sie sich Zeit zum Nachdenken lassen wollte. Auch war sie erholungsbedürftig, und das Dorf bot die besten Voraussetzungen für einen längeren Urlaub.

Sie war mit ihrem Bruder, dessen Frau und einigen Freunden

zum Biertrinken in ein Gasthaus gegangen, das fast nur von Einheimischen besucht wurde. Außer es war ein Scheibenschießen angesagt, das ein prominenter Landesbürger und Freund des Ortes für seine Klientel ausrichtete.

An jenem Abend waren sie an einem der langen Tische einander gegenüber zu sitzen gekommen. Da bemerkte sie zum ersten Mal, wie gut sein Kopf geformt war. Sie hatte früher gemalt und kannte sich aus mit Köpfen. So wie er da saß, in dem üblichen grünen Rock, die leicht gekrausten Haare noch vom Druck des Hutes an die Schläfen gepreßt, obgleich sie von Natur aus in sämtliche Richtungen strebten, kam er ihr wie verkleidet vor, und sie versuchte, ihn sich in einem Rollkragenpullover mit Sakko vorzustellen, von Beruf Physiker oder Biologe, und siehe da, der Kopf mit dem ungewöhnlichen Profil stimmte. Auch stach seine Hagerkeit von der sonst üblichen Bierfülle einnehmend ab. Nur seinen Händen war die Schwere der körperlichen Arbeit anzusehen.

Sie unterhielten sich über Sinn und Unsinn einer Wintersaison in dieser Gegend und über die Vor- und Nachteile des Fremdenverkehrs überhaupt. Die Sprache, deren er sich dabei bediente, ließ den Schluß zu, daß er mehr las als die tägliche Regionalzeitung. Der auslösende Satz aber kam von ihrem Bruder, der, als sie wieder zu Hause waren und sich noch ein Weilchen im Wohnzimmer zusammengesetzt hatten, eine Bemerkung machte, nämlich daß er, dieser Mann, ein heimlicher Jäger sei, der dem archaischen Brauch anhing, der besagt, daß das Recht auf Wild den Einheimischen zustehe und nicht dem Jagdherrn. Ihr Bruder hatte das eher ironisch gemeint, doch für sie entstand noch in derselben Nacht eine Legende daraus. Sie wollte den heimlichen Jäger.

Geschick war ihre Stärke. Was sie aus Perlen machen konnte, war ungewöhnlich und hatte ihr einen entsprechenden Ruf eingetragen, zumindest in Fachkreisen. So war es auch diese ihre Tätigkeit, die sie vorschützte, um in die Nähe des heimlichen Jägers zu kommen. »Ich möchte«, sagte sie zu ihrem Bruder, »in sein Haus. Es ist eines der ältesten und schönsten im Dorf. Gewiß gibt es da alte Muster. Ich bin auf Anregungen dieser Art angewiesen.« Ihr Bruder, durch die Erbschaftsgeschichte ein wenig unter Druck, versuchte, ihr kleine Wünsche umgehend zu erfüllen. Die Schwägerin nahm es auf sich, ein Treffen zu vereinbaren.

Das Haus war nicht besonders groß und hatte so gar nichts Klobiges an sich. Eine Veranda, ein Vordach, ein Balkon, der im Winter mit Brettern verschalt wurde, eine rote und eine weiße Kletterrose. Sie hätten Glück, sagte der Mann, ab dem Wochenende sei nämlich das Haus, wie jeden Sommer, an eine Wiener Familie vermietet. Er würde dann in dem kleinen Ausgedinge leben, drüben, hinter dem Stall.

»Bitte«, sagte er zu ihr, »du kannst dir alles anschauen.« Da sie beide im Dorf aufgewachsen waren, duzten sie sich von Haus aus. Sie durchstöberte die beiden Stockwerke, fand auch einiges, das sie interessierte, machte Skizzen und zögerte den Besuch hinaus, so daß aus der geplanten Jause, zu der ihr Bruder den Mann in das Gasthaus auf dem Berg einladen wollte, ein Abendessen wurde. Sie war aufgekratzt und so unterhaltsam, wie ihr Bruder sie noch nie erlebt hatte, während sie die ganze Zeit den Blick des Mannes auf sich ruhen fühlte. Die Gesellschaft vergrößerte sich rasch, Bekannte ihres Bruders setzten sich dazu, sie aßen Gemsenfleisch und tranken ziemlich viel Wein.

Auf der Fahrt ins Tal saß sie neben dem heimlichen Jäger im Fond des Wagens. Und während ihr Bruder langsam eine Serpentine nach der anderen ausfuhr – auch er hatte Wein getrunken –, griff sie nach der Hand des Mannes und begann mit einem Fingerspiel. Er zuckte so heftig zusammen, daß sie befürchtete, zu weit gegangen zu sein. Doch antwortete er sogleich. Sie hielten beide den Atem an. Es war ein Gefühl wie beim Anblick mehrerer Sternschnuppen gleichzeitig.

Ihr Bruder wollte den Mann nach Hause fahren, aber der bestand darauf, zu Fuß zu gehen. Das sei ihm allemal lieber.

Ihr war es nun recht, daß die eine, wenn auch kleinere Hälfte des Hauses, über die sie befinden sollte, einen separaten Eingang hatte. Sie wartete eine Weile, bis Bruder und Schwägerin im Haus verschwunden waren, dann holte sie sich den heimlichen Jäger. Er war, wie sie vermutet hatte, in der Nähe ihrer Tür geblieben, im Schatten einer blühenden Deutzie.

Er folgte ihr in die Liebe wie ein Kälbchen, und es störte sie an jenem Abend gar nicht, daß das Kälbchen nach Stall roch. Sie bemächtigte sich seiner, wie sie sich noch nie eines Menschen bemächtigt hatte. Berauscht von der Lust des Eroberns, verwehrte sie ihm jede Eigenmächtigkeit. Selbst als er in sie drang, war sie es, die sich auf ihn gesenkt hatte, und das Stöhnen, das sie ihm nach und nach entlockte, trieb sie weiter in eine selbstgewählte Ekstase.

Er war kein junger Mann mehr. Sein Körper fühlte sich hart an und sehnig, doch ihr umfassender Ansturm kitzelte eine Kinderstimme aus ihm hervor, die auch noch in dem langen Flüstern nachklang, in das sie anschließend verfielen. Sie ließ ihn gehen, kurz bevor es hell wurde, nicht ohne sich für die nächste Nacht verabredet zu haben.

Der heimliche Jäger, ihr heimlicher Liebhaber. Nicht daß es aus äußeren Gründen notwendig gewesen wäre, aber beide schätzten sie die Verborgenheit. Selbst wenn sie einmal gemeinsam spazierengingen und danach in ein Gasthaus einkehrten, gaben sie sich wie Geschäftspartner. Da sie beide aus dem Dorf stammten, teilten sie den uneingestandenen Abscheu vor dem breiten Strom des Geredes, der um jeden in ihn fallenden Stein, und sei er noch so unscheinbar, die höchsten Wellen schlug.

Es traf sich gut, daß ihr Bruder und seine Frau, die das ganze Jahr über im Dorf lebten, für ein paar Wochen in den Süden fahren wollten, bevor es hier wieder den Sommer verregnete. Ihr Bruder war Gemeindebeamter und konnte seinen Urlaub frei wählen.

Sie hatten nun das ganze Haus für sich, aber sie nutzten es nicht. Höchstens einmal die Küche, wenn sie ein größeres Abendessen kochte.

Ihre Liebe steigerte sich in dem Maß, in dem sie ihn zum Erzählen bringen konnte. Allein wie er das Wort »Gams« aussprach oder »Reh« oder »Bock« sagte, übertrug eine Art von Begeisterung auf sie, die ihren Körper in Erregung versetzte. Er schien ein fotografisches Gedächtnis zu haben und konnte eine Landschaft Stein für Stein, Trittpfad für Trittpfad, Blattspitze für Blattspitze wiedergeben und die Zeit vergegenwärtigen, in der er »paßte«, wie er es ausdrückte, bis, ja bis er eine Erscheinung hatte. Genau so hörte es sich an, das Wild trat in Erscheinung, und er vergab alle Kraft seines Gefühls an diesen Anblick. Von sich aus redete er nie über den Abschuß. Wenn sie dann nicht lockerließ, fiel höchstens ein Satz wie »Manchmal schießt man halt, wenn's sein muß!« aus ihm heraus, so als käme es dabei gar nicht auf ihn an, während sein Blick etwas zusammenzufassen versuchte, das sich trotz aller Bemühung seinen Worten entzog.

Auch in ihren Ohren klangen noch Bruchstücke jener Sagen nach, die man im Dorf den Kindern erzählte, von den heimlichen Jägern und den Baumfrauen, die als Nebelstreif die Wege durcheinanderbrachten. Darin lag wohl das längst vorgegebene Muster ihrer Lust, ihn zu überwältigen, und seiner, sich überwältigen zu lassen.

Es war Heuernte, er hatte nur einen Helfer, auch den nur stundenweise. Das trockene Wetter mußte genutzt werden, und stolz, wie er auf seine Arbeitskraft war, versuchte er sich selber zu übertreffen.

Während sie an ihren Entwürfen arbeitete und jeden Tag im See schwamm, sich aber zwischendurch ausruhen und den Abenden entgegenträumen konnte.

Wenn er dann mit verbranntem Nacken, noch ein wenig nach

Heu riechend, aber gar nicht nach Stall, ankam, bereitete es ihr besonderes Vergnügen, ihn mit Essen zu verwöhnen, um ihm die verbrauchten Kräfte wiederzugeben, und ihn mit Wein zu stärken, was aber immer öfter die gegenteilige Wirkung hatte – umso rascher schlief er nämlich ein.

Und wenn sie dann so im Dunkeln dasaß, seinen Schlaf anschauend, sie, die eine schlechte Schläferin war, rauchend und langsam den Wein zu Ende trinkend, verfiel sie in düstere Phantasien, die sich mehr dem Alkohol als der dörflichen Sagenwelt verdankten. Je mehr sie sich in jene heimliche Liebe hineinsteigerte, desto ausgefallener wurden ihre Wünsche. Sie erwartete bizarre Trophäen von ihm oder daß er sie totschoß, wenn es sie je nach einem anderen Mann gelüsten sollte.

Meist schlief sie erst ein, wenn er das Haus in aller Frühe verlassen hatte. Wenn sie dann mit Kopfschmerzen und rauher Kehle erwachte, schämte sie sich der Überspanntheit ihrer nächtlichen Vorstellungen und war heilfroh, daß er geschlafen und sie ihm nichts davon hatte erzählen können.

Die Sommerregen begannen, und er war wieder ausgeschlafener, wenn er sich abends ins Haus stahl. Einmal half er ihr sogar, die Wäsche, die sie noch rasch aus der Maschine genommen hatte, auf den Ständer zu hängen. Junggeselle, der er war, fand er nichts dabei. Sie hatte noch keinen Mann gekannt, der ihr dabei geholfen hätte. Mit derselben Selbstverständlichkeit tranchierte er den Lammrücken, den sie beim Fleischhauer entdeckt und gleich mitgenommen hatte. »Zerteilst du das Wild auch selbst?« Er blickte verwundert auf. »Wer sollte es sonst tun?« Dann erklärte er ihr, wie man die Kugel am besten entfernte, ohne das Fell, die Decke, unnötig zu beschädigen.

Es geschah nun öfter, daß er, wenn sie beisammenlagen, sich selbständig machte und mit kurzen heftigen Stößen den großen, von ihr in die Weite der Lust gespannten Bogen unterbrach und sie mit ihren hochgesteckten Erwartungen im Stich ließ, so als reiche ihm das, was er sich auf diese kurze und bündige Art genommen hatte. Also mußte es auch für sie reichen.

Beim ersten Mal war sie verwundert, danach ein wenig gekränkt, bis sie sich entschloß, ihn zur Rede zu stellen. Es war wohl ein wenig aus Verlegenheit, daß er lachte. Er sei nicht mehr jung genug, um das jeden Abend durchzuhalten. Auch ohne Heuernte habe er einen Haufen Arbeit, er tue ohnehin sein Bestes.

»Ich sage ja bloß ...« Sie legte sich neben ihn, damit er den Glanz in ihren Augen nicht mißverstehen sollte. Er umarmte sie, und ihr kam vor, daß er wieder mehr nach Stall roch.

»Ich möchte dich nie mehr hergeben!« Er flüsterte, während er mit seinen Arbeitshänden über ihre nackten Schultern strich.

»Wer sagt denn, daß ich dir gehöre?« Es war das übliche Geschwätz von Liebenden, die noch nicht wissen, in welche Situation sie sich gebracht haben.

Sie hatten es nach einigen Glas Wein wieder probiert, aber es wurde nichts mehr daraus. Er habe eben sein Pulver verschossen, wie er in gestelzter Selbstironie erklärte, während ihre Haut sich überempfindlich anfühlte und das Streicheln seiner rauhen Hände nicht vertrug. Sie fielen einander in die Arme und versicherten sich gegenseitig ihrer Liebe.

Bevor er sich zur Seite drehte, um ein paar Stunden Schlaf in ihrem Bett zu haben, was ihm sehr wichtig zu sein schien, stand er noch einmal auf und leerte ihren Aschenbecher. Er selbst rauchte nicht, die Kippen stanken ihm in die Nase.

Sie hatte gehofft, es würde ihr zumindest gelingen, an ihn gedrückt einzunicken, und wenn es nur für eine Stunde war. Es mußte wohl auch ruhigere Zeiten der Liebe geben. Aber es gelang ihr nicht. Oder doch? Jedenfalls hatte sie beim Erwachen ein Gefühl, als hätte sie kein Auge zugetan. Sie kroch unter der Decke hervor, fröstelte und zog den Schlafrock über. Unschlüssig blieb sie eine Weile mitten im Zimmer stehen und betrachtete den

Schlafenden in dem grauer werdenden Licht, in dem sie immer mehr von ihm erkennen konnte.

Sie holte sich Mineralwasser aus der Küche und trank der Einfachheit halber aus der Flasche. Während sie so dastand, den gläsernen Hals an die Lippen gepreßt, durchfuhr es sie, daß ihr Bruder fest mit einer Entscheidung rechnete, wenn er demnächst zurückkam. Sie hatte sie lange genug anstehen lassen.

Sie liebte den heimlichen Jäger, würde sie ihn immer lieben? Die Frage war vielmehr, würde sie ihn noch mehr lieben können? Oder nur noch weniger?

Sie trat ans offene Fenster, um nach dem Morgen zu sehen, der sich langsam anpirschte. Dann gingen ihr die Augen über. Zwei, drei, fünf ... das da drüben an den Stachelbeeren mußte ein Bock sein. Zwei Geißen zupften die Knospen vom Rosenstrauch, die Kitze machten sich an den Salatbeeten zu schaffen. Welche Anmut! Ihr Blick streichelte die Hälse der Tiere, die mit lautlosen Schritten das Stück Schlaraffenland abschritten. Der Zaun hatte sie nicht abhalten können.

Das mußte sie ihm zeigen. Sie drehte sich um. Doch als sie ihn, langsam erwachend, sich strecken sah, ließ sie es. Sie hätte es nicht ertragen, seine Erregung beim Anblick des Wildes mitansehen zu müssen.

Er gähnte. Und als hätte das Rudel ihn gehört – ihr kam es zumindest wie ein ganzes Rudel vor –, merkten die Tiere auf, setzten dann eines nach dem anderen in elegantem Flug über die lebende Hecke und verschwanden in Richtung Wald.

Er hatte sich aus dem Bett gewälzt und suchte nach seinen Kleidern, während sie noch immer den Rehen nachblickte.

»Bis heute abend. Du bist doch da?« Er streifte mit seinen keimenden Bartstoppeln ihre Wange.

»Ja«, sagte sie. »Ja, natürlich. Wir müssen die Zeit nützen.«

»Welche Zeit?«

»In der dieser Teil des Hauses noch mir gehört.«

Er schien nicht begriffen zu haben, was sie meinte. Vielleicht war er zu müde. Im Hinausgehen sagte er noch »Ich bringe Fische mit.« Bedächtig schloß sie die Tür hinter ihm.

Er hatte einen Nebelstreif geliebt, war vom Weg abgekommen und gestolpert. Mitten hinein in die Gewohnheit. Er wußte nur noch nicht, daß er abgestürzt war.

GERTRUD FUSSENEGGER

Der Vaterlose

Robert war drei Jahre alt, als er seinen Vater zum letztenmal sah. Wenn er sich später zu erinnern versuchte, stellte sich ihm nur das Bild einer Pfeife ein, mit kurzem Stiel und braunem Kopf, wie sie gestopft, angezündet, geraucht und wieder ausgeklopft wurde. Dahinter/darüber war etwas wie eine Bürste graublonder Haare und darunter ein grüner Lodenrock, an dem Lederknöpfe befestigt waren. Dann und wann durfte Robert an den Lodenrock heran und an den Knöpfen drehen. Dann waren mit einem Male Pfeife, Rock und Lederknöpfe verschwunden, und das Bild des Vaters gerann zu einem Photo, das in der Wohnstube hing und einen Mann in Jägertracht zeigte, der – auf eine Flinte gestützt – ein Bündel toter Hasen vorzeigte. Außerdem kehrte dieser Vater täglich wieder in Tante Bertas Redeschwall als »dein Vater, der Lump« oder – bei besserer Laune – als »Robby, dieser verfluchte Kerl«, meist von Seufzern garniert, von bedeutsamen, rollenden Blicken begleitet und an die dramatische Feststellung angekoppelt: »Nur er hat deine Mutter unter die Erde gebracht.« Daraus machte sich Robert nicht viel. Nur einmal zuckte er zusammen, als ihm Tante Berta erzählte, sein Vater habe ihm, Robert, als er noch nicht zwei Jahre war, die Pfeife in den Mund gesteckt und ihn ermuntert, daran zu ziehen, und dann, als ihm, dem Kleinen, sterbensübel wurde, habe der Vater, statt sich schuldig zu fühlen und um den Doktor zu laufen, nur gesagt: »Der hält ja nichts aus, der Weichling!« – und sei mit angeekelter Miene zur Tür hinaus.

Diese Geschichte tat Robert weh, er wollte so ungern ein »Weichling« sein.

Eines Tages geschah es dann, daß Janda in seinem Leben auftauchte. Die Mühle, in der Robert mit Tante Berta wohnte, lag an der Aist, einem kleinen Fluß, und hinter der Mühle war der Fluß gestaut. Tante Berta hatte Robert aufs strengste verboten, sich dem Stau oder gar dem Wehr zu nähern: »Wenn du hineinfällst, mußt du ersaufen.« Aber eines Tages geschah es eben, daß Janda von hinten auf ihn zusprang, ihn packte, auf seine Schultern schwang und begann, über den glitschigen Balken des Wehrs hinüberzubalancieren. Robert wehrte sich zuerst, aber dann saß er still und blickte über Jandas Kopf und Schultern gebannt auf Jandas nackte Füße, wie sie mit gespreizten Zehen Schritt für Schritt vorwärts tasteten, vom Wasser umspült, das von links ruhig heranzog, dann rechts hinunterstürzte; tosend zersprang es unten zu weißem Gischt. Als Janda drüben ankam und Robert lachend ins Gras warf, sprang dieser schreiend auf und hängte sich jubelnd und strampelnd an des Großen Hosenbund; »Noch einmal«, schrie er, »noch einmal, trag mich noch einmal drüber.«

Seither war Janda Roberts Freund, und die beiden waren unzertrennlich.

Janda war ein großer bleicher, häßlicher Lümmel von etwa vierzehn Jahren, Sohn eines Flickschusters, bei dem niemand die Schuhe flicken ließ, weil er erst vor kurzem aus dem Böhmischen zugezogen und daher ortsfremd war. Janda war der Älteste einer Geschwisterschar, die sich zerlumpt und bettelnd in der Gegend herumtrieb und der allerlei kleine Diebereien nachgesagt wurden. Auch Janda hatte sich auf diese Weise durchgebracht, bis er begriff, daß er jetzt an Roberts Anhänglichkeit das Große Los gezogen hatte. In der Mühle lebte man gut, da gab es immer was zu schnabulieren, da lagen auch Schillinge und Groschen locker auf Tellerborden und Fensterbrettern, da zählte niemand nach.

So tauchte Janda jeden Morgen in der Mühle auf, schob rasch ein, was eben einzuschieben war, ein Honigbrot, eine Wuchtel oder eine Münze, rannte dann mit Robert in den Wald oder ins Dorf hinauf. Er lehrte Robert auf Bäume klettern, Vogelnester ausnehmen, Fallen stellen und auf dem Wehr über die Aist laufen. Im übrigen erzählte er ihm Geschichten, tolle Geschichten, die Robert begierig in sich einsog: von einem Gespenst, das nachts auf dem Friedhof kleine Kinder esse, von einem Massenmörder, der von den Herzen junger Mädchen lebe, auch von einem Mann namens Hitler, der draußen in Deutschland viele Soldaten habe; mit denen werde er eines Tages über die Grenze kommen und alle davonjagen, die ihm (und Janda) nicht gefielen, den blöden Lehrer aus der Schule, den faden Pfarrer aus der Kirche und alle, alle Juden.

Robert glaubte Janda und glaubte ihm um so lieber, als Tante Berta Jandas Behauptungen »nur Holler und freche Lügen« nannte. Sie suchte den Neffen davon abzuhalten, sich Tag für Tag mit dem großen Lümmel herumzutreiben, »von dem lernst du nichts Gutes und wirst auch nur ein Lump«. Trotzdem war sie gutmütig genug, zu dulden, daß sich Janda immer wieder an ihrem Tisch den Bauch vollschlug; ja, sie stellte ihn dann Robert als Beispiel hin: »Siehst du, der läßt sich's schmecken. Aber du – du ißt ja immer nur wie ein Spatz.«

Robert war sechs Jahre alt, als von seinem Vater ein Brief eintraf. Der zeigte darin an, daß er wieder geheiratet habe, daß seine Frau ein Kind erwarte. Drei Monate später trudelte eine Geburtsanzeige ein: Ein kleiner Leonhart sei auf die Welt gekommen. Auf der Rückseite der Karte war gekritzelt: »Auf baldiges Wiedersehen. Dann bleiben wir alle beisammen in der Mühle.«

Diese Nachricht wirkte auf Robert wie ein Zauberspruch. Er fand es nur natürlich, daß der Vater wieder geheiratet habe, und daß er, Robert, nun einen kleinen Bruder haben sollte, erfüllte ihn mit Entzücken. Sofort begann er seine Kammer zu säubern und alles Gerümpel hinauszuwerfen. Dann schleppte er ein Kinderbett heran: Hier bei ihm und nirgends sonst sollte der kleine Bruder schlafen. Er durchkramte sein Spielzeug nach halbwegs brauchbaren Stücken und pflanzte sie in das Bett hinein. Wenn eine Kutsche oder ein Auto den Holperweg an der Mühle vorbeigefahren kamen, rannte er ihnen entgegen, winkte und schrie. Daneben übte er sich in den gewagtesten Kunststücken, die ihm Janda beigebracht hatte, um seinem Vater beweisen zu können, daß er nun doch kein »Weichling« mehr sei. So war er ganz Erwartung und guter Wille: ein kleines glühendes Herz.

Doch leider: sooft auch ein Auto oder ein Kutschwagen vorüberfuhren, nie hielt eins vor der Mühle an. Woche um Woche verrann: niemand kam, nicht der so lange verschwunden gewesene Vater, noch die neue Mutter, geschweige denn Brüderchen Leonhart. Vergeblich war das Bett aufgestellt, vergeblich stierte der gelbe Teddybär aus seinem einen gläsernen Auge. Tante Berta wußte keine Erklärung, und die junge Lehrerin, der Robert freudestrahlend die Ankunft seiner Familie angekündigt hatte, strich ihm mitleidig über den Kopf, worauf er ihre Hand wegschlug, sie dann packte und hineinbiß.

Unterdessen hatte sich einiges erfüllt, was Janda vorausgesagt: Hitler war tatsächlich über die Grenze gekommen, mit vielen Soldaten, in allgemeinem Jubelgeschrei. Er hatte auch einige Leute davongejagt: zwar nicht den Lehrer aus der Schule, auch nicht den Pfarrer aus der Kirche, immerhin war der einzige Jude, der im Markt Pregarten gewohnt hatte, verschwunden. Insofern war Janda für Robert noch glaubhafter geworden als zuvor. Er war auch der erste gewesen, der Zweifel angemeldet hatte an der Rückkehr des Vaters: »Was will der bei uns, der hat's doch viel schöner in Berlin.« Nun setzte er, wenn Robert darüber grübelte, warum denn die Seinen fortgeblieben seien, eine geheimnisvollüberlegene Miene auf: »Das kann ich dir schon sagen: Jetzt, wo Krieg ist, da macht der Hitler deinen Vater zum General. Jedem General gibt er ein Schloß zum Wohnen. So einer schert sich nicht mehr um eine dreckige Mühle, und die Frau sitzt am Abend im Theater und hat seidene Kleider.«

Krieg. Es war also Krieg. Robert konnte sich nicht viel darunter vorstellen, obgleich die Lehrerin Bilder zeigte von Soldaten, Kanonen und Fahnen. Tante Berta jammerte nur: Jetzt werde es wenig und bald gar nichts mehr zu essen geben. Auch das machte auf Robert wenig Eindruck. Er fürchtete nur, daß auch Janda weggeholt werden würde wie so viele. Doch da dieser tschechischer Herkunft war, wurde er nicht eingezogen, sondern nur »zum Malochen ausgehoben«, das heißt zur Arbeit in einer Fabrik verpflichtet. Am Abend kam er wieder zurück. Und wieder steckten die beiden zusammen. Wieder duldete Tante Berta, daß Janda bei ihnen zu Tisch saß. Brummend schob sie ihm eine Suppe, einen Knödel, eine Knacker hin. Wieder ließ sie sich Kleingeld vom Tellerbord klauen, nun keine Schillinge mehr, sondern Reichsmark und Pfennig. Auf seinen Vater wartete Robert nicht mehr. Das Kinderbett hatte er in einem Anfall von Wut über die Treppe gefeuert, den gelben Teddy auf ein Messer gespießt. In der Schule war er rebellisch und lernte so wenig wie möglich. »Du bist ein Barbar«, sagte die junge Lehrerin, »dich werden sie noch einmal ins KZ sperren, dort werden sie dich schon Mores lehren.«

Es war im fünften Kriegsjahr, da erschien in der Mühle ein fremder Besuch, ein Mann, eine Frau, zwei Kinder, die Robert noch nie gesehen hatte, die sich aber als Verwandte bezeichneten und von Tante Berta mit Komplimenten und großem Freudengeschrei begrüßt wurden. Die gute Stube wurde für sie aufgesperrt. »Das ist also Robert«, sagte die fremde Frau, und zu ihren Kindern gewandt: »Euer Vetter Robert!« – und küßte ihn auf beide Wangen, und auch die Kinder küßten ihn. Der Mann war in Uniform, er sagte, er habe nur Urlaub, schon übermorgen müsse er wieder fort, darum habe er die letzten Tage mit seiner Familie zu einem Ausflug genutzt. Dann saßen alle beisammen und tranken Kaffee (oder was man damals als Kaffee gelten ließ), und die Gäste lobten Tante Bertas eilends gebackenen köstlichen Omeletten.

Robert konnte nicht aufhören, seine Verwandten anzustaunen. Sie waren so sauber und frisch anzusehen, vor allem das Mädchen, Helga – es hatte ein helles, herzförmig rundes, rosiges Gesicht. Sie sprachen so freundlich, auch untereinander; mit einer stechenden Empfindung in der Brust bemerkte Robert, daß der Vater den Sohn an sich zog und die Mutter die Tochter unterhakte, als sie aufbrachen und zu ihrer Kutsche zurückkehrten.

Beim Abschied beugte sich Helga zu Robert über den Kutschenrand: »Komm uns bald besuchen, hörst du, bald! Wir wohnen ja nicht weit von hier.«

Robert nickte und war in derselben Sekunde entschlossen, dieser Einladung schon demnächst zu folgen.

Demnächst –? Es dauerte dann doch noch ein halbes Jahr, ehe er reiste. Aber Robert wollte nicht allein fahren. Er wartete, bis Janda freibekam in seiner Fabrik, denn Janda sollte mit.

Es war August 44: Sie zogen los, sie kamen an. Die Verwandten wohnten eine schwache Bahnstunde weit in einem Ort an der Donau. Robert erschrak beinahe, als man ihnen den Weg zu einem Schlößchen wies, es sah hier alles so fein und herrschaftlich aus, mit samtgrünen Rasen- und Blumenrondellen, ein fein gekieselter Weg führte hinab zur Lände. Robert stand zweifelnd vor dem Tor, sollte er nicht lieber den Rückzug antreten? Doch Janda hatte schon den Klingelzug gezogen.

Man öffnete nicht sogleich. Etwas raschelte hin und her, ehe die Tür aufging, Helga öffnete, hinter ihr stand die Mutter.

Die Verwandten begrüßten Robert freundlich, trotzdem spürte er etwas wie ein vages Erschrecken an beiden, so als käme der Gast nicht recht gelegen, ja, war denn die Einladung nicht ernst gemeint gewesen? Dann wandten sie sich Janda zu: »Und wer ist das?«

»Mein Freund«, antwortete Robert und versuchte stolz und selbstbewußt dreinzuschauen. – »Dein Freund? Soso. Und – er bleibt auch bei uns?« – Robert nickte verbissen. – Die Frau runzelte die Stirn und schien zu überlegen. Später tuschelte sie mit Helga. Robert hatte sich den Empfang anders vorgestellt. Immerhin – er blieb, durfte bleiben – und Janda mit ihm. Sie erhielten ein hübsches Zimmer im Erdgeschoß. Das Essen wurde, gleich daneben, in einem salonartigen Raum serviert. Es war karg, viel karger als in der Mühle bei Tante Berta, die sich auch jetzt nach fünf Kriegsjahren immer noch etwas Fettes zu verschaffen wußte. Robert sah, wie Janda die Nase rümpfte, als es nur Kartoffeln und Rüben gab. Doch ehe dieser sein Mißfallen äußern konnte, trat ihn Robert warnend ans Schienbein.

Er wollte die Verwandten um keinen Preis verärgern.

Zwölf Tage hatte Janda freibekommen, zehn Tage wollten die beiden bleiben. In diesen Tagen ging Robert eine neue Welt auf. Es war hier nicht nur alles hübsch, blank und aufgeräumt, es gab auch Bücher im Haus, eine Unzahl Bücher (in der Mühle hatte es nur ein altes Kochbuch und einen Kalender gegeben); die Frau und die Kinder lasen darinnen; es gab auch ein Klavier, auf ihm spielten alle drei mit erstaunlicher Geschicklichkeit. Mit fassungsloser Verwunderung hörte Robert den Knaben, jetzt, mitten in den Ferien, fremdklingende Wörter memorieren; auf seine Frage, was das für eine Sprache sei, erfuhr er, es sei Latein, auch Helga lerne Latein, und im nächsten Jahr würden sie sogar mit dem Griechischen beginnen.

Das alles kam Robert teils lächerlich unsinnig, teils überwältigend und anziehend vor, und er litt darunter, daß Janda darüber nur feixte. Wenn Robert bei Vetter und Base saß, suchte sich Janda auf seine Weise die Zeit zu vertreiben, er strich ums Haus, er schnupperte im Garten herum.

Schon nach zwei Tagen hatte er etwas herausgebracht: »Du, merkst du nichts? Die verstecken doch was. Wir dürfen nie die hintere Treppe gehen. Dort ist immer zugesperrt. Aber irgendwer ist da, irgendwer.« Robert zuckte die Achseln.

»Die bringen Essen hinauf. Und ein Klo ist auch oben. Ich hab's spülen gehört.«

»Wer soll denn da sein? Der Onkel ist an der Front.«

»Der Onkel, der Onkel! Es gibt schon noch andere Leute, die müssen sich verstecken. Rote zum Beispiel oder Deserteure – oder Juden.«

Zwei Nächte später weckte Janda Robert auf: »Horch! Horch! Da schreit doch wer. Oben im Haus. Ein Kind.«

Robert setzte sich schlaftrunken auf. »Die haben einen Judenfratzen versteckt, da schwör ich drauf.« Nun wurde auch Robert hellwach: »Meinst du? Aber das ist doch verboten – oder?«

»Und wie! Wenn das herauskommt, kriegen sie alle Zuchthaus.«

Helga und Zuchthaus! Robert preßte beide Fäuste vor den Mund. Morgen wollte er das Mädchen fragen.

Er fragte. Das Mädchen wurde blaß. Zuerst versuchte es zu leugnen, dann aber umschlang es Robert mit beiden Armen, preßte ihn an sich, küßte und streichelte ihn und erzählte schließlich zitternd und unter Tränen: Ja, ja, das war ja wirklich ein Geheimnis. Ein Judenkind, ein armes, armes. Die Eltern – abgeholt. Im letzten Augenblick sei es ihnen gelungen, das Kind hierher zu bringen zu Leuten, von denen sie glaubten –. Es sei ja so krank, das Kind, so arm und krank, es wäre sicher schon auf dem Transport gestorben.

»Du darfst es aber niemandem sagen, dem Janda schon gar nicht und niemandem, niemandem! Die Mutter hat es den Eltern geschworen: Niemand wird es bemerken. Auch der Vater hat es geschworen: Sie werden das Kind über den Krieg bringen – und dann – und dann –«

Robert versprach der Cousine unverbrüchliches Schweigen. Aber was war dieses Schweigen wert, da Janda schon wußte?

Ihre Besuchszeit näherte sich ihrem Ende. Die Gastgeberin suchte ihnen den Zug aus dem Fahrplan heraus und richtete für Tante Berta ein Päckchen zurecht. Es war ihr anzumerken, daß sie die Stunde herbeisehnte, daß die beiden aus dem Hause verschwinden würden. Ihr war deren Gegenwart von Anfang an unheimlich gewesen, vor allem Janda hatte sie nur mit stillem Grauen ansehen können.

Dennoch sollten die jungen Leute am Tag vor ihrer Abreise ein gemeinsames Vergnügen haben. An der Donaulände unter dem Schlößchen war ein Fahrzeug vertaut, eine Plätte. Ein Mann wurde bestellt, er sollte die vier über den Strom bringen. Drüben sollten sie den Strom entlangwandern und in einem ländlichen Wirtshaus zu einer Kegelpartie einkehren.

So geschah es auch. Es war ein lustiger Tag. Bei der Heimkehr übernahm es Janda, die Plätte selbst an die Kette zu legen. Er versprach, sie verläßlich abzuschließen und den Schlüssel ins Haus zu bringen.

Noch war eine Stunde Zeit bis zum Abendessen. Janda hieß Robert im Garten warten. Robert trieb sich hinter den Hecken herum, als er mit einem Male Jandas rennende Schritte im klirrenden Kies vernahm. Als Robert hinter den Hecken hervorkam, sah er Janda zur Lände jagen. Im Arm hielt er etwas: Robert schien es zunächst ein großer dunkler Vogel, halbnackt gerupft, mit schlagenden Flügeln. Robert lief hinterdrein. Janda war schon am Ufer und setzte das Ding in die Plätte. Jetzt sah Robert: es war kein Vogel, es war ein Mensch, sehr klein, hager, gelbgesichtig, ein Kind, drei, höchstens vier Jahre alt. Es starrte aus riesig aufgesperrten schwarzbraunen Augen schreckhaft um sich. Janda sprang aus der Plätte zurück, verfehlte das Ufer, platschte ins Wasser. Aber er gab der Plätte noch einen Stoß, die Kette rasselte ab, sie war nicht geschlossen, das Fahrzeug glitt weg. Janda versuchte noch einmal nachzustoßen, es war nicht mehr nötig. Die Strömung wirkte bereits, die Plätte schwoite zuerst langsam, dann schneller ins schwere Wasser hinaus.

»Janda, Janda«, schrie Robert. Dann schrie er nicht mehr. Janda zerrte ihn ins Haus. In Roberts Kopf ging es um wie ein Wirbel von dürren Blättern. Am Ende hielten sich seine Gedanken an einem einzigen Punkt fest: Helga – ins Zuchthaus mußte sie nun doch nicht mehr.

Dann aber, keine Stunde später, stürzte die Frau, weiß wie ein Leintuch, ins Zimmer. Sie wankte, versuchte zu reden, griff sich ans Herz und stürzte dann der Länge nach auf den Estrich. Als sie wieder zu sich kam, konnte sie nur noch stammeln: »Fort. Fort. Wer hat –? Wer hat –?«

Es stellte sich heraus: Das leichte Gitter zur Hintertreppe war aufgebrochen worden. Im Laufe des Abends entdeckte man auch das Verschwinden der Plätte. Man setzte ihr nach, zuerst zu Fuß, dann auf Rädern, stromabwärts, immer stromabwärts, bis es unmöglich schien, sie noch zu erreichen. Die Dunkelheit machte auch jeder Suche ein Ende. Am nächsten Morgen suchten Helga und ihr Bruder noch einmal die Ufer ab. Sie fanden die Plätte unweit in einer mit Weiden bestandenen Bucht. Die Plätte war leer.

Am selben Tag traten Robert und Janda zum Abschied an. Zu dritt standen die Gastgeber im Flur, weiß in den Gesichtern, beinah versteinert. Janda verbiß ein Grinsen. Mit starrer Hand reichte die Frau des Hauses Robert das Päckchen für Berta. Er ließ es fallen und sagte: »Ich hab's getan.«

»Du? Du?« schrie Helga und trat auf ihn zu.

Die Mutter zerrte sie am Kleid, doch sie hatte Robert schon ins Gesicht gespuckt.

Sekunden später fiel das Tor hinter ihnen ins Schloß.

Im April des Jahres 45 schoß Robert die Schrotflinte seines Vaters auf Jandas Nacken ab. Der Schwerverletzte wurde aufgefunden und zum Arzt gefahren. Doch er kam nicht mehr zu sich.

Niemand fand in jener Zeit, in der so viel und auf so vielerlei Arten gestorben wurde, daß dieser Fall einer großen Untersuchung wert sei. Man tat ihn als Unfall ab und vergrub ihn unter den Akten.

MARIANNE GRUBER

Der Tod des Regenpfeifers

Für meinen Großvater
und Evi Ott und Hans Weigel

Es war jetzt Morgen, und der Wind fing wieder an, von der Anhöhe im Nordosten aus über das Dorf herzufallen. Theresa saß vornübergebeugt beim Tisch und hörte zu, wie er gegen das Dach prallte, sich zwischen den Schindeln verfing und die Bäume vorm Haus bog, um dann weiter nach Süden zu ziehen, wo es keine Hindernisse mehr gab, nur Grassteppe und vereinzelt niedrige Sträucher, deren Blätter gelb wurden und nach dem fortschreitenden Sommer rochen.

Die Winde kamen dieses Jahr früh und ohne Abkühlung zu bringen. Bis zur Grenze und weiter fegten sie über das Land und vertrugen Geräusche und Gerüche wie gefälschte Spuren. Alles war gleichzeitig und gleichzeitig nirgends. In den Gärten reiften Birnen. Auf den Feldern war Stroh abgebrannt worden. Und im Wald döste die Hitze einer wochenalten Dürre.

Eine Weile bieb Theresa reglos, dann streckte sie sich und öffnete einer alten Gewohnheit folgend die Augen, aber es blieb finster. Der Hund kam und stieß mit feuchter Schnauze gegen ihre Hand. Mit unbeirrbarer Geduld wiederholte er diese Bewegung, bis sie endlich nach seinem Kopf tastete. Unter ihrer Berührung setzte er sich und fing mit beinahe verzweifelter Hingabe an, die

Hand zu lecken. Er spürte, daß sie ihn morgens am nötigsten hatte, wenn die Gleichzeitigkeit der Welten aufhörte und etwas anderes anfing. Die Morgen waren immer das Schlimmste. Die Morgen und der Wind. Man verlor jedes Maß, wenn man ihm zuhörte. Er ließ die Nächte und Tage und das Land ohne Ziel im Kopf kreisen, bis nichts mehr da war als das Sausen der Luft unter einem hellen, harten Himmel, in dem eine rote Sonne stand und das Licht herrenlos dahintrieb.

Das war es also, ganz zum Schluß: Ein herrenloses Licht, ein herrenloses Haus, ein herrenloses Ende. Sie spürte die Müdigkeit der vergangenen Nacht in dumpfen Wogen durch den Körper fluten, von den Fußspitzen aufwärts bis in den Brustkorb. Der Abend und ihr unfaßbarer Zorn, der Schmerz, die Verbitterung und ein unglaublich junger Haß, der all die ihr noch verbliebenen Kräfte zu diesem Angriff auf Haszler verdichtet hatte, lagen weit zurück. – Sie würde es danach leichter haben. Er würde sich um alles kümmern. – Ein ganzer Abend voll widerwärtigem Gerede, und dann plötzlich der Stock in ihrer Hand, mit dem sie Haszler zur Tür hinausgejagt, ihm den Hund nachgehetzt und danach wie von Sinnen auf das Bett eingeschlagen hatte. Ein zitternder, wohltuender Zorn, in dem man alles gab, und nachher ging es einen nichts mehr an. Man war fertig damit. Aber mit Haszler war sie nicht fertig. Er würde wiederkommen. Theresa massierte ihre steifen, schmerzenden Kniegelenke. Er wollte das Haus, den Garten, die Wiese. Er wollte eine Straße durchbauen, es war nicht einzusehen, wozu, aber er würde so lange wiederkommen, bis er bekommen hatte, was er wollte.

Das ist auch eine Art von Ende, sagte sie laut.

Der Hund antwortete mit einem Ton, der nicht Jaulen und nicht Bellen war. Es mochte etwa sechs Uhr sein. Die Schafe fingen zu blöken an, und Theresa erhob sich. Sofort sprang der Hund auf, preßte sich gegen ihren Körper und drängte sie zum Waschtisch. Die Schüssel war leer. Auch der Krug daneben war leer.

Famos, sagte Theresa, wir haben gestern vergessen, Wasser zu holen. Wir haben gestern anscheinend alles vergessen.

Von draußen kam das Lied eines Regenpfeifers. Sie ging zur Tür, öffnete sie und suchte mit den Ohren nach dem Standort des Vogels. Die Töne kamen vom Weichselbaum neben dem Zaun, der die Schafweide vom Obstgarten trennte. Der Vogel mußte sich verirrt haben oder verrückt sein. Es gab keine Regenpfeifer mehr in dieser Gegend, seit der Bach reguliert und der Tümpel auf dem Dorfanger zugeschüttet worden war. Es gab hier keinen Platz mehr, an dem sie leben konnten.

Ein paar Atemzüge lang horchte sie dem Pfeifen des Vogels nach, dann trat sie hinaus. Das Licht draußen war so perlend, daß sie es auf der Haut spürte, auf den Wangen und den Händen. Der Wind trieb es ihr ins Gesicht, und sofort begannen die Bilder der Landschaft in ihrem Kopf abzurollen. Die Ebene war fruchtbar. Man konnte hier beinahe alles anbauen, sogar Tabak. Das Getreide war eingebracht. Jetzt kamen die Kartoffeln dran, der Klee. Auf den Wiesen trocknete Heu, im Wald reiften wilde Kastanien, und wenn man sich still verhielt, konnte man die frühen Schwärme von Zugvögeln hören. – Damit war es also nun vorbei. Aus.

Theresa streckte die Hand aus. Den Stock, sagte sie.

Er stand nicht, wie gewohnt, neben der Tür, sondern lag unter dem Bett, wo ihn der Hund japsend hervorzog. Sie wartete, bis er ihn ihr brachte und tastete dann den Weg zum Brunnen nach Hindernissen ab. Am Gatter drängten sich die Schafe zusammen, als sie vorbeiging. Im September kamen alle weg, vielleicht schon Ende des Monats. Nur der Hund würde bleiben und mit ihr warten. Am Brunnen überließ sie ihm den Stock und ließ den Kübel an der Kette langsam in die Tiefe, bis sie dessen Aufklatschen hörte. Die Kette hatte kaum mehr Spielraum, und der Kübel war nur halbvoll, als sie ihn in die Höhe zog. Sie ging ins Haus zurück, leerte das Wasser in den dunkel verfärbten Kupferkessel auf dem Herd und ging nochmals hinaus. Mit dem zweiten Kübel füllte sie den Tonkrug neben dem Küchenkasten. Dann machte sie Feuer. Holz war noch genug im Haus, auch Zeitungen, die Unger brachte, der einmal in der Woche kam, für sie einkaufte und irgendwelche Dinge erledigte, um die zu bitten sie sich abgewöhnt hatte.

Auf unsere Art sind wir miteinander alt geworden, dachte Theresa. Trotz des getrennten Lebens. Oder gerade deshalb.

Sie ging zum Bett und tastete das Holzbrett über dem Kopfende ab. Das Haus bestand nur aus diesem einen Raum, in dessen Mitte der Tisch stand. Rechts von ihm war der Herd, daneben der Waschtisch, links, durch einen Vorhang vom übrigen Zimmer getrennt, das Bett. Fenster gab es lediglich eines, rechts neben der Tür, und es wies nach Osten. Das Holzbrett über dem Bett war der Kalender. Die waagrechten Kerben ganz oben standen für die Monate, die senkrechten darunter für die Wochen, die weiteren waagrechten für die Tage. In der achten Kerbe oben steckte ein Holzstab, dann einer in der dritten für die Wochen und in der vierten für die Tage. Theresa versetzte ihn um eine Kerbe nach rechts.

Freitag, der neunzehnte August, sagte sie laut. Heute kommt Unger. Wir werden Kaffee trinken.

Der Hund hob den Kopf, und sie spürte, daß er sie ansah. Hunger? fragte sie. Unger bringt frisches Futter.

Das Wasser begann zu sieden. Theresa nahm ein Tuch und hob den Kessel vom Herd. Sofort sprang der Hund auf und führte sie zum Waschtisch.

Ist schon gut, sagte sie. Wer soll den Waschtisch verrückt haben. Er steht seit zwanzig Jahren an der gleichen Stelle. Weißt du noch? Nein, weißt du nicht. So lang bist du noch nicht hier.

Sie stellte den Kessel auf den Herd zurück, ging zum Waschtisch, goß kaltes Wasser nach, bei jedem Schritt den Hund an ihrer Seite. Er war über zwölf Jahre bei ihr, und als sie ihn gefunden hatte, war er ein räudiger Bastard gewesen, der ein junges Schaf reißen wollte, aber sie hatte ihn gehört und war mitten in der

Nacht hinausgeeilt, um ihn davonzujagen. Zuerst mit einem Stock, dann mit Steinen. Mit einem hatte sie ihn am Ohr getroffen. Damals war die Welt noch voll bewegter Schatten gewesen, voll heller und dunkler Schatten. Den nächsten Stein, schon in der Hand, warf sie nicht mehr, als sie sein Jaulen hörte.

Sie bückte sich und kraulte den Hund zwischen den Ohren. Im Geist sah sie wieder den nächtlichen Garten vor sich und die verzweifelten Anstrengungen des Tieres, an etwas Freßbares zu kommen. Er mußte unbedingt etwas zum Fressen haben. Er mußte unbedingt überleben. Und da war dann statt dessen ein Stein in ihrer Hand gewesen, der das Dunkel zerschnitten und ihn am Ohr getroffen hatte.

Der Stein war die eine Sache, der Hunger eine andere. Oder nein, dachte Theresa, der Hunger und der Stein waren immer ein und dasselbe.

Sie wusch sich, zog sich um und setzte sich dann an den Tisch. Es war acht Uhr. Sie brauchte jetzt ziemlich lang, bis sie alles beisammen hatte und war immer öfter drauf und dran, den Tag einfach laufenzulassen, aber der Hund ließ ihn nicht laufen. Er saß nun gerade vor ihr, und sie fing an, ihn zu untersuchen. Manchmal fand sie Zecken zwischen seinen Haaren und drehte die mit Blut prall gefüllten Leiber so lange hin und her, bis die Biester losließen. Es war ein Trick dabei. Man mußte vorher Öl auf den Zeckenkopf tropfen, damit er luftdicht abgeschlossen war, und man durfte nicht zu fest drehen, sonst riß der Körper ab, und der Kopf bohrte sich immer tiefer ins Fleisch, bis er nach Tagen herauseiterte.

Die kleinen Schmarotzer, dachte Theresa. Gegen die kleinen kann man sich wehren, nur gegen die großen gibt es keine Hilfe.

Sie dachte wieder an Haszler und daran, wie sie ihm alles vorgeworfen hatte, was sie von ihm wußte. Daß er seine Arbeiter betrog und seine Mutter beinah umgebracht hätte. 1945, weder Ärzte noch Medikamente und so ein riesiges Baby, fast fünf Kilo schwer, mit einem Kopf wie ein Stierkalb. Es hatte nicht atmen und nicht schreien können und mit dem Kopf seine Mutter aufgerissen, wie Theresa das niemals zuvor in all den Jahren gesehen hatte.

Und dann der alte Haszler, der sie anflehte, sie möge ihm die Frau und den Jungen retten; der sich schon damit abgefunden hatte, ohne Erben zu bleiben, und dann war da der Junge. Ein spätes Kind, eine schon aufgegebene Hoffnung. Theresa hatte das Baby auf den Kopf gestellt, war ihm mit dem Zeigefinger zwischen die Kiefer gefahren, um den tödlichen Schleim aus der Mundhöhle zu holen und hatte Wechselbäder gemacht, damit das Herz endlich zu schlagen anfing, während sie ununterbrochen auf die blutende Wunde der Mutter gestarrt hatte. Alles voll Blut und überall der Geruch von Schweiß und Angst. Schließlich schrie das Baby, und auch die Blutung ließ sich stillen. Aber dann kam das Fieber, und der alte Haszler traute sich aus Angst vor den Russen nicht aus dem Haus.

Einen Tag und die darauffolgende Nacht war Theresa mit einem halben Schwein auf dem Rücken zu den Engländern unterwegs gewesen, um das neue Wundermittel zu holen. Penicillin. Die Engländer verstanden kein Wort. Der, der deutsch konnte, war gerade nicht da, aber sie zeigte allen ihr zerschlissenes Hebammendiplom, bis sie endlich an einen Offizier geriet. Und der Offizier sah die Jahreszahl auf dem Diplom, 1928, und Österreich, und daß kein Hakenkreuz darauf war. Und das Wort Penicillin verstand er. Und daß Theresa ihn einen Faschisten nannte, weil er das Dokument so lange hin und her drehte, ohne irgend etwas zu unternehmen, brachte ihn zum Lachen. Auch das Schwein auf ihrem Rücken brachte ihn zum Lachen. Andere Soldaten kamen und lachten mit, aber zum Schluß stand einer mit dem Penicillin da und gab es ihr.

Und jetzt war das Baby von damals Bürgermeister und ein verfluchter Kerl, seine Mutter tot, und der alte Haszler wohnte in einer kleinen Kammer neben dem Kuhstall, wo er nachts die

Tiere scharren hörte und Selbstgespräche führte und manchmal schrie.

Der Regenpfeifer war verstummt. Nun mußte die Sonne über der Kirchturmspitze stehen, über dem Hügel, den Akazien und der alten Linde. Theresa roch den silbrigen Glanz des Morgens und wie er über den Himmel dahintrieb und schwieg. Gewiß liebte dieses Land niemanden. Es war voll stummer, betörender Gleichgültigkeit, und sie würde hier sterben, ohne erlöst worden zu sein, nämlich, ohne jemals hier wirklich zu Hause gewesen zu sein. Und es war völlig gleichgültig, wo man starb, wenn man sich aufgab, aber hier hatte selbst das verlorenste Ding einen Körper, den sie einmal gekannt hatte, den man ihr nicht abkaufen konnte und den man ihr mit einem Haufen schmutziger Scheine abkaufen wollte, um sie einer Fremde zu übergeben, in der alles stillstand, sogar die Erinnerungen.

Hund, sagte sie, wo werden wir dann wohnen?

Der Hund winselte, und Theresa nahm seinen Kopf zwischen beide Hände. Er spürte, daß etwas in ihr war, das ihr den Bauch aufschlitzte und nun unter der Herzspitze steckte und wartete. Eine Art übelriechender Leere. Sie brauchte sich ihr bloß an den Hals zu werfen, an einen leeren Hals ohne Körper, und dieses stumme Rasen, das sich jetzt ruhig verhielt, würde weitergehen und immer weitergehen, bis es den Kopf erreicht hatte, und dann würde sie endgültig aufhören, sich zu wehren. Aber das Bewußtsein um die Dinge, die geschehen waren, würde bleiben, und auch das Bewußtsein darum, daß sie nichts mehr ändern konnte, obwohl sie das jetzt auch nicht vermochte. Man wollte ihr das Land wegnehmen, und man würde das früher oder später schaffen. Und sie war eine törichte, alte Frau, wenn sie sich widersetzte, nur, es war alles, was sie noch tun konnte.

Es war jetzt zehn Uhr, und Theresa hatte am Tisch vornübergebeugt geschlafen. Draußen herrschte drückende Hitze wie sonst nur an Mittagen. Die Sonne legte breite Klingen über die Wiesen und schnitt sie auf. Theresa konnte hören, wie die Luft vorm Haus, hinter dem Haus und überall knisterte. Der Hund lag ausgestreckt zu ihren Füßen, und der Regenpfeifer sang wieder, aber irgend etwas stimmte mit seinem Lied nicht. Unger kam durch den Garten. Sie erkannte ihn am schweren, langsamen Schritt, setzte sich gerade und richtete ihm ihr Gesicht entgegen.

Tut mir leid, Reska, sagte er, daß ich so spät komme, ich bin aufgehalten worden. Er war etwas außer Atem, stellte den Einkaufskorb auf den Tisch und setzte sich. Die Kinder sind zu Besuch. Da ist der Tag immer anders.

Theresa blinzelte ihm entgegen, als blendete sie das durch die Tür flutende Sonnenlicht. Du kommst gerade recht. Ich bin eben aufgewacht, sagte sie.

Er machte eine wegwerfende Handbewegung. Ich weiß, daß du wartest.

Aber ich habe geschlafen.

Unger nahm seinen Hut ab und legte ihn auf den Sessel neben sich. – Ach laß, warten ist langweilig. Es ist von allen Dingen, die man tun kann, das Dümmste. – Er wußte, wie ungeduldig Theresa tief drinnen war. Die Ungeduld war ihre Art, mit dem Leben fertig zu werden, und er hatte sich daran gewöhnt, sie als ihre Art hinzunehmen, mit der sie mit dem Leben fertig wurde und es nicht aufgab. Und er war stolz auf ihre Unnachgiebigkeit und ihren Trotz. Er stand auf und begann den Korb auszupacken. Es gab einen genauen Plan, was wohin zu kommen hatte, und er besprach jeden Handgriff.

Und der Hund?

Kuttelfleck, antwortete Unger. Sie sind schon geschnitten. Er holte die Futterschüssel neben der Tür, füllte sie und drückte sie Theresa in die Hand, aber sie nahm sie nicht.

Füttere du ihn.

Unger stellte die Schüssel auf den Boden, und der Hund machte sich sofort darüber. Er schmatzte und knurrte vor Behagen. Theresa neigte den Kopf in seine Richtung. Man konnte mit dem Hund alles mögliche anstellen, ohne daß er sich wehrte, nur an die Futterschüssel durfte man nicht, wenn er fraß, und er nahm lediglich von ihr und von Unger Futter an.

Ich glaube, er würde bei dir bleiben, wenn er mich nicht mehr hätte, sagte sie unvermutet.

Das glaube ich nicht. Er würde bei niemandem mehr bleiben. Dazu ist er zu alt. Hast du schon gefrühstückt?

Ohne eine Antwort abzuwarten, trat Unger an den Herd und stellte Kaffeewasser auf. Dann ging er hinaus, um die Schaftränke zu füllen, die heiß und trocken war, und als er sah, daß die Kette mit dem Kübel kaum mehr den Wasserspiegel des Brunnens erreichte, verlängerte er sie mit einem Strick, den er im Holzschuppen fand.

Als die Tiere genug Wasser hatten, hörten sie zu blöken auf, und er ging ins Haus zurück.

Bei dieser Hitze soll man viel trinken. Früher hat man uns das Gegenteil gesagt. Den ganzen Krieg über hat man uns damit gequält.

Theresa machte eine unwillige Handbewegung. Du und dein Krieg. Männer kommen offenbar nie von ihm los.

Ich komme vom Krieg nicht los, weil er niemals wirklich zu Ende war und weil ich ihn so sehr gehaßt habe. Den zweiten noch mehr als den ersten. Er goß den Kaffee auf, holte zwei von den alten, geblümten Tassen, schenkte ein und stellte eine Tasse so vor Theresa, daß sie sie spüren konnte. Dann gab er dem Hund Wasser und setzte sich. Theresa schnitt Brot in den Kaffee und begann ihn dann auszulöffeln. Unger trank in großen Schlucken und schaute über das Land. Im Süden, wo die hitzeumtobten Wiesen nach menschlichem Verstand nicht mehr Teil der bewohnten Welt sein konnten, rissen Lichtpfeile das Grün aus dem Blattwerk und verstümmelten es. Die Schatten der vereinzelten Bäume schrumpften zu unerreichbaren Tümpeln. Unter flirrenden Dunstwirbeln verborgen lag weit entfernt, mehr Erinnerung als Wirklichkeit, die endlos scheinende Ebene der Pußta, während sich rundherum die Landschaft ausdehnte, anschwoll, sich blähte und ihre Festigkeit verlor.

Hörst du die Hitze, fragte Unger plötzlich. Ein August wie früher, tatsächlich, wie früher. Handbreite Risse im Boden, und zu Mittag konnte man nirgends hingehen. Eine Hitze, die einem sofort an der Kehle saß. Sogar ein Regenpfeifer ist wieder da.

Nur wir sind nicht wie früher.

Vielleicht gut so.

Nein, das ist nicht gut so. Theresa schob die Kaffeetasse heftig von sich. Damals hat das Land uns gehört. Jetzt macht man uns dafür kaputt.

Unger blickte auf den Boden und zählte die Bretter bis zur Tür. Das meine ich nicht. Ich will nicht noch einmal alt werden müssen, von jetzt an gerechnet. Ich habe nichts gegen das Alter, aber ich will nicht noch einmal alt werden müssen. Du etwa?

Theresa hob erschrocken den Kopf. Warum sagte er das? Sie waren beide alt, und das war nun ihr Leben. Früher war es anders gewesen, kaum mehr vorstellbar, es ging sie nichts mehr an, weder die Schönheit noch die Gleichgültigkeit. Aber das Vergangene war nicht tot, vielleicht nicht einmal wirklich vergangen. Und darin gab es Erinnerungen, an die sie noch immer nicht ohne ein Gefühl von Scham denken konnte. An den Hund, zum Beispiel. Und dann waren da noch andere Bilder. Die sonntäglichen Kirchgänge, sie an der Hand der Mutter, in Lackschuhen, dem Geschenk einer reichen Verwandten, und mit Wollstrümpfen und Kopftuch und dem Geruch von Armut, der einem nie verziehen wurde. Und diese verfluchten Blicke in den blassen, umwölkten oder hellheiteren Himmel, mit denen man versuchte, sein Schicksal zu betrügen. Und dann das Erlernen des Blicks, dem die Träume nicht standhielten, das Kennenlernen der Menschen, der sich langsam verdunkelnden Tage. Sie war niemals schön gewesen, nicht als Kind, nicht als Mädchen, nicht als Frau und trotzdem nicht ohne Begehren geblieben. Törichte Versuche, etwas wahr werden zu lassen, das nicht wahr geworden war, während die Jahre vergingen, und das sie gleichzeitig nicht hatte aufgeben können. Von den Dingen mochte man sich trennen, Menschen ohne Scheu verfluchen lernen – tief drinnen gab es in aller Bedrängnis eine Stimme, die nicht aufhören konnte, deren Verstummen sie manchmal hatte ertrotzen wollen und deren Aufgeben sie immer gefürchtet hatte. Und dann die vielen Babys, die in ihren Händen gelegen waren, die ihr hätten ersetzen sollen, was fern und fremd war, irgendeine absichtslose Liebe; rosige Babys mit Altfrauen- und Altmännergesichtern, die schrien und strampelten und alle zuerst gleich aussahen und jedesmal nach ein paar Tagen, wenn sich die Haut glättete, völlig neu wurden und ganz weit weg von den Gesichtern der Menschen, mit denen sie lebten. Und denen man trotzdem nach wenigen Jahren ihr zukünftiges Schicksal ansah und die Geschichte der Menschen, die sie aufzogen. Und denen man nicht helfen konnte, niemals.

Nein, sagte sie, ich will auch nicht noch einmal alt werden. Ich will nur noch sterben.

Unger spürte, wie sich in ihm etwas zusammenzog. Reska! Sag das nicht.

Aber es ist so. Ich habe keinen Widerstand mehr.

Das ist die Hitze. Sie macht alle irgendwie leer.

Das ist das Alter. Man hört auf zu erwarten.

Einmal Regen, großer, kühler Regen, und du sagst das nicht mehr.

Theresa kniff die Augen zusammen und starrte auf die Stelle, an der Unger seiner Stimme nach sitzen mußte. Wahrscheinlich vornübergebeugt, die Beine breit auf den Boden gestellt, die Arme auf die Oberschenkel gestützt, mit vermutlich noch immer hellblauen Augen, in denen der kleine Junge wohnte, der er einmal gewesen war, der einzige Mann, den sie nie verachtet hatte und der noch immer staunen konnte, obwohl er die Welt kannte, und dem sie weh tun würde, wenn sie aussprach, was sie dachte, und dem sie weh tun mußte, weil die Zeit der Barmherzigkeit und des Betrugs, des barmherzigen Betrugs vorbei war.

Laß uns nicht lügen, sagte sie. Man sollte nicht versuchen, sich zu überleben. Ich überlebe mich nun schon seit Jahren, es ist fast unanständig.

Es war nun beinahe Mittag, und der Wind lag zusammengefaltet über dem Gras und schwieg. Von den Wiesen stieg langsam der Duft reifer Hagebutten auf und breitete sich im Zimmer aus. Dann kam das Geräusch eines vorbeifahrenden Traktors, der zu den Wiesen unterwegs war, die sie Hedscha nannten, wo das Gras saftig und hoch wuchs wie nirgends sonst. Es gab nur zwei Bauern, die dort Gründe besaßen. Haszler und Weber, der für Haszler die Bauern bestochen und überredet hatte, damit sie ihn zum Bürgermeister machten, und der im Winter vor sechs Jahren spät abends und barfuß über die Gärten in die Häuser geschlichen war, damit niemand von den Nachbarn ihn kommen sah, wenn er über den anderen Kandidaten dumme Geschichten erzählte, die zuerst niemand glaubte und die danach keiner mehr aus dem Kopf brachte. Und obwohl sich alle aufregten und am nächsten Morgen Webers Spuren im frisch gefallenen Schnee sahen, die von den Gärten zum Hintereingang seines Hauses führten, wählten sie wie versprochen Haszler, der nach der Wahl großspurig und ganz Sieger alle im Gasthaus freihielt.

Weber hat einen neuen Traktor, fragte Theresa.

Woher weißt du das?

Es stinkt anders.

Unger hatte begonnen, den Fußboden aufzukehren. Er kehrte mit kräftigen, weit ausgreifenden Bewegungen zuerst beim Herd, dann um den Tisch, und Theresa zog die Beine an. Danach hörte sie ihn unter dem Bett hervorwischen, schließlich Polster aufzuschütteln.

Laß das, sagte sie. Ich will nicht, daß du das tust.

Aber man muß es tun.

Man muß gar nichts.

Unger schaute zu ihr hin. Sie kaute an der Unterlippe. Aber sicher muß man, sagte er. Er zog den Vorhang vor, damit man nicht aufs Bett sehen konnte, wenn man zur Tür hereinkam.

Ich möchte bloß wissen, was du mit dem Bett angestellt hast.

Sieht es so schrecklich aus?

Ja, sagte Unger. Er dachte, daß er auch das Dach reparieren lassen sollte, ehe der Herbst und der Regen kamen, und den Zaun flicken, sonst verliefen sich die Schafe. Der Hund konnte nicht gleichzeitig bei Theresa und den Schafen sein.

Ich schicke dir morgen Anja. Sie soll frisch überziehen. Das Bett sieht ziemlich verwahrlost aus.

Theresa verzog den Mund. Dann paßt es. Ich bin durch und durch verwahrlost. Ich bin innerlich durch und durch verwahrlost.

Unger stellte den Besen mit einer harten Bewegung neben den Küchenkasten. Was ist los, Reska, fragte er.

Nichts. Ich stehe morgens auf. Ich hole Wasser. Ich wasche mich. Ich mache sogar dieses verdammte Bett, zumindest meistens, aber ich tu es nicht, weil es mir noch irgend etwas bedeutet. Es ist mir völlig gleichgültig. Das ist die schlimmste Verwahrlosung.

Das ist nicht wahr. Unger holte Zwiebel, Paprikaschoten, Paradeiser und schnitt alles in Streifen. Ich weiß, daß du stolz darauf bist, weil du das alles noch tun kannst. Und du hast recht, darauf stolz zu sein. Er ließ in einer Pfanne Fett heiß werden, röstete zuerst Zwiebel und Paprikastreifen, gab dann die Paradeiser dazu und schlug zum Schluß ein paar Eier darüber.

Ich will nichts essen.

Doch, sagte Unger.

Du hast mich vorhin nicht verstanden, entgegnete Theresa.

Doch, beharrte Unger. Und du brauchst auch nicht danke zu sagen. Er stand vor ihr, aufgerichtet, und Theresa spürte, daß er auf sie hinuntersah. Du brauchst bloß nicht nein zu sagen, das genügt manchmal fürs Leben. Er stellte die Pfanne auf den Tisch, holte Brot, Teller und Besteck.

Also so war das, dachte Theresa. Zum Schluß blieb kindischer Trotz. Ob man etwas wollte und auch, wenn man nichts mehr wollte, zum Schluß war es kindischer Trotz und bedeutete gar nichts.

Du mit deinem verfluchten Optimismus, sagte sie. Kannst du einen Menschen nicht einfach, so gut es geht, sterben lassen?

Unger schob ihr einen Teller hin und starrte den Hund an, der sich aufgesetzt hatte und ihn mit gespitzten Ohren beobachtete. Theresa mochte recht haben, aber er wollte nicht, daß sie es so sah. Er hatte sich vorgenommen, solange er konnte, hierherzukommen, bis zum Ende, und er wollte nicht, daß sie ihn um dieses Ende brachte.

Nein, antwortete er. Ich kann nicht. Ich will nicht noch einmal als einziger übrigbleiben. Iß.

Theresa horchte seiner Stimme nach. Sie hätte jetzt gern sein Gesicht gesehen oder irgend etwas wirklich Wichtiges von ihm gewußt. Wie er das Nötigsein, vor allem das Nötighaben ertrug, vor allem am Tag, wenn man nicht sterben und nicht alt werden konnte. Wenn man unfähig war, zu wünschen, was einen einzig erlösen mochte, und gleichzeitig zusehen mußte, wie sich alles dort zusammenballte, wo man nie gelebt hatte, niemals jung gewesen war, wohin immer die anderen gingen, während man zurückblieb. Man blieb, wo immer man war, als einziger zurück. Wie man zu leben anfing, fing man an, als einziger zurückzubleiben und ausgeschlossen zu sein. Mit jedem Wort, das man lernte, fing man an, ein Fremder zu sein. Wußte er es nicht? Und wenn er es nicht wußte, wie kam er dann zu diesem Satz, diesem seinem Elend. Gewiß ahnte er, was sie dachte. Und gewiß kannte er das Grauen ebenso wie sie und all den Wahnsinn, mit dem man lebte, nachdem man aufgehört hatte, ein wehrloses Kind zu sein. Und gewiß litt er, und sie schuldete ihm etwas. Nicht Dankbarkeit. Es war etwas anderes. Aber was konnte ein Mensch geben, wenn jedes Verlangen nach dem Leben aufgehört hatte?

Haszler war gestern abends noch da, sagte sie. Er hatte den Vertrag mit.

Unger fuhr auf. Das also war es. Und? Hast du unterschrieben?

Nein. Ich habe ihm den Hund nachgehetzt.

Was? Diesen Hund? Du hast ihm diesen Hund nachgehetzt? Unger lachte befreit auf. Das ist gut. Er fühlte sich plötzlich wieder wohl. Es gab eine Erklärung, es gab einen Grund für das verwüstete Zimmer und das zerstörte Bett und all das zerredete Schweigen.

Ich weiß nicht, sagte Theresa. Es war sicher nicht klug. Haszler war sehr verärgert.

Das braucht er.

Jetzt werden sie mir mit einem Enteignungsverfahren kommen. Sie sind eine jämmerliche Bande, die niemals aufgibt, wenn es um Geld geht, und sie werden mir die Wiese und den Garten und das Haus wegnehmen.

Ah, das ist nicht so leicht. Außerdem wäre es niederträchtig.

Eben darum werden sie es tun. Sie sind voll Niedertracht.

Unger fegte mit der Hand Brösel vom Tisch. Du hast Menschen immer anders gesehen als ich. Du wirst deine Gründe haben, sie so sehr zu verachten. Aber es ist nicht immer Niedertracht. Manchmal ist es bloß Dummheit.

Dummheit und all das, was aus Dummheit kam. Haszler, der unbedingt ihr Land haben mußte, und all die kleinen Stinktiere um ihn, alle wie er, alle erfolgreiche, kleine Stinktiere, die kamen, kauften, bauten und das Land kaputtmachten; die ununterbrochen etwas Neues machen mußten und dabei ununterbrochen etwas Altes zugrunde richteten. Man brauchte keine besondere Begründung, um sie zu verachten. Man brauchte sie bloß anzusehen. Es lag in ihren Augen, in den Gesichtern. In der langen Kette von Männergesichtern hatte sie diesen Zwang zur Zerstörung, diesen Haß auf alles, das ihnen nicht glich, diese Lust, Schmerz zu bereiten, lauern gesehen, noch ehe sich die Hände erhoben.

Sie dachte jetzt wie im Zwang an die Gesichter. Sie brauchte bloß die Zeit anders ablaufen zu lassen, und da waren sie wieder. Die, die sich von ihren gebärenden Frauen abwandten, weil sie jäh begriffen, was sie abstieß: der Ekel vor einem Leben, wie es wirklich war, wirklich und unleugbar. Wie es war, wenn sie nicht mehr über die Körper ihrer Frauen verfügen konnten. Und jene, die sich wegdrehten, weil sie an einen anderen Körper dachten. Und jene, die stieräugig das Geschlecht anstarrten, das sie nun nicht begriffen, wenn ein Kinderkopf es dehnte, das sie niemals begriffen hatten und auch niemals begreifen wollten, und das ihnen plötzlich nicht mehr gehörte. Und dann gab es noch jene, die schon an der Tür kehrt machten, um sich irgendwo mit anderen Männern zu betrinken und zu warten, und die sich weiter betranken, während sie warteten. Und die nach Hause kamen und kaum durch die Tür getreten, die Hosen herunterzogen, um ihre Frauen kaputtzumachen, wie sie das Land kaputtmachten.

Dummheit ist die größte Niedertracht, sagte Theresa, die allergrößte.

Unger betrachtete sie eine Weile stumm. Wir werden eine Eingabe machen, sagte er dann.

Ich will keine Eingabe.

Ich setze sie für dich auf, du brauchst bloß zu unterschreiben.

Ich unterschreibe nichts.

Reska, das ist Starrsinn.

Es war möglicherweise Starrsinn, aber es war auch etwas anderes. – Versteh mich doch einmal richtig und ganz. Ich will keine Eingabe, keinen Protest, keine Unterschrift. Ich will nicht, daß dies eine Sache ist, um die man am Spieltisch würfelt, wer recht behalten wird. Ich will dieses Land, das aus mir gemacht hat, was ich bin – eine störrische, alte Frau –, in Ruhe zu Ende erleben.

Der Mittag war nun vorüber, und auch dieses Für-alles-zu-müde-Sein ließ langsam nach und die Trägheit, die einen ständig an Schatten unter Büschen denken ließ, selbst wenn man in einem Haus war und ein Bett hatte. Der Wind fing wieder an, sich zu rühren, noch immer aus dem Wald von der Anhöhe herunter und voll Gerüchen.

Warum haben wir es eigentlich nicht getan, fragte Unger.

Was?

Damals, nach Marias Tod, in dem Jahr danach.

Ich weiß nicht, sagte Theresa.

Wir hätten heiraten sollen.

Oh, mein Gott, du bist ein törichter alter Mann, wenn du jetzt noch daran denkst.

Gut, ich bin ein törichter alter Mann, sagte Unger. Warum haben wir nicht geheiratet?

Weil deine Kinder dagegen waren.

Es war unser Leben.

Das war es wohl niemals so ganz. Der Kinder wegen nicht.

Und jetzt sind alle fort. Fünf Kinder, und alle sind fort, sagte Unger. Man sorgt sich, tut, der Teufel weiß, was alles, eines Tages hebt man den Kopf und sieht niemanden mehr. Manchmal kommen sie zu Besuch. Man formt sie aus den Erinnerungen nach und steht vor Fremden, die ihr Leben leben, und man lebt sein Leben, und beides hat miteinander nichts zu tun.

Das muß wohl so sein.

Kann sein. Kann sein, daß es nichts bedeutet. Es ist einfach so. Vielleicht entläßt es einen aus der Schuld, sie gezeugt zu haben.

Er strich mit den Fingern über die Tischkante, und Theresa spürte das Vibrieren des Holzes. Es würde einen ruhigen Nachmittag geben, einen stillen Abend, eine stumme Nacht. Und dann noch einmal einen Morgen und einen heißen Mittag, in dem die Schatten wie flüssiges Metall dampften und das Licht blendend vom Himmel kam. Und wenn man hinausging, hatte man einen glühenden Schmelzofen über dem Kopf, und es gab nichts, was man tun konnte, überhaupt nichts, nicht einmal lügen. Noch ein paar solcher Tage und ein paar andere vielleicht und eine ruhige Müdigkeit, in der man zu müde für alles war, und noch eine Weile die Gerüche des Landes und die Geräusche und ganz zum Schluß eine blendende Leere, das war's dann.

Soll ich dir vorlesen, fragte Unger.

Erzähl mir, was du siehst.

Hitze, sagte Unger. Und den Regenpfeifer an der Schaftränke und trockenes Gras.

Lies lieber, sagte Theresa.

Unger holte aus dem Küchenkasten ein Buch und las eine Geschichte vor, in der ein alter Mann nach langer Krankheit und nachdem ihn die Stadt beinahe um den Verstand gebracht hatte, in sein Haus zurückkommt und es völlig ausgeplündert vorfindet. Nichts mehr übrig. Keine Spur, kein Zeichen. Alles vorbei, alles ausgelöscht, der Hausrat fortgetragen, sogar die alten Kleider. – Wie er seinen Besitz zusammensucht und niemand im Dorf mehr mit ihm zu tun haben will. Und wie er zum Schluß das Haus, die Scheune und den Stall niederbrennt und dabei singt.

So etwas kann einen schon um den Verstand bringen, sagte Unger.

Ja, antwortete Theresa. Unglück schafft eine seltsame Klarheit. Wenn ich tot bin und du mich überlebst, dann will ich, daß du dieses Haus niederbrennst.

Ich werde ein anderes Buch besorgen.

Versprich es.

Das meinst du nicht im Ernst, sagte Unger, es wäre verrückt.

Es ist der erste klare Gedanke seit langem.

Unger antwortete nicht. Er klappte das Buch zu und legte es in den Kasten zurück. Warum willst du das, fragte er dann.

Ich will nichts zurücklassen, sagte Theresa. Ich will nicht, daß irgend etwas zurückbleibt.

Unger setzte sich wieder, und jeder dachte an etwas anderes. Theresa war jetzt bei dem, was sie tilgen wollte. Die Sommer vor allem und die Ähnlichkeiten und diesen August, der jenem glich, in dem Ive ihr gesagt hatte, daß er ein anderes Mädchen heiraten würde, es war schon alles ausgemacht. Die andere war nicht besonders hübsch, aber reich und das Kind bereits unterwegs, das dann tot zur Welt kam, weil Ive seine hochschwangere Frau geschlagen hatte, nicht bloß einmal. Er hatte sie ein paar Male geschlagen, wahrscheinlich auch getreten, und Theresas Mutter hatte gesagt, sei froh, daß es mit ihm nichts geworden ist.

Und es war ein August gewesen, in dem Ungers Frau begraben worden war, und er, ganz von Sinnen, nicht einmal wirklich trauern konnte. Er hatte sie wirklich geliebt, und als er dann Monate später anfing, Theresa zu besuchen, um den Zaun zu reparieren oder irgend etwas anderes zu tun, wußte sie, daß er kam, weil er das leere Bett neben sich nicht aushielt und die langen Nachtstunden allein und die Stille, in der er nur sich selbst hören konnte. Er war noch zu jung, um ständig allein zu sein. Er liebte sie aus Verzweiflung. Deshalb und nicht der Kinder wegen und weil sie wußte, daß es Verzweiflung war, hatte sie seinen Heiratsantrag abgelehnt. Er verbrachte die Nächte bei ihr, bis er allmählich ruhiger wurde. Später kam er, um dazusein, und sie fingen an, miteinander zu reden. Als es mit dem Bett aus war, fingen sie miteinander zu reden an.

Und dann war da noch jener August, in dem die Gestapo nach dem blassen, schmalen Kólocsoi zu fragen begann, und niemand außer Unger begriff, was das bedeutete, nicht einmal Kólocsoi selbst. Als im Nachbardorf der jüdische Flickschneider abgeholt wurde, waren sie alle völlig überrascht, und Unger brachte noch in der gleichen Nacht Kólocsoi über die Grenze nach Ungarn, damit es ihm nicht genauso erging wie dem Mann aus Sigeth. Dafür holte die Gestapo Unger ab, aber er schaffte es irgendwie. Sie ließen ihn wieder laufen, er hatte ihr niemals erzählt, weshalb. Nach dem Frankreichfeldzug übergab man ihm französische Kriegsgefangene, die er beaufsichtigte und deren Arbeiten er einteilte und die ihn dann vor den Russen versteckten und das Ehrenwort des Kommandanten verlangten, daß Unger nichts geschehen würde, ehe sie ihn aus dem Erdloch holten, das sie für ihn gegraben hatten. Und zwei besuchten ihn Jahre später und erzählten überall im Dorf, Unger habe ihnen und anderen das Leben gerettet und die Nazis unglaublich an der Nase herumgeführt, aber auch darüber hatte er niemals gesprochen.

Was ist eigentlich aus Kólocsoi geworden?

Das weißt du doch.

Wieso weiß ich das?

Weil du ihn nach Kriegsende, als er zurückkam, mit Medikamenten versorgt hast. Er war ziemlich krank.

Ich meine danach, sagte Theresa.

Er wollte nach Australien auswandern, sagte Unger.

Und? Ist er hingekommen?

Ich weiß es nicht.

Wollte er wirklich dorthin?

Er erzählte damals, daß er Bilder von Australien gesehen habe. Das Land dort sei so anders, daß er dieses hier vielleicht vergessen könnte.

Dieses Land kann man nicht vergessen.

Ja, sagte Unger, aber er mußte es versuchen, wenn er leben wollte. Er versprach zu schreiben, wenn er gut angekommen war. Ich habe nie mehr von ihm gehört.

Nun gut, das war also aus Kólocsoi geworden. Ein beinahe glückliches Ende. Entweder nicht angekommen oder doch noch alles vergessen. Egal, woran man im Leben glaubte, am Ende schob sich alles ineinander, es hatte in einer einzigen Frage Platz, vielleicht mochten es auch zwei sein, und man geriet in jedem Fall in Verlegenheit. Man hatte bestenfalls ein paar Tricks gelernt, mit denen man sich das Leben leichter machen konnte, und nicht alle benützt, man hätte mehr aus diesem Leben machen können, zu viel gewollt, zu wenig verlangt, zu viel verlangt und zu wenig gewollt, als sie das wußte, war es zu spät gewesen.

Nun, also kein Wort mehr darüber.

Worüber, fragte Unger.

Ach, nichts.

Unger setzte sich gerade und schaute auf die Uhr. Bald drei und er mußte wieder weg, und sie, die ihm fast dazu geschaffen schien, allein zu sein, um das Alleinsein anderer zu tilgen, war es eben jetzt nicht.

Ich muß wieder weiter, sagte er. Es ist nur eine Kleinigkeit. Ich komme später noch einmal vorbei, wenn es dir recht ist. Brauchst du etwas?

Ja, sie brauchte etwas, aber dafür war es zu spät. Oder nein: Sie brauchte nichts mehr. Damit hörte auch das Zuspät auf, damit hörte alles auf.

Ja, komm wieder, sagte Theresa.

Unger stand auf, nahm seinen Hut und ging zur Türe. Dort machte er kehrt, kam zurück und berührte Theresas Hand. Wir werden uns wehren, sagte er. Wenn sie dieses Land verstümmeln, verstümmeln sie meines ebenso wie deines.

Theresa antwortete nicht.

Reska! Wir haben schon so viel hinter uns gebracht. Wir schaffen das auch noch.

Nein, sagte Theresa, diesmal schaffen wir es nicht mehr.

Der Nachmittag stieg hoch auf, und der Himmel begann sich auf eine neue Art zu weiten und fremd zu werden. Theresa erhob sich, trat unter die Türe und blieb dort unbeweglich stehen. Der Schatten des Hauses hatte nun den Brunnen fast erreicht und warf seine Kühle auf den Kiesweg, auf dem das Echo von Ungers Schritten lag. Konnte das Echo bleiben? Und wenn nicht, wohin ging es? Hörte man oben, außerhalb der Welt, von diesem Leben? Und wer hörte? Wenn es niemanden gab, wozu das Echo? Aber wenn es jemanden gab, warum antwortete er nicht? Oder war die Antwort längst eingetroffen und stand da und wartete darauf, daß sie endlich jemand begriff? Die Frage lautete, was einem dann noch abverlangt wurde. Und wie sie entschlüsseln? Solange man nicht nachdachte, war alles großartig einfach. Am besten, man ließ alles großartig einfach, am besten, man ließ alles, wie es war. Unberührt und selbstvergessen und ohne Deutung. Daß Haszler gerade dieses Stück Land haben wollte, kam ihr nun unglaublich töricht vor, so wie ihre erste Liebe und das ganze Zittern und Bangen und die Tränen und der vergangene Zorn. So wie das Leben, von dem man immer nur das Falsche sah, den negativen Abdruck von Schmerz und Wunden.

Die Luft war nun gewürzt mit dem Duft von Heu. Die ersten Wagen fuhren von den Wiesen heim, und Theresa nahm einen Sessel und stellte ihn vor die Tür. Die Schafe blökten in ihre Richtung, und der Hund trieb sich beim Brunnen herum. Die Sonne hatte das Zentrum des Himmels verlassen und sank langsam nieder, noch immer heiß, noch immer der alte Feind, die große, unberührbare Liebe, aber schwächer nun, nicht mehr so fordernd. Theresa spürte, wie sich die Müdigkeit des Tages mit einer leisen Übelkeit zu vermischen begann, die sich im Brustkorb ausbreitete und unter jeden Atemzug drängte. Sie faltete die Hände in ihrem Schoß und rief nach dem Hund, der nicht kommen wollte. Er verbellte leise den Weichselbaum, auf dem der Regenpfeifer saß und pfiff und sang. Theresa hatte niemals einen solchen Vogel so nah gehört. Jetzt brüllte er sein Lied beinahe, als hätte er endlich begriffen, wie weit er von allen Gefährten entfernt war, ein Verirrter, der sich noch einmal in einer Antwort wiedererkennen wollte und dem aus der Tiefe des Landes nur Schweigen entgegenkam.

Plötzlich schrie der Vogel und verstummte dann jäh. Die Stille verdichtete sich und wehte wie ein übler Hauch aufs Haus zu. Der Hund lief zu Theresa und wieder von ihr fort, wieder zu Theresa und dann wieder zum Weichselbaum. Sie hörte ihn mit den Pfoten am Zaun scharren und stand auf, um ihm das Gatter zur Schafweide zu öffnen. Es war lange her, daß er im Sprung darübergesetzt war. Er schlüpfte durch den Spalt und schnüffelte im Gras herum. Theresa ging zum Sessel zurück. Die Übelkeit war stärker geworden und auch die Atemnot. Sie hätte sich aufs Bett legen können, aber sie wollte nicht. Irgend etwas hieß sie hier ausharren und warten. Nicht im Haus, sondern außerhalb, hier, im Schatten des Daches.

Der Schmerz in der Brust kam nun in Wellen und verstärkte sich. Jede Welle war ein Ereignis für sich, die sie zuerst umkreiste, ehe sie zuschlug, sich festsaugte, nach der Kehle griff und sich in ihr verkrallte. Der Schatten wurde heiß. Theresa versuchte sich etwas in Erinnerung zu rufen, das stärker war als Schmerz und Angst. Der Hund. Unger. Die frühe Kindheit. Etwas, das ihr das Gefühl gab, nicht so sehr allein zu sein. Irgendeine beruhigende Stimme, eine begütigende Hand, ein lebendiger Körper.

Hund, wo bist du? Sie taumelte auf und in die Richtung, wo sie ihn vermutete. Da war er, das Fell leicht gesträubt, und drängte ihr etwas in die Hände, das sie nicht wollte und dann doch nahm. Es war befiedert und warm und zerbrechlich. Sie tastete es ab. Krallen. Ein Kopf. Ein Schnabel. Und dann begriff sie die Gestalt. Es war der Regenpfeifer. Und im Nachhorchen begriff sie das Lied und den Ton, mit dem er geendet hatte, und auch das Schweigen und die Stille. Wieder eine Welle aus Schmerz und Angst. Tiefe und klare Atemzüge mochten helfen. Sie atmete tief und langsam und ging zum Holzschuppen, wo das alte Werkzeug untergebracht war. Die Schaufel stand noch am gewohnten Platz. Theresa steckte den toten Vogel in die Schürze und ergriff den Spaten, ging zum Weichselbaum zurück und begann dort die Erde aufzukratzen. Der Hund, der ihr gefolgt war, grub mit den Vorderbeinen mit, aber der Boden war trocken und hart.

Und dann kamen Übelkeit und Schmerz heftiger denn je und trieben die Angst einem neuen Höhepunkt entgegen. Theresa taumelte zur Schaftränke, die noch halbvoll mit Wasser war, benetzte Hände und Gesicht, aber die Übelkeit blieb mit unverminderter Heftigkeit. Theresa versuchte sparsamer zu atmen und hielt sich am Rand der Tränke fest. Von irgendwoher holte sie die Bewegung des Festhaltens. Es waren ihre Hände, aber sie gehörten ihr nicht mehr. Nicht ihr Kopf, hoch oben, am Ende des Körpers und völlig leer, sprach zu ihr, es war etwas Fremdes, das ihr befahl, sich festzuhalten, zum Weichselbaum zurückzukehren und den Regenpfeifer in die Grube zu legen. Die Beine und Hände bewegten sich, und Theresa versuchte, ihnen nachzukommen. Die Luft wurde zähflüssig, löste sich in flackernde Fäden auf, die wiederum zu Dunst verschmolzen und heiß in ihre Lungen eindrangen. Ein Flüstern drang zu ihr, Stimmen, die Stimme des Tages. Sie kam näher, wurde lauter, trommelte an ihre Ohren. Irgend etwas sagte »fallen«, und Theresa stürzte. Sie hörte »loslassen« und öffnete die Hände.

Jetzt war sie ganz frei für die Stimme, während ihre Arme und Beine sich von ihr trennten. Sie wußte nun, daß sie etwas gefragt wurde. Aber die Sonne, der alte Feind, traf sie an der Stirn, ehe sie antworten konnte. Hinter einem Vorhang aus Salz und Tränen sah sie plötzlich wieder. Der Hügel stand in der Sonne, und der Wind kam aus ihrem Zentrum und drehte den Wald in Spiralen an ihren Augen vorüber.

Sie sah sich nun die Dorfstraße entlanglaufen, fortlaufen, den Leib voller Schmerzen und hinter sich die Stimme des Vaters, der sie zurückholen wollte und dann plötzlich vor ihr stand und ihr seine Wunden zeigte und nach Osten wies, nach Osten, sie möge umkehren, dies sei die falsche Richtung.

Dann war sie auf den Wiesen nahe der Grenze, und es war früher Morgen, der kühle Dunst des Morgennebels lag über dem Gras und verdeckte ihre Spuren. Irgendjemand sagte, sie möge sehr leise sein, die Grenze sei nun bewacht, und niemand dürfe mehr dieses Land verlassen, seit die Seuche hier ausgebrochen sei. Sie ging den gewundenen Pfad am Waldrand entlang, die Morgensonne im Nacken, und fand Zeit, sich zu fragen, warum sie so spät erst versuchte, über die Grenze zu gehen. Und warum mit dem Rücken zum Land. Sie drehte sich um. Das Licht sprang aus dem Stahl der Sonne und fuhr ihr mit funkelnden Klingen zwischen die Rippen. Der Wald stand plötzlich in Flammen. Das Beben des Feuers verband sich mit dem Beben des Erdkerns und rüttelte am Stand der Gestirne, der Weg begann zu schwanken, und die Hitze trieb ihr die Luft mit Faustschlägen ins Gesicht. Sie begann zu laufen und lief, und lief, und lief, bis sie vornüberstürzte, aber der Weg und die Sonne gaben sie nicht frei.

Das Fremde kam wieder und hieß sie aufstehen und gehen. Theresa stand auf und ging zu ihrem Haus. Sie lag nun im Schatten des Daches und schrie. Sie wußte jetzt wieder, wo sie war, vor ihrem Haus, und versuchte sich noch einmal aufzubäumen. Dies ist nicht das Ende, nicht so. Sie mußte nur den Abend erwarten, und sie würde den Abend erwarten. Sie würde noch einmal alles erwarten. Über den Kiesweg kamen Stimmen auf sie zu. Jemand fragte sie, was passiert sei, und sie antwortete: die Hitze. Sie macht einen irgendwie leer und taub. Dann war der Hund da und Unger, und Theresa wurde hochgehoben und zu einem Auto getragen, das sie nicht kommen gehört hatte. Und Unger begleitete sie, und jemand gab ihr Sauerstoff und sagte, daß sie nun nichts mehr fürchten müsse. Und Theresa hielt Ungers Hand und erinnerte ihn an sein Versprechen.

Sie fuhren durch die beginnende Dämmerung, und die Gestalt neben Theresa sagte, sie möge sich die Landschaft ruhig ansehen, das sei ganz normal, daß sie nun wieder sehen könne, bloß ein Schock, es sei lediglich ein Erschrecken gewesen. Über die Wiesen tanzten langsame Schatten, und alles war kühl und angenehm, und Theresa bat, ob man nicht einen Umweg fahren könne, und man fragte sie, welchen. Sie sagte: Am besten über den alten Karrenweg, der an der Grenze vorbeiführt, den die Schmuggler früher benutzt hatten, als die Grenze noch eine offene Grenze gewesen war, die Grenze, über die man die Lebenden brachte, damit sie am Leben blieben.

Sie fuhren vorbei an den Hinterseiten der Häuser, wo man die Tiere in den Ställen scharren hören konnte, und bogen dann, ehe die Dorfstraße in die Bundesstraße mündete, nach Südosten ab. Der Wald stand seitlich als dunkler Klumpen am Ende der Wiesen, die Schatten wurden dichter, und plötzlich, von einem Augenblick zum anderen, brach die Nacht herein, der Fahrer sagte, sie müßten nun ganz langsam fahren, sie seien bald am Ziel, ob sie ihn nicht wiedererkenne, wenn sie ihn wiedererkennen könnte … Und Theresa riß die Augen auf und erkannte ihn und wußte plötzlich, wohin sie fuhren, sie fuhren auf die Grenze zu, die wieder offen war, es war der erste Tag, an dem sie wieder offen war, der Schlagbaum ragte in die Höhe, und der Fahrer nahm langsam den Fuß vom Gaspedal.

Gerade dann hörte das Dunkel in Theresa zu wimmern auf. Unger kam mit langen, hastigen Schritten durch den Garten. Er sah sie von weitem auf dem Boden neben der Schaftränke liegen, den Hund daneben, der sie mit der Schnauze anstupste und anstupste, ihre Hände leckte und schließlich das Gesicht.

Unger beugte sich über Theresa. Sein Körper warf einen langen Schatten auf sie. Neben ihr lag eine Schaufel, etwas weiter weg der Regenpfeifer in einer Erdmulde. Reska, rief Unger, hörst du mich? Reska!

Und dann noch einmal: Reska, oh, mein Gott.

Der Hund begann zu wimmern und Theresas Gesicht von neuem zu lecken. Unger schaute ihm eine lange Zeit zu und dann völlig sinnlos auf die Uhr. Es war fünf. Es wurde sechs. Schließlich ging Unger zum Weichselbaum, vertiefte die Grube, legte den Regenpfeifer hinein, schüttete Erde auf ihn und trat sie fest. Dann ging er ins Haus.Es war alles so, wie er es verlassen hatte, nur ein Sessel stand vor der Tür. Unger trug ihn ins Haus und setzte sich an den Tisch. Dort blieb er, bis es finster war.

Als die Schatten sich zur Nacht verdichtet hatten, nahm er die Petroleumlampe von der Wand, schüttete etwas von dem Petroleum auf die Zeitungen, aufs Bett und tropfte mit dem Rest eine Spur bis zur Tür. Dann legte er Feuer, setzte sich neben den Hund, der auf Theresa kauerte und nicht wegzubringen war, und sah zu, wie die Flammen die Spur zum Tisch züngelten, den Zeitungsstoß erreichten und dann wie in einem Anfall explodierten und plötzlich überall im Haus waren, überall Feuer bis zum Dach, das ganze Haus voll Feuer, bis ihm der Rauch die Sicht verstellte.

REINHARD P. GRUBER

Aus dem Leben Hödlmosers

die steirische wirtshausgeschichte

Obwohl hödlmoser weiß, daß er kumpitzer bauer ist, fährt er in die weststeirische industriestadt köflach.

»ich nehme mir vor, meinen freund, den ehemaligen fohnsdorfer bergknappen wildmann, den ich ›kumpel‹ nenne, in köflach zu besuchen, weil wildmann jetzt in köflach wohnt. denn nunmehr ist ja köflach die einzige steirische besitzerin einer kohlengrube, die in bearbeitung steht.«

hödlmoser kann also das betreten köflachs einigermaßen vor sich selbst vertreten.

vor seiner abreise hat er zu fani noch gesagt: »morgen muß ich zum wildmann.«

»zum wildmann?« hat fani gesagt.

darauf hat hödlmoser gemeint: »zum wildmann«, und hat sich über das einverständnis gefreut.

dann ist hödlmoser ganz leise in das Schlafzimmer gegangen und hat schurl sachte geweckt.

schurl hat zwar schon geschlafen, aber er hat den hödlmoservater noch sagen hören: »servus schurl.«

dann ist schurl wieder eingeschlafen und hödlmoser hat das schlafzimmer verlassen, in das fani gegangen ist.

fani ist bald darauf auch eingeschlafen.

hödlmoser hat sich gewaltigen mut angetrunken, was er sich selber aber nicht merken hat lassen, da er sich immer wieder vorgesagt hat: »hab ich heut einen durst!«

das hat ihn dann überzeugt.

das hat ihn dann so überzeugt, daß er in köflach herumgeht wie ein köflacher bauer.

hödlmoser geht einfach herum wie ein köflacher, weiß aber doch, daß er ein kumpitzer ist.

er meint, daß überhaupt nichts leichter sein könnte als genauso herumzugehen wie die köflacher herumgehen.

hödlmoser merkt, daß sich die köflacher zu rudeln zusammentun, die alle im wirtshaus verschwinden.

die wenigen einzelnen köflacher, die vereinzelt durch köflach gehen, tun sich, wie hödlmoser herausfindet, erst im wirtshaus zusammen, u. zw. zu: rudeln.

hödlmoser geht nun, um in köflach nicht unangenehm aufzufallen, in ein köflacher wirtshaus und will sich mit seinem angetrunkenen mut ebenfalls zu einem rudel zusammentun, um nicht unangenehm aufzufallen.

»grüß euch; grüß gott«, sagt hödlmoser als er die wirtsstube betritt, wo er einige rudel köflacher erblickt.

sofort fühlt sich hödlmoser wohl, nimmt seinen obersteirischen steirerhut vom kopf und hängt ihn auf.

mit prellungen, schürfungen, nasenbluten und einem leichten kieferbruch erhält hödlmoser nach kurzer zeit sein erstes weststeirisches bier zur labung.

bis jetzt hat er sich eigentlich nicht vorgestellt, daß er so stark rudelbildend sein würde.

wohlwollend blicken ihn die köflacher an, die sich nun zu einem großrudel vereinigt haben.

hödlmoser sagt etwas lustiges und das ganze großrudel lacht.

auch wildmann befindet sich im rudel und spendiert hödlmoser sofort ein stamperl schnaps.

»wie gehts kumpel«, sagt hödlmoser zu wildmann. auch wildmann greift zu seinem schnaps und sagt: »prost, kumpel!«

hödlmoser erzählt fani, daß er sehr froh gewesen sei, von wildmann ebenfalls mit »kumpel« angesprochen worden zu sein.

stolz sagt fani: »ach, hödlmoser!« und schurl sagt: »bravo vater!«

dann klettert schurl auf den sitzenden hödlmoservater und liebkost seine blutige nase.

die steirische bergsteigergeschichte

heute besteigt hödlmoser den steirischen berg zirbitzkogel.

dann ist der große rucksack schon auf dem rücken hödlmosers, der mit ihm die 2tausendmetergrenze überwindet.

hödlmoser beobachtet viele zirben.

sehr groß ist der zirbitzkogel.

als sich 2 steirische gemsen zu hödlmoser gesellen, werden sie von hödlmoser mit handschlag begrüßt.

dann gehen sie ein gutes stück weges angeregt plaudernd nebeneinander her.

auch die steirischen alpendohlen begrüßt hödlmoser herzlich.

als hödlmoser schließlich den kräftigen polentasterz von fani hervorholt und ihn den alpentieren anbietet, verbrüdern sie sich spontan mit ihm, so gut schmeckt er.

hödlmoser sagt jetzt: »schwester gemse« zur gemse und die gemse sagt jetzt: »bruder hödlmoser« zu hödlmoser.

auch die dohlen sagen: »bruder hödlmoser«.

in recht ausgelassener Stimmung verabschieden sich alle knapp unter der schutzhütte »zirbitzkogelhaus«.

laut ruft hödlmoser den wegfliegenden steirischen dohlen noch einige lustige grußworte zum abschied nach, als ihm plötzlich und unerwartet ein zirbitzsenner von der gegenüberliegenden bergwand antwortet.

neugierig ruft hödlmoser zurück: »joi joi joiidiii?«

worauf der zirbitzsenner tatsächlich: »dulijö dulijö dulijöiidii!« antwortet.

fröhlich sagt hödlmoser drauf: »holodaro idiii!«

da aber mißversteht ihn der zirbitzsenner und sagt heimtükkisch: »dali daho dahoi zaza.«

da beginnt hödlmoser wütend mit seinen armen zu fuchteln; in einem grauenhaften tonfall brüllt er brutal zurück:

»jolad jolad jositnu! nuhi vazi stoima do – grumi lumi loiduuu!«

da breitet sich eine erschütternde stille über die zirbitzhänge und die ganze natur verstummt vor dieser fürchterlichen drohung.

hödlmoser ist eindeutig zu weit gegangen.

(leise fragt sich hödlmoser: »bin ich zu weit gegangen?«)

jetzt wendet sich hödlmoser versöhnlich dem zirbitzsenner zu und bittet stammelnd um verzeihung.

hödlmosers schlichte worte: »holi jjo« überzeugen schließlich den braven zirbitzsenner, der nun begütigend: »holi oli oidaroo!« zurückruft.

da wird es hödlmoser ganz warm ums herz; liebevoll zirpt er zurück: »galiontariaho! wuzi woiza zibi zit – zibu zaza zili bit. ziwit ziwit zi lot zo lu, zimanda zuschu vischukuuu.«

sehr geschmeichelt fühlt sich jetzt der zirbitzsenner, der gerührt antwortet: »zili bili zirbi tu, naxi taxi tok tok tok. lisi bili wischi lo, duli dali joo da roo. da hmpf juhu!«

leichten herzens und frohen mutes erklimmt hödlmoser die letzten meter des berges zirbitzkogel.

gemeinsam gleiten ihre blicke über das herrliche land steiermark und spähen ein wenig nach kärnten hinüber.

die überwältigende schönheit der steirischen berge und täler, die hödlmoser ins auge fällt, zwingt hödlmoser auf die knie.

weit strecken sich die arme hödlmosers in das land, als von seinen lippen schon der lobpreis des schöpfers der herrlichkeit erschallt:

»godlodlodlodlodlodlodlodl o tati!
ta himi obi tu ju hu!
ha li lu li le li nami tu!
lala lant tui kumi oba ja za mi
sei wi sei – juhei!
wi di himi dl dl landl do
guku kuku ruzu hoida
smrt na ne de la, de nam po de la

hol der para nurski tam
sexi nixi wixi tu mi
tri ria tri dlio – waukeli – wau
piff-paff-puff.«

(vater unser
der du bist im himmel
geheiligt werde dein name
dein reich komme
dein wille geschehe
wie im himmel …
unser tägl. brot …
vergib uns unsere
schuld
wie auch wir …
und führe uns nicht …
sondern erlöse uns …
amen.)

tränenden auges erhebt sich der körper hödlmosers und begibt sich in die bereitstehende schutzhütte »zirbitzkogelhaus« hinunter.

noch während er die schöne schutzhütte betritt, denkt hödlmoser: »zirbi bami gu ku ru, lavoi za lu zali zalot, za birmi tumi tani.«

und dann öffnet er schon den großen rucksack und trinkt das gute gösser bier.

die steirische waldgeschichte

hödlmoser und fani sind im wald.

dann erleben hödlmoser und fani das 2. walderlebnis.

hödlmoser führt fani an der hand.

dann gehen sie durch den wald.

»schon 15 jahre her«, denkt hödlmoser und sieht fani an.

dann dreht sich fani um und blickt hödlmoser in die augen.

hödlmoser blickt auf eine fichte und zeigt das eichkätzchen.

dann springt das wild aufgewachsene eichkätzchen auf ein anderes.

2 eichkätzchen vögeln auf einer fichte.

dann dreht sich fani um und blickt hödlmoser beherzt in die augen.

hödlmoser erblickt eine fichte und zeigt 2 vögelnde eichkätzchen.

jetzt bewundert hödlmoser den braunen eichkätzchenschweif.

da denkt hödlmoser: »so ein schöner buschen!«

gierig blickt fani hödlmoser an.

»2 schöne buschen«, denkt hödlmoser.

dann sieht hödlmoser eine fichte.

schon biegt sich der ast der fichte der vögelnden eichkätzchen.

jetzt sitzt ein kleiner waldvogel auf dem gebeugten fichtenast.

nun hören die katzen zu vögeln auf.

und da muß auch hödlmoser lachen.

denn jetzt sind alle beiden eichkätzchen vom vogelfichtenast gesprungen.

als fani eine andere fichte erblickt, hüpfen alle eichkätzchen auf eine andere fichte.

plötzlich ist fani überhaupt nicht mehr geil.

da öffnet hödlmoser den mund und spricht zu den eichkätzchen: »lausbuben«, sagt hödlmoser.

es drehen sich erstmals die eichkätzchen zu hödlmoser um und lachen ihn aus.

abermals erwacht in fani die geilheit als wild die eichkätzchen wiederum vögeln im wald.

fani und hödlmoser gehen durch den wald.

dann sieht fani hödlmoser an.

»schon lange her«, denkt hödlmoser.

dann blickt fani hödlmoser in die augen.

hödlmoser aber führt fani sicher nach hause.

alle eichkätzchen bleiben im wald.

EGYD GSTÄTTNER

Der junge Gorgias

Gorgias wird geweissagt

Verliebt. Verlobt. Verheiratet.
Verstorben. Vergraben und Verwest.
(Aus der geheimen Spruchweisheit
des Gorgias aus Leontinoi)

In den Mittagsstunden des 16. Oktober des Jahres 480 vor Christus brennt die Sonne noch afrikanisch heiß auf die kleine sizilianische Stadt Leontinoi. Alle Bürger haben sich vor der brütenden Hitze in ihre weißgetünchten Häuser zurückgezogen und ruhen, dösen oder schlafen, als die hochschwangere Frau Penelope einen Korb Fische unter dem linken, einen Korb Gemüse unter dem rechten Arm, unter ihren drei Lasten verhalten stöhnend quer über die menschenleere Agora heimwärts trottet. Da taucht auf dem tiefblauen Himmel Siziliens wie aus dem Nichts eine Schwalbe auf, fliegt konzentrische Kreise und läßt, als hätte sie mit ihrem Rundflug ein Fadenkreuz erzeugt und es geradewegs auf die Schwangere abgesehen, ihre Exkremente genau auf Penelopes Kopf fallen. Penelope blickt kurz zum Himmel auf, entweder zur Schwalbe oder zu den unsterblichen Göttern – das läßt sich aus heutiger Sicht nicht mehr einwandfrei feststellen. Aber weit davon entfernt, sich den Schwalbenkot von der Frisur zu putzen, nimmt Penelope nun auch noch diese vierte Last in Kauf, balanciert damit nach Hause zu ihrem Gatten Karmantidas, händigt ihm die Zutaten für seine berühmte *Sizilianische Fischsuppe* aus, berichtet ihm in höchster Unruhe vom Vorgefallenen, stellt Mutmaßungen an, was dieser mysteriöse Zwischenfall alles bedeuten könnte und beratschlagt mit ihrem Gemahl, was nun zu tun sei. Zwei Totgeburten hat Penelope nämlich ganz ohne böse Vorzeichen bereits hinter sich, unter solchen Umständen neigt man leicht zur Nachdenklichkeit.

Zu der Zeit, bevor der größte Philosoph aller Zeiten geboren war – und auch zu Lebzeiten des größten Philosophen aller Zeiten –, erstreckte sich Großgriechenland über die gesamte damals bekannte Welt von Marseille bis Kleinasien, und auch die Insel Sizilien war eine griechische Kolonie. Zentralgriechenland war nämlich stark überbevölkert: Dieser Umstand führte zu Massenarbeitslosigkeit, Armut, sozialen Spannungen und zu den Peloponnesischen Kriegen, für einen Weltbevölkerungsgesundschrumpfungsprozeß allerdings denkbar ungeeignete Kleinkriege und alberne Scharmützel verglichen mit den vernichtungsdigitalen Hochleistungsmilitäroperationen der regionalen Ordnungsmächte unserer Tage mit ihrer Tötungsintensität und Ausrottungseffizienz. Nachdem der Osten bereits von vielen Wehrdienstverweigerern aus Sparta und Athen erkundet und besiedelt war, sagte die Pythia den arbeitslosen, abenteuerlustigen Griechen schließlich: »Go west!« Und die Pythia hatte weise gesprochen, denn noch war Platz auf der Welt.

Und so bauten die griechischen pilgrim fathers griechische Mayflowers, einmal dorische, einmal ionische, einmal unter der Flagge Spartas, einmal unter der Flagge Athens, stachen in See und machten sich wagemutig auf den Weg zur Neuen Welt. Diese Neue Welt ließ sich, weil sie keine große Lust hatte, ausgerottet zu werden, ohne nennenswerte Widerstände attisieren und hellenisieren, und binnen kurzem waren sämtliche sizilianische Ansiedlungen paritätisch entweder zu *New Sparta* – wie etwa Syrakus – oder *New Athens* – wie etwa Leontinoi – umgebaut und umfunktioniert. Die Ureinwohner sagten: »Ist ja egal.« Die Griechen brachten mit sich: Griechische Architektur, griechischeTempel, griechische Theatertragödien, Weihespiele und Feste, griechische Kultur, griechische Medizin, griechisches Essen, griechischen Sport, griechische Herrenmode, griechische Politik, den Peloponnesischen Krieg, aber nur in einer Schmalspurversion, griechische Philosophie, griechische Mentalität, Mystik, Mythologie, griechische Spiritualität, Religiosität, Religion und Metaphysik. Und die Ureinwohner sagten: »Ist ja egal.«

Zum Innersten des griechischen Wesens gehörte, daß sich die Griechen, wann immer ihnen etwas zu hoch war, wann immer sie etwas nicht verstanden, wann immer sie nicht weiterwußten, wegen *jedem Dreck* sozusagen, an das Orakel in Delphi wandten, eine Weissagung erflehten und ihren Obulus entrichteten. Und es gab damals viel Dreck, und bei aller Kultur, Philosophie und Religiosität war den Griechen bald einmal etwas zu hoch. Das Orakel von Delphi war damals das einzige Medium überhaupt und für alle Sparten, Kanäle, Programme und Sendeleisten zuständig. Das Orakel war der Herausgeber des gesamten Weltwissens samt Glossen, Kommentaren und Interpretationen und besaß von Krankheitsdiagnostik über Landesnachrichten, Wertetabellen, Hitparaden, name dropping, Überlegungen zu strategischer Kriegsführung, Psychoanalyse und Logotherapie bis hin zur Wettervorhersage das kollektive und individuelle Lebensberatungsmonopol. Wettervorhersage in Griechenland ist allerdings nicht besonders schwer.

Auch Karmantidas beschließt also nach Rücksprache mit seiner Gattin, in ihrer brenzligen Angelegenheit nach Delphi zu reisen, um vom Orakel Genaueres über den Schwalbendreck auf Penelopes Kopf zu erfahren. Denn seit jeher offenbarte sich im Flug der Schwalben die Zukunft. Und in den Schadstoffemissionen, sozusagen. Auf Knien und mit bodenwärts gerichtetem Gesicht berichtet der gottesfürchtige Karmantidas dem Orakel vom seltsamen Vorkommnis in allen Details. Das Orakel schweigt lange und kommt dann zum Schluß, daß Penelope den Schwalbendreck ohne weiteres wieder von ihrem Kopf herunterputzen darf. Kein Olympischer würde dadurch verstimmt sein und kein schlimmes Unglück dadurch verursacht. Und die Pythia hat weise gesprochen. Karmantidas verneigt sich, dankt und entrichtet gehorsam seinen Obulus. Aber restlos zufriedengestellt ist er doch noch nicht. Es liegt im Wesen der Griechen, in jeden Dreck ganz automatisch etwas hineinzugeheimnissen. Nur bleibt es ihnen, normalsterblich und transzendental dilettantisch, wie sie sind, leider verborgen, worin das Geheimnis besteht, und was es bedeutet. Auch der Schwalbendreck auf Penelopes Kopf muß also selbstverständlich mehr als bloß Schwalbendreck sein, nämlich eine verschlüsselte Botschaft Verstorbener aus dem Jenseits oder ein zu dolmetschendes Zeichen der Himmlischen.

Das Orakel Apollons, der ursprünglich als Todesgott angefangen, sich dann aber zum göttlichen Erfinder des Weissagens, der Bogenschußkunst und sogar der Heilkunde entwickelt und seinen Sohn Asklepios den Ärzten gewidmet hat – dieses Orakel in Delphi also, das als eine Art spiritueller Entschlüsselungsdienst bei den griechischen Intellektuellen und Künstlern unumstrittene Autorität genießt, – dieses Orakel Apollons in Delphi hat Verständnis für den Kryptikbedarf des Karmantidas und erkundigt sich nochmals nach den genauen Umständen.

»Wie genau ist die Schwalbe am Himmel aufgetaucht?«

»Aus dem Nichts, hat meine Frau gesagt.«

»Aus dem Nichts. Soso!« Abermals überlegt das Orakel lange, und dann spricht es:

»Nun höre denn, Karmantidas! Deine Frau Penelope wird ein Kind gebären, und wenn es männlichen Geschlechts ist, sollt ihr es Gorgias nennen.«

»Wie?«

»Gorgias!«

»Warum ausgerechnet *Gorgias*? Niemand heißt so bei uns daheim in Leontinoi.«

»Weil ich es sage«, sagt das Orakel jetzt schon ein wenig ärgerlich, »das muß dir Sterblichem genügen! Gorgias wird nicht irgendein Kind sein! Gorgias wird einer sein, wie noch keiner vor ihm geboren worden ist und keiner nach ihm geboren werden wird! Gorgias wird *Gorgias* werden. Gorgias wird *Gorgias* sein!«

Da staunt Karmantidas sehr. Und abermals hat die heilige Eiche weise gerauscht und die Pythia weise gesprochen. Erstens, weil sie – das merkt man mittlerweile wohl bereits – immer weise spricht, wahrscheinlich kann sie gar nicht anders. Zweitens ist kein Kind irgendein Kind. Niemals noch hat man eine junge Mutter nach der Entbindung sagen hören, *ich habe gerade irgendein Kind geboren*. Die Exklusivität und Einzigartigkeit treffen auf jeden Menschen, der auf die Welt kommt, zu, ob er nun als Steinbrucharbeiter oder Wirtschaftsanwalt endet, als Zahnarzt oder Zugkartenzwicker, als Volksbildungsreferent, Künstler, Verrückter oder Kantineur. Jeder Mensch ist einzigartig. Nur ist diese Einzigartigkeit noch nichts Besonderes, nichts Hervorragendes. Wahrscheinlich wäre es gerade einzigartig, nicht einzigartig zu sein. Eineiige Drillinge wären zum Beispiel etwas Einzigartiges. Eineiige Drillinge sind das Restrisiko eines Orakels. Aber ich als Erzähler erlaube mir jetzt schon vorwegzunehmen, daß sich das Orakel mit seiner ungefähren Prophezeiung anhand Gorgias' nachfolgendem Leben nicht blamiert hat. Gorgias ist tatsächlich *Gorgias* geworden. Ob das Orakel geahnt hat, daß es viele Jahre später mit Gorgias persönlich zu tun haben wird, weiß nicht einmal ich Erzähler. Jedenfalls erinnert das Orakel den Karmantidas, der sich – im Umgang mit Göttlichen gerade als Provinzmensch ein wenig unerfahren und unkritisch – ehrfurchtsvoll verneigt, erhebt und sich entfernen will, für die dunkle Zusatzprophezeiung abermals einen Obulus zu entrichten. Beim Kassieren sind Orakel gar nicht kryptisch. Jedes Wort eine Goldgrube.

Gorgias wird geboren

Krabbeln ist sinnlos.
(Aus der geheimen Spruchweisheit
des Gorgias aus Leontinoi)

Die Weissagung des Orakels ist schneller Wirklichkeit geworden, als selbst das Orakel es hat ahnen können. Genaugenommen ist die Wirklichkeit bereits wirklich gewesen, noch bevor sie geweissagt worden ist. Denn keine Viertelstunde, nachdem Karmantidas Leontinoi verlassen und sich auf den beschwerlichen Weg nach Delphi gemacht hat, platzt Penelopes Fruchtblase, Fruchtwasser geht ab, und dann: Blutungen, Blutungen, Blutungen. Man ruft aufgeregt nach der jungen, unerfahrenen Hebamme Potone, die noch nie alleinverantwortlich einer Geburt assistiert hat, die aber nach dem plötzlichen Tod der alten, erfahrenen Hebamme Potone die einzige Hebamme der Polis ist. Gorgias ist ungehalten wegen des Aufruhrs, der in seine Behaglichkeit hereindämmert, protestiert und tritt seine Mutter wütend in die Plazenta, aber vergebens. Penelope ächzt und stöhnt und jammert. Der Muttermund geht auf. Die Wehen schlagen Schmerzenswellen, nach den Wehen die Preßwehen, und dann kommt die Handvoll Mensch mit Hilfe der Hebammenhandreichungen und der Eileityrien, der Geburtsgöttinnen, von einem urgewaltigen mütterlichen Grunzen begleitet, seinerseits blutverschmiert, mit finsterem Gesicht und runzliger Stirn, klein und erbärmlich, mehr Wurm als sonstwas, angeekelt und entsetzt, *die Hölle ist hier und jetzt*, unwiderruflich und ein für allemal auf die Welt, wird ein für allemal *ins Sein geworfen*, klassisch modern gesprochen, zu Leben und Lebendigkeit und Existenz verurteilt, dagegen ist kein ordentliches Rechtsmittel zulässig, kein Einspruch, keine Berufung, keine Unterlassungsklage, keine einstweilige gerichtliche Verfügung. Gorgias ist wie alle Kinder das schönste Kind weit und breit, das sieht man gleich: Sein Kopf ist verbeult und thront wie ein Kürbis über dem zappelnden Restkörperchen, ein Irokesenkamm teilt ihn in zwei Hälften. Die Augen trauen sich noch nicht an die Außenwelt, aber es wird ihnen nichts übrigbleiben. Die Hinterseiten der Oberschenkelchen sind durch eine tiefe Falte gespalten, einer zweiten Kniekehle gleich.

Aber noch immer brennt die Sonne heiß auf Leontinoi, noch immer verschanzen sich die Menschen in ihren Häusern, und so bemerkt niemand, daß mitten unter ihnen soeben der größte Nihilist aller Zeiten geboren worden und Leontinoi also nicht länger die geringste unter den Städten Siziliens ist.

Die Geburtsgöttinnen stehen in der Götterhierarchie sehr weit unten, haben gar keine Macht und gar keinen Einfluß. Ständig sind sie indisponiert, und es hat gar keinen Sinn, diese verschwommenen Nebelschwadengeschöpfe anzuflehen. Am 16. Oktober 480 vor Christus sind sie leider überhaupt nicht in Form gewesen. Oder die Hebamme Potone hat vor lauter Aufregung und Unerfahrenheit im allesentscheidenden Augenblick sämtliche Erkenntnisse der Geburtsassistenzseminare vergessen und Gorgias an den Nasenlöchern aus Penelopes Bauch gezogen. Jedenfalls ist gleich nach der subjektiven Schönheit des Säuglings ein objektiver Geburtsfehler festzustellen. Wohl haben die Nasenlöcher des Gorgias wie alle Nasenlöcher Ellipsenform. Aber es sind nicht zwei deckungsgleiche Ellipsen zweiter Hauptordnung wie in jedem anderen Schädelskelett. Sie lugen leider nicht parallel aus dem Gesicht. Nur eines, nämlich das rechte Nasenloch, verläuft in seiner Längsachse parallel zur Nasenscheidewand. Das linke Nasenloch hingegen steht quer zum rechten und liegt sozusagen auf dem Bauch. Ein erloschener Krater. Ich werde das rechte Nasenloch des Gorgias fortan fallweise das *orthodoxe Nasenloch* nennen, das linke das *unorthodoxe* oder *falsche* Nasenloch. Außerdem ist das Nasenbein spiralförmig verkrümmt und läuft Gorgias diaonal durchs Gesicht. Von Symmetrie kann keine Rede sein, von Ebenmaß auch nicht. Sei es, daß durch diese Mißbildung die Nasenschleimhaut im linken Nasenkanal des Gorgias ständig angeschwollen ist, sei es, daß sich die linke Nebenhöhle nicht entleeren kann und andauernd verschattet ist, sei es, daß ihn dadurch hoch oben an der Nasenwurzel Knorpel knebeln, sei es auch nach dem Willen der Götter ein unergründliches Mysterium durch und durch. Faktum brutum ist, daß Gorgias vom ersten Tag seines Lebens an durch das falsche Nasenloch nicht einen Hauch Atemluft bekommt. Das Elend zu bagatellisieren und dem armen Gorgias zu empfehlen, eben durch das andere Nasenloch zu atmen, wäre ebenso töricht und zynisch, als wollte man einem Einbeinigen raten, eben mit seinem einen Bein zu laufen. Kein Mensch mit symmetrischem Schädelskelett und intakter Belüftung kann die Qualen nachempfinden und ermessen, die Gorgias der tagtägliche, lebenslängliche Kleinkrieg gegen sein Vakuum verursacht. Geringfügige Ursachen können verheerende Wirkungen haben. Nach und nach wird das falsche Nasenloch den ganzen Körper und die ganze Seele des armen Gorgias ruinieren. Zunächst wird Gorgias Halsentzündungen bekommen, die chronisch werden; dann Kehlkopfentzündungen, Rachenentzündungen, Zungenentzündungen, Zahnfleischentzündungen, Mundwinkelentzündungen, Gehörgangsentzündungen, Verpilzungen, Versteppungen, Vermuschelungen. Davon wird Gorgias Schmerzen beim Schlukken bekommen, Hustenanfälle, Würgeanfälle, Erstickungsanfälle, Ohrenschmerzen. Er wird beim Reden schnarchen, ein dauerndes Krachen und Knistern wird in den Höhlen und Stollen seines Kopfes sein. Dann wird das Elend ins Innere wandern und Gorgias

Verspannungen in der Brust verursachen, im Sonnengeflecht und am Rücken von den Schultern bis hinunter zum Steißbein. So wird Gorgias seinen Körper kennen lernen. Jeder Tag wird schlimmer sein als der vorhergegangene. Verkrampfungen werden folgen, Beklommenheit, Herzinfarktimitate. Alle Augenblicke werden Gorgias panische Ängste packen. Zersetzendes Mißtrauen gegen die eigenen Eingeweide: Das Herz des Gorgias: Ein kaputter Klumpen im Körper. Die Lunge des Gorgias: Ein kaputter Klumpen im Körper. Die Nieren kaputte Klumpen im Körper, der Magen ein kaputter Sack, der Darm eine kaputte Wurst. Ein Körper voller kaputter Klumpen. Und alles ummantelt von ewigem Röcheln. Statt atmen nach Luft schnappen bis in alle Ewigkeit. »Wo ist Hilfe?«, wird Gorgias fragen, »wo ist Heilung?« Nirgendwo ist Hilfe! Nirgendwo ist Heilung! Dann wird sich die Halsnasenohrenhölle des Gorgias dunkel auf sein Gemüt schlagen, und der Wille zum Leben wird sich wenden. Abwenden wird er sich mit Grauen, und sagen wird er: »Das ist ja kein Leben.« Damit wird der Totalschaden des Gorgias komplett sein. Überall Beeinträchtigungen, von Anfang an, immerfort. Aber ich greife vor. Ich als Erzähler weiß das natürlich schon alles. Gorgias als Mensch weiß das alles natürlich noch nicht. Noch döst der kleine Gorgias ohne besonderes Bewußtsein seines Lebenselends beim Kangarooing an Penelopes Brüsten. Noch kommt niemand an Gorgias heran. Wenn das eine Auge aufgeht, geht das andere zu. Ohne wirkliches Bewußtsein hält Gorgias die kleine Hand vor das offene Auge und die Partie, wo vielleicht Gehirn ist. Dann fächert er seine Fingerchen auf wie ein Magier, und geht das geschlossene Auge auf, geht das bis dahin offene zu. Noch sind beide Augen Konten ohne Einlage. Noch ist niemand zu Hause. Wenn dem Säugling die Anstrengung des unvermuteten Existierens zu groß wird, gähnt er und dreht sich weg, als ob nichts wäre. Penelope verkuht vorübergehend, und im Schlaf erbricht Gorgias die Muttermilch. Wenn man ganz am Anfang schon bei klarem Verstand wäre und wüßte und sehen könnte, was einem alles an Torturen bevorsteht, bevor man schließlich endet, was man alles wird durchmachen und durchstehen müssen in seinem Lebensdrama, man müßte sich zweifelsohne sofort umbringen. Aber man weiß es nicht und ahnt es nicht einmal. Es gibt kein Vorblättern im Buch des Lebens. Auch das delphische Orakel hat ja in seiner allgemeinen Weissagung das spezielle gorgiastische Halsnasenohrenjammertal nicht explizit miteingeschlossen. Vielleicht genieren sich Apollon und Asklepios ein bißchen für die menschliche Mangelware, die sie da hervorgezaubert haben. Reklamationen nehmen sie jedenfalls keine an. Vielleicht meinen sie auch, daß große Männer der Weltgeschichte nur große Männer der Weltgeschichte werden können, wenn sie von kleinauf möglichst katastrophale Krankheiten und Verkrüppelungen haben, die sie sublimieren, an denen sie wachsen und reifen und schließlich über sie hinauswachsen können: Zuerst der Dreck und dann die Aureole; daß hingegen Gesundheit ziemlich dumm und gewöhnlich macht und unter den Grabsteinen nichtssagende Existenznormalverbraucher hinterläßt. Aber das wäre doch eine billige Ausrede für Allmächtige.

Als Karmantidas von seiner delphischen Reise zurückkehrt und sieht, daß Penelope ein Kind geboren hat, geht er ins üppige Niemandsland vor den Toren Leontinois und pflückt den größten und schönsten Margaritenstrauß aller Zeiten. Dann rennt der neue Vater durch die ganze Stadt, preist die Götter und erzählt einem jeden, daß sein Sohn geboren. sei. Sein Sohn! Und sein Sohn, deklamiert er, ist einzigartig: Eine Persönlichkeit von der ersten Sekunde an. Karmantidas frohlockt. Auch Penelope frohlockt. Hätte aber Gorgias bereits eine Sprache zu sprechen, hätte er gesagt: »Nichts zu frohlocken, Leute! Frohlocken ist Unsinn!«

Empedokles, Entdecker der Luft

Manche Quellen sagen, *einen* Lehrer hätte es im Leben des Gorgias doch gegeben, nämlich den Philosophen Empedokles aus Agrigent, Enkel des gleichnamigen Exolympiasiegers in der Pferdezucht und seinerseits Schüler des Philosophen Xenophanes, der ihm, Empedokles, sagte, es sei ganz leicht, einen weisen Mann zu erkennen. Man müsse dazu nur selber weise sein.

Die Annahme, zwischen Empedokles und Gorgias habe ein reguläres Lehrer-Schüler-Verhältnis bestanden, scheint mir aber übertrieben, wenn ich erstens bedenke, daß Empedokles keine zehn Jahre älter als Gorgias gewesen ist, zweitens, daß ihre Bekanntschaft keine halbe Stunde gedauert hat. Die ist so zustande gekommen: Empedokles hat seiner öden Heimatstadt Agrigent, wo sich die Leute schwer tun, weise Männer zu erkennen, den Rücken zugewandt und kommt am Weg in den Orient in die Gegend von Leontinoi, wo er im Niemandsland vor den Toren der Stadt in einem Olivenhain einen Knaben lungern sieht, kein Kind mehr und doch noch kein Jugendlicher, der phlegmatisch in die Luft schaut und im Kopf knistert.

»Wie ist dein Name, fremder Jüngling?«, fragt der Philosoph.

»Gorgias«, sagt Gorgias.

»Mich nennt man Empedokles aus Agrigent«, sagt Empedokles aus Agrigent, ohne daß sich Gorgias seinerseits danach erkundigt hätte. »Ich bin mit vielerlei Talenten gesegnet.«

»Ich nicht«, gibt der Knabe zurück, weniger aus Bescheidenheit als aus Überzeugung. Es gibt auch einzigartige Persönlichkeiten ohne Talente. Und dann die obligate Frage:

»Was möchtest du einmal werden, wenn du groß bist?«

»Nichts.«

»Nichts? Eine weise Antwort. Damit kann man viel anfangen. Was wäre zum Beispiel mit Philosophie?«

»Philosophie?« Das große Wort hat der kleine Gorgias aus dem kleinen Leontinoi nun soeben das erste Mal in seinem Leben gehört. »Philosophie? Was ist das?«

»Ganz einfach nachdenken und staunen«, sagt Empedokles.

»Nachdenken und staunen worüber?«

»Über alles mögliche, mein Freund, über alles: Über dich selbst, das Leben, die Existenz, das Sein. Über Gott und die Welt, Diesseits und Jenseits, Anfang und Ende, Geburt und Tod, Liebe und Haß. Über die Natur, über die Kunst, die Dichtkunst vor allem. Organismus, Evolutionstheorie, Zentrifugalkraft, Politik. Über den Kosmos, die Sphäre, die Elemente: Erde. Wasser. Feuer. Luft.«

»Wie langweilig«, sagt Gorgias, »daran ist nichts Erstaunliches.«

»Möchtest du nicht wissen, was diese Welt im Innersten zusammenhält? »

»Nein. Die hält gar nichts zusammen. Die hält einfach so. Und meinetwegen müßte sie auch gar nicht.«

»Du könntest mein Schüler werden«, setzt Empedokles nach, »und später einmal ein eigener Philosoph!«

Wer gerne Lehrer wäre, hätte gerne Schüler. Abopublikum. Jemandes Schüler zu sein, scheint Gorgias aber sehr unwürdig und erniedrigend, und die Zeit der Erniedrigung sollte im Leben des Gorgias erst noch kommen, Jemandes Schüler zu sein bedeutet im fünften Jahrhundert vor Christus ja nicht bloß Hörer, sondern nachgerade jemandes Jünger zu sein, außerdem Gepäckträger und Eseltreiber, dem Meister ergeben überall hin zu folgen, und sei es bis in die Slums von Kairo, ihm Gehorsam zu leisten und sich seiner Lehre auszuliefern auf Gedeih und Verderb. Und die notorisch nickende Nebenfigur in einem philosophischen Wanderzirkus zu geben, ist die Sache des Gorgias nicht.

»Wissen Sie, Meister«, sagt er, »wenn ich vor heiklen Herausforderungen wie dieser stehe, ist es bei mir jedesmal so: Zuerst glaube ich immer, ich schaffe das nicht. Aber dann, wenn ich es versuche, merke ich, ich schaffe das doch nicht.«

Empedokles seufzt. »Sage, oh Gorgias, was meinst du, wie man einen weisen Mann erkennt?«

»Das wieder ist ganz einfach«, sagt Gorgias. »Ein weiser Mann ist überhaupt nicht zu erkennen. Denn ein weiser Mann, der sich als weiser Mann zu erkennen gibt, ist kein weiser Mann.«

Empedokles seufzt abermals. Trotz seiner Gasthausexistenz ist schon ein Charakter in diesem kleinen Körper zu Hause, der nicht mehr so ohne weiteres zu biegen, zu beugen und zu lenken ist. »Nein, Meister, selbst wenn ich mich Euch anschließen wollte, es geht wirklich nicht. Ich bin gebrechlich. Ich kann weder schlucken noch atmen. Ich bekomme keine Luft!«

»Keine Luft? Kein Problem!«

Tatsächlich stimmen verschiedene Quellen darin überein, daß Empedokles nicht nur Philosoph, sondern auch ein begnadeter Wissenschaftler, Friseur und Arzt war. Er galt zum Beispiel als besonderer Experte der menschlichen Anatomie. Als Wissenschaftler kommt ihm das Verdienst zu, die Luft entdeckt zu haben, eine Materie also, die man gewöhnlich *Luft* nennt, ein Gemisch aus Stickstoff und Sauerstoff. Und er hat die Luft von der Leere unterschieden. Allerdings sind Luft entdecken und Luft bekommen zweierlei Gnaden. Die philosophische Medizin oder medizinische Philosophie glaubte damals allen Ernstes, schnelle Heilung herbeiführen zu können, indem man die Phantasie des Patienten anheizt. Manche Quellen meinen, die Medizin habe sich erst später mit Hippokrates zu einer eigenständigen Wissenschaft entwickelt. Wieder andere Quellen sagen, die Medizin habe sich bis heute zu keiner richtigen Wissenschaft entwickelt. Summa summarum sei es noch immer am klügsten, zum Friseur zu gehen.

Empedokles jedenfalls heizt mit vielen Tricks und Kniffen die Phantasie des Gorgias an. Gorgias phantasiert und phantasiert und phantasiert, aber so intensiv Gorgias auch phantasiert und sich vorstellt, er würde Luft bekommen: Er bekommt keine Luft. Das unorthodoxe Nasenloch bleibt unorthodox, das diagonale Nasenbein diagonal, die Nasenschleimhäute bleiben angeschwollen, und Gorgias bleibt in der Halsnasenohrenhölle.

Nachdem Gorgias schließlich auch ein eindeutig homosexuelles Angebot des Empedokles mit der penetrant stereotypen Begründung, das sei ihm zu anstrengend und er würde dazu eben auch viel zu wenig Luft bekommen, ausgeschlagen hat, gibt Empedokles es endgültig auf, Lehrer und Liebhaber von Gorgias sein zu wollen, wendet sich an eines der Nachbarkinder, nämlich an den kleinen Pausianas, Sohn eines Walfängers, lädt bei ihm ein bißchen Lehre ab und erwirkt tatsächlich einen stürmischen Onenight-stand, der sich noch Jahrzehnte später im Berufsleben des Pausianas auswirken wird. Danach zieht Empedokles erleichtert weiter in den Orient, besucht die dortigen Universitäten und läßt sich von den Magiern in den mystischen Künsten unterweisen: Hypnose, Telekinese, Gedankenlesen. Er und Gorgias haben sich zeitlebens niemals wiedergesehen. Gestorben ist Empedokles gewissen Quellen zufolge, indem er aus Altersschwäche ins Meer fiel. Eine andere und wohl zuverlässigere Überlieferung wieder besagt, Empedokles habe sich im Alter von fünfzig Jahren oben am Gipfel des Feuerbergs in den Krater gestürzt. Bloß der kleine Pausianas läuft eine Zeitlang wie in Trance durch die engen Gassen von Leontinoi und hat immerzu die Worte des Meisters auf den Lippen: »Erde! Feuer! Wasser! Luft! Erde! Feuer! Wasser! Luft!« Hie und da: »Zentrifugalkraft!« In kleinem Kreis zitiert Pausianas auch weniger bekannte Erkenntnisse des Meisters: »Griechisch ist wunderbar! Griechisch ist so wunderbar!«

Tatsächlich imponiert hat Gorgias an Empedokles aber dessen Äußeres: Empedokles ist in einem wallenden pururnen Gewand nach Leontinoi gekommen und hat einen goldenen Gürtel und Schuhwerk aus Kupfer getragen. Der Bart des Empedokles ist dicht, und sein Haupt zu Ehren Apollons mit einer delphischen Krone bekränzt gewesen. Dieses extravagante Outfit hat dem Gorgias in einer Gegend, wo man gewöhnlich bloß barfüßige Steinbrucharbeiter im Lendenschurz antrifft, so über alle Maßen gefallen, daß er nicht mehr zu Ruhe kommt, bis er sich nicht ebenfalls ein wallendes, purpurnes Gewand besorgt hat, einen Goldgürtel, Kupferschuhe und die delphische Krone. Das ist gar nicht einfach, denn in ganz Leontinoi praktiziert noch kein Schneidermeister, und eine Großmutter zum Bezirzen ist auch nicht vorhanden. Sämtliche Großeltern des Gorgias sind lange vor seiner Geburt bei Vulkanausbrüchen von Lavamassen verschüttet worden. Über den Mangel, niemandens Enkel zu sein und keine Märchen aus uralten Zeiten erzählt zu bekommen, tröstet sich Gorgias mit dem Vorteil hinweg, sich vier Begräbnisse zu ersparen. In Frage kommt die Mutter des Pausianas, denn sie ist Hausfrau, und oft ist der Walfänger wochenlang auf Walfang. Gorgias umschwirrt und betört und beschwatzt sie so lange, bis sie ihm tatsächlich in allen Details das gewünschte Kostüm geschneidert hat. Nur der Bartwuchs funktioniert nicht ganz nach Wunsch: Die nächsten paar Jahre überhaupt noch nicht. Dann hängt ihm nach und nach ein bißchen Gesichtsgestrüpp nach Ziegenart vom Kinn. Purpurgewand, Goldgürtel, Kupferschuhe und vor allem die Krone aber werden bald das Markenzeichen des Gorgias, und vom Tag der Besorgung an bis zum letzten Tag seines Lebens hat den Gorgias kein Mensch mehr anders als in dieser Adjustierung gesehen.

Diesmal hätten wir Doktores der Moderne in der Neuschweinfurter Sauna gleich drei Themenschwerpunkte nachzubereiten. Was etwa die Homosexualität betrifft, hätte ich ergänzen können, daß die Homosexualität bei den antiken Griechen bekanntlich weit verbreitet und der Umgang damit ganz unverkrampft gewesen ist. Zwar gab es kaum Debatten, ob Homosexuelle heiraten und Familienbeihilfe beziehen dürfen, aber diskriminiert waren gleichgeschlechtliche Neigungen keineswegs. Ein empörendes und schreckliches Verbrechen, für das man ins Gefängnis geworfen, zu härtester Zwangsarbeit verurteilt und anschließend finanziell und familiär ruiniert ins Exil getrieben wird, wie es Onkel Oscar passiert ist, waren sie keineswegs. Männerliebe war ganz selbstverständlich. Päderastie, die erotische Beziehung zwischen einem Mann und einem heranwachsenden Jüngling, gehörte zu den drei Elementen der altgriechischen Bildung. Lesen und Schreiben kamen erst später dazu. Gerade in der Upperclass galt ein zartes Knabengesäß als ausgesprochene Delikatesse. Kein Politiker, kein Erzbischof hätte deswegen zurücktreten müssen. Und die Knabengesäße hat man ja nicht zu Wort kommen lassen. Meine Gelehrten und ich sind aber so feminin fixiert, daß wir weder Zeit noch Lust haben, über Männerliebe nachzudenken.

Was wiederum die Medizin angeht, wäre Doktor Mutzko gefordert gewesen, auch wenn er kein Halsnasenohrenarzt, sondern Zahnarzt ist, weil schon sein Vater Zahnarzt war und er die väterliche Kassenstelle und die väterliche Zahnarztpraxis übernehmen konnte. Auch ein Zahnarzt könnte schließlich Fortschrittsoptimist sein und meinen, daß Technik und medizinische Forschung enorme Fortschritte machen, die den Menschen ein immer längeres Leben ermöglichen, das den Menschen wiederum ermöglicht, immer länger Seniorenclub zu schauen. Soviel hätte Mutzko auch als Zahnarzt sagen können, daß es doch heute Nasenseptumsoperationen gibt, und manchmal haben sie Erfolg, manchmal nicht. Aber gerade die sogenannten erfolgreichen chirurgischen Eingriffe haben ihre Tücken, und wenn der Chirurg dem Patienten nach der Operation freundlich sagt, daß er sehr zufrieden ist, muß das noch nichts heißen: Er war ja vor der Operation auch schon zufrieden. Ja, man kann ein verbogenes Nasenseptum geradestellen. Man kann Muscheln und Knorpel ausschaben, wegkratzen und wegstemmen. Man kann den Zugang zu den Nebenhöhlen erweitern. Man kann Polypen entfernen. Aber man kann dem Patienten nicht garantieren, daß er Luft bekommt, wenn man ihm drei Tage nach dem Eingriff die Plastikpfropfen aus den Nasenlöchern reißt, daß der Patient vor lauter Schmerz meint, das Gehirn werde mitgerissen. Viele Körper haben leider auch die Neigung, sich ganz von allein in ihren miserablen Urzustand zurückzubilden, und drei Wochen nach der Operation ist der entfernte Polyp ganz ungeniert wieder da, drei Monate später die Muscheln und die Verknorpelungen. Ein halbes Jahr nach dem Eingriff hat sich die Nebenhöhleneingangserweiterung wieder verengt. Ein Jahr nach dem Eingriff steht das geradegestellte Nasenbein wieder schief. Der Status quo ante ist mustergültig wiederhergestellt, und man bekommt erst keine Luft.

Ach, wenn wir wissen oder wie die Kinder glauben könnten, wir gehen zu den Ärzten, und es wird besser mit uns! Die Beschwerden werden nachlassen, die Schmerzen vergehen, die Gesundheit wird wie der Frühling kommen! Aber wir gehen von Arzt zu Arzt, und es wird gar nichts besser! Von jedem Arztbesuch, von jeder Untersuchung, von jeder Therapie kommen wir nur immer frustrierter, immer hoffnungsloser zurück. Die Gesundheit wird wie der Winter kommen!

Unser lieber Dr. Mutzko trompetet den vermeintlichen Fortschritt der Medizin aber ohnehin nicht in die Sauna hinaus. Im Gegenteil scheint er bereits in seinem Alter von schlimmen Erfahrungen abgebrüht einen Hang zu Skepsis und Fatalismus zu entwickeln. *Diese Hysterie bezüglich Krebsprophylaxe und Früherkennung!*, hat Mutzko unlängst einmal gemurrt. Wenn man sich keinen Krebs schnappt, holt einen eben der Herzinfarkt oder ein Schlaganfall. Man kann sich nicht gegen sein Ende versichern. Mutzko hat uns oft erzählt, daß er nicht nur wegen der vorhandenen Praxis des Vaters, sondern vor allem deswegen Zahnarzt geworden ist, weil das Risiko relativ gering ist, daß in der Zahnarztpraxis einer stirbt. Ein Restrisiko bleibt aber freilich. Das schlimmste Erlebnis von Doktor Mutzko Junior war sicherlich, daß sein Vater Doktor Mutzko Senior am letzten Arbeitstag vor der Pensionierung, am Tag vor der vereinbarten Übergabe, bei der allerletzten Wurzelbehandlung seines Lebens, ganz plötzlich mit einer Herzattacke zusammengebrochen ist. Davon abgesehen war Mutzkos Vater völlig gesund, außerdem Nichtraucher und sportlich, nur eben völlig tot. So war die Übergabe nicht vereinbart gewesen, und das Wort *Erbpacht*, das immer wieder in den Zeitungen zu lesen ist, hat eine gespenstische Dimension gewonnen. Jetzt steht Mutzko an dem Platz, an dem bis vor zwei Jahren sein Vater gestanden ist, greift Tag für Tag ins Mundwerk anderer Leute, wie sein Vater Tag für Tag ins Mundwerk anderer Leute gegriffen hat, züchtet sich Kreuzschmerzen an und denkt an die Pension, wie sein Vater an die Pension gedacht hat.

Schließlich hätte ich mich zur Frage äußern können, wie man Philosoph wird und ob man einen Lehrer dazu braucht, einen Fachdidaktiker. Paulmichl, Doderer und Mutzko nennen mich ja meistens nicht *Bücherdoktor*, sondern *Philosopher*. Manchmal sagen sie *Meister* oder *Meister Gorgasser*, aber ironisch. Und ich bin weder Meister noch Philosoph. In meinem Reisepaß steht unter Beruf: *Von amtswegen gestrichen*. Ich denke, das ist eine sehr brauchbare Definition und auch metaphorisch zu verstehen. Man ist kein Philosoph, weil man an der Universität Philosophie studiert, dreihundert Seiten Fußnoten zusammengepfercht und ein Diplom und einen Titel dafür bekommen hat. Besser als Lehrer sind keine Lehrer, und wenn schon Lehrer, dann Bücher, Schriften, nur ja keine Menschen. Ich bin selbst kein Philosoph, ich habe nur meinen Kopf mit Philosophen gerammelt voll. Alle sind tot, und meine toten Philosophen spucken mir andauernd ihre lebenden Sätze ins Gehirn.

Doderer hätte erzählen können, daß er in seiner postpubertären Neugier ursprünglich ebenfalls Philosophie studieren wollte, wegen der großen Fragen der Menschheit und so. Aber nach zwei Semestern hat er eingesehen, daß die großen Fragen der Menschheit immer nur zu ganz banalen Antworten oder hermetischem Geschwätz führen. Die Menschen kommen. Die Menschen gehen. Die Fragen bleiben. Außerdem hat sein Vater gleichzeitig den Geldhahn zugedreht, sodaß Doderer Junior hätte arbeiten, also zum Beispiel im Café der Eltern hinter der Theke hätte stehen müssen, um sich sein Studium zu finanzieren. Soviel hat Doderer Junior aber auch in den zwei Schnuppersemestern begriffen, daß sich Arbeiten und Philosophieren unmöglich vereinbaren lassen, und ergo hat er doch noch umgesattelt und Rechtswissenschaften inskribiert. Auch nicht besonders originell, aber auf Dauer deutlich einkommensfreundlicher. Außerdem sind auf der Juridischen Fakultät die besseren Studentinnen gesessen. Wenn Doderer *besser* sagt, meint er *schöner*. Schön ist gut. Karrieretechnisch ist Doderer im Grund genau den Weg des Gorgias gegangen.

Heute haben wir aber gar keine Zeit für lange Erörterungen. Bei Paulmichl sind die Kinder krank, *Mittelohrentzündungscharaktere*, bei Mutzko die Frau, *Zungengrundanginacharakter*, sagt er. Im Grund ist nicht viel Unterschied zwischen den Mittelohrentzündungscharakteren und den Zungengrundanginacharakteren. Und wir alle haben morgen einen schweren Tag. Im Erwachsenenbildungszentrum beginnen die Weiterbildungskurse des Wintersemesters, und bis zum Wochenende muß Paulmichl außerdem die Präsentation des neuen *Delphi Reports* vorbereitet haben. Das ist ein großes Forschungsprogramm des Wirtschaftsministeriums, erklärt uns Paulmichl, in dem in Zusammenarbeit mit dem Institut für Trendanalysen und Krisenforschung systematisch zukunftsorientierte Ansätze zur langfristigen Konkurrenzfähigkeit und Standortqualität unseres Landes ermittelt werden. Also etwas ganz, ganz Ödes. Auf Mutzkos Terminkalender stehen sieben Wurzelbehandlungen und drei Artikulationen von Kunstgebissen.

Auf Doderers Terminkalender stehen ein außergerichtlicher Tatausgleich, ein Lokalaugenschein auf der Autobahn, ein Hanganschnittsprozeß, eine Scheidung. Bei Scheidungen und Verlassenschaftsprozessen die emotionelle Schiene fahren, bei Schwurgerichtsprozessen erst recht Stimmung machen im Gerichtssaal! Das kostet Kraft. Mittagessen mit dem Wirtschaftsanwalt Wintersteiner, abends ein Vortrag über Medienrechtsnovellen in der Juristischen Gesellschaft. Auf meinem Terminkalender steht: Phantasieren! Phantasieren! Phantasieren!

KLAUS HOFFER

Am Magnetberg

Für Wolfgang Hildesheimer
und Kurt Neumann

»Freedom's just another word
for nothing left to lose.«

Nachstehende Aufzeichnungen, deren ersten Teil, »Die Jugend«, ich soeben fertiggestellt habe, behandeln die Geschichte meines Lebens. Es sind Erinnerungsstücke, aus denen sich der unbefangene Leser vielleicht ein gerechteres Urteil bilden wird als ich als Beteiligter. – Beim zweiten Teil, »Die Strafe«, handelt es sich letztlich um eine Aneinanderreihung von Reflexionen, Beobachtungen und Beschreibungen von Gefühlszuständen, die ursprünglich als Tagebuchnotizen zwischen 1975 und 1977 aufgezeichnet wurden. Nur einen sehr kleinen Teil dessen, was ich während dieser kaum eineinhalb Jahre niedergeschrieben habe, lasse ich übrig, nur das, wie ich glaube, für meinen Fall wirklich Bezeichnende, eine Art »Auslese«, die thematisch – nicht chronologisch – geordnet ist, entsprechend dem Rhythmus, in dem die immer gleichen Probleme meine Aufmerksamkeit beanspruchten. An manchen Stellen ist diese Ordnung durchbrochen – und zwar jeweils dort, wo Ratlosigkeit und Verzweiflung am größten waren und Fragen aufwarfen, die über den Kreis jener sich wiederholenden Probleme, den ich immer wieder abschritt, hinauswiesen. Trotzdem: Es handelt sich nicht um »Tagebuchnotizen« im landläufigen Sinn. – Nichts halte ich für weniger angebracht als ihre Veröffentlichung, da sie meiner Auffassung nach den Verfasser zu nichts verpflichten, während sie dem Leser alles abverlangen. Der Autor verschanzt sich ungestört hinter seinem »Geständnis«, der Leser hingegen liefert sich ahnungslos aus.

Während der ersten beiden Jahre »am Magnetberg«, einem der unzähligen Zweitausender im Grenzgebiet von Berner und Tessiner Alpen (unweit vom St. Gotthard), dessen hier verwendeter, ursprünglicher Name in allen Landkarten und Geographiebüchern abgeändert wurde, dachte ich, die Angst vor dem Wiederauftreten meiner Jugendkrankheit, der Elefantiasis, hätte mich hier heraufgetrieben. Später fühlte ich, daß es – lächerlich genug nach zwei Selbstmordversuchen – Angst vor dem Tod war, die in Wahrheit, wie ich heute weiß, die Angst vor dem Leben ist – eine Feststellung, der auch ich bis zu allerletzt auszuweichen suchte, weil sie, wie es heißt, »so roh und unerfreulich ist«.

Angeregt zu dieser Fassung meiner Lebensgeschichte wurde ich letztlich durch eine Zeitungsmeldung vom 7. November 1975. – Im August desselben Jahres hatte ich über meine hiesige Stammbuchhandlung in Airolo bei einem großen westdeutschen Antiquariat die ungekürzte, von Dr. Borges auszugsweise veröffentlichte »Universalgeschichte der Infamie« bestellt, die heute wieder vergriffen ist und wohl zu den umfänglichsten Sammlungen menschlicher Leidensgeschichten zählt. – Die bestellten sechs Bände wurden im Herbst des folgenden Jahres geliefert. Meine Hoffnungen wurden nur zu einem kleinen, wenn auch entscheidenden Teil erfüllt, und selbst das begriff ich anfangs nicht. Die Enttäuschung darüber war umso größer, weil sich schon in der genannten Zeitungsausgabe, in welche der erste Band der »Universalgeschichte« eingeschlagen war, ein vielversprechender Hinweis fand: »*Über vierhunderttausend amerikanische Familienväter*«, hieß es in jenem Bericht, »*verließen im vergangenen Jahr ihre Familien, um mal eben Zigaretten zu holen, und kamen nicht wieder.*« – Dieser für mich bedeutsame Anfang fand leider nicht die entsprechende Fortsetzung. In der Folge wurde dann nämlich bloß der Fall eines Buchhalters abgehandelt, der mit der Firmenkasse durchgebrannt war und nun polizeilich gesucht wurde.

Mag sein, daß unter vierhunderttausend Fällen dieser Art der eine oder andere tatsächlich so banal und leicht zu erklären ist und daß ein bestimmter (wenn auch, meines Erachtens, verschwindender) Prozentsatz von Verschollenen das Opfer eines Verbrechens oder selbst Verbrecher wird – ich halte es, weil ich es anders erfahren habe, für meine Aufgabe, meine Erklärung für das Verschwinden von Menschen und das Schicksal der Verschwundenen festzuhalten – ein Schicksal, das in seiner Art freilich nicht einzigartig sein mag, im Gegenteil, dafür aber umso grauenhafter: Das Schicksal eines Zolden.

(Am Magnetberg, im März 1977)

Die Jugend

Ich wurde am 16. Februar 1935 als erster und einziger Sohn des Geologen und Metallurgen Johan N.** und der Krankenschwester Katharina, geborene Jäggi, in Lausanne nach einem Kaiserschnitt zur Welt gebracht. Mein Vater entstammte einer schwedischen Familie von Bergingenieuren aus Falun, hatte in Leoben (Österreich) studiert und war mit fünfunddreißig Jahren, nach einer Reihe von vielbeachteten Veröffentlichungen einem Ruf an die Eidgenössische Technische Hochschule in Zürich gefolgt, meine Mutter, die, zwanzig Jahre jünger als er, mich erst im Alter von einundvierzig gebar, war die Tochter eines hohen Schweizer Regierungsbeamten, Dr. Helvetius Jäggi, und dessen Frau Anna. Sie lebt heute noch in unserer riesigen Erdgeschoßwohnung in der Zürcher Innenstadt, unweit vom Bahnhof.

Ich wurde also im Sternzeichen des Wassermanns geboren, ein Umstand, der mir nur insoferne bedeutungsvoll erscheint, als er zu dem paßt, was ich bin: Ein spätgeborener, gelter Wassertrieb, ein Kind-Riese ohne Knochen, ein Zwischending. – Ich bin einsvierundneunzig groß und wiege sicher auch heute noch über hundertzwanzig Kilogramm.

*

Mein Vater starb bald nach meinem siebenten Geburtstag. Ich habe kaum noch Erinnerungen an ihn, weiß nur (und das fast ausschließlich von Photographien und Erzählungen anderer), daß er ein kleiner, dünner Mann mit einem »moustache« war und, wie viele kleine Männer, eitel.

Mit meinem sechsten Geburtstag hielt er den Moment für gekommen, meine Mutter und mich sonntags auf seine Bergtouren mitzunehmen, auf denen er immer einen Ranzen mit geologischen Instrumenten und einen kleinen Messinghammer für seine Untersuchungen mit sich trug. Er hatte einen scharfen, geschulten Blick, und immer wieder überraschte er mich damit, daß er dann und wann einen Stein aufhob oder losschlug, ihn mit dem Hammer zerteilte und mir dann die beiden Hälften wie die einer Melone – schimmernd von Bergkristallen oder anderen Halbedelsteinen – hinhielt, sodaß sich in mir bald die Vorstellung bildete, alle Steine, ja die Berge selbst, wären innen hohl.

*

Von unserer Wohnung (der ehemaligen Wohnung der Eltern meiner Mutter) benützten wir nach dem Tod meines Vaters nur zwei Zimmer – ein Wohn- und das ehemalige gemeinsame Schlafzimmer, in dem nun ich schlief, weil ich schon von klein auf kränklich war und meine Mutter mich nachts bei sich haben wollte. – Die anderen Räume (abgesehen vom Arbeitszimmer meines Vaters, in dem ich mich gerne aufhielt, wenn meine Mutter außer Haus war) blieben unbenutzt. Ihr Mobiliar stammte noch von meinen Schweizer Großeltern und war, zur Schonung, unter alten Leintüchern und Tischdecken versteckt. Das Arbeitszimmer meines Vaters war von meiner Mutter so belassen worden, wie es am Tage seines Todes ausgesehen hatte. Die schweren, moosgrünen Samtvorhänge waren zugezogen, sodaß in ihm auch bei Tag kaum mehr als Halbdunkel herrschte. – Ich war schon früh lichtempfindlich –

heute taugen meine Augen kaum mehr zur Niederschrift dieser Aufzeichnungen, so sehr schmerzen sie, wenn ich mich über das weiß blendende Papier meiner Schreibhefte beuge. – Gern war ich im Sommer in diesem Zimmer, in dem ich nie der direkten Sonnenbestrahlung ausgesetzt war, und bewegte mich, sicher wie ein Dieb, zwischen den verstaubten Möbeln, in einer Luft, die stickig, kaum atembar war.

*

Bald nach dem Tod meines Vaters begannen meine Beine zu erkranken – »Ödipus«, das heißt »Schwellfuß«, wurde ich beziehungsreich von meinen Klassenkameraden am Zürcher Humanistischen Gymnasium gerufen – und damit begann für mich der Leidensweg zu den Ärzten.

Ich sage »Unzufriedenheit und Nörgelei« hätten mich hier herauf in die Berge getrieben – Unzufriedenheit war es sicher, »Nörgelei« sicher nicht: Zu dumpf, zu stumpfsinnig war ich, als daß ich ›genörgelt‹ hätte. In einem fort weinte und wimmerte ich ein paar Schritte hinter meiner Mutter her, schon damals schwer atmend, weil sie zu schnell und ich so unbeholfen ging – ich schwankend, wie auf Stelzen, sie wendig wie ein kleiner, harter Spazierstock.

Auf allen diesen Wegen zu den Ärzten liegt in meiner Erinnerung ein dichter, milchig-weißer Schleier, ein Nebel, in dem jeder neu auftauchende Umriß Haus hieß und jedes Haus Ordination.

*

Als Schüler war ich Durchschnitt. – Wegen meiner Sehschwäche saß ich in der ersten Klasse der Primärschule in der ersten Bank, wurde aber schon zu Beginn des zweiten Jahres ganz nach hinten gesetzt, weil ich auf Grund der gerade erst ausgebrochenen Krankheit zum willfährigen Objekt für das Gespött meiner Mitschüler geworden war und weil ich, da ich mich nicht wehrte, wenigstens während der Unterrichtszeit ihren Hänseleien entzogen werden sollte.

In keinem Fach ragte ich irgendwie hervor. Ich war zu langsam und begriffsstützig, aber wie von Natur aus gutmütig, und so ließ man mich aufsteigen, ohne viel zu fragen.

Später, in der Oberstufe des Gymnasiums, errang ich meine ersten Trophäen. Ich war gut in den Fächern »Zeichnen« und »Darstellende Geometrie«, in der Abbildung von Fischen aus dem Biologiebuch, in der Berechnung von Durchstoßpunkten zweier sich durchdringender Körper und einander sich schneidender Flächen.

Ich arbeitete gerne mit Schere und Papier.

*

»Wehleidigkeit« hätte mich hier heraufgetrieben. – Auch das stimmt nicht ganz.

Indien, sagt man, ist größer als die Welt. – Es ist unmöglich, den eigenen Alterungsprozeß zu verfolgen weil er wegen der Allmählichkeit, mit der er sich vollzieht, unendlich ist. Und man darf zwischen sich und seinen Altersgefährten keine Vergleiche ziehen, weil sie nichts Vergleichbares sind. – Wer aber weiß das mit zwanzig, fünfundzwanzig?

Ich habe Vergleiche gezogen, also sind sie zu meinen Ungunsten ausgefallen. – Als ich auf Grund meiner Elefantiasis bei der Aushebung zurückgestellt wurde, wog ich knapp einhundertfünfzig Kilogramm. Wegen der ständigen Überbelastung war mein Herz stark vergrößert, häufig litt ich deshalb auch an Gelenksentzündungen. – Meine Geschlechtsteile waren zurückgeblieben.

*

Nie in meinem Leben habe ich erfahren, was es bedeutet, eine Frau zu besitzen. – Mit Rücksicht auf mein hochgradig geschädigtes Herz hatte der ständige Hausarzt meine Mutter zu Beginn meiner Pubertät darauf hingewiesen, daß sexuelle Erregung (ob nun durch Manipulation oder aufreizende Abbildungen ausgelöst) schwerwiegende Folgen – ich vermutete freilich Tod durch Bestrafung – nach sich ziehen könnte, und um mich vor eben diesen Folgen zu schützen, brachte sie mir einen Handgriff bei, wie er in Kliniken zur Herbeiführung eines künstlichen, fast erregungslosen Samenergusses für die Untersuchung der Samenflüssigkeit angewandt wird.

Sie hatte mich schon frühzeitig aufgeklärt, und so war ich sehr aufgeregt, als sie sich anschickte, ihn bei mir vorzunehmen. Er löste hinter meinen Augen eine Art Blitzlicht aus; es war einen Augenblick lang Ohnmacht da, in der sich das Leben zusammenzog und wieder streckte, dann hörte ich ein Rauschen – ich blickte, wie aus dem Schlaf gerissen, auf und beobachtete, wie sie ihre Hände und Unterarme unter fließendes Wasser hielt, um sich abzuspülen und mit raschen Bewegungen zu reinigen.

Sie zeigte mir den Griff noch zwei weitere Male, weil ich mich so stellte, als brächte ich ihn nicht zustande, aber sie durchschaute meine List.

*

Weder unser Hausarzt, noch meine Mutter, noch, meines Wissens, sonst jemand hat je erfahren, daß ich seit dem Beginn meines fünfzehnten Lebensjahres rauchte.

Ich rauchte heimlich, meistens im Gymnasium auf dem Klo. Ein paarmal hörte ich bei dieser Gelegenheit, wie sich im Nebenklosett zwei Schüler aus den unteren Klassen gegenseitig sexuell befriedigten. Ich hörte sie aufgeregt flüstern, das Geräusch der wetzenden Kleiderstoffe, die raschen Hin- und Herbewegungen und wollte vorsichtig auf den Muschelrand steigen, um einen Blick über die Trennwand in das andere Abteil zu tun.

Dabei rutschte ich allerdings mit dem linken Fuß vom Muschelrand in die leere Muschel, auf der ich soeben noch gesessen war und geraucht hatte.

*

Bis ich hier herauffloh, glaubte ich, ich wäre nur immer etwas gewesen, das man vorsichtig – wie einen Blinden vielleicht – aber mit derselben Bestimmtheit vor sich her und herumgeschoben hatte – aus dem Wartezimmer des einen Arztes in dessen Ordination, und aus dieser heraus in das nächste Wartezimmer, wo ich wieder, auf einem viel zu schmalen Hocker sitzend, bloß darauf wartete, daß ich wieder meinen Mund aufmachen, das Hemd über den Bauch hochziehen oder meine Hose hinunterlassen mußte – meinen winzigen Penis über dem angeschwollenen, doppeltgroßen Scrotum, das ebenfalls von der Krankheit betroffen war, den boshaften oder mitleidig-besorgten Blicken des Arztes und den wissenden Krankenschwesterblicken meiner Mutter ausgesetzt.

Einmal, ich war etwa zwölf, drückte mir der Hausarzt bei einer solchen Untersuchung den Hodensack so fest zusammen, daß sich seine Fingernägel in meine Haut gruben und ich vor Schreck aufschrie. Er aber bemerkte dann bloß zu meiner Mutter, daß die »Eier«, wie er sich ausdrückte, noch nicht »herunten« seien, was aber keinen Grund zur Besorgnis gebe, da das häufig vorkomme.

Er hat sich damals – mit einem einzigen, plötzlichen Griff – für seine jahrelange Erfolglosigkeit gerächt.

*

Auf solche Weise entwickelte sich in mir das Mißtrauen, von dem ich schrieb.

Nie hatte ich Freunde – ausgenommen den um vier Jahre jüngeren, unehelichen Sohn unserer Hausbesorgerin, einen flinken, unterernährten Burschen, den ich auf Grund des großen Altersunterschiedes und meines Gewichts, mit dem ich mich manchmal im Spiel auf ihn legte, von Anbeginn an völlig beherrschte. Ich empfand ein angenehmes Gefühl dabei, wenn er sich unter mir um sein Leben drehte und wand, weil er glaubte, ich wolle ihn ersticken.

Mit ihm verbrachte ich viele Vormittage (wir hatten immer nachmittags Schule) in der gemeinsamen Waschküche im Keller unseres Hauses, wenn meine Mutter in der Stadt Besorgungen machte, während die seine bei anderen Leuten die Wohnung aufräumte.

Zuerst nahm ihn seine Mutter immer mit. Als ich ihn aber einmal zu uns in die Wohnung einlud, um mit ihm zu spielen, fühlte sie sich geschmeichelt, weil ich doch der Sohn eines »Professors« war, und erlaubte ihm von da an, bei mir zu bleiben, wann er nur wollte.

Ich verleitete ihn dazu, seine Mutter zu bestehlen, und beobachtete ihn von der offenen Tür ihrer Kellerwohnung aus, wo er mit Hilfe eines Schemels auf die weißlackierte Küchenkredenz stieg, um aus dem obersten Fach von ganz hinten eine Blechdose mit Kochschokolade herunterzuholen, in der sie das Geld versteckt hatte. Ich riet ihm, immer nur kleinere Beträge zu nehmen, damit es ihr nicht auffiel. Um sie kaufte ich – er hatte Angst – bei einem Kaufmann in der Nähe Leckereien, die wir gemeinsam aufaßen.

Die Diebstähle flogen durch eine lächerliche Kleinigkeit auf: Seine Mutter entdeckte, daß er heimlich von ihrer Kochschokolade naschte, machte daraufhin häufiger Kontrollen und wurde so auf das Verschwinden des Geldes aufmerksam. – Der Junge gab zurecht an, daß ich ihn verleitet hatte, aber ich verteidigte mich zu geschickt für ihn.

*

Ich habe später selbst mehrmals gestohlen. Zweimal ertappte man mich auf frischer Tat: einmal meine Mutter, die mir verzieh, das zweite Mal überraschte man mich im Garderoberaum vor den Universitätsturnsälen, als ich die an den Haken aufgehängten Kleider der Turnstudenten nach Geldbörsen durchsuchte. – In meiner Hosentasche, unter einem Paar Fäustlingen und meinem Sacktuch fand man ein dünnes Halskettchen mit einem kleinen goldenen Kreuz, das ich aus einem unversperrten Spind entwendet hatte.

Ich wurde von der Hochschule verwiesen (Kameradschaftsdiebstahl!) und erhielt für sämtliche Schweizer Universitäten Studienverbot. – Das ist der Grund, weshalb ich mein Studium der Elektromagnetik, vor dessen Abschluß ich gestanden war, nie beendet habe.

*

Ich habe mich danach in mehreren Berufen versucht, arbeitete eine Zeitlang im städtischen Telegraphenamt, dann in der Zürcher Stadtverwaltung, schließlich in der Abteilung für Molkereiprodukte der landwirtschaftlichen Genossenschaft des Kantons. – Das alles waren Arbeiten, die ich trotz meiner kranken Beine leicht bewältigen konnte, auch wenn sie mich in keiner Weise befriedigten.

Daß ich diese Posten trotz meiner Vorstrafe bekam, hatte ich dem guten Namen der Familie meiner Mutter zu verdanken sowie dem Umstand, daß ich der Sohn eines angesehenen Gelehrten war.

*

Ein einziges Mal war ich im Ausland.

Von einem Neffen meines verstorbenen Vaters, einem wesentlich älteren Cousin, der selbst mein Vater hätte sein können, wurde ich anläßlich meines einundzwanzigsten Geburtstages für vier Wochen nach Schweden eingeladen. Ich mußte diesen Aufenthalt allerdings vorzeitig abbrechen, weil ich das Klima nicht vertrug und auch weil ich mich mit seiner Frau nicht verstand. Sie war eines dieser Eheweibchen, deren Horizont nicht weiter als bis zur Teppichstange hinter und bis zum Zaun vor ihrem Reihenhäuschen reichte.

Ich war froh, als ich von dort wieder wegkam, und im Zug auf der Heimfahrt habe ich zum ersten Mal so etwas wie Freiheit oder Befreiung empfunden. Ich hatte keine Schmerzen beim Sitzen, die Beine lagen ausgestreckt auf der gegenüberliegenden Bank, mein Kopf war klar, ich hatte einen Plan gefaßt: Ich wollte mich umbringen.

Die Strafe

Zwanzig Jahre lang war ich der Knecht des Tabaks, nun, seit ich mich vor sechs Jahren, nach meinem zweiten erfolglosen Selbstmordversuch, hierher auf den Magnetberg zurückgezogen habe, bin ich der Knecht der zweiten Generation, der Kurzatmigkeit und Herzbeklemmungen.

Zwei Dinge verbinden mich noch mit der menschlichen Gesellschaft: Diese Aufzeichnungen hier und ein kräftiger, rothaariger Bauernbursche, der mir einmal im Monat auf einer Rodel die für mich bestimmten Buchsendungen zustellt – ich sage »Rodel«, und »Rodel« stimmt, denn Schnee gibt's hier das ganze Jahr über, auch ist das Gelände so stark abschüssig, daß er auf diese Weise am schnellsten heimkommt, selbst an den wenigen schneefreien Tagen.

Bergauf, wenn es zu steil wird, trägt er sein Fahrzeug wie einen Ranzen auf dem Rücken, in den Händen je ein großes Bücherpaket.

Er mag mich nicht, dieser Bursche!

Er spürt, was ich weiß: Ich bin ein zu Lebzeiten Toter. – Er grüßt mich auch nicht, aber ich bezahle ihn gut, und so überwindet er seinen Ekel vor mir und wirft mir pünktlich an jedem ersten Mittwoch des Monats, wie ausgemacht, die Bücherpakete vor meine Haustür und streckt mir frech die offene Hand für den Scheck und die neue Bestellung hin.

Ich will ihn hier Hufnagel nennen.

In Wahrheit heißt er anders, aber ich finde, der Name paßt, und – davon abgesehen – ist er von seinem wahren Namen nicht allzu weit entfernt.

Wenn ich allein bin und lese und sich das Leben im Ofen neben mir von all den unbrauchbaren Büchern, die ich ihm zuwerfe wie einem Hund, überschlägt, dann rufe ich: »Hufnagel!« – und tatsächlich: Für eine Weile legt sich das Feuer, und ich kann weiterlesen.

Ich lese viel.

Gelebt habe ich, jetzt ist das Lesen mein Leben.

Ich suche nach Hinweisen dafür, was mich aus der Bahn meines Lebens geworfen hat und hinein in die Schienen, die mich hierher, in diese Berge geführt haben, vor diesen Ofen, vor dem ich sitze.

Welcher Wind vertrug mich in diese Höhe?

Er pfeift sein Lied im Ofen.

Noch einmal schlägt er wild Blatt für Blatt in diesen von mir verworfenen Büchern um, deren Haufen, trotz allen Heizens, immer größer wird, während der Stoß der noch einmal zu prüfenden Bücher dahinschwindet.

Ein paar von ihnen habe ich und werde ich weiter behalten – welche, das verrate ich nicht. Sie zu nennen, hieße sie stempeln und mit dem Stempel entwerten.

Holz gäbe es genug hier für Bücher. – »Hufnagel!«

Noch zwei so kräftige Arme wie seine, eine unbekümmerte Axt, eine gottlose Säge – lang wäre dieser Wald dann nicht mehr Wald, so schnell er auch wächst.

Das Haus muß früher einen Vorgarten gehabt haben: Da und dort auf meinen Gängen durch den Wald finde ich noch immer, verstreut, verfaulende Bretter eines einstmals starken und widerstandsfähigen Zaunes. – Den Wald dem Haus vom Leibe zu halten, war wohl sein Zweck gewesen, aber längst hat dieser begriffen, daß der ehemalige Besitzer fortgezogen ist, längst ist er, alle Grenzziehungen mißachtend, über den Zaun in den Garten gestiegen, hat ihn erobert – und nun führt der Garten – an der Seite des Waldes – den Kampf gegen mich weiter.

Der Wald, – ich lebe von seinen Beeren und farblosen Flechten. Manchmal finde ich einen wäßrigen Pfifferling. – Aus Baumrinde, die ich in Schneewasser auskoche, bereite ich mir einen starken, bitteren Tee zu.

Der Wald ist mein Thema, so viel steht fest.

Wenn ich mich auf meinen Streifzügen, die meiner Versorgung dienen, immer weiter von Haus und Berg entferne, immer tiefer in das Dunkel des Waldes vordringe, dann verändert sich plötzlich der Klang meiner Schritte und mahnt mich zur Heimkehr. – Hohler dröhnen sie dann, wie ihr eigenes Echo: Als ob ein anderer neben mir stampfte und mich mit seinem Stampfen noch tiefer hineinlocken wollte. Rascher geht jetzt mein Atem. Er klingt wie das Keuchen eines Hundes, der an mir hochspringt und mich damit auf seine Weise vom Haus weglocken möchte.

In solchen Augenblicken scheint mein Herz stillzustehen – nur um sofort und umso wilder loszuschlagen. Ich bleibe stehen und warte reglos, bis der Andrang des Blutes schwächer wird und ich durch sein Rauschen wieder das eintönige Singen des Berges vernehmen kann.

Der Schweiß auf meiner Stirne ist so kalt wie das Wasser, das aus den schmalen Ritzen der Felswände tritt.

Wasser!

Manchmal, des Nachts, wenn ich nicht schlafen kann, glaube ich, aus dem Berginneren ein Tosen wie von unterirdischen Flüssen zu hören, in deren Betten sich die mitgeschleppten Steine wälzen und dumpf aneinanderschlagen. Dann stehe ich noch einmal auf und koche mir Tee. – Die Tasse steht vor mir auf dem kaum noch handwarmen Ofen, der Stuhl in der Mitte des Zimmers. Ich setze mich auf ihn und rauche. Im regelmäßigen Auf und Ab der Glut zieht nochmals mein Leben vorbei, bis der scharfe Stich in der Brust alle Erinnerungen auslöscht.

Der Schmerz macht mich ruhig. – Aus dem Husten, der auf ihn antwortet, scheint mich der Tod anzubellen.

Ich habe die Nähe der Menschen nie gesucht, bin zu keinem je unter die Decke gekrochen. – Nie hatte ich Freunde.

Immer wollte ich nur allein sein, nie die Geheimnisse der anderen wissen oder das meine mit ihnen teilen – aber das läßt man nicht gelten unter Menschen. Das Teilen der Verzweiflung sichert den Bestand, und nichts schien man mir weniger zu verzeihen, als daß ich eines Tages aufhörte, zu den Ärzten zu gehen. – Wo vorher nur berechtigte Gleichgültigkeit gegenüber meinem Schicksal und mir geherrscht hatte, stieß ich nun auf eine für mich unerklärliche Ablehnung und Feindseligkeit, bis ich endlich begriff, gegen welches Gesetz ich verstoßen hatte. Man gab mir zu erkennen, daß ich mich selbst aus der Gemeinschaft der Menschen ausgeschlossen hatte und daß man diesen Entschluß auf seine Weise akzeptierte.

Als meine Rettung stellte sich da – wie auf einen letzten, verzweifelten Zuruf meines Körpers hin – der Gedanke an den Selbstmord ein. Als etwas Hohes, für andere ganz und gar Unerreichbares erschien er mir, und aus dieser Höhe wollte ich mich hinunterschwingen.

Mit seiner Hilfe wollte ich ausgleichen, was von der Natur verabsäumt und von den Ärzten aus Feigheit vereitelt worden war. Voll Zuversicht machte ich mich an den ersten Versuch, wie ein Ertrinkender stürzte ich mich in den zweiten. – Beide schlugen fehl; ich wurde ›gerettet‹, und was gerade noch greifbar vor mir gestanden war, war durch die Rettung wieder so unerreichbar geworden wie Berggipfel.

»Wie fern«, las ich unlängst in einem Buch, »sind mir zum Beispiel meine Armmuskel.« – Dieser Satz, in der entsprechenden Größe auf ein mittleres Felsenmassiv geschrieben, schwarz, zusammenstürzend in den abwärtsstürzenden Felsmassen, aus denen der Berg nackt sich wieder erhebt, mächtig wie die Schultern eines Eingegrabenen – das ergäbe erst den richtigen Sinn.

Ich habe es schon gesagt: Schnee liegt hier das ganze Jahr – auf den Felswänden weiter oben oder, wie ewiger Schimmel, unter den Tannen und in der schmalen, dunklen Rinne zwischen der Rückwand des Hauses und dem Berg. – Es ist ein heimtückischer, immer schweigender Schnee, der mit seinem bloßen Daliegen mein Vorhandensein widerlegt.

Noch nie bin ich an den Nordrand meines Plateaus getreten, dorthin, von wo ich die einzig mögliche Aussicht ins Tal hinunter hätte – über den schwarzen, haarigen Waldrücken, der sich wie ein Tier durch eine verborgene Öffnung in das Innere des Magnetberges wühlt – bis hinunter nach Airolo, aus Angst, in meinem Rücken, über mir, könnte sich ein hartgefrorenes Schneebrett lösen, um mich im Nacken zu treffen und in den Abgrund zu stürzen. Die Angst ist unbegründet. – Längst weiß ich, daß das Leben etwas anderes mit mir vorhat, als mich sterben zu lassen. Der Schnee also ist ein weiteres Thema, der Tod ein drittes. – Schon unter den Tagebuchaufzeichnungen aus der Zeit nach dem zweiten Selbstmordversuch finde ich die folgende Notiz:

»Was aber«, schrieb ich damals, »wenn nun mit dem Tod gar nichts getan wäre? Wenn ich bloß einen Blick über seine Mauer geworfen hätte, hinter der das Leben gleichgültig weitergeht – nur ohne die Tröstung des Tods? Wenn ich nun also, wie ich vermute, nicht mehr sterben könnte, weil ich da und dort in meinem Leben über das Leben achselzuckend hinweggegangen wäre, zweimal den Tod wie aus Übermut herbeirief, um ihn dann wie aus Ungeschick wieder zu vertreiben? – Wie, wenn er nun darauf vergessen hätte, daß es mich noch immer gibt, wenn er nun von mir sich abgewandt hätte, so wie es ihm zweimal geschah?«

Etwas in mir richtete sich offenbar damals schon auf eine Ewigkeit ein.

Gestern habe ich wieder eine Buchsendung erhalten. – Ein vor einem Jahr bestelltes, sechsbändiges Werk, »Die Universalgeschichte der Infamie«, ist dabei. Es ist eine Sammlung von (wenn auch bloß erdachten) menschlichen Schicksalen und Leidensgeschichten, von der ich mir für meinen Fall einigen Aufschluß erhoffe.

Das betreffende Paket ist in eine Zeitung eingewickelt, die etwa jenes Datum trägt, zu dem meine Bestellung beim Antiquariat in Westdeutschland eingetroffen sein muß. Ein Bericht in ihr befaßt sich mit dem unerklärlichen Verschwinden von Menschen. – Der erste Satz bringt die Fakten; aus ihnen leitet der Redakteur im folgenden geschickt seine Lügen ab.

Die Wahrheit ist?

Ich bin ein Zolde. – Nach mir wird nichts kommen.

Hufnagel!

Für ihn muß noch gesorgt werden.

Ein Wort zu meiner Vorgeschichte:

Bald nach meinem ersten Selbstmordversuch und nachdem die Elefantiasis zurückgegangen war, griff mein Körper, so als würde er sich einer älteren und damit verläßlicheren Schwäche besinnen, auf meine Augen zurück. – Wahrscheinlich seit meiner Geburt leide ich an einer Art des Albinismus, die mich den Eltern der Kinder in unserer Nachbarschaft verhaßt machte, weshalb sie ihnen verboten, mit mir zu spielen.

Auf Grund des starken Pigmentverlusts der Augenhaut, die alles Licht durchließ, sah ich also fast immer schon schlecht. Das Sonnenlicht tat mir weh; alle Gegenstände waren überscharf und wie aus ihrer Umgebung gestochen; ein Foto, das mich als Vierjährigen zeigt, zeigt mich mit Sonnenbrille. – Für das Versteckenspiel mit dem Sohn unserer Hausmeisterin und einem zweiten zwergwüchsigen Jungen – die beide nur mit mir spielen durften, weil sich ihre Mütter von dieser Bekanntschaft irgendeinen Vorteil erhofften – wählte ich immer das Arbeitszimmer meines Vaters, das meine Mutter nach seinem Tod nie mehr benützt und unverändert belassen hatte. In ihm war es dunkel und ich den beiden überlegen, weil sie zurückschraken, wenn sie am Ende ihrer Suche die Tür einen Spaltbreit aufmachten und das Licht auf meine rötlich glänzenden Augen fiel.

Heute sehe ich fast nichts mehr. – Das Tageslicht ertrage ich nicht; zu hell ist alles, und geblendet weiche ich wieder zurück ins Haus, wenn ich vorschnell seine Türe öffne.

Den Spiegel meiner vorne schwarz zugemalten Petroleumlampe habe ich so eingestellt, daß sein Lichtkreis nur auf das Schreibheft vor mir fällt, sonst aber alles im Dunkeln bleibt. – Tagsüber halte ich mich hier in meiner Hütte auf, deren Fensterläden ich niemals öffne.

Die Dämmerung ist meine Stunde. – Muß ich aber manchmal dennoch hinaus, so flüchte ich, die Augen durch die Hand und die dunkle Brille geschützt, aus dem Schatten des Vordachs hinein in den Wald, dorthin, wo die Finsternis am größten ist.

Da stehe ich dann, schwer atmend zwischen den wie unter den gleichmäßigen Atemzügen des Windes ächzenden Bäumen, und warte, bis der Schmerz aus meinem bergwärts gerichteten Gesicht gewichen ist.

Ein Rascheln geht durch das Unterholz, ein Rauschen durch diese Baumwipfel, als ob es sie ewig gäbe.

Ich horche dem Wind nach, der mir den Urinstrahl zurück an die Hosenbeine schlägt. Er pfeift tonlos seine gleichmütige Melodie; den Takt zu ihr schlagen die großen Tropfen aus von den Zweigen schmelzendem Schnee.

Tauwetter. – Manchmal scheint der Berg in seinem Innersten zu erzittern, wenn sich in diesen vom Donner wie zerschlagenen Frühlingsnächten von seinen Wänden Lawinen lösen und zu Tal gehen.

Ich will Stein werden, Stein.

Der Vater hat alles gewußt.

Immer wieder sehe ich ihn vor mir, wie er sich auf den gemeinsamen Bergtouren nach Drusen streckte oder bückte, sie aufhob oder mit Hilfe seines Messinghämmerchens losschlug, sich mit einem Ruck dann zu uns umwandte – in seinen Händen je eine glitzernde Hälfte, wie gebrochenes Brot. Als einen steingewordenen Vorwurf hielt er sie uns hin, so als wollte er damit Mutter und Sohn die Verdorbenheit der Leibesfrucht vor Augen führen.

Einmal, als ich einen fliegenden Händler dabei beobachtete, wie er, um die Frische der von ihm angepriesenen Feldfrüchte zu beweisen, einen Kürbis mit einem flachen, vorne abgerundeten Messer der Länge nach teilte, fiel mir der Vater mit seinen Drusen ein, und es war mir, als durchzuckte dieses Messer mich; ein Schrei entkam mir, den ich auch heute noch manchmal höre – auch wenn er jetzt nicht mehr aus mir kommt, sondern aus der Tiefe des Waldes, von einem anderen, der *seinem* Entsetzen davonspringt.

Wie vor Überraschung und Zorn zischt der Ofen, wenn ich jetzt manchmal ein morsches Aststück, das ich aus dem Wald mitgebracht habe, in ihn hineinschiebe.

Unter allen Blättern kriechen wieder die Schnecken. Jeder Schritt kracht von den zertretenen Häusern. Breche ich mir für meinen Tee ein Stück Rinde von einem Baum, so wimmelt es darunter von tausenden Würmern, die sogleich, sich überschlagend, das Bauminnere suchen, wenn das Tageslicht auf sie fällt.

Sommer gibt es hier keinen, kaum einen Frühling. Das macht das Leben für Ungeziefer kurz. – Die ersten Föhnwinde des Frühjahrs gehen unvermittelt in die letzten Herbststürme über, aber auch das weckt meinen Körper nicht auf.

Das ist das schlimmste: der Föhn, der Föhn!

Es ist geradeso, als ob sich im Bett meines Körpers ein zweiter, eckiger Körper wie ein Metallrahmen dehnte. – Aus meinem Mund schlägt Eisengeruch. In meinen Leisten stecken Brechstangen.

Die Klassenkameraden riefen mich »Ödipus« (›Schwellfuß‹)!

Zu Anfang empfand ich die Elefantiasis nicht als etwas, das, von irgendwo außen, in mich hineingekrochen wäre, um danach, mich langsam aufzehrend, von mir zu leben. – So sah ich sie später, und so sieht man Krankheit wohl allgemein.

Wie von Geburt an in Auflösung begriffen, sich ständig verändernd, bewegte meine Form sich dahin. – Das Gesicht war aufgedunsen; die Hoden waren voll Wasser, das nicht aus mir herauswollte. Ich litt an Verstopfung. Immer hatte ich Durst. – Oft lag ich noch um elf Uhr vormittags, wenn ich nach Mittag Schule hatte, von Darmgasen gebläht im Bett, las bei herabgelassenen Vorhängen in den medizinischen Fachbüchern meines Vaters, die Hände abwechselnd unter der Bettdecke an meinem winzigen Glied.

Ich war konturlos, aus den Fugen – eine teigartige und wie Teig immer weiter aufgehende, aufquellende Masse. – Schon damals wollte ich für mich das Ende. Ich verachtete meine Mitschüler als Lügner, weil sie sich ständig über die Einschränkung ihrer Freiheiten beklagten, während ich mich nach nichts so sehr sehnte wie nach Beschränkung.

Als was für Freude durchfuhr mich in dieser Lage der erste Schmerz! – Eine Rißquetschwunde an meiner Stirn, eine Prellung der Finger der rechten Hand bewiesen mir: Hier war mein Körper zu Ende. Und mit Hilfe von Schmerzen wollte ich mir nun selbst begegnen.

Ich stieß mir die Spitze einer verrosteten Schere in den Oberschenkel, schnitt mir die Fingernägel so kurz, daß ich blutete. – Aber Schmerzen, die man sich selbst zufügt, ziehen keine Grenze. Ich erfuhr, was ein Landsmann von mir einmal gesagt hat: »Daß man nicht aus seiner Haut heraus kann, sogar wenn man sich verstümmelt.«

Die Dumpfheit, die ich hatte vertreiben wollen, blieb, und anstatt Konzentration zu bewirken, bewirkte der Schmerz Zerstreuung, machte mich noch dumpfer.

Jene Bahnfahrt nach Malmö und der erste Selbstmordversuch:

Von einem Neffen meines Vaters war ich für vier Wochen nach Mittelschweden eingeladen worden – nach zwei Wochen fuhr ich zurück.

Als im Zug auf der Heimfahrt die Schmerzen aufhörten, begriff ich wohl nicht, was dieser Zustand plötzlicher Beschwerdenfreiheit bedeutete. Zuerst war ich wie betäubt vom Nachlassen des Drucks in den Beinen, vom Ausbleiben des Dursts. Die Veränderung drang aber nicht bis in meinen Kopf, den ich zum Fenster des Abteils hinaushielt, und als ich sie schließlich wahrnahm, glaubte ich, die Krankheit hätte bloß für einen Augenblick ihre Hand von mir genommen, um sie zu wechseln und mit der anderen auszuholen – zu einem doppelt festen Schlag.

Der Schlag blieb aus.

Die Abwesenheit der Beschwerden und die wie abgewandte Leere, die in mir zurückblieb, waren also die Ursache für den ersten Selbstmordversuch. – Als ich im Krankenhaus aufwachte, war mein erster Gedanke: Und wie bringe ich mich nun tatsächlich um?

Ich entschied mich für den Tod durch Erhängen, weil ihm, wie ich damals schon wußte, ein anderer – »der kleine Tod« – vorausgeht.

Die Mutter, die mich auffand, holte den Hausmeister, der mich abschnitt.

Ich grabe nach Ursachen: Es muß doch, sage ich, irgendetwas gegeben haben, einen Grund, einen Anlaß?

Ich wollte verzögern.

Am Abend, bevor ich einschlafe, liege ich, keuchend wie in einem unentschiedenen Ringkampf, da. – Der uralte Satz fällt mir ein: ›Daß ich nicht weiß, was ich gegen mich beginnen soll.‹

Nachts,
in einem baltischen Hafen,
unter pechschwarz geteertem Himmel,
sternlos,
sprang ich
von Boot
zu Boot.

Ich fand's schließlich:
das eine.
Es nahm mich auf –
warm,
windstill –

In seiner Bäuchung
lag ich,
atmend,
fortgetragen
von den Schlägen
des Herzens.

Das Ruderblatt,
das ich verlor.
Das Raspeln
am Bug.

Das Boot von damals – wenn es es wirklich gegeben hat – treibt auf unirdischen Gewässern.

Habe ich versucht, so frage ich mich, mich schadlos zu halten?

Wäre es möglich, daß etwas in mir all die Zeit diese Krankheit bloß dazu benützt hätte, der Welt etwas zu nehmen, ohne daß ich dafür etwas zurückgeben brauchte? – War sie ein Vorwand, den ich benutzte, um nicht hineingezogen zu werden in dieses tägliche Dilemma des Betrugs?

Wie glatt erscheint mir heute der Schnitt durch eine fremde Kehle, den jemand tut, nur weil man ihn betrog – gemessen an meiner Geschichte, dieser Kette aus listigen Täuschungen, mit deren Hilfe ich versuchte, »die Welt um ihren Sieg über mich zu betrügen« – wie es einmal jemand genannt hat.

Man kann die Welt nicht betrügen, sie ist schlauer und – größer!

War es also so, daß ich mir lieber das Leben nehmen, lieber auf meiner Krankheit beharren wollte, als mich am Eiter menschlicher Verhältnisse zu infizieren? – Habe ich mich glücklich aus allem herausgehalten, aufbewahrt – »für den Fall, daß ...?«

Der »Fall« tritt nicht ein. – Man zögert so lange, bis es für alles Möglich-Gewesene zu spät ist.

Wie sind die Menschen?

Ich werde es nie erfahren.

Nie habe ich jemanden anderen berührt, immer nur mich berühren lassen, wohl auch selbst an mir herumgegriffen, -getastet, -gehorcht, -geschaut.

Ist das, wie ich glaube, meine nie verzeihbare Schuld: daß ich mich auf nichts eingelassen habe, in den kleinen Schuhen meiner Krankheit vor allem sicher?

Was ist mir geblieben? – Was habe, was besitze ich nach zweiundvierzig Jahren?

Hufnagel?
Hufnagel und das hier?

Man stellt dem Leben nicht ungestraft Fragen. – Man bekommt unbarmherzig die Antwort.

»Für Hufnagel muß noch gesorgt werden«, schrieb
ich.
Ein Vorwand und das Winken eines Schecks werden genügen, ihn hinüber auf das Plateau zu locken und hinunterzustoßen. – Da gehört er hin.

Die Rodel wird ihm dann nachgeschickt.

Nur das: Keinen Zeugen zu haben bei dem, was man tut – das ist das Entscheidende.

FRANZ KAIN

Der Weg zum Ödensee*

Noch trägt der Schnee, aber nicht mehr lang. Bald wird er weich, und man versinkt darin, denn drüben im Südwesten werden die Felswände schon weiß mit einem rötlichen Schimmer. Die Lawinen am Steilhang sind noch eingefroren und festgekrallt, aber nicht mehr lang. Wenn die Frühlingswärme heraufstreicht, werden sie locker. Die wannenartigen Rinnen im Schnee, die herausgekratzt sind bis auf den Felsen und das graugelbe Gras, zeigen die Richtung der Abgänge zu den Felsabstürzen hinunter. Es ist noch Winter hier heroben, aber ein schwüler, ungesunder Frühling hat sich im Tal bereits ausgebreitet, einer, der den Boden weich macht und die grünen Flüsse grau.

Man verliert nichts, wenn man dieser Jahreszeit davongeht und in den Winter hinaufsteigt, der klar und trocken ist. Der Frühling ist schön, aber erst, wenn der Sumpf ausgetrocknet und der Boden wieder halbwegs fest ist.

Nur die allererste Zeit ist verworren und zügellos. Das weiß Ernst Kaltenbrunner, der Leiter des Reichssicherheitshauptamtes des Deutschen Reiches, der jetzt ins Tote Gebirge geht. An diesem

* Schauplatz des Geschehens in dieser Erzählung ist der Wildensee am Nordrand des Toten Gebirges. Den Namen »Ödensee« verwendet der Autor deswegen, weil er meint, dass dieser einen stärkeren Symbolcharakter hat

Maimorgen des Jahres 1945 erinnert er sich an den Herbst 1918. Wie hatte sich damals alles entladen! In der Stadt waren einige Bäckerläden gestürmt worden. Vorher hatte ein Aufwiegler von der Werft, auf einem Tisch stehend, der an einer Laterne lehnte, Brandreden gegen die Habsburger gehalten und den Leuten versprochen, Brot herbeizuschaffen. Zwischen dieser Rede und den Aktionen bei den Bäckern schien ein Zusammenhang zu bestehen. Und dann hatte sich der Zorn der aufgeputschten Bevölkerung in einer wunderlichen Befreiungsaktion ausgetobt. Der Höhepunkt des ganzen Widerstandes gegen kaiserliche Macht und Gewalt war die Befreiung der Bazillenhändler aus dem Arrest der Schloßkaserne. Um einen tachinierenden Sanitäter hatte sich 1917 eine Bande gebildet, die einen schwunghaften Handel mit Gonokokken und Tuberkelbazillen betrieb. Unter Ausklammerung der natürlichen Ansteckungsquellen wurden die Erreger direkt an den Mann gebracht, und der war ein Mann in Uniform gewesen. Eine zwar unappetitliche Form des Widerstandes, aber mit moritatenhaftem Charakter, und dafür ist die Volksseele schon immer empfänglich gewesen. Die Bande wurde gefaßt, nachdem sie einige Kompanien, vielleicht sogar ein ganzes Regiment durch eine gezielte Epidemie frontdienstuntauglich gemacht hatte. Das ehrwürdige Schloß, in dem einst Friedrich III. (hier mußte der Wanderer ins Tote Gebirge ein wenig grinsen: Friedrich III., der Erfinder des A.E.I.O.U., »alles Erdreich ist Österreich untertan«, auch ein Vorläufer des Großraumgedankens) und gelegentlich auch Maria Theresia residiert hatten, wurde den Harnröhren- und Lungenbläschenvergiftern zum Gefängnis. Im Oktober 1918, zur Zeit der Brotkrawalle, als schon alles zu wanken begann, wurden die Häftlinge befreit. Er selbst hatte an diesem Tag Schule geschwänzt, weil die Professoren ohnehin ratlos waren: Sollten sie den Kaiser noch Kaiser nennen oder nicht? So war er Augenzeuge dieses Befreiungsaktes geworden.

Die Schloßwache hatte die Meute von Soldaten und Zivilisten

anstandslos durch das Tor eindringen und die Räume des Garnisongefängnisses belagern lassen. Dann hörte man lautes Schreien, Türen schlugen zu, Fensterscheiben klirrten, und der Profoß, ein alter, zerknitterter Feldwebel mit einer borstigen Stehfrisur, wurde auf die Straße geworfen. Er blutete im Gesicht, blieb eine Sekunde auf dem Pflaster liegen, rappelte sich auf und verschwand in der Menge. Er war das einzige Opfer des Umsturzes geblieben, und er hatte auch nur leicht an einer Wange geblutet, beileibe nicht aus gespaltener Brust, wie es sonst im Buch steht. Der befreite Gonokokkenhändler, ein blasser Mann mit einem weichen braunen Schnurrbart, breitete auf der Stiege des Schlosses die Arme aus, lachte der Menge zu und wurde mit lauten Zurufen gefeiert. Im Hof, dem Schauplatz vieler Vereidigungen auf Gott, Kaiser und Vaterland, wurde dann der kleine zierliche Sanitäter einige Male in die Luft geworfen. Auf dem Höhepunkt der Kundgebung sangen die Befreier den Gassenhauer jener Tage:

»Wer hat uns zum Saufen verführt,
Ja wer denn?
Der Karl, der Diab, der alles regiert,
Der hat uns zum Saufen verführt.«

Keine Marseillaise, keine Internationale oder irgendein revolutionärer Gesang.

Bis in die ersten Monate des Jahres 1919 hinein war eine gesetzlose Zeit gewesen. Sein Vater, der Rechtsanwalt, hatte so gut wie keine Arbeit gehabt und sich in seine Exlibris-Sammlung vertieft. Das Grundbuch war zeitweilig ein kaum frequentiertes Amt gewesen. Die Staatsanwälte zögerten selbst bei gewöhnlichen Dieben mit der Anklageerhebung.

Erst als die Volkswehr, ohnehin eine höchst zweifelhafte Garde, während eines gewalttätigen Hungerkrawalls eine Demonstration zusammengeschossen hatte, war die Ordnung wieder eingekehrt. Ab heute wird es wieder zugehen wie in einem Rechtsstaat, verkündete sein Vater einem Kollegen, nachdem die Maschinengewehrsalven über den alten Platz geknattert hatten. – Der Staatsanwalt und der Rechtsanwalt kommen wieder in Amt und Würde.

Es waren nur wenige Wochen gewesen, in denen des Kaisers General nicht unter die Leute ging und zu Hause, in seinem Landheim, blieb. Bis zu jenen Salven war es auf den Straßen unsicher gewesen, obwohl die ganze Volkserhebung lediglich aus der Befreiung eines Sanitäters und seiner Helfer bestand.

Wenige Wochen nur war es nicht ratsam für des Kaisers General gewesen, unter die Leute zu gehen. Und nur wenige Wochen würde es dauern, bis des Führers Polizeihauptmann wieder mit einer anständigen, korrekten Behandlung würde rechnen können. Die Wochen bis dahin weicht er aus, tief ins Tote Gebirge hinein, zu den kalten Ödseen am Ende der Welt.

Er geht als zweiter in der Reihe, voran stapft der Jäger, hinter ihm zwei Adjutanten. Sie haben die Skier geschultert, denn noch trägt der Schnee, und der Harsch knirscht unter den Tritten.

Er schaut hinauf in die Felsen und sieht die hohe Schneewächte, die über den Grat weit hinausragt und an den Rändern schon dunkel, fast violett glänzt.

Wo gehobelt wird, fallen Späne. Wo viel Licht ist ist auch viel Schatten. Das Große ist des Opfers wert. Jedem das Seine. Wer aufwärts geht, muß fest auftreten. Wer immer strebend sich bemüht, den können wir erlösen. Ein Bauplatz ist keine Spielwiese. Ordnung muß sein. Wer den Stall ausmistet, braucht einen kräftigen Besen. Übel muß man mit Übel vertreiben. Wo gehobelt wird, fallen Späne.

II

Ein Mitglied des Akademischen Bergsteigervereins rostet nicht, auch wenn es zeitweise rastet. Der Obergruppenführer blickt sich nach seinen zwei Begleitern um und sieht im fahlen Morgenlicht die Schweißperlen auf ihren Gesichtern glänzen. Dabei sind sie jünger als er, ihre Körper sind gut durchtrainiert. Aber nicht für das Gebirge, denkt er voller Genugtuung.

Der Akademische Bergsteigerverein war die Alpinistenvereinigung der wirklich Gebildeten, der wahren Naturfreunde, denn sie erfreuten sich noch eines geschulten Blickes für geologische und botanische Eigenarten. Sie unterschieden sich gründlich von den sogenannten Naturfreunden, die ihr mangelndes Vertrautsein mit der Bergwelt hinter einem Vereinsnamen versteckten. Solche »Naturfreunde« konnten die Wiener Hausmeister, Magistratssekretäre, Krankenkassenbeamten und Arbeiterkammerbürokraten, die sie waren, nicht verbergen. Sie mochten in den faulen Wienerwald passen, mit Knoblauchschmalz und saurem Wein – das sind so ihre »Partien« –, im Hochgebirge gaben sie nur komische Figuren ab, mit ihren schlotternden Hosen und Jacken von der Stange. Der akademische Bergsteiger mochte eine abgewetzte Jacke tragen, sie war edle Patina: sie war Maßarbeit, und die strenge Form hielt den Charakter zusammen und unterschied sie von den gewöhnlichen Touristen. Sahen ihre Rucksäcke auch verblichen aus, sie hatten Tradition: von den Kaiserjägern und Kaiserschützen bis zu den Kärntner Abwehrkämpfern.

Bei den Gewöhnlichen war die Ausrüstung oft nagelneu, aber billig, sie stammte wie frisch gestrichenes Spielzeug von Gerngroß und Kraus und Schober. Es fehlte der Zunftgeist. Eine Windjacke kann jeder tragen, aber den einen weist sie als schneidigen Mann aus und den anderen als Vogelscheuche. Das hat man auch bei den Uniformen gesehen. Das Gefühl für Würde muß man eben unter der Uniform tragen, die Bluse allein ersetzt es nicht.

Da war er auch dabei, der Kaltenbrunner, bei diesen noblen Bergsteigern, werden sie jetzt sagen, und einen Arierparagraphen haben sie auch schon gehabt und einen ganz schönen Antisemitismus.

Er hat ihn nicht erfunden, er hat ihn vorgefunden, der Antisemitismus war schon lange vor ihm da. Der Arierparagraph stammte noch aus der Monarchie und den wilden Zeiten Deutsch-Österreichs. Ihn hat er nie bedrückt, dieser Paragraph, er hatte eine eigene Waage. Er hat mit ihnen verkehrt wie mit allen anderen auch, überlegen natürlich, aber mit einer Überlegenheit, die aus der größeren Erfahrung kommt. Es muß eine Menge Leute geben, die ihn noch von damals kennen, wenn sie nicht ausgewandert sind nach dem Anschluß. Einmal hat er sogar einen gelabt mit dem letzten Rest seines Zitronenwassers, so einen Unverkennbaren mit Hakennase, bei einer Überquerung des Toten Gebirges. Er war durch seine Plattfüße und die mangelhafte Ausrüstung ermattet in der unübersehbaren Weite der steinernen Wellen. Vielleicht lebt er noch und kann sich erinnern.

Die Krankenkassenbeamten und Eisenbahnsekretäre werden wohl Bürgermeister und Stadträte werden in diesen Tagen. Sie werden ihn noch kennen müssen, den Bergkameraden von damals, aus der Zeit, bevor er auf seinen Posten berufen wurde in die Hauptstadt des Reiches und zum Wohle Deutschlands. In der Bergsteigerzeit hat er seine Spuren hinterlassen, klar, deutlich und unverwechselbar.

Der Nibelungenstrom ist nirgends so schön wie in den großen Augebieten außerhalb der Städte, wenn man von oben seinen Lauf verfolgen kann. In den Talengen ist er schmal und spielt Gebirgsbach, in den Städten ist er in glatte Mauern gezwängt. Aber im hellgrünen Wams der Weiden und Erlen dehnt er sich aus, wächst in die Breite und zeigt, wie mächtig er ist. Man denkt an Kriemhilde und Hagen, wenn man den Strom so daherkommen sieht und verfolgt, wie er hinauswächst ins Land, in das große Becken, das am Südrand die nördlichen Abstürze des Toten Gebirges zeigt. Am schönsten ist er, wenn der Wind über die Weidenwälder fährt und die silbernen Wellen der Baumkronen dem Wasser zueilen. Der Strom allein ist ruhig und zieht majestätisch seine Bahn, unangefochten von dem Zittern an seinen Ufern. So ein Blick hinunter auf die gewaltige Schlagader der Landschaft macht das Herz weit und erhebt die Gedanken.

III

Als es heller wird, sieht er, sich umblickend, wie aus dem Talkessel Rauch aufsteigt. Da wird wohl Gerümpel verbrannt am frühen Morgen. Man schaut von oben auf den Pilz wie aus einem Flugzeug auf wallende Wolkenhaufen. Der Rauch ist weiß, und bald wird er sich verflüchtigen, denn so groß werden die Feuer nicht sein, die sie entzünden.

Er blickt zurück, ob der Trupp Spuren hinterläßt. Aber in dem grau werdenden Schnee sind nur die Fußstapfen zu sehen, die der Jäger vor ihm einprägt und von denen die hinter ihm Gehenden kaum abweichen. An den steilen Stellen tritt der Jäger nur mit den Schuhspitzen auf, und die beiden aus der Ebene balancieren ächzend, um von der Last der Rucksäcke nicht nach hinten gerissen zu werden. Er freut sich, daß ihm die Knie nicht schmerzen, sondern nur von den Waden her ein sanftes Ziehen über die Beine läuft.

Als es ganz steil wird und sie auf einem schmalen Band in der Fallinie empor müssen, schlägt der Jäger die Gangart eines Esels ein: Er steigt in winzigen Serpentinen aufwärts. Der Umweg, der schneller zum Ziel führt, die aufgefächerte Linie, die schiefe Ebene, die Schraube. Angewandte Geometrie.

Sie hinterlassen im harten Schnee kaum Spuren. Aber wenn die Sonne kommt, wird die winzige Fußstapfe auseinanderrinnen zu einem Mammutabdruck. Die Tritte werden unübersehbar, aber ihre Konturen werden verschwunden sein. Und die Spur des Trittes wird bleiben bis in den frühen Sommer hinein, denn unter dem vom Schuh zusammengepreßten Schnee bildet sich zähes Eis, das als Klotz noch da ist, wenn ringsum schon das Wasser über die spärlichen Gräser rinnt. Aber wirklich aufschlußreich ist nur die frische Spur. Das weiß jeder Jäger. Solche käslaibgroßen Stapfen, von Sonne und warmem Wind auseinandergezerrt, sagen nichts mehr aus, sie könnten noch vom letzten Spätherbst stammen. Was sind schon Spuren! Wenn das Wasser über neun Steine rinnt, ist es wieder rein, mag auch oben eine stinkende Leiche im Bach liegen.

Der Jäger geht voran, und der Obergruppenführer schaut ein wenig zärtlich auf seine Waden, die sich scharf und kantig unter den wollenen Kniestrümpfen abzeichnen. So einer marschiert Tag und Nacht, bedächtig, aber zielbewußt und ohne Murren, durch die Zeiten. Diese Beständigkeit, oft mit Schwerfälligkeit verwechselt, ist ein ruhender Pol in der Aufregung ringsum, in der Erscheinungen Flucht. So einer tritt nicht hin und sagt: Seht her, was ich für ein Felsenhaus bin. So einer ist ein Felsenhaus. So einer sagt nicht: Auf mir könnt ihr Häuser und Ordnungen bauen, auf so einem kann man sie bauen. So einer führt auf den Jagdstand, ins Gebirge, ins Felsgewirr und in die Schneefelder, ohne zu fragen, wen er führt. Er geht voran in Schnee und Eis bis zu den Ödseen ans andere, unzugängliche Ende des Plateaus, wohin man sich zurückzieht in hektischen Zeiten, um dann geläutert und gewappnet wieder in die Welt zurückzukehren.

Auf so einen Platz gehört ein Jugendlager, eine Ordensburg oder eine Stätte des Lebensbornes. Langes blondes Haar der Mädchen, das vom Wind gezaust wird. Leben zeugen im Angesicht des Stromes. Der Platz wäre auch von keiner Kirche verstellt. Dabei kann als sicher angenommen werden, daß die Markomannen hier heroben eine Kultstätte hatten. Aber die Ausrotter des Germanenglaubens konnten mit dem Hügel nichts anfangen: Für einen Kalvarienberg ist er zu hoch, und ihre Symbole bedürfen bequemerer Wege. Für eine heuchlerische Einsiedelei ist der Platz zuwenig bizarr, Granit macht keine Zacken. Und eine Wallfahrt aufzubauen haben sie versäumt. Bis die Legende sich bezahlt macht, auch für Fleischhauer und Gastwirt, bedarf es einiger Jahrhunderte.

IV

Sie schnallen die Skier an, weil nun der Tag endgültig da ist und mit ihm eine heftige Wärme einsetzt. Ein schwerer Föhn streicht durch die Gasse der Gebirge und stürzt sich ins Tal hinunter. Erst drüben auf der Hochfläche wird es wieder kühler sein. Das steilste Stück liegt hinter ihnen, und sie weichen vor den flankierenden Felswänden zurück in die flache Mulde. Wenn jetzt im warmen Wind eine Überwächte niederbrechen würde, sie könnte sie nicht mehr erreichen, die Lawine müßte sich noch vor ihnen totlaufen wie ein zäher Schneebrei, eine weiße, brodelnde Lava, die langsam erstarrt.

Der Jäger stapft schweigend voran, und hinter sich hört der

Obergruppenführer schweres Atmen und Keuchen. Seine beiden Begleiter, des Skilaufens ungewohnt und nur durch zwei Schnellsiedekurse recht mühsam auf die Bretter gebracht, lassen immer wieder kraftlos die Arme hängen. Sie hatten durch ungeübten Stockeinsatz die Beine entlasten wollen, und nun schmerzen Arme und Beine zugleich. Dabei haben sie erst knapp ein Drittel des Weges hinter sich, und hinter den Felshügeln beginnt die Weite herüberzudämmern.

Er schaut zur Wand hinüber. Hier etwa mußte es gewesen sein, wo er als Student die hohe Schneewächte mit dem Skistock durchstoßen hatte und sich den steilen Hang hinuntergleiten ließ, in brausender Schußfahrt bis in die Mulde. Die anderen hatten lange gezögert, ihm durch das weiße Loch in die Tiefe zu folgen. Dabei war seine Kühnheit nur eine richtige Einschätzung der Möglichkeiten gewesen, denn er sprang natürlich nicht aus Abenteuerlust in einen wilden Abgrund, dessen Beschaffenheit er nicht kannte. Sie hatten sich überkugelt und über und über mit Schnee bestäubt und dann verlegen bewundernd zu ihm emporgeblickt, wie er da aufrecht in der Mulde stand, die Hand lässig über den Augen, damit ihn das grelle Licht nicht blende.

In wenigen Wochen, der Schnee wird erst zur Hälfte niedergeschmolzen sein, werden in der Felswand drüben die ersten Primeln blühen. Primula auricula, die goldene und golden klingende mit ihrem schweren Duft, den hervorzubringen man der grauen Felswand nicht zugetraut hätte. Da leuchtet sie und wiegt sich im kühlen Wind, und die großen, dreißigsternigen Blüten umgeben sich mit brüchigem Gestein, mit einer gefährlichen Zone des Todes. Sie hat einen Geruch wie ein starkes Gewürz, eine Mischung aus Nelke, Zimt und Safran.

Aber vorher, fast noch aus dem Schnee, blüht schon die andere, die blaßlila primula minima. Der Volksmund nennt sie Schneerösel. Kaum daß sich die wächsernen glatten Blätter entwickelt haben, ist sie schon da, und sie blüht nur wenige Tage, ein frühes

Blühen und Sterben, fast noch im Winter, ein Hauch, der vergeht, kaum daß der erste trockene Wind kommt. In der Farbe gleicht sie der anderen zarten Traurigkeit, der Herbstzeitlose, obwohl diese der Familie der Lilien zugehörig ist. Die Farben des Morgens sind verwandt mit den Farben des Abends. (Die Jugendsünde Georg Trakl wirkt immer noch nach.)

Das Herz tut ihm heute noch weh bei dem Gedanken an die Verwüstungen, die gerade unter der primula minima angerichtet wurden. Da hat man die Naturfreunde von den »Naturfreunden« gründlich unterscheiden gelernt. Die primula auricula wächst in der Felswand, und da kommen sie nicht hin, die verkleideten Hausmeister, Krankenkassen- und Konsumvereinshengste. Aber die blaßlila kleine Schwester geht nicht in die Felsen hinauf, sie wächst neben den Rinnsalen, die aus dem Schnee kommen, und ein solches Gelände meistern auch Leute mit bandagierten Krampfadern. Er spürt wieder die bittere Galle auf der Zunge, als er aufwärts steigend daran denkt, daß sie wie ein Haufen Barbaren über die Blumen hergefallen sind. Mit Sauerampfer und Bockskraut gehen solche Leute sanfter um als mit der zartesten aller Frühlingsblumen. Aber das müssen sie auch, denn jeder Bauer würde sie aus den Wiesen jagen.

Diese Marktweiber, ganze Bündel der zarten Primel haben sie in ihre blaugewürfelten Schürzen gepackt, als wär es Grünzeug für die Suppen. Ehe sie noch den Gipfel erreichten, mit knieweichem und watschelndem Gang, waren die Blumen schon welk, und sie haben die zugrunde gerichtete Pracht auf die nackten Felsen geworfen wie nutzlos im Regen verdorbenes Heu. Ein wüster Friedhof auf Bergeshöhen.

Wer ins Hochgebirge kommt, braucht eine ganz besondere Disziplin. Da hat sich manch einer mokiert über die »Aristokraten« des Akademischen Bergsteigervereines. Aber die »Aristokraten« waren die Hochalpinpolizei. Ohne sie hätten die Quasibergsteiger, die »Naturfreunde«, die Hochgebirgsflora schamlos geplündert und vernichtet. Wenn morgen Frieden ist und sich die Leute wieder an Enzian und Almenrausch freuen, dann wird man den akademischen Bergsteigern von Anno dazumal Dank sagen und Anerkennung zollen müssen, denn ihre Berggesinnung war über jeden Zweifel erhaben.

Die robusten Gewächse sind weniger schön, aber die zarten leben nicht lang. Wann wird sie heuer kommen, die primula minima? Vielleicht schon bei der Rückkehr vom Ödensee?

Dann war der schöne Platz über der Donau einer anderen Bestimmung zugeführt worden. Er hatte nicht offen dagegen opponieren können, denn damals war er noch rangjünger, sein Vorgänger Heydrich war noch am Leben, und die Entscheidung lag bei Heinrich Himmler, dem obersten Chef der SS. Aber er, Kaltenbrunner, fühlte sich um so schmerzlicher hingezogen zu der Höhe mit dem weiten Ausblick. Es war wie bei einer geliebten Frau: Auch wenn man sie nicht in seinen Besitz gebracht hat, sondern ein anderer, man versucht immer wieder wehmütig, sich ihr zu nähern, und wenn man sie sieht mit ihren Kindern, durchfährt einen ein stechender Schmerz. Die Sehnsucht und die geheime Anhänglichkeit bleibt, auch wenn das Objekt dieser Anhänglichkeit in die falschen Hände geraten ist. Die Wehmut ist die sanfte Begleiterin der alten Liebe. Wer hätte das noch nicht an sich erfahren?

V

Sie sind auf der ersten Höhe angelangt, und die rote Sonne, die ihnen schräg ins Gesicht scheint, beleuchtet auch das unermeßliche Schneefeld vor ihnen. In die Weite hinein führt keine einzige Spur, der letzte Sturm hat alles zugeweht.

Das Tal unten ist in die Ferne gerückt, und da es noch im Schatten liegt, scheint es grau und unwirklich. Nur die Rauchsäulen, die aufsteigen, sind zahlreicher geworden. In Friedenszeiten haben die Bauern um diese Zeit die Wiesen abgeräumt und Moos und Laub verbrannt. Aber jetzt, so meint der Obergruppenführer, wo heute oder morgen oder übermorgen der Feind einzieht, da wird wohl niemand an solche Verrichtungen denken. Oder hat da unten schon der Alltag wieder begonnen? Er steht am Rande der Schneeweite, und sein Herz schlägt angstvoll bei dem Gedanken, daß er in eine völlig veränderte Welt zurückkehren muß, wenn er niedersteigen wird vom Toten Gebirge.

Er blickt noch einmal zurück, denn wenn sie sich vom steilen Anstieg entfernen, wird er das Tal nicht mehr sehen können für eine lange Zeit. Er schaut auf die steile Felswand des alten Salzberges und atmet auf, denn was er da unten zurückläßt, erleichtert ihm den Weg nach vorne in die weißen Wellen und Hügel, die funkeln wie mit Silberflitter bestreut.

Jetzt werden sie bald die riesenhafte Schatzkammer aufbrechen da unten, werden darin wühlen und sich als große Retter aufspielen. Sie werden vorerst seinen Namen nicht nennen dabei. Aber nur vorerst, in der gesetzlosen Zeit, denn bald wird es sich herausstellen: Er und niemand anderer hat verhindert, daß der gefährliche Narr, der noch immer drüben, jenseits des Gebirges, sitzt, die wertvollsten Kunstschätze Europas in die Luft jagte. Es hat sich alles vor Zeugen abgespielt, und solche Dinge haben es in sich, weitererzählt zu werden. Er ist zwar nie rampensüchtig gewesen, der Polizeihauptmann des Führers braucht keine marktschreierische Reklame, für ihn spricht die Ruhe und Ordnung. Er ist Jurist und weiß: Wenn erst die nächsten Wochen vorbei sein werden, kommt es auf Fakten an. Nach den Emotionen kehrt die Überlegung wieder ein, und wer sich zurückzieht für eine Weile, kann die Fakten um so deutlicher sprechen lassen.

Zuerst waren die weitläufigen Stollen des alten Salzbergwerkes niemandem nützlich erschienen. Aber als sich der Krieg den Grenzen des Reiches näherte, war es notwendig geworden, wertvolle Kunstschätze zu bergen und sicherzustellen. Die trockenen Stollen boten sich wie von selbst dazu an. Oder hätte man etwa den berühmten Genter Altar dem Artilleriefeuer aussetzen sollen? Da hätte sich erst »die Welt« das Maul zerrissen!

Er selbst hat natürlich nichts mit den Einzelheiten zu tun gehabt, er hat nur hin und wieder einen verschwiegenen Transport gedeckt, so wie im Frieden die Polizei die Schwertransporte durch zu enge Straßen schleust. Schließlich kann der Polizeihauptmann des Führers nicht auch noch Museumsdirektor spielen und obersten Reichskonservator dazu.

Aber dann war er in den letzten Wochen mit dem ganzen Kram direkt konfrontiert worden. Er hatte zunächst gar keine Ambitionen dafür, ihn beschäftigten wahrlich andere Sorgen. Trotzdem hat er etwas hinterlassen, an dem sie nicht vorbeisehen können, wenn er wiederkehrt aus dem Schneefeld.

Er hatte oft in dieser Gegend zu tun gehabt, denn hier saßen die Regierungen, die vorübergehend aus ihren Ländern ins Gebirge ausweichen mußten: die Slowaken, die Ungarn, die Kroaten. Sie brauchten Schutz und noch mehr Aufmerksamkeit. »Parteigenosse Kaltenbrunner kennt sich aus bei diesen Balkan- und Halbbalkanrassen«, hatte Himmler bei einer Besprechung boshaft gesagt, »der hat altösterreichisches Gespür dafür.«

Die befreundeten Regierungen und Stäbe brauchten Quartiere, und es mußten immer neue Villen beschlagnahmt werden, solche mit hohen Giebeln und verschnörkelten Erkern. Die bunten und phantastischen Uniformen boten ein Bild wie Bad Ischl von 1910 oder, noch besser, von 1908, zum sechzigjährigen Regierungsjubiläum Franz Josephs: viel Pomp, viel Palaver und viel Schlamperei. Auch Geld in Hülle und Fülle und, wie sich bald herausstellte, massenhaft Falschgeld darunter. Noch nach zwanzig Jahren werden die Blüten auf den Seen und Flüssen schwimmen. Fatal dabei war, daß auch die eigenen Erzeugnisse, meisterhaft gemachte Fünfpfundnoten, auf geheimnisvolle Weise in Umlauf kamen. Diese geborenen Händler hatten wie die Zigeuner überallhin ihre Fäden, und die galt es zu überwachen, denn die Amerikaner, die Oberschacherer, waren nicht weit. Wer Geld hin und her schiebt, der verrät auch seinen besten Freund.

Dieser »altösterreichische« Auftrag, über den Himmler gespöttelt hatte, war weit wichtiger, als der beschränkte Volksschullehrer ahnte. Stählerne wasserdichte Kisten wurden in kalte Gebirgsseen versenkt mit Geld und Dokumenten. Wegräumen für morgen, Aufbewahren für übermorgen. Dazu mußte einer da sein, der sich wirklich auskannte, und die Aufgabe, über die er noch in Berlin den Führer vorsichtig informiert hatte, wurde bitter und schwer. Man konnte nicht einmal offen darüber reden, weil sonst sofort das gefährliche Argument vom »Defätismus« aufkam. Es mußte von einer besonderen List gesprochen werden, wenn es auch in Wirklichkeit der letzte Rückzug war.

Die Cäsaren, Zaren und Kaiser zünden die Städte an, wenn das Ende kommt. Aber der Polizeidirektor muß bleiben und dem Nachfolger die Geschäfte übergeben. Er muß wissen, welche Akten er sofort übergibt und welche erst später, damit sie nicht in unbefugte Hände geraten.

Berlin hatte nicht mehr schön ausgesehen, als er die Stadt verlassen mußte. Die ungeheuren Zerstörungen beflügelten seine Sehnsucht nach dem heimatlichen Gebirge. Aber wie hatte er die Stadt geliebt mit ihrem kühlen Wind und den hellen Seen ringsum, den durchsichtigen Wäldern aus Birken und Kiefern, die so ganz anders waren als die Wälder aus zottigen Fichten. Die klare Luft dort oben begünstigte wohldurchdachte weltgeschichtliche Entscheidungen. Und war er nicht eigentlich ein Vollstrecker der Geschichte, weil er Wien nach Potsdam gebracht und zwei Grundhaltungen zusammengeführt hatte, die sich auf das beste ergänzten? Den Hader und die Mißverständnisse von Jahrhunderten abzubauen und einzuebnen, das war immer die eigentliche Triebfeder seines Handelns gewesen. Die einen berufen sich auf Friedrich den Großen, die anderen auf Maria Theresia. Er aber kann sich auf beide berufen, wenn er zurückkehren wird.

Damals hatte er sich an die undankbare Aufgabe gemacht, die letzte Vollziehung der Reichsangelegenheiten in die Hand zu nehmen. Lange wird es dauern, bis die Welt den Umfang dieser Arbeit kennen wird, und vieles wird sie überhaupt nie erfahren, denn die Täler zum Toten Gebirge sind tief, und unergründlich die verschwiegenen Seen, in die senkrechte Wände stürzen.

Wenn wieder Ruhe einkehrt, kann sich die leidenschaftslose Forschung der verborgenen Akten bemächtigen – die Fachleute, aber nicht die Demagogen und kleinlichen Tagesgeister.

Er ist der einzige Beamte unter all den Abenteurern der außer sich geratenen Zeit. Mit ihm und nur mit ihm wird man ein anständiges Übergabeprotokoll aufnehmen können, eines, das vor der Weltgeschichte besteht, wenn Recht und Gesetzlichkeit wieder eingekehrt sind. Ein Weitblick über Jahrzehnte ist notwendig, um diese Aufgabe zu bewältigen.

Während er mit der Sicherstellung wichtiger Reichsakten vollauf beschäftigt war und die allmähliche Umwandlung der befreundeten Regierungs- und Stabsquartiere in Internierungsstätten vollzogen wurde, kam die Frage des Salzberglagers an ihn heran. Ein höherer Bergbeamter meldete, er habe erfahren, daß der Herr Gauleiter das alte Salzbergwerk sprengen wolle. Und da seien doch Kunstschätze aus ganz Europa gelagert, auch der berühmte Genter Altar.

Er sei Leiter des Reichssicherheitshauptamtes, und mit den Plänen und Anordnungen von Gauleitern habe er nichts zu schaffen, hatte er auf diese Eröffnung widerwillig geantwortet.

Es ginge um die Kunstschätze, aber auch um die Arbeitsplätze für morgen, war der Beamte fortgefahren. Der Salzabbau werde auch in der Zukunft wichtig sein, Brot müsse immer gesalzen werden. Es seien bereits schwere amerikanische Fliegerbomben in ein altes Sinkwerk geschafft worden. Wenn es gesprengt würde, dann müßte dies die angefahrenen Horizonte durchreißen und alles begraben: den Genter Altar, Tausende Gemälde und die Arbeitsplätze der Bergleute. Und sei der Herr Obergruppenführer nicht der Vorgesetzte des Gauleiters?

Während der Bergbeamte sprach, überlegte der Gruppenführer, daß es den Bergleuten sicher mehr um die Arbeitsplätze ginge als um seltene Meßkelche, den Genter Altar und die Diana im Bade. Ihnen ist natürlich das leinene Hemd näher als der Rock aus schwerem Brokat. Aber er dachte auch nach über das Vorgesetztenverhältnis. In derart zugespitzten Zeiten bekommt so eine Rangfrage besondere Bedeutung. Ist der Präsident der Polizeidirektion auch der Vorgesetzte des Profossen im Strafhaus, und ist dem Präsidenten des Oberlandesgerichtes der Leiter des Verkehrs-Strafamtes oder der Finanz-Strafbehörde unterstellt? Wo steht der Beamte und wo der Bonze? Die Bonzen kommen und gehen, der Beamte bleibt. Auf seiner Seite steht auch das Recht und nicht nur die Gewalt. Mit abgehenden Bonzen soll man nicht in Verbindung treten in solchen Zeiten, die reißen alles in den Abgrund.

Er sagte dem Bergbeamten, daß er dem Gauleiter keine Anweisungen geben wolle und könne.

Da schlug der Biedermann der Bergbausicherheit plötzlich einen anderen Ton an: »Herr Kaltenbrunner, glauben Sie nicht, daß es auch für Sie besser wäre, für nachher, mein ich, wenn Sie jetzt eine gute Tat setzen würden?«

Kaltenbrunner wurde blaß. Vor seinem Quartier standen schwerbewaffnete SS-Leute, noch immer bereit zum Äußersten. War das der Ton, den man sich jetzt schon gegen ihn leisten konnte, ganz gewöhnlich »Herr Kaltenbrunner«? Er schrie: »Hinaus!« Aber es war schon Mai, und er nahm sein barsches Wort schnell zurück. »Nein, bleiben Sie.« Besser, man hatte einen Zeugen dabei.

Er verlangte eine telefonische Verbindung mit dem Gauleiter, der in einem Dorf auf der anderen Seite des Toten Gebirges saß und die Gauhauptstadt ihrem Schicksal überlassen hatte, nachdem er den Befehl gegeben, bis zum letzten Mann zu kämpfen. Der Obergruppenführer war neugierig, ob so eine komplizierte Verbindung überhaupt noch funktionieren würde. Aber der Apparat seiner Truppe war intakt bis zum letzten Schräubchen. Er bekam den Gauleiter an den Apparat und sagte ihm, er, Kaltenbrunner, habe angeordnet, die Sprengung im Salzbergwerk zu unterlassen.

Der Gauleiter hatte eine rauhe, verschlafene Stimme und drohte mit einer Strafaktion, wenn seine Anordnungen nicht ausgeführt würden, denn in seinem Gau befehle nur er und sonst niemand. Immer noch, halten zu Gnaden. Er sprach auch das Wort Verhaftung aus.

Er ist stinkbesoffen, das Schwein, dachte Kaltenbrunner erbittert, und es ekelte ihn vor dieser Stimme. Er bereitet uns Schande bis in die letzten heroischen Stunden hinein.

Dann rief er laut in den Apparat: »Der Chef der Polizei heißt immer noch Kaltenbrunner! Mich wollen Sie verhaften? Sie Hanswurst, Sie August!« Damit warf er den Hörer auf die Gabel. So etwas hatte dem Gauleiter noch keiner gesagt. – Dieses »August« wird zum geflügelten Wort werden, denn der Gauleiter hieß wirklich so.

Dann gab er seine Befehle, und er wunderte sich später, daß sie exakt ausgeführt wurden. Er erkannte staunend, wieviel Gewalt sich noch immer in seinen Händen konzentrierte.

Die Bergleute hatten das Ergebnis der Unterredung kaum abgewartet und die Entfernung der Fliegerbomben aus dem Sinkwerk schon vorbereitet. Dann transportierten sie die Ungetüme an schwerbewaffneten SS-Posten vorbei aus dem Bergwerk und lagerten sie im nahen Wald. Die SS-Posten griffen nicht ein. Es war eine merkwürdige Doppelherrschaft eingetreten. Die schleichende Gesetzlosigkeit wog bereits so schwer wie die noch immer funktionierende Obrigkeit.

»Mein lieber Kaltenbrunner, das Lager ist vollkommen falsch situiert«, hatte der Lagerkommandant Ziereis, der gemütliche Bajuware, gesagt, »die schöne Lage ist unser Ruin. Die Krematoriumsheizer stellen sich saublöd an, so blöd, daß ich schon gar nicht mehr dran glaube. Gibt es einmal viel Arbeit, und bei allen Epidemien sterben eben die schwachen Leut, dann schüren sie mir ein derartiges Feuer, daß eine fünf Meter hohe Stichflamme aus dem Schornstein fährt. Die erleuchtet das ganze Donautal und ist in der Nacht bis in die Gauhauptstadt zu sehen. Eine Fackel für die Luftpiraten, ein Ärgernis für die zarten Gemüter. Dreimal hab ich die Mannschaft schon abgelöst. Aber einen oder zwei muß ich immer zum Anlernen übriglassen, sonst klappt die Arbeit nicht.«

»Lieber Ziereis, uns hat man nicht gefragt bei der Errichtung des Lagers, wir hätten einen besseren Platz gewußt.«

Dieses Lager war eine einzige Instinktlosigkeit. Kaltenbrunner dachte daran mit steigendem Grimm. Im ersten Krieg war es ein Lager für gefangene Serben gewesen, und eine Choleraepidemie hatte Tausenden fremder Soldaten das Leben gekostet. Ein Bischof, der zeitweise freiwilligen Pflegedienst versah, fiel der Epidemie ebenfalls zum Opfer. Die Demonstration der Nächstenliebe war ins Auge gegangen. Kaltenbrunner hatte zu Recht befürchtet: Die Betschwestern landauf und landab würden die abgefeimtesten Vergleiche ziehen, die Augen verdrehen, mit dem Schürzenzipfel darüber wischen und mit ihren Unkenrufen die Leute erregen.

Aber all dem zum Trotz konnten sich die Gauleiter, diese Emporkömmlinge, bei der Standortfrage durchsetzen. Ihre Parole: Jedes Lager – meine feste Burg – auf Bergeshöhen gelegen, damit sie bei der Dienstfahrt und der dienstlichen Begehung eine schöne Aussicht haben! Er, der Obergruppenführer, sah diese Fehlentscheidung mit wehem Herzen.

VI

Vor ihnen lag die unendliche Weite des Schneeplateaus. Die Fläche mit den kleinen Schattenkämmen hinter den Erhebungen schien anzusteigen wie das Meer, auf das man vom Gebirge aus schaut. Eine weiße glitzernde Wand, die zum blauen Himmel hinaufführt. Die Zweitausender, denen sie entgegengingen, schienen weit unten zu liegen, wie Kegel, die sich sanft aus dem Tal erheben.

Er kannte diese Fata Morgana der Schneehochflächen, die dem ungeübten Wanderer vorgaukelt, er sei schon am Ziel und brauche der kleinen Wolke nicht zu achten, die sich langsam vor die Sonne schiebt. Dann bekommt die weiße, steil aufsteigende Wand ein stumpfes Grau, und die Weite wird lastend und gefährlich. Beginnt sich erst der Wind zu erheben, dann spürt man die ungeheure Einsamkeit, die einen umgibt. Das erste Biwak im Schnee ist dann das Beste. Man darf nie so lange warten, bis man die Kälte in den Gliedern spürt. Sich einschneien zu lassen ist besser, als dem Schneesturm entgegenzugehen. Manchmal hatte er zwei Tage lang mit dem Petroleumkocher im Schneeloch ausgeharrt. Er galt als so bergfest und umsichtig, daß nie eine Suchmannschaft nach ihm ausrückte, auch wenn er zwei Tage überfällig war.

Wenn dann der Wind verstummt und die Sonne wieder durchbricht, durchstößt man die schwere Schneehaube, und die weite Fläche liegt unschuldig glitzernd da. Alle Spuren sind verweht, das weiße Land ist zu einem Neuland geworden, in das man hineinschreitet wie der erste Mensch, alle Mühsal und alle Müdigkeit sind vergessen und vorbei.

So wird es auch sein, wenn er von dieser langen Wanderung zurückkehrt, wenn Recht und Gesetzlichkeit wieder regieren.

Es hat kuriose Anzeichen gegeben, wie 1918. Wurde damals mit Tuberkeln aus Spucknäpfen ein schwunghafter Handel getrieben, so humpelten jetzt viele jüngere Männer mit Gipsbeinen herum: Es gab regelrechte »Werkstätten« für Frakturen des Schien- und Wadenbeines. Das Bein auf zwei nebeneinander liegende Stämme gestreckt und ein schweres Rundholz darauf fallen lassen, so lautete das Rezept, und heraus kam ein Beinbruch bei der Holzarbeit. Und die Holzarbeit ist hier in allen Häusern daheim.

So etwas wird es immer geben im Krieg. Die Drückeberger nehmen allerlei Unbill auf sich. Aber bedenklich sind die Begleitumstände solcher Epidemien. Da muß es zuerst einmal Ärzte geben, die sich angeblich nicht wundern, wenn sich derartige Beinbrüche in so auffallender Form mehren. Andererseits gibt die Zeitspanne, mit der die Menschen rechnen, zu denken. So ein einfacher Beinbruch ist eine Sache für zwei, höchstens drei Monate. Wie angefressen aber muß eine Ordnung sein, der man nur noch zwei bis drei Monate Frist gibt? Der Händler mit Gonokokken und Beinbrüchen ist immer da. Aber in Zeiten des Vormarsches und des Sieges hat er keine Kundschaft, denn die Aussicht auf Ruhm, Beute und siegestrunkene Heimkehr gibt dem Mann mehr als ein künstlicher Tripper und ein maßgeschneiderter Beinbruch. Überwiegt die Sehnsucht nach der Krankheit, dann ist dies die Abkehr von der alten Ordnung.

Es schreit zunächst kaum einer: »Nieder!« und »Jetzt ist Schluß!« Ein Gradmesser dafür, daß die Parabel sich neigt, sind die Randerscheinungen: der Arzt, der plötzlich »nur« noch Mediziner ist und der Ursache des Übels nicht mehr nachspürt, die Post, die keine Vermißtenanzeigen mehr befördert, die schleichende Ohnmacht der Macht.

Da waren in dieser Gebirgsgegend manchmal achthundert SS-Leute eingesetzt, und doch fing man die Gesuchten, die Ausbrecher aus Konzentrationslagern und Zuchthäusern und die Deserteure, nicht ein. Einmal wurde einer erschossen, und einige Mitläufer wurden verhaftet. Aber auf die es wirklich ankam, die saßen in Sicherheit. Im Toten Gebirge? Was sind achthundert Mann fürs Tote Gebirge, wenn die meisten von ihnen noch nie im Hochgebirge waren? Von denen wären achttausend noch zuwenig gewesen für die Stein- und Schneewüste.

Er hat ohnehin nie recht daran geglaubt, an das romantische Versteckspiel in Höhlen und Schluchten. Gewiß, das gab es auch, aber nur zeitweilig und nicht über das ganze Jahr. Das Tote Gebirge ist zwar ein Partisanengebiet alten Stils. Ein Wilderer kennt sich dort besser aus als ein Jäger, denn er hat von jung auf lernen müssen, dessen Pfade zu beobachten und selber andere zu gehen. Und Wilderer waren sie allesamt, die da über Spanien, Dachau und andere Anstalten ins Tote Gebirge heimgekehrt waren. – Sie mußten jedoch im Tal sitzen, zumindest im Winter, und der Winter ist lang. Gewiß saßen sie dort, wo niemand sie vermutete. Aber es handelte sich um einen berühmten Kurort und nicht um Lidice oder Oradour. Einsame Flüchtlinge konnten sie nicht sein, und halbe und ganze Helfer mußten sie haben, in Hülle und Fülle.

Er denkt an das Beispiel, das er vor 1933, um den Evangelischen zu schmeicheln, oft erzählt hat. In einem dieser Täler hatten sich 1781 beim Toleranzpatent Josephs II. alle Einwohner eines Dorfes zum evangelischen Glauben bekannt, ohne Ausnahme. Urahne, Großmutter, Mutter und Kind. Sie hatten seit der Gegenreformation, also rund hundertfünfzig Jahre lang und noch länger, ihrem Glauben unerschütterlich die Treue bewahrt. Die Geschichte eignete sich für Lesebuch und Volksversammlung. Aber wer hundertfünfzig Jahre lang illegal ist, der darf sich nicht hinstellen, die Brust entblößen und sagen: Hier steh ich, und ich kann nicht anders, so schön das auch wär. Er muß vielmehr danach trachten, nicht aufzufallen: der allmächtigen Kirche, dem Kaiser und den Bütteln jeglicher Art. Er wird also brav mit der Fronleichnamsprozession gehen, fleißig den Rosenkranz beten und Kniefälle machen früh und spat. Das ist die Kehrseite der Illegalität und genaugenommen auch die der Treue. Von dieser Zwiespältigkeit redet man nicht gern. Auch jetzt durfte man manche fromme und markige Geste nicht überschätzen, die zur Übung geworden war. Das Protestantische hinter dem Rosenkranz glich der Widersetzlichkeit hinter der noch wehenden Fahne.

Die Evakuierungen ins Gebirge hinein mußten auf die Moral der Bevölkerung niederschmetternd wirken, das hatte er sofort gewußt, als es losging. Lauter amputierte Glieder – in dieser Villa eine kleine Regierung, in jener ein zerfahrener Stab – hatten eine lastende Symbolik für die allmähliche Zerstümmelung des Reichskörpers. Dieses verzweifelt lustige Lager mit exotischen Uniformen und vielen, vielen Schnapsflaschen, es mußte deprimierend wirken auf gläubige Menschen und äußerst anspornend auf ungläubige. Man hätte alle diese Kroaten, Slowaken und Madjaren ihrem Schicksal überlassen sollen. Andererseits war es günstig, sie in der Nähe zu haben mit ihrem »Hof«. Sie hätten sonst dem Feind allerlei gefällige Erklärungen abgegeben, bevor man sie erhängt hätte, und das wäre gleichfalls von deprimierender Wirkung gewesen. Zersetzung so oder so.

Aber das war nicht die eigentliche Ursache für das Phänomen, daß auch der massierte SS-Einsatz in der letzten Zeit keine Ergebnisse bei der Fahndung nach entsprungenen Häftlingen und Deserteuren gebracht hatte. Die Übermacht hört auf, eine solche zu sein, wenn das Abbröckeln einmal begonnen hat. Wenn ein Dorf bereits zur Hälfte anderer Meinung ist, auch wenn diese Hälfte noch schweigt, kann man solche Desperados nicht mehr stellen. Viele Ortsgruppenleiter waren bereits isoliert, als sich noch die Hände hoben vor ihnen.

Er hat die Zeichen der Zeit erkannt, noch früh genug. Er ist zwar blaß geworden, als ihm der Bergbeamte kalt seine Titel nahm, aber er hat kühles Blut bewahrt. Er hat Verständnis für heroische Auftritte, für heroische Abtritte nicht. Er weiß, wieviel es geschlagen hat, wenn der Polizeihauptmann des Führers plötzlich nur mehr mit »Herr« angesprochen wird. Er muß leben, die Nachwelt wird ihn dringend brauchen, als Zeugen und Sachverständigen.

Die vier gehen zwischen Himmel und Schnee dahin. Da sie einige Hügel hinter sich gelassen haben, verlieren sie ihre Spur aus den Augen. Sie bleibt eine Kurve im Labyrinth. Die Hügelkämme glänzen in der Sonne schuppig und stumpfer als der übrige Schnee. In der gewaltigen Weite nimmt sich die kleine Mannschaft wie ein Trupp von Ameisen aus, die einem geheimnisvollen Ziel zukriechen. Einmal hören sie ein fernes Beben und Grollen, es müssen Lawinen sein, die weit unten beim steilen Anstieg niedergehen. Kaltenbrunner vernimmt das Grollen mit Befriedigung, Diese Lawinen werden die Anstiegsspuren gründlich verschütten. Er hofft, daß noch immer genug Schneewächten über den Graten hängen, denn die Lawinendrohung hält Verfolger vom Aufstieg ab.

Der Jäger geht voran, langsam, in gleichbleibendem Tempo, und Kaltenbrunner folgt ihm, beinahe fröhlich, auch wenn ihm nun unter dem schweren Rucksack Kreuz und Schultern zu schmerzen beginnen. Seine beiden Begleiter haben glühende Gesichter und sind steif in den Knien. Er hat beobachtet, wie sie einige Male heimlich Schnee gegessen haben. Er ärgert sich darüber, sagt aber nichts, denn er hat innerlich schon aufgehört, ein Vorgesetzter zu sein. Den Rat des Bergsteigers würden sie nicht verstehen, weil nur aus eigener Erfahrung die Einsicht folgt.

Die Lawinenstürze verschütten die Spuren. Wer welche hinterlassen will, muß sie abseits der großen Lawinengänge anlegen. Er hat am Abend vor dem Aufbruch ins Gebirge noch an einer Denkschrift gearbeitet und sie vorsorglich in seinem Quartier vergessen. Er hat schlicht und einfach Vorschläge für eine Regierungsliste hinterlassen, und er weiß, daß sie daran lange kiefeln werden. Er muß über den Ausdruck heimlich lachen, denn er zeigt ihm, daß er nun auch sprachlich wieder heimisch zu werden beginnt.

Natürlich wird keiner von ihnen, die er mit einem Ministeramt bedacht hat, Freude an dieser »Ernennung« haben, und sie werden sich allesamt lärmend distanzieren und von den anderen, die nicht drauf sind auf der Liste, als Kollaborateure beschimpft werden. Wie immer sie auch reagieren, eines können sie aus einer solchen Vorsorglichkeit nicht ableiten: daß er, Kaltenbrunner, einer von denen ist, die nach dem Motto handeln: Nach uns die Sintflut. Ein Kaltenbrunner macht sich Gedanken, über das Ende seiner persönlichen Laufbahn hinaus. Er gehört nicht zu denen, die alles in die Luft sprengen am Schluß und sich selbst dazu. Er hat vielmehr verhindert, daß alles in die Luft gesprengt wird, und er ist mit dem Gauleiter zusammengekracht, der das wollte, und da gibt es einwandfreie Zeugen dafür, und zwar solche, die heute ein besonderes Gewicht haben.

Wenn er Gedanken über die Zusammensetzung einer neuen Regierung niederlegt, dann beweist dies, daß er an sein schwergeprüftes Land denkt in diesen schicksalsschweren Tagen, wo jeder mit sich selber genug zu tun hätte. Einige der Männer auf der Regierungsliste sind alte Bekannte aus dem konservativen Lager. Vor 38 kam man leidlich aus mit ihnen. Der eine oder andere war später gezaust worden, nicht sehr, mehr, um ihn zu ducken. Nur wenige aus diesem Kreis sind bis zum Schluß festgehalten worden.

Der Aufbruch noch in der Nacht glich dem Start einer Expedition. Die Wachen vor den militärischen Quartieren lauerten tief in den Eingängen der Häuser, nur ein Soldat hatte vor dem kleinen Trupp salutiert, die anderen blieben stumm und regungslos. Aus Gleichgültigkeit? Oder aus Groll darüber, daß jemand ausbrach aus dem Kessel und den Gang übers Gebirge antrat wie »Maria, die übers Gebirge ging«?

Auf dem See ist das graue Eis schon von allen Seiten angeleckt, es schwimmt zwanzig Meter vom Ufer entfernt, und jeden Tag wird es kleiner und kleiner werden. Als sie beim winzigen Friedhof, der auf einer sanften Lehne über dem See liegt, vorbeigehen, erinnert sich Kaltenbrunner daran, daß hier seit 1934 Jakob Wassermann begraben liegt. Bald nach dem März 1938 hatte ein Unterläufel gefragt, ob da nicht sofort etwas geschehen müsse. Schließlich gehöre so einer nicht auf einen schmucken arischen, sondern auf einen verluderten jüdischen Friedhof. Er aber hatte sich nicht darauf eingelassen und erklärt, man brauche da nichts zu ändern, es werde ohnehin nicht lange dauern, und dieser Wassermann sei vergessen mit all seinen langatmigen Schwarten. Auch daran muß man erinnern, wenn von seinem »Feldzug gegen die Juden« die Rede sein wird, und natürlich wird davon die Rede sein. Um das vorauszusehen, bedarf es keines Polizeiverstandes. Aber er kann darauf hinweisen, daß er persönlich das Grab von Jakob Wassermann geschont hat und sich keine Freunde gemacht hat damit. Daß er gleichzeitig ein literarisches Urteil abgab, das möglicherweise nicht richtig ist, wer wird es ihm vorhalten können? Schließlich ist er Jurist und kein Literaturpapst. Hat nicht auch der alte Goethe Heinrich von Kleist falsch eingeschätzt und Schiller den Friedrich Hölderlin?

Diese Wassermann-Story zeigt, daß er stets ein Mann war, der dem Extrem abhold ist, nie ein Sadist wie der »Frankenführer« Julius Streicher, der Kahlkopf. Er hat sich auch nicht selber hineingekniet in alle möglichen Geschichten wie sein Gehilfe Eichmann, der sich beileibe nicht auf ihn berufen kann. Er stand stets über den Dingen. Der oberste Polizeichef stellt keine Verhöre an. Der höchste Beamte der Sicherheit ist ein korrekter Diener des Rechtes. Das Recht aber macht nicht er, er hat sich lediglich daran zu halten. Sie werden übertreiben und von Millionen Opfern reden, als ob sie sie gezählt hätten. Aber er wird mit Nachdruck und Würde sagen können: Ich habe mich sogar schützend vor den Grabstein des Juden Jakob Wassermann gestellt!

Ja, und da war damals, es ist schon lange her, diese Aktion, zu der er eingeladen wurde und an der er schließlich mit einem größeren Stab von SS-Leuten teilnahm, obwohl er sich jedesmal ärgerte, wenn er in das Lager kam, das die Landschaft verschandelt. Es ging darum, eine Vorrichtung zur Erschießung von Verbrechern in Betrieb zu nehmen. Sie funktionierte so, daß der Delinquent mit dem Rücken an eine Meßlatte gestellt wurde, wie es bei den militärischen Musterungen in aller Welt üblich ist. Während das waagrechte Brett auf das Haupt des Häftlings niederfiel, drückte ein Schütze hinter der Wand auf den Abzug, und durch ein Loch in der Meßlatte drang das Projektil dem Todeskandidaten ins Genick. Die Waffe war mit einem Schalldämpfer versehen, so daß im Keller des Krematoriums kaum etwas zu hören war.

Wie der Lagerkommandant Ziereis erläuterte, ging es darum, Hinrichtungen unauffälliger und weniger strapaziös für den Ausführenden und den Verurteilten durchzuführen. Beim berühmten elektrischen Stuhl dauert es Minuten, bis der Tod eintritt. Hier aber erfolgt der Tod in Sekundenschnelle. Natürlich gab es im Lager auch öffentliche Hinrichtungen vermittels des Galgens und durch Erschießen. Aber sie galten als Haupt- und Staatsaktionen, und sie waren stets mit einer erzieherischen Wirkung verbunden. Die Erschießung an der Meßlatte war diskret.

Etwa zwei Dutzend solcher Hinrichtungen wurden der Kommission vorgeführt, und die Demonstration überzeugte. Die Todeskandidaten fielen nach dem Schuß nach vorne, wie vom Blitz gefällt, und wurden in den Leichenraum gebracht.

»Weißt«, sagte Ziereis nach diesen Vorführungen »ich hab was gegen die reine Chemie. Bei uns ist's doch noch dem Soldatentod angenähert. Und überhaupt: ganze Schwaden von stinkendem Gas, das können sie sich im dünnbesiedelten Generalgouvernement leisten, in Auschwitz und in Treblinka auf öder Heide. Aber wir? Hier auf dem sanften Aussichtsberg über dem Strom der Nibelungen?«

Hinter einem Bergrücken rasten sie zum erstenmal. Die Gesichter der beiden Adjutanten glänzen schweißnaß, und sie werfen die schweren Rucksäcke fluchend in den Schnee. Einer reißt eine Büchse Zitronensaft heraus. Sie bohren mit dem Stichwerkzeug eines Messers zwei Löcher in den Deckel und trinken gierig den scharfen Saft. Der Obergruppenführer und der Jäger schütteln mißbilligend die Köpfe. Das muß man doch wissen, daß zu süß oder zu sauer den Durst noch steigert. Die Folge wird sein, daß sie beim weiteren Marsch noch mehr Schnee essen und dann ohne Stimme und mit entzündetem Hals ankommen.

Sie haben unsere Polarfahrer Payer und Weyprecht nicht gelesen, denkt Kaltenbrunner, sonst würden sie sich auskennen mit den Tücken der Schneewüste, wenigstens theoretisch.

»Als Ärzte müßten Sie eigentlich wissen, daß man den Durst mit kleinen Schlucken milder Flüssigkeit stillen soll«, sagt der Jäger mit unbewegtem Gesicht, und es ist seiner Stimme nicht anzumerken, ob er an diese Arztexistenz glaubt oder nicht. Die drei tragen die Uniform der Gebirgsjäger.

Die Trinkenden ein wenig ärgerlich und spöttisch beobachtend, essen Kaltenbrunner und der Jäger trockenes Brot und Dörrzwetschken. Als der Wind schärfer wird, schnallen sie wieder an und gleiten weiter hinein in die weißen Täler und Hügel, die bis zum weißen Horizont reichen. Sie torkeln nach der Rast unter den schweren Rucksäcken, bis sie das zähe Gleichgewicht des langsamen Gleitens wieder finden.

Er fühlt sich müde. Es ist eine Müdigkeit wie von einer späten, allzu späten Heimkehr. Wann wird er sich wieder um die Erziehung seiner Kinder kümmern können, woran er so oft und so lange durch höhere Gewalt gehindert gewesen war? Sie würden es gerade jetzt in diesen verworrenen Zeiten bitter nötig haben. Ich werde ihnen Halt und Stütze sein und sie behutsam lenken.

Mit seinem ausgeprägten Familiensinn hatte er von den meisten seiner Kameraden abgestochen, die eine große Zeit mit einer zügellosen verwechselten. Er hatte nichts übrig für das Maßlose, mochte es auch landsknechtmäßig verbrämt sein. Er war kein emporgedienter Rabauke von Kompanieführer, der dann als General Gläser zerschmeißt im Rausch und immer aus ist nach einer fetten Marketenderin, um ihr unter die Röcke zu greifen. Er ist nicht als ein Desperado zur Bewegung gestoßen, sondern als ein hochgebildeter Mann mit gediegenem Traditionsbewußtsein und einer soliden Karriere vor sich. Da gab es keine Kumpanei, kein dröhnendes Auf-die-Schulter-Klopfen, sondern immer nur strenge Sachlichkeit und Zurückhaltung. Wenn sein Gehaben manchmal kalt und abweisend wirkte, so lag es daran, daß er immer die Sache und niemals die Person sah. Seine Reden hatten stets Niveau und Schärfe, aber es fehlte ihnen das primitive emotionale Feuer. Man lud ihn oft ein zu Bürgermeister-Amtseinführungen und ähnlichen Zeremonien. Man war stets hoch erfreut, wenn er zusagte, aber jedesmal ratlos, wenn er da war, weil er keine Vertraulichkeit aufkommen ließ.

Wenn er aus dem Toten Gebirge zurückkommt und alles überstanden hat, wird es eine Heimkehr ins national gesinnte Bürgertum sein, und alles wird sein wie früher, ein wenig milder als vorher, aber die Resignation ist weise und voll geläuterter Erfahrung. Die Pension wird nicht groß sein, denn die Dienstzeit beim Reich war nur kurz, wenn auch der Rang hoch. Es wird allerlei lästige Übergangsbestimmungen geben, bis sich alles wieder einrenkt, und bis dahin wird man Geduld haben müssen. Es wird eine Zeit der Muße sein, wenn auch keiner ganz freiwilligen. Da kann man alles noch einmal überdenken, um dann wirklich über den Dingen zu stehen.

Man wird viel Weisheit gesammelt haben. Und gegen alle Fragen gewappnet sein, nicht nur gegen die ersten und zweifellos gehässigen, sondern auch gegen die anderen, die aus dem geistigen Bereich.

Er hat uns an Deutschland ausgeliefert, werden sie sagen, und er wird dann das kurze Gedächtnis seines Volkes auffrischen, obwohl man besser schweigen sollte, denn was er zu sagen hat, das wird nicht gerne gehört werden.

Er stammt aus einer bekannten großdeutschen Familie. Gewiß, aber wer stammt eigentlich nicht aus einer solchen? Hat nicht der Kardinal auf Plakaten aufgefordert, für den Anschluß an Deutschland zu stimmen? Und hat nicht der andere, der Staatsmann von 1918 und 1919, öffentlich erklärt, er werde beim Volksentscheid freudig mit Ja stimmen? Und beide sitzen heute im abgefallenen Wien und rühren sich wieder kräftig, als wäre nichts gewesen. Wer weiß, was ihnen noch einmal – zum wievielten Male eigentlich – für eine Laufbahn bevorstehen wird? Und da soll er verurteilt werden, weil er mit anderen Worten dasselbe gesagt hat wie sie? Der morgige Tag wird diese Gemeinsamkeit verleugnen wollen, aber der übermorgige schon nicht mehr. Deshalb und nur deshalb ist es ratsam, sich zurückzuziehen für eine kleine Weile, um den Anschluß an den übermorgigen Tag zu gewinnen. Der Gang zum Ödensee ist der Besinnung gewidmet und der Sammlung. Der Polizeihauptmann des Führers hat natürlich nach all diesen tragischen Ereignissen mit Scherereien zu rechnen. Aber wer hoch oben war, muß auch bereit sein, wieder ganz unten anzufangen.

Während er mit gesenktem Kopf hinter dem Jäger herstapft, denkt der Obergruppenführer an den zynischen Ausspruch eines bekannten Bildhauers, der lange Zeit mit Staatsaufträgen eingedeckt war und sich in den letzten Wochen ins tiefe Tal abgesetzt hat. Auf die spöttische Frage, wie es denn jetzt mit den Aufträgen bestellt sei, hatte er geantwortet: »Da wird nicht viel los sein in der nächsten Zeit. Man wird wieder bei den Buchstaben auf Grabsteinen anfangen müssen, die haben in den letzten Jahren entschieden gelitten, und viele sind blind geworden. Für Steinmetzen gibt es da Arbeit in Hülle und Fülle.«

Auch für den Beruf des Rechtsanwaltes gibt es so etwas wie einen Friedhof. Natürlich ist in der ersten Zeit nicht an große Prozesse und Vertragswerke zu denken, wahrscheinlich werden sie ihn sogar eine Zeitlang internieren. Aber dann wird ein ungeheurer Nachholbedarf einsetzen, wobei man auch im Hintergrund mitwirken kann, als Ratgeber, der nicht genannt sein will. Und später kommen die gediegenen alten Verbindungen wieder zum Tragen, zuerst die von vorgestern und dann auch die von gestern, denn sie sind zählebig. Wer hoch oben war, hatte Einblick in die Kompliziertheit der Fälle, und er hat auch später die besseren Lösungsmöglichkeiten bei der Hand. Allein die gewaltige Umschichtung in der Eigentumsstruktur. Natürlich mußte da manches übers Knie gebrochen werden unter dem Druck der Verhältnisse, und es wird eine Menge aufzuklären und zu entwirren sein. Gerade jenen, die in den letzten Jahren zu Schaden gekommen sind, wird geholfen werden müssen. Und wer kann das schon? Doch nicht die blinden Agitatoren, die nur hetzen können. Zu ihnen, die das ganze Hebelspiel und seine Hintergründe gekannt und durchschaut haben, zu ihnen wird man kommen müssen, wenn die Hindernisse rasch und unkompliziert aus dem Weg geräumt werden sollen. Man wird sie brauchen, und man wird ihrer nicht entraten können.

Er war immer ein redlicher Mann und trägt einen ehrlichen Namen. Daß der Polizeihauptmann kein Freund der Schwarzhändler, Schwarzschlächter und Schwarzhörer war, wird man ihm wohl nicht verübeln können.

Die Aufregung wird sich legen, und es wird eine Zeit kommen, in der man wieder die Kirche im Dorf läßt. Auch in Zukunft braucht man ein Gegengewicht gegen die Asiaten, und gelten wird die Leistung allein. Wer den Umsturz nicht will und die Herrschaft des Pöbels, wird das große Kräftepotential nicht brachliegen lassen können.

Während Kaltenbrunner müde über das Plateau des Toten Gebirges zieht, denkt er wie im Traum an den ersten kanzleimäßigen

Brief, den er wieder schreiben und in dem es heißen wird: »In rechtsfreundlicher Vertretung meines Mandanten…«, und am Schluß wird stehen: »Ihr sehr ergebener Dr. Ernst Kaltenbrunner«. Nach diesem Brief wird die Heimkehr endgültig vollzogen und die Freiheit wiederhergestellt sein.

Ziereis, zufrieden über den guten Erfolg des Experimentes, wollte den Eindruck noch abrunden und vertiefen, obwohl es bereits auf Mittag zuging und die Mitglieder der Kommission Hunger hatten. Er stieß die Tür zum Leichenkeller auf, um zu zeigen, daß da wirklich alles mit rechten Dingen und ohne Mogelei zugegangen war.

Aber die Leichen lagen nicht ausgerichtet da, wie man sie hingelegt hatte, sie bildeten vielmehr ein Knäuel, als wären die leblosen Körper aufeinander zugekrochen, bis sie fast eine Pyramide bildeten. Während die Kommission verwundert stehenblieb, begann sich der Leichenhaufen zu bewegen. Körper rutschten übereinander, Glieder zuckten, und dann erhob sich eine dieser Gestalten zu halber Höhe und schrie gellend: »Urräh!«, als gälte es, einen Angriff voranzutragen. Nach einer fürchterlichen Schrecksekunde stürzten einige Scharführer herbei und gaben den Schwerverwundeten Fangschüsse, und einige Geller fuhren pfeifend in die Betonwände. Einer aus der Krematoriummannschaft stand bei seinem Ofen und starrte auf die Szene. Kaltenbrunner fiel die raubvogelartige Nase auf, die das schmale Gesicht noch schmäler machte. Das Gesicht schien völlig unbeteiligt, nur die Augen verrieten ungeheuren Schrecken und ungeheuren Haß.

»So ein Pech«, sagte später der Lagerkommandant Ziereis. »Aber das System braucht nur einige kleine Verbesserungen, dann wird es ohne Fehler funktionieren. Das ärgerliche ist, daß ich jetzt schon wieder eine neue Ofenmannschaft brauch, denn nach so

einem Kunstfehler möchte man mit den Leuten doch nicht weiter zusammenarbeiten.« Sein Blick ruhte träumerisch auf dem kleinen Mann mit der Hakennase, der nun in strammer Haltung am Ofen stand.

VIII

Die Schneelandschaft liegt unbeweglich vor ihnen. Die Sonne hat die Mittagshöhe schon überschritten, und sie haben sie nun im Gesicht. Kaltenbrunner sagt nichts mehr, wenn sich seine Begleiter während einer kurzen Rast kühlen Schnee auf die brennenden Gesichter legen oder wenn sie während des Marsches Schnee essen. Sie werden nicht nur ohne Stimme am Ödensee ankommen, sondern auch ohne Gesicht.

Er ist jetzt nur noch mit den eigenen Gedanken beschäftigt, und er will keine Kraft mehr aufbieten zur Disziplinierung anderer. Nur als einer der Begleiter zu murren anfängt, ob denn von dem schweren Gepäck wirklich jedes Stück notwendig sei, wird er aufmerksam. Sollte man sich nicht ein wenig Erleichterung schaffen, wie beim Vormarsch oder, der andere würgt an dem Wort, wie beim Rückzug?

»Wir bewegen uns jedenfalls in die Wüste hinein, Kamerad«, erwidert er schneidend, »und was wir nicht mit uns tragen, werden wir nicht haben. Unter diesem Schnee wächst keine Kartoffel. Die letzte Marketenderei haben wir längst hinter uns gelassen.«

Der firnige Schnee hat das Leder der Schuhe aufgeweicht, und die Nässe kriecht kühl in die Zehen. Wenn sie alte Wächten überqueren, bleibt der Schnee in dicken Schichten an den Skiern haften, und sie müssen die Stöcke unterlegen, um die Last abzuschleifen.

Die Stille zerrt an den Nerven, und als einmal ein Schwarm Dohlen über sie hinzieht, kommen ihnen die häßlichen Schreie wie Frühlingsgesang vor, wie das Rufen von ziehenden Kranichen.

In einer kleinen Mulde wachsen einige Zirbelkiefern. Der Lärchenbestand ist schon hinter ihnen geblieben. Da heißt es, die Lärche sei besonders zäh, weil sie im Herbst die Nadeln abwirft, so daß kein Wasser verdunstet. Aber diese mönchische Kargheit nützt ihr nichts, sie kommt über eine bestimmte Höhe nicht hinaus, nicht einmal als Besenstaude. Die Zirbelkiefer dagegen steigt hoch hinauf, und man sieht ihrem schlanken Stamm keine Anstrengung an. Sie hat noch mitten im Felsen ein buschiges Grün, weit saftiger als das einer Tanne im feuchten Schattenwald. Die Verehrung der Eiche als knorriges Gewächs: der Kenner lächelt heimlich darüber, denn was braucht sie für fetten Boden und wieviel Wasser, zisternenweise! Aber die Zirbe scheint allein von Tau und Wind zu leben und hat nichts als unter sich den Felsen und über sich den stürmischen Himmel. Noch im Verbrennen zeigt sich ihre Gediegenheit: Der Lärchenast kracht im Feuer und sein Harz spritzt nutzlos nach allen Seiten. Der Zirbenast aber brennt lautlos mit bläulicher Flamme wie ein Ewiges Licht. Man wird sich einmal, in der Zeit der unfreiwilligen Muße, mit diesem Phänomen beschäftigen müssen, denn in dieser Höhe ist der deutsche Wald noch lange nicht erforscht.

Sie ziehen dahin, und auch die kleinen Hügel werden zu ermüdenden Hindernissen. Der Jäger läßt nicht mehr rasten, weil es besser ist, halb blind durch den Schnee zu gehen mit wankendem Körper, als sich von der Rast nicht mehr erheben zu können. Längst haben sie das Gefühl für Raum und Zeit verloren, weil die Gegend vor ihnen genauso wie die hinter ihnen ist. Von einem Felsenkamm äugen neugierig einige Gemsen auf die kleine Schar herunter. Der Jäger zeigt mit dem Stock auf sie, aber nur Kaltenbrunner hebt den Blick, die anderen schauen nicht auf und trotten stumpf weiter.

Als es sehr kühl zu werden beginnt, erreichen sie gegen Abend endlich die kleine Hütte, die mit grauen Schindeln gedeckt und verschlagen im tiefen Schnee liegt. Der Jäger, den der lange

Marsch am wenigsten mitgenommen hat, schaufelt den Schnee vom Eingang, und sie stolpern durch das Loch hinab in die kalte Hütte. Der Jäger facht ein Feuer an und bereitet für sich und Kaltenbrunner heißen Tee. Die beiden anderen lassen alles fallen und sinken erschöpft auf die harten Matratzen aus Stroh.

Ich werde gleich morgen an meiner Verteidigung zu arbeiten beginnen, sie sollen mich nicht unvorbereitet finden, denkt der Obergruppenführer vor dem Einschlafen. Dann fällt er hinab in schwere Träume, aber am Ende ist es die blaßrote primula minima, die ihn erlöst.

Der Jäger bricht am frühen Morgen auf.

»So in vierzehn Tagen«, sagt Kaltenbrunner.

»Wenn nicht früher«, antwortet der Jäger, »je nachdem, was es Neues gibt.«

Kaltenbrunner sieht ihm nach, wie er langsam über das Schneefeld gleitet, in der Spur, die sie gestern gezogen haben.

Dabei macht er eine Entdeckung, die ihn auf das höchste beunruhigt: Die Hütte steht etwas erhöht über dem welligen Schneefeld, und man kann die Spur verfolgen bis hinter die Hügel. Daneben aber läuft im Bogen eine zweite Spur, die sich der ihrigen manchmal nähert und dann wieder von ihr entfernt, so als ob der Wolf eine Herde verfolgt. Die Spur führt über die Höhe der Hütte hinaus und verschwindet hinter dem nächsten aufsteigenden Hügel.

IX

Nach drei Tagen erschien ein Trupp feindlicher Soldaten, um den Obergruppenführer und seine Begleiter festzunehmen. Sie waren, als sie die Ausweise der Hütteninsassen prüften, ernsthaft im Zweifel, ob sie tatsächlich die Richtigen gefunden hatten. Die Ausweise waren echt, und die drei Militärärzte erklärten mit erhobenem Haupt, sie würden ohnehin in den nächsten Tagen ins Tal hinabsteigen, um sich für die Arbeit im Dienste der schwer angeschlagenen Volksgesundheit zur Verfügung zu stellen. Die fremden Soldaten waren unschlüssig geworden. Da trat der Jäger vor, der sie geführt hatte, und erklärte: »Sie sind es, nehmt sie fest, ich kenne sie genau.«

Kaltenbrunner sah ihn an, aber der Jäger wich seinem Blick nicht aus.

Die Gefangenen wurden unter Bedeckung ins Tal gebracht.

Vor dem Gericht in Nürnberg hielt Kaltenbrunner lange Zeit an seiner Verteidigung fest: Er habe zwar ein hohes Amt bekleidet, und manches Dokument trage auch seine Unterschrift. Er habe die Befehle unmittelbar von Hitler und Himmler bekommen. Niemals aber sei er an einer Aktion seines Amtes direkt und persönlich beteiligt gewesen.

Da wurde nach einigen Wochen ein neuer Zeuge vorgeführt. Er war abgemagert, und aus seinem schmalen Gesicht ragte die Nase stark hervor, wie der Schnabel eines Raubvogels.

»Damals, als sich herausstellte, daß die Hälfte der Hingerichteten gar nicht tot war, wurde einem SS-Führer schlecht, und er mußte hinter dem Verbrennungsofen erbrechen. Da war es Kaltenbrunner, der rief: ›Kognak her!‹ Ein Scharführer kam mit einem Tablett Gläser, und im Leichenraum beisammenstehend, tranken sie den Schnaps. Kaltenbrunner sagte laut prost, ich weiß es, weil ich direkt gegenüber am Tor des Ofens gestanden bin. Dann hat er noch den SS-Offizier, dem schlecht geworden ist, angeschrien und hat ihn Schlappschwanz und Hosenscheißer genannt.«

Der Obergruppenführer wurde bei dieser Aussage aschfahl, und sein Körper, bisher steif aufgerichtet, sackte zusammen.

Ziereis, du hast nicht Wort gehalten und hast die Mannschaft nicht ausgewechselt, dachte er und wußte: Nun ist es zu spät.

Der Leiter des Reichssicherheitshauptamtes Dr. Ernst Kaltenbrunner wurde zum Tod durch Erhängen verurteilt.

WALTER KAPPACHER

Aus dem gewöhnlichen Leben

Kommen und Gehen

... mit zwanzig, als sie zu uns in die Firma kam, hatte sie Probleme mit ihrer Haut, ich meine, im Gesicht hatte sie Pusteln. Immer sah man sie in der Toilette vor dem Spiegel stehen, sie hat wohl arge Komplexe gehabt deswegen, war verschüchtert. Sie kam aus Saalfelden, ihre Eltern hatten da ein Lederwarengeschäft. Sie pappte sich immer mehr Puder und Schminke ins Gesicht, und es nutzte auch nichts, daß wir ihr sagten, das verschlimmere die Sache nur. Sie war damals bei Herrn Markus in der Unfallabteilung, und der ließ sie monatelang Akten ablegen, Akten aus der Registratur holen, und sie schien sich ganz wohl zu fühlen, allein in der Registratur; wenn man in die Registratur kam, um einen Akt, war sie immer hilfsbereit und suchte einem den Akt heraus, auch wenn es für eine andere Abteilung war.

Wann dann der Chef etwas mit ihr anfing, weiß ich nicht, vielleicht beim Betriebsausflug, im Jahr '62, als wir am Neusiedler See waren. Da waren wir alle ziemlich beschwipst am Abend, und als ich mit Herrn Hermann, dem damaligen Portier, in einen Weinkeller hinunterstolperte, da spielte in der rauchigen Höhle so ein Typ mit Schmalzlocke Czardas, und der Chef sang dazu, er hielt die Helga an sich gedrückt und war so in seine Arie vertieft, daß er uns gar nicht bemerkte. Bald darauf wurde die Helga ins Chefsekretariat versetzt, wo ihr Fräulein Stumm und Frau Pointner die Hölle heiß machten. Wissen Sie, nichts für ungut, ich sag, wie's ist, diese Eifersüchteleien in den Vorzimmern der Chefbüros, alle diese Vorzimmerschlangen winden sich um die Chefs, und am liebsten beißen sie jeden hinaus, der ins Chefbüro will. Der Chef bevorzugte Helga immer mehr, Fräulein Stumm kündigte, Frau Pointner bekam ihr erstes Kind und arbeitete nur noch halbtags, und Helga riß alle Post und alle Telefonate an sich, und sie ging kaum einmal vor acht Uhr abends aus dem Büro. Als sie anfing, völlig die Oberhand über Frau Pointner zu bekommen, kündigte die auch, und Helga machte die Arbeit für zwei.

Der Chef bot ihr zwar eine neue Kollegin als Hilfe an, aber das wollte sie nicht, es war anscheinend ihr Ehrgeiz, zu zeigen, daß ihre Vorgängerinnen nichts getaugt hatten. Der Chef hob die Leistungen von Helga bei jeder Betriebsversammlung hervor, er stellte sie allen als Vorbild hin. Irgendwann kriegten es dann alle mit, daß der Chef was mit der Helga hatte. Sie haben ja den Chef schon ein paarmal gesehen, nun stellen Sie sich vor, die kleine, zierliche, zerbrechliche Helga, zusammen mit diesem … Und die haben uns natürlich für so blöd gehalten, daß wir nichts merken …

Einmal war ich nach sechs Uhr oben bei ihm im Büro, da rief sie an und fragte vorsichtig, ob er sie heute noch brauche. Sie wissen ja, der Telefonverstärker in seinem Büro, man kann da jedes einlaufende Gespräch mithören, und er sagte nein, danke, Fräulein Helga, ich brauche Sie heute nicht mehr, machen Sie Schluß.

Und er glaubte wirklich, die Kollegen seien so blöd, sein Theater nicht zu durchschauen. Wenn er abends zu seinem Mercedes am Parkplatz beim Neutor ging, saß sie sicher schon drin. Frau Kaindl hat sie beide einmal in einem Restaurant überrascht. Als der Chef sie bemerkte, rief er aus: Was für ein Zufall, die halbe Firma … Und er lud sie samt ihrem Gatten ein, zu ihnen an den Tisch zu kommen. Zufällig habe er die Helga hier getroffen.

Das Beste war aber, als Herr Deimler mit seiner Verlobten in Alassio war, vor vier oder fünf Jahren, und den Chef mit der Helga am Strand liegen sah. Dabei hieß es, er sei bei einem Kongreß in Mailand, und sie auf Urlaub in Lignano. Deimler – schade, daß Sie den nicht mehr erlebt haben – hat es sich nicht nehmen lassen, den Chef zu begrüßen, er dachte sich in seiner Naivität nichts dabei. Er war dann nicht mehr lange in der Firma. Angeblich hat die Kasse nicht gestimmt.

Die Helga opferte sich förmlich auf für die Firma, sie wurde immer schmäler, immer blasser, die Medikamentenfläschchen und Schächtelchen auf ihrem Schreibtisch häuften sich, ab und zu fehlte sie auch ein paar Tage, und dann atmete die ganze Firma auf. Wissen Sie, das Merkwürdige war, alle in der Firma hatten vor ihr mehr Angst als vor dem Chef selber. Wenn Helga durch eine Abteilung ging, fingen alle Mädchen an wie verrückt zu tippen, die Herren langten nach einer Akte oder addierten blindlings an einer Rechenmaschine.

Der Chef ließ sich in den Abteilungen nur noch wenig blicken, ja er kam überhaupt immer seltener in die Firma. Er wurde jovial, gab jedem die Hand, wenn er einmal auftauchte. Wollte man mit einem Problem zu ihm, so sagte er: »Sprechen Sie's mit Fräulein Helga durch!«, und selbst wenn ihm einer einen besonders lukrativen Vertrag zeigte, schien es ihn nicht mehr so zu interessieren wie früher. Wahrscheinlich hatte er Schwierigkeiten zu Hause mit seiner Frau.

Der Chef wurde immer dicker, und Helga immer dünner. Unwillkürlich, wenn sie in der Tür auftauchte, zuckte man zusammen. Wenn zwei Kollegen sich unterhielten, trennten sie sich und gingen auf ihren Platz. Sie tat einem leid, immer war sie gehetzt, sie konnte nicht gehen und sich bewegen wie ein normaler Mensch. Sie zeigte eine Leidensmiene, als hinge das Wohl der Firma allein von ihr ab und irgendwie bekam man sogar Gewissensbisse, daß sie so schuftete und wir doch immer wieder einmal eine halbe Stunde pausierten, uns mit den Kollegen unterhielten, eine Besorgung machten oder Tee tranken. Ihr Anblick war immer ein stummer Vorwurf. Selbstverständlich hatte sie bald keinerlei persönlichen Kontakt mehr mit den anderen Kollegen, sie isolierte sich völlig. Jeder sah in ihr nur noch die Personifizierung des Chefs, sie war sein Schatten. Die Firma florierte damals, wir überflügelten sogar die Winterthurer, und mußten uns zusätzliche Büroräume im Nebenhaus nehmen. Überhaupt stellte der Chef fast nur noch Mädchen ein, kaum Männer. Und diese Mädchen hatten alle etwas Gemeinsames. Der Chef hat ein Gespür, das jetzt nur unter uns, ein Gespür für Mädchen, die Probleme mit sich hatten, bei denen es mit den Männern nicht klappte, die enttäuscht waren … Wenn er eine Anzeige in die Zeitung gab, immer im Spätherbst, dann war am Montag immer die Halle voll von jungen Damen die sich bewarben. Und er fischte sich dann die heraus, die ehrgeizig waren, die Karriere machen wollten (versprach angeblich jeder, daß sie es in zwei, drei Jahren bis zur Abteilungsleiterin bringen könne), er hatte ein Auge für Frauen, bei denen es im Privatleben nicht klappte und die sich in die Arbeit stürzten, denen es nichts ausmachte, Überstunden zu machen. Und diese Mädchen wickelte er mit Versprechungen und Schmeicheleien so ein, daß sie sich mit einem geringen Gehalt zufrieden gaben. Er verstand das. Holte sie sich einzeln in sein Büro, machte ihnen Komplimente über ihre neue Frisur, das reizende Kostüm, daß sie bezaubernd aussahen. Alle flogen sie auf den Chef. Für den Chef zogen sie sich an. Eine hörte ich einmal sagen, in der Nähe des Chefs fühle sie sich geborgen. Sie waren gierig nach den geschmacklosen, berechnenden Komplimenten des Chefs.

Der armen Helga ging es immer schlechter. Irgendwas mit den Nerven hatte sie. Der Arzt riet ihr, Whisky in kleinen Mengen zu sich zu nehmen. Das half auch, aber wahrscheinlich wurde sie dann süchtig. Wenn sie einmal keinen Whisky in ihrer Schreibtischschublade hatte, sagte man, zitterten ihre Hände, und sie war nicht imstande, ein Telefongespräch zu führen. Der Chef nahm eine andere Sekretärin mit, wenn er ein paar Tage auf Geschäftsreise fuhr.

Na ja, dann nahm sie die Schlaftabletten – aber nicht genug. Seither ist sie nicht mehr dieselbe. Monatelang blieb sie der Firma fern, wir hörten nichts von ihr, wir hatten nicht einmal gewußt, daß die Firma sie gekündigt hatte. Eine Zeitlang war sie im Krankenhaus. Wir haben gesammelt und ihr Blumen geschickt, besucht hat sie, glaub' ich, keiner. Mir tut sie leid …

Naja, tun wir wieder was. Ich erzähle Ihnen das nur wie gesagt, weil Sie mich an die Helga erinnern. Wie Sie am Ersten gekommen sind … Wie viele habe ich nicht schon kommen und gehen sehen in der Firma …

Ein Unglücksfall

Ist es wegen meiner Ähnlichkeit mit Viktor, daß Leitner mir nie in die Augen schaut, wenn er mit mir redet?

Auch mich verblüffte die Fotographie auf der Pinnwand über Viktors Arbeitstisch, die Viktor (im Frack) inmitten von Festgästen zeigt: Er und ein Würdenträger (mit Schärpe) stoßen mit ihren Sektgläsern an. Vor zwanzig Minuten schlug Steinbrenner, der Oberst des Sicherheitsdienstes, mir vor, ihn zu der Pressekonferenz im Nebengebäude zu begleiten oder, wenn mich das mehr locke, inzwischen die betreffende Werkhalle zu besichtigen, er könne mir einen Paß ausstellen. Mir schien beinah, er wolle mich während seiner Abwesenheit nicht hier im Raum haben, an Viktors Tisch, den Steinbrenner für die Dauer seiner Untersuchung benutzt und auf dem er seine Unterlagen ausgebreitet hat: Laborberichte, Fotographien, getippte Zeugenaussagen. Er war gerade dabeigewesen, mir Details zu erklären, als ein Telefongespräch ihn zu der kurzfristig angesetzten Pressekonferenz abberief.

Auch Leitner, der seit meinem Eintreffen im Werk heute vormittag in den Zimmerfluchten der Konstruktionsabteilung herumwieselte, ist im Moment nicht zu sehen. Offensichtlich wittert er eine Chance, hier schon demnächst Viktors Stelle einzunehmen.

Ich habe keine Lust, mir den Ort des Geschehens anzuschauen: die nun mit Scheinwerfern ausgeleuchtete Schweißstraße in jener

Halle, wo außer Viktor noch eine Frau und ein Mann ums Leben gekommen sind.

Aus dem linken Nebenraum höre ich durch die geöffnete Tür das Piepsen einer elektronischen Anlage, in dem Raum rechterhand schnurrt der Drucker eines Computers. Wenigstens klopft der Reporter nicht mehr an die halb geöffnete Tür; mit seinem Aufnahmegerät stelzte er die ganze Zeit im Gang auf und ab. Dabei habe ich ihm, als er sich auf dem Weg hier herauf an meine Fersen heftete (mich einmal sogar am Arm packte), erklärt, ich wisse über meinen Bruder so gut wie nichts, wir hätten uns seit zehn Jahren nicht mehr gesehen. Das entspricht, wie du weißt, beinahe der Wahrheit: Nur bei eurer Hochzeit, vor vier Jahren, hat es ein flüchtiges Wiedersehen gegeben. Über seine Tätigkeit als Konstrukteur könne ich nicht einmal so viel berichten, wie jeder Leser der Technischen Rundschau wisse, ein Interview sei daher nutzlos. Er sei, wie er neben mir herlaufend sagte, nach Faunsdorf gekommen, um anläßlich des 50. Geburtstages von Viktor ein Porträt für die Fernsehgesellschaft »Intervid« zu drehen. Im Zusammenhang auch mit der Präsentation des neuen Modells der »Libelle« in der kommenden Woche auf der Wiener Messe. Das Team warte unten im Wagen. Ob ich nicht wenigstens fünf Minuten lang vor der Kamera etwas über unsere gemeinsame Jugend erzählen könne, insbesondere darüber, ob sich etwa schon in jungen Jahren Viktors spezielle Begabung angedeutet habe.

Wenn ich die Augen schließe, sehe ich die gespenstischen Bilder aus den Fernsehnachrichten von heute morgen, und ich stelle mir vor, wie gestern vormittag zuerst der Aufsichtsbeamte, dann, als er nicht wiederkehrte, die Wartungstechnikerin (beide mit Lampen ausgerüstet) die vollautomatische Fertigungshalle betrat, und schließlich einige Stunden später Viktor (der mit jener Abteilung nicht das geringste zu tun hatte, aber anscheinend der einzige noch anwesende Mitarbeiter hier im Werk war und auf die Alarmsignale reagierte). Ob er gewußt hat, daß das Fließband und die synchron gesteuerten Roboter nicht abgeschaltet worden waren? Was hatte er überhaupt am Wochenende, am Vortag seines Geburtstages, in dem Büro zu tun?

Du wirst auf meinen Anruf warten, Elsa. Da es in Viktors Blockhaus, zu dem mich Leitner, sein Assistent, gestern am späten Nachmittag gleich nach meiner Ankunft brachte, wie ich erstaunt feststellte, keinen Telefonanschluß gibt, hast du vom Tode Viktors durch die Fernsehnachrichten erfahren – wie übrigens auch ich. Immer wenn ich an dich dachte, stand Viktor zwischen uns, wenn ich auch wußte, daß eure Trennung endgültig war.

Ich wollte, es wäre Nacht, ich allein hier im Technischen Büro, auf dem Tisch befände sich ein Telefon; ich ließe den Raum im Finstern, tippte deine Nummer, und während ich redete, dir berichtete, schaute ich hinunter auf das von Scheinwerfern angestrahlte Werksgelände. Ich begänne damit, daß nicht Viktor mich von der Bahn abholte, sondern Leitner. Du weißt, mein Kontakt zu Viktor beschränkte sich seit Jahren darauf, daß wir an unserem Geburtstag miteinander telefonierten, und sogar diese Gespräche wurden immer kürzer und nichtssagender, insbesondere das unerquickliche Gespräch vom letzten Jahr, in dem er unter anderem zynisch gefragt hat: »Na, seid ihr bald bankrott … ?« und damit auf die damals soeben veröffentlichte, neuerlich gestiegene Zahl der abgestürzten Luftverkehrsteilnehmer anspielte, auf die gigantischen Schadensummen und die Krisensitzung der Versicherungsgesellschaften, an der auch ich teilnahm.

Nach jenem Telefongespräch habe ich entschieden, künftig auf diese Geburtstagstelefonate zu verzichten, ihm das nächste Mal ein vorgedrucktes Billett mit meiner Unterschrift zu schicken. Umso überraschter war ich nun über seinen Anruf letzte Woche, die Einladung, das Wochenende, auf das unser Geburtstag diesmal fiel, bei ihm zu verbringen; sehr komfortabel sei es nicht, aber er müsse mit mir reden. Nicht nur klang seine Stimme ganz anders, zum erstenmal seit Jahren habe ich nach einem Gespräch mit ihm tief eingeatmet, anstatt die wie vergiftete Atemluft erregt auszustoßen. Nun werden wir nie mehr erfahren, was er mir hätte sagen wollen.

Dieser Ingenieur Leitner versuchte mich bei meiner Ankunft zu beruhigen, sprach von einem mysteriösen Unfall. Offenbar ist Viktor gerade in jener Stunde seinen schweren Kopfverletzungen erlegen, als ich hier aus dem Zug stieg. Leitners verwirrte Blicke, später auch die des Vorsitzenden des Aufsichtsrates, offensichtlich sehe ich Viktor immer noch täuschend ähnlich, wie einst in der Schule, als wir die Lehrer narrten. Er ist ein bedeutender Mensch geworden, Elsa! Wäre ich, etwa mit meiner »Libelle«, verunglückt, keine Fernsehanstalt würde darüber berichten. Aber anscheinend geht es in diesem Fall um noch mehr. So befürchtete heute morgen in den Fernsehnachrichten ein Sprecher des Handelsministeriums, unser Land könnte seine hervorragende Position auf dem europäischen Markt verlieren, denn die gesamte Produktion der »Libelle« stocke nun bereits mehr als vierzig Stunden, es werde fünf bis sechs Tage dauern, bis alle Bänder ihren normalen Betrieb aufnähmen, zehn, bis der vorgesehene Tagesausstoß wieder erreicht sei. Die Wahrscheinlichkeit eines solchen Defekts, vor allem sein Zusammenfallen mit einer Störung im elektronischen Kontrollbereich, sei von den Technikern auf eins zu zehn Millionen geschätzt worden. Fünf Tage lang habe die Schweißstraße der Halle 4 lauter Ausschuß produziert, an die hundertfünfzigtausend Gehäuse für die Rotorwellen, und erst als die Toleranzmeßgeräte des Bandes in Halle 5 Alarm gaben, wurde ein Kontrollorgan aufmerksam.

Viktors Vermächtnis, so hörte ich gestern den zuständigen Minister im Fernsehen sagen, sei das neue Modell, das im Herbst im Werk Braunburg in Produktion gehe, eine windschlüpfrigere Version der »Libelle-Sport«. Ich hatte den kleinen Bildschirm zu den Nachrichten angedreht, aber wie es meine Gewohnheit ist, den Ton abgeschaltet. Sowie ich merkte, daß die Rede war von dem

Unglücksfall im Werk Faunsdorf, schob ich den Lautstärkeregler vor; sie hatten Bilder gezeigt von der mit Scheinwerfern ausgeleuchteten Halle 4, von den zwangsläufig ebenfalls stillgelegten Hallen 5 und 6, und ich hörte den Kommentator sagen, die Untersuchungen über den Hergang der technischen Panne seien noch nicht abgeschlossen, es gebe bis jetzt keine Hinweise auf Sabotage. Zwölf Techniker arbeiteten fieberhaft an der Wiederherstellung der Roboter, die Feineinstellung werde voraussichtlich in ein bis zwei Tagen abgeschlossen sein.

Auch von dem zerquetschten Huhn, das in der Halle 4 gefunden worden war, zeigten sie eine Aufnahme, die gleiche, die hier auf dem Tisch liegt. Wie dieses Huhn in die Halle gelangen konnte, sei noch ungeklärt, man prüfe die Entlüftungsschächte. Etwa drei Kilometer vom Werk entfernt befinde sich ein Eierproduktionsunternehmen mit zehntausend Hühnern; es müsse geprüft werden, ob das ins Innere der Fertigungshalle eingedrungene Huhn von dort stammte. Der Besitzer des Unternehmens halte es für ausgeschlossen, daß eine Legeeinheit aus seinem Betrieb entkommen und sich drei Kilometer weit hätte bewegen können. (Heute vormittag haben sie ein zweites Huhn in einem der Lüftungsschächte gefunden, einen Hahn; er habe nur noch erschöpft gezuckt, erzählte Leitner.) Im Fernsehen dann die Reklamesendung (ich hatte den Tonhebel wieder zurückgeschoben); auch die allseits bekannten drei puppenhaften Blondinen waren zu sehen, sie schwebten stehend in Dreierformation mit ihren »Libellen« durch die Luft, über Hausdächer, Vorstadthügel hinweg. Ohne sie zu hören, vernahm ich die sonore Stimme, die den begleitenden Text mehr sang als sprach, untermischt mit flotten elektronischen Rhythmen: »Rundherum der freie Himmel, vor Ihnen das Wochenende. Erobern Sie sich's!«

Ich höre vom Gang herein, wie der Lift anhält und Leute aussteigen, erkenne die Stimme Steinbrenners, er spricht mit jemandem. Die Pressekonferenz scheint nicht lange gedauert zu haben.

Ich tue so, als beschäftige ich mich mit den Fotos, nehme das oberste in die Hand, eine Blitzlichtaufnahme. Man sieht einen lackierten Hebelarm mit mehreren Scharnieren und Kugelgelenken, begleitet von einem Kabelstrang, der Arm mündet in einen dünnen Stab. Ein anderes Foto zeigt einen ebenfalls mit mehreren Gelenken ausgestatteten Greifarm, zwischen dessen Kunststoff-Manschetten sich der zerquetschte Flügel des erwähnten Huhns spreizt. Auf einem weiteren Bild etwas wie eine Roststelle auf einem glatt polierten dicken Bolzen. Das Fernschreiben: »Die Analyse des Eigelbs hat ergeben …«

So, jetzt können wir fortfahren, sagt Steinbrenner und kommt mit einem Drehstuhl, den er vor sich herrollt, zu mir. Ich rücke zur Seite. Fest stehe, sagt er, während er seine Pfeife stopft, daß das Huhn den Störfall ausgelöst haben müsse. Wer weiß, wie lange es im Finstern herumgeflattert sei und wovon es sich ernährt habe. Den Kotrückständen und den drei aufgeplatzten Eiern nach zu schließen, die gefunden worden seien, müsse es mehrere Tage in dem Dickicht der zischenden, hämmernden und rotierenden Roboter herumgeirrt sein. Zuerst habe ein Schweißarm ihm den linken Flügel abgeknickt; dieser habe sich derartig in den elektronisch gesteuerten Hebelarm verklemmt, daß der Schweißstrahl ins Leere gegangen sei. Das tote Huhn sei fünfzig Meter weiter entfernt gefunden worden, es habe sich in einem Kabelstrang verstrickt. Ihr Herr Bruder, sagt Steinbrenner, dürfte einen heftigen Schlag mit einem zentnerschweren Schwenkarm bekommen haben … Daß der Aufsichtsbeamte die Fertigungsstraße betreten habe, sei sträflicher Leichtsinn gewesen. Der hätte den Werkschutz verständigen sollen, und ein Fachmann aus Wien oder Linz hätte eingeflogen werden müssen.

Beckers Verwandlung

Für Teresa

Während er mit Blackie, dem Hund der Frau Professor, zum Bahnhof schlenderte, um einen soeben an die Eltern geschriebenen Brief in den Postkasten zu werfen, ging Becker den Brief in Gedanken noch einmal durch, und es kam ihm zu Bewußtsein, daß er den gesamten Wortlaut, Satz für Satz noch im Kopf hatte. Voller Stolz über diese Gedächtnisleistung begann er sich während des Gehens mit der Kante der freien Hand (die andere führte die Leine) gegen sein angespanntes Bauchfell zu schlagen, wie er es öfters tat, wenn er guter Dinge war.

»Die Semesterferien gehen nun zu Ende«, hatte er geschrieben, »das Haus war jetzt die ganze Woche ruhig und leer. Vormittags hatte ich Telephondienst, fast täglich kamen Anrufe von Intendanten, Regisseuren und Agenten. Abends leiste ich der Frau Professor Gesellschaft.« Beim Schreiben dieser Zeilen, daran erinnerte er sich jetzt ebenfalls, hatte er sich vorgestellt, wie seine Mutter sich über diese Ruhetage freuen würde; in ihrem letzten Brief hatte sie befürchtet, daß ihn das Leben in der Schule – außer dem Bühnenstudium hatte er als »Haussohn« auch noch die Pflichten des Hausmeisters und der Hausreinigung übernommen (dafür durfte er gratis wohnen und studieren) – überanstrengen würde.

»Der tägliche Hausputz«, hatte er weiter geschrieben, »ist nun ein Kinderspiel, weil niemand da ist, der Schmutz ins Haus bringt.« Mit diesem Satz verband sich die lebhafte Vorstellung, wie jeden Morgen um acht, wenn er gerade als letztes den Parkettboden in der Halle gebohnert hatte, die ersten Kollegen tatendurstig das Haus stürmten, mit Schuhen, an denen Erde des Gartens klebte, denn alle spazierten, bevor sie die Schule betraten, eine Weile im Garten herum, deklamierten vor sich hin und machten Atemübungen.

Ich hab eigentlich gar keine Ferien gehabt, dachte Becker. Ich stehe wie immer um sechs Uhr auf und kann mich nicht vor Mitternacht ins Bett legen, da ich nach dem Abendessen immer darauf gefaßt sein muß, daß die Chefin in mein Zimmer kommt und mich auffordert, sie und den Hund zu einem Spaziergang zu begleiten. Sie steht nie vor zwölf Uhr auf, murrte er manchmal innerlich, ich muß um sechs Uhr raus, um mit allen Räumen und mit der Gartenarbeit (die in den Ferien dazukam) fertig zu werden.

Als Becker den Brief durch den Schlitz des Briefkastens gleiten ließ, fragte er sich, ob es nicht ein wenig voreilig war, den Eltern von seinem Fernseh-Engagement zu berichten. Ich hab aber doch die Rolle so gut wie in der Tasche, beruhigte er sich dann, die kleine Rolle des Araberjungen, und Mutter würde sich darüber unsäglich freuen. Er sah seine Mutter vor sich, wie sie sich am Abend, wenn Vater schon im Bett war, mit seinem Brief und mit ihrer Brille in einen Winkel der Küche zurückzog und ganz still wurde.

Auf dem Rückweg zur Schule bewirkte die Vorstellung, er werde eines Tages als Stern am Theaterhimmel aufgehen, ein blitzartiges, heftiges Glücksgefühl in ihm, und er begann auf der Straße übermütig zu hüpfen. Blackie stürmte ebenfalls erregt vorwärts. Es kam dazu, daß Becker allen Verboten zum Trotz die Leine am Halsband Blackies löste und ihn frei laufen ließ. Die Straße ist ohnehin leer, um diese frühe Abendstunde ist wenig Verkehr im Ort, sagte er sich. Wie um ihm zu widersprechen, fuhr in diesem Augenblick ein Wagen vorbei. Sofort rief Becker nach Blackie, der nun in der hereinbrechenden Dunkelheit auf der schlecht beleuchteten Straße kaum zu sehen war. Als Becker mehrere Scheinwerfer sich herantasten sah und Blackie auf sein Rufen nicht gehorchte, begann er zu laufen, um den Pudel einzufangen und an die Leine zu nehmen.

Später erinnerte er sich, daß er, als vorne die Bremsen des Wagens kreischten und Blackie ersterbend heulte, einen Schrei ausgestoßen hatte, der dem Todesgeheul Blackies ähnelte, und tatsächlich hätte Becker in diesem und in den folgenden Augenblicken sein Leben für das des Hundes gegeben; denn was war seines jetzt noch wert? Er konnte sich später nicht mehr erinnern, was der Fahrer, ein hünenhafter, elegant gekleideter Herr ihm zugerufen hatte, nachdem jener die sterbliche Hülle Blackies mit einem einzigen, gut angesetzten Fußtritt auf den Rasen jenseits des Gehsteigs befördert hatte.

Becker, der zuerst minutenlang wie gelähmt auf der Böschung neben der Straße hockte, wartete dann auf ein vorbeifahrendes Automobil, um sich davorzuwerfen. Dies schien ihm die einzige Möglichkeit, weiterzuleben. Eine Stunde lang spazierte er den Bahndamm auf und ab, ohne daß ein Zug vorbeigekommen wäre. Blackie hatte er in einem Gesträuch mit faulem Laub versteckt, da er das grinsende Maul des toten Tieres nicht ertragen konnte. Später, als er bereits längere Zeit im Garten der Schule herumgeschlichen war und gewartet hatte, bis das Licht im Zimmer der Chefin erlöschen würde, lief er auf einmal wieder zurück, um Blackie zu holen. Ich leg' ihn einfach auf die Straße vor der Schule, dachte er, irgend jemand wird morgen früh anklingeln, ich werde die Chefin aus dem Schlaf trommeln, und eine Ausrede – daß er mir durch die Tür entwischt sei, oder so ähnlich – wird mir schon einfallen. Becker fand jedoch die Stelle nicht mehr, wo er den schwarzgelockten Balg verscharrt hatte. Völlig erschöpft und verstört langte er endlich weit nach Mitternacht in der Schule an, schlich sich in sein Zimmer hinauf und verriegelte die Tür. Auf seinem Tischchen fand er einen von der Chefin geschriebenen Zettel: »Wo in aller Welt treiben Sie sich herum?« Daneben lagen drei Hundekuchen. Becker schob sie angeekelt beiseite, warf seine Jacke über die Stuhllehne und ließ sich angekleidet auf das Bett fallen.

Das erste, was Becker am nächsten Morgen, als er erwachte, bemerkte, war ein abscheulicher Geschmack im Mund. Er hatte die Leine zwischen den Zähnen. Was hab ich nur für dummes Zeug geträumt? dachte er, konnte sich aber nur noch schemenhaft an eine Verfolgungsjagd über Dächer erinnern. Noch ehe er sich ganz auf das Schreckliche seiner Lage besinnen konnte, ertönte draußen vor der Tür die Stimme der Chefin. »Wenn ich schon gestern die Rolläden selbst herunterlassen mußte«, rief sie, »so öffnen Sie sie wenigstens jetzt. Oder sind Sie krank? Haben Sie Blackie bei sich?«

Becker wußte sich nicht anders zu helfen, als daß er zu winseln und zu bellen anfing. Zugute kam ihm hierbei, daß er des öfteren im Kreise der Kollegen Blackie imitiert hatte, und zwar so verblüffend ähnlich, daß sie nicht wußten, ob sie staunen oder lachen sollten. Ein Blick auf die Uhr belehrte Becker, daß er völlig verschlafen hatte. Elf Uhr! Wenn die Chefin jetzt zur Tür hereinkäme, dachte er.

Als er sie dann die Treppe hinuntersteigen hörte, fühlte er sich unendlich erleichtert, insbesondere, da ihm nun zum Bewußtsein kam, daß Freitag war. Jeden Freitag ging die Chefin zu ihrer alten Mutter essen, dabei blieb Blackie immer zu Hause. Eine Stunde Galgenfrist, dachte er und sprang vom Bett auf. Er ging in seinem Zimmer hin und her und zerrieb die Hundekuchen zwischen seinen Fingern. Kein Blick streifte heute die überall herumliegenden Rollenbücher. Becker war immer auf der Suche nach einer geeigneten Rolle, anscheinend gab es keine.

Endlich wagte er sich aus seinem Zimmer hinaus, er starrte hinunter in die leere Halle, wobei sein Blick auf dem alten Lederfauteuil haften blieb, Blackies angestammtem Platz während der Rollenstunden der Chefin, wenn auf der Klinke der Tür zum Bühnenzimmer das Schild »Nicht stören!« hing.

Nach einer Weile vollkommener geistiger Leere war sich Becker im klaren darüber, daß er der Chefin niemals die Wahrheit sagen konnte. Jeder weiß, wie sehr sie an diesem Hundsvieh hängt; sie wird Blackie nie verschmerzen!

Während er die Toilette aufsuchte, erinnerte sich Becker eines Briefes an seine Schwester, worin er ihr erzählte, wie die Chefin jedesmal, wenn sie merkte, daß er die Toilette im Oberstock benützte, hinter ihm zweimal die Wasserspülung betätigte.

Abhauen, dachte Becker, die Sachen zusammenpacken und zum Bahnhof laufen. Um drei Uhr kann ich schon zu Hause sein. Sofort sah er ein, wie lächerlich diese Idee war.

Er sah sich mit seinem Koffer in Dorfen auf dem kleinen Bahnhof aussteigen, durch die Straßen gehen und zu Hause läuten. Überall würden sie sich nach ihm umdrehen, die Köpfe zusammenstecken und sagen, das hätten sie gleich gewußt. Vater war zwar von Anfang an gegen das Theaterstudium gewesen, als er jedoch eingesehen hatte, daß er nichts daran ändern konnte, begann er überall im Haus und in den Gastwirtschaften herumzuerzählen, sein Sohn ergreife die Bühnenlaufbahn.

Mutter hätte nicht viel gefragt, wenn er so unerwartet zu Hause aufgetaucht wäre, sie hätte sich vielmehr sofort seiner schmutzigen Wäsche angenommen. Niemals hätte er ihr das antun können! Ich muß hier ausharren, sagte er sich; und wenn ich aus der Schule fliege, und das ist noch das Mindeste, was mich erwartet, werde ich mir in der Schuhfabrik hinter dem Bahnhof Arbeit suchen. Ach, überlegte er sich noch einmal, hätte diese Limousine doch mich angefahren statt Blackie.

Im Nachbargarten bellte der Schäferhund des Kaufmanns, und Becker, wie er es sich zum Spaß angewöhnt hatte, öffnete das Fenster und bellte zurück, er knurrte und bellte, bis sich die Stimme des Schäfers vor Wut zu überschlagen begann. Becker spürte instinktiv, daß das Frauchen nun im Anmarsch war, er schlüpfte in seinen Hausanzug aus schwarzem Trikot und legte sich in der schwierigen Stellung hin, die er einst Blackie abgeschaut hatte, wenn dieser, was öfter der Fall war, in Beckers Zimmer nächtigte, solange die Chefin verreist war. Schon geraume Zeit hatte er nicht mehr geübt, weiß Gott, aber vor zwei Monaten, als er mit Conrad die Pantomime »Herr und Hund« vor der Klasse aufführte, hatte alles begeistert applaudiert, und die Chefin hatte ihn gelobt. Die Muskeln, die Muskeln machen alles mit, gib ihnen Zeit, warte ab, bis sie sich willig in jede gewünschte Dehnung fügen, und das Unmögliche wird geschehen.

Tatsächlich wurde die Eingangstür jetzt geöffnet. Die Chefin war zurück. Becker wußte, noch ehe die Chefin nach Blackie gerufen hatte: Jetzt kommt der Nachmittagsspaziergang. Als der Ruf der Chefin unten an der Treppe erschallte, war es Becker, als hörte er Blackie antworten. Da ist er ja wieder, dachte er für den Bruchteil einer Sekunde erleichtert, merkte dann aber sofort, daß er genarrt wurde: In ihm selbst bellte es. Und er erhob sich vom Bettvorleger, öffnete die Tür, wie er es gelernt hatte, sodann purzelte er halb, halb sprang er die Treppe hinab, bellte, sprang an der Chefin hoch, ließ sich die Leine am Kragen festklemmen, was ihr Mühe bereitete, da sie beim Ausgehen die Brille immer zurückließ, und folgte der Chefin hinaus auf die Straße.

Jetzt erst merkte er, daß er seit dem vorigen Abend nichts mehr gegessen hatte. Die Chefin ging zwar nicht sehr schnell, trotzdem war es recht anstrengend, ihr immer vorauszulaufen, und das mußte er, damit die Leine gespannt blieb, wie die Dame es gewohnt war. Lang halte ich das nicht durch, dachte Becker. Er war sich im übrigen bewußt, daß er bei weitem nicht den tänzelnden Gang Blackies hatte, dazu gehörte jahrelange Übung, sagte er sich; ihn schmerzten bereits nach hundert Metern die Handballen.

Unschlüssig blieb die Chefin an der Ecke zur Gärtnerei stehen. Er blickte an ihr hinauf. Sie trug schwarze Galoschen, braune Wollstrümpfe, und ihr schwarzer Mantel schien ihm wie die endlose Fassade eines Hochhauses. Irgendwo, sehr weit oben, befand sich der Kopf mit den kalten Augen, dem anscheinend nie stillstehenden Gehirn. Ein beachtlicher Größenunterschied allerdings kein so gewaltiger wie jetzt – bestand schon, als Hans Becker der Frau Professor bei der Eignungsprüfung vor acht Monaten gegenüberstand. Sie hatte ihn hinterher auf die Seite geholt und gesagt, er sei zwar sehr talentiert, jedoch komme er seiner kleinen Statur wegen für die Bühne kaum in Frage. Becker, der sich damals der Frau Professor mit schmerzverzerrtem Gesicht zu Füßen geworfen hatte, wurde dann doch noch aufgenommen, und zwar sogar als Haussohn. »Vielleicht wird ein guter Komiker aus Ihnen«, hatte die Chefin gesagt, »versuchen wir es einmal.«

Zögernd setzten sich die Galoschen der Chefin wieder in Bewegung. Sie begann zu sprechen, wobei schwer zu unterscheiden war, ob es sich hierbei um Selbstgespräche oder um Gespräche mit ihrem Begleiter handelte. Es war bekannt, daß die Chefin mit Blackie wie mit einem Menschen zu reden pflegte. Jedenfalls sprach die Chefin nun von Hans Becker, seinem sonderbaren Benehmen seit gestern, daß er seine Pflichten als Haussohn vernachlässige (überall im Haus liege Staub), daß sie ihm die Arbeit beim Fernsehen doch besser verbieten werde. Es sei noch zu früh. »Das Fernsehen verdirbt ihn«, murmelte sie.

Langsam näherten sie sich wieder der Schule. Die Chefin war mittlerweile so mit dem Stundenplan der kommenden Woche beschäftigt, daß sie gar nicht bemerkte, daß sie ihren Begleiter an der Leine hinterherziehen mußte. Er war dermaßen erschöpft, daß er an allen Gliedern zitterte und völlig kraftlos ein Bein vor das andere setzte, zuweilen sich sogar mitschleifen ließ.

»So!« verkündete die Chefin, als sie die Haustüre geöffnet hatte. »Jetzt besuchen wir einmal den heute so sonderbaren Hans.«

Becker wollte etwas erwidern, brachte jedoch, bedingt vielleicht durch die augenblickliche Lage (er war sofort wie ein knochenloses Geschöpf in sich zusammengefallen), nur ein müdes, aber nicht unfreundliches Knurren zustande.

Während die Chefin die Treppe hinaufstieg und »Hans!« rief, erblickte er neben dem Telephontisch das Schüsselchen; es war Milch darin, stellte er fest, und mit letzter Anstrengung schleppte er sich hin.

Als er erwachte, brannte bereits das Licht in der Halle. Die Chefin stand oben an der Treppe, sie trug ihre Brille und hatte wohl schon einige Male nach ihm gerufen.

Er fühlte sich immer noch sehr schwach, etwas Spannkraft war jedoch in seine Glieder zurückgekehrt. Wie er die Chefin plötzlich haßte! Sie stand oben, an das Treppengeländer gelehnt, in ihrem langen lila Kleid und rief: »Na komm, mein Liebling!«

Ich bin nicht Blackie, rebellierte sein Inneres, ich bin nicht Blackie! Er erhob sich jedoch jetzt, um sich an einer juckenden Stelle an der Hüfte zu kratzen. Beide weichen wir der Wahrheit aus, dachte er. Die Stimme der Chefin wurde nun schneidend: »Was ist, kommst du?« Warum war aller Widerstand plötzlich wie weggefegt? Besaß die hohe Gestalt mit der kristallklaren Stimme dort oben uneingeschränkte Macht über einen? Er kletterte die Treppe hinauf; hauptsächlich eine Arbeit der Hinterbeine. Das »grüne Zimmer«, ihr Wohn- und Schlafzimmer, hatte angeblich noch nie ein Schüler betreten. Jedenfalls räumte sie darin selbst auf. Um das breite Bett herum lagen unordentlich Taschenbücher auf dem Teppich. Die Chefin hatte sich auf dem Bett die Stütze für ihre Bandscheiben zurechtgerückt und sich hingelegt. Vielleicht denkt sie, ich springe jetzt aufs Bett zu ihren Füßen, dachte er, und er kuschelte sich ganz dicht an den weichen Teppich. Die Chefin las. Manchmal las sie einen Abschnitt aus dem Buch laut vor und wiederholte dann bestimmte Sätze mehrmals, probierte alle möglichen Betonungen aus.

Nach einer Weile fühlte Becker die Hand der Chefin auf seinem Kopf, sie streichelte und massierte seine Locken. Er spürte ein Würgen in seinem Hals, ein Zittern ging durch seinen ganzen Körper, ein leises Stöhnen preßte sich durch seine Luftröhre.

Traumhaft erinnerte er sich an eine ferne Stunde in der Halle, er saß im Lederfauteuil und deklamierte leise aus dem »King Lear«, als plötzlich von hinten jemand an ihn herantrat und seinen Nacken zu streicheln begann. Es war Liz, eine Kollegin der Unterstufe, die als sehr begabt galt.

Becker begann jetzt zu winseln, gleich darauf zu heulen, bis ihm die Chefin einen tüchtigen Klaps auf den Schädel gab und rief: »Ist denn heute alles verrückt geworden!«

Becker klagte nur noch fürchterlicher, tappte zur Balkontür, stieß sie auf, heulte in die Nacht hinaus, und schon antworteten einzelne Hunde aus der Nachbarschaft. Auch sie kläfften nicht, als gelte es zu zeigen, daß sie auf dem Wachtposten seien; sie heulten mit hoch erhobenen Schnauzen, wie in den alten Zeiten, und bald war der ganze Ort nur noch ein auf einen einzigen Ton gestimmtes, markdurchdringendes Hundegeheul.

LIPEJ KOLENIK

Für das Leben, gegen den Tod

Weihnachten und Neujahr 1944/45

Es war gegen Ende Dezember 1944, als das 3. Bataillon des Ostkärntner Verbandes im Gebiet der Petzen und des umgebenden Berglands war. Der Winter war sehr streng. Der Schnee fiel einen Meter und höher, sodaß es sehr mühsam war, sich zu bewegen und Verpflegung zu suchen. Der Frost drückte und fuhr jedem Kämpfer in die Knochen. Trotzdem mußte das Bataillon Aktionen durchführen. Wir versuchten nicht nur Deutsche aufzuspüren, sondern auch Brot. So ergatterten wir auf einem niedergebrannten Hof – er brannte beim Angriff der Deutschen auf das Savinjatal ab – beim Prosenec bei Sv. Duh im Keller ein Schaff Kraut. Es schmeckte uns wie eine richtige Delikatesse. Wir gingen über die Olševa und Ojstra auf Ziegensteigen in Richtung Jauntal. Wir hielten bei einem Bauern oberhalb von St. Philippen und schlugen dort unser Lager auf.

Zu Weihnachten wärmten wir uns nach langer Zeit wieder einmal auf, und dieser Tag wird mir für immer im Gedächtnis bleiben. Jeder Kämpfer bekam drei warme gekochte Kartoffeln. Er hätte freilich noch dreimal mehr essen können. Diese Kartoffeln schmeckten uns viel besser als heute ich weiß nicht was. Obwohl der Gabentisch fehlte, war die Christnacht schön, romantisch.

Der Frost aber drückte auf all jene, die der Dienstpflicht gemäß vor dem Haus auf Wache standen. Hier und dort stieg in der Ferne eine feindliche Rakete auf und zeigte an, daß der Okkupator noch nahe war, daß er noch nicht verjagt war, daß noch Krieg war.

Das Bataillon verband mit der Ankunft an diesem Ort auch eine politische Aufgabe. Es mußte Meetings organisieren und den Leuten ein Bild geben von unserem Kampf. Nach Einteilung und Postierung der Wachen auf allen Seiten blieben einige Kämpfer auch den nächsten Tag auf diesem Hof. Eine Bataillonsgruppe aber ging zu einem anderen Bauern und veranstaltete dort das Partisanenmeeting. Der Harmonikaspieler zog den Balg, so weit es ging, und Gesang und Freude gingen die ganze Nacht nicht aus. Eine dritte Gruppe hatte die Aufgabe, auf Patrouille und Aktion zu einem unserer Gegner zu gehen, um Lebensmittel zu besorgen. Nach gelungener Aktion aber traf diese Gruppe auf eine Patrouille aus Polizisten und Landwache. Sie feuerten aufeinander, und die Folge war für uns traurig. Die Gruppe kam mit leeren Händen zurück, denn bei dem Zusammenstoß mußte sie das Fleisch in den Schnee werfen. Was will man, der Hunger war groß, und noch einmal mußte eine noch größere Gruppe in die Richtung gehen, wo die erbeuteten Sauhälften geblieben waren. Und siehe da, auch die Deutschen hatten es eilig gehabt – sie hatten lieber ganze Köpfe als durchlöcherte. Darum hatten sie unseren Schatz im Schnee gelassen und sich schnell in Sicherheit gebracht, unser Bataillon aber hatte für einige Tage Essen auf Vorrat.

Micka muß einen Sauschädel tragen

Nach einigen Tagen in der Nähe von St. Philippen verlagerte sich das 3. Bataillon wieder hoch auf die Berge in das Gebiet der Ojstra und der mächtigen Petzen. Die Leute auf den Höfen, bei denen wir vorbeischauten, waren sehr freundlich. Sie fragten uns, ob wir auch in der Freiheit zu ihnen kämen und nicht nur im Krieg. Leider sahen wir uns nach dem Krieg nicht mehr. Mögen diese guten Leute uns verzeihen, daß wir uns nicht die Zeit genommen haben, im Frieden zu ihnen zu kommen, um uns für alles Gute zu bedanken.

Das Leben im Bataillon war bunt genug und auf seine Art interessant. Jeder hatte seine Aufgabe. Auch die Kameradinnen. Kämpferinnen hatten eine Menge zu tun. Urška teilte die Wachen ein, Nadja kreiste um die Töpfe, Tončka sorgte für Sauberkeit. Zu waschen gab es genug, die größte Sorge aber galt der Tötung jener kleinen lästigen Viecher, die Tag und Nacht am Blut und an unseren Nerven sogen – der Läuse. Auch Micka K. war in der Gruppe, die wusch und nähte. Natürlich kam hie und da auch der Truppenkommandeur, Tovariš Tine, um die Gruppen zu kontrollieren. Ich weiß nicht mehr gut, was war, daß etwas an Mickas Arbeit nicht paßte. Sie bekam zuerst eine »Predigt«, und dann noch eine Strafe. Der Kommandeur bestrafte sie für die Nichtausführung eines Befehls auf ziemlich seltsame Weise: »Du wirst den Sauschädel tragen, wenn wir wieder marschieren.« Das war jener Schweinskopf, den die Kämpfer unlängst von der Requisition mitgebracht hatten.

Wir sahen uns ob einer solchen Strafe etwas seltsam an. Als aber das Bataillon gesammelt und marschbereit war, bekam Micka den ziemlich wuchtigen Sauschädel in einem Sack vor die Füße gestellt. Er wog bestimmt mehr als zehn Kilo. Als der Befehl zum Abmarsch gegeben war, nahmen einige von uns die Maschinengewehre auf die Schultern, andere die Munition, wieder andere Rucksäcke, Gewehre und natürlich unsere ganzen Lebensmittel, die uns damals mehr als sonst alles bedeuteten. Micka aber schwang neben dem Rucksack noch jenen abscheulichen und doppelt schweinischen Kopf auf die Schulter. Am Anfang ging es noch einigermaßen, als wir aber immer weiter und höher die Ojstra hinaufkamen, fingen ihr die Beine zu wackeln an. Sie schnaufte stark und war ganz verschwitzt. Wir fürchteten, sie würde nicht durchhalten. Die schwere Last, der steile Weg wie über ein Dach, die glatten Schuhe und der ausgetretene Schnee zogen Micka mehr zurück als vorwärts. Wir wären ihr gern zu Hilfe gesprungen, aber wir durften nicht. Sie mußte die Strafe allein abbüßen. Nach einem mehrstündigen wirklichen Kreuzweg erreichten wir den Gipfel der Ojstra und rasteten. Micka warf ganz rot und schweißgebadet jenes »schweinische« Schwein in den Schnee und verschnaufte.

Beim Končnik feierten wir Neujahr ein wenig fröhlicher, weil wir noch etwas Verpflegung auf Vorrat hatten. Wir sammelten neue Kräfte und ruhten uns aus. Es war Ende 1944.

Rast beim Kolenik im Winter 1944/45

In dem strengen Winter 1944/45, als wir schwer die Entbehrungen des Frosts, des Schnees und des Hungers ertrugen, nahmen wir für einige Tage Zuflucht bei mir daheim, beim Kolenik in St. Margarethen, um uns dort auszurasten, zu wärmen und zu waschen. Unsere Gruppe hatte den Auftrag, herauszufinden, was es Neues gab. Mit mir waren noch Anza Sonjak aus Weißenstein, Toma Podlesnik aus St. Margarethen, Jurij Jezernik aus Prevalje, ein gewisser Lekšej aus Zelovec bei Ravne, den Namen des sechsten Partisanen aber weiß ich nicht mehr.

Daheim beim Kolenik waren wir ständige Gäste, und es verging fast kein Tag, an dem sich nicht der oder jener Partisan meldete, sei es als Kurier und Informant oder als Terrainarbeiter. Unsere Gruppe bestand großteils aus Einheimischen, und die Hausleute kannten uns alle, sodaß es keine Verdächtigungen gab, ob wir »die Richtigen« waren oder nicht. Die Mama machte uns bald ein Essen, damit wir die Mägen stillten, die uns Jungen immer knurrten. Zum Ausruhen aber wies sie uns das kleine Zimmer, das sogenannte »Štibl«, an, in dem für gewöhnlich Tante Treza schlief. Das Zimmer war mit zwei Betten, einem Tischchen und einem sogenannten welschen Ofen ausgestattet. Das warme Zimmer lockte uns bald in den Schlaf, und schon bald lagen in jedem Bett zwei Partisanen, ich und noch einer aber auf dem Boden, und daß er hart war, spürten wir nicht einmal. Es war gut, daß wir jung waren, daß es gleich war, wo man lag, nur daß man sich ausschlief und ausruhte von diesen dauernden Märschen und Verfolgungen. Als wir nach der langen Nacht, die noch weit in den Vormittag dauerte, doch einmal aufwachten, machten wir uns sauber. Die wohltuende Wärme aber wirkte nicht nur auf uns, sondern auch auf unsere treuen Begleiterinnen – die Läuse. Sie begannen sich noch breiter zu machen und auf dem Körper zu wimmeln, und wir warfen uns auf sie wie auf wilde Bestien. Aber sie waren genauso zäh wie die Partisanen. Öfter sagten die Deutschen, sie hätten alle Partisanen getötet, sie wurden aber immer mehr. Und so war es auch mit den Läusen. Als wir diese Verrichtung satt hatten, machten wir Späße und spielten Schafskopf, ein Kartenspiel. Die Mama aber brachte uns guten Most und noch andere gute Sachen zum echten Hausbrot aus Roggenmehl. Dieses schmeckte uns immer, wie oft wünschten wir es uns! Es war neben der Waffe die wichtigste Sache für jeden Partisanen. Ohne es und ohne Munition gab es kein Leben.

Mir wurde nach kurzem schon langweilig in diesem »Štibl« und ich wollte zu meinen Leuten in der Küche. Mein Blick blieb auf den Gewehren, die wir bei unserer Ankunft in den Winkel hinter der Tür gelehnt hatten. Sie waren verschiedene Fabrikate und am meisten gefiel mir das kurze italienische. Ich nahm es in die Hand, es war leicht wie ein Spielzeug, und zielte damit auf die Gegenstände im Zimmer. Zuerst nahm ich das Andachtsbild an der Wand aufs Korn und drückte ab. Ich war überzeugt, daß es nicht geladen und entsichert war. Ich drückte ab und nichts geschah. In diesem Augenblick wachte der Inhaber auf und warnte mich: »Paß auf, mein Gewehr ist entsichert!« Ich erwiderte ihm: »Es ist doch leer!« Noch einmal nahm ich die »Kahla«, den Nachttopf unterm Bett, aufs Korn und drückte ab. Diesmal aber krachte es höllisch. Alle sprangen auf und fragten verwirrt, was los sei. Als ich gestand, was es war, beruhigten sie sich langsam wieder und legten sich hin. Das »Štibl« aber war noch lange voller Schießpulver und der Geruch danach verlor sich nur langsam. Ich war glücklich, daß nichts Schlimmeres passiert war.

Nach drei Tagen stapften wir wieder im Neuschnee und das sorglose Leben im Haus meiner Geburt war zu Ende. In der Nacht empfingen uns wieder Kälte, Ungewißheit und die Angst, wann es losrattern würde.

Mein Bruder Franc schließt sich auch den Partisanen an

Es war Anfang 1945, als der Winter am ärgsten war. Der Schnee lag hüfthoch, und die Temperatur 20 Grad unter Null, als ich die Nachricht zu den Partisanen bekam, daß mein Bruder Franc aus Rußland auf Heimurlaub komme. Ich freute mich wahnsinnig, daß wir uns nach langer Zeit wieder sehen und umarmen würden. Damals bewegten wir Gruppe von Mineuren uns im Umland von St. Margarethen, Jamnica, Strojna und Tolsti vrh. Ich bat den Kommandeur, den Zugführer Cvetko, zwischendurch einen Tag nach Hause gehen zu können, um meinen Bruder zu treffen. Er verweigerte es mir nicht, er gebot mir nur, achtzugeben und mich nach ein paar Tagen wieder in der Einheit zu melden. Ich juchzte vor Freude beim Gedanken an das liebe, teure Haus und an meinen Bruder Franc. Eine nicht geringe Sorge aber beschlich mich bei dem Gedanken, wie ich allein so viel Schnee, eine solche Entfernung durchstapfen sollte, und wie mein Bruder und ich uns ansehen würden – ich als Partisan, und er als deutscher Soldat.

Der Schnee, der hoch lag wie schon Jahre nicht, machte mir am Anfang nicht viel zu schaffen. Ich wühlte mich hinein wie ein Maulwurf und wühlte mich buchstäblich darin fort. Ich hinterließ aber eine tiefe, verräterische Spur, in welcher mir der Gegner viel leichter nachgehen und mich bis daheim verfolgen konnte. Ich mußte öfter rasten, am Anfang immer nur fünf Minuten, später aber immer öfter und länger. Auf diesem schlimmen Gang schwitzte ich fürchterlich und ich wischte mir den Schweiß wie im Sommer in der größten Hitze. Ich war ganz naß und es dampfte von mir wie von einem Fuhrmannspferd, doch es trieb mich weiter, wie es jedes lebendige Wesen nach Hause treibt. In den Pausen, die immer mehr wurden, dachte ich mit Angst daran, was sein würde, wenn ich irgendwo Deutschen über den Weg lief. Wenn sie meine Spur aufnahmen, würden sie mich lebend einfangen wie einen Hasen. Das Gewehr hielt ich immer bereit, und wenn es nötig wäre, würde ich mich bis aufs letzte wehren. Wie weit aber das Gewehr bereit war, seine Aufgabe zu erfüllen, war eine andere Frage. Es war ganz verschneit und auch das Rohr war voller Schnee. Nach langem Waten wühlte ich mich endlich ganz zerschlagen bis zur Dietmar-Höhe. Ich atmete auf, doch trotz allen guten Willens und Eifers ging ich in diesem großen Schnee vom Dietmar zum Kolenik dreieinhalb Stunden, obwohl man diesen Weg in der schneefreien Zeit in einer halben Stunde schafft. Je näher ich unserem Haus kam, umso ungeduldiger war ich, und ich verausgabte für die letzten paar Dutzend Meter die letzten Kräfte.

Ich klopfte an die Tür – das Haus war ganz finster in der Nacht, da kein Licht nach außen dringen durfte – und die Mama schob den Riegel der großen Haustür zurück. Ich trat ein, und nach langer Zeit waren wir wieder glücklich beieinander. Ich ging in die Küche. Ich blieb in der Tür stehen – der Partisan mit dem Gewehr in der Hand –, mein Bruder Franc aber saß mit den Brüdern Lojze und Pepe am Tisch. Ich sah, daß er erschrocken war. Er war schon seit dem Frühjahr 42 zwangsweise in der deutschen Armee, an der

Front in Rußland. Man merkte ihm an, daß er bereits etwas von der deutschen Propaganda und von der eingeimpften Angst oder vom Haß gegen die »Partisanenbanditen« infiziert war. Auf den ersten Blick freute ihn das Zusammentreffen nicht. Nach einer langen Weile reichten wir uns die Hand. Die Beunruhigung dauerte noch einige Zeit, doch das gegenseitige Vertrauen zerbrach das Eis der Hitlerschen Propaganda gegen das Volksbefreiungsheer der Partisanen. Die Mama, die immer mit großer Liebe für uns sorgte, wenn wir heimkamen, tischte Schwarzbrot auf. Beim Essen und beim guten Most wurden wir erst, was wir waren – Brüder und ihre Söhne –, bevor uns der faschistische Stiefel entzweit und auseinandergetreten hatte. Wir hatten uns viel zu erzählen, sodaß die Nacht fast zu kurz war. Mein Bruder Franc erzählte viel über das große Rußland, über furchtbare Schlachten im Kaukasus, auf der Krim, im Donbass und noch anderswo. Das alles war für uns damals etwas Neues, und besonders, weil er auch erzählte, wie in letzter Zeit die Russen den Okkupator an allen Ecken und Enden vertrieben. Mir wurde kalt, als er sagte, wieviele Menschen, besonders Russen, gefallen und umgebracht waren und daß auch mein Bruder zu jenen gehörte, die die Russen und andere Völker umbrachten und versklavten, welche nur ihr Land und ihre Souveränität und Freiheit bewahren wollten. Auch ich erzählte, wie es uns erging, daß wir immer mehr Anhänger und solche hatten, die bereit waren, zu den Partisanen zu gehen. Ich erklärte ihm, was die Befreiungsfront und was ihre Ziele waren, daß wir uns vor allem für die Vertreibung des Okkupanten schlugen und daß wir das neue slowenische Heer waren, die Partisanen, die über den Okkupanten siegen, und dann nicht mehr die Sklaven anderer, sondern die Herren ihres eigenen Schicksals und ihrer Erde sein würden. Ich sagte ihm, daß in den Reihen der Partisanen zum Großteil einheimische Burschen waren und erklärte ihm, daß unser Kampf nicht leicht, daß der Winter streng, daß wir heute hier, morgen dort waren und daß unser Kampf auch viele

Todesopfer forderte. Schon viele Partisanen waren gefallen, zum Großteil nach einem Verrat wie beim Rakitnik, beim Sabodin und beim Apovnik im Oktober 1944. Mein Bruder hörte mit Eifer zu und befreite sich sichtlich von der anfänglichen Angst. Und als ich ihn meinen großen Wunsch wissen ließ, daß auch er sich dem Partisanenheer anschließen solle, war er mit meinem Wunsch offensichtlich bereits versöhnt. Ich überzeugte ihn, daß es keinen Sinn hatte, zurück ins ferne Rußland zu gehen, wenn die Hitlerdiktatur sowieso bald hin sei, hier aber wäre er bei der Kapitulation nicht weit von daheim, anstatt als deutscher Soldat in Gefangenschaft, und wir – die slowenischen Partisanen – würden in unsere Dörfer und Städte als Sieger marschieren, wofür es bisher in unserer Geschichte noch kein Beispiel gegeben habe.

Ich war überglücklich, als mir mein Bruder versprach, nicht mehr in die deutsche Armee zurückzukehren und sich der Befreiungsbewegung anzuschließen, sowie sein Urlaub vorbei sei. Noch lange, nachdem wir uns schlafen gelegt hatten, wiederkäuten und tauschten wir unsere Erlebnisse und versuchten sie zu verstehen. Am nächsten Tag ging ich in meine Einheit zurück, mein Bruder Franc aber schloß sich nach vierzehntägigem Urlaub dem Partisanenheer an und wurde Mitglied der militärischen Kurier-Einheit, die die Aufgabe hatte, die Verbindung über die Drau zwischen dem Ostkärntner Verband und den Kämpfern auf der Saualpe aufrechtzuerhalten. Befehligt wurde sie von Kommandeur Jurij Bojanović.

Ich war unendlich glücklich, daß mein Bruder mit seinem Beitritt das Partisanenheer verstärkte und daß er in der Nähe war.

Vom Schlaf übermannt bei den Riepl-Mauern

Der strenge Winter 1944/45 machte manchem Partisanen zu schaffen. Die Schneemengen und der Frost erschwerten das ohnehin schon schwere Leben und die Bewegung der Partisanen. Wir konnten den Frühling kaum erwarten, damit die Sonne schiene und unsere durchfrorenen Glieder wärmte. Deswegen nützten wir Ende Februar gleich noch die ersten aperen Stellen auf den Südhängen aus und wärmten uns. Unbeschreiblich verlockend waren für uns diese Verkünder des nahenden Frühlings.

In dieser Zeit, den ersten Monaten des Jahres 1945, bewegte sich das 3. Bataillon des Ostkärntner Verbandes immer wieder auf dem Gebiet der Petzen und ihrer Hügel um Koprein und Leppen. Auch diesmal hielten wir auf dem heute allseits bekannten Peršman-Hof in Leppen und schlugen dort für mehrere Tage unser Lager auf. Die angenehmen und gastfreundlichen Peršmans bewirteten uns immer gern und nahmen uns wie ihre eigenen Leute unter ihr Dach. Und auch das riesige Wirtschaftsgebäude war bestens für unser Bataillon geeignet, sodaß wir alle unter einem Dach sein konnten.

Wie immer, wenn wir uns auf einem Hof aufhielten, war die erste Aufgabe des Kommandokaders, Wachen zu postieren und Patrouillen ausschwärmen zu lassen, die eventuelle Feindbewegungen beobachten und verfolgen sollten. Besondere Sorge für die Sicherheit des Bataillons trugen der Kommandant Albert Konečnik-Modras, der Kommissar Janko Kastelic und die Truppenkommandeure. Patrouillen zu je zwei Partisanen wurden in das Leppener Tal, gegen Eisenkappel, auf die Jekl-Höhe, gegen Luscha und Topica geschickt. Zur Patrouille nach Luscha wurden ich und noch ein Kamerad geschickt, dessen Namen ich nicht mehr weiß. Der Weg vom Peršman führte uns vorbei an unserem Partisanenhof, vulgo Pri Čemru, an den versengten Mauern des Riepl vorbei nach Luscha, an die Stelle, wo der Weg nach Globasnitz ins Jauntal abzweigt. Immer, wenn ich an den versengten, verlassenen Riepl-Mauern vorbeiging, fröstelte mich. Ich hatte Angst, daß vielleicht hinter diesen Mauern doch Deutsche auf der Lauer liegen könnten. Wir bewegten uns vorsichtig an diesem toten Haus vorbei, obwohl in diesem Berggehöft – einem ehemaligen Stützpunkt des Okkupators – schon lange kein Mensch mehr war.

Es war ein außerordentlich schöner und sonniger Nachmittag, und wir führten uns auf, als wäre kein Krieg. Wir überließen uns sorglos den warmen Frühlingssonnenstrahlen und dachten nicht im entferntesten an den Feind, denn unterwegs hatten wir nichts Verdächtiges bemerkt. Wir waren wachsam und vorsichtig nur, solange uns die Sonne nicht richtig gewärmt und uns bearbeitet hatte. Wir lauerten an einem sonnigen Ort, und diese Umgebung wirkte allzu verführerisch auf unsere im höchsten Grad ruhebedürftigen Körper. Wir marschierten immer weiter, rasteten aber nur selten einmal. Die ewige Krankheit der Partisanen war der Schlaf. Dieser quälte uns immer und überall. Sowie man nur stehenblieb, döste man schon und schlief sofort ein. Wir schliefen auch beim Marschieren, und erst, wenn man in einen Baum oder den nächsten Kameraden krachte, wachte man einen Moment lang auf, doch gleich darauf packte einen wieder der Schlaf. Die schlimmen und langen Märsche, Frost und Nahrungsmangel hatten uns so mitgenommen, daß wir oft einmal lebenden Toten glichen. Die schrecklichen Mühen wirkten halt auf unsere Körper, obwohl wir noch jung waren. Trotz der strengen Anweisung der Kommandanten, wach zu bleiben, erlagen auch wir beide der Erschöpfung und der warmen Sonne. Wir beschlossen, daß einer Wache halten und beobachten, der andere sich aber sorglos der süßen Ruhe hingeben würde. Und so war es auch. Eine Zeitlang – jede halbe Stunde lösten wir uns ab – ging es gut. Bald aber raffte es uns beide hin. Wir schliefen ein wie erschlagen. Nach einer langen Zeit aber, bestimmt waren mehrere Stunden vergangen, weckte mich das heftige Schnarchen meines Nachbarn. Ich erschrak tief und dachte, die Deutschen oder sonst eine Bestie seien schon da. Ich sprang auf, sah nach allen Seiten, doch zum Glück war niemand in der Nähe. Hätten uns die Deutschen im Schlaf erwischt, sie hätten uns abgemurkst wie die Katzen. Von da an hatte ich vor dem Wacheschieben immer Angst.

Die Befreiung im Mai 1945 im Bunker erlebt

Schon länger lag ich schwerverwundet im mächtigen und schützenden Pernat-Holz zwischen Jamnica und Strojna, in dem hölzernen Bunker, der gebaut war wie eine Holzfällerhütte. Er war ein hübscher, halbwegs geeigneter Zufluchtsort für Partisanen und Verwundete. Er maß nur ein paar Quadratmeter, doch war in ihm genug Platz für zwei Stockbetten, einen Tisch und ein paar Bänke.

Der Bunker diente auch als gutes Haus für die Kuriere, Terrainarbeiter, Mineure, Volksschutz u.a. Die mitkämpfenden Partisanen, unter denen auch mein Bruder Franc war, gingen von diesem Bunker aus nach allen Seiten, halt jeder nach seinen Pflichten, sodaß ich öfter allein zurückblieb und schwer wartete, bis sie mit Essen, mit Nachrichten wiederkamen und Leben in den Bunker brachten. Die ruhige und gesunde Waldumgebung wirkte auch günstig auf meine Gesundung. Ärztliche Hilfe gab es nicht, obwohl sie unbedingt nötig gewesen wäre. Die Hauptarznei waren die »Belina« (Lutter, der erste Schnaps), der gute Wille der Kameraden und die Hoffnung auf Besserung meiner Gesundheit. Die Partisanin Ida Vodopivec, die aus dem Küstenland kommt und in Ravne lebt und sich jetzt Šipek schreibt, schätzte meinen Zustand offenbar richtig ein, als sie sagte, ich sei »dem Tod von der Schaufel gesprungen«. Ich werde nie die Kameradschaft und all die Sorgen vergessen, die die Partisanenkämpfer mit mir hatten, die mich verbanden, wuschen und ernährten. (...) Als ich schwerverwundet war, brachte gerade die Zvonik Danica – verheiratete Vrhnjak und wohnhaft bei Maribor – meiner Mutter in St. Margarethen diese Nachricht. Sie kam plötzlich und ganz jugendhaft und sagte flink wie ein Wiesel zu ihr: »Sie dürfen nicht erschrecken, Lipej ist verwundet, aber nicht schwer.« Sie lief so plötzlich, wie sie gekommen war, wieder fort. Erst heute sind wir uns richtig bewußt, wieviel sie, damals noch grün hinter den Ohren, der Partisanenbewegung und unserem Sieg brachte. Die Zvonik Danica war für alles zu gebrauchen, weil sie klug, ergeben und beherzt war. Mit ihrer Arbeit tat sie für den Volksbefreiungskampf viel mehr als mancher Erwachsene, obwohl sie ganz zart und halb noch ein Kind war. (...) Besonders nahm sich unter den anderen Vida Krebs, vulgo Pušna, um mich an, die jeden Tag zu mir kam oder mir per Kurier Milch, Brot und sonstwas zukommen ließ. Leider konnte ich ihr diese Wohltaten, Sorgen und guten Werke, die sie für mich tat, nicht vergelten. Sie starb allzu bald in der Freiheit.

Mit der Zeit, als meine Gesundheit wiederkehrte, wurde es im Bunker auch lebhaft und lustig. Besonders, wenn die Kameraden anfingen zu singen, scherzten und Erlebtes erzählten. Ganz besonders schön war es, wenn Mitja Šipek die Gitarre hervorzog und wir sangen: »Živela sta Adam in Eva v raju nekdaj, nihče izmislil si ni, da Jaka prezviti se kdaj porodi« (Einst lebten Adam und Eva im Paradies, niemand malte sich aus, daß einmal der durchtriebene Jakl geboren würde). Wir vergaßen fast, daß Krieg war und daß Konspiration und Vorsicht geboten waren. Immer, wenn die Kuriere oder Terrainarbeiter gingen, zog es mich mit ihnen mit. Ich wäre gern mit den Kameraden auch auf die Štibar-Höhe gegangen, um den 27. April, den Feiertag der Befreiungsfront, zu feiern. In Weißenstein machten sie ein Lagerfeuer, spielten Harmonika, sangen und schossen vor Freude, daß man es bis zu unserem Bunker und weit im Umkreis hörte. Es war ein Partisanenmeeting. Vor den versammelten Partisanen sprach Mitja Šipek.

Besonders interessant war es im Bunker, wenn sich der Chef des Volksschutzes, Ivan Jernej-Korošec, meldete. Er erzählte immer etwas Neues aus seinen Erlebnissen und »schnorrte« bei mir Schnaps, wenn ich keinen hatte. Wenn aber einmal welcher da war, trank er ihn nicht. Sonst aber wurde mir im Bunker schon langweilig, obwohl mich die Kameraden manchmal, wenn ein schöner Tag war, auf irgendeine sonnige Lichtung trugen.

Auch am 8. Mai versuchte ich mich aus dem Bunker hinaus in die Natur an die Sonne zu schleppen, hinaus aus dem Käfig in die Freiheit. Als ich so schließlich auf der sonnigen Lichtung saß und dem Gesang der Vögel zuhörte, über die Zukunft nachdachte, hörte ich von weitem etwas rumpeln, was für diesen Ort ein Ding der Unmöglichkeit war, denn es gab in der Nähe keinen Weg oder Hof. Das Gerumpel kam näher, und mich packte die Angst, was wird sein und was tue ich, wo ich nicht beweglich bin. Ich mußte dort, wo ich war, eben warten. Endlich erblickte ich ein Pferd, vorgespannt vor einen Leiterwagen. Es kam mit zwei Begleitern den Steilhang zu unserem Bunker herauf. Irgendwie ergab ich mich in mein Schicksal und wartete in der Hoffnung, daß es nicht die Deutschen seien. »Was kommt, das kommt«, dachte ich. Nach einer Weile sah ich, daß es zwei Partisanen waren. Mir war nicht klar, was das alles bedeuten sollte. Dann aber erkannte ich meinen Bruder Franc und Jurij Jezernik. Sie kamen ganz außer Atem, und mein Bruder Franc sagte: »Lipej, komm! Der Krieg ist aus, die Freiheit ist da, wir sind frei!«

Diese Nachricht meines Bruders vom Sieg und der Freiheit wird mir bis zum Tod am deutlichsten in Erinnerung bleiben. Jener Augenblick und der Mai, der Monat des Sieges und der Freiheit, sind das Schönste in meinem Leben. Vor Glück und Gerührtheit umarmten uns mein Bruder und ich. Als Kamerad Jurij dazukam, trugen sie mich auf den Leiterwagen, auf dem ein Strohsack war, und fuhren mich für immer vom Bunker im Pernat-Holz, aus dem Wald, in mein Vaterhaus in St. Margarethen.

Überall unterwegs, wo wir haltmachten, bei den Bauern Mikl, Črešnjak, Zvonik, Jamnik, Hutar, Petek, Tomaž, Gutovnik, Kos und schließlich zu Hause, herrschte eine unbeschreibliche Freude. Überall, auf allen Höfen, wehten slowenische Fahnen – mit dem fünfstrahligen Stern. Wir begannen mit vollen Lungen zu atmen, vor Freude und Glück rannen uns die Tränen über die Gesichter, wir umarmten einander und waren quietschvergnügt. Wir alle waren glücklich, daß wir wieder in Freiheit und daß die gewaltigen Opfer nicht vergebens waren. Überall wurden wir mit allen möglichen guten Sachen bewirtet, wir wurden beschenkt und bewundert. Die Einheimischen begleiteten uns von Haus zu Haus, sangen, gaben Blumen und hießen uns willkommen. Beim Kos aber sangen die Mädchen, unter ihnen die Tomaževa Ančka und die Gutovnik Tilka: »Ko v ranem jutru ptički so zapeli …« (Als früh am Morgen die Vögel zu singen begannen). Wir Brüder, Franc, Lojze und ich, kamen auf einmal nach Hause, und die Freude war unbeschreiblich. Die Mama tischte alle guten Sachen, die im Haus waren, auf. Kamerad Jurij aber kehrte allein mit dem Pferd nach Jamnica zurück und gab es dem guten Bauern Zvonik.

Ich kam glücklich und stolz wieder heim, daß auch ich meinen Teil am Sieg über den Faschismus beigetragen hatte, obwohl mein Herzenswunsch nicht in Erfüllung gegangen war, zu Kriegsende unter den Partisanen zu sein, die in unsere Dörfer und Städte marschierten.

Schon am zweiten Tag der Freiheit holte mein Bruder ärztliche Hilfe in Bleiburg. Dr. Fritzer aus Bleiburg kam, und so bekam ich nach zwei Monaten überhaupt die erste ärztliche Hilfe. Nach vierzehn Tagen wies er mich in das Spital in Črna ein. Sie kurierten mich in Črna und Maribor mit aller Sorge, doch blieben Folgen der Verwundung zurück und ich werde sie mein Leben lang spüren.

ARMIN KONNERT

Kasachstan

Als ich diesen beschissenen Ferienjob in der Gewürzfabrik hatte, die man schon aus 5 km Entfernung riechen konnte, wenn der Wind richtig stand und gerade gemahlener roter Paprika entladen wurde, da bin ich acht Stunden am Tag an einer Maschine gestanden, die eine Pfeffermischung abgefüllt hat, in 500 g Tüten, für die Gastronomie. Ich habe je 20 Tüten in einen Karton verpackt und ihn auf ein Förderband gestellt, das ihn in ein dunkles Loch in der Wand führte.

Manchmal ist eine dieser Tüten beim Befüllen an der Maschine zerplatzt und dann musste ich den »Not-Aus-Knopf« drücken, mitten in einer Wolke scharfer, feuriger Luft, die ich nicht einatmen konnte und die alle meine Schleimhäute verätzt hat und mir die Tränen in die Augen trieb. Aber dieser Knopf musste gedrückt werden, vor dem Wegrennen aus der Wolke, damit die Maschine nicht die nächsten 500 g feingemahlene Pfeffermischung in die Luft zerstäubte, 20 Sekunden später. Das war irgendwann ganz zu Anfang meines Studiums.

Die Schicht begann um sechs. Ich bin um fünf aufgestanden, habe Kaffee getrunken und in der halben Stunde, in der ich mit meinem alten Kadett nach Freilassing fuhr, hörte ich Manic Street Preachers oder Heather Nova. Ich hatte Heather Nova auf einem Konzert gesehen und war verliebt in sie, ungefähr so wie ich mal in Anna, die Balletttänzerin aus der Fernsehserie, verliebt war, als ich 12 war. Nur mit dem Unterschied, dass ich mir Heather Nova jetzt gerne als die Frau vorstellte, die neben mir die letzte Nacht verbracht hätte. Und morgens würde sie im Bad singen! Das war eine gute, angenehme Vorstellung am Morgen.

Eine andere gute Sache war mein erstes eigenes Auto, ein alter Kadett, der die ganze Fahrt brauchte, bis die Heizung richtig ging, und der die Schadstoffklasse hatte, in der man ungefähr so viel Steuern zahlen muss, wie so ein Ferienjob in vier Wochen einbringt. Das war nicht weiter wichtig, denn es war mein Auto, und es fühlte sich gut an, und es fühlte sich gut an dafür zu arbeiten.

Die dritte gute Sache war, dass ich morgens gegen Osten fahren musste und dass die Sonne in jenen Sommertagen um zehn vor sechs im Osten hinter dem Gaisberg aufging und mir ins Gesicht schien. Sie setzte Untersberg und Staufen in ein rot glühendes Licht. Man konnte sehen, wie dieses Licht alle Nebel über den Wiesen wegschmelzen ließ und es ließ auch viel von der Müdigkeit der Nacht in mir wegschmelzen und mit ihr die Fragen, warum ich den Job machte, und leider auch das Gesicht von Heather Nova in meinem Kopf.

Der Sonnenaufgang war ein Augenblick innerer Freiheit, den ich vor der Arbeit hatte und er war der Höhepunkt des Tages, der Moment, für den ich an diesem Tag aufgestanden war. Dafür und für »I give you my heart, I give you my shoulder« – yeah! Die meiste Zeit war herrlichstes Wetter. Tage, an denen die Sonne aufgeht wie am ersten Tag und das machte die ganze Arbeit sehr viel leichter.

Helmut Becker arbeitete in der Gewürzmischung und schüttete oben, im 1. Stock, Säcke von Rohgewürzen in die großen Trichter, die dann zu den verschiedensten Mischungen verfälscht wurden. Gewürzmischungen, auf deren Packungen dann nur noch steht, zu welchem Gericht sie passen: Tomaten-Mozarella-Salz, Brathähnchen-Gewürz, Grill-Kräutermischung, Chilli-con-Carne-Mischung, Hühnchen kantonesisch usw. Das führte dazu, dass aus echten Dingen wie Pfeffer, Chilli, Salz, Muskat, Oregano, Thymian, Kardamom und Safran »Kompositionen« wurden, die es den Menschen abnehmen zu überlegen, wie sie ihre Brathähnchen selbst mit Pfeffer, Salz und Kräutern am besten würzen, und die dazu führen, dass alle Brathähnchen gleich schmecken, und dass niemand mehr weiß, wie man mit den echten Sachen umgeht, weil einem das Nachdenken schon abgenommen wurde.

Helmut Becker kam aus Kasachstan. Manchmal hatte er einen altertümlichen Satzbau, wenn er sprach, und einen russischen Akzent. Viele der Arbeiter, die ständig in der Fabrik arbeiteten, kamen von irgendwo. Er war Mitte 40 und hatte ein Kosakengesicht mit Nasenlöchern wie Höhlen. Seine Augen waren oft abwesend und stumpf, aber hellten sich sofort auf, wenn man ihm ins Gesicht schaute. Dann wurde sein Gesicht sehr herzlich mit einem ehrlichen Lächeln.

Ich mochte ihn und er hatte in der Mittagspause dicke Brote mit breiten Wurstscheiben dabei und einen Flachmann mit Wodka, von dem ich immer einen Schluck bekam. Am Anfang eher aufgezwungen, weil ich vorher noch nie in meinem Leben mittags Wodka getrunken hatte, und ich habe diese Angewohnheit auch nicht beibehalten. Aber in diesen Tagen stellte ich fest, dass es mir nichts ausmachte und ich es mochte. Helmut Becker erzählte viel, meistens von seinen Mädchen, Nadine und Natascha, die sehr gut in der Schule waren, was ihn sehr stolz machte. Oft erzählte er von Kasachstan und seiner Arbeit in einer Kolchose. Sie lag irgendwo an den Ausläufern der Himmelsberge, des Tien Shan, wo die Berge zu Hügeln werden und die Hügel langsam zu Steppe und wo die besten Äpfel überhaupt wachsen. Er erzählte von endlosen Weizenfeldern und kaputten Mähdreschern und davon, wie es war, als von allem zu wenig war und es immer weniger wurde, bis es so wenig war, dass er mit seiner Familie nach Deutschland ausgewandert ist.

Aber am besten erzählte Helmut Becker von seinem Adler, mit dem er auf die Jagd ritt, im Winter, wenn es nichts zu tun gab. Er ritt über die Steppe und durch die Täler der Ausläufer der Himmelsberge, den Adler auf seiner Hand, die von einem dicken Lederhandschuh geschützt war. Es sei ein mutiger Vogel gewesen, erzählte er, den er selbst aufgezogen und trainiert hatte, und er jagte damit alles bis zur Größe eines Fuchses. Er erzählte, dass er und der Adler jeden Winter genug Felle erbeuteten, um einen Mantel für seine Frau daraus zu machen, und wenn er die Felle verkaufte, war es der Gegenwert eines halben Jahreslohnes, weil die Füchse in Kasachstan wegen der Kälte das beste Winterfell hätten. Das weiß angeblich jeder zwischen Wladiwostock und Leningrad. Deshalb waren seine Felle bei den Pelzhändlern sehr begehrt.

Manchmal war er tagelang weg mit seinem Adler, dem Pferd und seinem Gewehr. Er schlief an einem Feuer in der Steppe und abends aß er Kaninchen, was der Adler besonders gerne gejagt hat.

»Wie hieß dein Adler?«, fragte ich ihn, als er eine Zeit lang davon erzählt hatte.

»Adler!«, sagte er. »Adler! Man kann ihm keinen anderen Namen geben.«

»Warum nicht?«, fragte ich.

»Weil er so schön war. Es gibt keinen passenden Namen, den sich die Menschen ausdenken könnten.«

»Adler!«, sagte ich, nahm noch einen Schluck Wodka und ich konnte fühlen, wie unheimlich schön der Adler gewesen sein musste.

Er erzählte, wie er das Kaninchen über einem Feuer gebraten hat, nur mit Salz. Aber es wäre besser gewesen als alles, was man mit diesen Gewürzmischungen machen könne. Überhaupt sei es das Beste gewesen, was er in seinem Leben je gegessen hatte. Und was er noch gemocht hatte, sei der Duft des Tees gewesen, den er im Sommer selbst gesammelt hatte und den er sich nun am Morgen am Feuer aufbrühte, nachdem er aus seinem Winterschlafsack der sowjetischen Armee rausgekrochen ist und klamm und kalt war. Der heiße Tee und ein Schuss Wodka, das hatte ihn wieder auf die Beine gebracht, wenn die Wintersonne tief über der kasachischen Steppe aufging, ganz langsam, ein richtig langer Sonnenaufgang, nicht so schnell wie die, die wir jetzt hier im Sommer hätten. Als er davon sprach, musste ich lächeln. Ich wusste, dass er den Sonnenaufgang am Morgen genauso wie ich gesehen hatte und ich wollte etwas sagen, davon erzählen, wie es mir ging. Aber ich tat es nicht. Ich fühlte, dass ich es nicht sagen musste. Ich hatte das unbestimmte Gefühl, dass Helmut Becker wusste, dass ich den Sonnenaufgang auch gesehen hatte und dass er wusste, wie ich ihn gesehen hatte. Und ich hatte auf einmal eine ungefähre Ahnung dessen, was es war, das ich schon immer an ihm gemocht hatte, ohne es zu wissen.

Und so brachten uns in diesen Tagen die Geschichten von der Jagd mit dem Adler und den Ritten im kasachischen Winter durch die Mittagspausen, und sie brachten mich jedes Mal durch den ganzen darauf folgenden Nachmittag und durch so manchen weiteren Arbeitstag in den vier Wochen Ferienjob, weil sie mich an der Pfeffermaschine träumen ließen und mich weit weg von der Maschine durch die Täler des Tien Shan trugen und hinaus auf die Steppe.

Ich dachte mir auch, dass ich jetzt besser wusste, warum Helmut Becker selbst immer weit weg schien, und ich begriff die ganze Entfernung, die trotz der Herzlichkeit oft in seinen Augen lag. Jetzt erst fielen mir seine breiten Schultern auf, die sich selbst durch einen dicken Pullover wie ein Gebirge abzeichneten, und die großen Hände und ich versuchte mir vorzustellen, welcher Kraft und welchen Geschickes es bedarf, einen Adler auf dem Arm zu halten, der Füchse schlägt, und dabei zu reiten.

Und ich dachte mir auch, wie komisch es sei, dass dies alles in diesem Land hier nun auf einmal nicht mehr zählte und nichts mehr wert war, genauso wenig, wie es noch zählte, was er über die Zubereitung von Kaninchen über dem offenen Feuer und über das Sammeln von Tee-Kräutern wusste. Jetzt lebt er mit seiner Familie in einem Land, in dem die Menschen aus political-correctness keine Fuchsmäntel tragen und sich kaum vorstellen können, wie die tiefe Sonne über der kasachischen Steppe im Winter scheint. Ein anderes Mal erzählte er, wie es war, als sie die ersten Dinge über Deutschland hörten, dem Land, aus dem seine Vorfahren vor 300 Jahren, dem Ruf Katharinas der Großen folgend, an die Wolga ausgewandert sind und dann von Stalin als Feinde der Sowjetunion nach Zentralasien deportiert wurden. Sie hörten Geschichten von allen Dingen, die es in Deutschland gab und in Kasachstan nicht: funktionierende Zentralheizung, Kabelfernsehen, Südfrüchte, Milka-Schokolade und einen Mercedes für jeden. Aber deswegen waren die Beckers nicht ausgewandert, sondern weil in Kasachstan nach der Unabhängigkeit alles zu wenig wurde und sie sich nicht mehr vorstellen konnten, wie es einmal für ihre Kinder werden würde. Also haben sie ein paar Koffer gepackt, das Haus verkauft und sind ausgewandert. Und da sie fleißige Menschen waren, die ihre Arbeit gründlich machten, jede Art von Arbeit, und sich nicht beklagten, hatten sie bald ein wenig Geld, ein Auto, einen Fernseher und eine Wohnung, in der man den Ofen nicht mehr mit Holz oder abgeernteten Maiskolben einheizen muss.

Leider hatte niemand Helmut Becker und seiner Frau von den Dingen erzählt, die es in Kasachstan gab und in Deutschland nicht. Von der weiten Steppe unter den Hufen der Pferde, von

Fuchsmänteln und Adlern und der Art, wie man durch den Kampf um die Dinge des täglichen Lebens Selbstachtung und Würde gewinnt und dadurch das Leben in einem armen Land zu einem freien Leben werden kann.

Das dachte ich manchmal, wenn ich ihn so sah und wenn er erzählte. Er gehört hier nicht her, dachte ich; aber er dachte ganz und gar nicht so und in seinen Erzählungen war auch kein Satz, mit dem er sich beklagt hätte.

»Was ist eigentlich aus deinem Adler geworden?«, fragte ich ihn.

»Der Adler ist frei. Und er ist mutig. Er wird sich zurecht finden.« Und er sagte es mit der Bestimmtheit von jemandem, der sich von seiner eigenen Aussage überzeugen muss.

»Was machst du hier, Junge?«, fragte er mich.

Anfangs hatte ich es nicht gemocht, wenn er mich so nannte. Aber da er mir seine Geschichten erzählt hatte und ich begonnen hatte, in ihm jemanden Besonderen zu sehen, einen großen Mann, halb Jäger, halb Sucher in den Weiten der Tien Shan Berge und der ewigen Steppe, billigte ich ihm innerlich das Recht zu, mich »Junge« zu nennen. Es störte mich nur noch wenig. Er nannte mich so, weil er mich mochte.

»Ich brauche Geld für mein Auto und für den Rest der Ferien«, sagte ich.

»Was tust du sonst?«

»Studieren.«

»Das ist gut, super gut sogar. Was willst du werden?«

»Arzt«, sagte ich und mir fiel auf, dass ich es nie als so super gut empfunden hatte. Ich studierte es eben und es lief und irgendwann würde ich einer sein, aber es war nicht das finale Ziel, auf das mein Geist bewusst ausgerichtet war.

»Ausgezeichnet«, sagte er. »Du musst den Leuten genauso zuhören wie bei meinen Geschichten, dann wirst du ein guter Arzt werden.« Ich musste lächeln. Ich hoffte, er würde mich nicht fragen, was ich den Rest der Ferien vorhatte. Ich wollte mit einem Freund nach Schottland zum Trekking, um Abenteuer zu erleben, draußen zu schlafen und weit weg von der Zivilisation zu sein. Aber nachdem ich Helmut Beckers Geschichten gehört hatte, kam mir das tatsächlich wie der Plan eines Jungen vor, der, noch grün hinter den Ohren, keine wirkliche Ahnung von der Wildnis hatte. Mir wurde bewusst, dass es für mich keinen wilden, freien Ort gab, an dem ich mich mit solch großer Selbstverständlichkeit und Sicherheit aufhalten und bewegen könnte, geschweige denn jagen, mit einem Adler! Es bedarf der Zeit und eines langen Lebens und des von Kind an Aufwachsens in einer Landschaft, um wirklich tiefe, innere Bande damit zu haben. Um den Wind, den Zug der Wolken und den Flug der Vögel deuten zu können. Um Teil davon zu sein und sich mit großem Vertrauen alleine darin zu bewegen, durch intuitive Orientierung und durch ein sicheres Gefühl für sich selbst, die Landschaft und alle anderen Kreaturen darin, seien es Begleiter wie Pferd, Hund oder Adler oder das Wild, das man jagt.

So etwas würde es nie geben für mich und ich bewunderte es und war neidisch darauf.

»Und deine Arbeit? Du bist die ganze Zeit hier?«, fragte ich ihn.

»Ja. Was anderes werde ich nicht mehr so leicht finden, bald bin ich 50.« Er sagte es recht neutral, ohne den Unterton der Klage. Ich fand den Gedanken furchtbar angesichts seines Lebens, das er in Kasachstan gehabt hatte, und konnte das auch nicht verbergen, obwohl ich versuchte, verständnissvoll zu nicken.

»Weißt du«, sagte er »man kann nicht alles haben. Meine Mädels lernen gut und meine Frau muss nicht jeden Wintermorgen aufstehen und Holz hacken. Das sind einige der Gründe, warum wir hier sind, und es sind gute Gründe, glaub mir. Meine Mädels werden hier mehr Chancen als ich haben und das macht mich zu einem reichen Mann.«

»Aber fehlt dir das alles nicht?«

»Es fehlt mir«, sagte er und atmete einmal schwer durch. Das einzige Mal in der ganzen Zeit, dass ich ihn so habe atmen sehen, tief einatmen und ausatmen mit einem Seufzer. »Es fehlt mir. Manche Freunde fehlen mir und die Jagd. Mir fehlt, an einem Feuer zu sitzen, unter den Sternen und die Nacht kommen zu lassen, die Kälte am Rücken zu fühlen und die heißen Strahlen des Feuers im Gesicht. Mir fehlt auch, mit einem Freund zu trinken und zu singen bis zu dem Zustand, der die Gefühle eines jeden Liedes vervielfacht und die Klarheit jedes Gedankens nach sofortigem Handeln schreien lässt – allein die Glieder sind zu matt und man ist zu betrunken, um etwas tun zu können. Das ist das Gefühl von Kasachstan, aber es ist auch der Zustand. Das Gefühl fehlt mir, der Zustand nicht.«

»Hm«, sagte ich. »Dann ist es also besser für dich?«

»Das ist gar nicht so wichtig. Vielleicht ist es besser, vielleicht nicht. Und dann, wenn es nicht besser ist, ist es vielleicht nur meine Erinnerung, die alles viel besser macht, als es wirklich gewesen ist. Egal, man kann nicht alles haben.«

Die Mittagspause war zu Ende. Wir packten die Tupperware-Dosen wieder ein und gingen an die Arbeit.

So war es in jenen Tagen, als ich einen Ferienjob in der Gewürzfabrik hatte, in Heather Nova verliebt war und Helmut Becker traf, der einen Adler abgerichtet hatte, den er Adler nannte, der meinen Tag mit Geschichten aus den Himmelsbergen rettete und mir erklärte, was man haben kann und was nicht.

ALFRED KUBIN

Aus meiner Werkstatt

Über mein Traumerleben

Das Leben ist ein Traum! Nichts scheint mir zutreffender wie dieses altbekannte Gleichnis! Die seltsame, wie in einem polaren Gegensatz stehende Verwandtschaft der beiden Sphären des Tag- und Nachtbewußtseins enthüllt sich der beständigen Erkundung als ebenso überraschend wie innig vertraut. Jede ist der Probierstein der anderen! Daß der »Schöpfer« des Traums und sein »Geschöpf«, das Traumgebilde, irgendwie in identischem Zusammenhang stehen, tritt in träumendem Zustand besonders deutlich hervor. Woher sollten auch sonst diese zahllosen Gestalten, diese eingebildeten Vorgänge, diese weiten Landschaften stammen als »aus uns«, d. h. einem Weltwesen, welches sich – und das ist das seltsamste daran – mit dem Leib seiner Spielfiguren zusammenfallend wähnt. Die Durchdringung all meines wachen Fühlens und daher auch aller Einzelempfindungen mit dem Element des Traumhaften war mir von jeher stärkste Lockung; als ich mich diesem abgelegenen Gebiet immer mehr zuwandte, wurde sie zum Bedürfnis. Viele meiner Zeichnungen versuchen, meine Träume festzuhalten. Beim Erwachen bleiben oft nur Spuren davon im Gedächtnis haften; diese Trümmer und Fetzen sind dann alles, woran man sich halten kann. Betrachten wir den Traum als Bild;

so wie er komponiert, so wollte ich wissend als Künstler zeichnen und fand erst größere Befriedigung, als ich mich entschloß, die zart auftauchenden Fragmente so zusammenzufügen, daß sie ein Ganzes ergaben. Die kaum bestimmbaren Gesetze wurden nun meiner dem Tag abgewandten vertieften Sinnlichkeit immer fühlbarer und faßbarer und endlich Mittel zur Darstellung.

Als ein Beispiel für viele hier das Blatt »Über Berg und Tal« aus der Gurlittschen Serie »Meine Traumwelt«. Vor mir erstreckt sich eine Kette kegelförmiger und zackiger Felsenberge, an ihrem Fuße liegt der kleine See. Wohin sich die Aufmerksamkeit wendet, überall bilden sich menschenähnliche und tierische Wesen. Ganz langsam durchsegelt die Luft ein großes Flattertier, und ein versteinerter Krebs bleibt noch besonders in der Erinnerung. Hölzerne Bauernhäuser, kleine Kirchen und Schlösser sinken und fluten durcheinander. Es herrscht eine bange Stimmung voll Traurigkeit. Da erfaßt mich plötzlich ungeahnte Furcht, denn ich sehe hinter einem vielfach gewundenen alten Baumstamm jene mächtige verhüllte Gestalt, die in so vielen meiner Träume eine geheimnisvolle Rolle spielt. Sie ist mir ganz fremd, und doch habe ich eine scheue, innerliche Teilnahme für sie. Gerade will ich mich in gesicherter Entfernung in den Pflanzen am Seeufer zurechtfinden, als es wie dumpfes Murmeln aus den sehr tief gelegenen Talgründen heraufkommt. Mit entsetzlichem Schrecken unterscheide ich vermummte, kriegerische, insektenhafte Scharen, die mich suchen. Schwerfällig, wie von Angst gelähmt, wälze ich mich in einen Kahn und stoße vom Ufer ab, und noch während des Erwachens sehe ich die riesenhafte Gestalt am Baumstamm mit erhabener Geste auf mich deuten.

Ich stelle mir den Weltentraum als allumfassend, als überall verbreitet vor und jedwedes vereinzelte Tun und Erleiden mit einbeziehend. Die unbeschreiblichen seelischen Schauer folgen sich unfaßbar und hintergrundsvoll. Es lassen sich stets neue Ähnlichkeiten wie auch magnetische Gegensätze der schlafenden wie wachenden Seite feststellen. Das wichtigste bleibt dabei, daß man das Urgefühl nicht verliert: *alles Erlebbare wird ausschließlich als ein persönliches erlebt.* Also ein Traumwunder von in sich maßloser Übergewißheit, das auch noch den trockensten Alltag förmlich elektrisch ladet mit seinem dunkeln Märchen. Die einzelnen Erscheinungen werden wir uns aber hüten zu zergliedern etwa nach irgendeinem interessanten moralischen oder psychologisierenden System, um hinter das Geheimnis ihrer Deutbarkeit zu kommen; lassen wir lieber ihre echte, ungebrochene Symbolkraft bestehen. Ich halte die unmittelbare schöpferische Vision für weit stärker und tragender als ihre weitschweifige Analyse. Was hätte ich schon davon, wenn ich einige der geträumten Bilder auf Eindrücke aus den Kindertagen, an die Berge, den See, das Schilf oder allerhand spukhaften Mummenschanz zurückführen würde? Das Merkwürdigste, *daß ich überhaupt* in eine Art von *Wahrtraum* versenkt bin, der mich zwingt, anzunehmen, ich, das denkende Wesen, sei ein zweibeiniges Säugetier, ein Mensch, etwas entwicklungsfähig, von Millionen Außendingen abhängig, immer mißverstehend und mißverstanden, wäre dadurch ja nicht im mindesten geklärt. Nein, gewiß nicht! Mein Sinnen soll sich an viel leiserer Weise dem sich stets wandelnden Formen- und Gefühlsstrom anschmiegen und ihn zu durchdringen suchen. Es wird einsickern in die geheimen Gemächer und Gänge der Träume, wird sich vom Zauber der Gerüche fesseln lassen, wird sich hingeben an das Unausdenkbare und es betasten, zusammenfahren und erschrecken bei den verhallenden Geräuschen, wird vor allem die Erscheinungen ins Auge fassen und schauen, schauen, schauen. – Welcher unübersehbare Reichtum! Nehme man nur das nächstbeste Menschenantlitz, welch ein Wunder!

Das Staunen würde ja niemals aufhören, wenn es dem Herzen gegenwärtig bliebe, daß all diese nie versiegenden Schätze der Elemente und der drei Reiche fließender Widerschein eines unbegreiflichen Wesens sind. Ich finde und verliere mich in seinen namenlosen Labyrinthen; in quellendem, überschwenglichem Wechsel gleitet das dunkle Bewußtsein ins helle über, und undenkbar ist es mir, daß sie je enden könnte, jene heimlich süße Freude an dieser zauberhaft schönen Welt – meiner Traumwelt.

(1922)

Bekenntnis

Auf dem Grunde der Dinge ist alles Phantasie. Der Künstler ist nur *eine* Ausstrahlung unter unzähligen der göttlichen Einbildungskraft; je phantasievoller sein Werk ist, umso gewaltiger die Stelle, die sein Namen in der Welt einnimmt. Dieser Grad liegt aber gewiß nicht offenbar zu Tage. Um ihn vollkommener zu erkennen, muß man sich nicht nur tätig, sondern auch erleidend und genießend der quellenden Macht des Daseins hingeben, das heißt, sich von der Tiefe der persönlichen göttlichen Einbildungskraft völlig durchdringen lassen. Alle Rätsel des Ursprungs, alle Magie des Augenblicks erkennt sich so wechselseitig. Beseelung des Werkzeuges und des Stoffes ergibt sich für den Künstler von selbst bei vertrauensvoller Hingabe an die elementare Gewalt, welche ihn ins Dasein rief. Über sie nachsinnend, sie wiedererkennend entstehen dann unbekümmert die Werke und fangen in ihrem Spiegel die traumhaften Gesichte, die über jedes Maß hinaus beglücken können. So Schöpfer und zugleich Geschöpf vollende er seine Tage. In der Verworrenheit der Welt verbürgt uns die Kunst das Wunder der inneren Verwandtschaft mit dem Göttlichen.

(1924)

Aus halbvergessenem Lande

Jeder Künstler erlebt und schafft rein persönlich. Daher kann es auch keine allgemein gültige Regel über den rätselhaften Vorgang bei der Entstehung eines Bildwerks geben. Eines wird vielleicht wogend oder starr in einem Nu in der Seele seines Schöpfers geformt, ein anderes sich erst allmählich unter vielem Entwerfen und Skizzieren seinem innern Blick enthüllen. Dies alles ist noch wenig erforscht und selten beschrieben, darum erzähle ich hier einiges, was ich an mir selbst in dieser Hinsicht beobachtet habe. Vielleicht läßt sich am Ende gar einer oder der andere Leser dadurch anregen, ähnliche fruchtbare Augenblicke bei sich selbst festzustellen.

Zweifellos wurden mir die wichtigsten Eigenschaften für meinen Beruf, Eindrucksfähigkeit und ein Trieb zur Gestaltung, schon angeboren. Immer verwickelter wuchs dann noch im Dunkel der kindlichen Seele das Gestrüpp der wunderlichen Vorlieben und Abneigungen für oder gegen gewisse Formen und Formgruppen. Bei mir spielten Bilderbücher eine ganz besondere und heute noch nachwirkende Rolle. Da ich mit allen Insassen des Marktes, meiner Heimat, bekannt war, konnte ich überall aus- und eingehen und wußte in einer gewissen Zeit fast vollkommen Bescheid über jeden Kalender, jedes Märchenbuch, jede illustrierte Zeitschrift, die in den verschiedenen Wohnungen vorhanden waren. Zahllose der da abgebildeten Szenen und Figuren wurden begierig genossen, manchmal auch koloriert, und versanken dann gleichsam in den Tiefen meines Bewußtseins. Eines mit vielen Zeichnungen reichlich geschmückten ethnographischen Werks über Dalmatien und seine Bewohner – es war betitelt »Aus halbvergessenem Lande« – erinnere ich mich besonders stark. Mein Vater hatte es von dort mitgebracht und es mir, als ich einmal krank war, ins Bett zum Anschauen gegeben. Ich stand etwa im fünften Lebensjahr, und diese Zeichnungen haben meine Phantasie unauslöschlich befruchtet. Das Meer in seiner melancholischen, einsamen Weite, die öde, steinige Küste, die halborientalischen Gestalten, das alles mit der Feder in sparsamen Strichen dargestellt, erfüllte mich und prägte sich mir dauernd eindringlich ein, so daß spätere Reisen in diese Gegenden, die ich als Mann unternahm, gegen diese frühen Eindrücke nicht mehr aufkommen konnten. Die reale Welt, die sich da meinem Auge bot, war eine viel dünnere, unruhigere als die gezeichnete des unbekannten Illustrators, in welcher ich jedoch weit inniger daheim war. Das Buch wurde mir, ich hatte es mit Bleistiften beschmutzt, nach der ersten Rekonvaleszenz wieder abgenommen. Erst als ich dreißig Jahre alt war, fand es sich nach dem Tode meines Vaters in dessen Nachlaß. Da war ich höchst überrascht, zu sehen, wie sich mein hartnäckiges Suchen nach ganz bestimmten verrenkten Posen oder eigenartigen Beleuchtungswirkungen ganz einfach auf Eindrücke aus diesem Buch zurückführen ließ. Als Kind hatte ich nämlich eine ganze Anzahl der übrigens ziemlich schwach gezeichneten Figuren falsch aufgefaßt. Zum Beispiel: ein Erschlagener, der, den Kopf gewaltsam zurückgeworfen, ausgestreckt dalag, hatte in meiner kindlichen Einbildungskraft einen geradezu teuflisch-hohnvollen Gesichtsausdruck; nun ergab sich aber, daß ich den hervorstehenden Kehlkopf, den sogenannten Adamsapfel, damals für die Nase gehalten und mir den ganzen Rest des Gesichts dazu gedacht hatte; im Buch hing der ganze Kopf tiefer und lag im Schatten, aber mein Mißverstehen hat die Komposition bedeutend verstärkt. Ein anderes Beispiel: eine merkwürdig zusammengeschobene Bettlergestalt lag auf einem Gitter am Boden und blickte in eine strahlende, unterirdische Helligkeit. Diese Gestalt folgte mir mit ihrem Zauber bis in meine Träume. Wie ich zu meiner Enttäuschung aber nun erkennen mußte, lag der Bettler nur im Lichtschein irgendeiner unsichtbaren Laterne, der durch ein vergittertes Fenster fiel, dessen Schatten sich auf dem Boden abzeichnete. So erging es mir fast mit allen Bildern; jede Haltung, jede Gebärde war hier weit dürftiger und weniger ausdrucksvoll, als sie in mir so lange gelebt hatte und immer wieder über die Schwelle des vollen Bewußtseins trat. Wie reich waren die Kissen getürmt, darin sich ein junges Frauenzimmer räkelte, wie üppig war der Vorhang an diesem Bette gerafft, wie prunkvoll das Tafelgeschirr, das an seinem Fuß aufgestellt war, und der nüchterne Augenschein nach fünfundzwanzig Jahren konnte nichts mehr an der Tatsache ändern, daß mir für alle Zeit der Begriff des Reichtums durch dies Bild symbolisiert wurde. Für mich ist Kunst mit dem Unbewußten untrennbar verbunden. In einer »Geschichte des Pharaonenlandes«, die ich auf einem Hausspeicher fand und raubte, einer Naturgeschichte, die ich besaß, einem Legendenbuch, das man mir lieh, entdeckte ich Jahrzehnte später ursprüngliche Keime zu herrlichen Bildvisionen, die mir fremd und geheimnisvoll gegenübertraten.

In die Zeit meiner frühesten Kindheit fiel der schreckliche Brand des Wiener Ringtheaters. Auch in unser Haus kam ein Heft mit Ansichten der Katastrophe. Der riesige Feuerwehrmann, dem durch eine eingeschlagene Tür die Masse der Verkohlten entgegenquoll, gab meinem schaffenden Trieb den ersten Anstoß zu einer ganzen Reihe von monumental wirkenden Gestalten mit großen Gebärden. Zu diesen Illustrationen kamen dann die vielen Marterln, Votivtafeln und oft gräßlichen Lockbilder vor den Schaubuden auf Jahrmärkten, die mich beschäftigten und dann später den Anlaß zu manchen eigenen Formen gaben.

Was damals an Gebaren von Mensch und Tier von mir aufgenommen wurde, verschüttete der weitere Wandel des Lebens; doch die Erinnerungen an die abgelegenen Orte, die Gewölbe, Dachspeicher, Stallungen und verlassenen Hütten, die ich mir zu Spielplätzen erkor, blieben vom Gedächtnis bewahrt und kamen zu Zeiten, mich selbst überraschend, an die Oberfläche meines Bewußtseins, alles wie in ein gespenstisches Licht getaucht. Da war es dann da und doch nicht da und hielt meine Gedanken vom wachen Tagwerk ab. Kein Wunder, daß ich später in den Ruf eines Träumers und Grüblers kam. In späteren Lebensstadien bemächtigte sich dann der zeichnerische Trieb dieses fragmentarischen Reichs.

Gerne lag ich an einer abschüssigen Stelle des Seeufers oder am Kanal im Moor und schaute lange in die durchsichtige Tiefe. Durch einen Sonnenstrahl wurde die Unterwasserlandschaft magisch beleuchtet, und als mein aufmerksamer Blick Fische, Molche, Schwimmkäfer, Ruderwanzen zwischen den Steinen und Pflanzen da unten erblickte, zog mich das rätselhafte Element ganz unbegreiflich an. Die zahlreichen Unterwasserbilder, die später entstanden, dürften wohl ihren Ursprung diesen Eindrücken verdanken.

Um das Jahr 1880 wohnten wir in Salzburg in der Schallmooser Landstraße vor dem Linzer Tor. Wenige vereinzelte Bauten gab es zu dieser Zeit da, wo sich heute lange Häuserzeilen erstrecken. Wir wohnten in einem einstöckigen Haus – es steht heute noch – zwischen Bauplätzen und Feldern, gegenüber war eine sumpfige, mit Binsen bestandene Lache, und das bange Knarren der Frösche war mein tägliches Schlummerlied. Eines Abends – ich wurde gerade von irgendjemand, Mutter oder Hausmagd, zu Bett gebracht – gabs Tumult auf der Straße. Wir sahen, durchs Fenster blickend, eine große Rauferei, die sich im Zwielicht doppelt schauerlich ausnahm. Dunkle, wie vermummte Gestalten fielen übereinander her, und schließlich lief der ganze Haufen heulend davon, in der Lache aber blieb ein Toter liegen, und die Frösche begannen wieder ihren klagenden Gesang, der mich heute noch so traurig berührt wie vor bald sechzig Jahren. Ich nehme an, daß alle meine gezeichneten Rauf- und Mordszenen Abkömmlinge dieses unvergeßlichen Vorfalles sind. Überhaupt alle diese verkommenen Geschöpfe, Betrunkene, Dirnen und Bettler, stammen von einigen wenigen Urtypen, die auf mein kindlich aufnehmendes Gemüt einen wunderbar vertieften Eindruck ausübten. Die starr bohrenden Blicke meines Vaters im Zorn, das schreckliche Grinsen meines bestgehaßten Lehrers, solche Eindrücke kann ich nicht vergessen, ich kann nicht darüber hinweg und versuche, mich im Bilden von immer neuen Physiognomien von dem Rest der Angst, die unbewußt in mir haust, zu erlösen.

Im elften Jahr war ich dabei, wie meine Mutter starb. Es ist mir so, als sei es gestern gewesen, wie nach ihrem Segen und den Abschiedsworten an mich plötzlich ihr vertrautes Gesicht spitz und fremd wurde, die Augen wie im Krampf nach oben schielten und das furchtbare Rasseln der letzten Atemzüge unser Schluchzen schrecklich übertönte. Ich stand im Verlauf meines späteren Lebens noch oft an Sterbebetten, aber was ich da sah, konnte den Eindruck jenes ersten Sterbens nicht mehr beeinflussen. Die zahllosen Leichen und Sterbenden, die ich als Künstler schuf, auch sie sind Kinder jenes schaurigen Tages.

In meiner ersten Münchener Zeit betrat ich einmal spät abends ein kleines Café und setzte mich zu einem zeitunglesenden Mann. Auf einmal fiel mir dessen großer, nach hinten stark ausgebuchteter Schädel, die schmale, hohe Stirn, die seltsam nahe beisammen stehenden Augen auf. Ich sagte mir: das ist kein harmloser Mensch, das ist die Verkörperung des Bösen, das ist Satan selbst. Das war gewiß ein lächerlicher Gedanke, denn schon damals hielt meine Vernunft alle Religionen für Menschenwerk – aber mein Gefühl war stärker. Meinen interessanten Tischgenossen schienen die prüfenden Blicke zu stören, er bezahlte und ging. Nun versuchte ich tagelang das diabolische Antlitz mit dem Stift zu umreißen. Meine Skizzen gelangen aber schlecht; bald entglitten mir die Hauptverhältnisse des Kopfes, bald der suggestive Ausdruck des Mundes oder der Nasenlöcher. Da erblickte ich den Mann nach einigen Tagen nochmals am Bahnhofsplatz; er stand ganz in meiner Nähe, schwang sich aber schon auf eine vollbesetzte Tram und fuhr davon. Ich entwarf zu Hause dann ein Blatt, worauf eine atavistische Gestalt, welcher ich die Züge meines Phantoms gab, ein Pferd ausweidet. Das ist ein Beispiel für die Empfängnis eines Bildes in späteren Jahren. Jedoch im ganzen kann ich feststellen, daß die schier unübersehbare Fülle zeichnerischer Motive bei mir auf eine verhältnismäßig geringe Anzahl jugendlicher Eindrücke zurückgeht, die immer wieder nach Gestaltung drängen. Neue Erlebnisse berühren mich auch heute noch innerlich am stärksten, wo ich Ähnlichkeiten mit längst Vergangenem wieder zu erkennen glaube. Eine reiche Fundgrube sind mir Träume. Ich halte sie für schlechthin unergründbar. Das im untergegangenen Einst Geschaute mischt sich da mit Bruchstücken des vielleicht erst gestern Erlebten, und gerade im Traum finde ich unzweideutig meine Ansicht bestätigt, daß das Erlebnis der Natur ganz wesensgleich ist mit dem der Kunst. Ich gehöre auch zu den Käuzen, die glauben, daß man nicht nur im Schlafe, sondern eben immer träumt, jedoch ist der Wachtraum meist geblendet von der grellen Schärfe des Verstandes. Dieser gespannte Zustand hält, bei mir auch nur selten lange an, bei seinem Abschwellen stellt sich meist ein Staunen ein vor der barocken Dichtheit der Bilder des Lebens rings um mich her. Die Augenblicke des Wandelns von einem Bewußtseinszustand in den andern sind mir künstlerisch die ergiebigsten. Dämmrige, farbenarme Phantasmen huschen und fließen im Raum vorüber, in welchen fremdartiges Licht aus unsichtbarer Quelle wie in eine Höhle dringt. Ob die Seele von dieser Lampe weiß? Diese Frage jedoch führt uns ab von der künstlerischen Konzeption, über die allein wir reden wollen. Wir blicken in einen gefahrdrohenden Abgrund, den zu erforschen wir gar nicht versuchen sollten.

(1926)

JAKOV LIND

Der fromme Bruder

Bei der Fürstin Ernestine von Trautenstein, die dem Führer sechs Söhne geschenkt hatte, die er einen nach dem anderen in Rußland begrub, war Befreiungsball. Bälle gab es oft bei der Fürstin, denn der Trautenstein-Palast war dazu wie geschaffen, und der Eintritt, fünf Schilling, half dem fürstlichen Haushaltsbudget. Dieser Ball aber war beinahe wie früher. Grafen und Gräfinnen, Prinzen und Prinzessinen waren vollzählig erschienen. Der Sommerabend war warm, und jeder war aufgeregt. Auch die Untermieter des Hauses, Musikstudenten aus Kanada und England, waren eingeladen. Und natürlich Franz, der Jesuit und Maler, dem man die Klugheit am Gesicht ablesen konnte. Die Fürstin rannte fortwährend zum Tor. Immer wieder gab es kleine Szenen. Manche glaubten, sie seien eingeladen und waren es nicht, andere waren es und glaubten, an der falschen Adresse zu sein. So einen Wirbel gab's nicht einmal beim Gschnasfest im Künstlerhaus. Die Betrunkenen lagen bereits um zehn im frischgemähten Gras, zu zweit, zu dritt, und machten sich nichts draus. Der Wodka kostete nämlich nur drei Schilling fünfzig pro Flasche im russischen Geschäft; der Eintritt machte fünf, also mußte man am Wodka nicht sparen. Die Sandwichs bereitete der Fürst Harald von Trautenstein höchstpersönlich in der Kellerküche. Er behielt dabei den Hut auf, die Mayonnaise wischte er sich am Lodenmantel ab, den er über dem Frack trug.

Gegen zwei Uhr verschwanden die Gäste. Erst langsam, dann immer schneller. Zurück blieben nur die Bewohner des Palastes, der Fürst, die Fürstin, Prinzessin Ingelise und Prinz Albert, »die Kinder«, und natürlich die Untermieter, John, Bernard, Lilian und David. Franz und Yvonne, die Sängerin aus London, saßen in der Küche und tranken Mokka, lange bevor der Lärm im Haus verstummt war.

Franz war 35 – im besten Alter – und ein begabter Maler mit einem eigenen Studio in der Innenstadt. Daß er dem Orden angehörte, wußte nur die fürstliche Familie – denn er unterrichtete Ingelise seit drei Jahren im Klavierspielen und war faktisch ein Freund des Hauses – und Yvonne, die es von Ingelise erfahren hatte. Wie alle Jesuiten war Franz ein Mann von Welt, der das Leben ausgekostet hatte und etwas davon verstand, ehe er nach langjährigem Studium dem Orden beitrat.

Zur Feier des Tages – Abzug der russischen Besetzer – hatte er heute abend einen Tropfen zu viel getrunken. Er brauchte den Mokka, um wieder zu Atem zu kommen. Enthaltsamkeit rächt sich. Aber auf die Befreiung von den Befreiern zu trinken, war geradezu patriotische Pflicht. Da durfte sich keiner, nicht einmal ein Jesuit, absondern. Wie oft ziehen die Russen schon ab?

Yvonne, eigendich war sie aus Schottland und zufallig katholisch, hatte auch zu viel von dem Wodka gekostet. Sie verstand nichts von Politik und erst recht nichts von Wodka. Sie hätte Whisky vorgezogen, aber den gab's nicht und einen anderen interessanten Mann, aber den gab's auch nicht; da blieb ihr nichts übrig … Yvonne liebte es zu verführen, denn alles andere war zu leicht. Diese Verworfenheit gestand sie sich ein. Daß sie aber am liebsten fromme Katholiken verführte, und ganz besonders kirchliche Würdenträger, war ein Geheimnis, das sie nie, nie verraten hätte. Diesem gutaussehenden Jesuiten das Hemd auszuziehen, war fast so aufregend, wie ihr erster kindlicher Wunsch – sie war damals nur elf – Vater O'Connor, einem Vetter ihrer Mutter, unter die Röcke zu kriechen. Ihr Mädchenzimmer daheim in Dumferline war mit Zeitungsbildern kirchlicher Würdenträger tapeziert.

Andere Mädchen mögen Clark Gable oder Cary Grant verehren, ihr wäre jeder Pfarrer und Bettelmönch lieber. Ob Pfarrer oder Bischof, Kardinal oder Papst, je wichtiger desto erregender. Der Heilige Vater, dessen Bild einen speziellen Platz über ihrem Bett einnahm, war der Favorit. Mit dem Papst schlafen und sterben – so ungefähr sah Yvonne das Paradies Gottes auf Erden, Himmlisches und Irdisches zu einer Einheit verschmolzen; »im Schoße der Liebe, am Busen des Glückes«. Yvonne war in erster Linie ein Mezzosopran. Was verstand sie schon von Sünde, was von Religion? –

Sie hatte fast Schmerzen in der rechten Hand, so sehr mußte sie sich beherrschen, diesem Franz nicht durch das Haar zu fahren. Er war so schön, so schlank, so groß, so männlich. Seine Finger lagen lang und sinnlich, leicht gebogen, mit gut geformten Nägeln, eine gepflegte Hand, nur fünf Zentimeter neben der ihren, zum Greifen nahe. Wie gerne hätte sie ihm die Finger zerdrückt, bis er »genug, genug« gerufen hätte. »So gerne, ach so gerne.« Wo kam das vor? Schubert? Wolf? Mahler? – Bach, natürlich Bach. »Ach lag ich nur bei Dir, mein süßer Heiland Du.« Nur Bach verstand etwas von Liebe, Bach war sinnlich, er ist der Don Giovanni des deutschen Barocks.

Hier neben ihr saß ein anderer. Er hieß Franz, ein Jesuit. Er aber war kühl und uneinnehmbar (haben sich die Zeiten oder die Menschen geändert?) und unterbrach seine langen Kommentare über die Erschaffung der Welt mit einem Schluck Mokka.

Die Erschaffung der Welt und besonders das Kapitel Adams Fall waren Franz' Spezialität, Frauen zur absoluten Ergebenheit, zur bedingungslosen Kapitulation zu treiben. Von seiner Geistigkeit erregt, von seiner Kühlheit beinahe zum Orgasmus getrieben, durch seine herablassende, zärtliche Brüderlichkeit vor Wollust seufzend, hatte Franz, der seit zwölf Jahren keine Frau mehr angerührt hatte, die schlichte Befriedigung, die er vor seinem Gelübde verantworten konnte.

Koitus brachte jeder Hund, jeder Maulwurf zusammen. Er enthielt nichts als ein paar Gramm Flüssigkeit, und diese vertrocknete im Nu. Was wußten die Menschen von der wahren Öffnung, der Öffnung der Seele, tief und dunkel wie ein Brunnenschacht? Was wußten andere von der wahren Erfüllung, von ungewöhnlichen Gedanken, von der ätzenden Analyse, die man wie ein Lot in die Zisterne warf? – Wie tief ist Dein Abgrund, oh Herr? – Wie abgründig Dein Dunkel, Welt? – Wie laut das Echo Deiner verborgenen Angst, Mensch? – Yvonne war nicht Klara, die Jüdin aus Prag, die ihn voriges Jahr geohrfeigt hatte. Yvonne war nicht jüdisch. Nur Jüdinnen haben Seele. Über Yvonne machte sich Franz keine Illusionen.

»Aus seiner Einsamkeit erschuf Gott die Welt«, sagte Franz. »Er war einsam, da Er mit keinem die Macht seiner Herrlichkeit teilen konnte. Was ist ein Gott ohne Menschen? – Wer betet ihn an? – Natürlich hätte Er auch die Zeit bis zum Tage der Erfüllung allein überdauert, denn Er ist ewig. Aber ohne Menschen, ohne Welt wäre das All ein Chaos geblieben. Erst die göttliche Ordnung, die Beherrschung des Tohuwabohu, die Erschaffung des Menschen krönte Seine absolute Macht. Der Mensch gab somit Gott die Gestalt.«

Außer Franz' asketischer Gestalt, die auf Yvonne die Wirkung eines Aphrodisias hatte, war ihr dieses Gesprächsthema im Grunde völlig egal.

Erst hätte er mich fragen sollen, warum hat er mich nicht erst gefragt?

Und was hätten Sie ihm geraten? – fragte Franz.

Die Welt ist völlig zwecklos, sagte Yvonne, wenigstens für die, denen die göttliche Macht fehlt.

Franz wußte genau, was Yvonne mit göttlicher Macht getan hätte. Die Hosen hätte sie ihm vom Leib gerissen. So sind die

Frauen, das wußte Franz, entweder erwarten sie Gewalt, oder sie wollen Gewalt anwenden. Von Frauen wurde ihm übel. Wie hieß es im Tagebuch vom 17. Juli 1943?

Mit vierzehn ukrainischen Mädchen und Frauen geschlafen, für vierzehn Scheiben Brot. Brotpreis dreißig Pfennig, – zirka zwei Pfennig per Koitus. Krieg ist Krieg.

Franz betrachtete Yvonne sorgfältig. Ihre Art, die Lippen zu spitzen, gefiel ihm. Ihre weißen Zähne waren überraschend gut. Die Unterlippe hielt sie, wenn sie nicht sprach, vorgeschoben, ein schmollendes, reizendes Kind. Die Finger waren unschön, zu kurz, die Haut fast zu weiß. Puder und Schminke waren nach englischem Brauch zu dick aufgetragen. Beine, Schenkel und Brüste wahrscheinlich ebenso weiß und durchsichtig. Zu zarte Haut. Kaninchenfleisch. Körperlich hatte sie nichts zu bieten, geistig ebensowenig. Zu viel naive Fröhlichkeit, zu viel kindische Spielerei, zu sentimental und zu gutherzig. Vielleicht Nasenkomplex? – Nase ist zu dünn, aber Komplex ist ungewiß. Sentimentalität rührt von körperlicher Feigheit her. Damit ließe sich etwas ausrichten. Neigt zur Hysterie. Gut. Erschrecken, beschwichtigen, erschrekken. Könnte hübschen Anfall geben. Reißt Haare aus und kratzt, verliert Stimme. Vielleicht nervöses Zucken?

Jüdin sollte sie sein. Nur Jüdinnen entwickeln schöne Angstneurosen. Wieder kehrten seine Gedanken zu Klara zurück, der Medizinstudentin aus Prag. Mit Jüdinnen gab er sich gerne ab. Den Dummen gab er nur den Jesuiten zu, den Intelligenten gestand er auch den SS-Scharführer. Warum auch nicht? – Grausamkeiten hatte ihm keiner nachweisen können. Schon Ende 1945 hatten sie ihn aus der Kriegsgefangenschaft nach Hause geschickt. War das nicht Beweis genug? – Sieben Jahre seines Lebens hatte er mit heiliger Überzeugung der Sache des Führers und des Reiches gedient. Aber ein tausendjähriges Reich, das keine zwölf Jahre überleben kann, entbehrt jeder vernünftigen Basis. Als der Führer Selbstmord beging, begannen seine Zweifel bereits. Als Dönitz auch vor den Russen kapitulierte, war es mit seinem Glauben an die nationalsozialistische Revolution vorbei. So was nennt sich Verteidiger des Westens, Träger der Mission des germanischen Blutes und entzieht sich seiner wichtigsten Sendung, den Feinden auf ewig die Schmach und Schande anzutun, sein Blut durch sie vergießen zu lassen, daß es über sie und ihre Kinder komme. Ein Führer der Deutschen begeht nicht Selbstmord, – ein verzweifelter Arbeitsloser aus Wien tut so etwas. Dem war er keinen Eid schuldig, der verdiente keine Opfer. Werner Bräutiger war, nachdem er von den Amerikanern entlassen worden war, in doppeltem Sinn frei und ging gleich nach der Entlassung, mit Hilfe seines früheren Hauptscharführers Schacherl, dem Grazer Philosophieprofessor, in ein Kloster. Er gab sein Gelübde dem Heiland Jesus Christus. Barmherzigkeit und Gnade, um das ewige Leben zu gewinnen, tauschte er gerne für die Ehre, die Treue bis in den Tod hieß.

Klara, wo bist du? – fragte Franz.

Yvonne bebte das Herz vor Aufregung. – Hier bin ich, sagte sie, neben Ihnen. Aber ich heiße Yvonne.

Schade, seufzte Franz aus tiefstem Herzen. Klara habe ich von Alfred Rosenberg vorgeschwärmt, nur spaßeshalber. Rosenberg ist längst überwunden. Da hat sie mir ein paar runtergehauen. Wie herrlich weh das tat, glücklich wie ein Bub war ich. Was ist ein Ritterkreuz im Vergleich dazu. Jüdin ohrfeigt SS-Mann. Das Paradoxe, das fast unheimlich Unmögliche, mir geschah es. Todesstrafe sofort vollstrecken? – Nein, Begnadigung! – Hat man Einfluß oder hat man ihn nicht? – Begnadigung. Ich bestehe darauf. Nach Auschwitz meinetwegen. Aber Frist lassen. Menschlich vorgehen. Wird ohnehin zuviel geschossen im Reich.

Die Erinnerung an das Grandiose der großen Zeit, als man über Leben und Tod anderer, vor allem Frauen, verfügen konnte, der richtige Uniformspiegel, die Art, mit der man Dummköpfe, auch Vorgesetzte, manipulieren konnte, die Erinnerung – war es wirklich so lange her? – versetzte Franz in einen hypnotischen Zustand. Er sprach wie im Traum: –

Spießruten laufen, der Busen wogt, die Peitsche schneidet das Fleisch, aber jeden läßt man durch die schwarze Eisentür, keinem wird sie verweigert. Das Ende der Qual, Ende des Hungers, Ende der Angst. Der Raum ist übervoll, alles ist Raumfrage. Kriegswirtschaft macht ihre eigenen Gesetze. Raum, Raum, man kann gar nicht atmen. Man erstickt ja fast schon bei geschlossener Tür. So viele Leiber stehen gedrängt. Frauen beim Einkauf im Warenhaus? – Nein, nackte Jüdinnen im Aufzug zur Endstation deutsche Ehre. Dann platzt die Gnade, sie heißt Cyklon B. – B wie Barmherzigkeit. Und nach zehn Minuten – einer Viertelstunde vielleicht, ist Zeit so wichtig? – gibt es kein Leben mehr in den Augen. Nur nackte tote Frauenleiber, Arme und Beine ineinander verschlungen. Dantes Hölle. Grotesk, obszön, grausam, herrlich wie ein Hieronymus Bosch. Und Klara ist darunter – ist im Bild. Die Hand, die geohrfeigt hat, lebt nicht mehr.

Yvonne verstand kein Wort, so gut war ihr Deutsch nicht. Es reichte gerade für Opern und Liedertexte, und was sie sonst im Lehrbuch »Deutsch für Ausländer« gelernt hatte. Aber obwohl sie nichts oder so gut wie nichts verstand, wovon Franz hier schwärmte, war sie doch voller Bewunderung für den herrlichen Klang der deutschen Sprache. Sie war in erster Linie musikalisch. Und wer kann schon diese Deutschen oder Österreicher verstehen? – Die reden ja immer. Die lassen einen nicht essen, ohne Gute Mahlzeit zu wünschen, vorher und nachher, und einen nicht weggehen, ohne ein Dutzendmal auf Wiedersehen und dergleichen zu sagen. Sie blickte auf Franz und in seine grauen Augen, die das Schönste waren, das sie je gesehen hatte; auf seinen Mund, der zum Küssen geschaffen war, und zweifelte keinen Augenblick, daß auch das Übrige stimmen würde. Wo und Wann? – Wie er mich ansieht. Er möchte, natürlich möchte er. Ich könnte ihn mit hinaufnehmen. Er wird sich aber nicht trauen; die Fürstin braucht nur auf die Toilette zu gehen – oder die Prinzessin Ingelise – es ist zu riskant. Warten, warten ist das Klügste. Sie konnte warten, bis er sich in Stücke geredet hatte – was übrigbleibt, gehört mir.

Franz blickte tief in Yvonnes Augen, bis sie das Zwinkern nicht lassen konnte, und dachte an die Jüdin aus Prag, die ihm, statt in Auschwitz zu sterben, die herrlichsten Ohrfeigen seines Lebens gegeben hatte. Mit jeder Ohrfeige hatte er sich in Gedanken die Worte zugeflüstert: »Sie verzeiht, sie verzeiht.« Mit Liebe gezüchtigt, oh, vergangener Traum der Kindheit. Lebendig oder begraben, fand Franz, uns Christen hat Gott keine Seele geschenkt. Wir können nur töten, nicht leiden. Zum Leid fehlt uns die Seele, sogar den Heiland mußten wir von den Juden nehmen. Unsereiner hätte keine Dornenkrone getragen. Er haßte und verachtete – und kein Gebet half dagegen – die Stumpfheit seiner christlichen Umwelt, wie er anno dazumal, vor einer Ewigkeit, die Juden ihrer Schwäche wegen gehaßt hatte.

In einem Europa, in dem es fast keine Juden gab, war der Haß an den paar miserablen, bemitleidenswerten Überlebenden zerflossen. Nichts blieb übrig, nichts als die Inbrunst des Gebetes und die bald verblaßten Bilder, die eine große Zeit aus Fleisch und Knochen schuf, wie kein Bosch aus Öl und Wasser.

Vorbei, vorbei, auf ewig vorbei. Die Seufzer sind verklungen. Ein Einsamer mit Gott bin ich. Yvonne. Natürlich, Yvonne. Ein Schrei ihrer Wollust, bis mir das Trommelfell reißt … Wirst du schreien, Yvonne? – Dann rede ich.

Und Franz sprach von Adam und der Rippe. Gott schuf Eva aus Adams Rippe und nicht umgekehrt, wie die Psychoanalytiker behaupten. Die suchen immer nach Hypothesen. Von einer Schändung der Mutter kann keine Rede sein. Wenn Jahre später Inzest mit dem Tod bestraft und Eva Adams Mutter wäre, hätte er Adam sofort erschlagen müssen, um ein Beispiel zu setzen. Hat er aber nicht getan. Ranke hat Unrecht, ebenso Freud. Die ersten Kirchenväter lügen noch gewissenloser, obwohl sie Ähnliches wie die modernen Psychologen behaupten. Für Geschlechtsverkehr verliert man kein Paradies. Der Verkehr Adams an sich ist nicht sündhaft. Die Selbständigkeit Adams, seine Geschlechtsreife sind es. Adam erkannte, nach der Kostprobe vom Apfel, die Frucht des Baumes als die Frucht in Evas Leib. Eva war schwanger. Das heißt, Adam konnte Leben erzeugen, genau wie Gott. Das hat der Vater nicht vertragen. Er hat ihn aus dem Haus gejagt, weil Er merkte, daß Seine Schöpfung erwachsen und Ihm ebenbürtig war. Aber nicht als Strafe, sondern weil Er erkannte, daß Sein Werk tatsächlich vollendet war. Damit Adam die eigene Verantwortung tragen lerne, wies Gott ihm die Tür. Warum wurde der Aspekt der freien Verantwortung unterschlagen, und warum der Fluch des irdischen Daseins betont? – Aus einfachem Grunde. Der Baum des Lebens – von dem zu essen Adam übrigens keine Zeit mehr hatte – hätte ihm auch die Unsterblichkeit geschenkt. Das wäre zu weit gegangen. Da wäre dem Menschen die Lust aufs Kinderkriegen vergangen, und mit dem göttlichen Zauber wäre es vorbei gewesen. Sterben-müssen ist unvermeidlich, aber grausam, und man hat Angst. Es ist ähnlich wie das Ungeborensein, sagt sich Adam. Ein dunkler, übelriechender Schoß der Erde. Auf dieses Sterben hin zu leben, hat keinen Sinn. Da reden die Theologen dem Menschen ein, es gäbe ein Paradies, also solle er sich vor dem Sterben nicht fürchten. Wie aber sieht so ein Paradies aus, möchte der Mensch wissen. *So wie vor dem Sündenfall.* Das heißt, um ein Paradies zu erläutern, wie es war, und wie es sein könnte, wird das Dasein Jammertal und Fluch genannt. Das aber hat Gott mit Adams Vertreibung nicht beabsichtigt. Das ist die grausame Dichtung der jüdischen und christlichen Gelehrten, denen zum Verständnis der göttlichen Absicht die Phantasie fehlt. Eine christliche Welt der Stumpfheit wurde daraus. Der letzte Heide und jeder Buddhist sind uns tausendfach überlegen. Die Juden haben wenigstens noch die menschliche Verantwortung und die Buddhisten die göttliche Allgegenwärtigkeit hinübergerettet. Uns Christen blieb nur das Mysterium der Dreieinigkeit, ohne das wären wir längst fertig.

Die lange Rede hatte beide fast ernüchtert. Yvonne hatte kein Wort verstanden. Er ist religiös, und ich bin sündhaft, er ist ernst, und ich bin leichtsinnig. Wie herrlich frivol mich dieser Jesuit macht, wie göttlich verantwortungslos. Und sie seufzte vor heißer Begierde, daß es Franz durch Mark und Bein ging.

Franz' letzte Worte hatte die Fürstin, von keinem bemerkt, schweigend an der Tür mitangehört. – Laßt euch nur nicht unterbrechen, Kinder, sagte sie, und setzte sich an den Tisch. Sie schenkte sich selber Kaffee ein. Aber Franz war gerade am Ende seiner Rede, und zu unterbrechen gab's da nichts. Erbaulich, sehr erbaulich. Die Fürstin liebte das Erbauliche. Sobald sie nur das Wort Gott hörte, gleichgültig in welchem Zusammenhang, überfiel sie ein frommes Frösteln.

Sechs Söhne, im Alter von 21 bis 35 innerhalb von drei Jahren gefallen, hatten sie dem Schoß der Kirche wieder zugetrieben. Der letzte, Konstanz, war einfach nicht wegzukriegen gewesen. Die anderen hatten nicht aufgemuckt, als sie ihnen befahl, sich freiwillig zur SS zu melden. (»Der Führer braucht euch, meine Söhne.«) Konstanz hatte sich aber wochenlang krank gestellt. Einmal war's Mandelentzündung, ein andermal waren es Ohrenbeschwerden. Dann tat ihm wieder der Magen weh. Ein strammer, kräftiger Bursche, etwas blaß zwar vom vielen Nachtleben, aber sonst gesund. Hysterische Angst nannte sie es. Eigenhändig hatte sie Konstanz aus dem Bett heben müssen, wie ein Wickelkind. – »Schämst du dich nicht, so verweichlicht zu sein? Ist das ein junger Mann?« – Am gleichen Nachmittag hatte sie ihm seine Sachen zur Meldestelle getragen, sonst wäre er bei Gott noch ausgerissen.

Sie sah ihn noch einmal, in der Uniform eines SS-Panzergrenadiers, als er mit seinen Männern anläßlich der Siegesparade nach dem Fall Frankreichs, die Hand zum Deutschen Gruß gestreckt, vor den Spitzen der Partei im Panzer vorbeidefilierte. Er sah sie nicht. Sie aber war stolz auf ihn, auf sein sonnverbranntes Gesicht, auf seine gehärteten, männlichen Züge, auf das Stählerne in seinen blauen Augen. Das war kein Kind mehr, das war ein Mann. Ein Soldat des Führers. Wie ihm die Uniform stand, besser als der Smoking.

Es war das letzte Mal. Obwohl in der Heimat bis zum Rußlandfeldzug, ließ er sich nie blicken. Sie hörte nichts von ihm, bis am 24. Juni das Telegramm eintraf. Er war – so wollte es die Vorsehung – gleich am ersten Tag gefallen. Als erster der sechs. Erschüttert hatte sie die Nachricht erst, als sie drei Jahre nach dem Krieg von seinem Bataillionsführer die wahre Todesursache erfuhr. Konstanz war durch eigene Schuld – beim unvorsichtigen Aufsteigen – unter den eigenen Panzer gerutscht und von der Raupenkette zerquetscht worden. Nur im engsten Familienkreis wußte man davon und schwieg darüber. Konstanz hatte eben die Eigenschaft zum Helden gefehlt. Er war ihrem Vater nachgeraten, der sich im ersten Weltkrieg – ein österreichischer General! – einem Haufen serbischer Banditen ergeben hatte, die mit ihm kurzen Prozeß machten und ihn am nächsten Baum aufknüpften.

Konstanz war der erste. Die anderen fünf folgten, einer nach dem anderen. Nicht einer mit dem Eisernen Kreuz. Sie kam aus den schwarzen Kleidern nicht heraus. Der Älteste, Johann, starb zuletzt, bei der Partisanenbekämpfung. So wollte es die Vorsehung. Mit Gott war eben nicht zu rechten.

Franz war die Alte zuwider. Sie war eine Spinne. Eine Kreuzspinne. Ingelise hatte ihm von den sechs Brüdern erzählt. – So eine Mutter hätte ich erschlagen. Die Frau ist wahnsinnig. Kein Gebet vermochte seinen Haß gegen die alte Fürstin zu lindern. Und er konnte mit niemandem darüber sprechen. Ihr Anblick genügte, um ihn vor Ekel und Abscheu geradezu zu lähmen. Die fürstliche Kreuzspinne.

Fürstin von Trautenstein wirkte nicht gerade anziehend. Sie war sehr groß, schätzungsweise 1,84. Sie hatte ein bläulichweißes, aufgedunsenes Gesicht. Ihre Augen waren zwei nach unten zugedrückte Schlitze, die Farbe war nicht zu sehen. Die Nase war lang und fleischig und ähnelte einem Bandwurm, der Mund war voll, und das Gebiß erstklassige Arbeit. Nur die Falten unter dem Kinn verrieten ihre siebzig Jahre. Gut angezogen hätte man sie für eine Fünfzigerin gehalten. Das Schönste an ihr war das graue Haar. Ihre Hände und Füße waren enorm. Die Füße steckten in riesigen Schuhen mit flachen Absätzen. Sie trug etwas Schwarzes – sie trug immer etwas Schwarzes –, das aus Samt und einfacher Baumwolle bestand. Es war weder Kleid, noch Rock und Bluse. Die nackten Schultern und Oberarme waren mit einem einfachen Fuchspelz abgedeckt. Fürstin von Trautenstein hatte den unangenehmen Sprachfehler mit dem Buchstaben »s«. Sie vergaß nach Gebrauch dieses Buchstabens, die Zunge zwischen den Zähnen zu entfernen. Sie blieb geradezu daran kleben.

Franz sprach die Fürstin prinzipiell nur mit Durchlaucht an. Das Ironische daran, die geschickte Weise, mit der diese Höflichkeitsfloskel seine Abneigung verbarg, bereitete ihm jedesmal eine heimliche Genugtuung. – Bitte, Durchlaucht, sagte Franz und sprang auf – ich bitte vielmals um Verzeihung, ich hätte mich längst verabschieden sollen. –

Die Fürstin lächelte allergnädigst. – Aber Franz, das dürfen Sie nicht, es ist ja so gut, einmal mit Ihnen plaudern zu können. Die Narrheiten des Alltags. Das Haus muß geführt sein. Wer kann sich heute Angestellte leisten? – Nein, ich bitte Sie, bleiben Sie noch ein Weilchen. Man kommt ja nie zu innerlicher Besinnung. Vielleicht wird jetzt alles anders werden, nachdem die Russen weg sind. Außer den billigen Lebensmitteln haben die uns keinen Segen gebracht.

Ja, sagte Franz, wenn Sie wirklich nicht zu müde sind. – Die Alte hatte ihm seinen Abend verdorben. Yvonne hatte er nur einen Seufzer entrungen. Wo blieben die anderen? – Wo der Orgasmus? – Kreuzspinnen verursachen Koitus interruptus. Das war schon in der Maya-Mythologie so. Die Spinnengöttin von Trautenstein spritzt Gift in den beischlafenden Prinzen, bis sich das Glied krümmt und noch im Akt verwelkt und stirbt.

Der Fürst hat sich schlafen gelegt, lispelte die Fürstin. Albert und Ingelise sind noch einen Sprung zu den Rasupovskys. Morgen ist Sonntag. Die Kinder gehen ja nicht zur Messe. Nein, ich bitte Sie, Franz, das Haus ist ja ausgestorben. Ich höre Ihnen so gerne zu. Sie sind der klügste Mann, dem ich je begegnet bin.

Ich bitte Sie, Franz wehrte verwirrt ab. Komplimente von Erzfeinden konnte er schon gar nicht vertragen.

Finden Sie nicht, Yvonne? – Sie lächelte Yvonne an. Yvonne, obwohl der unumstrittene Liebling der fürstlichen Familie – ihr als einziger Untermieter war es gestattet, im Ballsaal zu proben – wünschte die alte Hexe, so wurde sie unter den Studenten genannt, in Grund und Boden. Gerne hätte sie Franz etwas Zärtliches gesagt, vielleicht sogar dieselben Worte gebraucht. Aber jetzt ging das nicht mehr, jetzt war ohnehin alles aus. Von der Nacht war nicht mehr viel übrig. Und dieser Franz braucht Zeit, Zeit und Geduld. Sie hatte seine Blicke verstanden. Keiner war so hinreißend wie dieser Mann. Diese Weltoffenheit! – Und das ist einer von der Kirche. Ein Schauer und ein Jucken befiel sie.

Oder ist die Weltlichkeit betrügerisch wie die Kleidung? – Er trug nicht einmal den Kragen des Geistlichen, er trug eine Krawatte. Nur die Schuhe waren schwarz, wie der Anzug und die Socken. Kleidung bewies nichts. Jesuit-sein bewies nichts. Yvonne wußte aus Erfahrung, daß es in der Liebe vor allem auf die Gelegenheit ankam. Zeit und Geduld, time and patience. Nur zwei Sekunden herrschte ein betretenes Schweigen.

Sie sind ein Künstler, wandte sich die Fürstin an Franz. Mit der Zunge wischte sie sich den Kaffee von der Unterlippe, da sich dieser über das steil abfallende Kinn leicht in den Halsausschnitt ergießen konnte. – Erklären Sie mir doch bitte eines: ich möchte so gerne wissen, weshalb unser Heiland immer als verweichlichter, sanfter, ich möchte fast sagen weibischer Mann dargestellt wird. Ein Mann, der mit der Peitsche die Wucherer aus dem Tempel jagen konnte, ein Mann, der die körperliche Kraft besaß, sein eigenes Kreuz einen Berg hinaufzutragen, kann doch niemals so ausgesehen haben. Ich meine, das war doch kein schwächlicher Mann. Ich wollte Sie das schon lange fragen.

Drei Uhr nachts, und die Alte wollte am liebsten alles wissen. Wie er sie haßte. Der Abend war endgültig verloren. Franz suchte Yvonnes Augen und sah zu seiner Empörung ein schelmisches Zwinkern einer Gemeinsamkeit gegen die Alte. Hatte er sich verraten? – Dieser verfluchte Alkohol, keine Beherrschung. Nichts durfte er mit Yvonne gemeinsam haben, auch nicht Verachtung, auch nicht Haß. Jede Art Gemeinsamkeit versetzte seiner Absicht den Todesstreich. Diese kleine Engländerin mußte sich ihm verwirrt und verzweifelt vor die Füße werfen, lechzend, rasend. Aber nur mit eisiger Kälte, mit steinerner Isoliertheit, ließ sich dieses Ziel erreichen. Wie kann er Nein sagen und sie wie Staub abwischen, wenn er sich mit ihr in eine Verschwörung einläßt? –

Der Abend war verloren. Da blieb nur eines: Ihr die Adresse aufzuschreiben, ehe er ging. Die Fürstin konnte ruhig anwesend sein. Jeder wußte, daß Franz ein tadelloses Leben führte, aber keiner wußte, warum. Es hatte sich in der Stadt herumgesprochen, denn er empfing Damen jederzeit auf seinem Atelier. Die Damen kamen zu ihm, bewußt wie Yvonne (weil erst das Schwierige der Mühe wert ist) oder unbefangen (weil mein Atelier ein natürlicher Aufenthaltsort für Frauen ist), um den gutaussehenden, klugen Mann zu verführen oder von ihm verführt zu werden. Sie kamen jederzeit auch nachts und verbreiteten den Ruf seiner Keuschheit. Deshalb konnte er Yvonne auch die Adresse geben, während die Fürstin daneben saß. Der Einfall beruhigte ihn. Er gab ihm auch Zeit, sich auf eine Antwort auf diese abgedroschenste aller Fragen zu besinnen. Jedem das Seine, fiel Franz ein, und ein teuflischer Gedanke erfaßte ihn. Die Spinne muß zur Strecke gebracht werden. Das war seine Chance. – Vielleicht die letzte.

Durchlaucht, hauchte Franz, hat natürlich völlig recht. Der weibische Heiland ist eine Verfälschung. Ein Produkt der Renaissance. Auf alten griechischen Fresken sieht Er auch tatsächlich wie der kräftige, gesunde Mann aus, der Er gewesen sein muß. Der Heiland war gut gebaut und hatte starke Muskeln. Sein Gesicht hatte straffe, harte Züge, und Seine Augen einen hehren, fast herrischen Blick. Er war ein männlicher Mann. In jeder Beziehung.

Die Fürstin war zufrieden und nickte leicht mit dem Kopf. Genau so hatte sie sich Ihn auch vorgestellt.

Franz fuhr fort. – Erst die Renaissance hat Jesus das Leiden ins Gesicht gemalt. Das Leiden im menschlichen Antlitz wurde nämlich eben wieder entdeckt – wie der Mensch selbst – zum erstenmal nach achtzehnhundert Jahren, zum erstenmal seit dem Untergang der griechischen Klassik. Die Industrie, damals noch in den Kinderschuhen, brauchte den Menschen, nicht den Sklaven. Der Künstler brauchte das menschliche Antlitz, das Rührende, das Menschlichste im Menschen, nämlich das Leid. Und wo fanden sie die lebendigen Vorbilder, die jede Malerei außer der abstrakten braucht? – Den Ausdruck, den sie suchten, fanden sie in den Zügen der unschuldigen Opfer, in den ahnungslosen, gemarterten Augen der Juden, die von der Inquisition aufs Schafott gezerrt wurden. Und sie gaben sie dem Heiland, von dessen Leid sie bisher keine Vorstellung gehabt hatten. Das Gesicht des Erlösers, selbst Jude, wurde den Opfern, die um Seinetwillen lichterloh auf den Scheiterhaufen Spaniens brannten, nachgebildet. Das ist die Größe und die ironische Wahrheit in der Kunst. Das Haar wurde ihm manchmal blond, manchmal schwarz gefärbt, die Nase wurde ihm geradegezogen, aber auf den Ausdruck kam es den Künstlern an. Dieser Ausdruck, dieser Schmerz, der Schmerz der Unschuld, brannte in den Augen der Juden. Und nur in ihnen. Verstehen Sie jetzt, warum in das gesunde Antlitz des Erlösers der schmachtende, leidverzerrte Ausdruck kam? –

Die Fürstin verstand kein Wort, aber sie liebte alles, was mit Religion zu tun hatte. Nur von den Juden hätte sie am liebsten überhaupt nichts gehört. Denn die hatten schließlich den Krieg angezettelt und Hitler gezwungen, sich zu verteidigen. Sie trugen darum letzten Endes die Schuld am Tode ihrer sechs Söhne.

Fahren Sie nur fort, befahl die Fürstin. Es ist hochinteressant. – Franz ging die dumme Höflichkeit auf die Nerven. O – Ich muß es genauer sagen, vormalen sozusagen.

Durchlaucht, sagte Franz, ich habe ein Bild Ihres Sohnes Konstanz gesehen. Prinzessin Ingelise hat es mir freundlicherweise gezeigt; mehr sogar, sie schenkte es mir. Dieses Bild wurde zwei Wochen bevor der Prinz einrückte, im November 1939, aufgenommen. Der Prinz war damals gerade 20 Jahre alt. Ich brauchte das Bild als Vorlage für ein Gemälde. Das Gemälde ist fertig. Es ist das beste, das ich jemals gemacht habe. Ich ließ es von einem Freund photographieren, da es zu einer Ausstellung gehen soll. Eine verkleinerte Kopie trage ich bei mir, hier in der Brieftasche. –

Höchst interessant. – Mit der Müdigkeit wurde ihr Sprachfehler geradezu peinlich. – Dürfte ich sehen, was Sie aus der alten Photographie gemacht haben? – Höchst interessant. Franz nahm eine Photographie aus seiner Brieftasche und legte sie vor die Fürstin.

Wenn die Fürstin lachte, klang es, als ob man vergeblich eine verrostete Glocke zum Tönen bringen wollte. Es verursachte ein krächzendes Geräusch. Und die Fürstin lachte jetzt, daß ihr die Tränen in den Augen standen. Beim Lachen weinte sie nämlich immer. Franz spielte den Beleidigten. – Ich nehme eine gewisse künstlerische Freiheit auf mich, aber es ist von dieser abgesehen genau nach der ursprünglichen Vorlage gebildet. – Die Fürstin hatte die Photographie wieder niedergelegt, aber sie lachte noch immer und wiederholte die Worte »Schalk« und »Witzbold«.

Yvonne stand auf. Den Grund dieser hysterischen Heiterkeit mußte sie sich ansehen. Sie sah aber keinen Grund. – Nur einen bärtigen jungen Mann mit Glatze und Schläfenlocken und einem kleinen Käppchen auf dem Kopf. Der Fürstin sah dieser Sohn bestimmt nicht ähnlich, die Augen waren groß und dunkel. Die sahen schon eher dem Fürsten ähnlich, obwohl sie diese eigentlich niemals gesehen hatte. Oder hatte Yvonne nie hingeschaut? – Das wird's wohl sein. Jemandem mußte ein Sohn doch ähnlich sehen.

Ganz der Vater, sagte Yvonne. Es war scherzhaft gemeint. Das war der Fürstin zu viel. Alles hatte seine Grenzen. Sie stand auf. Sie schien jetzt zwei Meter vierzig und reichte bis zur Decke.

Nehmen Sie diesen schäbigen Judenjungen und verlassen Sie sofort mein Haus. Ich wiederhole: sofort! – Und Sie auch, Yvonne.

Sofort! – schrie die Fürstin. – Ich dulde keine Widerrede. Mein Sohn, der Prinz, starb als Leutnant an der russischen Front, ein Offizier in einem SS-Panzerregiment. Sie, sein früherer Waffenkamerad, sollten sich schämen, das Andenken so zu beschmutzen.

Franz sah ein, daß mit der Alten nicht zu reden war. Sie hatte Schaum vor dem Mund. Die stirbt noch an einem Herzschlag. Nein, das wollte er nicht. Er konnte es nicht auf sein Gewissen laden. Der Scherz war zu weit gegangen. Sie ist eine alte Frau. Ich muß die Wahrheit sagen, auch wenn die Wahrheit beinahe im Hals steckenbleibt. Feigheit ist Gemeinheit. Noch in der Tür drehte er sich um, und sagte: –

Durchlaucht, ich gestehe. Das Bild ist nicht Ihr Sohn, nicht einmal nachgebildet. Ich sehe ein ... Ich bitte um Verzeihung. Die Wahrheit ist, es ist die Photographie eines jungen Juden namens Elieser Groß, den ich eigenhändig im Lodzer Ghetto erschoß. *Nur diesen einzigen Menschen habe ich auf dem Gewissen.* Er hatte sich geweigert, mir seine Schwester zu überlassen. Das ist die Wahrheit. Das Photo trage ich seither immer bei mir. Es erinnert mich an manches und ich dachte, vielleicht könnte es auch Sie von

Ihrem Kummer heilen, und wir könnten unseren Schmerz gemeinsam vergessen.

Hinaus! – schrie die Fürstin, verlassen Sie mein Haus, Sie, Sie Degenerat!

Franz stieß Yvonne vor sich hinaus. Ohne ein Wort zu sprechen, zog er sie durch die ganze Stadt. Die vier Treppen zu seinem Atelier erklommen sie im Dunkeln. Er wollte nicht gesehen werden. Heute abend nicht. Das Atelier war unter dem Dach. Es hatte zwei riesige Fenster, die nur einen Blick auf den Himmel gewährten. Als Maler und Jesuit hatte er keinen anderen nötig. Das Atelier war die Künstlerbude, wie sie Yvonne noch nie gesehen hatte. Der Regisseur Tausky müßte sich das mal ansehen. Das war der wahre Aufenthalt für eine Mimi. Nicht einmal der Eisenofen fehlte.

»Ich werde Ihnen Kaffee machen«, sagte Franz und verschwand hinter einem Vorhang. Yvonne, jetzt ganz Mimi, ging von Bild zu Bild und trällerte vor sich hin. Sie warf einen Blick aufs Bett. Es war breit. Nur an Schwindsucht möchte ich nicht drin sterben, sagte sie sich, sonst alles. Von den Bildern – manche waren so groß wie das Fenster – verstand sie nichts. Grelle Farben waren darauf verschmiert. Kein Mensch und kein Baum. Er malt modern. Vielleicht möchte er Modelle haben, darf aber nicht. Deshalb die Schmierereien. Zu abstrakt. Abstrakt ginge, aber das war zu viel. Wo bleibt der Kaffee? – Hinter dem Vorhang rührte sich nichts. Kein Geräusch. Nichts. Es wurde ihr angst zumute. Hier oben hätte sie es gut ein paar Wochen ausgehalten. Aber er ist eben doch ein merkwürdiger Kauz. Käuze sind interessant. Sie schlich zum Vorhang. Vielleicht sagt er sein Nachtgebet, bittet Gott um Verzeihung für die Sünde, die er heute nacht mit mir begehen wird? – Sie öffnete den Vorhang und schrie. Sie schrie, bis ihr der Atem wegblieb. Franz lag auf dem Boden, Blut quoll ihm aus dem Mund. Die Augen waren starr aufgerissen. Er war in ein gelbes, am Rand schwarz und zerfranstes, am Kragen goldbestícktes, seidenes Tuch gehüllt. Er hatte einen aufgeklebten kurzen Bart und eine Perücke, die wie eine Glatze aussah, und der nur aus den Schläfen lange Haare wuchsen.

Als die Fürstin die Nachricht vom Selbstmord Franz' erhielt, war sie nicht erstaunt. – Er war ja nicht mehr so richtig, sagte sie. Heimlich aber zündete sie jetzt zu jeder Frühmesse sieben statt sechs Kerzen an und nahm Franz in ihr Gebet auf. Denn schließlich hatte auch er einmal dem Führer in der SS gedient. Ein Waffenkamerad ihrer Söhne war ihr wie ein eigener Sohn.

SELMA MAHLKNECHT

rosa leben

Komm näher. Hab keine Angst vor mir. Komm. Komm.

Da liegt ein Schatten über deinen Augen, komm ans Licht. Dein Mund, weißt du, hängt freudlos und grau wie welkes, modriges Laub, so traurig siehst du aus, wie ein verregneter Baum, dessen Stamm aufgedunsen und weich ist wie ein unbehauster Schneck.

Komm näher, einsamer Schneck. Ich werde dich nicht verletzen. Ich nicht.

Das erste Mal ist jedesmal so. Ich kriege sie immer, und die Tanten haben mittlerweile einen Blick für die, die sie zu mir schicken. Die Verkrampften, die Unsicheren, die Muttersöhnchen. Alle zu mir. Und dann bleiben sie an mir hängen, und sie kommen nicht mehr los von mir. Nie mehr.

Du hast schöne Augen, Schneck. Wende sie nicht ab. Sieh mich ruhig an. Sieh dir alles an, und laß dir Zeit. Sieh mich an, sieh mich an, und schäme dich nicht. Dein Blick hat aufgehört mir weh zu tun, noch ehe du ihn auf mich gerichtet hast. Sieh mich an.

Zuerst ist nur diese vage Vorstellung vom Da-Sein. Warm kalt hell dunkel vorher nachher hier woanders verschwimmen austauschbar zu einem Zustand der Unmittelbarkeit, in dem Raum und Zeit weder Richtung noch Bedeutung haben. Alles was danach kommt, zählt nicht. All die Jahre, die wir damit verbringen, säuberlich unser Leben in Gestern und Morgen zu sortieren, sind unwesentlich, die Jahrzehnte, die wir uns noch auf diese Weise durch die Welt schleppen, haben keinen Stellenwert. Das einzige, was wirklich Leben ist, ist dieser unscharfe Zustand zwischen Träumen und Wachen, und alles, was wir jemals später tun, jede Anstrengung, die wir unternehmen, ist darauf ausgerichtet, zu diesem Zustand zurückzukehren. Erst im Tod finden wir die Erfüllung. Der Rest ist verschwendete Zeit.

Ich weiß, wovon ich spreche. Denn ich bin dieser Zustand.

Keine Angst, Schneck. Hier drinnen kann dir nichts geschehen. Du bist in Sicherheit. Denn jetzt bist du bei mir.

Keiner wird dir weh tun. Du bist bei mir.

Ich kenne ihre Blicke. Ich habe jede ihrer Gesten gesehen, ihr unbeholfenes, kleinlautes, schuldbewußtes Zögern, ihre fragende Miene, ihre erbärmliche Haltung, die nichts ist als eine Bitte, alles habe ich gesehen, und ich sehe es jedesmal aufs neue, und jedes Mal bricht entsetzliche Müdigkeit in mich ein, eine Müdigkeit, die meine letzte Art zu trauern geworden ist. Doch jedesmal bezwinge ich mich. Und jedes Mal wieder gelingt mir das Wort, wenn auch von Mal zu Mal bitterer, erkämpfter: Komm.

Meine Bude ist ein Loch. Mit Liebe zum Detail zwar, aber immerhin ein Loch, gut, um aus dem Regen zum Kühlschrank zu triefen, ihn aufzureißen und blöde hineinzustarren, während kalte Rinnsale den Nacken hinunterlecken wie Schweiß. Die Fenster sind abgeklebt mit Porzellanpuppenköpfchen, die ich aus grinsenden Frauenblättchen geschnitten habe, wenn die Stunden beim Arzt nicht vergehen wollten. Mittlerweile habe ich aufgehört, mich untersuchen zu lassen. Meine Fenster sind auch so voll genug. Und es wäre ja nicht, daß die Tanten wirklich Wert darauf legen würden. Und so bleibe ich, wenn mir fiebrig ist, stumpf vor dem Kühlschrank sitzen und schaue hinein wie in die letzten Wahrheiten. Manchmal, wenn ich tatsächlich einkaufen war, finde ich darin einen Eimer Pudding, Schokolade natürlich, zum Sattwerden und weil mir sonst auch nichts einfällt. Dann nehme ich einen der Einweglöffel, die ich in einem Schuhkarton sammle, und spachtle mir den Pudding auf die Zunge, bis mich sein Geruch in die Besinnungslosigkeit treibt.

Meine Bude ist ein Loch. Gut, um todmüde des Nachmittags hineinzutaumeln und die muffelige Kleidung auf dem Teppich zu verstreuen und auf das Sofa, Tisch und Bett gleichermaßen, zu fallen. Es schläft sich immerhin, es schläft sich, und der Schlaf ist bleiern und schwarz und ohne Träume, und es ist dieses Schlafes wegen, daß ich meine Bude achte. Es schläft sich, und Schlaf ist eine Wohltat, wenn man es versteht, ohne Träume dazuliegen, leblos und steinern wie ein Brunnen. Entsetzlich ist nur das Aufwachen nach solchem Schlaf und der Blick in die Puppengesichter, die von den Fenstern herabstarren, und das Entsetzen reißt mich hoch, und das Entsetzen treibt mich ins Büro.

Meine Bude ist ein Loch. Das Büro aber ist ein Gemach, ein federleichtes, daunenweiches Stück Traumschloß, ohne Prunk, aber gemütvoll. Ich weiß, was ich den Kindern schuldig bin. Das Sofa, gleichermaßen Bett und Beichtstuhl, erstreckt sich tief in den Raum hinein, einladend und warm wie ein geduldiger Busen. Darum herum drapieren sich dezent und unaufdringlich Vorhänge und Lampen, Schemel und Kästchen, doch wer von denen, die an meine Brust fliehen, bemerkt das schon. Die Tanten waren nicht sehr hingerissen von meiner Einrichtung, aber es besteht eine Art stilles Einverständnis zwischen uns. Meine Arbeit ist nicht die ihre, auch wenn sie auf dasselbe hinausläuft.

Zuerst ist nur diese vage Vorstellung vom Da-Sein. Erst allmählich kommt das Bewußtsein, und mit ihm das Grauen. Hinaustreten aus sich selbst, Hände Füße Bauch als eigene oder fremde erkennen und unterscheiden zwischen den Worten von drinnen oder draußen. Überhaupt sind die Worte das Unheil, man braucht zu lange, bis man sie begreift, und so bleiben es Formeln, Sprüche, ein Leben lang. Und dann kommt Meins. Von allen Worten das erschreckendste, es teilt die Welt in Meins und Nicht-Meins, in

Hab-ich-schon und Will-ich-haben, und nur so führt der Weg zum Ich, denn Ich bin, was mir gehört, und was nicht Meins ist, ist Nicht-Ich und Feind. Und daß Nicht-Ich und Ich nie mehr, nie mehr dasselbe sein können, und daß Meins nicht Deins ist, nicht sein darf und wehe, du faßt Meins an, dann mach ich Deins kaputt, das vergiftet uns die Seele, und wir beginnen, an Gut und Böse zu glauben.

Meine Mutter hat immer gewarnt. Sie war eine Frau, die am Ende immer recht behielt. Zuviel grübeln, meinte sie, ist was für die, die das können, nichts für solche wie uns. Für uns gehört sich das Handfeste, das, wo man zulangen kann und die Finger tief reingraben, aber Bücher lesen und nur in den Buchstaben nach Trüffeln wühlen, das ist nichts. Nicht etwa, daß ich groß gelesen hätte. Nur ab und zu in den Blättern, wozu lagen sie auch herum, da konnte ich mich schon recht festsaugen, da brachte sie meine gierigen Blicke gar nicht mehr zum Wegschauen, und ich wollte sein wie die Mädchen mit den bunten Plastikclips in den Haaren, die mit ihren rosigen Waden über holprige Gehsteige spazieren gingen und Eis lutschten. Flausen, sagte meine Mutter, du bist nichts mit Rosa, und das sollte so bleiben, und das hängt heute noch an mir, daß mit mir nichts ist mit Rosa.

Gedanken an Mutter machen mich kindisch, und ich habe Jahre darauf verwendet, sie zu verdrängen. Dabei bin ich ihr Ebenbild, vor allem, wenn mich der Griesgram packt und sich mir die Brauen über die Augen stülpen. An solchen Tagen hänge ich alle Spiegel ab, sogar im Büro. Die Kinder sind dann schon fast eine Erleichterung, vor allem die neuen, die zum ersten Mal hereinschüchtern mit ihrem hilfesuchenden Schauen, und ich breite die Arme nach ihnen aus und ich weiß: Sie alle hatten eine Mutter wie ich.

Es tut gut, andere weinen zu lassen. Sie liegen so klein und zerknüllt in ihren unfrohen Körpern, und ihre Tränen, die so hemmungslos und warm auf meine Haut perlen, werden zu meinen, die ich nicht mehr vergieße. Ich wiege sie, streichle, küsse sie, und langsam, ganz langsam nur, kriechen sie wieder aus sich heraus und finden zurück in das gedämpfte Licht meiner Höhle, und in die Verlegenheit ihrer letzten Tränen mengt sich Vertrauen. Ich genieße diese Sekunden, ehe sie wieder zu sich kommen, ich genieße den Moment des Stillstands, da ich nicht mehr tröste, sie nicht mehr trauern, und ich schließe ihn ein für den Morgen, den ich nicht mehr sehen werde.

Ich hatte eine Schachtel. Mutter ahnte nichts davon, sie hätte mich geprügelt, aber ich hatte eine Schachtel, grün und abgewetzt und bis zum Rand voll mit Plastikclips, alle rosa. Und wenn ich allein war und Mutter mit meinem Griesgram in den Augen den Flur schrubbte, probierte ich sie alle und fuhr mir stolz durchs Haar. Ich stellte mir vor, ich hätte noch Nagellack, und diese miesen platten Dinger mit dem schwarzen Rand seien rosa Edelsteinchen, die mir an den Fingern funkelten. Dann schwenkte ich den Kopf vor dem Spiegel, hin und her und hin und her, und folgte meinen Augen, die blitzten. Prinzessin, dachte ich.

Ich wollte immer nur rosa, nie etwas anderes. Es war sanft und klein, nicht brüllend und patzig wie das Rot, das Mutter mir andichtete. »Mädchen wie du«, sagte sie, »brauchen so etwas. Sonst bist du so …« Sie sprach nie aus, was dieses »so« war, aber ich wußte es, denn ich wußte, wer die »Mädchen wie ich« waren. Aber das brachte mich nicht davon ab: rosa sollte es sein, sonst nichts.

Meine Bude ist ein Loch. Aber die Fliesen im Bad glänzen in einem milden Rosa, das mich mit der Welt versöhnt. Und die Fliesen waren es zuerst, die mich in meine Bude trieben. Mag draußen die Stadt in Schutt fallen, hier drinnen ummanteln mich rosige Fliesen, zwinkernd und freundlich wie das große Schmunzeln meines schlafenden Buddhas.

Mutter wollte nichts mit Religionen, nur manchmal zum Aufseufzen oder zum Beschuldigen war ihr wer recht, und als ich den kleinen Buddha anschleppte, war es ihr auch einerlei. Dabei verstand ich nichts vom Nirwana, ein Wort von vielen, aber das kleine Figürchen wollte ich durchaus in meinem Regal. Wie eine Puppe fand ich, wie ein sattgetrunkener Säugling schlief der kugelige Mann vor sich hin, und seine Glatze schimmerte sanft, wenn sich die Abendsonne ein wenig zu mir ins Zimmer legte.

»Mädchen wie du«, Mutter benutzte es häufig, »Mädchen wie du, die brauchen das nicht.« Oder: »Mädchen wie du, die passen da nicht hin.« Oder: »Mädchen wie du, denen wird nichts geschenkt im Leben.« Mutter wußte alles über Mädchen wie mich. Nur über mich wußte sie nichts, weil ich anders sein wollte, vor allem anders als die wie ich.

Zuerst ist nur diese vage Vorstellung vom Da-Sein. Erst allmählich kommt das Bewußtsein, und mit ihm das Grauen. Wenn man aus der Welt rauswächst und in sich rein, rein in dieses Fleisch, sich einsperren läßt in die Beschränktheit eines Körpers, dann kommt das Grauen, und es läßt einen nicht mehr los. Ich war 15, als ich den Buddha zu den Clips warf, die Schachtel packte und mich rausschlich. Als die Tür hinter mir klickte, wußte ich, daß das, was vor mir lag, mich nicht erschrecken würde.

Dreieinhalb Wochen reichte das Geld, das ich aus Mutters Versteck genommen hatte, und in meinen verkoksten Augen schwamm die Welt gedämpft und lau dahin. Ich schlief, wenn ich schlief, im Sitzen oder unförmig hingesunken auf dem Pflaster, in Bahnhofstoiletten, in zugigen Durchgängen, und nichts berührte mich. Dann war das Geld weg, und mir wurde kalt, verdammt kalt, der Frost saß mir in den Zehen, den Fingerspitzen, den Haaren, ich hatte nicht gewußt, daß Haare frieren können, und ich begann, mich an Typen zu hängen.

Nach Hause, das fiel mir gar nicht ein, was erwartete mich dort, obwohl eine Tante mal gesagt hat, mein Gott, 15, ein halbes Kind noch. Ich aber weiß, daß ich kein Kind war, mit 15 nicht und vielleicht schon vorher nicht, wenn ich sehe, was sie für ein Kind halten, verdammt, so ein Kind war ich nie, war nie Papis Schmetterling mit Lackschühchen und Haarreifen. Ich war immer dieselbe, mit demselben Zorn und derselben Verachtung, aber ich bin müder geworden, müder, doch die Zeit ist noch nicht da.

Nach Hause, das fiel mir gar nicht ein, ich hing an irgendwelchen Typen, die nahmen mich schon mal mit und zogen mir die Hosen runter, ich erschreckte nicht, nachher dröhnte ich mich zu und blieb auf der Matratze liegen, bis sie nochmal kamen oder mich rauswarfen. Einer hat mich lang gehalten, von dem wußte ich sogar den Namen, mit dem hab ich gelacht, wenn wir drauf waren, dann hab ich ihm Clips ins Haar gemacht und gesagt, daß ich ihn liebe. Dann hat er meine Schachtel durchs Zimmer geschleudert und rumgebrüllt, und ich las heulend die Clips vom Boden auf und ging, meine Schuhe schmiß er mir aus dem Fenster nach.

Dann war es schon wieder April oder Mai oder was, und eine von der Fürsorge hatte uns eingefangen. Da saßen wir dann in einem Raum mit Parkettboden und mußten erzählen, was unsere Träume waren. Ein paar grinsten nur, eine war mit den Nerven runter und heulte herum, ich fragte, ob ich mal kurz auf die Toilette dürfte. Dann stand ich vor der Muschel, hielt die Schachtel und starrte auf den kleinen Wassergrund und starrte und starrte, und ein bißchen hab ich mich drin gespiegelt, mit einem winzigen Kopf ohne Gesicht. Dann kam die Fürsorgetusse und klopfte, ob ich okay sei. Ich antwortete nicht und starrte auf den kleinen Kopf im Wasser, der sich nicht bewegte. Sie klopfte nochmal. Ich nahm den Deckel von der Schachtel, es blitzte rosa raus, und dann schüttete ich alle Clips in den Abfluß. Ich drückte die Spülung und schaute, wie das Wasser hochstieg und dann kreisend runtergurgelte, aber der Buddha hatte sich quergelegt, und als das Wasser weg war, steckte er noch fest. Da nahm ich ihn raus, wischte ihn am Pullover ab und ging fort, die Tusse stand noch da und wollte nett sein, ich ließ sie stehen und ging einfach. Und die ganze Zeit, wie ich runtergestarrt hatte und wie ich dann ging, die ganze Zeit dachte ich nur, daß mit mir vielleicht doch nichts war mit Rosa.

Mit der Fürsorge war dann nichts, obwohl ich noch eine Weile dort rumgemacht hatte, aber als es dann warm wurde, klaute ich einen Schlafsack und ließ mich nicht mehr blicken. Ich hängte mich wieder an Typen, wir saßen auf Wellblechdächern und verbrannten uns den Hintern. Einer brachte mich dann in die Clique, wir liehen uns Klamotten und färbten uns gegenseitig die Haare, war ein ordentlicher Sommer. Als es dann wieder kalt wurde, stiegen wir von den Dächern und suchten windstille Löcher. Irgendwie haben wir uns dann aus den Augen verloren, ich stieg bei einem Kerl ab, der noch bei den Eltern wohnte, ein paar Tage versteckte er mich in seinem Zimmer und ließ mich in eine Vase pinkeln, dann erzählte er mir, daß er abhauen würde nach Holland, er zeigte mir Bilder von Amsterdam, ich fragte nach den Tulpen, da warf er das Buch mit den Bildern aufs Bett und sah mich nicht an. In der Nacht hat er mich noch einmal durchgefickt, dann sagte er, ich müsse jetzt gehen, ich stand im Dunkeln auf, ohne Licht zu machen, und war weg. Seine Brieftasche und das Buch nahm ich mit.

Zuerst ist nur diese vage Vorstellung vom Da-Sein. Was aber »da sein« bedeutet, was wirklich »da« ist, dieser geschändete Fleck Landschaft, das kommt erst allmählich, wenn die kreisenden Farben der ersten Tage Geruch und Klang bekommen, wenn sich die Sinne finden und das »Da« erschaffen, dann kommt das Bewußtsein und mit ihm das Grauen. Es verschlug mich auf eine Halde, dort lag das Gerümpel in Hügeln zusammen, ich schob lustlos an Eisengestellen und fror in den Haaren. Ich stieg auf eine Schutt-Anhöhe, dort sank mir ein Fuß ein, lautlos wie in dicken Morast, aber ich hatte mich festgeklemmt, steckte in den Speichen eines Fahrradreifens, hing fest und saß dort für Stunden. Mir fiel nicht mehr ein, was ich gewollt hatte, eine Matratze suchen vielleicht, ein eigenes Bett wäre ein Anfang gewesen, jetzt saß ich fest in den Speichen und schlug die Zähne aufeinander. Zuerst schmiß ich mit Zeug, aber als die Wut weg war, saß ich nur da und schaute die Farben an, wie sie von Neu und Bunt und Glänzend zu grauem Schmuddel zusammengefegt waren. Ich legte mich zurück, schloß die Augen und dachte, daß es okay war, wenn ich so draufging, vergammelt wie alles übrige auch, und mir war, als hörte ich die Ratten tappen.

Mir fiel nicht mehr ein, was ich dort gewollt hatte, und als ich den Fuß doch noch rausgebracht hatte, verzog ich mich einfach. Bei der U-Bahn schnorrte ich mir ein paar Bier zusammen, und obwohl ich noch dachte, daß eine Matratze nicht schlecht gewesen wäre, schlief ich bald weg und wußte nichts mehr. Mit den Typen war es schwieriger geworden, mit nach Hause nahm mich keiner mehr, aber bald hatte ich mich an die Autos gewöhnt, warm war es dort auch, das war okay, und bald war es März.

Ich war dann mehr und mehr auf Bier und so, mir gleichermaßen Hauptgang und Nachtisch, und es wärmte mich im Fließen meiner Tage. Ich lag in einer großen Ruhe, die schon alles aufgegeben hatte, ich war der Stein im Branden der Menge, ein regloser Klotz in der Unrast der Gehsteige. Wenn sie mich wieder auflasen und fortbrachten, mich einlochten, abtatschten, auszogen, mich wuschen, kämmten, fütterten, schwamm ich wie Seegras, wogte in ihrem Treiben, im Auge ein stumpfes Glotzen, das nichts sah. Und immer wieder ging ich dann weg, fort aus den Kerkern, Autos und Lagern, ging einfach weg und hätte doch bleiben können, weil's einerlei war.

Nur manchmal, wenn ich innehielt zwischen zwei Schlucken, die Flasche absetzte und hinaussah, wenn ich einen Atemzug tiefer nahm als die anderen, wenn ich das Blut in meinen zeräderten Wangen pochen fühlte, kam eine Stille über mich, die tiefer war als jeder Suff, und ich empfand eine elende Kleinheit, die mich erdrückte.

Nach Hause, das fiel mir gar nicht ein, aber die Welt hatte keinen Platz mehr für mich, auf allen Dächern war ich schon gehockt, hatte schon in alle Rinnsteine gekotzt und auf jeder Parkbank übernachtet, und die Gesichter der Fürsorgetussen waren schon fast wie verwandt. Amsterdam wäre noch was gewesen, das Buch hatte ich längst schon versetzt, aber die Bilder waren noch da von den Wasserstraßen und Brücken und weit und breit keine Tulpe. Einen von den Typen habe ich mal gefragt, ob er mich ein Stück bringt, der war von außerhalb und keuchte so anders. Dann stand ich in der Pampa, Daumen raus die halbe Nacht, mit ganz kleinen Augen, wenn die Scheinwerfer mich erfaßten, gegen Morgen griff mich eine Streife auf. Auf dem Revier sprach ich kein Wort und klapperte nur mit den Zähnen, sie brachten Kaffee, und ich rührte die Tasse nicht an. Dann holten sie einen Arzt mit Schnurrbart, zuerst stellte er seine Tasche schwer auf den Tisch, dann rückte er an seiner Brille und schickte mich ins Krankenhaus.

Entzug kannte ich schon, hatten wir bei der Fürsorge durch, aber das war anders, war wie ein Gebrüll innen und außen und ein Schlagen Schlagen Schlagen im Schädel, und ich spürte jede Blutbahn mich als glühenden Strang durchziehen. Manchmal, wenn ich es mitkriegte, wie sie an mir bastelten, Flaschen nachhängten oder Pillen sortierten, flüsterte ich, sie sollten mich krepieren lassen, rauslegen auf die Halde zu den Fahrradspeichen, das wäre okay, und ich wußte nicht, ob mir heiß war oder kalt.

Als ich ging, blickte mich der Arzt mit dem Schnurrbart lange an, dann schob er mir über den Tisch eine kleine Packung zu, extra sensitiv stand drauf, mit Sonnenuntergang und Liebespaar, ich stopfte sie in die Jackentasche zum Buddha und tauschte dafür zwei Joints ein, nicht erste Ware, aber doch ein blauer Traum. Wie die Städte hießen, weiß ich nicht, aber ich bin viel rumgekommen in dem Sommer, war nicht Amsterdam, aber ich sah auch so genug Brücken.

Und dann kam Cindy, es goß in Strömen, und ihr Typ warf sie aus dem Auto, da saß sie heulend im Schlamm und stand nicht mal mehr auf, ihr Bauch lag als Kugel zwischen ihren Beinen, unförmig und gar nicht wie echt, und beim Weinen schlug sie kraftlos darauf ein. Als wolle sie ihn wegschieben, so sah das aus, aber dann ließ sie es und weinte nur noch, da ging ich zu ihr hin und half ihr hoch. Sie erzählte, daß manche es geil fänden mit dem Bauch, aber andere eben nicht. Ich wußte, was sie meinte und gab ihr ein Bier, damit sie nicht weitersprechen mußte. Sie war 14, aber sie ging für älter durch, und Kind war auch sie nie eins gewesen. Ich kannte mich in der Stadt nicht aus, aber Cindy meinte, die Fürsorge sei beschissen, da überlegten wir uns etwas anderes, und zwischendurch schaffte ich für uns beide an. In der Zeit kaufte ich zum ersten Mal groß ein, mit Einkaufswagen, den stellte ich richtig voll, richtig voll. Hatte was von Weihnachten, dieser volle Wagen, fühlte sich gut an. Zuallererst Bier und billigen Fusel, gab's nicht genug, nie, und dann zentnerweise Schokolade, zum Sattwerden und weil mir sonst auch nichts einfiel, außer mal Pizza oder Würstchen von der Bude. Cindy stand da aber sowieso nicht drauf, und wenn ich mit Pommes anrückte, schaute sie sauer, Schokokekse war besser, am besten Riegel mit viel Caramel, die verdrückte sie en gros. Vor allem aber rauchte sie verdammt viel, weil sie sonst nichts mehr konnte, saß den ganzen Tag in der Sonne und qualmte, vielleicht geht's dann weg, sagte sie, aber die Kugel blieb und wurde noch größer.

Oft drückten wir uns um Schaufenster rum mit Spielzeug in der Auslage, starrten in die rosa Puppenabteilung, und oft saß ein riesiger Teddy zwischen dem Ramsch, den schenk ich dir dann, sagte ich zu Cindy, aber wir wußten beide, daß das Blödsinn war. Wir redeten sonst nicht über das Ding, wenn, dann quatschten wir über die Zeit, wenn es schon vorbei sein würde, und es war klar, daß wir den Wurm nicht behalten würden. Ich horchte ein bißchen rum, wo man die am besten ablegen konnte, daß es keiner merkt und Fragen stellt, Cindy wollte nicht dabei sein, aber ich würde das schon hinkriegen. Dann kaufte ich aber doch noch was, eine kleine rosa Decke, den Wurm drin einzuwickeln, Cindy war ganz weg, wie flauschig die war, und in der Nacht deckte sie damit die Kugel ab.

In der Zeit hatten wir fast ein Zuhause, so nannten wir es, »zu Hause«, war ein kleiner Park mit Klo, kam selten wer spazieren, weil die Fixer ihre Spritzen dort parkten, für uns ideal, da konnte Cindy bleiben, bis ich zurückkam, vom Einkaufen oder von den Typen. Einmal, es war schon fast Morgen, kam ich und konnte sie im Dunkeln nicht finden. Ich rannte durch den Park und suchte im Klo, da lag nur ein fetter Penner, ich rannte nochmal rum, rufen wollte ich nicht, und dann malte ich mir Szenen aus. Sie tauchte nicht auf, da besorgte ich Koks und setzte mich in einen Schatten. Ein paar Tage später sah ich sie, sie war mit einem Typen abgehauen, der's geil fand. Sie hatte nicht immer nur rumwarten wollen, aber jetzt war das Geld alle und sie kam wieder »nach Hause«. Ich hätte sie sausen lassen sollen, aber weil ich sonst keine Pläne hatte, war's egal.

Als es losging, packte mich Cindy am Arm, aber nicht irgendwie, sie krallte sich an mir fest, daß ich aufschrie, und in ihrem Gesicht stand Entsetzen. Der Abend dämmerte, und ich schleppte sie zum Klo, wie wir's besprochen hatten, aber als wir dort waren, wand sie sich nur auf den Fliesen und war nicht mehr hochzubringen. Ich zog ihr die Hose runter, und dann warteten wir. Ich ließ sie schreien, und sie hielt meine Hand. Wenn es sie wieder zusammenzog, drückte sie so fest zu, daß ich dachte, sie bricht mir die Knochen.

Die ganze Zeit war dieser erschrockene Ausdruck in ihren Augen, als könne sie nicht glauben, was mit ihr geschah. Dann fragte sie zwischen zusammengepreßten Zähnen, ob es schon käme, aber da war nichts zu sehen, und sie fluchte und schrie und schwitzte und stemmte sich mit den Füßen gegen die Wand. Ich hielt sie im Arm und die Zeit war endlos. Um uns war schon alles verglitscht vom Wasser, das der Wurm vorschickte, ich wußte nicht, ob das gut war oder was, aber ich hatte anderes zu denken und keinen Platz für Angst, Cindy fürchtete sich schon für uns beide. Als es so dunkel geworden war, daß ich nichts mehr erkennen konnte, wollte ich Licht machen, aber Cindy schrie, daß ich sie blendete, da ließ ich es sein. Es war stockfinster, als ich ihr den Wurm aus dem Leib zog, und Cindys Geheul übertönte seinen schwachen Schrei bei weitem. Obwohl ich beinahe nichts sehen konnte, bemerkte ich, wie winzig und erschöpft der Wurm war, kaum mehr als ein rasendes Herz in einem Beutel aus Fleisch. Ich schlang die rosa Decke um das kleine Ding und ging, während Cindy auf ihrem nassen Lager weggeschlafen war, ohne den Wurm überhaupt anzusehen.

Auf der Straße draußen hielt ich dann irgendwo unter einer Laterne an und schlug die Decke ein wenig zurück, um mir das Ding zu betrachten. So rot und winzig, noch naß und zerknittert, ein weiches Fleisch ohne Kraft, ich zog den Wurm an mich und hielt ihn ganz nah, dann rannte ich weiter. Im Viertel gab es ein Kinderkrankenhaus mit einem bunten Eingangstor und einem weiten Hinterhof für Krankenwagen, dort wollte ich das Ding ablegen, unbemerkt, und dann wollte ich eine Scheibe einschmeißen, damit sie rauslaufen, ich hatte es mir oft ausgemalt, ohne Cindy davon zu erzählen, ich wollte mich verstecken und zuschauen, bis sie den Wurm reinbringen, und wenn sie mich erwischten, auch einerlei. Aber während ich hinging, war es so warm an meiner Brust, daß ich einen Moment dachte, daß ich ihn behalten würde, diesen stummen Wurm, behalten würde ganz nahe an meinem Herzen, immer, und in diesem Traum kam ich zum Hinterhof. Drüben vom Krankenhaus kam das kreisende Licht eines Rettungswagens, es war soweit. Ich hielt den Wurm noch einmal hoch und schlug die Decke zurück. Er lag im wechselnden Licht wie vorher reglos und still, gespenstisch reglos, und sein rasendes Herz hatte aufgehört, im Brustkorb zu zucken. Ich legte die Hand auf den kleinen Körper, er gab nach und war noch nicht starr. Einen Augenblick lang dachte ich, daß die das hinkriegen würden mit ihrem Blaulicht und den weißen Kitteln, daß die das hinkriegen würden, daß die wieder Atem in das Fleisch bringen würden, aber dann wandte ich mich ab und ging fort.

Ich irrte eine Weile durch die Straßen, dann sank ich auf einen Gehsteig und starrte den Wurm an, der jetzt grau war wie welkes, modriges Laub, naß und weich wie ein unbehauster Schneck, und ich hielt ihn ganz nah und wollte ihn noch nicht loslassen. Zuerst ist nur diese vage Vorstellung vom Da-Sein. Für Augenblicke hatte den Schneck das Leben durchspült, für Augenblicke hatte er sich aus der Stille erhoben. Jetzt war er wieder verstummt und das Fleisch in die Ruhe zurückgesunken. Während ich saß, strich ich mit klammen Fingern wieder und wieder über das Bündel und spürte durch die wollige Decke den weichen Schädel wie eine pelzige Frucht, groß und duftend. Ich flüsterte zum Schneck, flüsterte, daß alles gut sei, daß ich ihn wärmen würde, daß er keine Angst zu haben brauche. Ich flüsterte und wurde ruhig dabei. Alles ist gut. Ich werde dich wärmen. Du brauchst keine Angst zu haben, brauchst keine Angst zu haben vor den Ratten.

Als ich auf der Halde gelegen hatte, den Fuß in den Speichen, hatte es mir gefallen, zu denken, daß ich vergammeln würde wie alles hier vergammelte, hatte es mir gefallen, zu denken, daß die Ratten meine Haare fressen würden, meine Finger, daß die Ratten Löcher in meine Beine nagen würden und daß sie den verwesenden Leib behausen würden wie eine Burg. Als ich auf der Halde gelegen hatte, hatte ich die Ratten gemocht und den Gedanken an sie. Jetzt lag der Schneck mir im Arm, und ich verfluchte die Ratten und mochte den Schneck ihnen nicht überlassen.

Ich trug ihn fort, in noch dunklere Gassen, dort saß ich und wachte eifersüchtig über mein Bündel, und ich wußte, daß es nichts nützte. Da weinte ich eine Weile, ganz still, und über der

Gasse stand ein Himmel, so schwarz und ohne Glanz wie noch keiner. Dann kramte ich in der Jacke, kramte nach meinem Fusel und fand ihn, und ich schraubte ihn auf und nahm einen Schluck und noch einen, dann kippte ich die Flasche ganz um und schüttete alles auf das Bündel, daß es triefte. Und ich weinte noch, als ich das Feuerzeug nahm, und meine Hand zitterte, so daß ich mehrmals ansetzte, bis ich ein Licht in der Hand hielt. Im flakkernden Schein lag nur ein durchfeuchtetes Bündel von eingedunkeltem Rosa, ich weinte und hielt das Feuer daran und wandte den Blick ab, als die Flammen blau hochschlugen.

Eine Weile brannte es ganz schön, dann war der Fusel ausgesoffen, und was die Decke gewesen war, gloste knisternd vor sich hin. Aber das Bündel war ordentlich eingeschrumpelt, und irgendwann war es nur noch ein rauchendes Stück Kohle, und ich wußte, die Ratten würden es nicht anrühren. Ich legte es in eine Tonne und klappte den Deckel zu, und mit einem Gesicht, das sich anfühlte wie Stein, ging ich quer durch die Stadt zu Cindy zurück.

Sie schlief mit schwerem Atem auf den Fliesen, als ich eintrat. Im Frühlicht, das die Wände herabrann, war ihr Profil weich und friedvoll. Ohne sie zu wecken, nahm ich mir eine Nase voll Dröhnung und kugelte mich neben ihr ein. Doch ehe ich wegbrach in bleiernen Schlaf, war mir, als läge der Duft noch auf mir, der friedliche Duft meines Bündels, warm und ohne Schwere. Da empfand ich zum ersten Mal den Gestank, der alles umfing, und ein bitterer Schmerz verschloß meinen Mund. Dann erst verlor ich mich, und der Duft war verflogen.

Sie glaubte mir, daß alles glatt gegangen war, und stellte keine Fragen. Wir saßen schweigend beieinander und rauchten. Da wußte ich, daß sie gehen würde, nicht gleich, aber sie würde gehen, und ich bedauerte es nicht. Ein paar Tage noch blieben wir im Park, ich kaufte zum letzten Mal groß ein, wir teilten das Zeug auf, dann war sie weg, ohne noch was zu sagen.

Die Worte sind das Unheil. Man braucht zu lange, bis man sie begreift, und doch wird man sie nicht los, die Formeln und Sprüche, dann hockt man in einem großen Geschwätz, das man nicht begreifen kann. Wie so ein Gedanke sich selbst weiterredet, rein und rein und rein, leise und eindringlich, und einen nicht schlafen läßt, wie ein rastloser Mund mit tausend Zungen, und draußen brüllen die Mäuler der Welt, und das Flüstern innen und das Brüllen außen machen den Schädel irr. Als Cindy weg war, war ich nur noch auf Koks, aber das Geschrei ließ nicht nach, mir schwirrten die Ohren, und ich ging und ging und ging nächtelang durch die Straßen, überall aber wisperte und zischte es, und wenn mich die Typen hechelnd in die Polster hämmerten, sauste es in meinem Kopf wie ein gewaltiger Sturm.

Kind war ich nie eins gewesen, wohl aber mal jung, jetzt jedoch goß das Alter Blei in meine Hände und Füße, und der Boden zog mich fester an sich. Dabei war ich 20 oder nicht einmal das, aber die Müdigkeit, die Müdigkeit, die mich lähmte, reichte für 200 Jahre. Ich kam zurück aus den fremden Städten, kam, wie ein sterbendes Tier, und im schrillen Getöse der Straßen, das mich anschrie wie nie, schlich ich geduckt an den Schaufenstern hin. Am Tag verkroch ich mich in Löchern zum Schlafen, die Nacht trieb mich raus an den Stadtrand, noch immer und immer aufs neue hin zu den Typen, die mich nahmen wie ein ausgemergeltes Gerät, mehr war ich nicht mehr.

Als ich wieder anfing mit der Fürsorge, war es fast Winter, und der Himmel über der Stadt war größer geworden. Die Tusse war gleich ganz begeistert, weil ich nicht motzte und gar nicht mehr wegging, die setzte sich mordsmäßig ein, um mich bald wieder einzugliedern, das Wort mochte sie gern, als tanze die Menschheit um einen sonnigen Maibaum und warte darauf, daß wir, die wir draußen standen, hinzukämen und ihnen die Hände reichten, unsere bleiernen Hände schwer wie Gebirge. Ich ließ sie weiterträumen und saß ganz lang auf dem Klo, demselben, in das ich meine Clips geschmissen hatte, und im Klo war es ruhig, und im Klo verstummten die rasenden Schreie, und ich blieb noch Wochen, nur um die Stille zu spüren, die Stille von diesem einen Klo.

Die Tusse war dann doch etwas enttäuscht, weil's mit der Arbeit nicht und nicht und nicht klappte. Hätte ich ihr sagen können, aber ich sagte schon gar nichts mehr, sprach kein Wort, nicht einmal mehr mit dem Buddha, den ich doch früher schon mal an die Wand geschmissen und beschimpft hatte, jetzt rieb ich ihm die Glatze mit dem Sprung und sagte kein Wort. Die Zeit war gut, ich hatte sogar ein Bett, das ganz meins war, und mit den Typen war nichts, eine Weile. Aber lange hielt es nicht, immer dasselbe milde Gesicht von der Tusse, mir wurde ganz grau vor den Augen, und draußen schien so protzig die Sonne, da stand ich auf und ging fort.

Die rasenden Schreie waren verstummt, und die ersten Tage waren klasse. Zum ersten Mal wieder Typen, an die ich mich dranhängen konnte auf ein oder zwei Nächte, sie redeten freundlichen Unsinn und zeigten mir ihre klobigen Buden mit der abgestandenen Luft voller Alk. Manchmal blieb ich und machte noch Frühstück, wenn einer romantisch sein wollte, ich schmierte fingerdick Butter aufs Brot und fraß ohne Anstand, die Kerle stutzten und glotzten belämmert, dann lachte ich, lachte sie aus, und sie lachten mit oder schmissen mich raus, waren klasse, die Tage.

Daß ich nämlich lachte. Wo ich gedacht hatte, daß es schon gar nicht mehr geht mit der steinernen Fresse, die ich draufgehabt hatte, als hätte ich etwas verloren, für immer. Dabei ging's noch, das Lachen, oft sogar leichter als früher, ich lachte und war es zufrieden, und nie hätte ich bemerkt, daß mir was anderes fehlte: mein Weinen.

Ich traf welche von der Clique von damals, wir hockten wieder auf glühendem Wellblech, war aber nur ein Spiel, und keiner redete viel. Ich sagte gar nichts, nickte vielleicht mal und schnippte die Kippe vom Dach, dann war es nur noch komisch und jeder wollte eigentlich weg. Wir blieben dann doch noch ein Weilchen, fast mehr aus Gewohnheit, und taten sinnloses Zeug, klauten Einkaufswagen und stürzten sie in den Fluß, wir grinsten einander schräg an und fanden es cool, aber unsere Hände waren verbleit, das Alter stak uns schon im Mark. Ich sah's an ihren gähnenden Augen, wie die Müdigkeit sie runterzog, ich erschreckte nicht, aber ich ging. Ist nicht gut, fand ich, wenn ich in soviel Schwere schwimme, ich schmiß mich an Typen und lachte sie aus und dachte sonst nichts.

Ich war 15, als ich fortging, jetzt war ich 20 oder nicht einmal das und stand im Flur vor der Tür. Noch aber klopfte ich nicht, noch atmete ich schwer von den Stufen und vom Schauder, den mir das Vertraute an ihnen einjagte. Ich stand im Flur vor der Tür und lauschte und klopfte noch nicht. Wie dumpf der Klang meiner Schritte geworden war. Noch hörte ich meine ledernen Sohlen auf dem Stein klatschen, wie ich wild die Treppe hinuntertobte, zwei Stufen, drei, überspringend, wie dumpf war mein Schritt jetzt, fast ein Schleichen auf Filz. Ich klopfte noch nicht und dachte an Mutter, wie sie mit ihrem glasigen Blick irgendwo dort hinter der Tür saß, ich dachte, daß sie aufstehen würde und mit diesem Blick in mein Gesicht schauen würde, das zu ihrem geworden war. Sie würde mich ansehen und schon alles wissen, über die Typen, die Fürsorge, den Koks, alles würde sie wissen, dann würde sie die Tür wieder zuschlagen und sich vor die Glotze hocken, den Blick stier und tot wie zuvor.

Ich stand im Flur vor der Tür, stand lange und atmete Gerüche von damals. Als im obersten Stockwerk ein Schlüssel im Schloß rasselte, ging ich die Treppe hinunter, ohne Eile, auf Filz, doch die letzten drei Stufen übersprang ich und landete polternd, dann fiel das Tor hinter mir zu, und ich betrat das Haus niemals mehr.

Die rasenden Schreie waren verstummt, verstummt wie das Denken in mir, ich brachte das Jahr rum und stand schon wieder im Winter. Ich wechselte die Stadt, wieder mal, saß tags versoffen im Parkhaus, am Abend tauchte ich zur Essensausgabe bei der Fürsorge auf, die war hier anders, war so ein Pfarrer, doch auch er mild und ohne Erwartung, wie ich es von der Tusse gewohnt war. Ich blieb über Nacht und kam dann auch öfter, bald kannte ich alle Gesichter von dort, und sie begannen, mir mehr zu erzählen.

Einmal holten sie uns mitten in der Nacht raus, der Pfarrer hatte einen Anruf bekommen, wir saßen rauchend auf den Matratzen und warteten, bis er zurückkam, weiterschlafen, das war gegen den Anstand, das hatte ich gelernt in den Jahren. Es war zwei oder drei oder was, als er kam, und seine Augen hatten ein Grauen gesehen, das er noch nicht gekannt hatte. Wir wollten uns nicht an ihn drängen und taten's dann doch, weil seine Sprachlosigkeit nach Zuhörern rang, und wenn's nur versiffte Müllmenschen waren wie wir. Er setzte sich auf ein Bett und hob beim Atmen den Brustkorb, als hole er Luft für den schrecklichsten Seufzer der Welt. Und dann sprach er, ganz leise, ein Flüstern, so klein und so tonlos, daß es schien, als bebten seine Lippen wie die Lippen der Alten, die keine Worte mehr für ihren Schmerz haben. Ich neigte mich näher zu ihm und schaute und schaute auf seine Lippen, und plötzlich las ich von ihnen, was seine Stimme nicht zu tragen vermochte.

Sie hatten ein Mädchen gefunden, irgendwo draußen, mit blauen Turnschuhen, was von den Kleidern noch da war, war in schwarzem Blut ersoffen, ihr ganzer Körper war mit tiefen Schnitten zerstochen und verwüstet, der Schädel war aufgeplatzt und das Hirn ausgelaufen, und als sie sie fortbrachten und wieder herstellten, schmissen sie die Därme in den Bauch zurück und nähten ihn zu, daß ihr Leib Wellen schlug. Den Pfarrer brauchten sie, weil er sie erkennen sollte, und weil er vielleicht die Familie wußte, die umsonst auf sie wartete. Und als er reinkam, sah er nur gleich die Turnschuhe, die hatte sie von ihm, noch gar nicht lang her, sie hatte so sehr gefroren in den alten Latschen, da war er ins Lager gegangen mit ihr, und dort waren die blauen Turnschuhe, die mochte sie gleich, und am kindlichen Glanz in ihrem Blick sah er, wie jung sie noch war, nicht mehr als 16, obwohl sie für älter durchging.

Er hielt inne und hatte die Augen feucht. Wir anderen schauten ratlos, dann stand der Pfarrer auf und ging hinaus, vielleicht, um zu beten, vielleicht auch, um sein Kruzifix ins Feuer zu werfen.

Es war nicht zum ersten Mal, daß wir solche Geschichten hörten, wir krochen in die Decken zurück und machten das Licht aus, aber schlafen konnten auch wir nicht. Wir lagen wach und dachten an welche, die wir gekannt hatten und auch an uns selbst, und daß wir Glück gehabt hatten, bisher. Ein eigenartiger Gedanke, wenn man so lebte wie wir. Glück, im Fernsehen sind das immer Millionen, aber bei uns auf der Straße war Glück ein Tag, den man satt und ohne Ärger rumbrachte. Ich dachte an die Tage, die ich rumgebracht hatte, ich dachte zum ersten Mal seit langem überhaupt wieder, und es fiel mir nicht leicht.

Die rasenden Schreie waren verstummt, aber dann zeigten sie uns ein Bild, und der Klang meiner Stille wurde entsetzlich. Der Pfarrer brachte die Zeitung, da stand es geschrieben, und sie hatten ein Foto des Mädchens gefunden, wir beugten uns drüber, und der Klang meiner Stille wurde entsetzlich. Es war Cindy.

Ich hatte ihr Bild vergessen, hatte alles von ihr vergessen und nie mehr an sie gedacht, jetzt fiel mir alles wieder ein, wie sie im Regen saß mit der Kugel, die unförmig aussah und gar nicht wie echt, alles fiel mir wieder ein. Da stand ich auf und ging fort, aber das Bild kam mit mir, und Cindy saß im Regen und weinte, und Cindy stand vor dem Schaufenster mit dem Teddy, und Cindy lag im Klo auf dem Boden und wollte den Schneck gar nicht sehen, und ich hielt das Bündel im Arm und lief durch die Stadt und hielt das Bündel im Arm und sah keinen Stern mehr und hielt das Bündel im Arm und weinte die letzten Tränen meines Lebens.

Ist nicht gut, wenn ich in so viel Schwere schwimme. Ich stand auf und ging fort, aber in meiner Stille war ein Weinen ausgebrochen, das kleine Weinen des Schnecks, bevor er wieder verstummt war, das kleine Weinen über ein Leben, das er sich nicht ausgesucht hatte. Ich stand auf und ging fort und trug die Bilder in mir und die Klänge und wußte, daß alles vorbei war und konnte den Schmerz noch nicht überwinden.

Zum ersten Mal ekelte es mir vor den Typen, nicht, weil ich dachte, daß einer mich zerfetzen würde wie Cindy, es ekelte mir, weil's mir nicht mehr egal war, wie sie mich nahmen, als müßten sie den Schmerz in mir mitempfinden, als mache der Schmerz uns gleich stark, und ich war kein Gerät mehr zum Wärmen und Dreinhämmern, und es wurde mir jeden Tag schwerer. Aber noch hielt ich es aus, noch hielten mich Hunger und Kälte bei Laune, und zur Fürsorge wollte ich auf keinen Fall mehr. Es mußte schon wieder ordentlich Sommer werden, bis ich soweit war. Der letzte war ein fetter Kerl mit Mercedes, dem klaute ich das ganze Geld, seine Papiere schmiß ich in den Abfluß, war ganz schön viel Kies, zwei Tage bewohnte ich eine kleine Pension am Stadtrand, gar nicht so übel, dort gab es kleine Shampoo-Packungen und Seifen, ich duschte zwei Stunden und roch richtig gut, wie ein Röschen, dann ging ich schön essen, saß allein zwischen den Leuten in Anzug und Abendkleid und fraß ohne Anstand. Als ich aus der Pension auszog, hatte ich mir die Handtücher um den Leib geschlungen, daß ich die Jacke fast nicht mehr zubrachte, der Mann schaute komisch, wie ich dick verpackt in den heißen Tag hinausging, aber ich hatte bezahlt und schaute gar nicht so schlecht aus, gar nicht wie eine wie ich.

In diesen Tagen dachte ich, daß ich rauskommen würde, und ich machte Schluß mit dem Alk und dem Zeug und suchte mir Arbeit. Im »Chicken« nahmen sie mich, war nur ein Loch von Lokal, immer verraucht und verschmuddelt, da schrubbte ich schnaubend die Theke und brachte das Bier an die Tische, im Hinterzimmer gab es ein Bett, da schmiß ich mich hin, wenn's vorbei war, und ich dachte, jetzt komm ich raus. Als ob ich's wem schuldig war, Cindy wahrscheinlich oder dem Schneck, ich schrubbte die Theke und brachte das Bier, verging mir viel Zeit und ich merkte es kaum. Dann war ich es leid, war die Kerls leid mit ihren stinkenden Mäulern, war's leid, wie sie mich um die Hüfte faßten und an sich zogen, war's leid, die Zwischendurch-Nutte zu sein für die Bande, sie griffen mir an den Po und den Busen und fanden sich toll, ich war es leid und ich dachte, draußen auf der Straße geht's ehrlicher zu.

Ich hab danach für Wochen geputzt, war nicht edel, sie zahlten mich kaum und verlangten zu viel, ein letztes Mal kroch ich unter ihre Waschbecken und Klomuscheln, dann fanden sie eine Jugo-Putze, die machte es billiger, und ich ging.

Hier kommst du nicht raus, dachte ich, nie kommst du raus, jetzt gehst du zurück auf die Straße, was soll's, da geht's ehrlicher zu, du weißt, wie es läuft, und nennst deinen Preis. Aber dann ging nicht einmal das, es war fast zum Schreien, ich steckte fest zwischen zwei Leben, die nicht meine sein konnten.

Das Zimmer im »Chicken« war mir geblieben, die neue Bedienung brauchte es nicht, und ich hatte versprochen zu zahlen, nicht gleich, irgendwann, und Monat für Monat schauten sie finstrer. Ich dachte mir nichts und begann mich allmählich daran zu gewöhnen, meine eignen vier Wände mit Waschbecken, Spiegel und flackernder Lampe. Zwar nur auf Zeit, denn es konnte nicht sehr lange dauern, bis sie es satt hatten, dann würden sie kommen, mich packen und rausschmeißen, war mir nicht neu, ich stellte es mir vor und blieb ganz gelassen, dann gehst du eben zurück auf die Straße, aber ich wußte, daß das nicht mehr ging. Es ging nicht, weil ich jetzt etwas kannte, was mir fremd gewesen war seit den ersten Tagen im Licht meiner Welt, weil ich jetzt erst begriff, was Behausung bedeutet, und wenn's nicht viel mehr war als ein Bett und ein Stuhl. Und das sollte mir keiner mehr nehmen, mein eigenes Bett, meine kleine Privatheit, und so kitschig es war, dieser Traum war zu groß, um ihn selbst zu zerstören, und ich wußte, noch ein Schritt, und ich wurde zum Spießer.

Zuerst ist nur diese vage Vorstellung vom Da-Sein. Und da, wo du bist, ist es gut, und da, wo du bist, ist zu Hause. Erst allmählich kommt das Bewußtsein und mit ihm das Grauen, und da, wo du bist, ist die Fremde, und da, wo du bist, willst du weg. Und alles, was kommt, ist ein rastloses Unterwegs-Sein, ein unstetes Unterwegs-Sein, das kein Da-Sein mehr aushält. Doch dein Herz oder der Tumor, der dich von innen verschlingt, ist erfüllt von der Sehnsucht nach dem, was die erste Vorstellung war, ein Da-Sein in sich, das nirgendwo anders mehr sein will.

Sofort war es mir nicht eingefallen, ein paar Monate vergingen, und ich schnorrte mir ein kleines Überleben zusammen und war schon wieder auf Koks, als ich die Stufen zum kleinen Büro hinaufstieg. Vielleicht war ich auch erst im Suff auf den Gedanken gekommen, aber jetzt stieg ich die Stufen hinauf und dachte, wie normal es hier aussieht. Bevor ich aber hineinging, stand ich ein Weilchen und wartete, bis der Schädel mir wieder verstummte. Schließlich wollte ich einen guten Eindruck machen oder wenigstens keinen verkifften. Dann stand ich vor der Tante und brachte den Mund nicht recht auf, weil ich mich plötzlich bescheuert fand, völlig daneben, aber die Tante sagte, eine Probezeit, warum nicht.

Ich hatte gedacht, daß es sein würde wie mit den Typen, und am ersten Tag war mir, als ginge es zurück auf die Straße. Ich war nicht im Geschäft, und es dauerte ewig, bis einer ansprang. Dann aber gingen wir aufs Zimmer, und ich begriff, daß alles anders war. Ich lag auf dem Bett und starrte zur Decke, der Kerl mühte sich ab, und ich ließ ihn tun, und die ganze Zeit dachte ich nur, der schmeißt mich nicht raus, der nicht.

Ich begann, das Zimmer im »Chicken« Monat für Monat zu zahlen, zuerst nur die Schulden, irgendwann waren wir gar im Reinen, die kannten mich nicht mehr und waren ganz weg. Ich gab keine Antwort auf ihre Blicke und fühlte mich insgeheim prima und machte mir langsam ein Leben. Eine Weile nahm ich sogar ein ekliges Pulver, jeden Tag vor dem Frühstück, von wegen Gesundheit und so. In der Zeit begann ich mit den Porzellanpuppen, ich steckte sie nur an den Spiegel über dem Waschbecken, bis ich mich selbst nicht mehr sah. Noch aber war es nicht ausgemacht, daß es so bleiben würde, Probezeit, wie gesagt, ich hängte mich rein, blieb sauber und baute auch sonst keinen Mist. Aber ich war für die Tanten ein Kind, es nervte mich, und ich wußte, ich muß mich beweisen. Dann hörte ich nichts, für Monate nicht, bald war ich fast schon ein Jahr dort, sie sagten nicht ja und nicht nein, und so machte ich weiter, lief täglich hin und zurück, sie rührten sich nicht, und mir war es recht.

Noch ein Schritt, und ich wurde zum Spießer. Ich kaufte mir tatsächlich Schuhe. Nicht irgendwelche, und schon gar nicht solche, die man uns nachsagt. Ging's nach den Tanten, hätten es hochhackige sein sollen, glänzend und schwarz, aber ich stand nicht sehr drauf, ich kaufte flache, braune, mit innen viel Pelz und zum Schnüren, klotzige Dinger gegen den Winter, passend zum Blei in meinen Beinen. Damit ging ich herum in den Straßen, damit kaufte ich ein, viel Schokolade zum Sattwerden und weil mir sonst nichts einfiel, der Pelz hielt mich warm, und darauf kam's an.

Noch ein Schritt, und ich wurde zum Spießer. Ich ging mir Buden anschauen, latschte durch möblierte Zimmer mit Teppichboden und allem, stand an Fenstern und schaute die Stadt davor an. Die meisten Bleiben waren zu schick, die schauten nach Familie aus und Kinderschreien. War nicht meins, ich stapfte mit Beton an den Beinen herum und fand nichts Rechtes. Dann führte mich eine Vermieterin mit fettigem Haar und geblümtem Pullover in ein Loch, das nichts hatte, keinen Balkon und kein Schlafzimmer. Ein kleiner Gasherd in der Ecke und ein Tisch waren die Küche, dann gab's noch ein Sofa, groß und zu wuchtig, ich wollte schon raus, da machte die Geblümte die Tür auf zum Bad. Dusche, Klomuschel, Waschbecken, alles leuchtete rosa, rosa!, und das Rosa machte meine Augen feucht. Ich stand in dem Bad und schaute und schaute und war wieder sieben und sammelte Clips in der Schachtel, und ich drehte mich vor dem Spiegel und gebar mir ein Lächeln. Prinzessin, dachte ich.

Ich stellte den Buddha in die Fensternische der Küche, und als er sein friedvolles Schmunzeln dort aufgehen ließ, war der Raum nicht mehr fremd und wurde zu meinem. Das Ungetüm von Sofa hatte ich loswerden wollen, in den ersten Tagen aber war ich zu müde, und dann ließ ich es ganz bleiben, immerhin schlief's sich, was soll's. Es schlief sich, auch wenn mich in den ersten Tagen das Licht halb wahnsinnig machte. Das Zimmer im »Chicken« hatte keine Fenster gehabt, hier aber brüllte der Morgen meinen Schlaf weg, wenn ich ausgebrannt aufs Sofa kippte und nur noch blaue Träume wollte. Dann klebte ich die Porzellanpuppen an die Scheiben, bis es dämmrig und still wurde im Raum, dämmrig und still wie mein Buddha.

In den ersten Tagen duschte ich, duschte, und ließ mich von den Fliesen bescheinen, und dann saß ich lange auf dem Klo wie damals bei der Tusse, und sogar, wenn ich die Augen schloß, konnte ich das Lächeln noch sehen, das von den Wänden schimmerte. Kann nicht sein, dachte ich, kann nicht sein, daß nichts mit mir ist mit Rosa.

Die Tanten rührten sich nicht, und so war es immer noch Probezeit, als wir die neue kriegten. War so ein Gänschen, nannte sich Venus, und ihre Haare waren blond und unantastbar wie die eines Rauschgoldengels. Wir hatten schon mal eine Venus gehabt, aus Burkina Faso, wohin die verschwunden war, keine Ahnung, jetzt gab's die neue Venus, bei der redete nie wer von Probezeit, war unser hauseigener Monroe-Verschnitt, und die Typen fuhren voll auf sie ab. Sie nahm meist das Zimmer schräg gegenüber, dann war sie laut und übertrieben wie alles an ihr, aber ich gewöhnte mich bald.

Es war zwei oder halb drei Uhr morgens, noch zu früh, um nach Hause zu gehen, aber ich war mit meinem Kerl fertig und überlegte, ob ich noch in den Club runter sollte. Bei der Venus war es ungewöhnlich still, war wohl überhaupt ein lascher Tag, ich stand noch ein bißchen im Flur und rauchte. Da polterte es plötzlich und die Venus schrie, klang spektakulär, und ich ging hin, nachzusehen. Von der Treppe kam schon der Bulle gerannt, wir nannten ihn so, weil er ein Wandschrank von einem Kerl war, wie gemacht, die Typen, die Krach schlugen, an die Luft zu setzen. Fast gleichzeitig gingen wir zur Tür rein, die Venus stand ohne was an in der Ecke und hielt sich mit verblödetem Blick ihre Brüste, ein Stuhl lag umgekippt neben ihr, der Typ saß mit offener Hose an der Wand und hielt sich den Kopf. Der Bulle schaute erst nach der Venus, die glotzte noch immer, und es war fast unheimlich ruhig. Nach und nach kamen die anderen Tanten dazu, um zu schauen, da wurde es der Venus zu dumm, sie schrie, wir sollten uns trollen und ob wir sonst nichts zu tun hätten, und irgendwie war nicht klar, was passiert war. Ich starrte den Typ an, als müsse etwas geschehen, er aber saß nur da und zitterte leicht, er war ein bebendes Häufchen im Dunkeln, voller Angst und ohne Augen. Ich ging auf ihn zu, sank neben ihm auf die Knie. So traurig sah er aus, freudlos und grau wie ein verregneter Baum, ich sah ihn still an, und fühlte den Schmerz, der ihn quälte, in mir.

Wir sprachen kein Wort und saßen nur da, krank von der Welt, und seine Bitternis war die meine, als ich ihn langsam an mich zog und ihn mir an die Brust legte. Mehr war nicht zu tun, ich konnte ihm den Schmerz nicht ersparen, konnte ihn nur tragen mit ihm, und nicht lang, da brach ihm die Brust in Tränen auf, und er atmete tiefer und wurde dann ruhig.

Ich half ihm hoch und wir gingen schräg über den Flur in mein Zimmer, die Tanten schauten und waren erstaunt, ich schloß die Tür und kümmerte mich nicht mehr um sie. Der Kerl setzte sich auf das Bett und machte verschämt seine Hose zu. Ich ließ ihm Zeit, und bald begann er zu reden und sagte, was ich geahnt hatte. Er war einer von denen, die keine abkriegen, einer von denen, die immer nur schauen und nie etwas sagen, die sich was wünschen und träumen und in den Wünschen und Träumen verrecken. Einer von denen, die kitschig von Liebe und Hochzeit reden und am Ende nur noch den Schwanz wo unterzubringen versuchen, wenn's sein muß, bei uns, wenn's sein muß, bei Venus.

Die hatte ihm schon gefallen, so blond und auf Marilyn, aber im Zimmer dann war's ihm eng geworden, und als sie dann kam mit ihrem Getue, da war's vorbei mit dem Kitsch. Sie wollte schick an ihm fummeln, ihm aber kippte sein verschissenes Leben ins Hirn, und in diesem Bewußtsein stieß er sie von sich und warf mit dem Stuhl nach ihr, daß sie die Welt nicht mehr begriff. Und dann war es aus, einfach aus, und als er das sagte, weinte er wieder, und ich zog ihn näher an mich.

Zuerst ist nur diese vage Vorstellung vom Da-Sein. Erst allmählich wirft uns das Bewußtsein ins Leben, und wir stehen im Geschrei der Welt einsam und nackt wie ein unbehauster Schneck. Der Typ lag mir am Busen, und wir atmeten denselben Schmerz mit derselben unendlichen Müdigkeit. Ein bißchen noch weinte er in mich hinein, dann wurde es still, still wie ein nächtlicher Himmel ohne Sterne. Und dann waren wir einfach nur da, in einer gewaltigen Ruhe, in der Raum und Zeit weder Richtung noch Bedeutung hatten. Wir waren einfach nur da.

Meine Bude ist ein Loch. Doch als ich an jenem Morgen nach Hause kam, den Schritt wie Blei, den Kopf aber leicht und leer, schlief ich einen Schlaf, leblos und steinern wie ein Brunnen, einen Schlaf wie nie zuvor, und ich begann, meine Bude dieses Schlafes wegen zu achten.

Die Probezeit war vorbei, und mein Zimmer wurde zum Büro. Ich schleppte Vorhänge und Lampen, Schemel und Schränkchen an, baute mir ein daunenweiches Stück Traumschloß, fern von Club und Venus. Wer hier eintritt, begibt sich in ein duftendes Rosa, schwebend und leicht wie ein Stück Zucker im Mund. Die Tanten waren nicht sehr hingerissen von meiner Einrichtung, aber sie ließen mich gewähren. Meine Arbeit war nicht mehr die ihre, auch wenn sie auf dasselbe hinauslief.

Ich werde mir keine Namen mehr merken und kaum noch ein Gesicht. Ich habe das Eine in allen begriffen, und ich schließe die Augen und warte auf den Moment. Und dann, in der Stille zwischen uns, kehrt er zurück, der Duft, der Duft dieser einen Nacht, der Duft, warm und ohne Schwere, der aus dem Fleisch steigt, das keinen Schmerz mehr fühlt. Dann atme ich tiefer, und alles in mir ist ausgelöscht, alle Namen, alle Gesichter.

Die Tanten haben mittlerweile einen Blick für die, die sie zu mir schicken. Die Verkrampften, die Unsicheren, die Muttersöhnchen. Alle zu mir. Und alle kommen mit demselben dumpfen Blick, der die Welt nicht mehr sehen kann, mit demselben gebeugten Gang, demselben bohrenden Schmerz, der sie von innen verschlingt, mit derselben unendlichen Sehnsucht, und ich erkenne sie jedes Mal wieder, und jedes Mal wieder gelingt mir das Wort, wenn auch von Mal zu Mal bitterer, erkämpfter: komm.

Hab keine Angst, Schneck. Hier bist du sicher. Du bist bei mir. Schließ noch einen Moment lang die Augen, laß dir Zeit. Irgendwo, weißt du, irgendwo im Weinen und rasenden Schreien der Welt, irgendwo in diesem geschändeten Fleck Landschaft, irgendwo im Hunger, im Gemetzel, im Sterben, irgendwo in dieser Verwüstung gibt es eine Stille und eine tröstende Wärme, irgendwo gibt es einen heilen Augenblick, einen tieferen Atemzug, irgendwo gibt es nur für dich ein winziges Stück rosa Leben.

PETER MATÉJKA

Die letzte Donau
Exposition zu einem Österreichroman

»Alleinsein ist ein Akt der Rebellion.«
Frantz Fanon

Der tschechische Wecker bereitete Praschel keinerlei Kopfzerbrechen. Die Ersatzfeder paßte sofort, was nicht immer der Fall war. Das viereckige Gehäuse aus mattgelber Messinglegierung hatte die letzten vierundzwanzig Jahre, zum Unterschied von Praschel, unverändert überstanden.

Praschel, Jahrgang 1921, nahm die Uhrmacherlupe ab und legte sie auf den Arbeitstisch. Durch das straßenseitig gelegene Fenster kam die Großstadtdämmerung. Praschels linke Hand reduzierte den Inhalt der Schachtel »Donau« auf sieben Stück filterlose Zigaretten. Das Sturmfeuerzeug funktionierte wie immer und verbreitete einen leichten Benzingeruch.

Praschel ging zum Kleiderschrank und nahm die Uniform der Wach- und Schließgesellschaft heraus. Er legte den Schlafrock ab und stieg in die schwarze Diensthose. Auf der dunkelgrünen Jacke war ein wenig Zigarettenasche, »Donau«-Asche. Er entfernte sie mit der Kleiderbürste, schloß den Hemdkragen und nahm die dunkelgraue Dienstkrawatte mit vorgebundenem Knoten um, deren Gummiband infolge Alterung an Elastizität verloren hatte.

Der Goldfisch schnappte automatisch nach dem Futter, das der Uniformierte ins Glas schüttete. Gleich darauf verdeckte die dunkelgrüne Schirmmütze Praschels etwas gelichtetes Kopfhaar. Der rechte Zeigefinger stellte das alte Ingelen-Kofferradio ab, sodaß es in der Zimmer-Küche-Wohnung vollkommen still war, nachdem der Hauptmieter Praschel die Tür von außen ins Schloß gezogen hatte.

In den letzten 24 Jahren war aus dem Kleingewerbetreibenden Praschel der Oberwachmann Praschel geworden. Vor über zehn Jahren hatte sich seine Frau von ihm scheiden lassen, weil er ihre ökonomischen Ansprüche nicht erfüllen konnte. Sie hatte es satt, in dem kleinen Gartenbaubetrieb mitzuarbeiten. Sie fand, daß ihr Mann zu wenig Unternehmungsgeist zeigte. Sie wollte auch nicht mehr mit dem VW-Kastenwagen auf den Markt fahren und Gemüse und Topfblumen verkaufen, während ihr Mann zu Hause Begonienstecklinge schnitt und Tomatenpflanzen mit Bast an Stöcke band. Mit der Zeit haßte sie das Kremser Kraut und die Gladiolen, und sie empfand Abscheu vor Passionsblumen, Studentennelken und Weihnachtskakteen. Dann war es nur noch ein kleiner Schritt von der Geringschätzung der Produkte zur Verachtung des Produzenten, mit dem sie nicht mehr schlafen wollte. Ohne Urlaub in Jesolo konnte sie sich keine Kameradschaft vorstellen, und das einzig Gute an der Angelegenheit war schließlich, daß sie keine Kinder hatten, die ihr vielleicht hätten leid tun müssen.

Als er allein war, mußte Praschel die Gärtnerei aufgeben. Zufällig kam ihm ein Stellenangebot der Wach- und Schließgesellschaft unter die Augen. Er wurde eingestellt, zog nach Wien und dachte immer seltener über Verhältnisse nach, die ihn über ein Jahrzehnt lang intensiv beschäftigt hatten: Als Lohnabhängigem war es ihm nun völlig egal, wenn Voith in Bulgarien eine Papierfabrik einrichtete und die Bulgaren als Gegenleistung Unmengen billigen Gemüses nach Österreich lieferten, das den Preis der heimischen

Produkte so drückte, daß Kleinbetriebe, wie er einen gehabt hatte, wirklich nicht mehr mitkonnten.

Das Dienstrad lehnte an einem Hydranten. In dem der Lenkstange nähergelegenen Rahmendreieck war eine Blechtafel mit der Aufschrift »DIENSTRAD. Wach- und Schließgesellschaft SECURITAS« angeschraubt. Laut Dienstvorschrift mußte Praschel durch die in die Rollbalken geschnittenen Gucklöcher schauen, um zu kontrollieren, ob in den dahinterliegenden Geschäfts- oder Bürolokalen noch alles in Ordnung war, ob sich niemand eingeschlichen hatte, der sich nun an der Registrierkasse zu schaffen machte oder gar einen Brand legte. In solch einem Fall hätte der Oberwachmann Praschel unter Zuhilfenahme der Signalpfeife ein Sicherheitsorgan herbeirufen müssen – wenn er sich nicht in der Lage glaubte, den Verbrecher eigenhändig zu stellen, wofür im Erfolgsfall eine Prämie winkte. In Wirklichkeit war es Praschel jedoch vollkommen egal, was er hinter den Gucklöchern sah. Er identifizierte sich auch nicht mit der Schreckschußpistole, die man ihm als Dienstwaffe zur Verfügung gestellt hatte. Deshalb hatte er während seiner langjährigen Dienstzeit noch nie einschreiten müssen, weshalb er es wiederum nicht weiter als bis zum »Oberwachmann« gebracht hatte und von mehreren dienstjüngeren Kollegen überflügelt worden war, die ihn nun abwechselnd als »Kontrollbeamte« bei Ausübung seines Dienstes überwachten.

1944 mußte er eines Nachts auf einem böhmischen Bahnhof als Angehöriger der Deutschen Wehrmacht einen Kohlenhaufen bewachen. Es war sehr kalt, und man befürchtete, frierende Tschechen würden Sabotage begehen und Kohle stehlen. Der Verdacht bestand zu Recht. Praschel überraschte auch tatsächlich einen »Saboteur«, der sich vergeblich bemühte, einen Buckelkorb mit Kohle zu füllen. Der Kohlenhaufen war nämlich beinhart gefroren. Praschel half dem Tschechen, indem er ihm mit Hilfe der eisenbeschlagenen Kolbenplatte seines Gewehrs genügend Kohlenbrocken vom Haufen losschlug.

1935 mußte Praschel das Gymnasium nach negativem Abschluß des vierten Jahrgangs verlassen, nachdem ihm der teils deutschnationale, teils austrofaschistische Lehrkörper das letzte Jahr zur Hölle gemacht hatte. Praschel hatte nämlich einen schweren Fehler: Sein Vater war Tscheche; im Ersten Weltkrieg war er in italienische Kriegsgefangenschaft geraten und wurde erst entlassen, nachdem die Optionsfrist für die österreichische Staatszugehörigkeit bereits abgelaufen war; also blieb er samt seinen Angehörigen »staatenlos«. Er durfte zwar in Österreich arbeiten, seinem Sohn war es jedoch nicht gestattet, in die Oberstufe eines »deutschen« Gymnasiums aufzusteigen. Bis einschließlich des dritten Jahrgangs waren die Zensuren gut durchschnittlich, in Deutsch, Geschichte und Musik »sehr gut«. Im Sommer 1935 galt es jedoch das österreichische Deutschtum zu verteidigen, und Praschel jun. schloß die »Vierte« mit sechs negativen Zensuren (von insgesamt elf) ab. Seine Deutschkenntnisse waren plötzlich ebenso »nicht genügend« wie seine Leistungen in Musik. Um dieses Lehrziel zu erreichen, hatte der Deutschlehrer, der von den Schülern ausnahmslos »das Schwein« genannt wurde, welchen Spitznamen er unter anderem auch dem Umstand zu verdanken hatte, daß sein Anzug immer mit allen möglichen Speiseresten bekleckert war, Praschels Schularbeiten verschwinden lassen, um allen Nachforschungen von seiten seines Vaters jegliche Grundlage zu entziehen.

»Ihr Sohn muß das Heft selbst verbrannt haben!« sagte das »Schwein«. »Ihr Sohn hat das ›Mangelhaft‹ in Betragen selbstverständlich zu Recht verdient«, sagte der Klassenvorstand, ein eierköpfiger Zwerg, der den heranwachsenden Schülern über die Haare strich und dabei mit angespeichelten Lippen »Bubele …

Bubele« zu stammeln pflegte. »Er hat den Unterricht soundsooft geschwänzt. Was wollen Sie also?« Praschel war in diesem Jahr tatsächlich oft dem Unterricht ferngeblieben und hatte sich während des Vormittags in Rohbauten versteckt, weil er die »Scherze« seiner Lehrpersonen nicht mehr ertragen konnte, obwohl sie doch ganz harmlos waren, wie die immer häufiger werdende Frage: »Wie sagt man dazu in Pistyan, Praschel?« oder das wohlwollende »Da kommt sogar unser Tscheche noch mit, nicht wahr, Praschel?«

Daheim wagte er nichts davon zu erzählen, weil er den Jähzorn seines Vaters kannte. Er war fest davon überzeugt, daß der Vater mindestens einen Lehrer umgebracht hätte, und dann wäre er ja eingesperrt worden.

Es war alles in Ordnung. Die Schlösser in seinem Rayon waren unversehrt. Praschel stieg auf das Dienstrad und fuhr zwei Straßen weit zum Nachtcafé.

Im Nachtcafé saß der Auswurf, Produkt und Bankrotterklärung der herrschenden Gesellschaft, der es gelungen ist, alles über das Geld abzuwickeln. Praschel setzte sich an das Tischchen neben der Tür zur Herrentoilette, das meist frei blieb. Er bestellte einen »kleinen Braunen« und rauchte einige »Donau«, während er die »Kronen-Zeitung« durchblätterte. Nur selten nahm jemand von ihm Notiz, kam er doch schon sehr lang her und war noch dazu, samt Uniform, die Unauffälligkeit in Person. Er musterte niemanden und sagte nichts, hielt aber Augen und Ohren offen.

Die Billardspieler unterbrachen ihre Partie, um einen schlanken Mann zu begrüßen, der einen weißen Seidenanzug trug. Er führte einen schwarzen Pudel an einer goldenen Leine.

An der Theke stritten zwei Typen, wer dem andern schneller einen Aschenbecher ins Gesicht werfen könne. »Du glaubst nicht, daß ich dir einen Aschenbecher in die Goschen hau, bevor du überhaupt schauen kannst?« fragte der eine. »Du«, meinte der andere, »du hätt'st ihn jetzt schon lang drin, wenn du mir nicht leid tät'st!« Einer, der braungebrannt war wie ein Schilehrer, sagte zur Serviererin: »So eine geregelte Arbeit muß doch was Schönes sein, nicht?« Dann wandte er sich wieder dem Strichmädchen zu, das ihm ihren Verdienst ablieferte. Der »Schilehrer« war etwas mißtrauisch, also nahm er dem Mädchen die Handtasche weg, stürzte den Inhalt auf den Tisch und durchsuchte ihn. Vielleicht aber war das nicht Mißtrauen, sondern einfach langerworbene Routine.

Dann kreuzte Benesch auf, der im Auftrag seines Chefs einen gewissen »Horstl« suchte. Benesch konnte ohne sichtliche Anstrengung in einem Arbeitsgang Telefonbücher zerreißen oder zolldicke Türen mit der Faust durchstoßen. Er war eine der Stützen seines Chefs, dessen Rolls Royce allnächtlich lautlos von einem ihm unterstehenden Nachtclub zum andern schnurrte. Benesch nahm mit der Autorität dessen, der nur sehr selten belogen wird, zur Kenntnis, daß niemand wußte, wo der gesuchte »Horstl« sich aufhielt. Nachdem er auch die Toilette inspiziert und »sauber« gefunden hatte, empfahl er sich, nicht ohne den Anwesenden davon abzuraten, »Horstl« von der Suchaktion zu verständigen: »Wenn er nicht ganz deppert ist, weiß er sowieso, was los ist.«

Plötzlich flog die Tür mit dem Schild PRIVAT auf, und ein aus der Nase blutender Mann torkelte heraus. Man warf ihm den Mantel nach. Er hob ihn ungeschickt vom Boden auf. Dann beeilte er sich, ins Freie zu kommen. Er machte gar nicht den Versuch, vom Lokal aus die Polizei davon zu verständigen, daß er soeben 60 000 Schilling bei einem verbotenen Glücksspiel verloren hatte.

Praschel beglich seine Zeche, öffnete das Schloß des Dienstrades und begann, seinen Rayon zum zweitenmal abzufahren.

Praschels Erziehung zur Einsamkeit hatte bereits in der Volksschule begonnen. Im Handarbeitsunterricht mußten die Knaben aus Hartkarton eine Brücke bauen: Als einige zusammen eine größere Brücke bauen wollten, war der Herr Lehrer dagegen: »Nein, das geht nicht!« sagte er. »Jeder von euch macht seine eigene Brücke, da braucht er dann niemanden zu belästigen, und ich kann eure Arbeiten leichter klassifizieren. Und die schönste Brücke stellen wir dann einen Monat lang im Handarbeitsraum aus!«

Praschels Zimmer-Küche-Wohnung war 34 Quadratmeter groß. Das Klo befand sich auf dem Gang und wurde von zwei Familien mitbenutzt. Er spülte das Geschirr im Handwaschbecken. Zur umfassenderen Körperreinigung verwendete er ein großes weißes Blechlavoir. Die Küche erhielt ihr Licht durch die Milchglasscheiben der auf den Gang führenden Doppeltür, während das einzige Fenster des Zimmers auf die Straße ging. Gerade gegenüber lag ein Laden, der ein Schild mit der Aufschrift trug: »DIE BILLIGE PARFUMERIE! SCHAUEN – STAUNEN – KAUFEN!« Die Sonderangebote der billigen Parfümerie bestanden aus Literflaschen billigen Haarshampoos, Riesendosen preiswerten Haarsprays und Bergen »wild-duftender« Toiletteseife. Die Käufer trugen bis zu den Knöcheln reichende Lodenmäntel und an Regentagen darüber durchsichtige Plastikregenhäute. Wurden die Inhaber einer Wohnung ins Altersheim gebracht oder starben sie der Einfachheit halber sofort, zogen Gastarbeiter ein, die allerdings die fünf- bis zehnfache Miete zahlen mußten. Die Kinder spielten auf der Gasse oder auf den Hinterhöfen. Die Eltern waren anständige Leute und beide berufstätig. Sie hatten einige Kredite laufen und wenig Zeit, die sie vor dem Fernseher oder im Gasthaus verbrachten. Einmal hatte ein Fliesenleger aus Eifersucht ins Nachtkästchen geschossen. Wenn auf den Gängen fremde Schritte zu hören waren, gingen viele Küchentüren einen winzigen Spalt weit auf.

Praschel saß an seinem Arbeitstisch, beschäftigt mit einer Kukkucksuhr. Zwei Wohnungen weiter schrie eine alte Frau auf ihren kranken Mann ein: »Du Schwein! Kannst nicht aufpassen?! Überall, wo man hinschaut, ist dein Dreck … Aber ich zünd' dich einmal an, daß endlich Ruh' ist!« Der alte Mann litt an Schließmuskelstörungen. Praschel hatte ihn einigemale, als er in der Früh vom Dienst nach Hause kam, gesehen, wie er seine Unterwäsche zum Trocknen aus dem Gangfenster hängte. Er hatte sie schnell gewaschen, bevor seine Frau ihn vielleicht wieder schlug. Praschel stand auf, nahm die gelbe Plastikgießkanne mit roter Rose und goß die Monstera in der Ecke.

Eines Nachmittags, kurz nachdem er nach Wien gekommen war, hörte Praschel ein Kind weinen. Sogleich ging er auf den Gang, um nachzusehen, weil er bereits wußte, daß um diese Tageszeit fast keine Erwachsenen im Haus waren. Entweder arbeiteten sie oder sie machten ihre Einkäufe in Geschäften, die erst um vier öffneten.

Das Kind weinte, weil es auf der Treppe ausgeglitten und hingefallen war. Dabei hatte es sich am Knie verletzt und blutete. Praschel holte das Verbandspäckchen aus der Uniform, reinigte die Wunde mit Jodtinktur und verband sie. Das Kind hörte auf zu weinen. Es erzählte Praschel, daß die Eltern in der Arbeit waren, weil sie sich ein neues Auto kaufen wollten. Vorhin wollte es zu einem Mitschüler gehen, weil es sich bei der Mathematikhausübung nicht auskannte, nun aber würde es die Hausübung eben morgen vor dem Unterricht abschreiben müssen, denn das Knie schmerzte doch etwas.«

»Was hast du denn auf?« fragte Praschel.

»So Schlußrechnungen«, antwortete das Kind.

»Das kriegen wir schon hin«, sagte Praschel, »dann mußt du morgen nicht früher als sonst aufstehen.«

Das Kind hob das Rechenheft auf und folgte Praschel in die Wohnung.

Seither waren immer mehr Kinder zu Praschel gekommen, wenn sie etwas brauchten. Das schien eigentlich ganz normal, denn Praschel war zu Zeiten erreichbar, da die Eltern nicht vorhanden waren. Er reparierte ihnen das Spielzeug und zeigte den Größeren, wie sie es selbst reparieren konnten. Vor allem aber sprach er mit ihnen, und sie erfanden zusammen Geschichten, die sie zu Hause nicht erzählten, sonst hätten die Eltern den Kopf geschüttelt.

*

Der leichte Regen vervollständigte die Trostlosigkeit der Gegend um die Stadtbahnstation Gumpendorferstraße. Gegenüber des Viadukts führte eine abschüssige Straße zum Stundenhotel, dem Arbeitsplatz nicht sehr gut verdienender älterer »Registrierten« und Hausfrauen, die hier ihr Haushaltsgeld aufbesserten.

Mitzi und Gerti gingen unter ihren Plastikregenschirmen langsam auf dem Gehsteig auf und ab. Manchmal wechselten sie lustlos einige Worte.

»Heut is wieder einmal gar nix los, was, Mitzi?« meinte Gerti.

»Naja, es geht halt auf den Letzten«, antwortete Mitzi, »da haben's kein Geld mehr, die Kavaliere.« Sie lachten automatisch, und Gerti fügte hinzu: »Wer zu uns geht, hat eigentlich eh nie eins.« Dann blickten sie stumm einer Stadtbahngarnitur nach.

Plötzlich stieß Mitzi ihrer Kollegin in die Seite: »Hörst, kommt dort nicht dein Liebling?« Sie zeigte die abschüssige Straße hinauf, die ein kleiner Mann in Kleppermantel mit Kapuze herabkam.

»Ach, der!« meinte Gerti geringschätzig, nahm aber dennoch eine dienstliche Haltung an. So empfing sie Praschel mit einem uralten Lächeln und der Frage: »Na, Schatzi, machen wir was?«

»Ja«, nickte Praschel. »Komm, gehen wir!« Gerti hakte ihn unter, sah aus dem Augenwinkel, wie Mitzi ihr zuzwinkerte, und zog ihren Kunden zum Stundenhotel.

»Nummer sieben«, sagte der Portier. Er nahm die 70 Schilling, die Praschel wortlos auf das Rezeptionspult gelegt hatte, dann schob er Gerti zugleich mit dem Schlüssel ein Präservativ zu.

Sie erreichten das Zimmer Nummer sieben über einen abgetretenen Läufer. Praschel legte keinen Wert darauf, von innen abzuschließen. Er gab Gerti 200 Schilling. Sie wußte, was er von ihr wollte. Deshalb zog sie sich stumm aus, streifte ihm das Präservativ über, nahm den Schwanz in den Mund, bis er stand. Dann legte sie sich zurück, und Praschel drang still in sie ein. Wieder einmal überkam ihn die stumpfsinnige Ähnlichkeit des Geschlechtsaktes mit vom Arzt verordneten Liegestützen, die ihn erst ganz verließ, als er auf der Stadtbahnstation einen Vorverkaufsschein in den Entwerter schob.

Die vier betrunkenen Jugendlichen kamen aus einer Seitengasse. Praschel hatte sie schon seit längerem schreien gehört, während er Rollbalkenschlösser auf ihre Unversehrtheit untersuchte. Sie näherten sich und blieben plötzlich einige Schritte vor ihm stehen. Sie flüsterten. Einer trat zu Praschel. Er sagte: »Hörst, Wächter, schieb dein Kappel z'ruck!«

Die drei andern lachten. Praschel drehte sich langsam zum Sprecher um. Der schlug ihm mit den Worten »Dein Hut sollst runternehmen!« die Kappe vom Kopf, öffnete seine Hosentür und sagte: »Und jetzt wirst mir einen blasen!«

Praschel sah ihn an und sagte leise: »Gehts heim und laßts mich in Ruh.«

»Also … du willst mir kein' blasen?« Er gab Praschel blitzschnell einen Fußtritt, sodaß er taumelte, den er mit den Worten begleitete: »Dann müssen wir dir leider das Arschloch aufreißen!«

Das war das Kommando für die drei anderen, sich aktiv ins Geschehen einzuschalten. Zwei packten Praschel von hinten, der dritte schlug ihm die Faust mehrmals ins Gesicht. Der Wortführer trat ihn in den Unterleib, dachte nach, zog einen Metallkamm aus der Innentasche seines Sakkos, riß ihn durch Praschels dünnes Haar, daß die Kopfhaut aufplatze, und schrie dazu: »Kampel di, du Sau … frisier di einmal!« Praschei sackte blutüberströmt zusammen. Sie ließen ihn auf den Gehsteig fallen. Da lag er.

Einer fragte: »Du, Jacky, wie geht das, wenn man einem den Fuß brechen will?«

»Ganz einfach«, sagte Jacky. »Legts ihn auf die Seite, wie wir's im Erste-Hilfe-Kurs gelernt haben.« Sie brachten Praschel in Seitenlage. »Jetzt drehts ihm den oberen Fuß ein bissl nach außen … ja, so … und jetzt SPRING I DRAUF!«

Noch während seiner letzten Worte sprang Jacky auf Praschels Bein, und Praschel wurde bewußtlos.

»Zudecken müssen wir ihn auch«, meinte einer, »daß er sich nicht verkühlt.« Die anderen lachten, während er das Dienstrad auf den Bewußtlosen legte und dazu sagte: »Gute Nacht, Herr Inspektor!«

Sie entfernten sich lärmend, etwas ermüdet nach dieser Ersatzhandlung. Es war die Nacht auf Montag. In wenigen Stunden würden zwei von ihnen vielleicht nicht an ihrem Arbeitsplatz erscheinen, einer würde dem Unterricht fernbleiben, und der vierte hätte seit Null Uhr in der Kaserne sein sollen. Am Abend waren sie mit drei Mädchen ausgegangen, was von vornherein ein ungünstiges Verhältnis war, aus dem sich dann auch wirklich nichts Rechtes ergab. Eine war plötzlich verschwunden, und die beiden anderen hatten sich ein Taxi kommen lassen, weil sie sich vor den Betrunkenen fürchteten. Sie hätten Praschel auch fertiggemacht, wenn er nicht uniformiert gewesen wäre. Jetzt waren ihre modischen Anzüge leicht zerknittert, und die Boutique-Krawatten saßen nicht mehr ganz einwandfrei. Ihre Füße steckten in dicksohligen Schuhen mit hohen Absätzen, ihr Gang war unsicher, sie suchten die nächste Würstchenbude.

Nach dem Betriebsunfall lag Praschel einige Wochen im Spital, aber das Bein war mehrfach gebrochen und nicht wieder hinzukriegen. Schließlich verpaßten sie ihm auf Krankenkassenkosten einen orthopädischen Schuh und schickten ihn heim.

Im Briefkasten fand er einen Brief von seiner Firma, die ihn für die nächsten Tage ins Büro bestellte.

Nachdem er mühsam bis in den dritten Stock eines Hauses in der Innenstadt hinaufgehinkt war, ließ man ihn erst eine Viertelstunde warten, bis der Chef Zeit hatte. Praschel rauchte zwei »Donau«.

Der Chef gab ihm lächelnd die Hand.

»Also das freut mich wirklich, Herr Praschel«, sagte er, »daß Sie wieder soweit beisammen sind.«

Praschel stand stumm vor dem Schreibtisch, hinter dem der Chef saß.

»Allerdings, Herr Praschel«, der Chef machte eine Kunstpause. »Allerdings muß ich Ihnen leider eine traurige Mitteilung machen.« Er legte den Kopf ein wenig schief und blickte Praschel mitfühlend an. Praschel sagte nichts und verlagerte sein Körpergewicht auf das gesunde Bein.

»Also Sie können es mir wirklich glauben, wenn ich Ihnen sage, daß ich mich bei der letzten Sitzung vorige Woche bis zuletzt gegen die Sie betreffende Entscheidung gestemmt habe, aber ich bin dann leider überstimmt worden: Ich bedaure es sehr, aber weil Sie nun körperlich nicht mehr in der Lage sind, Ihren bisherigen Dienst zu tun, müssen wir Sie schweren Herzens zum nächsten Termin kündigen. Es sind unglücklicherweise gerade auch keine Bürostellen bei uns frei, sonst hätte ich Sie schon irgendwie untergebracht. Aber Sie wissen ja, manchmal ist es wie verhext.«

»Lassen Sie die Abfertigung auf mein Konto überweisen und bemühen Sie sich nicht weiter, Herr Chef«, sagte Praschel. Zwei Monate später brachte der Geldbriefträger die erste Frührente.

Was weiter geschieht:

Praschel kauft eine Pistole, bastelt einen Schalldämpfer dazu und wird schließlich zum gefürchteten »Stadtbahnräuber«, ohne seine kargen Lebensgewohnheiten nach außen zu ändern. Täglich sitzt er im Nachtcafé unter den »Galeristen« bei einem kleinen Braunen, liest die Kronen-Zeitung und raucht Donau. Durch die Suche nach dem Stadtbahnräuber wird die Unterwelt beunruhigt: Als Praschel eines Abends gerade die letzte Donau aus der Packung anzündet, bricht eine Schießerei aus. Als einziges Opfer bleibt Praschel auf der Strecke, »von einer verirrten Kugel getroffen.«

JÖRG MAUTHE

Schwierige Wallfahrt nach Mariazell

… unter wühlendem, gewaltig auf- und abschwellendem Orgelgebraus und dem inbrünstig-hysterischen Bittfüruns-Murmeln verzückter Beter,

… berauscht vom Klosterwein, von Müdigkeit, von den Schwaden des Schweißes und des Weihrauchs,

… halbblind von Kopfschmerzen und hypnotisiert von den flimmernden Kerzenreflexen im Gold und Silber des Gnadenaltars,

… inmitten des wirklichen Volkes von Österreich, des seit Jahrtausenden von allen Plagen heimgesuchten, von Mäusen und Römern, von Germanen und der Pest, von Kuruzzen, Preußen, Mongolen und der Industrialisierung, von Russen und Hungersnöten, von Kriegen und vom Fernsehen,

… inmitten dieses geknechteten, von Beamten und Steuereintreibern gequälten, von Herrschern und Politikern nur undeutlich wahrgenommenen, dieses von seinen Dichtern und Literaten bespuckten und verhöhnten, von seinen Intellektuellen im Stich gelassenen kleinen Volkes, das aus einer endlosen Geschichte nur gelernt hat, wie man sich unter ihr krümmen muß, wenn man sich davonbringen will unter den Feuerstrahlen und den Seuchen eines ewig währenden Jüngsten Gerichts,

… unter diesem hassenswerten und verratenen, liebenswürdigen, miserablen, unzuverlässigen, aber beständigen Volk also …

… und im Anblick des starren Muttergottesbildes, dem man ein steifes pyramidenförmiges Festgewand aus dunkelgrünem Brokat und goldenen Spitzen umgehängt hatte … hier also und unter solchen Umständen überkam den Legationsrat Dr. Tuzzi der Geist – aber nicht der Heilige – und trat ihn so kräftig in die Kniekehlen, daß der sonst so selbstbeherrschte Mensch in die Knie sank und zu seinem eigenen hilflosen Staunen wie alle anderen auch ein Bittfürunsnach dem anderen hervorstieß. Und aus irgendeiner phylogenetischen Unterbewußtseinsfalte stieg ihm etwas Ungeheures auf, etwas, das ein Mittelding zwischen einem Gefühl und einer Erkenntnis war, und hieb ihn aus dem Bauch heraus von hinten kräftig auf den Solarplexus, daß ihm die Luft wegblieb und die Tränen in die Augen traten. Und zwischen Waldviertler Kleinhäuslern, die sich in tiefer Trance hin und her wiegten, und einer Trachtenkapelle aus dem Lungau, die das gleiche tat, löste sich in der Tuzzischen Brust eine Lawine und donnerte ins Tal der Unwesentlichkeit. Und im selben Augenblick überschritt leicht schwebend sein Ich die Grenze zwischen Wirklichkeit und dem Phantastischen, denn das hölzerne Gesicht des Gnadenbildes hatte zu leben begonnen und Tuzzi durch die Weihrauchwolken hindurch angeblickt, aber es war nicht nur einfach das Gesicht einer gotischen Madonna, sondern auch das der fruchtbaren Göttin, die schon vordem auf diesem Berg von längst vergessenen Illyrern oder Kelten verehrt worden war, das erhabene und zugleich fröhliche, das lachende, aber anbetungswürdige Antlitz der Magna Mater Austriae (et Hungariae et Bohemiae etc.), und darüber schob sich das Bildnis der Generalswitwe, wie sie am Klavier gesessen und das Lied vom Tannengrün und Ährengold gesungen hatte, und jetzt wußte Tuzzi, an was ihn der Duft eines gewissen anderen Menschen den ganzen Tag über erinnert hatte, nämlich an eben das: an Nadelwald und reifendes Getreide. Und das dazugehörige Gesicht war auch in dem der Großen Mutter enthalten und lachte ihn an oder aus.

Und in diesem Augenblick war die Bitt- und Bußpredigt irgendeines Priesters zu Ende, und die Menge erhob sich wankend auf die Beine und schob sich vor, um das Gitter vor dem Bild der Großen Mutter zu küssen, und so taumelte er betäubt in das schwüle Tageslicht hinaus und muß ziemlich erschreckend ausgesehen haben, denn das Mädchen, das den Besuch der Basilika offenbar schon absolviert hatte und in unvermindertem Einverständnis mit sich und der Welt im Halbschatten einer Devotionalienbude auf ihn wartete, sprang auf, faßte ihn unter dem Arm und rief: »Jessas, Sie schaun ja lieb aus!«

Und da nach der hintersinnigen Logik österreichischen Sprachdenkens diese Formel vom »lieb ausschaun« nur auf den angewendet wird, der nahe am Verenden ist, kann man sich vorstellen, wie sehr ramponiert von all den Emotionen der letzten Wochen der Legationsrat Tuzzi wirklich war.

Woraus klar erhellt, daß das Überschreiten der Wirklichkeitsgrenze kein Dreivierteltaktg'spaß, sondern eine für den Äußeren wie sowohl den Inneren Menschen recht strapaziöse Angelegenheit ist, deren halbwegs präzise Beschreibung uns auch nicht gerade leichtgefallen ist.

Aber jetzt ist er Drüben, der Legationsrat. Und man wird ja sehen, wie's Drüben weitergeht.

Das Mädchen entfaltete mit Hilfe eines kleinen älteren Mannes, den sie als »Herr Broneder« ansprach, eine energische Tätigkeit, indem sie gemeinsam mit diesem Tuzzi hinter einer Verkaufsbude auf zufällig vorhandene leere Säcke bettete und etwas angenehm Kühles über seine Stirn breitete. Da lag er also nun und sah schräg hinauf in einen Verhau von Kerzen, Kunststoffheiligen und Rosenkränzen; auch Glaskugeln waren zu sehen, in denen Miniatur-Mariazells darauf warteten, auf den Kopf gestellt zu werden, damit Plastikschneeflocken auf sie fielen. Und wenn ihm nicht so schlecht gewesen wäre, wäre er ungemein glücklich gewesen.

Eine Weile danach erschien Herrn Broneders runzliges Gesicht zwischen den Devotionalien und blickte überlegend aus sehr hellen, fast pupillenlosen Augen auf ihn herunter, dann setzten sich unter dem Budentisch stämmige Broneder-Beine in Bewegung, der ganze Herr Broneder kam um den Tisch herum, nahm Tuzzi so leicht auf die Arme, als wäre er ein Kind, trug ihn durch ein Spalier mäßig neugieriger Wallfahrer zur Stirnseite des Kirchplatzes hinauf, wo ein geländegängiges Erzeugnis heimischer Wertarbeit stand, legte dort den Legationsrat auf die winzige Verladefläche, setzte sich selbst ans Steuer und startete den Motor. Grünblondes schwang sich vor Tuzzis Gesicht, worüber er sich aus irgendeinem nicht mehr begreifbaren Grund freute, denn denken konnte er jetzt überhaupt nicht mehr, und gern hätte er sich in die erste Ohnmacht seines Lebens fallen lassen, aber das verhinderten die Kopfschmerzen, deren glühende Nägel sich bei jedem Holpern des Puch-Haflingers ein Stück tiefer in sein Hirn bohrten.

Broneder fuhr zwischen allen menschlichen und sonstigen Hindernissen einen geschickten Slalom den Berg hinunter, manövrierte über hartgewordenen Ackergrund eine Weile parallel zur übervölkerten Straße entlang, fand dann einen ins Hügelland abzweigenden Karrenweg, verließ auch diesen wiederum, schaltete in den ersten Gang zurück und kletterte langsam einen verdorrten Grasabhang hinauf. Oben fand sich ein einsamer Forstweg, der schräg hinein in den Wald führte.

In den Fahrtwind, der über das offene Gefährt strich, mischte sich eine Ahnung von Kühle. Tuzzi machte sekundenlang die Augen auf, aber die schnell an ihm vorüberrutschende Reihe hoher Baumstämme rief neue Übelkeit hervor. Immerhin, leise regte sich in ihm die Hoffnung, daß er für heute das Schlimmste überstanden hätte.

Nach einiger Zeit hielt der Haflinger. Der erstaunlich kräftige Herr Broneder stemmte Tuzzi mit dem dicken Muskelpaket seines rechten Arms unter der Achselhöhle empor, und Tuzzi sah, daß er sich einer Villa zubewegte, einem hübsch weißgekalkten und mit grünem Fachwerk versehenen Gebäude aus Urgroßvatertagen, und daß eine Dame mit glattem weißem Scheitel und besorgtem Gesichtsausdruck eine Tür offenhielt. Weiters nahm er wahr, daß man ihn in einen Sessel gleiten ließ und daß das Atmen plötzlich auffällig leichtfiel, so leicht, daß sich die Blutgefäße mit Sauerstoff vollsogen, die Migräne fast sekundenschnell verschwand und einer Euphorie Platz machte, die einer alkoholischen Beschwipstheit sehr ähnlich war.

Vor ihm standen und sahen ihn aufmerksam an: das Mädchen, der Herr Broneder und die weißhaarige Dame, die mit ihrem Altdamengesicht, ihrer kerzengeraden Haltung und dem graugrünen Dirndlkleid ziemlich genau den Typus jener sympathischen Provinzaristokratinnen repräsentierte, die vielfach auch heute noch ein matriarchal-feudalistisches Regiment über Gutsangestellte und die Paying guests ihrer Schlösser führen und jedem Mann unweigerlich die Besorgnis einflößen, daß er sich vielleicht die Fingernägel nicht ordentlich genug geputzt haben könnte.

Diese bemerkenswerte Dame wandte endlich die Augen von dem Legationsrat ab und den anderen zu, wobei sie die im dritten Jahr der Großen Hitze geradezu ungeheuerlichen Worte sprach:

»Der arme Mensch braucht ein Bad!«

Worauf sie samt dem Mädchen in einen Nebenraum abging, aus dem gleich darauf das auch schon fast vergessene Geräusch eines in die Wanne platschenden Wasserstrahls hörbar wurde.

Der schweigsame Herr Broneder machte sich ohne weitere Umstände daran, dem Legationsrat die Schuhe von den angeschwollenen Füßen und die Kleidungsstücke vom Leibe zu ziehen; er verfuhr dabei mit einer Geschicklichkeit, die um so merkwürdiger war, als jeder einzelne seiner Finger gut und gern einen kräftigen Kleinkinder-Armknochen abgegeben hätte.

Und dann fand sich Tuzzi wirklich und wahrhaftig in einer Wanne voll klaren und kalten Wassers wieder, und was er darin empfand, kann nur von dem nachgefühlt werden, der sich aus eigener Erfahrung an sein erstes Bad nach der Großen Hitze erinnert.

Noch in der Badewanne fielen Tuzzi die Augen zu.

Langsam hinabsinkend
Dahintreibend zwischen den Träumen
Manchmal um seine Achse sich drehend
Schwerelos leicht, schattenhaft schwebend
schlief er.

Das Zeitgefühl kam dem Legationsrat in den folgenden Tagen ziemlich abhanden.

Er wachte irgendwann auf, nahm halbschlafend etwas Essen zu sich, das man neben sein Bett gestellt hatte, schlief wieder ein, wachte wieder auf und fühlte Schmerzen in allen Muskeln, weil die krampfhafte Verspannung der letzten Wochen zu plötzlich nachgelassen hatte. Die aristokratische Hausfrau betrachtete ihn nachdenklich, kam dann mit dem schweigsamen Herrn Broneder wieder, der Tuzzi mit einer stark nach Heu duftenden Salbe einrieb und so vortrefflich zu massieren begann, als sähe er jede Verknotung in den feinsten Fibern der Sehnen und Muskeln vor sich. Tuzzi schlief ihm unter den Händen ein, erwachte wieder und schlief wieder ein.

In den kurzen Minuten des Wachseins erschien ihm die Welt hauptsächlich angenehm graugrün und gelegentlich von mattem Silber unterlegt: So der Blick durch ein großes Fenster auf einen Bergrücken, der wohl zum Massiv des Ötschers gehörte, so auch die Vorhänge davor, die Tapeten, die Kleider, selbst die Augen der alten Dame, die manchmal neben seinem Bett saß und ihn ruhig beobachtete. Auch die kurzen Nächte waren nicht viel anders, oder jedenfalls empfand Tuzzi das so. Das Mädchen bekam er in all dieser Zeit nicht zu Gesicht, aber sein angeborener und durch berufliche Erfahrung geschärfter Instinkt für die Logik schicksalhafter Abläufe sagte ihm, daß er sich deswegen keine Sorgen machen müsse.

Langsam stellte sich in seinem Geist der Zusammenhang der Dinge wieder her. Und allmählich wuchs in ihm das dringende Bedürfnis, seine Gastgeberin zu fragen, der Wievielte denn heute sei.

»Der Wievielte? Broneder – den Wievielten haben wir?«

»Sechzehnter Juni«, sagte Broneder, dessen merkwürdig singende Stimme Tuzzi bei dieser Gelegenheit zum ersten Mal hörte.

Tuzzi überfiel der blanke Schrecken: Sechzehnter Juni! Das hieß, daß er vier – nein, noch mehr Wochen hier im Graugrünen verbracht hatte! Sechs Wochen! Die Wirklichkeit brach über ihn herein: der nicht erfüllte Auftrag, das verdurstende Land, die verweinte Ulrike, die Angst in den Augen des Ministers, der schwerfällige Haberditzl, der verschwundene Trotta, der tobende Kanzler, die bleichen Gesichter der Wallfahrer, die eigene Unfähigkeit und Ohnmacht.

Von Panik erfaßt, versuchte er aus dem Bett zu springen, aber die gelockerten Muskeln spielten nicht mit und erlaubten ihm nur, schweißüberströmt auf der Bettkante sitzenzubleiben. Die Hausherrin und Broneder halfen ihm nicht, obwohl sie ihn nicht aus den hellen Augen ließen. Sie sprachen leise miteinander, auch die Frau in dem singenden Tonfall, der Tuzzi kürzlich an Broneder aufgefallen war, aber er verstand nicht, was sie sagten, denn sie unterhielten sich in einer fremden Sprache.

»Kann ich eine Zeitung haben?« fragte Tuzzi hilflos. »Leider nein«, sagte die alte Dame, »wir lesen hier keine Zeitungen. Ich weiß auch gar nicht, ob man in Mariazell eine bekommen könnte. Die Situation scheint sich ziemlich verschlechtert zu haben in den letzten Wochen.«

»O Gott«, sagte Tuzzi und stand schwankend auf. »Haben Sie Telephon?«

»Nein. Und wenn wir eines hätten, würde es jetzt wohl nicht mehr funktionieren … Broneder!«

Broneder sprang vor und erwischte den Legationsrat gerade noch, ehe er ganz umkippte.

»Nein«, sagte die Lachesitsch. »Nicht ihn wieder hinlegen. Sehen Sie zu, daß Sie ihn wieder auf die Beine bringen, lieber Broneder.«

»Aber verstehen Sie doch bitte, gnädige Frau«, sagte Tuzzi schwach. »Ich bin Ihnen für Ihre liebenswürdige Gastfreundschaft unendlich verbunden. Aber ich muß … ich will … gnädige Frau, ist Ihnen der Name Lachesitsch bekannt?«

»Doch«, sagte die Dame, »ich heiße nämlich so.«

»… ich habe es mir fast schon gedacht«, sagte Tuzzi. Broneder hatte sich seinen Arm um die Schulter gelegt und führte ihn langsam hin und her; der Legationsrat spürte, wie sich Schritt um Schritt die Sehnen wieder zu spannen begannen.

»Dann wissen Sie vermutlich auch«, sagte Tuzzi, »warum beziehungsweise in welcher Absicht ich hierhergekommen oder vielmehr geraten bin, nicht wahr?«

»Aber sicher weiß ich das. Das Lieserl und das Tildchen haben mich gründlich informiert.«

Sieh da! dachte der Legationsrat verdutzt. Und ich hatte gedacht, daß die Atropijan und die Urdning (nicht einmal in Gedanken brachte er es fertig, die Urdning als »Tildchen« zu bezeichnen) sich um meine eigentlichen Interessen so gut wie gar nicht gekümmert hätten. Es gibt also doch mehr Dinge im Himmel und auf Erden, Tuzzi, als du glaubst.

Er war jetzt mit Broneders freundlicher Unterstützung wieder am Kopfende seines Bettes angelangt.

»Dann, gnädige Frau, wissen Sie vermutlich auch, was ich wirklich suche?«

»Was suchen Sie denn wirklich?«

»Etwas, was es ja wohl nicht gibt: Zwerge nämlich.«

»Warum soll es die nicht geben, lieber Legationsrat?«

»Ja, gibt es die denn wirklich?«

»Aber freilich«, sagte Frau Lachesitsch lächelnd, während Broneder Tuzzi behutsam auf das Bett legte. »Sehen Sie sich doch unseren lieben Herrn Broneder an. Der ist zum Beispiel einer.«

(Da wir in der Fortsetzung des neunten Kapitels eine sehr viel dauerhaftere Welt betreten, als es die unsere ist, wird im Präsens weitererzählt.)

Tuzzi geht an der harten und trockenen Hand Broneders, wenn die Breite des Stollens es erlaubt, manchmal auch, wenn dieser enger wird, hinter ihm, die Hand auf der Schulter des anderen, einige Male auch an dessen rechtem Knöchel, wenn sie über Schuttstrecken kriechen müssen und mit dem Rücken fast die Decke des Stollens streifen. Tuzzi glaubt, irgendwann einmal gehört zu haben, daß es in dieser Gegend uralte, längst verlassene Bergwerke gibt.

Tuzzi hat anfänglich Angst, weil er eine solche vollkommene Dunkelheit zum ersten Mal erfährt. Jedoch verschwindet diese Angst durch die Berührung mit den zuverlässigen Broneder-Muskeln überraschend schnell, und nach einer Weile empfindet er die Finsternis nicht mehr als bedrückend.

Broneder bewegt sich sicher, wiewohl nicht ungestüm vorwärts, wie einer, der sich eines vertrauten, jedoch lange nicht begangenen Weges erinnert. Er wirkt aber selbst in dieser Finsternis so konzentriert, daß Tuzzi ihn nicht durch Fragen zu stören wagt. Manchmal stößt er einen Ruf aus und horcht dem Echo nach, ehe er sich für die eine oder andere Richtung entscheidet. Gelegentlich erteilt er kurze, mehr als Ratschläge denn als Kommandos klingende Anweisungen. Er sagt: »Es wäre besser, daß wir jetzt hintereinander gehen«, oder: »Noch ein paar Minuten, dann könnten wir rasten.«

Das tun sie dann auch. Sie sitzen auf trockenem Geröll, essen Speckbrote und trinken den Kräutertee, den ihnen die Lachesitsch in einer Thermosflasche mitgegeben hat. In der außerordentlichen Stille hört Tuzzi nur das langsame Atmen Broneders. Er bemüht sich, gleichfalls so ruhig zu atmen.

»Es wird jetzt etwas schwieriger«, sagt Broneder, und das wird es auch. Sicherlich haben sie jetzt die alten Bergwerksanlagen verlassen, denn sie müssen, Tuzzis Hand am Broneder-Knöchel, auf und ab, meistens jedoch abwärts kriechen und klettern.

Zwei- oder dreimal sagt Broneder: »Bitte bleiben Sie stehen!« und kurz darauf: »Strecken Sie die Hand in die Höhe!«, und dann wird Tuzzi an dieser Hand mit einem kurzen und kraftvollen Zug in die Höhe gerissen, und die Wanderung setzt sich in einer neuen Windung des unterirdischen Weges fort. Auch nimmt Broneder den Legationsrat auf den Rücken und läßt sich solcherart mit ihm kürzere oder längere Strecken ohne Seil senkrecht in die Tiefe hinunter. Tuzzi glaubt an der Regelmäßigkeit der Bewegung zu erkennen, daß Broneder sich irgendwelcher in den Fels eingelassener Griffe oder, gelegentlich, auch steiler Stufen bedient. Des Legationsrats ohnehin überanstrengtes Zeitgefühl gewinnt keinen Begriff von der Länge des zurückgelegten Weges.

Sie rasten abermals. Broneder empfiehlt Tuzzi, ein wenig zu schlafen. Zwar habe man, sagt Broneder, den schwierigeren Teil des Weges bereits hinter, aber doch noch eine ganz schöne Strecke vor sich. Wie sich der Legationsrat fühle?

Der Legationsrat fühlt sich ganz gut. Zwischen den Widrigkeiten der letzten Wochen und der Neugier auf das Kommende, zwischen dem Erstaunen über das Geschehene und der Absicht, über das Kommende nicht mehr erstaunt zu sein, zwischen der wiederkehrenden Kraft seines Körpers und dem Vertrauen auf die Bronedersche Zuverlässigkeit ergibt sich ein mittleres Gleichgewicht, das dem Zustand guter Laune nahekommt.

Er sitzt auf einem Stein und lehnt sich gegen den Fels. Stein und Fels sind kühl, aber nicht kalt. Tuzzi kann nicht beurteilen, ob sie behauen sind oder nicht, jedenfalls schmiegen sie sich seinem Körper – oder er sich an sie? – ohne Härte an.

Tuzzi hat die Angst vor der Finsternis völlig vergessen. Er glaubt zu spüren, wie sich seine Augäpfel und seine Augennerven von einer lebenslänglichen Anstrengung erholen; er weiß, daß dies wahrscheinlich nur Einbildung ist, aber dennoch fühlt er hinter dem Nasensattel, in der Mitte zwischen den Augen, wohlige Erleichterung.

Tuzzi hört auf die leisen Atemzüge seines schlafenden Gefährten. Nach einer Weile bemerkt er, daß dies nicht das einzige Anzeichen von Leben ist. Vielmehr durchzieht allerlei Bewegung die ruhige Finsternis. In Abständen streicht Luft über sein Gesicht, kleine, gemächlich hauchende Winde, die von verschiedenen Seiten zu kommen scheinen und je nachdem kühler oder wärmer sind. Aus einer Ferne dringt ein Geräusch wie von einem Stein, der zwischen den Wänden eines engen Schachtes in die Tiefe prellt. Auch glaubt Tuzzi einmal Wasserstürzen zu hören, das aber rasch wieder verstummt. Wiederum eine Weile später wird er eines leisen Knisterns gewahr, das nicht mehr verstummt, sondern um so vielfältiger und in immer komplizierteren Modulationen durch die Dunkelheit rieselt, je aufmerksamer er sich ihm zuwendet. Lange grübelt er über die Herkunft dieser Laute nach, bis er in einer Art von sanftem Erschrecken begreift, daß er nun die Sprache des Gesteins vernimmt, das Gespräch der Felsen und das Flüstern ihrer Schichtungen, die sich in Geduld über- und durcheinanderschieben.

Tuzzi tastet seine Taschen ab und findet Zündhölzer und ein verdrücktes Zigarettenpäckchen. Im Schein des Zündhölzchens stellt er fest, daß er sich in einer kleinen Halle befindet. Zu seiner Rechten liegt ein Schuttkegel, dahinter eine unregelmäßige Öffnung, aus der sie wohl in die Halle hereingekommen sind. Links tut sich ein Gang auf, dessen regelmäßige Rundung auf künstliche Bearbeitung schließen läßt. Broneder liegt zu Tuzzis Füßen und schläft.

Tuzzi raucht mit Genuß und hört dem Geschwätz der Felsen zu.

Broneder erwacht mitten in einem Atemzug und ist im nächsten schon ganz munter.

Sie gehen weiter, der Legationsrat wieder an der Hand seines Führers.

Sie wandern lange, auf einem Boden, der den Füßen nicht weh tut und auf dem die Schritte nicht hallen. Der Gang führt in gleichmäßiger Schräge bergab – oder vielmehr bergein, wie sich der Legationsrat in Gedanken korrigiert. Die Luft ist sauber und geruchlos, nur an zwei oder drei Stellen meint Tuzzi etwas Stickiges oder Gasiges aus ihr herauszuschmecken; diese Stellen passieren sie mit schnelleren Schritten.

Vergnügt wie einer, der eben schwimmen gelernt hat und sich nun mit einem fremden, aber nicht mehr feindlichen Element vertraut macht, streckt der Legationsrat seinen linken Arm aus und fühlt die Fingerspitzen eine glatte Wand entlangstreifen. Er berechnet im Kopf, daß der Gang also etwa drei Meter breit sein dürfte. Er streckt den Arm in die Höhe und erschrickt ein bißchen, denn die Decke befindet sich nur wenige Zentimeter über seinem Kopf, den er hinfort etwas einzieht. Broneder bemerkt jedoch auf eine diesbezügliche Frage, daß Tuzzi nicht ängstlich sein müsse, denn die Höhe der Decke werde sich nicht verändern.

»Früher einmal«, fügte Broneder hinzu, »war das hier eine Straße nach draußen. Jetzt wird sie nur selten benützt. Aber Sie können sich darauf verlassen, daß sie immer noch in Ordnung ist.«

Das ist, denkt Tuzzi, das Aufschlußreichste, was ich bisher über die Situation hier unten gehört habe. Also hat Twaroch auch in diesem Punkt recht: Es hat einmal Beziehungen zwischen uns und den Zwergen gegeben.

Der Weg wird nun wieder komplizierter. Zugluft und gelegentliches Nachhallen des Schrittgeräusches lassen darauf schließen, daß sich zu beiden Seiten Abzweigungen öffnen. Broneder bleibt wieder öfter stehen, ruft sein »Prà – re – à!« und entscheidet sich dann nach dem Echo für diese oder jene Abzweigung. Die Straße führt aber immer noch in die Tiefe.

Übrigens wird es allmählich wärmer, doch ist die Luft weiterhin angenehm zu atmen.

Tuzzi schätzt, daß sie nun an die fünf bis sechs Stunden unterwegs sind. Sie müssen also, wenn man die Verzögerung durch mühsame Kletterei und die beiden Rastpausen einrechnet, mindestens zwölf oder fünfzehn Kilometer zurückgelegt haben. Er rechnet sich aus, daß er und Broneder sich nun schon drei oder vier Kilometer unter der Erdoberfläche befinden. Aber er ist nicht müde, sondern im Gegenteil wach und sieht dem Kommenden mit steigender Neugier entgegen.

Einmal hören sie unter sich tosendes Wasser, auch steigt und fällt der Weg über eine kurze Strecke hin bogenförmig an und ab. Offenbar überschreiten sie auf einer Brücke einen unterirdischen Strom.

Dann hat Tuzzi den zunächst unbestimmten Eindruck, als würde die Finsternis geringer und sozusagen durchsichtiger; erst allmählich begreift er, daß er wieder zu sehen beginnt, wenn auch vorderhand noch nichts wirklich Sichtbares; dieser Eindruck verstärkt sich, und schließlich erkennt er, daß es die Wände oder Teile der Wände des Ganges sind, die aus sich heraus in verschiedenen Goldtönen aufglimmen. Dieses Glimmen verstärkt sich allmählich zu einem gedämpften Leuchten, so daß nun Tuzzi auch die Umrisse seines Gefährten wahrnehmen kann.

Weiterhin ist zu erkennen, daß der schmelzartige Charakter der Farben irgendwie den Schichtungen des Gesteins entspricht, zwischen denen sie hindurchschreiten; je nach deren Art spielt der goldene Grundton ins Grünliche oder Kupferfarbene hinüber; gewisse Einsprengsel glühen aber auch in einem Goldviolett oder Goldrot auf, wie Tuzzi sie bisher noch nie gesehen hat. Dieses Glühen, Glimmen und Leuchten nimmt weiterhin zu und bleibt dann auf einer gewissen Helligkeitsstufe konstant; es herrscht nun in den Gängen – denn in der Tat vervielfacht und verzweigt sich der Weg nun sehr häufig, auch weiten sich die Gänge gelegentlich zu kleinen Hallen – ein gleichmäßiges, gedämpftes, blendungsfreies Licht, in dem Tuzzi beispielsweise die Gesichtszüge Broneders deutlich erkennen kann.

Der Legationsrat überlegt, ob er nun mit Broneder eine Unterhaltung anknüpfen soll, um ihn nach diesem oder jenem, beispielsweise nach dem Ziel ihrer Wanderung, zu befragen. Aber er unterläßt es, weil er weiß, daß die Dinge seit geraumer Zeit ohnehin (endlich!) auf ihn zukommen und er ihnen nicht weiter stolpernd und schweißbedeckt nachlaufen muß. Auch ist das sowieso große Verständnis Tuzzis für den Wert des geduldigen Abwartens, seit er der Unterhaltung der Steine zugehört hat, gewaltig gewachsen.

Dennoch erschrickt er, als er mit Broneder nicht mehr allein ist. Der Weg nämlich mündet in einen Raum, der wie das Innere einer Halbkugel geformt ist, und hier stehen zwei Männer, die Broneder ziemlich ähnlich sehen, wenngleich einer wesentlich jünger und der andere noch älter zu sein scheint. Die Wände der Halbkugel sind von galerieartig angeordneten Öffnungen umgeben. Auch aus einigen dieser sehr dekorativ angeordneten Öffnungen oder Fenster blicken Gesichter auf Tuzzi herab.

Broneder und die beiden Fremden begrüßen einander mit Verbeugungen und freundlichen Umarmungen. Tuzzi faßt sich und verbeugt sich ebenfalls, und die Männer, die, wie Broneder um einen guten Kopf kleiner als der Legationsrat, also wohl ebenfalls Zwerge sind, verneigen sich, wenngleich etwas zurückhaltender als ihrem Artgenossen gegenüber, noch einmal. Sie sehen Tuzzi aus hellen Augen und mit jener Neugierlosigkeit an, der er seit den Tagen des Besuchs bei der Atropijan nun schon mehrfach begegnet ist.

Die drei unterhalten sich kurz in der dem Legationsrat unbekannten Sprache, die reich an Doppelkonsonanten und gesättigt mit Diphthongen ist.

Die beiden fremden Zwerge tragen gamaschenähnliche Beinkleider aus einem Material, das sehr dünnes Leder zu sein scheint, ferner lose, ärmellose Jacken aus einer Art von Leinwand, welche sowohl die muskelbepackten Arme und einen Teil der breiten und langsam atmenden Brustkästen sichtbar bleiben lassen. Sie haben Schmuck angelegt, an Handgelenken und Oberarmen breite, mit Edelsteinen besetzte Goldbänder, die nach Tuzzis Vermutung sehr kostbar sein müssen; der ältere trägt außerdem eine Kette aus grünen Steinen, die vermutlich Smaragde sind.

»Dies ist mein Geehrter Vater Brion«, sagt Broneder, und schon diese wenigen Worte lassen Tuzzi vermuten, daß sich sein Begleiter nun unwillkürlich nicht mehr der Diktion der Ober- und Außenwelt bedient, sondern aus seiner eigenen Sprache heraus dolmetscht: »Und dies ist mein Lieber Neffe Bron.« Tuzzi verbeugt sich noch einmal und die Zwerge auch. Dann bittet Broneder Tuzzi mit einem Kopfnicken, ihm zu folgen. Bron, der seinem Onkel das Gepäck abgenommen hat, geht links, Broneder in der Mitte und rechts von ihm sein Vater. Sie halten einander an den Händen und sprechen leise aufeinander ein. Es ist Broneder anzusehen, daß er glücklich ist, wieder zu Hause zu sein.

Etwas Großes und Glitzerndes gleitet auf sie zu, ein aus Silber getriebener und mit bunten Steinen dekorierter Drachenkopf. In Tuzzi blitzt bei diesem Anblick eine Kindheitserinnerung auf: Ähnliche, wenn auch nicht so schöne Drachenköpfe haben früher einmal im Wurstelprater mit Kindern besetzte Wägelchen in das Wachsfiguren-Märchenreich der Grottenbahnen gezogen. Und tatsächlich ist auch dieser viel schönere Drachenkopf nichts anderes als der Vorderteil oder die Kühlerhaube eines offenen Gefährts, auf dem sie nun Platz nehmen, der Neffe vorn an einem einfachen Steuergerät, hinter ihm Vater Brion und Sohn Broneder, die einander noch immer bei den Händen halten, und dazwischen der Legationsrat, den diese schimmernde Duplik einer verblaßten Kindheitserinnerung heiter stimmt. Das Drachenwägelchen gleitet geräuschlos und nicht schneller als in raschem Schritttempo dahin, durch Gänge und Stollen, durch Hallen, die so hoch sind, daß man ihre Decke nicht mehr sehen kann, es überquert Flüsse, deren Ufer sorgfältig mit grün-goldenen Steinplatten verkleidet sind, und fährt durch Felsgalerien, von denen zahlreiche kleinere Stollen abzweigen. Die Szenerien werden zusehends belebter. Der Drachenkopf überholt dahinwandernde Zwerge und begegnet anderen. Manchmal hält sich einer an der niedrigen Bordwand des Wägelchens fest und beschleunigt seinen Schritt, um mit dem Lieben Neffen Bron ein paar Worte zu wechseln, die wohl immer auf eine Erkundigung nach Art und Herkunft des Legationsrats hinauslaufen, den man ohne Zudringlichkeit, jedoch auch mit merklicher Distanziertheit betrachtet. Tuzzi gewöhnt sich schnell daran und läßt sich von dem Unvermeidlichen nicht weiter stören. Auch ist er vollauf damit beschäftigt, zu betrachten, Schlüsse zu ziehen und seine Eindrücke zu ordnen. Es fällt ihm auf, daß das Händehalten und leichte Einanderberühren nicht nur einer Sitte, sondern vielleicht sogar einem Bedürfnis entspringen, denn wann immer mehrere von ihnen zusammen sind, halten sie einander an den Händen, und auch der Liebe Neffe oder der Verehrte Vater versäumen es nie, den gelegentlichen Fragern oder Begleitern wenigstens die Hand auf die Schulter zu legen.

Soweit Tuzzi das jetzt schon beurteilen kann, herrscht der Typ des alten oder älteren Zwerges, wie ihn Broneder und sein Verehrter Vater repräsentieren, in dieser unterirdischen Population vor. Doch gibt es auch junge Leute, und davon wiederum sind einige überraschend zartgliedrig; Tuzzi begreift, daß es sich bei diesen bisweilen sehr hübschen Geschöpfen um weibliche Zwerge handelt, die er nur deshalb nicht gleich als solche agnosziert hat, weil sie, abgesehen von den etwas ausgiebigeren Oberjäckchen, fast dieselbe Kleidung wie die Männer tragen. Leider halten sie sich vom Drachenwagen fern.

Allmählich lernt Tuzzi auch in der Geographie dieser Örtlichkeiten dieses und jenes zu unterscheiden. So stellen Kombinationen kleinerer Höhlen am Rande der Fahrstraßen ohne Zweifel Geschäfte oder Läden dar, in denen Gefäße, Lederrollen, Gerätschaften verkauft oder gehandelt werden und anderes, das Tuzzi nicht genau erkennen kann.

Es leben nicht nur Menschen – oder Zwerge – hier unten. Der Drachenwagen rollt nämlich mehrere Male durch Riesenhöhlen, deren Wände und schwerlastende Decken von herabhängenden Flechten und Moos verhangen sind. In diesen grünen Schleiern, durch die das Licht der Wände wie durch dichtes Gebüsch sickert, weiden seltsame Tiere, Reptilien, rundlich wie Schafe, aber kurzbeinig wie Schildkröten, gute Kletterer offenbar, denn sie hocken auch hoch oben in den Wänden, und sogar in den Vorsprüngen der Felsdecken sitzen welche, langsam grüne Flechtenbündel kauend und schluckend. Ob das wohl, denkt Tuzzi, die sagenhaften Tatzelwürmer sind, von deren gelegentlichem Auftauchen in der Oberwelt hartnäckig Alpensagen bis in unsere Tage hinein berichten?

Am Ufer eines der Gewässer liegen Netze, woraus zu folgern ist, daß die Zwerge Fischzucht betreiben. Einmal trägt eine Frau einen Korb vorbei, in dem etwas hockt, das nur eine Henne sein kann. Hie und da, aber nicht öfter als fünf- oder sechsmal, taucht ein anderer Drachenwagen auf, bescheidener und viel weniger kunstvoll dekoriert als der, in dem Tuzzi sitzt.

Tuzzi kann sich des Gedankens nicht enthalten, daß er wohl in einer Art von Dienstwagen transportiert wird, was wiederum die Konklusion nach sich zieht, daß es auch hier unten, kilometertief unter der Ötscherspitze, Beamte gibt. Er fühlt sich durch diese Schlußfolgerung ermutigt.

Schließlich fährt der Drache in eine Nische ein und bleibt dort stehen. Tuzzi wird von Broneder, Brion und Bron höflich in einige Räume geleitet, die ihm offenbar als Quartier zugedacht sind.

Man hat sie kunstvoll und gleichsam als eine negative Plastik aus dem Gestein herausgeschnitten, einige Sitzgelegenheiten, Tische und ein mit Polstern und schönen Decken ausstaffierter Alkoven sind ebenfalls nichts anderes als gewachsener Fels. Die leuchtenden Wände und die Decke sind mit einem ruhigen geometrischen Ornament geschmückt, einige Flächen, so auch der Tisch, mit kunstvollen Intarsien versehen. Es ist ein Nebenraum vorhanden, der eine ovale Vertiefung aus grüngesprenkeltem, weich anmutendem Stein besitzt, in die klares Wasser fließt. Ein Bad also oder ein Badebecken.

Broneder bemerkt zufrieden, daß Tuzzi von diesen Dingen entzückt ist. Er stellt dem Legationsrat eine zierliche Zwergin in mittlerem Alter vor, sie heißt Braiona und ist seine Liebe Enkelin. Sie sieht Tuzzi aus ihren hellgrauen Augen unbewegt an und wird um sein Wohl besorgt sein.

Tuzzi fragt, ob man von ihm erwarte, daß er in diesen Räumen verbleibe. Broneder erwidert höflich, daß der geehrte Herr Legationsrat – er sagt wirklich: der geehrte Legationsrat; offenbar übersetzt er wieder aus dem Sprachgebrauch seines Volkes – sich selbstverständlich völlig frei bewegen könne, doch gebe er ihm den Rat, lieber eine Weile zu ruhen; erfahrungsgemäß reagiere der Körper auf den schnellen Abstieg in eine immerhin beträchtliche Tiefe mit Unlust, wenn man ihm nicht etwas Zeit zur Umstellung auf die veränderten Verhältnisse lasse. Die Helligkeit des Raumes sei mit einer einfachen Vorrichtung nach Belieben zu regulieren. Alles Weitere werde sich ergeben, doch sei der geehrte Legationsrat um Geduld ersucht.

Die Zwerge, die einander mit Einschluß Braionas wieder an den Händen halten, machen ihre Verbeugung, Tuzzi tut desgleichen und streckt dann, nicht ganz unwillkürlich, die Hand aus. Aber nur Broneder nimmt sie und schüttelt sie, während sich die anderen schon zurückziehen. Tuzzi glaubt in ihren unbewegten Gesichtern eine Spur von Widerwillen gesehen zu haben.

Braiona bringt auf einer durchscheinenden Platte Eß- und Trinkbares. Tuzzi fühlt sich jetzt in der Tat müde, aber auch sehr hungrig. Die Teller, ein Pokal und eine Flasche sind aus rötlichem Halbedelstein geschnitten. Tuzzi ißt einige Schnitten eines weißen und sehr zarten Fleisches, erst mißtrauisch, weil er vermutet, daß es Fleisch von Reptilien ist, wie er sie vorhin gesehen hat, aber dann mit großem Genuß, denn es schmeckt vorzüglich; dazu ißt er etwas, das wie konzentriertes Brot schmeckt und sehr sättigend ist. Die Flüssigkeit in der Flasche ist goldgrün, schäumt ein wenig und rinnt die Kehle wie starkes, süßes Bier hinab. Der Alkoven ist für Tuzzis Beine zu kurz, aber er schläft dennoch auch heute wieder ganz ausgezeichnet.

Da es hier unten nicht Tag und Nacht gibt, sondern nur den leuchtenden Stein, und Tuzzi seine Uhr auf dem Nachtkästchen im Lachesitsch-Zimmer hat liegenlassen, weiß er nicht, wieviel Stunden oder Tage vergehen, ehe diese Geschichte wieder in Bewegung gerät und ihre Handlung (sofern man von einer solchen überhaupt sprechen kann; denn diese Geschichte handelt ja von etwas anderem als sich selbst und ist nichts als der zufällige Mittelpunkt eines Geschehens) sich fortsetzt oder vielmehr fortgesetzt wird.

Wie dem auch sein mag, es vergeht auch hier unten die Zeit, aber irgendwie scheint irgend etwas nicht zu stimmen. Broneder, nun auch in der Tracht dieser Welt gekleidet, kommt bisweilen auf dem Wege von irgendwo nach irgendwohin vorbei und läßt sich Spuren von Nervosität anmerken; er bittet Tuzzi, auch weiterhin Geduld zu haben und verstehen zu wollen, daß er sich in einer Region befinde, in der man die Zeit nach etwas anderen Maßstäben bemesse, als Tuzzi es gewöhnt sei. Jedoch gibt Broneder auf Tuzzis Ersuchen nach genaueren Mitteilungen keine Auskünfte oder vermag auch keine zu geben; sondern bittet den Legationsrat nur, zu verzeihen, daß auch er, Broneder, sich nicht mehr und häufiger um den Gast kümmere. Aber es seien eben vielerlei Überlegungen im Gange, an denen mitzuwirken im Interesse gerade des geehrten Gastes ihm, Broneder, Pflicht sei.

Mit Braiona ist auch nicht viel anzufangen, Tuzzi versucht sie zu bewegen, ihn ein paar Wörter der hier gepflogenen Sprache zu lehren; aber Braiona versteht ihn nicht oder will ihn nicht verstehen. Sie bedient ihn höflich und pünktlich, aber ohne Lächeln; auch vermeidet sie sorgfältig jede noch so flüchtige Berührung mit ihm.

Einmal taucht der Liebe Neffe Bron in Begleitung mehrerer ebenfalls jüngerer Freunde auf. Sie verbeugen sich, sehen den Legationsrat mit ganz winzigen Pupillen an (Tuzzi hat gerade aus Langeweile das Licht auf die höchste Helligkeitsstufe eingestellt), verbeugen sich wieder und verschwinden wortlos.

Tuzzi erinnert sich, daß man ihm Freizügigkeit der Bewegung eingeräumt hat, und verläßt sein Appartement, um sich in dieser fremden Welt umzutun. Er spaziert die Höhlenstraße entlang, auf der ihn der Drachenwagen hergebracht hat, und kommt bis zu der Reptilienweide, wo einige Männer eben mit Netzen Jagd auf einige besonders große Tiere machen, die jedoch mit verblüffender Flinkheit zu entwischen versuchen. Tuzzi lächelt den Männern, die bei seinem Anblick ihre Netze sinken lassen, höflich zu. Sie erwidern dieses Lächeln aber nicht, sondern sehen Tuzzi aus ihren übermäßig geweiteten Pupillen (denn in dieser Höhle ist es eher dunkel) nur unverwandt und mit jenem steinernen Ausdruck, den er nun schon zur Genüge kennt, so lange an, bis er zornig kehrtmacht und in seine Behausung zurückgeht, die er nun nicht wieder verläßt.

Dieses zeitlose Warten in einer zwar nicht unbequemen, aber nicht für ihn geschaffenen Umgebung, die Schweigsamkeit und Stille dieser Welt, vor allem aber das Fehlen aller Orientierungspunkte machen Tuzzi allmählich schwer zu schaffen. Er ist sich im klaren darüber, daß er im Augenblick nichts anderes tun kann, als zu warten, bis etwas auf ihn zukommt, und daß seine Aktivität erst dann beginnen kann, wenn es auf ihn zugekommen ist. Aber er weiß, daß jede Stunde dieses Abwartens für die Obere Welt eine Stunde Fegefeuer mehr bedeutet. Neuerlich packen ihn Schwindelgefühle und spürt er den Augenblick kommen, in dem er sich vor der Schwere der über ihm lastenden Gesteinsmassen fürchten wird. Braiona bemerkt seine Nervosität und stellt eines dieser sonderbaren bierähnlichen Getränke vor ihn hin, nach dessen Genuß sich der Legationsrat beruhigt und gleichmütiger fühlt; jedoch weiß er, daß dieser Zustand nicht lange anhalten wird.

Zum Glück für den Legationsrat setzt sich aber diese Geschichte langsam doch wieder in Bewegung, denn Broneder kommt endlich wieder, und der Liebe Neffe Bron läßt den Dienstdrachenwagen heranrollen. Broneder kann eine augenscheinliche Bedrücktheit nicht verbergen und unterrichtet Tuzzi, daß man ihn zu einem Gespräch mit einem wichtigen Manne bringen werde. Tuzzi erkundigt sich nach der näheren Funktion dieser Prominenz, erfährt jedoch wieder einmal nichts Genaues; Vergleiche zwischen den irdischen und den unterirdischen Verhältnissen anzustellen scheint in jeder Hinsicht schwierig zu sein.

Der Liebe Neffe läßt das Vehikel in eine Gegend gleiten, die Tuzzi noch nicht kennengelernt hat. Hier liegen nämlich die Gänge, Stollen und Höhlen, die Hallen und Gewölbe und Abzweigungen so nah neben- und hintereinander, daß der massive Fels den Charakter einer Wabe angenommen hat. Es ist sehr viel Kunst angewendet worden, um diese Wabe zu dekorieren. Tuzzi sieht Silber und grüne Platten, die er als burgenländischen Serpentin identifiziert; eine andere Wabe ist mit Ammonitenquerschnitten in rotem Salzburger Marmor inkrustiert.

Aus verschiedenen Anzeichen erkennt Tuzzi, daß er sich allmählich einem zentralen Punkt dieser unterirdischen Welt nähert. Das Röhrensystem wird engmaschiger, seine Ausstattung immer kostbarer.

Gelegentlich kann Tuzzi durch eine seitliche Öffnung in Nebenräume blicken, in denen sehr alte Zwerge sehr intensiv mit Dingen beschäftigt sind, die Tuzzi nicht erkennt. Manche beugen sich grübelnd über einen Gegenstand, andere flüstern leise miteinander, wieder andere sitzen oder liegen in steinernen Stühlen und blicken mit halbgeschlossenen Augen unverwandt vor sich hin. Obwohl Tuzzi das Detail nicht begreift, versteht er doch das Ganze, nämlich daß er sich radial durch die immer enger werdenden Kreise einer beachtlichen Bürokratie auf deren Mittelpunkt zu bewegt. Trotz aller Fremdartigkeit haben diese Röhren in Tuzzis Augen Ähnlichkeit mit den labyrinthischen Gängen des Bundeskanzleramtes oder des Regierungsgebäudes am Stubenring.

Der Liebe Neffe hält das Fahrzeug an, Broneder und der Legationsrat steigen ab und befinden sich nun in einem kleinen, kugelförmigen Raum, von dem verschiedene Röhren nach verschiedenen Seiten führen. Zwischen den Mündungen dieser Röhren befinden sich Fenster oder lukenartige Öffnungen. Tuzzi tritt an eine solche und blickt hinaus. Was er sieht, erfüllt ihn mit außerordentlicher Bewunderung: Man hat nämlich, sicher im Laufe sehr langer Zeiten und mit hohem technischem Verstand, die Felsen zwischen den Röhren hinweggeräumt, so daß diese nun, Strängen ähnlich, von einem kugelförmigen Knotenpunkt wie jenem, in dem Tuzzi sich gerade befindet, zum anderen führend, frei in einem matt leuchtenden und scheinbar unbegrenzten Raum zu schweben scheinen. Hier ist der ungeheure Druck, der Tuzzi auf dieser Welt zu lasten schien, verschwunden, ja in sein Gegenteil verkehrt worden, und tief unter der Erdoberfläche stellt sich unerwartet auch ein Gefühl der Leichtigkeit ein.

Tuzzi geht zu anderen Luken und gewinnt Ausblicke auf andere Überschneidungen und Raumbildungen, aber Broneder drängt höflich zum Weitergehen.

»Sie sollten mir aber doch«, sagt Tuzzi, »ein bißchen über den Mann erzählen, geehrter Herr Broneder, mit dem ich jetzt zusammentreffen werde. Ein Beamter wie ich ist stets etwas hilflos, wenn er nicht weiß, mit wem er es zu tun hat.« »Das verstehe ich schon«, sagt Broneder. »Es ist aber nicht Geheimnistuerei, daß wir Ihnen nichts Genaueres mitteilen, sondern eher Angst, Ihnen etwas Falsches mitzuteilen. Unsere Sprache ist sehr verschieden von der Ihren, und Ihre wiederum wird hier unten nur von wenigen verstanden.«

Sie gehen nun auf breiten und niedrigen Stufen einen Gang hinauf, dessen bauchige Wandung mit einem Mosaik aus violetten Granaten und flimmerndem Quarz inkrustiert ist.

»Unsere Sprachen«, setzt Broneder fort, »enthalten vieles, was der jeweils anderen unbekannt oder aber unbedeutend vorkommen muß. Ich könnte Ihnen ja sagen, daß der Sehr Geehrte Braons, der Mann, zu dem ich Sie jetzt führe, etwas darstellt, was Sie vielleicht als ›Kanzler‹ bezeichnen würden, aber...«

»Das ist immerhin ein Hinweis«, sagt Tuzzi. »Wie, sagten Sie, heißt der Sehr Geehrte?«

»Braons. – Aber es stimmt auch diese Bezeichnung nicht, weil nach Ihren Gebräuchen dieses Wort den obersten Beamten bezeichnet, wir aber Beamte eigentlich gar nicht haben.«

»Das muß ein Irrtum sein«, sagt Tuzzi mit großer Festigkeit. »Wo mehrere Wesen der gleichen Art zusammenleben, dort gibt es augenblicks auch schon Beamte. Selbst eine Schimpansenhorde hat neueren Forschungen zufolge Beamte, die für jenes Maß an Ordnung sorgen, ohne das eine Gemeinschaft nicht leben kann. Wie sollte Ihr Volk, das doch offensichtlich ganz hervorragender Leistungen fähig ist, ohne Leute auskommen, deren Amt es ist, die Dinge zu planen, zu ordnen, zu verteilen, zu prüfen und am Ende zu bestätigen? Der Beamte ist etwas Naturgesetzliches, Herr Broneder.«

»Ja und nein«, sagte Broneder unsicher, »für uns sind das alles eher Fragen des Prinzips, wenn Sie mich recht verstehen.«

»Nein, ich verstehe Sie nicht. Welchen Prinzips?«

»Das kann ich Ihnen nicht begreiflich machen«, sagt Broneder unglücklich. »Unsere Sprachen sind zu sehr verschieden. Und ich bin nicht klug genug, um über diese Verschiedenartigkeit hinwegzukommen.«

»Verzeihen Sie«, sagt Tuzzi betreten, weil er spürt, daß er einen Taktfehler nach dem anderen begeht. »Aber erlauben Sie mir immerhin eine letzte Frage. Dieser Braons – besitzt er die Kompetenz, um meine Fragen zu beantworten?«

»Ich weiß nicht, was Kompetenz bedeutet«, sagt Broneder. »Aber er steht dem Prinzip sicherlich sehr viel näher als ich.«

Sie treten in eine neue Hohlkugel ein. Mehrere alte Männer erheben sich von ihren Sitzen und verbeugen sich. Einer der Zwerge verschwindet hinter einem silberbestickten Ledervorhang, erscheint jedoch gleich wieder und bittet den Legationsrat mit einer Handbewegung einzutreten. Dazu sagt er etwas, das bei aller Sprachverschiedenheit unmöglich etwas anderes bedeuten kann als »Der Sehr Geehrte Braons erwartet Sie«.

Tuzzi blickt sich hilfesuchend nach Broneder um, weil er diesen wenn auch unzureichenden Dolmetsch nicht verlieren will. Aber Broneder, der schon wieder Hand in Hand mit den anderen Zwergen dasteht, schüttelt nur den Kopf und weist mit einer Bewegung seines Kinns ebenfalls auf den Vorhang.

Tuzzi zuckt ärgerlich die Achseln, streift den Vorhang zurück und tritt ein in das Innere eines Dodekaeders, der aus halbdurchsichtigem Glas zu bestehen scheint und verhältnismäßig dunkel ist, so daß man durch die großen Fünfeckplatten hindurch die Stränge und Knoten der großen unterirdischen Wabe ahnt.

Auf der untersten Fünfeckplatte steht zwischen zwei Sitzgelegenheiten etwas, das auch in Anbetracht fehlender Vergleichsmaßstäbe zwischen Ober- und Unterwelt nicht viel anderes sein kann als der Schreibtisch eines hohen Beamten. Aus einem der Stühle erhebt sich der in einen sehr vornehmen und reichen Umhang gehüllte Sehr Geehrte und dem Prinzip Besonders Nahestehende Braons und verbeugt sich.

»Der Kuckuck soll mich holen«, sagt Tuzzi verblüfft, »wenn Sie nicht der Herr Brauneis aus dem Interministeriellen sind!«

»Allerdings«, sagt Braons oder Brauneis, »ich bin der Amtsgehilfe Brauneis. Oder vielmehr war ich es. Wie man's nimmt. Nehmen Sie bitte Platz, Herr Legationsrat.«

»Nichts von alledem«, sagt Tuzzi nachdenklich, während er sich niedersetzt, »war also Zufall?«

»Nichts.«

»Nicht der anonyme Anrufer, der mich an die Atropijan verwiesen hat?«

»Nein.«

»Und nicht die, hm, Begegnungen mit den Damen Atropijan und Urdning? Und nicht mit der jungen Dame, die mich zur Frau Lachesitsch gebracht hat?«

»Nichts davon. Außer vielleicht die Indisposition, die Sie in Mariazell befallen hat.«

»Merkwürdig. Gerade die scheint mir ganz logisch und in gewissem Sinn sogar notwendig gewesen zu sein.«

»Das ist im Prinzip natürlich möglich«, sagt Braons.

»Seltsam, das alles. Sehr seltsam, Herr Brauneis. Man würde mir dort oben kein Wort glauben, wenn ich darüber berichten würde.«

»Richtig, richtig«, sagt der Sehr Geehrte Braons und lächelt. Tuzzi erkennt bestürzt, daß er in eine außerordentlich schwierige Situation hineingeraten ist. Was ist nun zu tun? Was zu sagen? Worüber ist zu sprechen? Ich bin hier, denkt Tuzzi, und habe kein Mandat. Ich bin nicht verhandlungsberechtigt. Und selbst wenn ich berechtigt wäre, worüber sollte ich verhandeln?

»Es gibt nichts zu verhandeln«, sagt Braons. Tuzzi wundert sich nicht, daß sein Gesprächspartner Gedanken lesen kann; jeder geschulte Diplomatenverstand bringt das von Zeit zu Zeit zuwege.

»Es gibt nur eine Entscheidung: Sollen wir euch helfen oder nicht?«

»Und wovon hängt diese Entscheidung ab?« fragt Tuzzi.

»Vom Prinzip«, sagt Braons.

Tuzzi beherrscht seine Ungeduld und fragt, von was für einem Prinzip denn, bitte schön, hier eigentlich die Rede sei.

Das zu erklären, sagt Braons, sei äußerst schwierig und werde, wie leicht vorauszusehen, an der Verschiedenartigkeit der beiden Sprachen, die ihrerseits nur eine Folge des höchst differenten Denkens sei, scheitern.

Tuzzi, leicht gereizt, weil in dieser Auskunft eine Spur von herablassender Geringschätzung steckt, bittet Braons, wenigstens versuchen zu wollen, ihm das Wesen des Prinzips verständlich zu machen.

Braons, der jetzt deutlich so dreinsieht wie ein Erwachsener, den ein Kind mit verworrenen Fragen belästigt, sagt: »Sie müssen zunächst verstehen, daß das Wort Prinzip nur ungenau das widergibt, was wir Zwerge darunter eigentlich verstehen. Es deckt sich zu einem Bruchteil mit Ihrem Begriff ›Leben‹, zu einem anderen Bruchteil mit dem, was Sie ›Überleben‹ nennen würden, der größere Rest an Begreiflichem ist nicht übersetzbar; er bezieht sich, grob gesagt, auf die Richtung, in die sich das Leben vermutlich bewegt, und die Möglichkeit, die Tendenz zu bestimmen, auf Grund deren die Mittel des Überlebens anzuwenden sind. Können Sie mir folgen, Herr Legationsrat?« »Nein«, sagt Tuzzi, »aber sprechen Sie bitte weiter.« Braons zuckt die Schultern und fährt fort: »Die besonderen Schwierigkeiten für Ihresgleichen werden jedoch erst deutlich, wenn ich Ihnen sage, daß sich uns dieses Prinzip aus Gründen, die mit unserer sehr langen und von der Ihren völlig verschiedenen Geschichte zusammenhängen, nicht nur abstrakt, sondern in einer wenn auch vielleicht nicht ganz vollkommenen Verkörperung darstellt, was zur Folge hat, daß es bisweilen unberechenbar ist.«

»Natürlich werden Sie mir, sehr geehrter Herr Brauneis«, sagt Tuzzi, »in Anbetracht der großen Übersetzungsschwierigkeiten auch nicht sagen können, wozu das alles – das Prinzip, Ihr Leben und Überleben – eigentlich hinführen wird oder soll?«

»Diese Frage«, sagt Braons gelassen, »ist im Gegenteil sogar sehr leicht zu beantworten. Auch unser Leben, Herr Legationsrat, läuft offenbar jenem Punkte zu, an dem es sich selbst zu begreifen beginnen wird.«

Es bleibt eine Weile stumm in dem Tetraeder. Dann beginnt Tuzzi von neuem:

»Sie wissen, Herr – äh – Brauneis, was mich hierhergeführt hat?«

»Gewiß. Ein Bürodiener hat es nicht schwer, Auskünfte zu erlangen, die er haben will. Man freut sich, wenn er die Akten hübsch einordnet, nicht wahr, man plaudert wohl auch ein bißchen mit ihm …«

»Ich werde es mir merken. Ich hoffe, daß Sie sich von mir immer ordentlich behandelt gefühlt haben.«

»Ich kann mich nicht beklagen«, sagt Braons. »Die paar Jahre im Interministeriellen waren soweit erträglich. Andernfalls säßen wir vielleicht nicht so friedlich hier zusammen.«

Tuzzi erinnert sich, daß er Brauneis nie besonders hat leiden können, und verläßt das Thema mit der Frage, ob denn noch andere seinesgleichen auf der Oberfläche lebten.

»Etliche schon«, meint Braons, »doch wechselt ihre Zahl von Zeit zu Zeit. Allerdings kümmert man sich ständig um Vorgänge, die unsere eigenen Interessen berühren – wie eben diese hier. Leider muß ich, um endlich wieder zur Sache zu kommen, Ihnen mitteilen, daß die Dinge nicht zum besten für Sie stehen.«

»Was meinen Sie damit?«

»Daß die Neigung, Ihnen, das heißt also: den Menschen, Wasser zu verschaffen, hier unten äußerst gering ist.«

»Und die Gründe dafür?«

»Unsere eigenen Wasserreserven sind nicht unbeschränkt. Die Große Hitze wirkt sich selbst auf unseren Bereich aus; auch unsere Quellen sind nicht mehr das, was sie vor der Großen Hitze waren. Und dann ...«

»... und dann?«

»Und dann... Ihr Kollege Twaroch hat mit seiner Hypothese so ziemlich recht: Wir haben nicht immer dauernd unter der Erde und zwischen den Felsen gelebt. Seither ist viel Zeit vergangen, aber wir haben den Gedanken an eine Rückkehr nie wirklich aufgegeben. Nie.«

»Und dieser Traum erfüllt sich nicht, solange wir dort oben leben, meinen Sie?«

»Sie verstehen, was ich sagen wollte.«

»Also ist es Ihnen oder Ihrem Volk nur recht, wenn wir verdursten?«

»Recht nicht, aber gleichgültig – sagen manche von uns.«

»Ist diese Meinung nicht erst in den letzten Tagen die bestimmende geworden? Und hat vorher in dieser Frage nicht eher Unsicherheit geherrscht? Ich schließe das aus der Bedrücktheit, die der Geehrte Broneder von einem Mal zum anderen gezeigt hat. Auch aus den Mienen, die man anfangs und später bei meinem Anblick gemacht hat.«

»Auch bei uns bilden sich Meinungen nur langsam.«

»Aber ihr habt doch nichts davon, wenn wir zugrunde gehen«, sagt Tuzzi verzweifelt. »Ein paar Millionen mehr oder weniger – das bedeutet, so schrecklich das auch klingt, für eure Situation doch gar nichts.«

»Wir haben auch nichts davon, wenn ihr nicht zugrunde geht«, sagt der Zwerg unbeirrt. »Das werden Sie wohl zugeben?«

»Ich gebe es zu«, sagt der Legationsrat, »obwohl ich Ihr Argument schrecklich finde; denn nach allem, was ich bis jetzt weiß, ist der Unterschied zwischen euch und uns ein geringer. Beide sind wir Menschen. Und es sollte also eine andere Lösung geben als den Tod.«

»Sie irren«, sagt der Kanzler der Zwerge, Braons, »in einem entscheidenden Punkt. Zwar mögen wir beide Menschen sein, aber der Unterschied zwischen uns ist dennoch groß, und auch daran seid ihr schuld: Je tiefer ihr uns vor Zeiten in die Erde hineingetrieben habt, je nachhaltiger hat sich unsere Natur geändert, dergestalt, daß eure Lebenszeit immer noch siebzig Jahre währt, während ich, so wie Sie mich hier sehen, mit meinen rund dreihundertfünfzig Jahren noch ein ziemlich rüstiger, wenn auch gewiß nicht mehr junger Mann bin.«

Tuzzi ist sehr verwirrt und versucht, die Konsequenzen dieser überraschenden Mitteilung zu überdenken, womit er aber begreiflicherweise nicht viel Glück hat.

»Auf der einen Seite«, fährt der Zwerg fort, »eine kurzlebige Menschheit, die sich insektenhaft vermehrt und die Erde bis in ihre letzten Winkel hinein überschwemmt – auf der unteren Seite eine andere, die sich nur spärlich fortzeugt, dafür aber ein langsames und langes Leben führt: Glauben Sie wirklich, daß sich die je vereinen lassen? Oder ist es nicht sehr viel wahrscheinlicher, daß wir, wagten wir uns wieder unter euch, wiederum verfolgt und diesmal für immer vertilgt würden?«

»Ich werde mich«, sagt Tuzzi, »hüten, Ihnen darauf eine Antwort zu geben, und ich lasse mich von Ihnen, Herr Braons oder Brauneis, auch nicht dazu verleiten, im Namen der Menschheit zu sprechen. Dazu habe ich kein Mandat. Ich habe mich aus purem Pflichtgefühl aufgemacht, um einen Verhandlungspartner aufzutreiben, an dessen Existenz ich nicht glaube. Wider jegliches Erwarten habe ich ihn gefunden – oder er mich, was in diesem Fall aufs gleiche hinauskommt. Und nun stellt sich heraus, daß es offenbar nichts zu verhandeln gibt. Ich bin also in eine ziemlich scheußliche Situation hineingeraten, und ich durchschaue natürlich auch die Absicht, in der Sie mir alle diese unglaublichen und trauervollen Dinge erzählen: Je mehr Sie mir nämlich davon erzählen, um so sicherer können Sie, Sie haben es ja vorhin selbst angedeutet, damit rechnen, daß ich darüber schweigen werde, um nicht für verrückt erklärt zu werden; habe ich doch den Kollegen Twaroch seiner viel unbestimmteren Hypothesen wegen für einen wenn auch sympathischen Irren gehalten. Natürlich werde ich, auch wenn ich wieder genügend Zeit zum Nachdenken habe, nicht dahin kommen, zu glauben, daß meine Menschheit untergehen wird, noch auch, daß dies die einzige Lösung zur Erfüllung Ihrer Träume sein kann. Ich bemerke zwischendurch, sehr geehrter Herr Brauneis, daß dieser erstaunliche Dodekaeder, in dem wir uns hier befinden, seit geraumer Zeit immer heller wird und daß Sie nervös auf Ihrem Sitz hin- und herzurutschen beginnen. Beides deutet auf eine Veränderung unserer augenblicklichen Situation hin. Also erlauben Sie mir gefälligst die für mich nicht unwichtige Frage zu wiederholen: Wenn es, wie Sie vorhin sagten, nichts mit mir zu verhandeln gibt und nur eine Entscheidung zu fällen ist, offenbar aber schon klar ist, in welche Richtung sie fallen wird – warum sitze ich dann hier? Als Zeuge, der weder jetzt noch später irgend etwas bezeugen kann, also eine Funktion ohne Sinn ausübt? Mein lieber Herr Brauneis, oder auch sehr geehrter Herr Braons, das Denken und die Sprache unserer Menschheiten mögen in der Tat so außerordentlich voneinander entfernt sein, daß eine Verständigung kaum möglich ist. Aber daß in dem Vorgang oder den Überlegungen, die mich hierhergebracht haben, ein Fehler gemacht wurde oder eine starke Inkonsequenz unterlaufen ist, das ist ja mit Händen zu greifen. Oder bestreiten Sie mir das?«

Braons steht auf und ersucht Tuzzi mit einer Handbewegung, dasselbe zu tun. Eine Fünfeckplatte verschwindet und gibt einen bisher unsichtbaren Ausgang frei.

»Das bestreite ich nicht«, sagt Braons, »von Konsequenz kann hier allerdings nicht die Rede sein.«

»Sie sagen das mit einem sehr sonderbaren Unterton, Herr

Brauneis. Es klingt so, als wäre Ihnen etwas an dem, was mit mir passiert ist, gar nicht angenehm. Es ist Ihnen, so kann ich nur vermuten, vielleicht höchst zuwider, daß ich überhaupt hier bin. Natürlich, das muß es sein, denn wenn ich nicht hier wäre, könnten Sie sich die ganz offenbar doch nicht so einfache Antwort auf die Frage sparen, wozu Sie und Ihr Volk sich entscheiden sollen. Daß ich hier bin, ist also nicht Ihr Wunsch, sondern etwas anderes hat mich hierhergebracht. Vielleicht das geheimnisvolle Prinzip, von dem ich nichts verstehe?«

»Gehen wir«, sagt Braons.

Zwerge sind, das hat Tuzzi bereits zur Genüge erfahren, im Ausdruck ihrer Emotionen ziemlich zurückhaltend, aber daß aus der Miene des Kanzlers Braons Haß und Verwirrung herausfunkeln, ist einfach nicht zu übersehen.

»Und das heißt«, fährt der Legationsrat fort, »daß meine Rolle noch nicht zu Ende ist und daß wir doch noch eine Chance haben, von euch Wasser zu bekommen.«

»Es ist dies –«, sagt Braons, »dies alles am Ende eine Frage, die das Prinzip entscheiden muß. Und die Konsequenzen, die das Prinzip zieht, sind auch für uns nicht immer vorherzusehen und oft leider auch nicht einsehbar. – Gehen wir endlich.«

Der größte Saal, den Tuzzi je gesehen hat, eine Arena in der Form eines schräg in den Felsen gehauenen Eies, dessen stumpfes Ende sich tiefer und im Dunkeln rundet, während die schmälere Spitze hoch über Tuzzis Augen liegt. Riesige Bergkristalle ragen aus der Wand und verwandeln das Innere des Eies in eine gewaltige Druse. Wo immer sie Halt finden, stehen, sitzen, liegen und kauern Zwerge und starren hinauf zur Spitze des Raumes. Dort herrscht gleißendes Licht, das von den Flächen der Bergkristalle in vielfacher Brechung widergespiegelt wird, so daß selbst im tiefsten Punkt des Raumes noch ein gelegentlicher schwacher Reflex aufblitzt. Dort oben thront das Prinzip, und Tuzzi gesteht sich ein, daß es wirklich ungeheuer und überwältigend schön wirkt. Es ist in einen starren dreieckigen oder auch pyramidenförmigen Mantel aus dunkelgrünen Smaragden gehüllt, der in kunstvoller Weise bis weit in die tiefer liegenden Raumwölbungen herabfließt. Die Hand, die aus der Mitte dieses edelsteinernen Mantels hervorragt, muß aus Marmor sein, denn sie könnte sonst nicht den gewaltigen rotgelbleuchtenden Edelstein von der Form und Größe eines Straußeneies so reglos halten. Das Gesicht des Prinzips scheint, soweit Tuzzi das beurteilen kann, menschlich zu sein, denn es bewegt die Augen. Aber man kann das nicht genau sehen, weil über diesem Antlitz eine mehrere Meter hohe tiaraähnliche Krone aus Diamanten aufragt, deren kaltes Glitzern Tuzzi das Wasser in die Augen treibt. Trotz allen Überwältigtseins vor dieser beispiellosen Pracht kann er sich der nüchternen Überlegung nicht enthalten, daß diese Krone wohl nicht direkt auf dem Kopfe des Prinzips ruht, sondern in der Wand über und neben ihm befestigt ist, denn sie muß zentnerschwer sein. Und ähnliches gilt sicher auch für den Smaragdmantel, der mehr Kulisse als Kleidung ist. Aber diese Gedankengänge verhindern nicht, daß er von der fremdartigen Schönheit dieses Bildes wie betäubt ist, sie spielen sich gleichsam nebenher oder automatisch ab, denn was besagen sie schon neben dem Gefühl, das Tuzzi hat, nämlich im innersten Inneren, im Schoße der Mutter Erde zu sein? Allmählich, sehr allmählich erholt er sich von seiner Betäubung und nimmt einzelnes wahr, nicht an der ragenden Figur des verkörperten Prinzips, denn daran behindert ihn nach wie vor das diamantene Licht, wohl aber sieht und hört er, daß zu ihren Füßen, auf einer Monumentalfalte des starren Smaragdmantels, Bewegungen vor sich gehen.

Tuzzis Position ist seinem Wunsch nach genauer Beobachtung und besserem Verständnis der Vorgänge allerdings nicht eben förderlich. Broneder hat ihn zu einem Sitzfelsen an einem tiefgelegenen Punkt des Eies hingeleitet. Um zu dieser Stelle zu gelangen, haben sie eine durch keine Brüstung abgesicherte Schachtöffnung von gut fünf oder sechs Metern Durchmesser umgehen müssen, aus der ein Strom warmer Luft aufsteigt, um in einer ebensolchen Öffnung in der Deckenwölbung zu verschwinden. Tuzzi spürt diese durchsichtig-flimmernde und leise zischende Luftsäule in seinem Rücken, und der Gedanke, daß er nur wenige Schritte von dem großen Loch und seiner unermeßlichen Tiefe entfernt ist, macht ihn im Zusammenhang mit der Erinnerung an den Haß im Gesicht des ehemaligen Amtsgehilfen Brauneis denn doch unruhig. Andererseits muß er den Kopf weit in den Nacken legen und die Augen halb zusammenkneifen, wenn er die durch das zugleich blendende und oszillierende Licht in eine verzerrte Perspektive gerückten Vorgänge zu Füßen des Prinzips verfolgen will; er beneidet Broneder, der sich neben ihn flach auf den Rücken gelegt hat und also sehr viel bessere Sicht hat. Er wagt aber nicht, das gleiche zu tun, denn er fühlt sich von allen Seiten beobachtet und ist auch, als er Broneder flüsternd um Erklärungen gebeten hat, durch böses Zischen zum Schweigen gebracht worden.

Dennoch ist der Legationsrat nicht verzweifelt. Der Aufwand um seine Person, so denkt er, ist zu groß und die Kausalkette, die sich um ihn wickelt, bereits viel zu lang, um dem Schicksal noch die Möglichkeit offenzulassen, diese Causa mit einem gemütlichen »Sag'n ma, es war nix!« abzuschließen; wenn die Berge kreißen und am Ende nur eine Maus gebären, ist das eher ein Wunder, gewiß nicht aber der Regelfall der Natur. Er konzentriert sich und versucht zu erfassen, was sich zu Füßen des gewaltig thronenden, majestätisch schweigenden Prinzips abspielt. Es geht dort nämlich wirklich ein Spiel vor sich, kein heiteres freilich, sondern ein sehr feierliches, offenbar hoch ritualisiertes, hauptsächlich aus getragenen Monologen bestehendes Spiel, das (sofern es überhaupt an etwas erinnert) allenfalls Assoziationen an frühe griechische Tragödien zuläßt. Abwechselnd treten aus den Kristallwinkeln beiderseits des smaragdenen Mantelsaums langsamen Schrittes würdevolle Zwerge hervor, verbeugen sich vor dem Prinzip und halten sodann lange, von Pausen durchsetzte und durch viele Doppelkonsonanten und Diphthonge angereicherte Monologe. Hie und da entwickelt sich zwischen den Rednern ein langsames Responsorium, in das von Zeit zu Zeit auch im Ei-Innenraum verteilte Zuhörer einstimmen. Auch Brauneis beteiligt sich zweimal an einem Wechselgesang.

Das Prinzip bleibt stumm und verharrt in edelsteinerner Unbeweglichkeit.

Dies alles dauert stundenlang und ist ebenso eindrucksvoll wie allmählich langweilig – nicht für die Zwerge freilich, die mit unverminderter Aufmerksamkeit und verengten Pupillen in die gleißende Helligkeit starren, wohl aber für Tuzzi, der kein Wort versteht, auch nicht beurteilen kann, ob über, für oder wider ihn und seine Sache gesprochen wird, jedoch stets gewärtig sein muß, daß einer der subterrestrischen Tragöden unvermittelt mit ausdrucksvoller Gebärde auf ihn weist und unzählige Augenpaare auf ihn richtet, was er natürlich als Repräsentant der irdischen Menschheit in guter Haltung über sich ergehen lassen muß.

Irgendwann einmal schiebt sich eine träge Masse an Tuzzis Knien vorbei, eines der rundlichen Reptile, das sich offenbar verlaufen hat, denn es dreht seinen ungefügen Kopf in hilflossuchender Bewegung hin und her, während es langsam an Tuzzi vorbeikriecht. Sich halb umwendend, sieht der Legationsrat, wie das Tier an dem glatten, leicht abschüssigen Rand des großen Schachtes hinter ihm ins Gleiten gerät, verzweifelt mit seinen Fingern Halt sucht und endlich in das Dunkel abstürzt, wobei es einen durchdringenden Schrei ausstößt, der an das Schluchzen eines Kindes erinnert.

Nach diesem Zwischenfall scheinen sich die Dinge zum Unguten zu entwickeln. Immer häufiger wird Tuzzi zur Zielscheibe ausgestreckter Zeigefinger und düsterer Blicke. Und die respondierenden und monologisierenden Stimmen nehmen einen ziemlich unverkennbaren Ton der Verachtung oder sogar der Anklage an.

Tuzzi ist ratloser denn je, seine unbestimmten Hoffnungen auf einen irgendwie gütlichen Ausgang der Geschichte zerrinnen zu nichts. Nie zuvor war ihm so sehr bewußt, daß er ja Eminentes zu verantworten hat und, da er nun schon einmal in diese beispiellose Situation geraten ist, sein Bestes zu tun hätte, um ein Land – sein Land! – vor dem Verdursten zu retten*. Aber wie die Dinge stehen, kann Tuzzi gar nichts tun, geschweige denn sein Bestes. Verzweifelt gesteht er sich ein, versagt zu haben. Er hätte aktiver sein müssen. Er hätte der Urdning, der Lachesitsch den wahren Sachverhalt entreißen müssen. Er hätte versuchen müssen, Brauneis zu Verhandlungen zu zwingen. Und nun? Soll er aufspringen und eine Rede halten, die nur der bescheidene Broneder und der unerfreuliche Brauneis verstehen können? Soll er vorstürzen und versuchen, sich direkt an das Prinzip zu wenden? Beides scheint sinnlos. Dennoch steht Tuzzi auf, denn das ist unter den gegebenen Bedingungen das einzige, was er überhaupt tun kann. Vermutlich ist aber auch das falsch, denn er ist sofort von sehr vielen und sehr kräftigen Zwergen umgeben, die einen immer enger werdenden Ring um ihn bilden und ihn bedrohlich ansehen. Der Liebe Neffe Bron und seine Freunde sind auch darunter. Broneder, der einzige, der Tuzzi vielleicht eine gewisse Sympathie entgegengebracht hat – hat er sich nicht als einziger überwunden, Tuzzi sogar zu berühren? –, stellt sich schützend vor den Legationsrat, aber es müssen schon Hunderte sein, die langsam herandrängen. Tuzzi weicht ein, zwei Schritte zurück und

* Tatsächlich erreichte in den Wochen, die der dem Interministeriellen Sonderkomitee zugeteilte Legationsrat Erster Klasse Dr. Tuzzi unbekannten Aufenthalts war, die Große Hitze ihren Kulminationspunkt. Da die Klimakatastrophe in dieser Zeit auch in den Nachbarstaaten, insbesondere den beiden Deutschland, ihre volle Auswirkung erlangte und auch dort die letzten Wasserressourcen trockenlegte – wodurch die lebensnotwendigen Importe versiegten –, nahm die allgemeine Lage die Dimension des Entsetzlichen an. – Leider (oder gottlob) können wir hier nichts weiteres darüber berichten, weil unser Augenmerk auf den Legationsrat Tuzzi gerichtet war bzw. ist.

bleibt erstarrt stehen, denn an seinem Hinterkopf spürt er die Wärme der Luftsäule, und der schwarze Schlund fällt ihm ein, von dem seine Fersen wohl nur mehr einen halben Meter entfernt sein können. Er spannt seine Muskeln an. Er hat sich aus den Tagen vor der Großen Hitze, als man noch schwimmen und Ski laufen konnte, eine gewisse Spannkraft bewahrt und als Student Judo betrieben. Er wird also auf die nächsten Zwerge losspringen und versuchen, diese lebende Mauer zu durchbrechen, obzwar er nicht weiß, was er, falls das wirklich gelingen sollte, in weiterer Folge tun soll. (Übrigens findet er diese Überlegungen gräßlich albern, hat aber keine Ahnung, wie er sonst Würde beweisen sollte – in einer Situation, in der ihm die Bezeigung von Würde wichtiger ist als je zuvor in seinem Leben!)

Er vergewissert sich mit einem schnellen Aufblick, daß oben, zu Füßen des Prinzips, das große Argumentieren und Fingerzeigen noch immer fortgesetzt wird, sucht sich die nächsten verhältnismäßig schwächsten Zwerge aus – zufällig sieht er Brons Freunde – duckt sich … und verharrt in dieser Stellung.

Denn in dieser Sekunde wird das Kristall-Ei von einem Ton erfüllt, der trotz seiner Tiefe und seines Halls der einer menschlichen Stimme ist. Das Prinzip hat zu sprechen begonnen.

Die Zwerge lassen die Schultern sinken und drehen sich langsam um, so daß Tuzzi nicht mehr Gesichter, sondern nur runde Rücken vor sich sieht. Droben auf dem smaragdenen Saum sind die Rhetoren und Respondeure niedergesunken, beugen die Köpfe auf die Knie und halten sich mit den Händen die Ohren zu. Einer purzelt, wahrscheinlich ohnmächtig geworden unter den gewaltigen Tönen, seitwärts herunter und verschwindet hinter einem Kristallgefüge. Das Prinzip spricht.

Tuzzi holt tief Atem und rückt vorsichtshalber einen kleinen Schritt vor. Abermals versucht er das Gesicht zu sehen, aus dem die gewaltige Stimme kommt, und wiederum hindert ihn das Licht daran; er sieht nichts als einen weißen Fleck, der umgeben ist von dem kalten Blitzen der Diamanten und Smaragde. Jedoch begreift er, daß das Volumen der volltönenden Stimme seine Ursache in der Form des Raumes hat: Die Eiform und der Punkt, von dem aus das Prinzip spricht, nämlich die höchste und entfernteste Stelle im schmalen Ende des Eies, wirken wie ein riesiger Schalltrichter, der jeden Ton vervielfacht und vertieft. Vermutlich, denkt Tuzzi, wäre diese Stimme ohne diesen akustischen, der fortgeschrittenen Technologie der Zwerge ein hervorragendes Zeugnis ausstellenden Trick nicht anders und nicht lauter als jede andere menschliche Stimme.

Tuzzi versucht, sie genauer zu spezifizieren, doch kann er nicht einmal heraushören, ob es sich um eine männliche oder weibliche Stimme handelt. Dazu ist sie zu laut und zu voll.

Das Prinzip spricht, und seine Rede scheint dem größeren Teil der Zuhörer keine Freude zu bereiten. Die Köpfe sinken tiefer, die Rücken runden sich noch mehr, und da und dort bemerkt Tuzzi einen Zwerg, der es den Würdenträgern auf der Mantelestrade nachtut und die Ohren zwischen die Ellbogen preßt. Niemand nimmt mehr von Tuzzi Notiz.

Einige der Vorredner richten sich aus ihrer kauernden Haltung auf (es ist zu sehen, daß sie das eine bedeutende Anstrengung kostet) und fallen dem Prinzip mit kläglich klingendem Protest oder Widerspruch in die Rede.

Das Prinzip schweigt daraufhin einige Sekunden lang. Zwischen den Kristalldrusen heben sich etliche Köpfe hervor, als wäre mit dem Verstummen der Stimme ein schwerer Druck von ihnen genommen worden.

Doch dann verschwinden diese Köpfe wieder, und die Rhetoren oben rollen sich wieder ein. Denn abermals spricht das Prinzip, und seine Stimme klingt noch lauter als vorhin; auch in Tuzzis Ohren gellt es jetzt. Denn das Gesicht unter dem funkelnden Helm, das bisher starr nach vorn gerichtet war, wendet sich jetzt nach links und rechts und manchmal in die Tiefe, und das hat jedesmal mark- und beindurchdringende Echo-Überlagerungen zur Folge.

Es besteht kein Zweifel, daß das Prinzip sich verletzt fühlt und nun nicht mehr nur spricht, sondern ins Schimpfen geraten ist. Und wiewohl Tuzzi auch jetzt kein Wort versteht, begreift er doch, daß dieses Schimpfen ein sehr saftiges, sehr ausdrucksstarkes und überdies sehr zielsicheres sein muß, denn an den Stellen, an denen die Stimme mit voller Wucht auftrifft – und es ist deutlich, daß sich das Prinzip diese Stellen aussucht –, bewirkt sie Verheerendes. Buchstäblich brechen ganze Gruppen von Zwergen leise stöhnend und vielfach unter Tränen zusammen. Das sind verblüffende Phänomene, die in Tuzzi beträchtliche Erheiterung auslösen. Nach einer Weile ist er der einzige in dem großen Raum, der noch aufrecht dasitzt. Die Stimme schimpft noch ein bißchen weiter und verstummt dann.

Die Zwerge richten sich mühsam auf. Einige klettern zur Estrade hinauf und schleppen die ohnmächtig gewordenen Rhetoren fort; Tuzzi sieht, daß auch Brauneis in dieser Weise weggetragen wird.

Und noch einmal erhebt das Prinzip seine Stimme. Sie schimpft nicht mehr, sondern klingt – verhältnismäßig – leise und höflich. Gleichwohl sind diese kurzen, von Pausen getrennten Sätze nichts anderes als Befehle: Nach jedem Satz erheben sich Scharen und verschwinden wortlos in verborgenen Ausgängen. Tuzzi sieht erst jetzt, daß tatsächlich Tausende an dem Schauspiel teilgenommen haben.

Er steht auf und steigt zum Prinzip hinauf. Nur er bewegt sich in diese Richtung, aber niemand hindert ihn daran. Die Zwerge, die ihm entgegenkommen, weichen aus, keiner blickt ihn an. Er umgeht einige Kristalle und findet eine steile Stiege.

Sie endet auf grünem Smaragd, dem zur Bühne gewordenen Mantelsaum des Prinzips.

Hier steht Tuzzi nun, blickt empor und ist enttäuscht. Denn er sieht nichts als die Bögen der Knie und die steinerne Hand des Prinzips, die unbeweglich den gelbfunkelnden eiförmigen Stein hält.

Unter ihm verschwinden die letzten Zwerge. Tuzzi hält Ausschau nach einer anderen Stiege, die ihn noch höher führen könnte.

»Halloh!« sagt jemand über ihm. »Fang mich auf, bitte!«

Jäh braust in des Legationsrats Seele die feierliche Melodie vom Ährengold auf. Zwischen den Smaragdbögen tauchen zwei braungebrannte Beine, ein verrutschtes Kittelkleid und am Ende ein gelber Kopf auf, und das Ganze rutscht zwischen den Knien des Prinzips herunter und direkt in Tuzzis Arme.

»Du bist also das Prinzip?« fragte Tuzzi.

»No natürlich«, sagt die Nichte der Frau Lachesitsch. »Hast du mich denn nicht erkannt?«

»Nein«, sagt Tuzzi, »oder … nein, ich weiß es nicht. Und ich verstehe überhaupt nichts.«

»Es gibt ja auch weiter nichts zu verstehen«, sagt das Mädchen. »Prinzip ist Prinzip, und damit basta. Manchmal ist es allerdings höchst anstrengend. Mi-mi-mi … morgen werde ich heiser sein, glaube ich.«

»Aber die Zwerge …?« sagt Tuzzi. »Was geschieht jetzt? Was tun sie? Was soll ich tun?«

»Ach, die Zwerge!« sagt das Prinzip und schüttelt den verrutschten Kittel zurecht. »Die sind unterwegs und machen ein paar Quellen auf. Wenn's wahr ist, was sie sagen – aber es wird schon wahr sein, denn sie sind sehr, sehr gescheit, weißt du –, dann genügt schon ein bissel Wasser, um da oben das Wetter wieder in Ordnung zu bringen.«

ERIKA MITTERER

Barmherzigkeit

Ich geh jetzt«, sagte der Mann. »Sperr die Tür zu, Martha; und legt euch bald nieder, gelt?«

Die Frau nickte. »Wärst du nur schon zurück!« sagte sie. »Ich hab Angst.«

»Es muß ja sein!« sagte der Mann. – »Paß auf die Mutter auf, Toni!« fügte er scherzhaft hinzu. Der Knabe am Herd antwortete nicht. Verbissen schnitzte er an seinem Holz.

Der Vater verließ das Haus; er nahm den Hund, der freudig aufjaulte, an die Leine und gebot ihm Ruhe. Sie entfernten sich lautlos. Martha verweilte noch einen Augenblick in der Türe und sah ihnen nach; aber die neblige Oktobernacht entzog die Umrisse bald ihren Blicken. Seufzend trat sie zurück, verriegelte die Tür und ging in die Küche.

»Was machst du Schönes, Toni?« fragte sie, und trat sanft neben den Sohn.

»Ein Schifferl für die Vevi!« erwiderte er mürrisch, ohne aufzublicken.

»Du mußt jetzt aufhören; wir dürfen nicht zuviel Petroleum verbrauchen.«

Er schmiß das Holz auf den Tisch und klappte das Messer zu. Nebenan begann das kleine Mädchen im Schlaf zu weinen. Die Mutter, schnell zur Kammertür gehend, sagte, zurückgewendet, fast heiter: »Schau, sei doch nicht so unvernünftig, Toni. Der Vater hat dich doch nicht mitnehmen können! Bald genug wirst du groß sein und machen, was du willst!«

Damit verschwand sie; die Tür blieb angelehnt. Der Bub horchte mit gespannter Miene; er vernahm, nach einigem Geraschel, wie das Schwesterchen still wurde, und die Schritte der Mutter, die es zu ihrem Bett trug. Da sie es trockenlegte, war sie eine Weile beschäftigt!

Lautlos erhob sich der Knabe, ergriff seine Schuhe, schob sich zur Gangtür und klinkte sie auf. Sie knarrte, wie immer. Er lauschte zurück. Die Mutter dalkte mit dem Säugling, der freudig krähte. Da machte Toni die Tür zu, lauschte abermals, öffnete den Riegel der Haustür und trat hinaus. Feucht atmete die schwarze Nacht ihn an. Soviel Nebel! dachte er. Werd ich ihn einholen? Aber ich weiß ja, wo er geht, und kann ihm ganz knapp folgen, ohne daß er mich merkt. Und wann's dann notwendig ist, steh ich neben ihm!

In diesem Augenblick erreichte ihn ein fragender Ruf der Mutter: »Toni –?«

Schnell drückte er die Tür ins Schloß und huschte davon. Als er hinterm Gebüsch stehenblieb und sich die Schuhe zuschnürte, dröhnte sein Herz vor Eile, vor Lust am Abenteuer und in einer beklemmenden Ahnung von Reue.

Martha, ganz mit der Kleinen beschäftigt, beunruhigte sich nur einen Augenblick. Oft schlüpfte der Bub noch vor dem Zubettgehen hinaus, zu den Tieren im Schuppen, zum Brunnen um zu trinken. Sie verlor sich in den lieblichen Anblick des Töchterchens, das, erst kürzlich von jäher, schwerer Erkrankung genesen, nun wieder so blank wie früher um sich blickte und auf jeden kleinen Scherz ungestüm einging.

Nachdem sie es gesäubert hatte, nahm sie das Kind auf den Arm und ging in der schmalen Kammer hin und her. Sie fuhr mit den

Lippen über das lauwarme, flaumige Köpfchen. Furchtbare drei Tage lang hatte es in wildem, zuckendem Fieber geglüht, hatten die blauen Augen trübe und blicklos an den ihren vorübergestarrt. Ach, dieses Entsetzen hatte der Mutter verraten, daß die Seele des Menschen ohne Alter und denselben Empfindungen preisgegeben ist, im wortlosen Kind wie in der tätigen Frau und in der lallenden Großmutter!

Und da sollte der Schmerz, ein Kind zu verlieren, geringer sein, weil es noch klein ist?

»Gott sei Dank!« flüsterte Martha inbrünstig zum hundertsten Mal. Mit beinah schelmischem Lächeln hielt sie an vor dem sanft-staunenden Antlitz der jungen italienischen Muttergottes über Tonis Lager, und raunte ihr zu: »Nein, ich vergeß es nicht!«

Sie hatte ihr, als das Fieber zu weichen begann, etwas versprochen. Sie wußte, daß es für sie nicht leicht sein werde, dieses Versprechen zu halten, denn sie war keine fromme und demütige, sondern eine heftige, nur den Pflichten des Alltags bedingungslos ergebene Frau. Sie war nicht abergläubisch und fürchtete nicht, daß nun das Gedeihen der Ihren abhängig sei von der Erfüllung ihres heimlichen Gelübdes. Sie hatte es auch nicht in der Verstörtheit der Ängste abgelegt, sondern im Nichtwissen – wohin vor Glück, als das Kind zum ersten Mal wieder mit alter Lust an ihrer Brust getrunken hatte.

»Auch ich werde barmherzig sein«, hatte sie damals gelobt.

Das Kind ließ sich nun widerspruchslos in den Korb zurücklegen. Martha löschte die Kerze und ging in die Küche. Ich wasche mich rasch, derweil der Bub noch draußen ist, dachte sie, dann geh ich zugleich mit ihm schlafen.

Während sie warmes Wasser aus dem Herdschiff schöpfte, mußte sie an ihre Schwester in der Stadt denken, an ihren letzten Brief.

Noch immer gab es dort kein Licht und kein Gas, das Wasser mußte weither geholt und das bißchen Holz für den Sparofen aus den Trümmern zerstörter Häuser oft unter Lebensgefahr entwendet werden. – Käme sie doch mit ihrem Mäderl zu uns! – Aber sie wollte ja ihren Mann nicht allein lassen.

Dankbar dachte Martha: Wir haben alles. Alles, was ein Mensch braucht: Wasser vom Brunnen, Holz aus dem Wald, Geißmilch für die Kinder … Und wenn uns die Erdäpfel und Rüben bleiben, brauchen wir den Winter nicht zu fürchten!

Aber es war in letzter Zeit viel vom Acker gestohlen worden, und heute stieg nun der Mann mit dem Hund im Finstern umher und hoffte den Dieb zu fassen.

Wenn es nun aber mehrere Diebe sind –? Franz hatte keine Waffe. Niemand im besetzten Land durfte Waffen besitzen, außer den beiden Gendarmen im Dorf.

Der Franz verließ sich darauf, daß wohl auch der Dieb waffenlos sei. Denn die Soldaten der Besatzung hatten es nicht nötig, nachts auf die Felder zu schleichen. Sie verlangten am hellen Tage, was sie brauchten, und mußten es auch bekommen.

Wenn er das Messer nicht eingesteckt hätte, wär mir leichter, dachte die Frau. – Was will auch der Franz mit einem Messer? Er ist jedesmal blaß, wenn er einen Hasen abschlagen muß! – Und längst hatte stillschweigend sie es übernommen, den Hendeln den Garaus zu machen.

Sie legte ein großes wollenes Tuch über das Nachtgewand, fuhr in die Holzschuhe und wollte Toni aus dem Schuppen holen; da sah sie die Laterne an ihrem Haken im Flur und erschrak. Was macht er denn so lange im Finstern? murmelte sie und tat die paar Schritte mit wankenden Knien. Die Ziege meckerte leise, als Martha eintrat. Mechanisch langte sie einen Armvoll Heu aus der Luke herunter und warf es ihr hin. Dann versperrte sie den Schuppen und schob auch im Haus den Riegel wieder vor. Sie schraubte die Lampe ganz herab, griff nach dem Strickzeug und setzte sich neben den Herd. So ein Fratz, dachte sie, was glaubt er eigentlich? Wir müssen ihn wirklich strenger halten! Er macht nur noch, was er will.

Bald legte sie die Arbeit fort, tat ein Stück Holz auf die Glut und rückte den Topf mit der Bohnensuppe über die Flamme. – Ohne Joppe, ohne Mütze ist er weggelaufen! Als wüßt er nicht, was für Sorgen wir gerade mit der Kleinen gehabt haben!

Das Holz im Herd knackte, sonst war es vollkommen still; ab und zu klangen die Stricknadeln hell aneinander. Stumme Schwärze lag hinter den beiden kleinen Fenstern. Die Läden mach ich erst zu, wenn alle daheim sind, dachte Martha – obwohl man das trübe Lichtlein heute nicht weit sehen wird …

Sie besänftigte sich schon. So war ihre Natur: hellauflodernd im Unmut, und sanft wie warme Asche kurz danach. – Schließlich arbeitet er ja auch wie ein Großer! dachte sie nun. Das ganze Holz hat er uns gemacht, hat tagelang dürre Äste herbeigeschleppt aus dem Wald und dann gesägt und gehackt, unermüdlich, während der ganzen Ferien!

Plötzlich neigte sie lauschend den Kopf. Im nächsten Augenblick schon wurde draußen die Klinke niedergedrückt und da die Türe nicht nachgab, erklang polterndes Klopfen.

Daß der Bub das wagte –? Oder war es schon der Franz –? Brauchte einer Hilfe –?

Das Strickzeug klirrte zu Boden, auf Socken lief sie hinaus und riß den Riegel zurück. Und schon stand der Fremde keuchend im Flur, zog die Türe zu und verschloß sie wieder.

»Wer ist's?« murmelte Martha gepreßt, bei dem spärlichen Lichtschein von der Küche her erkannte sie nur, daß es weder Gatte noch Sohn war. – Ist einem der Nachbarn der Dieb an den Fersen, oder vielleicht ein rabiater Soldat? Die gingen zuweilen noch nachts auf Frauensuche und bedrohten dann jeden, der sich nicht zum Führer hergeben wollte.

»Dableiben! Bitteschön! Hier Geld! – »Nun merkte Martha, daß es kein Hiesiger war.

»Ich brauche kein Geld!« sagte sie schroff. »Was wollen Sie denn überhaupt?«

Der fremde Mensch, er war groß, barhaupt, lehmverkrustet, mager, ging wie gezogen in die Küche, warf einen Blick auf den Herd – und plötzlich kniete er nieder.

Ist er verrückt? dachte Martha, und begann nun erst, sich zu fürchten. Langsam trat sie zu ihm. »Was wollen Sie?« fragte sie wieder.

Warum fürcht ich mich jetzt? dachte sie. Wenn er mich überfallen wollt, möcht er nicht niederknien vorher! – Mein Gott, der ist ja beinah noch ein Kind! –

Er stammelte, und Speichel rann ihm dabei übers Kinn: »Essen, Frau! Bitte, geben Sie mir! Drei Tage Hunger, außer rohe Wurzel. Jetzt ist Mann dazugekommen auf Feld, Mann mit wilde Hund …«

Schweigend schöpfte sie Suppe heraus, stellte den Teller auf den Tisch, holte den Brotlaib vom Wandbrett und legte ein Messer daneben.

»So eßt!« sagte sie hart.

Er erhob sich hölzern und setzte sich auf die Bank; er maß sie mit einem scheuen Blick. Das feuchte blonde Haar fiel ihm über die rechte Braue.

Martha sah sich plötzlich mit seinen Augen; mit den Augen des Erschöpften, der um Nahrung fleht, und dem die magere Frau mit der gebogenen Nase und den dünnen graubraunen Zöpfen das Essen hinschiebt wie einem räudigen Köter. – Habe ich nicht gelobt, barmherzig zu sein? dachte sie. Wer er auch sein mag, er hat Hunger, und ich bin satt.

»Lassen Sie sich's gut schmecken!« sagte sie leise.

In einer Minute hatte der Fremde den Teller geleert, hob ihn zum Mund und schlürfte gierig den Rest.

Martha setzte sich auf ihren Platz am Herd.

»Suppe kann ich Ihnen keine mehr geben«, sagte sie, »aber nehmen Sie sich Brot. Dann müssen Sie gehen. Bevor der Mann nach Haus kommt, der böse Mann mit dem wilden Hund!«

Unterm Schneiden ließ der Bursch das Messer sinken; sie sah, daß seine Knie in den löchrigen Hosen schlotterten.

»Soldat –?« stammelte er, »Polizei –?«

»Nein!« beruhigte sie ihn; sie zögerte einen Augenblick, und setzte dann hinzu: »Deserteur?«

Sie schalt sich leichtgläubig, weil sie aufatmete, als er verneinte. Mit kauenden Backen schüttelte er heftig den Kopf. Dann erzählte er, daß er über die Grenze geflohen sei. Er behauptete, daß ihm sonst, aus politischen Gründen, Verhaftung und Straflager gedroht hätten. Alles verstand Martha nicht, er sprach schlecht deutsch und gebrauchte viele fremde Worte. Er sagte, er habe keine Papiere, und müsse weiter. Er wußte, daß jeder Gendarm die Pflicht hatte, ihn der Besatzungsmacht auszuliefern.

All dies konnte wahr sein, oder auch nicht. Martha war geneigt, es zu glauben, obwohl der Verstand ihr sagte, daß ein entlaufener Soldat, nach dem sie vielleicht wegen eines Verbrechens fahndeten, genau so eine Geschichte zum besten geben würde.

Wer immer er war, er mußte so rasch wie möglich aus dem Hause und niemand sollte von seinem kurzen Besuch erfahren! Franz mußte schwören können, daß er nichts davon wußte.

Martha trat zum Tisch und schnitt eine dicke Scheibe vom Laib, reichte sie dem Burschen und sagte: »Stecken Sie das ein. Sie müssen fort.«

Er erhob sich sogleich und folgte ihr in den Flur.

Ich hätt ihn vorausgehen lassen sollen! dachte Martha und fühlte, wie ihr ein Schauer über den Nacken rann. Ihre Hand zitterte, als sie den Riegel zurückschob. Geräuschlos trat der Fremde an ihr vorbei. Der Nebel war nun undurchdringlich, schwer und schwarz. Zaudernd blieb er stehen, sah sich um und Martha ins Gesicht. Mit kindlicher Gebärde faltete er die Hände und fragte bittend:

»Wo, Frau, wohin gehen? Wo – Westen …?«

Sie wies ihm die Richtung und beschrieb ihm kurz, wie er das Dorf vermeiden könne.

Er nickte, hob die Hand zur Stirne, wurde gewahr, daß er keine Mütze mehr hatte, und tat einen Schritt hinaus in die Nacht.

Im nächsten Augenblick, ehe Martha etwas begriff, stieß er sie zur Seite, war wieder im Haus und wollte die Tür vor ihr schließen. Das Kind! dachte sie, starr vor Entsetzen – das Kind ist drin, und ich kann nicht hinein! – Aber er hatte gar nicht verriegelt, die Tür gab nach – und nun, da ihr Schreck sich löste, hörte auch sie das Bellen des Hundes, und begriff.

Was soll ich jetzt mit ihm machen? versuchte sie zu überlegen. Wie im Augenblick der Todesgefahr überstürzten sich die Bilder. Angstbebend hatte sie, vor einer Sekunde, den Säugling in seinem Korb erblickt; nun wurde ihr die übrige Schlafkammer deutlich, sie empfand den dumpfen Geruch des engen, sanftdurchatmeten Raumes, sah das breite, leere Bett und Tonis schmales Lager mit dem Madonnenbild darüber. Sich selbst erblickte sie davor, auf den Knien, mit tränennassem Gesicht, die Bluse noch offen, das Haar gelöst, und hörte sich stammeln: »Auch ich werde barmherzig sein, Muttergottes. Auch ich werde barmherzig sein!«

Widerspruch regte sich, kalte Stimme vernünftiger Überlegung, und schon gab sie ihr Laut: »Hier können Sie nicht bleiben! Er kommt doch her! Es ist ja finster, verschwinden Sie schnell im Wald!«

»Aber der Hund, Frau!« ächzte der Fremde; »der hat mich doch gleich! Sie mich verstecken! Um Gottes willen, Frau, Sie mich verstecken, bis Viech eingesperrt ist!«

Um Gottes willen … klang es in Martha wider, als sie voranging in die Küche. – Wie schnell man beim Wort genommen wird … dachte sie, bückte sich und hob die Falltür, die in den Keller führte.

»Da hinunter!« zeigte sie ihm. »Geben Sie acht, es ist steil.

Hocken Sie sich auf die unterste Stufe. Aber daß Sie sich nicht rühren, verstehn Sie? Jeden Ton hört man herauf!«

Er war schon unten und antwortete nicht. Sie sah, wie er seine lange Gestalt zusammenduckte. Er ist naß … dachte sie, warf ihm ihr Tuch nach und rief: »Da, wickeln Sie sich ein!«

Sie machte die Falltür zu. Und nun, während sie in ihren alten Mantel schlüpfte, hörte sie, zwischen dem erregten Gebell des Hundes, Stimmen näherkommen. Zuerst glaubte sie, Franz spreche mit dem Toni, aber dann erkannte sie, daß eine Männerstimme ihm antwortete. Der Gendarm … wenn es nun der Gendarm ist? Wenn der Franz ihn getroffen hat, und sie kommen jetzt beide herein?

Dann, überlegte sie und tat mit zitternden Händen das Brot in den Schrank, den Teller ins Schaff und streifte die Brösel vom Tisch, dann sag ich, ich hab ihn nur versteckt, um ihn zu täuschen: Damit er hier bleibt. Dann sag ich: Bin ich nicht tüchtig? Ihr rennt draußen herum und richtet nichts aus, und ich bleib ruhig zu Hause und fang euch den Dieb!

Ach, es wird sicher der Stöger-Willi sein, dem sie vorige Woche das Nachbarfeld halb abgeräumt haben! Es muß doch nicht gerade der Gendarm sein!

Nun waren sie schon ganz nahe; der Hund wehrte sich wie toll, weil er an die Kette gelegt werden sollte; weil sein Herr nicht begriff, daß er ins Haus mußte, daß drinnen im Haus der Fremde war und höchste Gefahr drohte für alle … und ihn legte man an die Kette und sagte ihm, er müsse hier aufpassen, und sein Fell, seine Pfoten seien zu schmutzig fürs Haus!

Rasch schwappte Martha einen Schöpfer Suppe in den Hundenapf und lief hinaus.

»Bist du hier?« sagte sie zu ihrem Mann. »Gott sei Dank! Mir war bang allein! Schau, Wotan, da hast du gute, warme Suppe. Ins Haus kommst du mir erst, wenn du trocken bist! – Ich hab gestern ausgerieben!« sagte sie scharf, einem Einspruch vorbeugend, zu

Franz, und tat nun, als gewahre sie eben erst den Zweiten, der mitgekommen war.

»Oh, der Herr Winkler!« rief sie. »Gehen wir nur gleich herein, die Küche ist schön warm. – Habt ihr den Dieb gefangen?«

»Wenn's gestattet ist!« sagte der Gendarm und reinigte seine Nagelschuhe, so gut es ging.

»Gefangen nicht!« sagte Franz. Sie sah, daß er noch ernster und bekümmerter blickte, als vor dem Aufbruch.

Dennoch war ihr Herz leicht. Sie hatte den Gendarmen sofort erkannt, und trotzdem ohne zu überlegen gesagt: »Mir war so bang allein.« Nun konnte sie nicht plötzlich damit herausrücken: Der Dieb ist hier! Ich hab den Dieb gefangen. – Nun konnte sie nur stillsein und warten, was sich ergab. Wenn er sich nur nicht rührte … Reden müßte man, reden! Keinen Augenblick dürfte es ruhig sein hier im Raum …

Sie klapperte heftig mit den Tellern, bedauerte wortreich, nicht mehr Suppe zugestellt zu haben, sie griff nach dem Brot, um rasch ein paar Scheiben abzuschneiden, ehe der Mann etwa bemerkte, daß der Laib viel kleiner geworden war.

»Hast du das Messer zurückgebracht?« fragte sie ihn; stumm reichte er es ihr hin. – Hab ich nicht das Fleischmesser heraußen liegen lassen, mit dem ich vorhin geschnitten hab? – Sie zog die Lade auf und sah, daß es darin fehlte.

Wie gut, dachte sie erschauernd, daß ich nicht gesagt hab: Ich hab den Dieb gefangen! Er muß das Messer genommen haben, als ich vorausging zur Tür. Wurde mir deswegen plötzlich so angst?

Die Männer schlürften die Suppe und aßen das Brot. Sie sahen müde und mutlos aus.

»So ein Fallot!« murmelte Winkler, der Gendarm. »Und so einer, natürlich, der hat Waffen. Wann ich den noch erwisch … Was nur mit euerm Hund los ist, daß er gar nicht Ruh geben mag?«

»Er möcht halt herein …« sagte Martha. »Wir haben ihn verwöhnt.«

»Der Bub schläft schon?« fragte Franz.

Sie setzte sich auf das Stockerl, und gab tonlos Antwort: »Nein, er ist nicht da; er ist dir nach. Hat er euch denn nicht getroffen?«

Ich hab gar nicht mehr an ihn gedacht! ward ihr bewußt. Ich hatte den Toni ganz vergessen. Er ist allein draußen in der Nacht, und der Dieb … der Dieb mit den Waffen …?

Der Dieb sitzt ja in unserem Keller; da kann er dem Toni nichts tun!

So ruhig sie vermochte, sagte sie: »Wahrscheinlich wittert der Hund seine Fährte und regt sich deshalb so auf!«

»Heimlich ist er davon?« fragte der Mann, und Martha erzählte, wie sie die Tür knarren gehört hatte, während sie mit der Kleinen beschäftigt war. »Ich hab ihn dann gerufen, aber er hat es nicht mehr gehört.«

»Hat nicht hören wollen!« sagte der Vater und bückte sich um seine Schuhe. Auch der Gendarm erhob sich, und sprudelte hervor: »Wenn nur der Kerl …« Franz machte ihm ein Zeichen, zu schweigen. Wieder ward Martha von Furcht überrieselt; in diesem Augenblick sah sie auch schon die Pistole, die der Gendarm neben sich auf die Bank gelegt hatte und eben unauffällig nehmen wollte.

»Woher ist das –?« fragte sie. »Hat er – hat er geschossen auf euch?«

»In unsere Richtung«, erwiderte Franz. »Wir hatten ihn angerufen; er konnte kaum unsere Umrisse erkennen.«

»Viermal hat er geschossen, der Fallot!« sagte Winkler, »und hat nicht einmal sehen können, auf wen!«

»Wir müssen fort«, sagte Franz, »und den Buben suchen. Reg dich nicht auf, Martha. Jetzt wird sich der Kerl nur verstecken, wenn er wen hört. Jetzt hat er ja keine Pistole mehr.«

Jetzt hat er nur noch ein Messer … dachte Martha. – Mein Gott, der Bub, der Bub … Sie brachte die Frage nicht heraus, die ihr den Herzschlag anhielt. Was hätte sie auch genützt? Franz konnte nicht wissen, ob dem Toni etwas geschehen war.

Er machte den Hund los, der sofort zur Haustür drängte, die Martha schnell schloß. »Du gehst wieder mit, Wotan!« befahl Franz und folgte Winkler, dessen breite Gestalt schon ganz in Nebel getaucht war. Der Hund sprang winselnd an der Türe hoch.

»Geh! geh!« zischte Martha ihm zu; »bist ein kluges Tier, aber folg schön dem Herrl!«

Widerwillig, mit gesenktem Schweif, gehorchte Wotan dem doppelten Befehl.

Zitternd blieb Martha in der Kälte stehen, bis sie nichts mehr von den Männern sah.

Ich muß hinein, dachte sie. Drinnen ist der Mann, der viermal geschossen hat. Vielleicht hat er auf meinen Buben geschossen! Warum sonst ist der Bub noch nicht heimgekommen? Heilige Maria, Mutter Gottes, bitte für uns arme Sünder, jetzt und in der Stunde – Jetzt hat er keine Pistole mehr. Jetzt hat er nur ein Messer, und wenn er mich umbringt, ist niemand da, der ihn verraten kann.

Welch ein Unsinn, ich muß mich zusammennehmen. Mit einer solchen Tat würde er sich Hunderte an die Fersen setzen. Und er hat doch gesehen, daß ich ihn nicht verrate.

Aber ob er das bedenkt? Er erwartet wohl nichts mehr, als den Tod … und will nur sein Leben noch teuer verkaufen.

Da hörte Martha, daß das kleine Kind zu weinen begann, und sofort ging sie ins Haus und in die Kammer und nahm es auf ihren Schoß. Sie streifte den feuchten Mantel ab, ohne die Kleine, die schon erwartungsvoll schmatzte, loszulassen. Aber hier ist's zu kalt für das Kind! empfand sie bebend. Ich muß mich zum Herd setzen. Ich muß auch nachlegen. Ich darf das Feuer nicht ausgehen lassen.

Im linken Arm hielt sie das Kind, mit dem rechten tat sie das Holz auf die Glut. Dann öffnete sie das Hemd und gab dem Kind die Brust. Sie streifte die Holzpantoffeln ab und schob sie zum Reisighaufen hin. Ihre Füße in den grauen Wollsocken stellte sie genau über den Spalt der Falltür. Sie schloß die Augen. Sie würde es sofort spüren, wenn die Türe sich hob.

Tief erschöpft überließ sie sich dem summenden Dunkel und der leise ziehenden Wollust des Säugens.

Der Mann im Keller rührte sich nicht. Drei Tage hatte er nicht gegessen, so hatte er wohl auch drei Tage nicht geschlafen. Die Grenze war weit; er mußte fast ununterbrochen auf den Beinen gewesen sein …

Solange das Kind trinkt, laß ich ihn schlafen, dachte Martha; dann tu ich's in die Kammer, und sperr sie ab. Es wird bestimmt gleich einschlafen. Und den Fremden weck ich auf und er soll gehen. Wenn bis dahin nicht der Franz zurück ist … oder der Toni.

Sie ächzte, das Kind ließ los und greinte. »Trink nur«, sprach sie ihm zu; »dich kann ich noch schützen.«

Und nie wird der Franz mir verzeihen, nie wird er verstehen, was ich heute gemacht hab. Ich versteh's selber nicht … Ihm hab ich damals gesagt, daß man nicht so weich sein darf …

Im letzten Kriegsjahr war er monatelang im Lazarett gelegen und hatte das gehabt, was sie einen »Nervenschock« nannten, eine wohlwollende Bezeichnung dafür, wenn ein bis dahin fügsamer Soldat mitten im Krieg erklärt, er tut nicht weiter mit. Da gibt es nur zweierlei: er ist gesund, und wird erschossen – oder er ist krank, bis er sich's überlegt.

»Sie müssen schaun, daß er bald zur Vernunft kommt!« hatte sein Vorgesetzter zu Martha gesagt; »ich kann sonst für nichts garantieren.«

Martha hatte begriffen, daß der junge Hauptmann keine Lust hatte, sich selbst länger zu exponieren.

»Ich werde ihn zur Vernunft bringen!« hatte sie versprochen.

Sie hatte sich neben das Bett des teilnahmslosen Gatten gesetzt und ihm nicht ins Gesicht geblickt, um nicht von Mitleid abgelenkt zu werden. – »Du kannst tun, was du willst!« sagte sie damals. »Aber das, was du da tun willst, ist vollkommen sinnlos. Es hilft keiner Menschenseele, und dich werden sie erschießen, mir den Buben wegnehmen. Ich lasse mir aber mein Kind nicht wegnehmen, hörst du! Wenn man den Märtyrer spielen will, soll man allein bleiben!«

Da hatte der Franz zum ersten Male geantwortet, langsam, wie mit geschwollener Zunge. »Es hilft keiner Menschenseele ... Da hast du wohl recht, Martha. Keiner anderen Menschenseele ...«

Inständig beschwor ihn die Frau: »Der Hauptmann hat versprochen, du kommst eh nur in die Schreibstube, die erste Zeit. Und dann – solang wird doch der Krieg gar nimmer dauern ...!«

»So?« hatte der Franz gesagt, »in die Schreibstube ...? Na, schön.«

Die Woche darauf hatte er schon dort gearbeitet. Und zwei Monate später erlosch der Krieg.

Der Hauptmann war inzwischen noch gefallen.

Die Kleine seufzte und ließ los. Martha, tief verstrickt in totgeglaubte Gefühle, gab ihr die andere Brust. Sie war ein Mensch des Tages, selten tauchte sie hinab in den Abgrund der Zeit, nun aber war sie unten und begehrte zu begreifen, was sie damals nur dumpf überlebt hatte. Sein Stöhnen, dessen sie kaum je gedacht, jetzt tönte es wieder, ächzte aus dem verglosenden Holz und wimmerte im Klageton des siedenden Wassers: »Es hilft keiner anderen Menschenseele ...«

Damals hab ich ihm verwehrt, zu tun, was er für recht hielt, weil es gefährlich war. Und nun betrüg ich ihn und tu heimlich dasselbe ...? Nein, nein, wehrte sie sich, ganz anders ist die Lage: heute dem armen Teufel ist vielleicht geholfen, wenn ich ihn laufen laß, und niemand wird dadurch bedroht, wenn er entkommt, denn niemand weiß, daß er hier war! Aus Todesangst hat er ins Dunkel geschossen, um fliehen zu können – nicht, um zu morden!

Und doch ist, was ich tu, gegen das Gesetz. Darf man sich denn gegen das Gesetz stellen, aus welchem Grunde immer? Ach, eine Frau, die es ihrem Gatten verwehrt hat, darf das wohl zuletzt!

Gerechtigkeit und Ordnung muß sein, und es ist gerecht, den zu fangen, der ein Gesetz verletzt!

– Das Kind war gesättigt und lächelte sie an; es griff mit den Händchen nach dem großen, dunklen Gesicht über ihm, das naß war von Tränen. Die Mutter schluchzte: »Wo ist der Toni? Sag mir, Veverl, wo der Toni ist –?« und die Kleine hielt das für einen neuen Spaß und jauchzte.

Da hörte Martha, daß der Fremde unten sich rührte. Rasch trug sie das Kind in die Kammer, kam zurück, brach ein Stück Rinde vom Brot und brachte sie der Kleinen, damit sie ruhig bleibe, versperrte die Kammertüre, und dann hob sie die Falltür und sagte: »Kommen Sie herauf! Die Männer sind fort.«

Der Flüchtling blickte verstört um sich. »Wohin?« fragte er.

»Sie suchen das Kind. Haben Sie ein Kind getroffen, einen großen Buben?«

Er verneinte bloß mit ungeduldiger Gebärde.

Sie öffnete ihm die Haustür und wies wiederum mit dem Arm in die Richtung, die er einschlagen sollte.

»Der Hund ...« murmelte er.

»Den mach ich fest, sobald sie kommen.«

Da blitzte eine Frage auf im trüben Auge des Gehetzten, ein sekundenlanges Staunen: Warum –?

Er nahm sich keine Zeit mehr zu Worten. Lautlos tauchte er im Nebel unter.

Martha ging hinein, lehnte sich an die Wand und glaubte, vor Mattigkeit nicht mehr bis in die Küche zu kommen. Sie wußte nicht, wie lange sie so stand, von kalten grauen Schleiern umwogt, als sei der Nebel nun hier eingedrungen, und den bitteren Geschmack der Vergeblichkeit auf der Zunge.

Bis es pochte, zaghaft pochte an der Tür. Taumelnd riß sie den Riegel zurück. Toni stand draußen, troff vor Nässe und wagte nicht aufzublicken. Sie brachte kein Wort heraus, erst in der Küche wies sie auf die trockenen Sachen, die über dem Herd hingen, und sagte: »Zieh dich sofort um!«

Er tat es und fragte dabei mit heiserer Kinderstimme: »Ist noch niemand da?«

»Der Vater ist wieder fort, um dich zu suchen!« erwiderte die Mutter kurz. »Da, iß etwas.«

Nach ein paar Löffeln fragte er: »Darf ich mich niederlegen?«

»Geh nur!« antwortete sie. Plötzlich tat er ihr leid, wie ein kleiner Knirps, der sich vor Schlägen fürchtet.

»Schau, daß du fest schläfst, wenn der Vater heimkommt!« riet sie ihm.

»Mutter ...« sagte er stockend, »sie haben geschossen.«

»Ich weiß«, erwiderte sie, »aber es ist nichts geschehen. Warst du nah dabei?«

Er verneinte vage.

»So leg dich jetzt hin. Es ist besser, wir reden miteinander, wenn wir alle ausgeschlafen sind! – Was hast du dir nur gedacht?!« brach es aus ihr hervor, gegen ihren eigenen Vorsatz. Aber sie erwartete keine Antwort darauf, und es kam auch keine. Was kam, war eine scheue Frage, und die traf sie härter, als eine aufsässige Antwort.

»Mutter, wer war der Mensch, der so schnell fortgegangen ist?«

In ihrer erschrockenen Verwirrung leugnete sie einfach, wie ein überführtes Kind, das Zeit gewinnen will: »Der Herr Winkler war mit dem Vater hier; der Gendarm.«

»Sonst niemand?« fragte Toni; er fuhr gerade aus dem Hemd, sein Gesicht war verdeckt.

»Nein!« sagte Martha scharf, »wer denn noch? Ist's dir vielleicht nicht genug, wenn zwei müde Männer in der Nacht herumrennen und sich in Gefahr bringen müssen, um ein eigensinniges Kind zu suchen? Jetzt geh schon schlafen!«

Er gehorchte. »Gute Nacht, Mutter!«

Ach, dieser Blick war nicht der eines gescholtenen Kindes, sondern eines Mannes, der weiß, daß man ihn täuscht, und der entschlossen ist, die Stunde abzuwarten, die ihm den Beweis in die Hand spielen wird!

Heißer Drang wollte Martha zur Kammertür hinreißen, die sich, wie für immer, hinter ihrem Sohn geschlossen hatte, und sie auf die Knie vor seinem Lager werfen, um ihm alles zu sagen. Aber ihn einweihen hieß, auch ihn zur Lüge verpflichten. Sie widerstand.

Sie blieb reglos, bis ihr Atem sich beruhigte. Dann stieg sie in den Keller hinab, holte das Tuch und rückte alles an seinen Platz. Nachher trat sie zur Haustür und horchte in die Nacht hinaus. »Franz!« rief sie zwei-, dreimal. »Franz!«

Der Nebel sog den Schall auf wie Watte.

Es hat keinen Sinn, da zu stehn und zu warten, dachte sie. Ich leg mich auch nieder.

Zum erstenmal im Leben empfand sie Furcht vor der Heimkehr ihres Gatten. Sie beschloß, sich schlafend zu stellen, wenn er kam.

Frierend vom vielen Ein und Aus und vor tiefer Entmutigung zog sie die schwere Tuchent über sich. Wie kalt und feucht war das Bett! Und von höhnischer Langsamkeit schien ihr das Ticken der alten Wanduhr.

Immer deutlicher erkannte sie, was sie ihrem Sohn antat. Würde er ihr jemals wieder glauben? Aber, erwog sie verzweifelt, ist es nicht immer noch besser, wenn er denkt, ich hab gelogen, als wenn er selber lügen muß?

Sie stöhnte. Er war ein unreifer Bub. Weiß Gott, was seine Einbildungskraft sich eben zusammenbraute! Oder schlief er wirklich?

»Toni –« versuchte sie mit leisem Hauch.

»Ja …?« kam es sogleich voller Hoffnung zurück.

»Toni, einmal werd ich dir alles erklären, glaubst du mir?«

Ein Atemzug Stille. Dann:

»Wann, Mutter?«

»Wann, weiß ich selbst nicht, Toni.«

Beide schwiegen wieder. Aber beide atmeten nun leichter. Und bald hörten sie den Hund und des Vaters Schritte vor dem Fenster.

Ganz gegen ihre Absicht sprang Martha aus dem Bett, fuhr in die Socken, warf das Tuch um und tastete sich in die Küche.

»Der Bub ist schon da!« empfing sie ihren Mann.

»Das hoff ich!« erwiderte er. »Aber noch wichtiger ist mir jetzt: Ist der Fremde schon fort?«

Martha starrte ihn nur an.

Er legte langsam, wie immer, die Überkleider ab; gelassen ging er in der Küche herum, wie sonst, wenn er müde nach Hause kam.

»Du hast Glück gehabt, daß der Winkler nichts bemerkt hat, und daß ich die Ausrede gehabt hab, nach dem Buben suchen zu müssen. Auf die Dauer hätt er vielleicht doch gefunden, daß unser Fatschkind recht merkwürdig hustet!«

»Und du hast nichts gesagt? Du bist in den Wald gegangen, um den Dieb zu stellen, und ich versteck ihn hier, und du sagst kein Wort –?«

»Ja, ich bin hinaus, um Diebe zu vertreiben, aber nicht, um einen halb zu Tode gehetzten Menschen abzufangen, der so von Sinnen ist, daß er auf einen bloßen Anruf hin viermal ins Finstere schießt! Wegen der paar Rüben, die so einer sich nimmt, werden wir nicht verhungern. – Hast du etwas aus ihm herausgekriegt?«

Sie sagte ihm, was sie wußte und fügte zaudernd hinzu: »Aber vielleicht ist das alles nicht wahr, und er ist ein Deserteur, oder ein Verbrecher –?«

Franz hob die Schultern. »Glaub ich nicht!« sagte er. »Jedenfalls zerbrich dir darüber nicht den Kopf. Das hat nun doch wohl gar keinen Sinn!«

Martha entzündete eine Kerze, blies die Lampe aus und ging ihrem Mann voraus in die Kammer. Dumpfe, mannigfache Gefühle bedrängten ihr Gemüt. Sie war erleichtert, dies vor allem; befreit vom Zwange, zu lügen. Befreit von der Furcht, Franz werde ihr Geheimnis entdecken und böse sein. Wie selbstverständlich schien er alles zu finden! Er hätte also genau wie sie gehandelt?

Seltsamerweise war ihr das nicht recht. Wenigstens die Männer, die ja die Gesetze machen, sollen sie auch bedingungslos halten! begehrte sie. Denn die Gesetze sind es doch, die uns Sicherheit geben ...

Nur die Gesetze?

Der Schein der Kerze fiel auf das kleine, blaß lächelnde Madonnenbild.

Vielleicht auch die Liebe –? fragte sie sich.

Oder muß man alle Sicherheit aufgeben, um ein Christ zu werden?

Die Antworten solcher Fragen reifen nicht in einer Nacht; das fühlte Martha wohl. Dennoch, als sich nun der Arm ihres Mannes sacht unter ihre Schulter schob, preßte sie die einfachste, die drängendste Frage hervor:

»Franz«, flüsterte sie, »glaubst du, ist es denn immer gefährlich, barmherzig zu sein –?«

»Ich glaube schon!« erwiderte er langsam. »Aber laß uns jetzt schlafen!«

Der Toni starrte noch lange offenen Auges ins Dunkel. Er hatte begriffen, was geschehen war und sich gekränkt, daß die Mutter glaubte, er könne nicht schweigen.

Aber nun, nach den letzten Worten der Eltern, keimte der Wille in ihm, sich künftig in dieser neuen, ganz unvermuteten Gefahr zu erproben ...

FRANZ NABL

Eine Sommerfreundschaft

Der schwedische Dichter und Tierfreund Bengt Berg hat ein ganzes Buch über seine Freundschaft mit einem Regenpfeifer geschrieben. Mit einem Vöglein, von der Größe einer Drossel etwa, das er sich, während der Brutzeit so vertraut machte, daß es ihm Würmer aus der Hand fraß und sich von ihm zuletzt samt seinem Nest auf der Handfläche vom Boden aufheben ließ, ohne davonzufliegen. Freilich, die Geschichte dieser seltsamen Freundschaft zwischen Vogel und Mensch spielte hoch im Norden, in Lappland, und es mag sein, daß der Vogel dort, wo er daheim war, noch niemals einen Menschen gesehen und daher auch keine Furcht vor dem riesengroßen, zweibeinigen Geschöpf kennengelernt hatte. Und wenn ich selbst nun von meiner Freundschaft mit viel weniger vornehmen Vögeln erzählen will, von der Freundschaft mit einer Kohlmeisenfamilie, so sei mein Unterfangen damit entschuldigt, daß sie an einem Platz geschlossen wurde, wo die kleinen Waldvögel erschreckt vor jedem Menschen davonflattern, wenn er sich ihnen auch noch so behutsam zu nähern versucht.

Im Park der schönen steiermärkischen Hauptstadt Graz sind es die Finken und Meisen seit Jahrzehnten und von Brut zu Brut gewohnt, den Menschen das Futter aus der Hand zu nehmen, und die Eichhörnchen klettern da an dem Spaziergänger herum, als wäre er ein kleiner, stämmiger Baum, und vergraben ihre Köpfe nach Nüssen in seinen Rocktaschen. Wenn aber in einem entlegenen Gebirgstal, wo kein Mensch jemals daran gedacht hat, den Vögeln im Winter Futter zu streuen und wo sich im Sommer erst recht niemand um sie bekümmert, eine Meise durchs offene Fenster in die Stube fliegt und sich auf den Rand desselben Tellers setzt, aus dem der Mensch eben seine Suppe löffelt, dann ist das doch wohl nichts so ganz Alltägliches, daß man kein Wort darüber zu verlieren brauchte.

Das kleine Haus steht ein wenig abseits von der Straße und etwa drei Meter über dem klaren Bergfluß, der am rechten Ufer, wenn ihm nicht gerade ein Regenguß zu Kopf gestiegen ist und ihn aufwirbelt, freundlich mit Grasbüscheln und Pestwurzblättern spielt, am linken Ufer aber, auch wenn Sommersglut ihn klein und zaghaft macht, verdrossen eine graue Felswand peitscht. Immer wieder versucht der geduldige Stein, sich den Fluß geneigt zu stimmen, er läßt zeitig im Frühjahr aus seinen Ritzen die silbergrüne Blattrose der Aurikel mit goldgelben, süß duftenden Blütendolden sprießen und bekränzt sich im Sommer mit rotglühenden Gewinden von Alpenrosen; es hilft ihm alles nichts, der zornige Fluß schlägt weiter gegen ihn, und da und dort ist's ihm allmählich gelungen, eine kleine Grotte in den Fels zu höhlen. In der birgt sich gern die graue Wasseramsel, und nur ein scharfes Auge sieht ihre weißgefiederte Brust geheimnisvoll aus dem Dunkel schimmern.

Das so köstlich gelegene kleine Häuschen war rundum von einem schmalen Gartenstreif umhegt, und die Sache fing damit an, daß in den Fliederbüschen am Gartenzaun, es war zu Beginn des Heumonds, eine Kohlmeise mit ihrer ersten flüggen Brut herumgaukelte. Denn dort zwischen den hohen Bergen blüht der Flieder spät im Jahr, wenn draußen im ebenen Land schon die grünen Samenbesen an den Zweigspitzen stehen, und die Meisen kommen mit ihrer ersten Brut gerade zurecht, wenn im wärmeren

Flachland die zweite Brut sich ihr tägliches Brot schon selbst verdient. Daß der Schwarm nur von einem einzelnen Altvogel geführt wurde, einem Männchen dem Anschein nach, war meiner Frau und mir kein schwieriges Rätsel. Die Mutter mochte von dem großen, kräftigen Sperberweibchen geschlagen worden sein, das alle paar Tage einmal die Bäume und Büsche in der Umgebung nach Beute abstreifte. Eine Zeitlang belustigten wir uns an dem gierigen Gewimmer der immer und ewig hinter den Alten herflatternden Jungvögel, die wohl schon selbst hie und da etwas Genießbares von den Zweigen oder von der modernden Rinde des Zaunes ablasen, und wir erwogen, ob wir der sehr zahlreichen Familie nicht mit ein wenig Futter zuhilfe kommen sollten. Aber wir konnten uns nicht recht dazu entschließen, denn unser Aufenthalt war kurz bemessen, und wenn die jungen Vögel sich an die Futterstelle gewöhnten anstatt an den harten Kampf ums Dasein, dann würde es ihnen nach unserem Abschied schlimm ergehen, zumal hier im Gebirge im Frühherbst die Nahrung schwer aufzustöbern war. Erst als es eine Woche lang immerzu regnete und als sich einmal gar Schneeflocken unter die Regentropfen mischten, machten wir uns auf nach dem nächsten Dorf und kauften dort beim Krämer eine Tüte voll Hanfsamen. Und während die Meisen gerade jenseits des Bergflusses am oberen Rand der Felswand in den Stauden herumgeisterten, nagelte ich den flachen Deckel einer Holzschachtel an den Zaun, doch nicht im Freien, sondern versteckt in einem Fliederbusch, streute Hanfsamen darauf, und dann setzten wir uns, durch den Vorhang gedeckt, ans offene Stubenfenster, um zu lauern, ob die Vögel von unserem Anerbieten überhaupt Gebrauch machen würden.

Nach einer kurzen Weile hörten wir das Gewimmer der Jungen näherkommen und gleich danach fiel die ganze Gesellschaft wieder in den Fliederbusch ein. Die Jungen bekümmerten sich nicht um das Futterbrett, der Alte aber hatte es rasch entdeckt, stieß sofort seine schnarrenden Warnungslaute aus und äugte, schlank und hochbeinig, voll Mißtrauen auf das ungewohnte Ding herab, indes die Kinder verstummten und wie erstarrt sitzen blieben. Doch bald überwog Neugier das Bangen, noch immer warnend hüpfte der Meisenvater näher, und es dauerte nicht lange, so wußte er, daß es hier nichts zu fürchten gab. Und obwohl er gewiß nie in seinem Leben Hanfsamen gefressen hatte, erkannte er sogleich dessen Brauchbarkeit und schon saß er auf einem Querast und hämmerte mit regelmäßigen, kräftigen Schnabelhieben gegen das zwischen die Zehen geklemmte Korn los. Nun erwachten auch die Jungen aus ihrer Starre, umdrängten den Alten wimmernd und flügelzitternd, und fast eine Viertelstunde blieb die Hanfschmiede in Betrieb, bevor die Familie davonstob, um sich zu der neuartigen Zukost einen tüchtigen Happen Raupenfleisch zu suchen. Einige Minuten später waren sie wieder da, und nun ging es in schöner Abwechslung weiter, Hanf – Raupen, Hanf – Raupen, bis wir, nach zwei Stunden etwa, den Futtervorrat erneuern mußten.

Das dauerte drei oder vier Tage, und die Vögel merkten bald, daß wir Menschen mit dem wohlschmeckenden, leicht gewinnbaren Futterzuschuß in irgend einem Zusammenhang standen, denn sie wurden viel heimlicher als vordem und wichen dem Gebüsch mit dem ergiebigen Holzdeckel auch dann nicht aus, wenn wir nahebei auf der Hausbank saßen und sie beobachteten. Aber die Herrlichkeit hatte noch nicht allzu lange gedauert, da begann der Alte die Jungen nicht mehr in der Nähe zu dulden und wurde bei seinem Kampf gegen sie so grob und gewalttätig, daß sie nur hie und da noch sehnsüchtig und aus der Ferne zur Futterstelle lugten und zuletzt ganz ausblieben. Ein paar Tage kam der Alte allein, plötzlich tauchte neben ihm eine zweite ausgewachsene Meise auf, deren Federkleid verdrückt und ungebügelt aussah, und da wußten wir, daß wir dem Sperberweibchen, in diesem Falle wenigstens, unrecht getan hatten. Der Meisenvater hatte, während die Mutter schon über der zweiten Brut saß und zugleich von ihm geatzt wurde, wovon wir freilich nichts merkten, seine Erstgeborenen wohl noch eine Zeitlang betreut und geführt, so lange etwa, bis die neue Brut ausschlüpfte, dann aber lehrte er sie mit giftigem Zufahren und Schnabelhieben, daß sie sich nun selbst versorgen mußten, und zwar möglichst in einer anderen Gegend, wo sie den jüngeren Geschwistern nicht das Futter wegfraßen.

Und bevor zwei Wochen verstrichen waren, wimmelten wiederum sieben oder acht Jungmeisen flügelzitternd und wimmernd hinter den beiden Alten im Gebüsch herum, ließen sich mit ausgelöstem Hanfsamen füttern und versuchten gelegentlich selbst ein Korn aufzuhämmern, wie sie es bei den Eltern sahen; es wollte aber noch nicht gelingen, und die Körner glitten ihnen zwischen den Zehen heraus zu Boden.

Da beschlossen wir, die Vögel noch zahmer zu machen, als sie ohnehin schon waren. Ich nahm das Brettchen, indes die Meisen wieder einmal draußen im Freien nach Insekten suchten, vom Zaun, stellte es ins offene Stubenfenster, und dann setzten wir uns selbst in den vom Fenster am weitesten entfernten Zimmerwinkel und warteten, was geschehen würde. Als das Gewimmer der Jungmeisen sich näherte, wagten wir uns kaum zu rühren und hielten förmlich den Atem an. Zuerst gab es im Fliederbusch am Gartenzaun ein ungeduldiges Hin und Her mit allerhand ärgerlichen, schnalzenden Lauten; plötzlich mochten die Alten den neuen Platz des Futterbrettes entdeckt haben, und wir hörten ganz nahe beim Fenster das Schwirren der Flügel, ohne daß die Vögel einstweilen im Fenstergeviert sichtbar geworden wären oder sich gar auf das Futter niedergelassen hätten. Zwei- oder dreimal wiederholte sich das noch, dann war die Scheu vor dem Fremden halbwegs überwunden und der Meisenvater landete vorläufig auf dem eisernen Fensterhaken, mit dem der geöffnete Holzladen gegen den Wind verspreizt war. Es bot ein lustiges Bild, wie schlank und hochbeinig der Vogel sich dort machte und wie er, auf den Zehenspitzen wippend, ins Düster des Stubeninneren zu spähen versuchte. Und weil sich drinnen nichts Verdächtiges rührte und regte, wagte er endlich den Hops aufs Futterbrett, faßte ein Hanfkorn und stob damit davon, wie nach glücklich gelungenem, höchst gefährlichem Raub. Für den ersten Tag wurde diese diebische Hast noch beibehalten, und manchmal geschah es sogar, daß einer der beiden Alten, nachdem er sich auf den Fensterhaken oder auch schon auf das Brettchen gesetzt hatte, plötzlich wieder erschreckt davonflog, ohne ein Korn genommen zu haben. Aber schon am nächsten Tag wurde der Fensterhaken gelegentlich anstatt eines Astes zum Aufklopfen der Körner benützt, und wieder ein weniges später kamen die Jungen aufs Fensterbrett nachgeflattert, wimmerten und zitterten da gottserbärmlich herum und patschten zuletzt selbst mitten ins Futter hinein, obwohl sie mit den Hanfkörnern noch immer nichts Rechtes anzufangen wußten.

Jetzt glaubten wir soweit zu sein, die ewig hungrige Gesellschaft bis in die Stube hineinlocken zu können, wenn wir das Brett mit den Sämereien vom Fenster weg auf den davor gerückten Tisch stellten. Dabei sollte uns ein unerwartetes, für meine Frau allerdings ein wenig klägliches Ereignis zu Hilfe kommen und ein altes Sprichwort sich bewahrheiten. Diesmal war es das Sprichwort vom Unglück des einen, das zum Glück des anderen wird. Meine Frau hatte einen Biskuitkuchen gebacken, und der war nicht ganz nach Wunsch geraten. Er besaß nur in den oberen Schichten die erwünschte flaumige Lockerheit, tiefer unten gegen den Boden zu aber war er das, was man, rücksichtslos und unumwunden, speckig oder sitzengeblieben nennt. Es mochte der ein wenig untaugliche Küchenherd Schuld daran tragen. Die geratene Oberschichte hoben wir also mit dem Messer sorgfältig ab und verzehrten sie, an den etwas schwerwiegenderen Unterteil des Kuchens trauten wir uns dagegen nicht recht heran, und meine Frau bejammerte schon den Verlust an Mehl, Zucker und Eiern, die ja in das ganze Gebäck gleichmäßig verarbeitet waren. Mehr zum Scherz, als weil sie ernsthaft an einen Erfolg glaubte, streute sie ein paar der klebrigen Krümel zum Hanf auf das Futterbrett und verwahrte die mißlungenen Reste gleichwohl im Speiseschrank, denn als sparsames Kind ihrer Zeit brachte sie's nicht übers Herz, sie schon jetzt ins Feuer oder in den Bergfluß zu werfen. Die Meisen waren gerade wieder einmal unterwegs und so verschwanden auch wir zu kurzer Nachmittagsruhe in unsere Schlafstube. Und siehe, bei unserer Rückkehr gab es wohl noch Hanf genug auf dem Brett, von der verunglückten Mehlspeise war aber kein Bröselchen mehr zu finden. Rasch zerkrümelte meine Frau wieder ein paar kleine Brocken, und erwartungsvoll nahmen wir unseren Lauerposten ein; nach einer Weile waren die Meisen da, und nun gab es länger keine Täuschung darüber: die Alten schlangen die ihnen völlig fremde, ungewohnte Nahrung mit Gier in sich ein und stopften sie auch den Jungen immerzu in die aufgesperrten Schnäbel, so daß uns um ihre Gesundheit angst und bange wurde. Sie gediehen bei dieser merkwürdigen Kost aber vorzüglich, und meine Frau war sehr beglückt, weil ihr armes, mißratenes Kunstwerk doch nicht ganz vergeblich gebacken war.

Ich zweifle, ob es uns mit Hanfkörnern allein gelungen wäre, die Meisenfamilie bis auf den Speisetisch zu locken. Dem speckigen Biskuitkuchen vermochten sie nicht zu widerstehen, und nach zwei Tagen schon holten sie sich die heiß begehrte Leckerei beinahe aus der Zimmermitte, indes wir, steif und atemlos vor Erregung, in unserem Beobachtungswinkel hockten. Schließlich wurden unsere Gäste so vertraut, daß wir auch in ihrer Anwesenheit Atem schöpfen und, nicht zu heftig freilich, die Glieder regen konnten. Nur wenn wir vom Sessel aufstanden oder etwa ins Zimmer traten, solange sie beim Futter saßen, schwirrten sie durchs offene Fenster hinaus, um aber gleich wieder zurückzukehren. Das geschlossene Fenster hatten wir mit einem Vorhang abgeblendet, seit ein erschreckter Vogel gegen die Scheibe gestoßen war.

Es geht in allen Dingen des Lebens so, daß man nie den Übergang zwischen den einzelnen Entwicklungsstufen zu sehen bekommt, sondern nur die fertigen Stufen selbst, mögen sie auch knapp beieinander liegen. Darum kann ich nicht genau berichten, wie und wann alles wurde, ich kann nur sagen, daß es auf einmal war, als ob es immer gewesen sei, und daß wir nun schon fast von einer Lebensgemeinschaft mit den Meisen sprechen durften. Sie flogen in der Stube ab und zu, auch wenn wir selbst uns darin bewegten, sie versorgten sich, je nach Lust, mit Hanfkörnern oder Biskuitkrumen, und allmählich gewöhnten wir uns, so oft wir bei Tisch saßen, daran, von Zeit zu Zeit unter die Platte auf den Boden zu lugen, um nicht einen Vogel zu zertreten, der dort nach herabgefallenen Brosamen suchte.

Und doch, einmal geschah es, daß ich das Werdende beinahe zu sehen meinte. Da saß ich allein in der Stube am Tisch bei einer Schreibarbeit. Das Futterbrett stand in meiner nächsten Nähe, und wie nun eine junge Meise hereinkam und sich auf die Tischplatte niederließ, mochte die mit der Feder hin und her rückende Hand und das ganze Schreibgerät ihr nicht recht geheuer erscheinen, denn sie wagte sich, indem sie voll Verlangen herumtrippelte, nicht bis an das Futter heran. Langsam ließ ich die Feder aus den Fingern gleiten und noch viel langsamer griff ich, während das Meislein ein wenig gegen das offene Fenster zurückhüpfte, ein Biskuitbrösel aus dem Futter und hielt es, den Arm unmerklich und ruckweise vorschiebend, zwischen Daumen und Zeigefinger dem Vogel hin. So war der ersehnte Leckerbissen von der bedrohlichen Schreibmappe schon weiter entfernt, aber freilich, auch die Menschenhand bot noch Fremdes und Unbehagen genug. Ich stützte Unterarm und Hand der Länge nach gegen die Tischplatte, um ja nicht zu beben, schrittweise trippelte der Vogel, auf dem an Stelle des Linnens ausgebreiteten Wachstuch einmal ausgleitend und darüber kurz erschreckend, näher … immer näher … noch näher … und endlich, mit raschem Entschluß, pflückte er das Bröcklein zwischen den Fingerspitzen heraus. Er flog damit gleich durchs Fenster, aber ich war doch glückselig wie selten im Leben und bin gewiß, dem Schweden Bengt Berg hat das Herz vor freudiger Erregung nicht höher in den Hals hinauf geschlagen, als sich im fernen Lappland der Regenpfeifer samt seinem Nest von ihm emporheben ließ. Eilig rief ich meine Frau in die Stube, und bald gelang auch ihr, ob mit demselben Vogel oder mit einem anderen, konnten wir nicht entscheiden, das gleiche holde Wunder.

Von da an war es, als würden die Jungmeisen – man erkannte sie deutlich an ihrer zarteren, weicheren Form und an der noch etwas verwaschenen Färbung des Gefieders – eine an der anderen Mut und Zutrauen fassen lernen zu den gewaltig plumpen Menschentieren, deren futterspendende Hand das Fünffache ihrer eigenen Größe maß. Sie trieben sich immerzu in der Stube herum, und nahmen wir selbst unser Mahl ein, dann trippelten sie zwischen Tellern und Gläsern über die Tischplatte, tauchten die Schnäbel in alle Schüsseln, schüttelten sich mit gesträubtem Gefieder, wenn ihnen eine Speise nicht behagte, schluckten von der besser befundenen Bröcklein um Bröcklein und schwangen sich, ungeachtet der hin und her gehenden Messer und Gabeln, auf den Rand unserer Speiseteller, weil sie dort besonders Gutes erhofften. Ein Butterbrot in Ruhe zu verzehren, war uns von Stund an nicht mehr vergönnt. Mochten wir es auch gerade zum Mund heben, unentwegt klammerte die Meise sich an den Rand und pickte den geschätzten Aufstrich vom Brot herunter. Bis zum sinkenden Abend stöberten sie in der Stube nach Nahrung und bei grauendem Morgen hörten wir sie schon wieder vor den Fenstern unseres Schlafzimmers. Da das Haus nur ebenerdige Räume besaß, konnten wir die Fenster bei Nacht nicht offenhalten. Doch hatten die geschlossenen Holzladen herzförmige Ausschnitte, die sich beim ersten Tagesschimmer vom lichtwerdenden Himmel abhoben. Um diese allerfrüheste Zeit waren die Meisen schon fröhlich unterwegs, indes wir Menschen, die wir freilich viel später zu Bett gingen, noch unseren trägen, dumpfen Morgenschlaf schliefen. In die schwarze Stubenhöhle wagten die Vögel wohl nicht zu schlüpfen, aber es verging kaum eine Minute, ohne daß einer sich mahnend in das lichte Himmelsherz gesetzt hätte. Wer da von uns zuerst erwachte, der stieß den Laden auf, das Futterbrett stand vorbereitet, und alsbald begann ein unermüdliches Ab- und Zufliegen, während wir oft, dem Frieden des aufsteigenden Tages vertrauend, weiterschlummerten.

An einem solchen Morgen ereignete sich etwas unendlich Schönes und Ergreifendes. Vier Jungmeisen saßen eben am Fensterbrett, als draußen vom Gartenzaun her ein scharfer Warnungsruf der Alten ertönte; das raubende Sperberweibchen mochte sich über den Bäumen gezeigt haben. Zwei Vögel stoben blitzgeschwind zum Fenster hinaus, einer blieb wie gelähmt auf seinem Platz, der vierte aber schwirrte zu mir ins Bett und duckte sich, knapp neben meinem Kopf, in eine Grube des Polsters. So bewies er, daß er des Tieres ererbte Angst vor dem Menschen verloren hatte, daß er bei mir besseren Schutz zu finden hoffte, als in irgend einem gewohnten Versteck. Und das war so herrlich, so wunderbar, daß ich für Augenblicke auf einem anderen Stern zu weilen wähnte und aufquellende Tränen niederkämpfen mußte. Allein, was half das alles, je näher die Stunde unseres Abschieds von dem stillen Winkel am Bergfluß rückte, je banger machte uns die Freundschaft mit den kleinen Meisen. Wir sahen nie mehr, daß die Jungvögel im Freien selbst ihr Futter suchten, sie vertrauten unerschütterlich auf die immer bestellte Tafel im Hause. Wie sollten sie später, wenn der Herbstreif über Wiesen und Sträuchern lag und unter ihm das Leben der Winzigsten erstarb, ihre Nahrung finden lernen? Sollten wir die mühsam erworbenen lieben Freunde von uns scheuchen, uns ihnen als den schlimmsten Feind der Tierwelt zu erkennen geben, oder sollten wir sie – wie leicht wäre das gewesen! – fangen und mit uns führen zu unserem ständigen

Wohnsitz im Flachland, wo Herbst und Winter milder walteten und wir ihnen Futter streuen konnten?

All unser Sorgen war verfrüht und unnütz. In der letzten Woche unseres Aufenthaltes verlockte das nun strahlende Wetter zu einer längst geplanten Bergwanderung. Über Nacht blieben wir aus und kehrten am nächsten Tag erst spät abends heim. Das beim Abmarsch in den Garten gestellte, reich versorgte Futterbrett fanden wir wohl geleert bis aufs letzte Stäubchen, am Morgen aber erschien kein Mahner im lichten Himmelsherzen, und bei Tag vergingen Stunden, ehe wir die Meisen im Buschwerk sahen und hörten. Noch kamen sie hie und da ans Fenster oder in die Stube, zunächst die Jungen und die Alten, dann nur mehr, selten genug, die Alten allein – die selbst niemals handzahm geworden waren –, und wollte eines der Kinder wieder zufliegen, so wurde es von den Eltern unbarmherzig vertrieben. Des Tieres unbeirrbare Vernunft siegte über des Menschen gut gemeinte Unvernunft, und wir waren's zufrieden. Nun brauchten wir uns um die winterliche Zukunft der kleinen Freunde nimmer zu sorgen. Sie hatten Zeit genug vor sich, in ihr eigenes hartes, doch freies Leben hineinzuwachsen, und wir durften die Erinnerung an ein gutes, seltenes Erleben bewahren ohne lauernde Pein und Reue.

LEO PERUTZ

Mainacht in Wien

Als es sechs Uhr schlug, begab sich Georg auf den Heimweg. Er befand sich in diesem Augenblick in einem der äußeren Bezirke, in Heiligenstadt, nicht weit vom Donauufer. Eine sentimentale Regung hatte ihm den Gedanken eingegeben, die Beethovenstätten aufzusuchen und einen Blick in den Vorgarten einer kleinen Villa zu werfen, die für ihn mit persönlichen Erinnerungen verknüpft war. Jetzt erschien ihm dieser ganze Spaziergang sinnlos wie alles, was er in den letzten Wochen getrieben hatte.

Zehn Tage, nach jenem denkwürdigen Freitag, der in offiziellen Ansprachen der »Tag des Umbruchs« genannt wurde, hatte Dr. Georg Schwarz seine Stelle bei der Zeitung verloren. Seiner Entlassung war kein Wortwechsel, keine Auseinandersetzung vorhergegangen, nicht einmal eine Andeutung, daß man seiner Dienste bald nicht mehr bedürfen werde, war gefallen. Man hatte ihm nur einfach eines Abends verwehrt, die Redaktionsräume zu betreten. Kollegen aus dem Reich waren gekommen, junge Leute, deren Namen ihm, dem altgedienten Journalisten, bis dahin völlig unbekannt gewesen waren –, die schreiben jetzt statt seiner Theaterkritiken, Buchreferate und jene kleinen pointierten Artikel, die man im Zeitungsjargon als »Entrefilets« zu bezeichnen pflegte. Dr. Georg Schwarz, der sich im Augenblick schlechter Laune den »geplagten und ausgebeuteten Sklaven eines behördlich konzessionierten Tretmühlenbesitzers« und »einen armen abgehetzten Hund« genannt hatte, – in Stunden gehobener Stimmung war er von seiner Berufung, als Berater und Mentor einer geistig hochstehenden Lesergemeinde zu wirken, tief überzeugt gewesen –, Dr. Georg Schwarz hatte plötzlich das Recht zugebilligt erhalten, über seine Zeit nach seinem Gutdünken zu verfügen.

Von diesem Recht hatte er freilich nur wenige Tage hindurch Gebrauch machen können. Eines Morgens waren, während er allein beim Frühstück saß, zwei Herren in seiner Wohnung erschienen, die eine an ihrem Rockfutter befestigte Blechmarke vorwiesen und sich damit als Vertreter der Staatspolizei zu erkennen gaben. Sie hatten an Georg mehrere Fragen gerichtet, aber nur die bejahende Antwort auf die erste, ob er nämlich Nichtarier sei, schien sie einigermaßen zu befriedigen. Die vielen auf dem Schreibtisch in ziemlicher Unordnung herumliegenden Manuskriptblätter erregten ihr Mißfallen. Sie prüften jedes einzelne, stöberten in den Schreibtischfächern und durchsuchten den Bücherkasten. Dann warfen sie die Frage auf, ob Georg etwa eine Auslandsreise geplant und wohin er sein Kapital verschoben habe.

Georg blickte sie verständnislos an. Er war mit seinen Gedanken bei seinem Freund und Hausgenossen, Dr. Holzmann, gewesen, der – sonst der geborene Pechvogel – gerade diesmal vom Glück begünstigt war. Er hatte wenige Minuten vor dem Erscheinen der beiden Herren die Wohnung verlassen. – »Da liegt seine Tabatière, er hat sie vergessen, vielleicht vermißt er sie, wenn er nur nicht wegen dieser dummen Tabatière zurückkommt, der Unglücksrabe!« – dachte Georg, und er empfand es beinahe als eine Erleichterung, als ihn die beiden Kriminalbeamten endlich aufforderten, sein Frühstück zu beenden und mit ihnen zu kommen.

Im Vorzimmer stand die Bedienerin, sah ihn erstaunt und vorwurfsvoll an und rieb die Hände an ihrer Küchenschürze.

Die Zeit, die er im Polizeigefängnis verbrachte, hinterließ in Georg keine durchwegs unangenehme Erinnerung. Die Behandlung war anständig, die Kost zwar die an solchen Orten übliche, aber sie genügte ihm. Morgens gab es schwarzen Kaffee und Brot, mittags Suppe und Hülsenfrüchte, abends außer dem schwarzen Kaffee manchmal ein Stückchen Wurst. Nur die Unmöglichkeit, sich rasieren zu lassen, empfand Georg als einen beinahe körperlichen Schmerz. Eine Zigarette zu erlangen, erwies sich als ein ebenso kostspieliges wie aufregendes Abenteuer, dafür bildete der immer wieder hinausgeschobene Augenblick des Anrauchens den Höhepunkt des Tages. Nachts hatten je zwei Häftlinge einen Strohsack und eine Wolldecke miteinander zu teilen, aber in den letzten Tagen seines Aufenthaltes im Polizeigefängnis erhielt Georg als »Zimmerältester« ein richtiges Bett für sich allein zugewiesen.

Bald nach seiner Einlieferung hatte man ihn zum Verhör geholt.

Der Beamte, der ihn einvernahm, schien übernächtigt oder stark übermüdet zu sein. Unaufhörlich gegen die Schlafsucht ankämpfend, nahm er Georgs Geburtsdaten und die Einzelheiten seines Lebenslaufs zu Protokoll. Die Höhe seines Bankkontos wurde vermerkt und die Tatsache, daß er keine Steuerschulden habe, mit Genugtuung und einem halbunterdrückten Gähnen zur Kenntnis genommen. Über seine politische Einstellung vermochte Georg nichts Wesentliches auszusagen, er war sich selbst über sie niemals völlig im klaren gewesen. Auch sah er sich außerstande, die vielfältigen und einander zum Teil widersprechenden Anschauungen, die zusammen als seine politische Einstellung gelten konnten, in einen einzigen kurzen Satz gezwängt zu Protokoll zu geben.

Dann kam die letzte Frage, und sie war geeignet, Georg auf das höchste zu überraschen.

»Warum sind Sie hier?« erkundigte sich der Beamte.

Georg verstand sie nicht sogleich.

»Warum Sie in Haft sind?« wiederholte mit einigen Zeichen der Ungeduld der Vertreter der Staatsgewalt.

»Das ist die einzige Frage, die ich an Sie richten wollte«, meinte Georg.

Der Beamte zuckte die Achseln

»Wir wissen hier gar nichts«, erklärte er in einem Ton, der einen ziemlichen Grad von Verärgerung erkennen ließ. »Und aus Ihrem Akt geht auch nichts hervor. Es scheint –.« Er überflog den Akt, schüttelte den Kopf und versuchte, ein Gähnen hinter der vorgehaltenen Hand zu verbergen. Dann beendete er den Satz:

»Es scheint, daß nichts gegen Sie vorliegt.«

»Dann kann ich vielleicht gehen?« schlug Georg ein wenig unsicher vor, und einen Augenblick lang sah er sich, frisch rasiert und eine glimmende Zigarette zwischen den Fingern, seinem alten Hausgenossen, Dr. Holzmann, in seinem Wohnzimmer gegenüber sitzen.

»Das nicht«, meinte der Beamte. »Zunächst müssen Ihre Angaben überprüft werden.«

Die Überprüfung währte drei Wochen, und dann wurde Georg aus der Haft entlassen.

Dr. Holzmann empfing seinen Freund überwältigt von dem Glück, ihn wiederzuhaben, doch mit einem Gesicht, als könne er an dieses Wunder einer Rückkehr aus dem Tartarus nicht recht glauben.

»Ich dachte nicht, daß Du so bald wieder da sein werdest«, sagte er nach der ersten schweigenden Begrüßung. »Ich bin sehr froh. Von den meisten, die damals verhaftet worden sind, hört man noch immer nichts. Du willst Dich rasieren. Warmes Wasser. Sofort, bin gleich wieder da. Oder hat das Zeit bis nach dem Essen? Du wirst doch essen wollen – oder nicht? Also, was willst Du zuerst tun: ein Bad nehmen und Dich umziehen und rasieren oder etwas essen? Es ist kaltes Fleisch da, Wurst, Käse, eine Büchse Sardinen –. Oder willst Du etwas trinken?«

Georg wollte zunächst gar nichts anderes tun, als in seinem großen, kühlen, mit Leder überzogenen Lehnstuhl sitzen. Er brauchte Zeit, um sich in der veränderten Lage zurechtzufinden und es sich klar zu machen, daß es für ihn jetzt wieder solche Herrlichkeiten gab wie ein Badezimmer, einen Anzug zum Wechseln, einen Rasierapparat, Ölsardinen und Alkohol. Dr. Holzmann war inzwischen aus dem Zimmer verschwunden. Er hatte seit jeher die Neigung gehabt, die Ausführung der verschiedensten Absichten gleichzeitig ins Auge zu fassen, so daß dann immer die eine der anderen hindernd im Wege stand. Diesmal aber schien er sich für eine bestimmte Reihenfolge seiner Handlungen entschieden zu haben, denn als er wieder ins Zimmer trat, kam mit ihm zugleich das Geräusch des strömenden Badewassers durch die offene Tür.

»Wenn Du nicht sehr hungrig bist, Georg«, schlug er vor, »dann könnten wir mit dem Essen auf Richard warten. Es ist halbacht, er muß bald da sein. Alles konnte ich ertragen, nur die einsamen Abende nicht. Zwischen sechs und sieben stieß ich immer telephonische S.O.S.-Rufe aus. Ich konnte einfach nicht allein bleiben, man muß doch wenigstens einen Menschen haben, mit dem man sprechen kann. Zumeist kam Richard. Manchmal auch unser Nachbar, der Oberstleutnant. Es durfte ihn natürlich niemand sehen, wenn er an die Türe klopfte. ›Verkehr mit Nichtariern!‹ Es gibt in jedem Haus Denunzianten. Hat er sich aber doch nicht abhalten lassen. Ein anständiger Mensch, ein altösterreichischer Offizier. Richard bringt sich sein Nachtmahl mit, das ist jetzt so üblich, es will keiner dem anderen Kosten verursachen. Er wird Augen machen, wenn er Dich sieht. – Was hast Du da?«

Er wies auf ein in Zeitungspapier eingeschlagenes Päckchen, das Georg auf einen Stuhl gelegt hatte.

»Das ist die Wäsche, die Du mir geschickt hast«, sagte Georg. »Das Geld habe ich auch bekommen. Du kannst Dir gar nicht vorstellen, was zwanzig Schillinge für einen Häftling bedeuten. Ich fühlte mich, als sie mir ausgefolgt wurden, einfach als Rothschild.«

»Als Krösus«, verbesserte ihn Dr. Holzmann. »Sag lieber: Als Krösus. Oder als Rockefeller. Denn, sieh mal, was ist Rothschild heute? Ein Häftling, wie Du einer warst. Ich habe sein Bild im ›Schwarzen Korps‹ gesehen: Abgemagert, hohlwangig, mit ungepflegtem, grauem Vollbart –. Vielleicht als Vanderbilt.«

Georg fuhr sich, bei der Erwähnung des grauen Vollbartes, unangenehm berührt, mit der Hand ans Kinn und über die Wangen. Dann richtete er sich mit einem plötzlichen Entschluß auf und ging ins Badezimmer. Als er nach einer halben Stunde rasiert und in einem gebügelten Anzug zurückkam, sah ihn Dr. Holzmann, der eben dabei war, den Tisch zu decken, mit Wohlwollen an.

»Na also, jetzt siehst Du wieder wie ein Mensch aus«, sagte er. »Bißchen blaß, Zimmerfarbe, aber das wird sich geben.«

Er stellte die Teller, die Gläser, die Behälter für Pfeffer, Salz, Essig und Öl auf ihren Platz, trat zwei Schritte zurück und überzeugte sich aus solcher Entfernung von der harmonischen Wirkung des Arrangements.

»Alles nur Übung«, fuhr er fort. »Staub wischen, Kleider bürsten, Geschirr waschen, Betten machen, – alles viel einfacher als Du glaubst. Wir werden sehr gut ohne Bedienerin auskommen. Sie hat uns nämlich gekündigt, weil sie nicht bei Juden arbeiten will. ›Nichtarier‹ klingt vornehmer, aber sie versteht's eben nicht besser, außerdem gehört dieses Wort nicht dem Volksidiom an. Seit drei Wochen kommt sie nicht mehr. Nach und nach werde ich Dir schon alle Neuigkeiten beibringen. Ich bin für das löffelweise Verfahren. – Sei nicht so ängstlich, es geschieht ihr nichts, ich lasse sie bestimmt nicht fallen.«

Das bezog sich auf die große Salatschüssel, die er auf der flachen Hand balanciert und dann mit einem Schwung in die Mitte des Tisches gestellt hatte.

»Ich müßte Schiffssteward werden, jawohl, das wäre der richtige Beruf für mich«, erklärte er. »Ich habe immer schon den Tag verflucht, an dem mir eingefallen ist, Germanistik und alte Sprachen zu studieren. Kostbare Jahre habe ich verloren, aber noch ist es nicht zu spät. Wo, zum Teufel, steht denn geschrieben, daß ich mein Leben lang idiotische Manuskripte für stupide Verleger bearbeiten, Bürstenabzüge korrigieren und daneben noch denkfaulen Gymnasiasten ihre Lektionen eintrichtern muß? Nirgends steht das geschrieben. Zwei Schüler habe ich übrigens noch, fragt sich nur, wie lange ich sie behalte. Die jungen Leute treten alle aus dem Gymnasium aus, wozu auch weiterstudieren? Englisch lernen, Spanisch lernen, das ist das Gebot der Stunde, oder sich möglichst rasch in einem praktischen Beruf ausbilden. Ich kenne ein Ehepaar, – der Mann arbeitet als Volontär in einem Bäckereibetrieb, die Frau ist Lehrmädel in einer Konditorei. Wiener Frühstücksgebäck, feine Wiener Mehlspeisen, – damit ist drüben, in Cincinnati oder in Chicago, vielleicht wirklich Geld zu machen, meinst Du nicht? Besonders jetzt, wo Wien wieder einmal im Mittelpunkt des Weltinteresses steht, – zum unwiderruflich letzten Mal allerdings. Was jetzt die Auslandspresse über Wien schreibt, das liest sich wie der Nachruf auf einen gefeierten Filmstar, dem die Welt viele Stunden künstlerischen Genusses zu danken hat, und jetzt ist er uns entrissen, aber die großen Filmproduzenten werden auch ohne ihn auskommen. – Richard läßt wieder einmal auf sich warten. Zu tun hat er gar nichts, er könnte pünktlich sein, denn er ist natürlich auch nicht mehr bei seiner Bank, man hat ihn einfach auf die Straße geworfen, nach fünfzehn Dienstjahren, aber er läßt deswegen den Kopf nicht hängen.«

»So. Richard auch. So sind wir alle drei in der gleichen Lage«, meinte Georg. »Ich habe noch etwas Geld auf der Bank, aber wie lange wird das reichen? Für zwei oder höchstens drei Monate, wenn wir uns sehr einschränken.«

»Mein lieber Georg«, begann Dr. Viktor Holzmann feierlich, »ist es nicht ganz gleichgültig, ob das Geld für zwei oder für drei oder für acht Monate reicht? In vier Wochen müssen wir draußen sein, das ist Dir doch klar? Darin sind wir uns einig, Richard und ich, und darüber müssen wir heute noch mit Dir sprechen, wenn Du nicht zu müde bist, – Du bist doch nicht müde? Bis dreiviertel elf mußt Du unbedingt wachbleiben, denn dann kommt der Straßburger Sender.«

»Und nachher?« fragte Georg.

»Nachher kannst Du schlafen gehen, wenn Du Dich müde fühlst, morgen ist auch noch ein Tag, und Du hast ja einiges hinter Dir. Nur den Straßburger Sender –.«

»Ich meine, – nachher, wenn wir wirklich draußen sind, – was dann?«

»Was dann?« rief Viktor, und in seiner Stimme klang Erstaunen darüber, daß Georg eine solche Frage stellen konnte. »Ein neues Leben beginnen, die alte Haut abstreifen, die Hände regen, sich durchschlagen, durchbeißen, durchkämpfen, – arbeiten, mit einem Wort.«

»Wenn wir Arbeit finden. Und wenn man uns arbeiten läßt.«

»Warum sollte man uns nicht arbeiten lassen?« fragte Viktor verwundert. »Jeden Nigger läßt man arbeiten. Erst einmal draußen sein! Wir müssen natürlich zusammen bleiben, wir drei, zu dritt erträgt sich alles leichter. Kohle schaufeln, Georg, in Port Said oder in Marseille! Holz fällen, Kisten schleppen, Kartoffeln graben, Gummi zapfen, arbeiten, daß wir gar nicht dazu kommen, an das Gewesene zu denken, und am Abend todmüde hinfallen und wie die Säcke liegen und schlafen. Können wir denn jetzt schlafen? Fahren wir nicht des Nachts hundertmal auf: ›Ist das alles möglich? Ist das alles wirklich?‹ Das Schlafen werden wir erst wieder erlernen müssen, Georg. Ich hab zwei Briefe geschrieben, einen an einen Bekannten nach Südafrika und einen an einen entfernten Verwandten, der in Quebec lebt, das heißt, ganz bestimmt weiß ich nicht, ob wir wirklich miteinander verwandt sind, aber –.«

Er dachte einen Augenblick lang nach.

»Aber vielleicht weiß er es«, fuhr er fort. »Richard hat sechs oder sieben Briefe geschrieben, er hat mehr Freunde in der Welt als ich. Du wirst sehen, eines Tages wird ein Eilbrief da sein oder ein Kabel: ›Kommt! Hier ist Platz für Euch.‹ – Das ist Richard. Du kennst ja sein Läuten. Empfang ihn nicht mit solch einer Leichenbittermiene. Ist es denn für Leute unseres Schlages unbedingt notwendig, ein geruhiges und bürgerliches Leben zu führen? Du bist müde, natürlich, das ist zu verstehen, aber gib acht: Zwei Tassen von meinem guten, starken Mokka mit ein paar Tropfen Rum darin, und Du bist wieder auf dem Damm.«

GEORG PICHLER

Das Match

Die abschüssige Landstraße hinuntergehend, kam Flusser an dem auf einem Schlackenhaufen des ehemaligen Josefi-Schachtes erbauten Fußballstadion vorbei, das den berüchtigten Rote-Erde-Platz ersetzte, der nun halb als Wiese und halb als Halde einige Meter weiter auf der gegenüberliegenden Straßenseite unbeachtet blieb. Dabei war den Fohnsdorfern, neben dem Bergwerk, immer nur ihre legendäre Fußballmannschaft heilig gewesen, die auf dem kleinen Rote-Erde-Platz ihre größten Erfolge gefeiert hatte. Die meisten Fohnsdorfer, auch wenn sie sich nicht für Fußball interessierten, kannten die Namen fast jeden Spielers des WSV Fohnsdorf, besonders die Namen der Spieler jener legendären Mannschaft des Werksportvereins Fohnsdorf, die beinahe in die Nationalliga (wie die damals höchste österreichische Fußballiga hieß) aufgestiegen war.

Die Matches damals hatten in einer Atmosphäre stattgefunden, wie sie vielleicht noch in Stierkampfarenen herrscht, man wußte, es geht nicht nur darum, daß 22 Erwachsene einem Ball nachrennen und sich wie Schulbuben freuen, wenn sie ihn haben und vielleicht sogar ins Tor schießen oder irgendwie am Torschuß beteiligt sind. Man wußte, es ging um mehr, für Fohnsdorf, die Fohnsdorfer, für alle. Was war das für eine Stimmung gewesen auf diesem berühmten Rote-Erde-Platz, der für sie ein heiliger Boden war, auf dem alle Gegner, milde gesagt, Respekt oder viel eher die Hosen voll hatten, espenlaubzitternd wie im Londoner Wembley-Stadion nichtenglische Mannschaften oder die Gegner von Rapid Wien bei den Spielen früher auf der Hütteldorfer Pfarrwiese.

Vor den Kassen, diesen schmalen Holzverschlägen, standen Hunderte Menschen, geduldig in Schlangen wartend, viele mit violetten Schals und Kappen (mit zwei weißen Streifen und dem Schriftzug WSV), allesamt euphorisiert vor lauter Vorfreude. Von den Fahnenmasten wehten violette Fahnen (ebenfalls mit zwei weißen Streifen und dem Schriftzug WSV), und aus Lautsprechern dröhnte eine sich dramatisch überschlagende Stimme die Mannschaftsaufstellungen. Bei der Nennung der Namen der Heimmannschaft wurde jeder Name von Jubelgeschrei, Bravorufen und Beifall begleitet. Im Tor: Reisner, in der Abwehr: Hollerer Fussi Kienberger Roth, Läufer: Volkar Urschinger Trampitsch, Stürmer: Bistricky Roskam Pajenk. Die rostrote Spielfläche des Schlackenplatzes war frisch gerecht und gekehrt, die reifenbreiten Linien auf dem Spielfeld waren mit einem fahrbaren Blechbehälter (einer lauten Blechkiste) sattweiß nachgekalkt worden. Die rostroten Schlackenstücke, manchmal recht große Stücke, die auch auf den Wegen um den Fußballplatz herumlagen, knirschten unter den Sohlen. Neben den Schlackenstücken lagen auch, so erinnerte sich Flusser, massenhaft Eicheln von den auch heute noch immer dort stehenden Bäumen auf dem Boden. In dem langgezogenen, niedrigen Gebäude (von jedem »Baracke« genannt) gleich neben dem Spielfeldrand waren neben den Spielerkabinen auch die Kantinen und Toiletten untergebracht. Auf dem flachen Dach standen die Zuschauer in Zweier- und Dreierreihen, in vorderster Reihe hockten Kinder, ihre Beine lässig hinunterhängen lassend.

Robert Flusser war Zeugwart des WSV Fohnsdorf und stolz darauf. Immer für die Spieler der Mannschaft dazusein, dafür zu sorgen, daß jeder die Teile seiner Ausrüstung selbstverständlich zeitgerecht bekommt, sich zu kümmern, wenn einem etwas fehlt, ihn nicht selten auch zu motivieren und aufzustacheln. Er liebte diesen Geruch, den es nur in Männersportkabinen gibt, diese Mischung etwa aus Schweiß, Pitralon und Haarwasser, diese strengen Gerüche der Muskelsalben und die süß riechenden Massageöle. Und er sorgte gern dafür, daß alle Leibchen, Hosen und Stutzen sauber, gebügelt, geflickt und vollständig waren, die Schuhe frisch geputzt, die Schuhbänder neuwertig, die Stoppeln ordentlich reingeschraubt, die Schienbeinschützer und Kniefatschen vollzählig. Wichtig war, daß alles da war, wenn es gebraucht wurde. Daß besonders bei Auswärtsspielen im Autobus alles mitgenommen wurde, nicht das Geringste fehlte, das war seine Aufgabe, deren Wichtigkeit ihm wohlbewußt war und deren Funktionieren zum Erfolg mit beitrug.

Dieser Rote-Erde-Platz war auf einer ehemaligen Schlackenhalde Ende der zwanziger Jahren von Spielern, Funktionären und Freunden mit Krampen, Schaufeln und Scheibtruhen hergerichtet worden. Zwei ausrangierte Postwaggons ohne Räder waren die ersten Umkleidekabinen gewesen. Da am Sportplatz kein Wasseranschluß vorhanden war, hatte man sich im direkt neben dem Sportplatz vorbeifließenden Rattenbergerbach gewaschen; Trinkwasser wurde mit Eimern aus umliegenden Häusern geholt. Während der Kriegsjahre war der Platz ein Rüben- und Kartoffelacker gewesen, und 1945 wurden ausrangierte Segelfliegerbaracken als neue Umkleidekabinen von Rattenberg auf den Rote-Erde-Platz gebracht.

Auf diesem Spielfeld, diesem tatsächlich einzigartigen Schlakkenplatz, fanden die großen Matches des nicht nur für Flusser gebenedeiten WSV Fohnsdorf statt. Flusser war Zuträger, aber an den Wochenenden zelebrierten, geigten, zauberten die Spieler, die ansonsten untertag Kohle aus der Erde kratzten, da unten in der Arena ihre Fußballmessen, umgeben von aufgeputschten, gedopten Zuschauermassen.

Man mußte als Zuschauer ja stets auf Draht sein, da man als Zuschauer einen nicht unbeträchtlichen Einfluß auf das Spielgeschehen auf dem kleinen Platz hatte. Man konnte mit diversen Zurufen die eigenen Spieler derart aus der Konzentration, also die gesamte eigene Mannschaft, letztlich den gesamten Ort in die große Gefahr eines gegnerischen Treffers bringen. Andererseits konnte man mit denselben Mitteln die gegnerischen Spielzüge, ihren sogenannten »Spielfluß«, derart außer Rand und Band bringen, daß man als Publikum sozusagen der logische zwölfte Mann der Heimmannschaft war. Alles war erlaubt letztlich. Der Ball mußte ins Netz, wie, war am Ende egal. Sieg ist Sieg.

Die Fohnsdorfer spielten jedoch auch schön. Man braucht sich nur zu vergegenwärtigen, wie genial Trampitsch mittels gleichsam übermenschlicher Kraft und Anstrengung sich den Ball erkämpfte, das gegnerische Mittelfeld, wie wenn es gar nicht existierte, links liegenließ, gefühlvoll zu Roskam flankte, der volley weiter zu Pajenk gaberlte, der mitten durch die an sich brutalste Verteidigerphalanx spazierte und die Kugel unhaltbar in eine der zwei Kreuzecken versenkte. Ein lauter Tausendstimmenschrei wie aus einer Kehle erschallte, nachdem es Sekunden zuvor mucksmäuschenstill gewesen war.

Pajenk und Roskam waren damals das gefürchteste Stürmerduo, beide führten in der Torschützenliste, dann der Dribblerkönig Bistricky, man dürfte eigentlich keinen auslassen aus dieser genialen Elf, der Hollerer noch, der massige, gefährliche Hollerer mit dem schärfsten Schuß aller Ligen, der die schönsten und unmöglichsten Freistoßtore erzielte. Und im Tor die Schlangenaffenlatte Reisner, der so manch verlorenen, schon längst im Netz verschwundenen Ball (mit irdischen Maßstäben gemessen) noch heraus- oder herunterklaubte. Eine Mannschaft aus lauter Ballkünstlern und -genies.

Fohnsdorf spielte damals in der Regionalliga Mitte gegen Mannschaften, deren Namen für Flusser und jeden, der damals dabei war, mythisch nachklingen, wie SVS Stickstoff Linz, Pöttinger Grieskirchen, Aluminium Ranshofen, Rosenthal, Rapid Lienz oder Alpine Donawitz. Es gab Matches im österreichischen Cup gegen Mannschaften aus der Nationalliga, beispielsweise ein besonders spannendes gegen Salzburg, das nur knapp und mit viel Pech verlorenging. Oder das Spiel gegen Rapid Wien bei der Eröffnung des neuen Stadions, das Rapid nur mit viel Glück gewann, wie auch Gerd Springer (der damalige Rapid-Trainer), mit dem Flusser nach dem Spiel in der Garderobe gesprochen hatte, zugeben mußte.

Egon Pajenk (zu Rapid Wien) und schon vorher Heinz Schilcher (zu Sturm Graz und zu Ajax Amsterdam) waren wegengagiert worden, als alles noch gut gelaufen war. Flusser dachte, beim Blick auf die gänzlich zugewachsene Halde am Bahndamm, wo einstmals die Zuschauertribünen standen, sehnsüchtig an die süßen, harten Sportgummis (die es noch immer gab, die aber nicht mehr gleich schmeckten wie damals am Fußballplatz), willkommene, süchtig machende Ergänzungen zu den Kaugummis, die ihren Geschmack schon nach einigen (vor allem je nach Spielstand) freudenvoll übermütigen oder betreten vorsichtigen Kauern verloren. Flusser hatte den zu dieser Fohnsdorfer Fußballatmosphäre gehörenden, an sich ekelhaften Uringeruch aus den sogenannten Pissoirs, die zusammengenagelte Holzbretterverschläge waren, mit unnachahmlich riechendem Imprägniermittel bestrichen, deutlich in der Nase. Auch die Bilder der zahllosen Gesichter würde er nicht vergessen, eine unüberschaubare Menge von Gesichtern von Menschen am Rote-Erde-Platz, eingefangen mit einem beiläufigen Schrägblick, eine bunte Porträtgalerie von Typen aller Art. Menschen, die sich ihr Lebtag nicht für Fußball interessiert hatten, denen Sport an sich egal gewesen war, waren in den Zuschauerreihen am Rote-Erde-Platz bei den Spielen des WSV Fohnsdorf gestanden und hatten mitunter auch wie besessen gebrüllt, wenn ein Schiedsrichter ein Foul oder ein Out gegen den WSV Fohnsdorf entschieden hatte (auch wenn der Schiedsrichter richtig entschieden hatte).

Durch die Lücken im Zaun (entstanden durch aus dem Zaun ausgerissene Zaunlatten) hatten die Ballschanis (Buben, die sich ein wenig Taschengeld verdienen wollten) die über das hohe Netz hinter dem jeweiligen Tor geschossenen Bälle vom an den Platz grenzenden Acker geholt. Während dieser Zeit war das Spiel unterbrochen gewesen, Hunderte Augenpaare waren dem Geschick oder Ungeschick des Ballschanis gefolgt, der zwischen Rüben, Vergißmeinnicht oder Ampfern den Ball aufgeklaubt und ihn mehr oder weniger geschickt aufs Feld in Richtung Schiedsrichter geworfen hatte.

Eine regelrechte Massenhysterie, die den WSV Fohnsdorf ganz nach oben gehievt hatte, war damals ausgebrochen. Die Spieler hatten alles getan, um endlich in der höchsten Spielklasse spielen zu können, nichts war ihnen geschenkt worden, sie hatten sich von ganz unten hinaufgearbeitet, sie waren nah dran gewesen, das Unglaubliche, ja Unmögliche zu schaffen.

Auf dem Spielfeld nicht zu schlagen, wurde Fohnsdorf aber außerhalb des Spielfelds betrogen. Ein ganzer Ort, alle Bewohner wurden Opfer einer Schiebung, eines infamen Betrugs. Es war das wahrscheinlich unfairste Match gewesen, das *nach* der regulären Spielzeit (von wegen: ein Spiel dauert neunzig Minuten!) entschieden wurde, *ohne* daß die Spieler des WSV Fohnsdorf eingreifen konnten.

In jenem kurzen sogenannten Höhenflug hatte der WSV Fohnsdorf in der Spielsaison 1969/1970 beinahe die Qualifikation in die höchste österreichische Fußballklasse geschafft, was nur ein nicht zu beweisender Betrug verhindern konnte. Man hatte in der Regionalliga Mitte mit zwei Punkten und sechs Toren Vorsprung geführt vor Heraklith Radenthein, die noch ein Spiel auswärts gegen Phönix Hönigsberg nachzutragen hatten. Und dieses Nachtragsspiel (ein ausständiges Auswärtsmatch) hatte der Verfolger tatsächlich mit exakt 7:0 gewonnen, womit Heraklith Radenthein bei Punktegleichstand – mit genau einem geschossenen Tor mehr – statt Fohnsdorf aufgestiegen war. Was für ein Zufall! Was für eine Welt! Was für eine Absurdität! Die Fohnsdorfer hatten zuvor schon alle den Aufstieg gefeiert, sie hatten ja uneinholbar geführt, nach menschlichem Ermessen. Und dann diese nicht faßbare und leider auch nicht beweisbare Schiebung.

Danach waren die Fohnsdorfer in eine jahrelange Depression verfallen. Wie beim plötzlichen Zusperren des Bergwerks (nach jahrelangen Versprechungen der Politiker, es nicht zu tun) hatte sich ein ganzer Ort verkauft und betrogen gefühlt. Niemand hatte sich, hier oder dort, um ihre Anliegen, um Gerechtigkeit gekümmert. Sie hatten gegen die Schiebung von Hönigsberg protestiert, ohne Erfolg, sie hatten gegen das Zusperren des Bergwerks in Fohnsdorf, nur weil die Kohlepreise fielen und man die Arbeit ihrer Hände nicht mehr brauchte, protestiert, ohne Erfolg, sie waren nach Wien gefahren und hatten dem Bundeskanzler und dem Österreichischen Fußballbund Protestschreiben überbracht, außer schönen Worten ewige Hinhaltung, ohne Erfolg. Die stärkste Identitätsquelle nach dem Bergwerk, die Fußballmannschaft des Werksportvereins Fohnsdorf, wurde fertiggemacht, es war *die* große Demütigung der Bewohner Fohnsdorfs gewesen, bevor dann das Bergwerk auch noch endgültig zugesperrt wurde, *die* andere, noch folgenreichere Demütigung.

Für Flusser war es nun unglaublich, daß der FC Fohnsdorf in einer Liga spielte, die Oberliga hieß und eine der untersten Ligen war (der WSV hatte sich mit dem immer mindestens eine Liga niedriger spielenden Vorwärts Fohnsdorf fusioniert). Nach dem verhinderten Aufstieg hatten die Spieler am Spielfeld immer öfter durchgedreht, hatten die lose umherschlagenden empfindlichen Nervenbahnbündel, die immer stärker alle Muskelbewegungen traktierten, nicht mehr bändigen können. Sie hatten mit Fäusten Schiedsrichter und Gegner traktiert, hatten hemmungslos gegen die Beine der gegnerischen Spieler gesenst und gehackt. Kaum ein Match ohne Raufhändel. Und auch auf den Zuschauerrängen wurde mitunter brutal zugeschlagen und mit Gegenständen aufeinander geworfen. Fohnsdorf hatte jahrelang den traurigen Rekord an roten und gelben Karten gehalten (die Zeitungen hatten von der »Gelbsucht in Fohnsdorf« geschrieben, weil in einer Saison 53 gelbe Karten an Fohnsdorfer Spieler verteilt worden waren), nicht selten hatte man gegen eine doppelt so umfangreiche Mannschaft ein Spiel zu Ende spielen müssen, weil mehrere Spieler ausgeschlossen wurden. Sie hatten sich einige Jahre im unteren Drittel der Regionalliga gehalten, dann war es steil bergab gegangen, schnurstracks Saison für Saison eine Klasse runter, Landesliga, Unterliga, Gebietsliga, dort waren sie, benommen und gefürchtet, zum Stillstand gekommen, und in der mittlerweile gegründeten Oberliga, die die Unterliga ersetzte, spielten sie jetzt unterklassige Derbys gegen Judenburg. Kein Vergleich mit den vormaligen großen Landesliga-Derbys zwischen dem WSV Fohnsdorf und dem WSV Judenburg, in denen beinhart um die Vorherrschaft im Aichfeld gekämpft wurde. Flusser konnte sich gut erinnern, daß damals oft mehr Leute auf dem Fußballplatz gewesen waren als Judenburg oder Fohnsdorf Einwohner hatten, nun waren manchmal mehr Leute auf dem Spielfeld als auf den Zuschauerrängen. Alle hatten sie das Match verloren, ein Debakel kassiert. Flusser ging schon lange nicht mehr auf den Fußballplatz.

HERBERT ROSENDORFER

Fort-Schritt
Briefe in die chinesische Vergangenheit

Zehnter Brief

Teurer Dji-gu.

Es hat mir, aufs Ganze gesehen, nicht mehr viel ausgemacht, nun auch zu wissen, daß ich nicht nur um tausend Jahre, sondern auch viele tausend Li von meiner Heimat entfernt bin (wieviel tausend Li es sind, hat Herr Shi-shmi ausgerechnet; ich habe die Zahl aber leider vergessen – was sind schon Zahlen), nur eins bedrückt mich doch: die Ferne von Shiao-shiao, der grün-äugigen. Willst Du mich damit trösten, wenn Du schreibst, Du sähest sie nur traurig auf dem Sofa in der Kammer mit dem Holunderblütenvorhang sitzen, und sie täte nichts, außer daß sie unverwandt zum Fenster hinaussähe – nur ab und zu, schreibst Du, ginge eine Bewegung durch ihren unvergleichlich schönen Körper, dann nämlich, wenn sich draußen ein Vogel auf einen Ast setzt? Soll es mich trösten zu wissen, daß sie traurig ist? Ja, doch – ich bin so egoistisch, daß es mich tröstet. Schreibe mir viel von ihr, sage ihr, daß ich sie liebe, wie nur ein Mann in meinen Jahren lieben kann: nicht mit kopflosem Leichtsinn, sondern mit Wissen um die Schönheit. Wissende Liebe – die kann man nur zu einem Wesen wie Shiao-shiao empfinden – bei fast allen meinen Frauen und Konkubinen war es Lust und Brunst (bestenfalls); nein, die wahre Liebe von bewußter Würde ist nur einem Wesen wie Shiao-shiao gegenüber möglich. Schreibe mir, daß sie traurig ist, ja, sie soll traurig sein, sie soll nach mir weinen, denn auch das gehört zur Liebe. Abgesehen davon ist mir klar, daß sie, wenn sie so in Trauer auf das Sofa hingeschmiegt ist und ihre schimmernden Gliedmaßen in unvergleichlicher Anmut arrangiert, daß sie dann trotz aller Trauer sehr wohl weiß, wie schön sie ist.

Alles übrige soll seinen Gang gehen. Daß meinen ehrenwerten Herrn Ersten Schwiegervater Kuang-ma endlich der Schlag getroffen hat, den alten Geizkragen, hat mich mit angemessener Anteilnahme erfüllt. Richte das bitte meiner Frau Kuang-ching aus, und auch, daß es mir leid täte, bei den Trauer-Zeremonien nicht anwesend sein zu können: ich könne unmöglich meine äußerst wichtige Reise unterbrechen. Wenn das Haselnußöl bisher nicht angeschlagen hat, soll meine Hauptfrau Fett von frisch geschlachteten Ferkeln auftragen – möglichst heiß.

Nein, es hat mir keinen Schlag versetzt, zu wissen, daß ich nicht im Reich der Mitte bin, sondern in einem Land weit weg davon, das Ba Yan heißt, und von dessen Existenz Du und ich keine Ahnung hätten, wenn wir nicht auf den fürwitzigen Gedanken meiner Zeit-Reise gekommen wären. Im Gegenteil: seit zwischen dem überaus teuren Herrn Shi-shmi (dem ich Deine Grüße – unbekannterweise – ausgerichtet habe) und mir alles klar ist, wir unsere Standorte kennen, ist es für mich viel leichter, Erkenntnisse zu gewinnen. Auch kann mir Herr Shi-shmi, da er sich vorstellen kann, was ich alles nicht verstehe, manches viel besser erklären. Zunächst geht es um Grundsätzliches. (Wir sitzen nun jeden Abend. Ich bringe auch »Brandopfer«, allerdings nur die braunen, größeren. Die anderen, kleinen weißen stinken für meinen Begriff.) Ich frage Herrn Shi-shmi jeden Abend so lang, bis er lachend sagt: nun hätte ich ihm die Seele aus dem Leib gefragt.

Meine Fortschritte im Verstehen der hiesigen Sprache rasen vorwärts, beflügelt von meiner Neugierde. Zunächst aber geht es mir um Grundsätzliches. Herr Shi-shmi – er sagt, das sei eine allgemeine Annahme – glaubt, daß die Erde eine Kugel sei und Länder und Meere seien auf der Kugeloberfläche nebeneinander angeordnet. Unser Reich der Mitte, das er Chi-na nennt, befinde sich auf der einen Kugelhälfte, das Land Ba Yan und viele andere Länder (er hat Namen von verwirrender Fülle genannt) auf der anderen. Meinen Einwand, daß doch dann die Menschen von der Kugel rutschen würden, wenn es so wäre, ließ er nicht gelten. In der Mitte dieser Kugel befinde sich eine natürliche Anziehungsmasse, die die Menschen und Tiere, Pflanzen und Steine und überhaupt alles wie mit unsichtbaren Fäden festhält. Er argumentiert: alles, was wir nicht festhalten, fällt zu Boden. In die Luft hinauf fällt nichts – der Rauch, ja, den ich aus meinem köstlichen braunen Brandopfer blase (ich habe spezielle Brandopfer, sie sind sehr teuer, aber dank meiner Silberschiffchen kann ich sie mir leisten; meine speziellen Brandopfer, Herr Shi-shmi besorgt sie mir in der Stadt, heißen Dawing-do), der Rauch steigt hinauf, ja, aber es ist mir klar: das ist nur ein scheinbares »Hinauffallen«. Bald setzen sich auch die Partikel, aus denen der Rauch besteht, herunten überall wieder ab. So ist es mit allem, was hinaufsteigt: mit den Vögeln, den Wolken, den Drachen. Also ist die Argumentation von Herrn Shi-shmi nicht von der Hand zu weisen.

Meinen weiteren Einwand, daß man – die Kugelform der Erde unterstellt – das doch wahrnehmen müsse und daß dem Augenschein nach doch offensichtlich die Erde flach ist, hat Herr Shi-shmi auch entkräftet. Das sei nur so, sagte er, weil die Erde eine so große Kugel respektive der Mensch so klein sei. Ich solle mir vorstellen, wie sich eine Laus auf einem sehr großen Kürbis (Kürbisse gibt es noch; auch Läuse) vorkomme. Sie meine, sie krieche geradeaus, und in Wirklichkeit krieche sie im Kreis um die Kugel herum. Vielleicht meine auch die Laus, sagte Herr Shi-shmi, der

Kürbis sei flach. Auch das ist nicht ganz von der Hand zu weisen, wobei man noch dazu bedenken müsse, sagte Herr Shi-shmi, daß im Verhältnis zum Kürbis die Laus vieltausendmal größer sei als der Mensch im Verhältnis zur Kugelerde. Außerdem, argumentierte Herr Shi-shmi, könne man unter gewissen Umständen die Kugelgestalt sogar wahrnehmen, nämlich am Meer. Wenn eine Laus, so erklärte er es mir, auf dem Kürbis einer zweiten Laus begegnet, die von der anderen Seite der Kugel ihr entgegenkriecht, so müsse es der ersten Laus wohl vorkommen, als tauche die zweite Laus über dem Horizont auf. Genau so sei es doch mit den Schiffen am Meer, und das, lieber Dji-gu, ist wahr, wie ich selber oft genug gesehen habe, als ich vor Jahren meinen Erhabenen Schwager, den Admiral Tu Fei-chung, zur Inspektion der kaiserlichen Flotte in die Hafenstädte begleitete.

Eigens für mich brachte Herr Shi-shmi eine Kugelwelt im Kleinen mit, sehr bunt. Man kann die Kugel hinstellen und drehen. Es handelt sich um eine der Kugelgestalt angeschmiegte Landkarte. Es war erregend. Herr Shi-shmi zeigte mir Deine und meine Heimat, das Reich der Mitte – das natürlich gar nicht in der Mitte ist, denn wo soll eine kugelige Fläche eine Mitte haben –, und er zeigte mir seine Heimat Ba Yan. Ein winziger Punkt bezeichnet die Stelle, wo die Erhabene Kaiserstadt K'ai-feng liegt. Ein ebenso winziger Punkt zeigt die Lage der Stadt Min-chen an.

Wie aber kam ich nach Min-chen? Auch dafür hat Herr Shi-shmi eine Erklärung. Nicht nur das Kugel-Erde-Modell ist drehbar, auch die wirkliche Erdkugel drehe sich beständig um sich selber, sagt er. Auch diese Bewegung sei zu groß, als daß man sie bemerke. Wenn ein Baum wächst, sagt er, so bemerkt man das Wachsen, das ja eine Bewegung sei, auch nicht. Es sei noch komplizierter, aber ich solle mir das einmal so vorstellen. Gleichzeitig drehe sich aber die Erde um die Sonne, die viel größer sei, als man meine, denn sie sei nur so weit weg. In einem Tag drehe sich die Erde um sich selber, in einem Jahre drehe sich die Erde um die

Sonne. Sehr verwirrend. Ich fragte, ob das alles auch die private Philosophie von ihm, Herrn Shi-shmi, sei, die er sich im Lauf der Jahre erarbeitet habe? Nein, sagte er, das sei hier und jetzt die allgemeine Ansicht von der Gestalt der Welt, und die Ansicht sei durch viele Tatsachen gesichert.

Ich erwarte nicht, daß Du das alles auf diese paar Zeilen hin glaubst oder gar verstehst. Mir geht es nicht anders. Dieses gigantische und unfreundliche Weltbild ist mir zu fremd. Ich sehe lieber unsere Heimat als gefestigtes, sich nicht drehendes Reich der Mitte und ich beabsichtige es auch nach meiner Rückkehr so zu halten; aber davon sage ich natürlich Herrn Shi-shmi nichts, da es ihn kränken könnte.

Aber nun zu der Erklärung, wie ich von K'ai-feng nach Minchen komme: wir hätten, meint Herr Shi-shmi, bei unseren Berechnungen diese Drehung der Kugelwelt und das Kreisen um die Sonne nicht berücksichtigt, weil wir ja nichts davon wußten, und in den tausend Jahren, die ich dank unseres vorzüglichen Zeit-Kompasses in einem Augenblick zurückgelegt habe, hat sich – während ich sozusagen *für mich* diesen einen Augenblick, *für die Kugelerde* tausend Jahre außerhalb der Zeit war – die Erde tausendmal um die Sonne gedreht und 365 000mal um sich selber. So hat sich mein Ankunftsort verschoben. Es ist nicht zu leugnen, daß das doch irgendwie einzusehen ist. Aber ich bin auch sofort erschrocken: was ist dann mit meiner Rückkehr? Herr Shi-shmi beruhigte mich. Meine Rückkehr, sagte er – und das leuchtet unmittelbar ein –, vollzieht sich als genau umgekehrt laufender Vorgang wie meine Reise hierher, und unser Irrtum korrigiert sich so rückwärtsspulend von selber. »Es kommen ja auch«, sagte er, »Ihre Briefe an Ihren fernen Zeitfreund exakt an.« Das ist tatsächlich, wie wir sehen, richtig. Trotzdem komme ich mir durch all das noch mehr wie ein Zeit-Seiltänzer vor. Manchmal habe ich schlechte Träume. Sie sind wirr und bedrückend. Mehrmals träumte ich schon, daß ich irrtümlich statt zurück in meine Zeit-

Heimat noch weiter in die Zukunft gereist bin. Diese Blätter sind zwar nicht da, um so müßiges Zeug wie Träume aufzuschreiben, aber ich spinne den Gedanken des Traumes fort: wenn schon die Zukunft, die ich hier erlebe, ein Abgrund an Perversion ist, was für unmenschliches Chaos bringen dann die nachfolgenden tausend Jahre?

Denn eines, teurer Dji-gu, ist mir klargeworden, was nicht Du und nicht ich gewußt haben, und was uns allen unvorstellbar ist: die Welt wandelt sich. Sie nennen es hier Fort-Schritt. Schon ein sehr entlarvendes Wort – ich habe es Dir wörtlich übersetzt. Fort-Schritt – der Schritt, der fort führt. Man möchte meinen, das sei etwas Bedauerliches, wenn man aus der gewohnten, bewährten, vielleicht geliebten Umgebung fortschreitet. Aber nein: sie – die Großnasen hier – finden ihren Fort-Schritt wünschenswert und sogar tugendhaft.

Du verstehst das alles nicht, das ist mir klar. Du kannst es nicht verstehen. Sieh: eine Ameise bleibt eine Ameise und ein Elefant bleibt ein Elefant. Wir kennen Ameisendarstellungen aus der Zeit, sagen wir, aus der Zeit der unvordenklichen Shang-Dynastie, wir kennen die Ameisen, die – dem Himmel sei's geklagt – überall in unseren Häusern herum krabbeln, und ich kenne Ameisen, die hier in der Welt der Großnasen leben. (Es gibt sie noch, die Ameisen, wenige, wo sollen sie auch ihre Häufchen bauen in dieser Steinwüste, aber es gibt sie noch. Im Park der ehemaligen Wu von Ba Yan habe ich sie gesehen.) Ameise ist Ameise geblieben. Das gleiche gilt von Elefanten, gilt vom Pferd. Ein Baum ist ein Baum. Gut – die Hunde sehen hier ganz anders aus als unsere Pekinesen, aber Hunde sind in meinen Augen ohnedies nur gut zum Braten. (Übrigens: hier ißt man keine Hunde, dafür sonst alles mögliche, zum Beispiel groteskerweise Ochsen. Aber davon ein anderes Mal. Nur soviel: als erstes werde ich mir nach meiner Rückkehr eine Pekinesen-Leber zubereiten lassen. Das geht mir hier ab.)

Die Natur ändert sich also nicht oder zumindest nur sehr langsam. Der Mensch ändert sich auch nicht, und wir – ich meine Dich und mich, lebend unter der Glorreichen Sung-Dynastie, die der Himmel in seinen Schutz nehmen möge, wir können die Schriften des Göttlichen Meisters K'ung-fu-tzu lesen, obwohl er eineinhalbtausend Jahre vor unserer Zeit gelebt hat, und wenn ich meine Zeit-Reise rückwärts unternommen hätte, und ich hätte den Göttlichen auf seinem Philosophenhügel besucht, und er hätte mich Regenwurm für eine Ansprache unverdientermaßen für würdig erachtet – ich hätte seine Worte verstanden.

Nicht so hier. Es gibt auch Weise, die hier in Min-chen gelebt und gelehrt haben oder in der Nähe. Sie haben geschrieben und weise Lehren hinterlassen. Einer, der speziell in Min-chen ein angesehener Meister war, hatte den uns fast vertraut klingenden Namen She-ling. Die Vertrautheit des Namens ist nur scheinbar und Zufall. Meister She-ling stammte nicht aus dem Reich der Mitte. Diesen She-ling-tzuj, der – nach hiesiger Rechnung – vor hundertfünfzig Jahren gelebt hat, kann man, Herr Shi-shmi sagt es, schon nur noch mit Mühe lesen! Das hänge aber damit zusammen, sagt Herr Shi-shmi, daß She-ling-tzu so ungeheuer krause Gedankengänge zu Papier gebracht habe, daß schon der Verdacht geäußert wurde, She-ling-tzu habe gelegentlich seine eigene Philosophie nicht verstanden. Gut; ich kann das natürlich nicht beurteilen. Ein anderer Meister, hat Herr Shi-shmi erzählt, hat vor zwei Jahrhunderten gelebt: Kan-tzu. Den verstünden nur noch Spezialisten. Vor dreihundert Jahren habe ein höchst schätzungswürdiger Meister gelebt und gelehrt, der Lei-mi-tzu genannt worden sei. Der sei auch für Spezialisten fast nur in Übersetzungen lesbar, und so weiter und so fort. Ob es vor eineinhalbtausend Jahren hier auch Meister gegeben habe, die gedacht und gelehrt hätten? fragte ich Herrn Shi-shmi. O ja, sagte er, zum Beispiel den Meister Ao-gao-tin, dem – ähnlich wie unserem K'ung-fu-tzu – von einem Teil der Bevölkerung gewisse göttliche Ehren erwiesen werden. ›Vom Zustand des Göttlichem‹ oder ›Vom himmlischen Kaiserreich‹ (grob übersetzt) heißt sein Hauptwerk. Aber dessen Sprache ist ausgestorben, und eigentlich gäbe es kaum jemanden, der derlei noch lese.

Du siehst: sie schreiten fort. Wohin schreiten sie? Ich habe den Verdacht, sie wissen es nicht. Jedenfalls, scheint es mir, sie schreiten fort von sich selber.

Sicher wissen auch wir, daß die Zeit nicht stehenbleibt. Kinder werden geboren, werden erwachsen, wir werden alt, sterben, Generationen machen neuen Generationen Platz. Kaiser folgt auf Kaiser, Dynastien folgen aufeinander. Ein Haus stürzt ein, ein neues wird gebaut. Der Baum im Garten wächst. Der Vogel, der darin singt, ist zwar vielleicht ein anderer als der vom vorigen Jahr, aber er singt in gleicher Weise, so wie sich die Wellen des ewigen (ewigen? daran zweifle ich jetzt allerdings) Huang-ho immer in gleicher Weise kräuseln. Es sind verschiedene Wellen, es ist der Gesang verschiedener Vögel, und doch bleibt alles im wesentlichen gleich. Wenn man sich das Fließen des Hu-ang-ho als einen Kreislauf denkt, mündet auch alle Verschiedenheit in die Beständigkeit: die Wellen kräuseln sich hinab zum Meer, dort verdunsten sie, steigen hinauf und werden zu Wolken, aus denen der Regen herabrinnt und die moosbehangenen Felsen von Kang-su benetzt, aus denen wiederum die Quellen springen, die den Huang-ho speisen. Ein ewiger, unverrückbarer Kreislauf, selbst wenn man in Rechnung stellt, daß ab und zu selbst der Huang-ho seinen Lauf ändert.

Ein ewiger Kreislauf. Wir sind der Meinung, daß das auch für den Menschen und sein Staatswesen gilt. Die Menschen der nächsten Generation sind zwar nicht gleich denen der vorigen, aber ähnlich, nicht viel anders wie die Wellen des ewigen Huang-ho. Ein Haus stürzt ein, ein neues wird gebaut. Mag sein, der Hausherr läßt ein Fenster mehr einbauen oder weniger – im Grunde genommen ist es ein Haus, wie es eben ein Haus ist. Die Kaiser regieren, die Weisen denken (manchmal denkt auch ein Kaiser). Was soll sich da ändern? Meinen wir. Ab und zu gibt es eine Revolution, ja, gut. Der Weizen oder das Kupfer werden teurer oder billiger, einmal gibt es einen schwachsinnigen Finanz-Mandarin, der versucht, das Papiergeld einzuführen … es kommt wieder ab. Einige Jahre lang tragen die Damen des Hofes (und alle anderen machen es nach) nur pfirsichfarbene Haarschleifen, und dann plötzlich wieder gelten pfirsichfarbene Haarschleifen als abstoßend und alle tragen zwetschgenfarbene. Aber auch die kommen wieder ab. Das alles sind Details. Hatten wir je das Bedürfnis, ja überhaupt ein Vorstellungsvermögen davon, daß sich im Wesentlichen etwas ändern könnte?

Die Großnasen hier schon. Sie kennen, obwohl ihr Weltbild kugelförmig ist und sie ihre Erde kreisbewegt sehen, keinen Kreislauf, sie kennen nur die dümmliche gerade Linie. Ich habe das Gefühl: für sie verläuft der Lebensweg des Menschengeschlechts in einem schnur-strackigen Weg, und sie sind nur damit beschäftigt, davor zu zittern, wo dieser Weg hinführt. Die denkenden unter den Großnasen lassen sich in zwei Gruppen einteilen: die einen behaupten, der Weg führe in eine goldene, paradiesische Zukunft (die, so sagt mir Herr Shi-shmi, führen ihre Lehre auf einen Meister Ma'ch zurück, die Namensgleichheit oder Ähnlichkeit mit dem unartigen Knaben Ma'ch aus jenem Gedicht ist rein zufällig, obwohl, meine ich, entlarvend; sowie auf dessen Schüler Jing-il und Le-ning); die anderen sehen den Weg geradeaus in den Abgrund führen (ihre Lehre geht, sagt Shi-shmi, auf zwei Meister namens Sho Peng-kao und Ni-tzu zurück). Du darfst raten, wem ich recht gebe. Aber das nur nebenbei.

Die Großnasen kennen keinen Kreislauf. Die Großnasen glauben verbissen daran, daß alles sich ständig ändern muß, und selbst die Vernünftigeren sind nicht von der Meinung abzubringen, daß, wenn etwas sich ändert, es auch besser wird. Hat die Welt schon so einen Aberglauben gesehen? Dabei brauchte man nur die unverwüstlichen Gesetze der göttlichen Mathematik anzuwenden. Wenn Du eine Münze in die Höhe wirfst, steht die Chance 1 : 1, mit welcher Seite sie nach oben zu liegen kommt, wenn sie herunterfällt. Wenn ich – sei es im Privatleben, sei es im Staatswesen – etwas ändere, steht die Chance 1 : 1, ob das Neue besser oder schlechter ist als das Gewesene. Das, meint man doch, leuchtet dem Dümmsten ein. Nicht so den Großnasen. Sie sind davon nicht abzubringen, daß das Neue immer zwangsläufig besser ist als das Alte.

Fort-Schritt … sie schreiten fort, sie schreiten fort von allem. Sie schreiten fort von sich selber. Warum? frage ich mich. Wohl nur, weil es ihnen nicht gefällt, bei sich selber zu sein. Und warum gefällt ihnen das nicht? Wohl weil sie sich – und das nun wieder mit Recht – als widerwärtig empfinden. Aber was für ein Unsinn, von sich fortzuschreiten. Sie ändern ja nur ihre Umgebung, nicht sich selber. Und das scheint mir der Kernpunkt zu sein: die Großnasen sind weder in der Lage noch willens, sich selber zu vervollkommnen (und das, obwohl sie, wie ich gesehen habe, das Erhabene ›I Ching‹ kennen!), sie experimentieren lieber mit ihrer Welt herum. Herr Shi-shmi – obwohl selber nicht frei von solchem Aberglauben – hat mir zugestimmt, als ich ihm diese meine Gedanken dargelegt habe.

Also werden die Großnasen weiter fortschreiten, und nur mit Grausen kann man daran denken, wohin sie es in weiteren tausend Jahren gebracht haben werden. Meine Alb-Träume davon sind wahrscheinlich geschmeichelt. Ich halte es nicht für ausgeschlossen, daß sie es letzten Endes fertigbringen – noch ehe weitere tausend Jahre vergehen –, ihre Kugelwelt zu Staub zu zerblasen. Sie sind dümmer als Affen, die zum Teil ja auch große Nasen haben. Ich schließe jetzt diesen Brief. Ich muß zum Kontaktpunkt. Die Stunde, wo ich den Brief auf seine Zeit-Reise zu Dir schicken kann, rückt näher.

Ich grüße Dich, ferner Freund, küsse meine geliebte Shiao-

shiao. Heute abend sind wir – Herr Shi-shmi und ich – zum Abendessen bei einer Herrn Shi-shmi nahestehenden Dame eingeladen.

Ich umarme Dich brüderlich.

Dein Kao-tai

JULIAN SCHUTTING

Ja – Nein – Ja

I *1908*

Als eine Zehnjährige war sie am Tag vor dem sechzigsten Regierungsjubiläum des Kaisers nach inständigem Bitten und Betteln aus der Sommerfrische allein nach Wien zurückgekehrt, unter Mitführung des weißen Festtagskleides und der Lockenwickler in einem Karton, um sich an dem kaiserlichen Morgen schön herausgeputzt in der Schule einzufinden und mit den anderen Kindern dem Kaiser zuzujubeln.

alle Straßen waren schon um fünf Uhr morgen für den Verkehr gesperrt worden, und so traf eineinhalb Stunden später ein, was sie schon im Dahinhetzen geahnt hatte, nämlich angesichts der vielen Klassenzüge, die wohlgeordnet und wie kleine Heeresabteilungen voneinander abgesetzt aus allen Teilen der Wienerstadt nach Schönbrunn marschierten: der Schuldiener, im Begriff, das Schultor zuzusperren, ruft ihr: »ja Frieda, was ist denn mit dir?« zu, hängt ihr noch schnell eine schwarz-goldene Schärpe um, »beeil dich, ihr seid längst über die Sechshauserstraße unterwegs, vielleicht holst du sie noch ein!«

und so lief sie weiter, so gut sie halt in dem langen Kleid laufen konnte, holte Klassenzug nach Klassenzug ein, ohne dabei auf den mit einer unkompletten Mädchenreihe zu stoßen, überholte laufend weiße Mädchen- und blaue Bubenrechtecke (– jeder Bub hatte einen Matrosenanzug an und einen, ihrer Erinnerung nach weißen Wimpel in der Hand –), bat keuchend einen Polizisten um Rat, der rasch einem Plan ablas, welche Route ihre Schule bis Schönbrunn einzuhalten habe, und wirklich: knapp vor dem Ziel, wo alle Abteilungen aufeinanderzuschwenkten und wie ein aus vielen Sternen zusammengesetzter Stern zusammenliefen, erkannte sie ihre Mitschülerinnen und war sogleich richtig eingereiht, und so bildeten dann die vielen hundert Schulkinder im Park von Schönbrunn einen blau-weiß gemusterten Fleckerlteppich, auch vor dem Schloß, wo die Blumenbeete und Wiesen entfernt worden waren, den Kaiser und die ja schon seit zehn Jahren tote Kaiserin erblickten sie zwar nicht auf dem Balkon des Schlosses, aber sie sahen durch die Hinterseite einer Tribüne auf singende und tanzende, gleichfalls blau und weiß gekleidete Kinder.

endlich schaut sie auch in die Schönbrunner Allee zurück – sieht hinter Büschen, von Zweigen halbwegs verborgen, Rotkreuzwagen parat stehen: es war ja Sommer, viele der Kinder waren schon seit fünf Uhr früh auf der Straße, und die Raststationen, auf dem langen Marsch nach Schönbrunn zu ihrer aller Labung vor Hydranten strikt angeordnet, hatten Ohnmachtsanfälle nicht verhindern können: die zwei Papierbecher, die pro Klasse von den Lehrpersonen mitgeführt wurden, waren bald aufgeweicht, und aus der hohlen Hand zu trinken, das hätte sich für die festlich gekleideten Kinder so wenig geschickt, wie das Schwenken der Wimpel den Buben kaum Abkühlung brachte – und so sah sie denn in den Alleen auf obsorglich vorbereiteten Graspölstern blasse weiße Mädchen reihenweise ausgestreckt daliegen, auch kleine Matrosen; sah, wie die Rotkreuzschwestern denen nach ermattetem Gefächel mit ihren weißen Fähnlein kalte Kompressen auf die Stirn drückten: die hätten sich, weil die Buben gar so regungslos dalagen, wie Kopfverbände ausgenommen, obwohl vor dem Schloß noch getanzt und gesungen wurde von den frisch gebliebenen Kindern –

diesen aber, den Hingestreckten, sei eines gewiß ein Trost gewesen: daß der Kaiser auch nicht zum Abschluß seines Festes durch die Schönbrunner Alleen angefahren kam – zu abgekämpft wären sie gewesen, den Kopf zu heben, um ihn aus der Kutsche ihnen Abschied winken zu sehen! (vielleicht war ein vorahnungsvoller Trost den Buben auch das: daß sie mehrheitlich viel zu jung wären, in wenigen Jahren in einem Feldspital zu liegen)

II *1958? 1968! 1968? 1978! 1978? …*

Ein weitläufiges, nur über die Kellerstiege erreichbares Wirtshaus, von mir für ein Tiroler Dorf gehalten.

das ist so wohltuend an Tirol, sage ich nämlich zu meinem Bruder, daß man dort kaum auf das österreichische Unteroffiziersgesicht trifft und sich auch mit älteren und alten Leuten über einige Jahrzehnte Zurückliegendes unterhalten kann, ohne daß der bis dahin sehr liebe Mann plötzlich melancholisch wird und dann Fürchterliches über die große Zeit sagt – sooft dir einer, sicherlich auch wegen Südtirol, »ja, das war unter den Nazis!« zur Antwort gibt, weißt du dich endlich wieder im heiligen Land Tirol!

wir passieren eine Stammtischrunde – hast du gehört, »mindere Rasse« hat er, stolz auf die eigenen Kühe, über die des Nachbarn gesagt, ist das nicht sympathisch?, und die Schnapser dort drüben beklagen bloß den verlorenen Stich, selbst der »Kamerad«, der den Bärtigen »herausgeholt hat«, ist ein Bergsteiger wie er, nichts folgt jetzt über die »Hölle von Stalingrad«, bloß etwas über die Martinswand! wir könnten uns auch zu der Akademikerrunde setzen, das sind keine Schmisse, sondern kreuzbrave Schnittwunden, und wenn jetzt der Schankbursch »sofort aufhängen!« sagt, so gilt das dem durchnäßten Lodenmantel, wie ja auch nach der Meinung des strengen Wirtes bloß die Schier an die Wand gestellt gehören.

nein, da haben wir uns verhört, sage ich zu mir, als einer dem Fernsehschirm den Rücken zukehrt, zweifellos hat er »Sauhund« gesagt, so derb tun sie gern Zustimmung kund, und diese Ölschwarte soll dich nicht als eine böse Karikatur erschrecken, der Mann im Kaftan ist der Kapuziner Haspinger, Weggefährte Andreas Hofers, dessen Geschichte es zu danken ist, daß kein Tiroler von »sogenannten Widerstandskämpfern« redet.

ein altes Paar in Landestracht tritt ein, worauf einer so laut, wie wenn auch wir es hören sollten, das von sich gibt: man könne sagen, was man wolle – die SS sei die Einheit mit den schönsten Uniformen gewesen.

da dränge ich den Bruder ins nächste Extrazimmer, vermutlich überschreiten wir doch erst jetzt die Kärntner oder Salzburger Landesgrenze, und wieder sagt einer: »da hätte der Adolf aber kurzen Prozeß gemacht!« – du, da ist von einem legendären Trainer der Nationalmannschaft die Rede, sucht nun mein Bruder meinem Glauben an Tirol beizustehen, ansonsten würde sich sein Spezi doch nicht diese Visage, allein schon an der Haarsträhne eindeutig zu identifizieren, als eine Faschingslarve ausgesucht haben: will uns der Kerl doch glatt eine Ganslhaut verpassen! (gottlob ist dann nicht zu verstehen, was ein Betrunkener, salutierend aufgesprungen, in die Bierkrügelrunde ruft; obzwar das Dröhnen aus der Jukebox zum Badenweilermarsch anschwillt und alles mucksmäuschenstill ist.) hast du das Schild gesehen – »Nur für Stammgäste!«? aber schau dir doch dieses Geweihschild an: dann weißt du gleich wieder, daß Untersalzberg doch in Tirol liegt – am 13. März hat einer, statt auf dem Heldenplatz mitzujubeln, lieber einen Bock geschossen! ich weiß nicht recht – darunter steht »Ostmark«, und dem Wildschweinschädel ist »Org. Werwolf, April 1945« beigegeben.

und die Versammlung da drüben?

ein Lichtbildervortrag über eine Fahrt von Linz nach Wien! der Referent hat gerade über eine Ortschaft zum besten gegeben, daß sich dort einmal ein Mauthaus befunden habe. aber wir täuschen uns trotzdem – goldene Sportabzeichen und Schützenorden tragen sie, und keiner kann etwas dafür, daß Andreas Hofer und ein A. H. dieselben Initialen haben.

entschuldigen Sie – ist das eine Hufschmiede?

nein, hier werden von unserer Jugend Blutsbrüderschaften geschmiedet!

entweder sind wir doch nicht in Tirol oder dort tagt ausnahmsweise der Kameradschaftsbund, gehen wir in ein anderes Wirtshaus! und da erst sehe ich, daß der Kachelofen ein Kriegerdenkmal ist und der Saal für geschlossene Gesellschaften ein Wehrmachtsmuseum, eine Sondermeldung röhrt aus einem Grammophon, und ein junger Mann umkreist uns auf einer Wehrmachtsmaschine. nein danke, wir können gotisch-deutsche Schrift nicht lesen, haben hier nichts verloren, und was schauen Sie so finster drein: wir wissen schon, daß die LAH die »Leibstandarte Andreas Hofer« war! und sollte Ihnen für die heurige Faschingsausgabe der Nationalzeitung, die Schlagzeilen sind immer so gspaßig, ein Zeichenwitz fehlen, was wär mit dem: einige Juden stehen nackt vor der Gaskammer, sagt einer zu dem hinter ihm: aber Herr Doktor! Sie haben ja Ihre Ascheschale mitzubringen vergessen! in diesem Sinn Ihnen und Ihren alten Kämpen eine Gute Nacht! komm, gehen wir!

nun, fragt mich der, von dessen Stechschritt neben mir her der Bunker hallt und der daher nicht mehr mein Bruder ist, kennen Sie auch das Wort »Achtung, Feind hört mit!«? und wie, meinen Sie, heißt dieses Dorf?

das ist zweifellos ein österreichisches Wirtshaus, eine Ansammlung von österreichischen Provinzwirtshäusern und Bahnhofsbüffets, etwas Wien ist auch dabei, aber Sie schüchtern mich nicht ein – was hier vorgeht, ist längst verboten, ein Anruf bei der Polizei, und der Spuk hat ein Ende.

draußen sind wir verboten, aber wie's hier drin aussieht, geht niemand was an: unsere Operationen sind damals mißlungen, aber das Totgesagte lebt seiner Genesung entgegen. und Sie lassen wir erst von Ihrer Sepsis kuriert ziehen. Sie haben den Schweinerotlauf, ob die Operation gelingt, wird sich weisen!, und er drängt mich gegen eine Tür, an der »Gesta-OP« geschrieben steht.

III *1998*

Sei dergleichen an Wirtshäusern längst ausgestorben, seien die zu Grab gebeugten Stammgäste über die Schatten der Vergangenheit gesprungen, seien alle Fenster dem Licht und der Luft der Aufklärung geöffnet worden, habe kein Enkel Reste des (austro) faschistischen Miefs inhaliert, sei von den als starrhalsig Erlebten den Opfern wie daher auch sich selbst verziehen worden!

Unschuldiger Traum eines Schuldlosen

Ob er nun sein Lebtag lang Sorge gehabt hat, eines Tages werde er, von keinem noch so lauten Glockenläuten geweckt, den Gläubigen die Frühmesse zu lesen verschlafen, oder ob ihm bloß in dieser Nacht eine Überzeugung wie die, ein guter Christ habe aus Respekt vor dem Kreuzestod die Begünstigung, schlafend zu sterben, ungenutzt an sich vorübergehen zu lassen, in einen sich vertiefenden Schlaf entgleiten wollte – fast vierzig Jahre nach seiner Errettung aus einer NS-Todeszelle durch amerikanische Soldaten und wenige Tage vor seinem langsamen Sterben träumt der betagte geistliche Herr über seine scheinbar verjährte, von seinem bald wirklichen Tod wiedererweckte Todesangst einen wohl von keinem vor ihm geträumten Traum, welcher einen, hätte ein Buñuel ihn im Halbschlaf ersonnen, ungeniert lachen machte:

es sei der Morgen der Hinrichtung, er aber habe verschlafen; hastig, als hätte ihm sein Schutzengel die Zellentür aufgetan und deutete ihm, es sei höchste Zeit zur Flucht nach einem Ägypten, kleidet er sich an, springt in ein Taxi, beschwört, schweißnaß vor Gewissensbissen über den Schlaf der Gerechten und der vor Verzweiflung eingeschlafenen Ölbergjünger, den Chauffeur, er möge rascher fahren, betet wohl vor jedem niedergehenden Bahnschranken, als wäre er mit den Sterbesakramenten zu einem mit Todsünden beladenen Sterbenden unterwegs, um freie Fahrt, damit er nur ja nicht, gleich ist es sechs Uhr, seine Hinrichtung versäume –

und so jagt er, statt herankommen zu lassen, was noch jeden ereilt hat, hinter dem her, was nicht nur niemandem davonläuft, sondern auch bei jedermann eintritt, als würde ihm weiß-Gott-was entgehen, wenn er nicht alsbald ins unwiderrufliche Nicht-mehr-Sein einginge, irregeführt vielleicht von der Einmaligkeit und daher auch Unwiederholbarkeit des einen Vorganges,

aus dem Albtraumwettlauf der Zeitlichkeit mit dem einen, der Zeit hat, mit starkem Herzklopfen vermutlich erst in dem Augenblick aufgewacht, in welchem er außer Atem und mit letzter Kraft dem Erschießungskommando gerade noch rechtzeitig in die Kugeln stürzt –

Traumbild, welches auch das Mitgefühl lachen macht, daß einer aus striktem Pflichtgefühl eine gnädige Schickung nicht annehmen will, sondern, von bösesten Zeiten in lächerliche Gewissensnot getrieben, alles ihm Mögliche unternimmt, um seine Rettung zu vereiteln in einer Traumverbrüderung mit dem Reiter über den Bodensee, der (statt nur erleichtert zu sein, daß das, was ihm hätte geschehen können, nicht geschehen ist und mit Gottes Hilfe sich alles gefügt hat) über die Entdeckung, daß er nicht ertrunken ist, so erschrickt, daß er darüber, als erführe er ertrinkend gerade noch, daß er weit draußen ertrunken ist, an Land mit geringer Verzögerung doch noch erstickt, sofern er nicht, um wenigstens im nachhinein seinem Schicksal etwas eigenmächtig Genüge zu tun, auf den See zurückstürzt und das unter den behutsamen Pferdehufen ganz gebliebene Eis aufhackt –

Traum, der es denkbar macht, die Todesangst habe einen von denen, welche zu Hunderten auf die eine Tür zugetrieben wurden, so verwirrt, daß er während einer Traumverkehrung der Bedeutung von »Flucht« in die falsche Richtung drängte, sich vordrängend von dem Zuruf eines der Aufseher oder Treiber: »Zurück an Ihren Platz, alle kommt's dran, wir schicken keinen weg!« einen freien Atemzug lang glauben gemacht, auch als einer der letzten nicht umsonst um das Überlebensmittel Brot oder Schiffskarte angestellt zu stehen.

GYÖRGY SEBESTYÉN

Behausungen
Fragmente einer Autobiographie

Unter freiem Himmel war es doch am schönsten. Da lagen wir auf dem sandigen, von der Sonne durchwärmten Boden des Weingartens und blickten in das Geäst des Birnbaumes empor, hinter dem die Luft des späten Nachmittags flimmerte. Im orangefarbenen Licht zwischen bebenden Blättern schienen graugoldene Körnchen zu schweben. Der lange Fußmarsch lag uns noch in den Muskeln, aber die Mattigkeit war nun im Schwinden; wir wurden erwartet; wir schnupperten bereits, wenn auch nur in der Phantasie, an Brot, Speck und Zwiebel, und witterten den Schimmelgeruch jenes Weinkellers, in den man uns gegen neun Uhr abends hinabführen würde. Wir waren noch nicht dreiundzwanzig und ihr weiter Rock verdeckte ihre angewinkelten Knie. Fußzehen bohrten Vertiefungen in den Sand. Das Gitterwerk aus Ästen und Zweigen über unseren Köpfen bildete – so erschien es plötzlich – eine raffinierte Konstruktion, deren Bauprinzip nicht aus einer Berechnung (also aus der Aneinanderreihung gleicher Elemente) hervorgegangen war, sondern aus der Notwendigkeit des wachsenden Organismus. Weinstöcke umstanden den Baum; sie umgrenzten ein unregelmäßiges Oval, in dessen Mittelpunkt wir lagen. Selbst mit ausgestreckter Hand konnte ich keines der hellblau besprengten Weinblätter erreichen und auch die Beine der Gefährtin, die nun ruhig und – ja – ein wenig gespreizt auf dem sandigen Boden lagen, blieben vom nächsten Weinstock noch um einige Handbreiten entfernt. Über uns beiden lagen aber die langen Streifen des Schattens und süßlich herb flossen dünne Ströme des Pflanzengeruchs über uns hinweg; wir rochen sie beide. Wir befanden uns in einem imaginären Raum, halb von Boden, Wein, Laub, Himmel, Licht, Duft und Schatten gebildet, halb aus unserer Sehnsucht nach Schutz und Gemeinsamkeit entstanden: ein Fleck der Geborgenheit, wenngleich unübersichtlich, denn irgendwo stand drohend eine Vogelscheuche mit leerem flatterndem Ärmel, und im unentwegten Beben des Laubes öffneten sich immer wieder helle Spalten für spähende Blicke. Aber auch darin lag etwas Beruhigendes: in der Möglichkeit, die uns umgebende Behausung, dieses Phantasiebild aus tatsächlich vorhandenen Dingen verlassen zu können. Anheimelnd war auch die Gefährdung durch Fremdheit: wir konnten jederzeit fort, und umarmten einander also, um der Versuchung der Freiheit durch die Flucht zueinander zu widerstehen.

Die Grube, die ich mit dreizehn Jahren besucht hatte, und zwar adrett gekleidet, wie es sich bei einer Visite zur Jausenzeit gehörte, ja, diese Grube war kein imaginärer Raum, sondern ein tatsächlicher, allerdings nicht von festen Mauern umgeben, sondern von harter lehmiger Erde, aus der da und dort irgendwelche abgehackten Wurzelreste herausragten.

Es war das Tennisspiel, das mich dazu gebracht hatte, die Bewohner der Grube zu besuchen, ein Spiel, das ich trotz der gewissenhaften Bemühungen des Trainers nur schwer erlernen konnte, obwohl ich die Berührung der weißen Gummisohlen mit der ziegelroten, immer ein wenig feuchten Schlacke des Platzes ebenso in einem leichten Rausch des sachten Snobismus genoß wie jene – für unsere Breitengrade geradezu beispiellose – Ehrlichkeit der Briten, die ich nun ebenfalls üben durfte, indem ich auf das »play« des Trainers mein »ready« antworten ließ, und es war tatsächlich eine fremde, feinere, einerseits energische und anderseits bescheidene Stimme, die aus meinem Mund zur anderen Hälfte des Spielfeldes hinübertönte. Nach dieser kurzen Eröffnung verfehlte ich den ersten Ball oder ich schlug ihn in das Netz – und nur äußerst selten in die blaßblaue Höhe des sommerlichen Himmels, von wo er weiß Gott wohin fiel –, und damit war meine Bereitschaft, das Spiel zu erlernen, bereits geknickt, da ich zwar nicht an mir selbst, dafür aber an dem mir gleichaltrigen Jungen verzweifeln mußte, der nun nach dem dahinhüpfenden Ball lief, barfuß, in zerrissenem Hemd. Wieso spielte ich Tennis, ganz in Weiß gekleidet, mit einem Schläger, der offenbar derart kostbar war, daß man ihn gewöhnlich zwischen zwei quadratischen Holzrahmen eingesperrt aufbewahren mußte, und wieso lief der arme Kerl dem Ball nach? Ich versuchte, mich um den Ball selbst zu kümmern oder ihn in jedem Fall zurückzuschlagen, nur um den Balljungen zu schonen, und spielte meine Stunde miserabel, in Gedanken bereits bei den Gesprächen, die ich mit dem Balljungen führen würde, um zwischen uns den Zustand der Gleichheit herzustellen und etwas von der Welt zu erfahren.

So kam ich dann an der Seite meines neuen Freundes in das Dorf jenseits der Eisenbahn, die das Villenviertel der Urlauber von der eigentlichen, von mir bis dahin nicht wahrgenommenen Ortschaft trennte. Staubige Straßen führten zu Gemüsegärten, in denen fleischige Gewächse verdorrten, und weiter auf das Weideland der Gänse und der Schweine, hinter dem ich nun einige Hausdächer zu sehen bekam, Strohdächer, die aber kein Haus überdachten, sondern anscheinend auf dem Boden lagen. Vor dem ersten Dach blieben wir stehen.

Eine in die lehmige Erde geschnittene Treppe führte in die Grube hinunter und durch die tagsüber offenbar niemals verschlossene Türe fiel das Licht auf die Einrichtung eines sauberen Zimmers, allerdings waren die Betten, die Kleiderständer, der Waschtisch, die Schüssel und die Kanne aus Eisen, und vielleicht war der Schrank, mit schmalen Unterteilungen wie in den Umkleideräumen der Schwimmbäder, ebenfalls aus Blech. Der gestreifte Teppich lag auf der Erde, die, in der Nähe des Einganges zu verhärteten Beulen gestampft, speckig glänzte, an den Rändern der Grube aber, etwa unter den Betten, zu dunklen Klumpen zerfallen war. Auch einen Spiegel gab es an der Erdwand, gegenüber hing ein großes Heiligenbild, ein Ölbild im Rahmen, aber ohne Verglasung: die Muttergottes deutet mit beiden Zeigefingern auf ihr brennendes Herz. Die Mutter des Jungen kam bald und gab uns harte Lebkuchen zu essen, und dann kam auch der Vater. Er schenkte zwei Gläschen Schnaps ein, trank das eine aus, ließ mich das andere trinken, und von da an saßen wir auf den Bettkanten in einem endlosen stockenden Gespräch versponnen, während der andere Junge – mein Freund, wie ich dachte – bereits verschwunden war: ich blieb das einzige Kind in der Grube, halb berauscht in der Kälte, die von allen Seiten unentwegt aus der Erde strömte. Schnaps und Luft schmeckten nach Metall.

Erst beim Weggehen bemerkte ich die streng quadratische Form des Raumes. Es mochte offenbar schwer gewesen sein, die Erde auf diese Weise zu bearbeiten, gerade deshalb aber erachtete es der Vater des Balljungen, der die Grube gegraben, das Dach gezimmert und alles übrige besorgt hatte, für notwendig, einen Effekt zu erzielen, der den Eindruck eines Bretterbodens und gemauerter Wände erweckte. Man lebte zwar unter der Erde, aber gleichsam in einem Würfel, grenzte den eroberten Wohnraum ab gegenüber der fremden Unendlichkeit jener Erdmasse, die man sah, roch und fühlte; man war hier wenigstens in der Strenge der Geometrie – sein eigener Herr. In diesen nahezu perfekten Flächen und Winkeln triumphierte die Architektur des Hausherrn über die Schwerfälligkeit der Materie. Der Tennisplatz mit seinen weißen Linien war damit verglichen eine Hervorbringung leichtfertigster Frivolität.

Da mein neuer Freund am nächsten Tag zwar wieder auftauchte, jedoch entweder aus Schüchternheit oder aus Unverschämtheit so tat, als hätte ich ihn in der Grube seiner Eltern niemals besucht, gab es nichts mehr zu reden. Er lief weiterhin nach den Bällen, allerdings nach den Bällen anderer Spieler. Ich ging nicht mehr auf den Platz.

Die Grube weitet sich. Während die rote Schlacke des Tennisplatzes vom herabfallenden Laub des warmen Herbstes 1944 allmählich bedeckt wurde und dann unter einer schneeverwehten Schichte aus Fetzen, Schutt, Kadavern, Patronenhülsen und trockenem Unrat verschwand, schlug uns der feucht metallene Geruch der Wohngrube in die Gesichter, allerdings aus dem eigenen Keller, im vertrauten Haus der Kindheit. Er war nun bewohnt, bis zum letzten Winkel mit den Schlafstätten der wenigen Wohnparteien und vielen unbekannten Menschen besetzt, die sich alle vor den Luft- und Artillerieangriffen hierher verkrochen hatten; und manche waren auch auf der Flucht vor Verfolgern: vielleicht Deserteure, vielleicht Juden, vielleicht entwichene Zwangsarbeiter. Manche ließen sich niemals blicken, man hörte bloß, daß im Kohlenkeller der Tabaktrafikantin spät abends Stimmen wisperten und stöhnten, und daß im Warenlager des Geschäftes für Orthopädiebedarf jemand erkrankt war. Zugig war der finstere Gang, der vom steinernen Trümmerhaufen des bombenbeschädigten Treppenhauses an der überschwappenden Kloake vorbei zu den verschiedenen Nischen, Abteilungen, Gemeinschaftssälen und Kammern weiterführte, in die Dunkelheit, die da und dort erhellt wurde vom Licht der Kerzen oder der selbstbetriebenen weinerlich piependen Taschenlampen und auch von der Glut jener kleinen eisernen Trommelöfen, auf denen man kochte: meistens Tee aus getrockneten Kräutern oder Erbsensuppe, in der dann, bei der Mahlzeit, der von den bebenden Wänden gesprungene Kalk zwischen den Zahnreihen knirschte. Wie ein Wunderwald war der Keller mit seinem fortwährenden Dröhnen, Knistern und Raunen, mit den wandernden Lichtern, mit dem plötzlich aus der geöffneten Tür eines Ofens herausspringenden Feuerschein, der die Gesichter und die Hände bisher nicht wahrnehmbarer Menschen aus der Dunkelheit riß und sie dann, nachdem die Ofentür wieder geschlossen worden war, noch eine Weile flimmern ließ: Masken und Handschuhe schwebten in der Luft und verschwanden. Die Möglichkeit eines unmittelbar bevorstehenden Abenteuers mit tödlichem Ausgang ließ die Schwierigkeiten mit den täglichen Verrichtungen vergessen; man wusch sich kaum und war dennoch nicht verdreckt, man hatte wenig Nahrung, aber man verspürte nur selten Hunger, man schlief schlecht und fühlte sich trotzdem nicht übermüdet.

Es war, wie es mir heute erscheint, das Winkelwerk des Labyrinthes, das uns damals auch seelisch beschützte, uns miteinander verband, uns half, die andauernde Todesangst zu ertragen: es war die atavistische Erinnerung an die Höhlenbehausungen der Urzeit, an den Aufenthalt in der Verborgenheit und Geborgenheit des Berges, der dann etwa in Mykenä zur Burg werden sollte – doch verschmolz hier unser Anteil an der Urzeit der Menschheitsgeschichte mit unserem eigenen persönlichen Erleben. Das Wort Berg mit allen seinen Weiterbildungen (Burg, verbergen, geborgen, usw.) ist mit dem Wort gebären verwandt, beide sind der indogermanischen Wurzelform bher entsprungen. Es ist nicht verwunderlich, daß der sprechende Mensch die Analogie zweier Erfahrungen dadurch zum Ausdruck brachte, daß er sie mit einem einzigen Wort bezeichnete; er konnte nicht und mußte auch nicht zwischen den beiden Arten der Geborgenheit – in der Tiefe des Berges und in der Mitte des Mutterleibes – unterscheiden. Die Analogie dehnte sich weiter aus mit dem Übergang zum Ackerbau; die Naturgesetze wurden als solche erlebt: das Geheimnis des neuen Lebens, der Vergänglichkeit, des Todes und der Wiedergeburt lag »im Schoß der Erde« wie im Mutterschoß verborgen, und so bauten die ersten Massengesellschaften künstliche Berge, die zugleich künstliche Gebärmütter waren, damit diese von den

Toten durchwandert werden könnten als Orte der Erneuerung und der Auferstehung. Die Pyramide des Cheops zeigt die Sonnenseite des gleichen Glaubens, der in der Geschichte des Labyrinthes von Knossos seine verschattete Symbolik sehen läßt: In dem von Dädalus erbauten künstlichen Höhlensystem tobt der in schrecklicher Wollust erzeugte Tiermensch, dazu verurteilt, in einem ganz bestimmten Zyklus das Leben auszulöschen, bis er selbst ausgelöscht wird von Theseus; dieser aber kann aus dem Labyrinth nur mit der Hilfe einer Frau wieder herausfinden, nämlich mit dem Faden jener Ariadne, die er liebt, entführt und verläßt, doch wird sie dann zur Gefährtin des Dionysos, vereint mit ihm in der Urgewalt des Rausches. Indem sich nun in jenen letzten Monaten des Krieges die tödliche Gefährdung bis zum Paroxysmus gesteigert hatte, wuchsen auch die inneren Kräfte der Abwehr. Der psychische Druck trieb uns an den Rand des Ertragbaren, wo nun – als letzte geistige Rettung – das kollektive Unterbewußtsein die in ihm aufbewahrten Bilder freigab: Einbildungen, die unserem Luftschutzkeller die magische Kraft der Höhle und des Mutterschoßes verlieh, wenigstens für unser Fühlen. Im Moment, in dem die Front über uns hinwegzog und die plötzliche Stille uns von der Todesangst befreite, war die Verzauberung wie auf einen Schlag von uns gefallen. Unser Keller erschien uns nicht länger als Zufluchtsort, sondern als ein stinkendes Loch des Elends, in dem wir halb begraben vegetierten.

Es könnte sein, daß Menschen eines tragischen Lebensgefühls und also eo ipso von der Spannung zwischen Lebensfreude und Todesangst erfüllt, in der labyrinthischen Beschaffenheit ihrer Behausung zusätzliches Heil finden. Menschen hingegen, die nicht mehr imstande sind, ihre Existenz als eine begrenzte und bedrängte zu empfinden und ihre Fähigkeit verloren haben, am Gefühl ihrer Vergänglichkeit zu leiden, erzeugen notwendigerweise eine unlabyrinthische, gleichsam flächige Architektur.

Ein Bretterverschlag stand im verwilderten Garten, an die Ziegelmauer gelehnt, ein Gartenhaus, drei Meter lang, zwei Meter breit und ebenso hoch, pechschwarz angestrichen, mit Teerpappe überdacht, auf das der Regen so sachte, eintönig und geduldig trommelte, als klopften sanfte Engelfinger an einen Sarg, um den durch Trompetenstöße nicht aus dem Schlaf Gerissenen den Jüngsten Tag nachträglich zu verkünden. Die Einrichtung bestand aus einem Feldbett, einem Stuhl, einer Kerze und aus Flaschen verschiedener Größen, die alle leer waren, bis zum letzten Tropfen ausgeleert von meinen Gästen, die über Politik redeten oder über französische Dichter oder über eine neue und pfiffige Methode des Geldverdienens, oder sie redeten überhaupt nicht, sondern schwiegen in der vom Kerzenlicht durchflackerten Dunkelheit, die, sobald die Kerze erloschen war, das knarrende Feldbett fest umschloß.

Mädchen saßen da, allein, und manchmal zu zweit, mitunter auch in Begleitung ihrer Kavaliere; Verseschreiber gaben sich, wie Verseschreiber sich eben geben, leutselig, toll und zerstreut; Maler rochen nach Terpentin; eine stutenähnliche Bühnenbildnerin flüsterte artig über Bachs Kunst der Fuge; Schnorrer, Schwätzer und gewerbsmäßige, also majestätische Amateure anderer Berufssparten erwähnten Tanten, die auf den Bahama-Inseln wohnten und eine neue Art von Seidenraupen züchteten, oder asthmatische Onkel in der Provinz. Manchmal saßen wir zu acht in der Kiste, sangen Volkslieder, Märsche und Arien aus Operetten, und gingen dann in den Garten hinaus, um unter Sternen zu schweigen. Doch meine abenteuerlichsten Reisen fanden nächtlich statt, im Sarg, der mich, über Holunderbüsche schaukelnd und über alte Straßen schwebend in hübsche, mit Fleisch ausgepolsterte Höllen trug, mich auf die Insel der vollkommenen Menschen einer vollkommenen Gesellschaft beförderte, oder in die Tiefe eines Spiegels, aus dem ich unbeteiligt hinaussehen konnte auf meine Gäste und auf mich, der da lag, nüchtern noch immer, und an das Land dachte, das ich in meinem fliegenden Sarg verlassen hatte, in Luft begraben, die zwischen den Brettern hereinsickerte auf das Bett, und auf die leeren Flaschen Staub legte, einen feinen Gartenstaub voll des süßen Geruchs faulender Blätter. Ich fühlte mich behaglich. Mein braver Sarg steuerte neuen Abenteuern entgegen, und die Gefahr der Auferstehung lag in nebliger Ferne.

Hinter uns lag die Bretagne und der lange Sommer auf einer Insel im Atlantik, die von wenigen, grüblerisch vor sich hinstarrenden keltischen Fischern bewohnt war. Wir hausten in der großen Hütte des Zeitungsverkäufers und konnten für das niedrige, mit Steinplatten gepflasterte Zimmer gerade noch die Miete bezahlen. In der Lebensmittelhandlung, die auch noch einen hinteren Raum hatte und offenbar aus diesem Grund Café de la Paix hieß, konnte man die unverkäuflich kleinen Fische des morgendlichen Fanges billig erstehen oder gar sogleich in Öl braten lassen und verzehren, dazu wurde die Karaffe mit Rotwein auf den Tisch gestellt und nicht jedesmal berechnet. Zwischen Buschwerk und Menhiren weideten knochige Kühe. Wir fuhren dann heimwärts, zuerst mit dem kleinen Schiff nach Lorient, wo man zwölf Jahre nach dem Krieg noch zwischen Ruinen lebte. Bei Ebbe stank verwesender Tang in der Bucht von Port St. Louis, und vom üblen Geruch umströmt briet ein Kriegsinvalide blasse crèpes auf dem öden Quai des Indes. Wir rollten dann mit dem nächtlichen Bummelzug weiter nach Paris, kletterten auf dem Bahnhof Montparnasse von den klebrigen Holzlatten des Sitzes und suchten unsere Bleibe, die Wohnung von Nadja und Ted, »Schlüssel bei der Hausbesorgerin«. Die beiden wohnten währenddessen in unserem Wiener Quartier.

Wir waren wie verrückt, lachten ohne Grund, rannten durch die Straßen, setzten uns auf Bänke unter welken Platanen, und über unseren Köpfen schaukelten tellergroße Blätter durch die Luft, die uns wie fiebriger Atem in die Gesichter schlug. Die Hausbesorgerin saß strickend in ihrer Portierloge und reichte den mageren Schlüsselbund mißtrauisch und hoheitsvoll zugleich. Metall klimperte an Metall und hinter der wieder zugezogenen Glasscheibe setzten sich die beiden Stricknadeln in Bewegung, so daß ein letzter Blick noch das Aufblitzen der beiden Stäbchen erhaschte: als wären zwei silberne Fische an der Glaswand eines Aquariums vorbeigeflitzt.

In dem Boulevard Latour Maubourg stand das Haus, vielleicht früher Seitentrakt eines verschwundenen Palais', vornehm und asymmetrisch und so verrückt, als hätten wir es nach dem bretonischen Sommer und im kichernden Irrsinn unserer Begierde selbst entworfen.

In dem mit verschlissenen Seidentapeten bespannten Treppenhaus führte eine quadratisch ansteigende Stiege in das erste Stockwerk empor. Das Geländer bestand aus einem Rankwerk schmiedeeiserner Äste und Blätter, von denen manche noch die Spur einer verblaßten Goldschichte zeigten. In die Mitte der Decke waren waagrechte Glasscheiben eingelassen, und das einfallende Tageslicht ließ alle Umrisse verschwommen erscheinen, so daß man die Wohnung nur betreten konnte, indem man wie durch milchigen Nebel schritt. Hinter der Tür befand sich ein Salon, aus diesem mußte man in das Badezimmer weiter, aus dem man in das Schlafzimmer gelangte, hinter dem eine kleine Küche lag. Aus allen Fenstern konnte man auf das taubengraue Kopfsteinpflaster eines nicht allzu geräumigen Hofes hinunter- und über eine nichtssagende Innenfassade hinweg auf das graubraune Blech eines steilen Daches emporblicken und noch weiter auf die Backsteinblöcke der massiven Kamine.

Es schien hier alles aus fleischfarbenem Stein, aus Bronze, Samt, Seide und Mahagoni zu bestehen, aus Plüsch, Fayence, Glas und Porzellan; es gab kein Fleckchen ohne einen matten oder allzu starken Widerschein; die Sitzgelegenheiten waren so weich, daß man in sie tatsächlich hineinsank, die Betten wippten bei der geringsten Gewichtsverlagerung des Körpers elastisch und ließen an dem vergitterten Fußende die zierlichen Messingscheiben klirren wie kleine Tschinellen. Aus dem einen der beiden Wasserhähne floß dampfend heißes Wasser, während irgendwo in der Wand, in den Leitungen, etwas wie ein Kanarienvogel zwitscherte und der Spiegel hinter der aufsteigenden Dunstwolke verschwand.

Hier lebten wir dann in der nächsten Woche, veranstalteten Prozessionen aus der Küche in das Schlafzimmer, durch das Bad weiter in den Salon und wieder zurück, sangen Psalme, während unsere Mägen ziemlich vernehmbar knurrten, denn außer Käse und Brot aßen wir nur Ölsardinen, und der fast schwarze Rotwein, den wir tranken, stammte aus den billigsten Kellereien Algeriens. Die beiden Generäle Latour Maubourg, in deren Straße wir wohnten – ob sie nach Marie Charles César oder nach seinem jüngeren Bruder Marie Victor benannt worden war, blieb uns ein Geheimnis –, die beiden Haudegen also hätten die martialische Pracht unserer Aufmärsche (und wohl auch die unserer nackten Ärsche) sicherlich bewundert, doch waren sie tot. Und tot waren wir auch an manchen Tagen in der Dämmerung des frühen Morgens: Wir waren zur gleichen Zeit aufgewacht und blickten einander an, verstohlen, um zu sehen, ob der andere während der Trennung, die wir durch den Schlaf erlitten hatten, gestorben sei oder nicht, und nun lagen wir tatsächlich wie zwei Tote nebeneinander: Ludwig XII. und seine Frau, von Jean Juste mit aufgeschlitzten und wieder zugenähten Bäuchen, Hand in Hand, auf dem Deckel ihres gemeinsamen Sarkophages lebensgroß in Bronze abgebildet. Wir schliefen dann wieder ein und hatten lange und schwierige Träume und hüpften endlich mit angstvoll verkrampfter Fröhlichkeit aus den klingenden Betten, um durch den Dampf des Bades und den Nebel des Treppenhauses ins Freie zu laufen und von der Brücke der Invaliden in die Seine zu spucken.

Von uns vieren ist als erster Ted gestorben, ein paar Jahre später, an Krebs. Nadja wollte ohne ihn nicht weiterleben. Die Nachricht ihres Selbstmordes wurde uns von ihrer Mutter übermittelt, die in Nizza wohnte und nach ihren Spaziergängen unter Mimosen und Palmen russische Gebete sprach. Auch meine Gefährtin vom Boulevard Latour Maubourg lebt nicht mehr. Unser Mausoleum habe ich seither nicht mehr besucht.

Man möge sich in acht nehmen, sagte man, vor den Räubern und also: niemals zu Fuß auf der Straße, niemals allein in den Aufzug, niemals nachts außer Haus, und wenn es unbedingt sein müßte, dann vom Tor bis zum Tor im Auto. M. H. war im Sinne der Warnung freundlich genug, vor dem Flughafen tatsächlich mit dem Auto zu warten; man fuhr zu R. F. auf einen Willkommenstrunk; man fuhr weiter zu der Wohnung, in der man Quartier bekommen hatte, fuhr über den buckligen Asphalt der breiten, belebten Straße im Licht der Hochhäuser immer weiter auf den Washington Square zu, über Kanalgitter hinweg, durch die flockiger Dampf stieg. Gegen Anfang der fünften Avenue sah man selten Passanten. Das sei das Viertel der kleinen Büros und der Schneiderwerkstätten, sagte M. H., deshalb sehe man hier nachts keinen Menschen auf der Straße. In der Ferne begann eine Sirene hysterisch zu heulen. Es klang, als heulten rasche Hiebe einer kurzen Peitsche.

Vor dem Tor stand der Hausherr dieser kommenden Tage, wie vereinbart, stand allein auf der nächtlichen Straße in einem Salzburger Wetterfleck aus grauem Loden und »Hinein, schnell, hinein« wollte ich ihm zurufen, um uns vor lauernden Wegelagerern zu beschützen; etwas Ähnliches mochte ich dann wirklich vor mich hingemurmelt haben, denn er ließ, als Antwort, die Schneidezähne in einem bübischen Lächeln hervorglänzen, schüttelte den Kopf und nannte ruhig seinen Namen. Gustl hieß er, auch das noch, Gustl mitten in New York, nachts, vor einem sechzehn Stockwerk hohen Haus der unteren fünften Avenue. Alle Fenster waren dunkel. Alle schliefen? Nein, sagte Gustl, im Haus schlief niemand, im Haus wohnte überhaupt niemand außer ihm selbst, ja, auch hier gab es Schneiderwerkstätten, und zwar ausschließlich, in fünfzehn Etagen.

Er wohnte in der sechzehnten, man mußte zwei lange Korridore an den Lagerräumen der Schneider vorbeigehen und die gewundene Eisentreppe emporklettern, um in das Vorzimmer zu gelangen. Aus dem Fenster sah man die Häuser des Hafenviertels, vom Dach aus konnte man die Häuser der Gegend der 57. Straße betrachten: zwischen diesen kubischen Türmen und turmhohen Blöcken aus Glas, Granit und Metall – etwa auf halbem Weg von den Wolkenkratzern der Wallstreet zu denen des mittleren Manhattan – hauste Gustl mit seinen zwei Katzen, für die im Badezimmer das Wasser ewig rinnen mußte, kühl und lautlos wie eine klare, gletschergespeiste Quelle in der sechzehnten Etage eines Berges. Dimensionen näherten sich einander. Auch der von empfindsamen Wanderern hervorgekehrte Qualitätsunterschied zwischen unberührter Natur und Stadtlandschaft erschien plötzlich fragwürdig. Es gelang den Menschen offenbar doch, die Gesetze der Wildnis auf ein Zentrum der Zivilisation zu übertragen und die natürliche Sinnlosigkeit der natürlichen Dinge in der künstlichen Sinnlosigkeit der künstlichen Dinge treu zu kopieren. New York schien einen derart hohen Grad an Urbanität erreicht zu haben, daß die Quantität in eine höhere Qualität übergehen konnte: in die Un-Ordnung des Ursprungs – nicht aus Mangel an einem System, sondern, ganz im Gegenteil, aus einem Übermaß des Systems der persönlichen Freiheit. (Eine Sirene begann zu heulen.) Gustl aber wohnte all dem bei, ohne sich durch seinen bereits viele Jahrzehnte dauernden Aufenthalt in der Stadt verändert zu haben: er steckte immer noch in der ersten, vom Chaos noch unberührten Phase der Freiheitsliebe.

Er hatte manche Möbel des väterlichen Schlößls in Pötzleinsdorf mitgebracht und ließ im Biedermeierzimmer die Katzen hausen, während er selbst lieber in der Bibliothek saß, in einem Raum im Stil der frühen dreißiger und auch im belebenden, beseelenden, Staub anhäufenden Stil der darauf folgenden dreißig Jahre. Einmal in der Woche kam die Putzfrau, einmal im Monat der Mann, der die Fenster säuberte. Beide fühlten sich offenbar wie zu Hause. Der Mann hing mit der Hilfe eines an seinem Gürtel befestigten Eisenhakens am Fensterbrett. Die Frau fürchtete sich vor den Katzen. Gustl kochte für die dunkelhäutigen Helfer seines Haushaltes Tee oder Kaffee und kam aus diesem Grund zu spät zur Arbeit.

Bei dem Tee- oder Kaffeekochen am Morgen trug er einen Burnus, der im V-förmigen Ausschnitt die bereits ergraute Behaarung der Brust zeigte. Im Fernseher waren Politiker und Journalisten zu sehen, von Werbung unterbrochen, die nicht sehr störte, da sich ihre Protagonisten von den übrigen Personen des Programmes nicht wesentlich unterschieden. Hinter dem kleinen Apparat sah man die berühmte Skyline der Wolkenkratzer durch das Fenster. Zwischen Skyline und TV rauchte im Toaster das von Gustl frisch angeröstete jüdische Roggenbrot. (»Sie müssen kein Jude sein, um jüdisches Roggenbrot zu essen«, steht auf der Verpackung zu lesen. Sie müssen es in der Tat nicht, aber es ist ihnen gestattet.)

Hier hauste ich nun, und New York war gemächlich, selten betriebsam, öfter gravitätisch, und da sich die Räuber nicht und nicht sehen ließen, streifte ich nachts durch die Straßen, war 8. Straße Ecke dritte Avenue, St. Marks Platz 2 gegen drei Uhr nachts in einem Keller, um die Rückkehr des Jazzpianisten Cecil Taylor auf das Konzertpodium zu feiern, saß am oberen Broadway, im Viertel der Puertoricaner, in einem Wirtshaus, das bereits mein Stammlokal geworden war, und spazierte dann im frischen Wind langsam nach Hause, wo Gustl entweder bereits schlief oder mit einem Freund in der Küche hockte. Der schwere, dunkle, beinahe dickflüssige Whisky aus dem Süden brannte am Gaumen süßlich; wenn man das zweite Wasserglas dieses gewichtigen Bourbons ausgetrunken hatte, glaubte man im fetten Grün der äquatorialen

Wälder Paradiesvögel zu sehen und Schlangen, deren Rachen an Orchideenkelche erinnerten.

Tagsüber fuhren die Schneider, ihre Kunden und ihre Lieferanten in den Aufzügen andauernd auf und ab, nachts wurden die Kabinen vom Hausbesorger gesäubert, der jedoch die Kampfparole der puertoricanischen Schneidergesellen – »Jews = Nazi« – nicht von der Wand entfernte. Sein dunkles Gesicht war traurig; er sah aus, als wäre er andauernd verkühlt oder als hätte er eine bettlägerige nahe Verwandte.

Nachts hätte die Einsamkeit in der zum Teil wienerisch eingerichteten Wohnung im sechzehnten Stockwerk des menschenleeren Hauses qualvoll werden können und jemand, der Selbstmitleid betrieb, hätte keinen besseren Platz finden können, im Geheul der Einsatzfahrzeuge, im kalten Licht der Hochhäuser, an die Riesenstadt gebunden und von dieser zugleich isoliert, sein schönes Seelenleiden in die nächtlichen Stunden hineinzuspinnen – Gustl ließ aber aus dem lächelnden Mund die weißen Zähne hervorglänzen und verachtete die Menschheit, die er zugleich liebte. Er lebte mit der größten Gelassenheit zwischen Tür und Angel. Seine Behausung war ein Provisorium, liebevoll eingerichtet und doch flüchtig wie ein Traum. Der Hausherr war bei sich selber zu Gast. Wer jemals aus einem Land in ein anderes geflohen ist, kennt diese verdrängbare, im Zwerchfell jedoch vorhandene, lauernde, manches Mal hämisch hervorbrechende Bereitschaft, weiterzufliehen. Gustl befand sich ständig unterwegs. Seine Bleibe war einladend, sie durfte aber verlassen werden. Man hatte das Gefühl, Gustl könnte sie so klein werden lassen, daß sie, wie im Märchen, endlich in einer Nußschale genügend Platz fand. Es fiel nicht schwer, sich den Hausherrn mit flatterndem Wetterfleck vorzustellen, in der einen Hand die Schnur eines Luftballons, der gerade dabei war, in ein fremdes Land zu fliegen, in der anderen Hand die Wohnung in der unauffällig klappernden Nuß.

Heimkehr nicht in die verlorene, sondern in die ersehnte Behausung der Kindheit: in das anders Geartete und durch wiederholte Tagträume dennoch bereits Vertraute.

Vielleicht haben Urgroßväter hinter ähnlichem Gemäuer vorübergehend Zuflucht gefunden: wandernde Handwerker, Gelegenheitsarbeiter, Musikanten oder mietbare Schreiber der Wochenmärkte im Dienste von verliebten Köchinnen oder prozessierenden Bauern, die es drängte, sich schriftlich zu äußern, ohne des Lesens und Schreibens kundig zu sein. Vielleicht war einer der Ruhelosen in ein Haus solcher Beschaffenheit eingekehrt, in die Kühle der schattigen Stuben, in die stille Sanftmut einer schweigsamen jungen Witwe, die dem Gast leicht zunickte und den Tisch zu decken begann. Vielleicht aber war nichts Ähnliches geschehen und der Urgroßvater – oder dessen Urgroßvater – war bloß stehengeblieben in der Nähe des weiß getünchten Hauses und hatte es bloß sehnsuchtsvoll, neidisch, verbittert betrachtet, bis der Hund zu bellen anfing, der Hausherr vor die Türe hinaustrat und dem fremden Menschen so lange ins Gesicht blickte, bis dieser einen Gruß murmelte und weiterzog.

Die Erbschaft, die wir besitzen, ist uns nicht in ihrem ganzen Umfang bekannt; wir haben von irgendwelchen Ahnen nicht nur körperliche Merkmale und innere Neigungen erhalten, sondern auch aufblitzende Bilder der Erinnerung. Jeder Augenblick des Wiedererkennens von bisher niemals Erblicktem ist bloß eine ferne und schwache Aufhellung eines der in uns vorhandenen, durch das eigene primäre Erleben überschatteten Bilder. Die Bestürzung angesichts des Phänomens, das man déja vu nennt, ist nichts als ein Akt stürmischer Selbstbesinnung.

Die Häuser der Kindheit waren anders gewesen als dieses hier. Das Eisengitter des Treppengeländers ließ im verschlungenen Muster halb verborgen böse Zwerge sehen in breitkrempigen Hüten und in Pluderhosen, die kleinen Fäuste in die Hüften gestemmt. Die bunten Fensterscheiben einer Schwingtür ergaben das Bild eines Turmes, der jedes Mal, wenn jemand durch die Tür kam, in Stücke zerfiel. Die Schnitzereien oberhalb der Lehnen der beiden Armsessel konnten leicht als grinsende Männergesichter erkannt werden; das geometrische Muster des großen Teppichs verbarg eine Schar von Raubvögeln, die sich bei künstlichem Licht aus ihrer Erstarrung lösten und sich lautlos, mit scharfen Schnäbeln und Krallen, in die Luft erhoben; und die hoch und breit emporragende Feuermauer des Nachbarhauses zeigte, graubraun und schmutziggelb befleckt, in den kantig auskragenden Schichten des abbröckelnden Verputzes merkwürdige Tiere, unter ihnen auch einen Löwen, über dem in weiten Röcken und mit emporgehobenen Armen eine Frau stand. Löwe und Frau zusammen waren Gott. In den Toreingängen anderer Häuser gab es steinerne Fontänen in der Halbkreisform einer Muschel; das lange Haar einer halbnackten Frau hing in das Becken und war mit dem wirren Bart eines Männergesichtes verwoben, das zähnefletschend das Messingrohr im Mund hielt, aus dem das Wasser nicht floß. Frösche, Spinnen und Schmetterlinge hatten sich im Bart des Mannes verfangen. Im Gitterwerk, das die mit geschnitztem Holz getäfelte Kabine des Aufzugs vom Treppenabsatz trennte, litten kleine Lebewesen, von den Schlingpflanzen eines eisernen Urwaldes umrankt. Irgendwo schnappten Riesenschlangen nach kugelrunden Vögeln, die klein waren wie wasserblasse Äpfel und mit leisen Kinderstimmen weinten.

Aus diesem bösen Garten der geheimnisvollen, meistens verkrüppelten und grausamen, jedenfalls übermächtigen Gestalten, die vorerst wie durch einen Zauberspruch erstarrt waren, sich jedoch in jedem Augenblick wieder in Bewegung setzen konnten, aus dieser andauernden Gefährdung konnte man fliehen, zum Beispiel in die Krankheit. Der Arzt kam. Die Kühle des Silberlöffels berührte die Zunge; es war wie ein plötzlicher Schlag lustvoll und widerlich zugleich. Die silberne Säule im Fieberthermometer stieg über den roten Punkt. Der Blick auf die weiß überzogene Daunendecke streifte über eine hügelige Landschaft, die sich, frei von bedrohlichen Wunderwesen, gegen die Ferne der beiden Füße im ruhigen Dämmerlicht verlor. Diese Welt der Kuppen und Kuhlen fügte sich der gestalterischen Laune, türmte sich manches Mal über dem linken Knie und glättete sich über dem rechten Bein zugleich zur Ebene, auf der ein Zinnsoldat wohlbehütet marschierte.

Hier entstand, vielleicht auch durch jene verschütteten Erinnerungen geformt, das Modell des Hauses, in das man als erwachsener Mann dann heimkehren durfte: die sanfte Landschaft und in ihr der übersichtliche freie Raum eines mit niedrigen Mauern umgebenen Gartens und in den Abhang hineingebaut, von diesem beschützt, dem leicht ansteigenden Boden folgend das Haus selbst, erbaut irgendwann gegen Ende des letzten Jahrhunderts, neu überdacht im Jahre 1926 (die Zahl war auf einem Dachbalken zu lesen), nach einer Zeit des Verfalls wiederhergestellt: ein langgestreckter, niedriger, mit Kalk oft überzogener Bau, dessen Schmalseite mit zwei Fenstern unter dem abgeschrägten Giebel auf den ungepflasterten Durchgang blickte und auf das fensterlose Weiß einer Hausmauer gleich gegenüber.

Zwei Straßen weiter wuchs Wein; am Rande des Gartens, etwa in Dachhöhe, stand ein Nußbaum und hinter dem Haus stand der zweite; und wenn man sich ins Gras auf den Rücken legte, dann konnte man in das immer ein wenig bebende Geäst eines Birnbaumes blicken, dessen längster Zweig fast über die Eingangstür des Hauses reichte. Ein langer, in wenigen Stufen ansteigender Gang verband die vier Wohnräume, und wenn man mit der Hilfe eines Plattenspielers ein wenig musizierte, war das Haus ein einziger Klangkörper, in dem man saß, leichten Weißwein in dicken Gläsern betrachtend.

Noch wirkten die Schreckgespenster: durch die Angst, man müsse für redliche Ruhe durch allerlei Unglück bezahlen und durch den Zweifel an der Möglichkeit, eines Tages tatsächlich heimzukehren in die Geborgenheit des eigenen, von fremden Kräften nicht deformierten Lebens. Etwas lauerte noch; jedoch: es sprang doch nicht los. Man war eingetreten, blickte in das freundliche Schimmern eines vertrauten Lächelns, schloß hinter sich die Tür und war – endlich – daheim.

NORBERT SILBERBAUER

Du sollst keine anderen Götter neben mir haben

Aufstehen«, schreit die Mama, reißt die Decke weg und die Vorhänge auf. »Aufstehen, Burli! Ab ins Bad!« Mehr aus Gewohnheit denn aus einer bewußten Entscheidung heraus steht der Sohn auf und taumelt ins Badezimmer, wo frische Wäsche für ihn bereitliegt. Die Mama klopft ihm sanft auf den Hintern. »Guten Morgen« – »Guten Morgen«.

Genau dreißig Minuten braucht er für die Erledigung der Morgentoilette, wobei den Großteil der Zeit die Maniküre ausmacht. In der Küche steht das Frühstück auf dem Tisch, wie jeden Tag: Kaffee, Brot, Butter und die Marillenmarmelade, die er so gern ißt. Vorher allerdings muß er der Mama noch die Kompressionsstützstrümpfe der Klasse zwei anziehen. Ihre Venen sind schlecht, ihr Herz ist alt, sie kann sich kaum noch bücken, und könnte sie es, wäre sie zu dick, um ihre Füße zu erreichen. Während er vor ihr kniet und ihr die Strümpfe hinaufzieht, weint sie fast, jammert über das Altwerden, daß sie lieber sterben möchte, als von jemandem abhängig zu sein. Manchmal hat die Mama vergessen, sich eine Unterhose anzuziehen. Ihm ist das peinlich, müssen doch seine Hände beim Anlegen des Heilbehelfs in die Nähe dessen geraten, woran er nicht einmal denken mag. Noch zwanzig Minuten, dann wird er das Haus verlassen und die Mutter wird ihm, wie jeden Tag, zum zweiten Mal auf den Hintern klopfen. Burli ist zweiundfünfzig, seine Mutter vierunddreißig Jahre älter, aber weder ihr Alter noch seines hindert sie daran, ihm auf den Hintern zu klopfen, was wohl heißen soll: Ich hab dich gern. Die beiden wohnen in einem Einfamilienhaus, sie sorgt für ihn, nennt ihn Burli, obwohl er das, seit er denken kann, haßt. Vor Jahren entbrannte darüber beim Frühstück ein Streit, den die Mama mit den Worten, sie könne ja gehen, beendete. An diesem Tag kam der Herr Friedrich um zehn Minuten zu spät in die Bank. Schon nach fünf Minuten nahm man an, er sei krank, kommt er doch immer fünfzehn Minuten vor allen anderen. Seit der Herr Friedrich in der Bank arbeitet, hat er immer saubere Hände.

Während des Frühstücks lesen Mutter und Sohn Zeitung. Er zuerst den Sportteil, sie den politischen Teil, den sie, nur die Schlagzeilen überfliegend, schnell durch hat. »Lauter Verbrecher«, sagt sie und liest ihre Lieblingsseiten, die Chronik. Dort steht, was ihr und ihrem Sohn bisher erspart geblieben ist: Unfälle, Überfalle, Todesfälle. »Mein Gott«, sagt die Mutter, »die armen Leute.« Geschehen viele Katastrophen, ist sie beruhigt, denn so viel Schlechtes kann das Schicksal gar nicht bereithalten, daß da noch etwas für sie abfallen könnte. Höchstens ein paar Brösel, Schicksalsbrösel, ein kaputter Durchlauferhitzer, eine Blinddarmentzündung vielleicht, aber nichts Ernstes, kein Unfall, der sie oder ihn an den Rollstuhl fesseln würde, oder Krebs oder gar eine Verehelichung des Sohnes. Nach ein paar Minuten werden die Zeitungsteile getauscht. Der Sohn liest die politischen Kommentare, die Mutter den Sportteil, obwohl sie den Sport nicht mag, weil die Sportler für nichts und wieder nichts viel zuviel Geld bekommen würden. Der Herr Friedrich trinkt seinen Kaffee, aber er ißt – ausnahmsweise – nichts. »Iß was, Burli!« – »Keinen Hunger.« – »Mit leerem Magen wird dir schlecht.« Die Mutter ist eine Frau der Tat. Wortlos streicht sie Butter und Marmelade auf die Semmelhälften. Warum nicht, denkt er, aber er werde in der Firma nichts essen und zu Mittag auch weniger.

Pünktlich verläßt der Herr Friedrich das Haus und betritt fünfzehn Minuten vor Dienstbeginn die örtliche Landesbank. Als die Kollegen der Reihe nach kommen, guten Morgen, guten Morgen, guten Morgen, stellt der Herr Friedrich erleichtert fest, daß niemand Geschirr oder Schachteln mitbringt, daß offenbar niemand Geburtstag, Namenstag, Hochzeitstag hat und es auch in der Verwandtschaft keine ähnlichen Jubeltage gibt oder gab, die immer mit dem Verzehren der Reste in der Bank enden. Wenn einer etwas zu feiern hat, dann muß gefeiert werden. So ist es Brauch. Das Argument, er mache eine Diät, würden die Kollegen mit höhnischen Bemerkungen abtun, ebenso wie alle anderen Ausreden. Und zu sagen, daß er beim Direktor zum Abendessen eingeladen ist, kommt schon gar nicht in Frage. Glück gehabt, der Personalkühlschrank bleibt leer, und der Herr Friedrich, der nicht nein sagen kann und niemanden beleidigen will, muß keine Ausrede erfinden. Der Herr Friedrich ist übergewichtig, wenngleich nicht fett. Das üppige Essen, das die Mutter täglich richtet, und das ständige Feiern in der Landesbank haben Spuren in Form eines Kugelbauchs hinterlassen. Als sei er im achten Monat schwanger. Manchmal denkt er, die Mama würde ihn nur deswegen ständig füttern, damit er häßlich wird, zu häßlich für diese Welt. Ein Mann unter hundert Kilo sei ein Krüppel, sagen die Kollegen; von den Kolleginnen hat das noch keine gesagt.

Seit neunundzwanzig Jahren arbeitet der Herr Friedrich nun in der Landesbank. Er diente unter vier verschiedenen Direktoren und ist der älteste Mitarbeiter. Als der nunmehrige Direktor zur Welt kam, fing der Herr Friedrich gerade in der Bank an. Seither sind seine Hände immer sauber. Vorher hatte der Herr Friedrich den Beruf des Schlossers erlernt, damals nannten ihn alle Charly. Der Aufstieg vom Schlossergesellen zum Bankangestellten war ihm wie eine Himmelfahrt zu Lebzeiten erschienen. Und obwohl im Himmel, träumt der Herr Friedrich manchmal von einer Beförderung. Keiner versteht vom Bankwesen so viel wie er, keiner kennt die Leute besser, keiner hat die Geschichte der Bank von der Zwei-Mann-Filiale zum eigenständigen Unternehmen mit sieben Filialen so hautnah miterlebt wie er, und trotzdem, seit seinem ersten Tag sind fast alle Beförderungen an ihm vorbeigegangen, trotz vieler Fortbildungskurse und Seminare hat er es nur bis zum Hauptkassier gebracht. Aber der Herr Friedrich war nie unzufrieden mit dem, was das Schicksal ihm zugesprochen hatte, er verstand bloß nicht, warum die Bank sich selbst schädigte, weil sie jeden noch so dämlichen Maturanten ihm vorzog. Lediglich sein Familienname trübt die täglichen Freuden in der Bank. Werden andere mit »Herr Stiller« oder »Herr Kühn« oder »Frau Dr. Treudl« angesprochen, sagt man zu ihm »Herr Friedrich«. Als ob er ein siebzehnjähriger Ferialpraktikant sei. Einen Vornamen als Familiennamen zu haben sei demütigend, denkt der Herr Friedrich, und der Karriere keineswegs förderlich. Seinen Vornamen kennen die wenigsten. Der Herr Friedrich heißt Karl.

Und nun das: eine Einladung zum Abendessen in die Villa des Direktors. Eine solche Einladung kommt einer Beförderung gleich. Zwei Filialleiter gehen demnächst in Pension. Und auch in der Zentrale sollen Führungspositionen frei werden. Aber in die siebzig Kilometer entfernte Zentrale werde er nicht übersiedeln, denkt der Herr Friedrich, das gehe nicht, wegen der Mama.

Um zehn Uhr ist Frühstückspause. Der Herr Friedrich ißt nur den Apfel, die Schinkensemmel zerteilt er in kleine Stücke und spült diese die Toilette hinunter. Ein Gefühl von Freiheit stellt sich ein. Wenn die Mama wüßte, was er mit ihrer Semmel gemacht hat! Der Herr Friedrich stellt sich vor die Muschel, öffnet die Hose und nimmt sein Glied in die Hand. Wie in jeder Frühstückspause beginnt er zu onanieren. Ein zweiter Durchgang folgt in der Nachmittagspause, ein dritter vor dem Schlafengehen. Heute aber kann der Herr Friedrich sich nicht konzentrieren. Für Notfälle dieser Art hat er ein Foto in der Geldbörse, nicht größer als ein Paßbild, ausgeschnitten aus einer Pornozeitschrift, die ein Kollege mitgebracht hat. Auf dem Bild ist eine weit aufgerissene Vagina zu sehen, sonst nichts. Mehr braucht er nicht. Den Rest der Frau, vor allem ihr Gesicht, kann er sich selbst vorstellen, vor allem kann er nach Lust und Laune Gesichter einsetzen. Was würde er sagen, wenn die Mama fragte, wie die Semmel geschmeckt hat? Die Mama würde eine Lüge sofort bemerken, sie würde vermuten, er habe die Semmel hergeschenkt. Uns schenkt auch keiner was, würde sie sagen, also haben wir auch nichts zum Herschenken. Mit nahezu allen Frauen der Kleinstadt hat Friedrich es schon getrieben, mit Kolleginnen und mit Kundinnen, mit den jungen Lehrmädchen. Gefällt ihm eine Kundin besonders, prägt er sich ihr Gesicht ein. Dann wartet er auf die Pause. Das Warten steigert die Erwartung, nur mit Mühe kann er ein verräterisches Spannen in der Hose vermeiden, die Arbeit lenkt ab. Der Herr Friedrich gilt als fleißig und zuverlässig, man ist mit ihm höchst zufrieden. Mechanisch erledigt er das Zählen des Geldes, das Aus- und Einzahlen, während er in seinen Vorstellungen die auserwählte Kundin bereits kräftig durchvögelt oder sie ihm im Schalterraum – während des Geschäftsganges – einen bläst. Dieses Mal aber hilft weder das Foto der Vagina noch seine Phantasie. Er hätte die Semmel doch essen sollen, denkt er, die eine Semmel, dafür weniger zu Mittag. Sein Glied wird nicht steif. Schwitzend gibt er auf, wäscht sich Gesicht und Hände.

Pünktlich, das heißt als letzter, verläßt der Herr Friedrich zu Mittag die Bank. Vorher ruft er noch die Mama an, teilt ihr mit, daß er gleich zu Hause ist. Das Mittagessen steht, als er die Küche betritt, schon auf dem Tisch. Die Mutter fragt zu seiner Erleichterung nicht nach der Schinkensemmel, hat aber eine böse Überraschung parat. Sie hat sein Lieblingsessen gekocht: Schweinsbraten, Kraut und Knödel, als Vorspeise eine Leberknödelsuppe. An einem Wochentag eines der drei Sonntagsessen?

»Was ist los«, fragt er. »Weil du zum Frühstück so wenig gegessen hast«, antwortet die Mutter, »da hab ich gedacht, ich mach dir was Gutes.« Wenn die Mütter den Kindern etwas Gutes tun, wird es gefährlich für die Kinder. Mist, wie könne er sich da jetzt rausreden, denkt der Herr Friedrich, eine Krankheit erfinden? Das würde die Mama erst recht aufregen. Würde er verweigern, müßte er Stufe eins über sich ergehen lassen – Phrasen: Wirst schon sehen, eines Tages gibt es mich nicht mehr; da steht man stundenlang in der Küche. Und dann ihr Lieblingssatz: Undank ist der Welten Lohn. Bei Stufe zwei verstärken Tränen das Gesagte. Stufe drei des mütterlichen Strafvollzugs bedeutet schweigen, Stufe vier drohen. Bei höchster Gefahr im Verzug greift die Mutter schließlich zu Stufe fünf: der Herzinfarktdrohung. Die Hand ans Brustbein gepreßt, sagt sie: »Es ist nichts, ist gleich vorbei.« Dabei ist die Mutter gesund. Trotz ihres hohen Alters völlig gesund. Aber sie könnte einen Herzinfarkt bekommen. Jede Aufregung könnte bei einer Sechsundachtzigjährigen einen Herzinfarkt auslösen. Würde Friedrich jetzt nicht essen, käme das einem Mordversuch gleich. Die Mutter lädt seinen Teller voll. »Iß, Burli, iß.« Aber das Abendessen werde er auslassen, denkt er, das Abendessen in jedem Fall. »Mahlzeit.« – »Mahlzeit.« – »Schmeckt's?« – »Hervorragend.« Beim Essen schweigen beide. Aus Anstand und weil es nichts zu sagen gibt, was nicht schon Hunderte Male gesagt wurde. »Einen Nachschlag?« – »Nein, danke.« – »Schmeckt's nicht?« – »Doch.« – »Es hat dir immer geschmeckt.« – »Ich hebe mir den Hunger für den Abend auf«, sagt der Herr Friedrich, »aufgewärmt schmeckt's noch besser.« – »Also schmeckt es dir nicht?« – »Doch!« Für ein paar Stunden habe er Aufschub erwirkt, denkt er, aber dann? Vielleicht sei sie dann schon tot. Der Herr Friedrich erschrickt. Nicht wegen seiner Vorstellung, die Mama könnte eines Tages tot sein, sondern vielmehr wegen seines Wunsches, sie möge sterben, damit sein Problem gelöst sei. Nur selten hat er ihr den Tod gewünscht, in Momenten höchster Verzweiflung, als ihr Tod oder der seine ihm als einziger Ausweg erschien. Jetzt würde ihr Tod zu spät für ihn kommen, denkt er, alles sei vertan, verloren. Mit zweiundfünfzig ein neues Leben beginnen? Unmöglich. Die Mutter wird ihn noch überleben. Sechsundachtzig ist sie und trotzdem bei relativ guter Gesundheit, während ihn die Bandscheiben plagen. Eine Zeitlang hat der Herr Friedrich ihren Tod erwartet, als sie knapp über siebzig war und ihre Freundinnen reihenweise durch Schlaganfall, Herzinfarkt oder Krebs ins Jenseits abtraten. Jedes Mal, wenn er nach Hause kam, außer Atem, weil er die letzten Meter gelaufen war, rechnete er damit, sie tot aufzufinden: in der Küche, im Stiegenhaus, im Bett. Er hatte sich ganz genau vorgestellt, was dann zu tun, wer zu verständigen sei, wie er reagieren würde. Und ohne es sich einzugestehen, hatte er sich auch sein Leben ohne die Mutter vorgestellt. Oft verlief dieses neue Leben, in dem es keine Rücksichtnahme, keine Erklärungen und keine Rechtfertigungen mehr gab, besser; nur manchmal schlechter. Heute glaubt der Herr Friedrich, die Mama sei unsterblich.

Die Leberknödelsuppe und der Schweinsbraten sind überstanden. Vollgefressen, überfressen legt der Herr Friedrich sich auf die Kücheneckbank. Nach dem Essen ein Schläfchen, wie jeden Tag, wie es vielleicht auch sein Vater gehalten hat. Aber das ist nur eine Vermutung. Seinen Vater hat er kaum gekannt. Lediglich dessen Hände sind ihm in Erinnerung geblieben. Riesige Hände, voller Schwielen, immer Schmutz unter den Fingernägeln, schwarze, sichelförmige Monde, Hände, die nicht streichelten, sondern kratzten, Hände so rauh wie jene der Mutter, die als Putzfrau sich und den Dreijährigen durch die Nachkriegszeit bringen mußte. Im Haus kein Foto, das den Vater zeigt. Das Liegen entspannt. Die Kraft des Körpers gilt der Verdauung. Ruhe, die Atmung regelmäßig, das Völlegefühl läßt langsam nach. Da holt die Mutter, gerade mit dem Abwasch fertig, zu einem neuerlichen Anschlag aus. Der Sohn stellt sich schlafend. »Nachspeise«, ruft die Mutter mit singender Stimme, weckt ihn mit einem Klaps auf den Hintern. Manchmal läßt sie die Hand auf seinem Hintern liegen, manchmal ist er schon wach und läßt sich gefallen, daß sie ihre Hand von seinem Hintern nicht wegnimmt. »Ich muß heute früher in die Bank«, sagt der Herr Friedrich. – »Warum?« – »Darum!« – »Für ein paar Bissen wirst du wohl noch Zeit haben.« – »Ich bin heute abend zum Essen eingeladen«, antwortet er und ist über seinen Satz, den er ihr seit Tagen sagen will, genauso überrascht wie die Mutter. »Beim Direktor«, sagt er noch schnell als eine Art Entschuldigung. »Ich bin beim Direktor eingeladen.« Die Mutter schweigt. Wenn die Mama sich jetzt ans Herz fasse, denkt er, werde er ihr noch sagen, daß er in die Zentrale versetzt wird. »Das sind keine Leute für uns«, sagt sie, wiederholt ihren Satz und nimmt ihm den Nachspeisenteller weg. »Das ist kein Umgang für unsereins.« Aus Mitleid und auch aus Dankbarkeit, weil die Mutter die Sache so gelassen aufgenommen hat, holt der Herr Friedrich sich den Teller zurück, ißt die Nachspeise und verlangt sogar noch eine zusätzliche Portion. Pünktlich verläßt er das Haus und bekommt dieses Mal von der Mutter keinen Klaps auf den Hintern. Den letzten Bissen der Nachspeise spuckt er heimlich im Garten aus.

Was der Herr Friedrich am Morgen befürchtet hat, tritt am Nachmittag ein. Die obligate Nachmittagsjause, die er ausfallen lassen wollte, wird zum Pflichttermin. Gerade heute. Die Schwester einer Kollegin hat geheiratet und der Kollegin zwei Torten für die Bank mitgegeben sowie einen Gugelhupf und Punschkrapfen. Die Hochzeitsgesellschaften überbieten einander im Produzieren von Süßigkeiten. Haben die einen zwanzig Kilo aufgetischt, müssen die nächsten mit fünfundzwanzig Kilo aufwarten. Die Mütter, Großmütter und Schwiegermütter laufen in ihren Küchen Amok. Während die Bankangestellten das Brautpaar hochleben lassen, verflucht es der Herr Friedrich, scheiden sollen sie sich lassen. Ihretwegen gibt es jetzt Kaffee, Punschkrapfen, Gugelhupf und Torte mit Schlagobers. Der Herr Friedrich will weder die Kollegin noch deren Schwester noch die Backkünste der Großmütter beleidigen, also ißt er. Und er muß doppelt essen. Weil jeder ihn mag, bekommt er stets eine doppelte Portion, und weil er immer brav ißt, meint man zudem, es schmecke ihm. Der Herr Friedrich ist ein freundlicher Mensch und darf das restliche Schlagobers aus der Schüssel schlecken. Wie in seiner Kindheit. Seine Kollegen meinen es gut mit ihm, aber wie so oft, wenn jemand einem anderen etwas Gutes tut, wird dem Beglückten speiübel. Dabei steht das Abendessen noch bevor, das Abendessen und die auf den Abend verschobene zweite Portion des Mittagessens.

Wieder steht der Herr Friedrich vor der Klomuschel. Er schließt die Augen, atmet kräftig durch, zieht Sakko und Hemd aus, kniet sich vor die Muschel. Er steckt den Finger in den Rachen, hustet, schluckt, würgt, ringt nach Luft – kein Erbrechen, sosehr er sich auch abmüht und einen zweiten Finger in den Rachen schiebt, einen dritten – kein Erbrechen, das ihn retten könnte. Der Herr Friedrich denkt an eine Fleischhauerei, an Berge von Fleisch, das in Blut schwimmt, das Fleisch beginnt zu leben, zuckt, bewegt sich, türmt sich zu noch größeren Bergen auf, nichts, kein Erbrechen, er denkt an eine Konditorei, an Torten, Punschkrapfen, Cremeschnitten, eine Müllhalde von Süßigkeiten, in der Menschen versinken, wild um Hilfe schreiend versinken, nichts, er denkt an Süßigkeiten, die in Blut schwimmen, an Fleisch, das in einen See von Schlagobers platscht, an die Mutter und ihre Küche, an Küchenmöbel, die aus Fleisch sind, sich bewegen, an den blutverschmierten, immer größer werdenden Mund der Mutter, an ihre blutverschmierte, alles verzehrende Vagina, in der die Fleischbrocken verschwinden und die Süßigkeiten und die fleischigen Küchenmöbel, in die er hineinrutscht, trotz aller Gegenwehr hineinrutscht – nichts, kein Erbrechen. Der Herr Friedrich kann nicht erbrechen. Selbst wenn der ganze Ort, von einem Virus geplagt, kotzt, er kotzt nie, auch nicht im Rausch, welcher ihm allerdings so gut wie nie passiert. Er müsse erbrechen, denkt er, sein Magen müsse leer werden, er muß. Nach einem neuerlichen erfolglosen Versuch zieht er sich an, verläßt die Toilette und geht in die Besenkammer der Putzfrauen, wo er nach Reinigungsmitteln sucht. Die Warnhinweise auf den Verpackungen klingen vielversprechend: Vorsicht, nicht einatmen. Kann Schleimhautreizungen verursachen. Wieder kniet er sich vor die Klomuschel, zieht Sakko und Hemd aus, vorsichtig riecht er an den stinkenden Substanzen. Nichts, kein Brechreiz, wie in manchen Warnhinweisen in Aussicht gestellt. Tief einatmen. Ein, aus, ein, aus, ein, aus. Noch tiefer einatmen. Der Bodenreiniger stinkt erbärmlich, die Augen beginnen zu tränen. Der Magen muß leer werden. Der Herr Friedrich träufelt die Flüssigkeiten auf ein Stück Klopapier, drückt sich dieses gegen die Nase. Die Haut beginnt zu brennen, die Nase zu bluten. Nicht einmal Gift veranlaßt seinen Magen, etwas zurückzugeben. Der Herr Friedrich steht auf, schwankt, fällt hin. Schlägt mit dem Kopf gegen die Wand. »Ist etwas passiert«, fragt ein Kollege und klopft gegen die Klotür. »Alles in Ordnung«, antwortet der Herr Friedrich, »ich habe Nasenbluten.« Die Kollegen wundern sich längst nicht mehr über die Merkwürdigkeiten des Herrn Friedrich, der tatsächlich manchmal die Glasscheiben der Schalter oder die Klomuschel putzt und jeden Tag guter Laune ist.

Obwohl der Herr Friedrich in der Kleinstadt so bekannt ist wie der Bürgermeister, ist er abends nach Geschäftsschluß einsam. In die Finsternis des Alleinseins bringt auch die Mutter nur wenig Licht, denn wer immer da ist, da sein muß, gar nicht mehr weg kann, zählt nicht. Mit dem Zusperren der Bank sperrt der Herr Friedrich nicht die Kunden aus, sondern sich selbst. Nie wird er irgendwohin eingeladen, niemand ruft ihn privat an, keiner interessiert sich für ihn. Wer die Kontostände der Menschen kenne, denkt er, sei nicht sonderlich beliebt. Der Besuch der Konditorei am Sonntagvormittag ist seine einzige private Verpflichtung. Weil er allein nirgends hingeht und keine Hobbys hat, aber auch nicht ständig bei der Mutter sitzen will, fährt der Herr Friedrich mit dem Auto oft stundenlang in der Kleinstadt spazieren und entdeckt dabei die Autos seiner Kunden. Als Spezialist für Zahlen fällt es ihm leicht, sich die Kennzeichen zu merken. Der Herr Friedrich weiß, wer wann wen besucht, er kennt den Unterschied zwischen öffentlichem Getue und privaten Heimlichkeiten. Die Methode des Autosuchens birgt aber Fehler, wenn beispielsweise die Gesuchten zu Fuß gehen oder nicht dort parken, wo sie, seiner Meinung nach, eigentlich parken sollten. Das Autosuchen und die Arbeit in der Bank haben den Herrn Friedrich zu einem Geheimnisträger ersten Ranges gemacht. Sein Wissen setzt er aber nie für oder gegen jemanden ein, er kann schweigen, kommt gar nicht auf die Idee, sich damit wichtig zu machen oder Böses zu tun. Der Herr Friedrich ist zu gut für diese Welt. Er stiehlt nicht, lügt nicht, tötet nicht, begehrt nicht, bricht keine Ehe, lästert Gott nicht, er ist ohne Sünde, wenn auch unfreiwillig.

Der Direktor hat den Herrn Friedrich zum Abendessen eingeladen. Eine solche Einladung ist eine Ehre. Seine Kollegen würden dafür ihre Großmutter oder ihre Überzeugung verkaufen. Seit der Einladung freut sich der Herr Friedrich auf diesen Tag und hat zugleich größte Angst davor. Er zählt die Tage und Stunden, wie andere die Tage und Stunden zählen, bis sie endlich wieder ihre Geliebte umarmen können oder auf den Operationstisch müssen. Gerade für diesen Tag hat er sich vorgenommen, wenig zu essen. Sein ganzer Hunger soll erst am Abend gestillt werden.

Bevor der Herr Friedrich die Bank schließt, ruft er noch, wie jeden Tag, zu Hause an. »Ich fahre jetzt weg«, sagt er zur Mutter und legt gleich auf. Ohne den sonst üblichen Gruß. Von seinem Sturz hat er Kopfweh und eine Beule, ihm schwindelt, Nase und Mund brennen von den ätzenden Substanzen. Nichts werde er zu Abend essen, und wenn die Mutter Kopf stehe, denkt er, in zwei Stunden sei er beim Direktor zum Essen eingeladen. Was solle der denken, wenn der Gast nur im Essen herumstochere und nichts hinunterbringe? Dann sei es aus mit der Beförderung.

Die Mutter steht nicht, wie üblich, an der Tür. Seltsam. Auch in der Küche ist sie nicht. Wäre sie im Garten gewesen, er hätte sie gesehen. Sie muß hier sein, sie geht doch nie allein aus dem Haus, nicht einmal zum Einkaufen. Einkaufen geht sie ausschließlich mit dem Sohn, der dann an der einen Hand die Mutter führt und mit der anderen die Einkaufstaschen schleppt. Wo ist die Mutter? Der Herr Friedrich ruft nach ihr. Keine Antwort. Er ruft lauter. Keine Antwort. Mama! Sollte es soweit sein? Er rennt durch das Haus. Mama! Bilder aus mehreren Leben schießen durch seinen Kopf. Bilder aus seinem Leben, ihrem Leben, dem gemeinsamen Leben, einem Leben ohne sie. So viele Bilder, daß kein klarer Gedanke Platz greifen kann und er zweimal am selben Ort sucht. Obwohl er sich diese Situation immer wieder vorgestellt hat, reagiert er, als sei der Tod einer Sechsundachtzigjährigen eine unfaßbare Überraschung. Was hat er gedacht? Daß sie eines Abends sanft in seinen Armen entschlummern würde? Wo liegt die tote oder sterbende Mutter? Im Stiegenhaus? Im Keller? Mama! Ist sie von der Rettung geholt worden? Liegt sie bereits im Spital? Soll er im Spital anrufen? In welchem? In allen der Umgebung? Mama! Sogar im Heizraum sieht er nach, obwohl Sommer ist und es dort folglich für die Mutter nichts zu tun gäbe. Während er durchs Haus rennt und außer Atem kommt, ein Schwur: Sollte sie am Leben sein, wird er alles aufessen, das ganze Abendessen, nötigenfalls alle im Haus vorrätigen Lebensmittel. Und das sind nicht wenige. Zwei Gefriertruhen und eine Speisekammer voll. Die Mutter, ständig den Hunger ihrer Kindheit in sich, hat für jede Katastrophe vorgesorgt. Sie kocht ein, legt ein, friert ein, als kämen eine afrikanische Dürrekatastrophe, Hagel und Hochwasser gleichzeitig. An die hundert Gläser Marmelade und Kompott stehen, nach Jahr, Größe und Fruchtsorte geordnet, in den Regalen. Mit den Lebensmitteln im Haus könnte man einen kürzeren Krieg überleben. Mutter! Mama! Der Herr Friedrich rennt zurück in die Küche. Da steht die Mutter plötzlich, am Herd. »Spät bist du heute dran«, sagt sie, »das Essen wird kalt.« Das ist ihre erste große Kunstfertigkeit: den Spieß umdrehen, das Thema bestimmen, aus jedem Satz eine Anklage machen. Und schon hat er verloren. Er muß sich nun rechtfertigen und seine Vorwürfe, die sie vielleicht geahnt hat, hintanstellen. So geht seit Jahren, ein Leben lang, alles verloren, was er sagen will.

Die Mutter serviert die aufgewärmten Reste des Mittagessens und kündigt noch frisch gemachte Palatschinken an. »Ich habe keinen Hunger.« – »Iß, Burli, iß. Wer weiß, was du bei solchen Leuten bekommst.« Mamas zweite Kunst: nicht hinhören, was er sagt. »Mir ist schlecht, vom Magen her.« – »Bleibst also doch zu Hause?« Er schweigt. »Hoffentlich nichts Ernstes«, sagt sie, »ich würde es nicht überleben, wenn mit dir was Ernstes wäre. Das würde ich nicht überleben.« Ihre dritte Kunstfertigkeit: sein Unglück zu dem ihren machen, ihm sogar noch das Unglück nehmen.

»Iß, Burli, iß«. Der Herr Friedrich nimmt die Zeitung zur Hand, liest, was er schon zum Frühstück gelesen hat. Schweigen. »Als ich ein Kind war, wir haben uns alle zehn Finger abgeschleckt, wenn's einmal im Monat Fleisch gegeben hat.« »Ja,ja«, sagt er, »und jetzt fragst du gleich wieder, was bei fremden Leuten schöner ist als zu Hause.« Schweigen. Sie ißt, er liest. »Was will denn der Direktor von dir?« – »Zum Essen bin ich halt eingeladen.« – »Wenn einen solche Leute zum Essen einladen, heißt das nichts Gutes.« – »Vielleicht werde ich befördert. Zwei Filialleiter werden frei.« – »Und du glaubst, das ist etwas für dich? Du glaubst, das kannst du? Filialleiter, so ein Blödsinn. Wer hoch hinauswill, kann tief fallen.«

Der Herr Friedrich steht auf, geht ins Badezimmer, steigt in die Dusche. Die Mutter kommt nach, ihre Vorwürfe werden vom Prasseln des Wassers geschluckt. Damit hat sie nicht gerechnet. Daß auf ihre alten Tage noch eine Gefahr droht, hat sie doch alle anderen Gefahren für ihr Glück abgewehrt. Sie weiß, ihr Sohn ist nicht zum Alkoholiker geworden, wie so viele andere Männer, nicht zum Wirtshaussitzer, nicht zum Geldverschwender, sie ist zufrieden mit ihm, hat ihn gut erzogen, sie weiß, er wird keine Frau mit nach Hause bringen oder die Nacht bei einer verbringen. Diese Zeit ist vorbei. Aber damals, als er das Haus fertiggebaut hatte, und die Jahre danach fürchtete die Mutter, irgendwohin abgeschoben zu werden. Jede Nacht, wenn er seine Runden in der Stadt fuhr, betete sie, daß er heimkommt, daß er allein heimkommt, daß er keine findet. Der Herrgott hatte ihre Gebete erhört. Ihr Sohn hatte ein Nest gebaut, fand aber kein Weibchen, das sich in das neue Nest hätte setzen wollen – weil schon jemand im Nest saß. Allmählich schwand ihre Angst, für ihn hingegen verringerte sich mit jeder Hochzeit das Angebot. Seine heimlichen Lieben wurden ihm vor der Nase weggeheiratet.

Und nun das: eine berufliche Veränderung und alle Veränderungen, die eine solche mit sich bringen könnte. Die Mutter sieht die ausgebliebenen Katastrophen der vergangenen Jahre auf sich zukommen. Der Sohn wird seltener zu Hause sein, er wird womöglich wegziehen, wird sie nicht mehr brauchen. Vor der Duschkabine hält die Mutter ihre Predigt, aber in ihren Sätzen liegt keine Kraft mehr.

Er steigt aus der Dusche, sie hält ihm das Handtuch hin. Während er sich abtrocknet, gibt sie ihm einen Klaps auf den nackten Hintern. Die Mutter putzt das Badezimmer, er sich die Zähne. Dann geht er in sein Zimmer. Der Bauch steht ihm weg. Die weiteste Hose muß her. »Doch nicht eine Winterhose«, sagt die Mutter, nimmt ihm die Hose weg und holt eine andere aus dem Kasten. Mit Mühe bringt der Herr Friedrich den Reißverschluß zu. Auch das haßt er an der Mama: daß sie ihm die Kleidung kauft, daß sie ihm vorschreibt, was er anzuziehen hat, daß sie stets praktische Gründe für ihre Entscheidungen anführt. Seine Argumente, daß etwas nicht modern ist oder farblich nicht zusammen- oder nicht zu jenem Anlaß paßt, kommen nicht an gegen ihre Drohung, er könne ja in Zukunft selber waschen. Er wählt das kleinere Übel.

»Willst du nicht doch etwas essen?« – »Nein.« Der Herr Friedrich schaut auf die Uhr. Fast eine Stunde Zeit. Zur Villa des Direktors braucht er zehn Minuten. Daß die Mutter nichts mehr sagt, deutet er als gutes Zeichen. Sie habe aufgegeben, denkt er. Doch die Mutter holt zum entscheidenden Schlag aus. »Im Fernsehen ist nichts Gescheites«, sagt sie, »ich werde die Vorhänge runternehmen, die gehören morgen gewaschen.« Das sitzt. Ein Schlag in die Magengrube. Schon oft hat der Herr Friedrich der Mutter verboten, gefährliche oder beschwerliche Arbeiten allein zu machen, aber sie, die immer nur gearbeitet hat, ist nicht davon abzuhalten. Sie ist sechsundachtzig, gebrechlich, ihr Blutdruck zwingt sie oft, sich hinzulegen. Sie auf einer Leiter, und keine Hand frei, um sich anzuhalten. Schrecklich! »Ich habe doch Hunger«, sagt der Herr Friedrich. »Jetzt ist es kalt.« – »Macht nichts.« Ungefragt lädt die Mama seinen Teller voll. »Das bissel aufzuheben zahlt sich nicht aus«, sagt sie, er würgt Bissen um Bissen hinunter, öffnet die Hose, schaut ständig auf die Uhr, versucht schneller zu essen, die Brocken unzerkaut zu schlucken. »Nehme ich morgen die Vorhänge runter«, sagt sie; »gut hat's geschmeckt«, sagt er, »danke.« »Na, siehst.«

Bevor der Herr Friedrich zum Direktor fährt, geht er noch in die Bank, wo er ein geheimes Kleiderdepot angelegt hat. Er zieht sich um, holt aus seinem Kasten eine Flasche Wein und Blumen. Merkwürdigerweise ist er, wie er selbst feststellt, nicht aufgeregt, sondern nur überfressen. Er werde mit dem Direktor nicht über seine Beförderung reden, denkt er, denn sei er schon befördert, bedürfe die Sache keiner Diskussion, und wenn nicht, könnte man jedes Wort als Kriecherei auslegen. Wer nichts erwarte, könne nicht enttäuscht werden, denkt er und daran, daß dieser Satz von seiner Mutter stammt.

Der Herr Friedrich ist für seine Verhältnisse zu spät dran, kommt aber pünktlich und ist dennoch der erste Gast. Der Herr Direktor steht noch in der Küche und kocht, seine Frau nimmt die

Geschenke entgegen. Der Herr Direktor ist mehr ein Schöngeist denn ein Bankmensch. Seine Leidenschaft gilt der Kunst, nicht dem Geld. Regelmäßig finden in seiner Bank Vernissagen, Lesungen, Konzerte statt, für die der Herr Friedrich die Büffets zu organisieren hat, was ihm nichts ausmacht, weil dann etwas los ist und er nicht bei der Mama sein muß. Die Frau des Direktors führt den Herrn Friedrich durch die Räume der Villa. Die Zimmer gleichen einem Museum, sogar die Gebrauchsgegenstände sind Kunstwerke. Die Direktorengattin erklärt die einzelnen Objekte und Bilder, der Herr Friedrich folgt ihr schweigend. »Spüren Sie die Spannung im Raum?« schreit der Herr Direktor aus der Küche. Dankbar, daß die Führung eine Unterbrechung erfährt, antwortet der Herr Friedrich mit ja, was ihm nicht einmal gelogen vorkommt, und rennt in die Küche, ängstlich wie ein kleines Kind, das endlich seinen Papa wiedergefunden hat, und ohne sich von der Mahnung, der Herr Direktor dürfe beim Kochen nicht gestört werden, aufhalten zu lassen.

»Sie kommen ohne Begleitung«, fragt der Herr Direktor. »Ich habe mein Auto in Ihrer Einfahrt geparkt, hoffentlich stört das nicht«, sagt der Herr Friedrich. »Überhaupt nicht. Wie geht es Ihnen, Herr Kollege?« – »Der Mama ist oft schlecht wegen dem Wetter.« – »Sie mögen die italienische Küche?« – »Ich könnte aber schon wegfahren.« – »Kochen ist eine Kunst«, sagt der Herr Direktor, »stören Sie also einen Künstler nicht bei der Arbeit.« Der Herr Friedrich steht dem Künstler ständig im Weg. »Kann ich etwas helfen?« – »Wenn Sie schon fragen, Sie könnten den Geschirrspüler einräumen.« Der Herr Friedrich zieht das Sakko aus, krempelt die Hemdsärmel hoch und beginnt den Geschirrspüler einzuräumen, nicht ohne vorher die verschmutzten Teller und Pfannen in der Abwasch vorzuspülen. Dabei erzählt er von der letzten Vernissage in der Bank. Die Bilder hätten ihm nicht gefallen, sagt er, die Katzen und Landschaften seien ja gut gemalt gewesen, realistisch, aber warum die Bilder zerstochen gewesen wären, zerschnitten, mit roter Farbe bespritzt, eines sogar mit Schrotkugeln beschossen, verstehe er nicht. »Der Brechung wegen«, antwortet der Bankdirektor, »ich habe ein Bild gekauft. Sehr talentiert, die Dame.« Der Herr Friedrich erschrickt. Jetzt habe er seine Beförderung verspielt, denkt er, jetzt sei alles aus. In seiner Verzweiflung und Aufgeregtheit versucht er zu retten, was zu retten ist. Aber seinen Ausführungen ist kaum zu folgen. Er spricht in Halbsätzen, verwendet falsche Begriffe, er kann die Ereignisse nicht ordnen, findet keinen Anfang und kein Ende, will zwei Gedanken in einen Satz packen, macht Pausen, wo sie nicht hingehören, beginnt von neuem oder plötzlich von etwas anderem, mit jeder Erklärung wird selbst der einfachste Sachverhalt ins Unverständliche kompliziert, ab habe er in Anbetracht des sicheren Todes nur noch eine Minute Zeit, alles Ungesagte loszuwerden. Ob ihm die Rede des Schriftstellers gefallen habe, fragt der Bankdirektor, der junge Mann sei erst kürzlich bei der Frankfurter Buchmesse sehr erfolgreich gewesen. Der Herr Friedrich hält inne, überlegt. Achtung, Fangfrage! Jetzt ja nichts Falsches sagen.

Die Ankunft der ersten Gäste erlöst den Herrn Friedrich. Gerettet, noch einmal gerettet, denkt er und ihm ist gar nicht peinlich, daß er noch die Ärmel hochgekrempelt und die Hände naß hat, als er vorgestellt wird. Insgesamt zehn Personen kommen. Zwei davon dürften das erste Mal hier sein, denn sie bewundern sofort die Villa des Gastgebers. Diese zwei sind mit vier von den anderen gut bekannt, denn man begrüßt einander herzlich. Die verbleibenden vier wiederum kennen einander, sie kommen gemeinsam und dürften beim Herrn Direktor auch schon eingeladen gewesen sein, sie sind aber den bereits Anwesenden fremd oder zumindest nicht persönlich bekannt und werden daher vorgestellt. Der Herr Friedrich ist ein guter Beobachter. Er schweigt, ist der einzige, der niemanden kennt, der einzige, der im Begrüßungsreigen nicht geküßt wird, und der einzige, der ohne Begleitung gekommen ist. Sechs Paare und er, der dreizehnte. Früher störte ihn der Umstand, daß er zu niemandem gehörte, früher sagte er Einladungen ab, weil er nirgends allein hingehen wollte, bis er schließlich keine Einladungen mehr erhielt, heute ist ihm dies egal, er hat sich längst daran gewöhnt, daß sein Erscheinen immer eine Einmischung in etwas Harmonisches ist, daß sein Kommen aus einer geraden Zahl eine ungerade macht.

Der erste Gang: eine Zuppa pavese, die Frau des Bankdirektors hat das Servieren übernommen. Schon nach dem ersten Löffel fühlt der Herr Friedrich sich satt, genau ein Löffel scheint gefehlt zu haben, um den Magen wieder aufzufüllen. Die Gäste loben die Kochkünste des Gastgebers, der nun aufsteht, für das Kommen dankt und sich verbeugt, als habe er gerade eine schwierige Opernpartie gesungen oder ein Stück inszeniert. Auch der Herr Friedrich lobt und ißt weiter. Den Gesprächen der Gäste kann er kaum folgen, denn niemand redet über Bankgeschäfte, niemand kommt aus der Branche. Aber alle haben schöne Hände, gepflegt und sauber, Fingernägel ohne Schmutzränder.

Der Herr Direktor schenkt Suppe nach. Hervorragend, antwortet jeder, keiner lehnt den Nachschlag ab, auch der Herr Friedrich nicht. Mit jeder Kaubewegung wird der geschmolzene Parmesan auf dem Toastbrot mehr, der Käse wächst im Mund, ein größer und größer werdender Bissen, der sich nicht mehr schlucken läßt, ihm den Atem nimmt. Der Herr Friedrich würgt, die Anstrengung und die heiße Suppe treiben ihm Schweißperlen auf die Stirn, die Mama könnte vielleicht doch die Vorhänge abnehmen, immer größer wird der Bissen Käse, jeder Versuch, ihn durch Beißen in kleinere Portionen zu teilen, scheitert, die Mama könnte auf die Leiter steigen, das Käsestück dehnt sich aus, füllt sich mit Luft, ein stets größer werdender zäher Ballon, die Wangen voll mit Zuppa pavese, die Mama könnte auf der Leiter stehen, dann endlich, die Suppe rutscht in den Rachen, die Speiseröhre hinunter, endlich geschluckt. Der nächste Löffel.

Der nächste Gang: Prosciutto mit Melone, dazu Parmesan, Oliven und Weißbrot. Einer der Gäste ist vor ein paar Tagen in der Toskana gewesen und hat, wie immer, wenn er beim Herrn Direktor eingeladen ist, kulinarische Schätze aus Italien mitgebracht: Schinken, Käse und Wein, natürlich direkt bei den Bauern gekauft. Weil der Herr Friedrich ein freundlicher Mensch ist und weder den spendablen Gast noch den Herrn Direktor noch Italien beleidigen will, sagt er nicht nein, als man ihn bittet zuzugreifen. Wenigstens nichts Warmes, denkt er. Trotzdem rinnt ihm der Schweiß von der Stirn, dieses Mal, weil es ihm peinlich ist, daß er überhaupt zu schwitzen begonnen hat, er kein Taschentuch mit hat und sich nicht traut, mit der Serviette den Schweiß abzuwischen. Das würde erst recht auf seinen Schweißausbruch hinweisen. Vom Wein versteht der Herr Friedrich nichts, er kann Weiß- von Rotwein nur an der Farbe unterscheiden. Wenn schon Alkohol, dann ab und zu ein Bier. Aber man hält ihn dennoch für einen Weinkenner, für einen besonderen Genießer. Lange zieht er den Wein durch den Mund, über die Zunge, den Gaumen, durch die Zähne, bis er ihn endlich schluckt. Der Herr Friedrich versucht mit dem edlen Tropfen die dünnen Fleischfasern, die der Prosciutto zwischen den Zähnen hinterlassen hat, herauszuspülen. »Schmeckt er?« – »Sehr gut«. – »Ein 95er Barolo.« Immer mehr Fasern hängen zwischen seinen Zähnen, in allen Zahnzwischenräumen Fasern, sie kitzeln ihn, ärgern ihn, treiben ihm neuerlich Schweiß auf die Stirn, immer schneller trinkt der Herr Friedrich die Gläser Rotwein leer – zum Erstaunen der anderen Gäste. Prost. Prost. Wohlsein. Aber so angestrengt er auch mit dem Wein den Mund spült, mit der Zunge zwischen den Zähnen werkt, sosehr er auch saugt, die Fasern lösen sich nicht, sie werden länger und dünner, die Mama nimmt ganz sicher die Vorhänge ab, Fleischfasern, Haaren ähnlich, als habe er Haare gegessen, ein Mund voller Haare, ein Büschel Haare, beim Friseur aufgehoben und in den Mund gesteckt, die Mama hat keinen Halt auf der Leiter, dazu ihr Blutdruck, Fasern zwischen den Zähnen, die Fasern kitzeln die Zunge, den Gaumen, der durch dieses Kitzeln zu zittern beginnt und nur mit äußerster Anstrengung, mit einem Würgen und Schlucken, zu besänftigen ist.

Herrn Friedrichs Verhältnis zu Gott ist neutral. Gott hat ihm weder besonderes Unglück noch besonderes Glück beschert. Nun aber ist der liebe Gott gar nicht lieb zu ihm. Die Frau Direktor serviert das Hauptgericht: Saltimbocca alla Romana. Salbei. Der Herr Friedrich schrickt auf. Salbei! Das einzige Gewürz, das er nicht verträgt, der einzige Duft, mit dem man ihn jagen kann. »Danke, nein«, sagt er, als ihm der Teller vollgeladen wird, »ich kann nicht mehr«, und klopft mit der Hand auf seinen abstehenden Bauch. »Essen Sie, Friedrich, essen Sie.« Der Herr Direktor duldet keinen Widerspruch. »Ich habe schon zu Hause gegessen, wegen der Mama.« – »Es ist genug da.« Zum Zeichen des stillen Protests öffnet der Herr Friedrich den obersten Knopf seiner Hose. Der Salbeiduft steigt ihm in die Nase, erfüllt den Rachen, ein Schluck Rotwein, noch ein Schluck, noch ein Glas, die Mama ist von der Leiter gefallen, er schluckt, würgt, hält die Luft an, sein Herz rast, endlich verschwindet der erste Bissen, ein Rülpsen, der Salbeiduft kriecht aus dem Magen, Salbei, Rotwein, ich kann nicht mehr, die Mama blutet, iß, Burli, iß, schneller und schneller schlägt das Herz, das Pochen erfüllt den Raum, er spürt die Adern am Hals anschwellen, spürt das Pochen an der Schläfe, spürt, wie sehr sein Herz sich plagt. Schweiß tropft in den Teller, rinnt in die Augen, über das Gesicht, Bäche von Schweiß. Heimlich fühlt der Herr Friedrich seinen Puls. Rasend! Ungleichmäßig. Ein Herzinfarkt. »Schmeckt's?« »Wunderbar!« »Ausgezeichnet!« »Sensationell!« Der Herr Friedrich wischt sich den Schweiß von der Stirn. Dieser verfluchte Salbei, noch ein Glas Rotwein, Prost, Prost, Prost, die Mama schreit um Hilfe, die Hüfte gebrochen, Blut rinnt von ihrer Stirn, Schweiß tropft in den Teller, noch ein Glas Rotwein, essen Sie, Friedrich, essen Sie. Und erst die halbe Portion geschafft, wenn überhaupt. Herzrasen. Ein Herzinfarkt, überfressen, kein Wunder, zu Tode gefressen, von der Mutter ins Jenseits gefüttert. Vater unser, der du bist im Himmel, geheiligt werde dein Name.

Da passiert es. Der Magen ist voll, die Speiseröhre ist voll, der letzte Tropfen bringt das Faß zum Überlaufen. Die verspannten Bauchmuskeln lösen die Explosion aus, der Damm bricht, der Mund geht über, schreit die Befreiung in die Welt hinaus. In einem Schwall ergießt sich über den Tisch, was, wäre der Herr Friedrich ruhig geblieben, sanft aus dem Mund gelaufen wäre: Essensreste, Magensäfte, abgemischt mit Rotwein, dazwischen kleinere und größere Brocken von Unverdautem und Halbverdautem, von Schweinsbraten, Knödeln, Punschkrapfen, Prosciutto, Palatschinken, Melonen. Bevor eines der Opfer dieser Eruption etwas sagen kann, bevor die Lähmung angesichts der Katastrophe sich in einem Schrei löst, in einer Bewegung, in einem Weglaufen, Wegspringen, der zweite Ausbruch. Der Herr Friedrich hustet Nachschub auf den Tisch: auf das Silbergeschirr und auf das Damasttischtuch, in die Salatschüsseln, Teller und Gläser, in die Blumengestecke. Der Vulkan hört nicht auf zu speien, Lava ergießt sich über die Tafel des feinen Lebens. Der zweite Ausbruch noch heftiger als der erste. Jetzt erst Schreie, hilflose Versuche auszuweichen, jetzt erst springt der Herr Friedrich auf, reißt die Hand vor den Mund. Zu spät, alles zu spät. Die Gäste haben Masern bekommen, feine Spritzer von Erbrochenem und dessen wuchtigem Aufprall auf dem Tisch. Masern im Gesicht, Masern an der Kleidung. Alle sehen lustig aus. Für Sekundenbruchteile erinnert der Herr Friedrich sich an seine Masern, als er von der Schule zu Hause bleiben durfte, ans Sauschlachten erinnert er sich, wenn die gestochene Sau in einer letzten Kraftanstrengung noch einmal entwischte, den Fleischer und seine Gehilfen mit Blut anspritzte, für Sekundenbruchteile muß der Herr Friedrich sogar lachen, als er in die Gesichter der Gäste schaut. Der deutsche Regisseur hat am meisten abbekommen. Seine Regieeinfälle haben ihn eingeholt. Jetzt schweigt er. Der dritte Ausbruch passiert dem Herrn Friedrich im Aufstehen, das Erbrochene spritzt an, was bislang verschont geblieben ist: die Sessel, den Fußboden, den Weg zur Tür. Ein neuerliches Husten färbt die weiße Wand rot, färbt die Tür rot. Die Hand vor dem Mund kann kaum etwas zurückhalten, sie bewirkt nur eine gleichmäßigere Verteilung des Erbrochenen. Der Herr Friedrich stürzt zur Toilette. Erst dort kommt er zur Ruhe, erst dort hört sein Magen auf, sich zu wehren. Der Herr Friedrich bekommt wieder Luft. Jetzt wünscht er sich einen Herzinfarkt. Ein Herzinfarkt wäre eine angemessene Rechtfertigung, eine glaubhafte Entschuldigung. Aber er bekommt keinen Herzinfarkt, sosehr er sich auch auf sein Herz konzentriert, so lange er auch die Luft anhält.

Draußen vor der Tür wartet die Frau des Direktors. Es gehe ihm hoffentlich wieder besser, sagt sie, und für ein körperliches Unwohlsein brauche sich niemand zu schämen. Augenblicklich vergißt der Herr Friedrich seinen Vorsatz davonzulaufen. Die Gäste haben sich mittlerweile im Badezimmer versammelt, waschen oder wischen die Spuren des Unglücks von ihren Gesichtern und Händen. Die Herren ziehen ihr Sakko und Hemd aus, ebenso entledigen die Damen sich ihrer vollgekotzten Oberbekleidung. Gedränge vor den beiden Waschbecken, vor der Badewanne und der Dusche. Der Herr Direktor und seine Frau halten Stapel von Handtüchern und Ersatzkleidung, hauptsächlich Hemden, in ihren Händen. Man sieht einander an, schaut in den Spiegel. Und plötzlich – ein Lachen, das eine Lawine von Gelächter lostritt. Die Schöngeister lachen sich ihre lebenslange Ernsthaftigkeit von der Seele, sie explodiert nahezu, alle brüllen vor Lachen, laut und angestrengt, jedes Wort, jeder Blick ist wie Öl ins Feuer, einer schreit, er werde gleich kotzen vor lauter Lachen, das Wort »kotzen« löst neuerliche, von Tränen begleitete Lachanfälle aus, manche der Gäste ringen nach Luft, ihre angespannten Gesichtsmuskeln schmerzen. Man zeigt mit dem Finger aufeinander, lacht noch mehr, über sich und die anderen, man fällt einander lachend in die Arme. Auch der Herr Friedrich lacht, auch er ward umarmt, fremde Menschen umarmen ihn, er ist glücklich.

Langsam endet das Lachen in Erschöpfung, die Gäste ziehen die Hemden des Gastgebers an, der mittlerweile den Tisch abgeräumt und das Zimmer gesäubert hat. Gemeinsam deckt man den Tisch neu, stellt in der Küche Kaffee zu, entfernt die restlichen Spuren. Alles geht leicht von der Hand, als verbringe man gerade einen Hüttenabend in den Bergen, das Leben, die Hoffnungen noch vor sich und keine Angst und keine Ahnung von Niederlagen. »Es lebe unser Herr Friedrich«, sagt der Herr Direktor.

Spät wie selten zuvor kommt der Herr Friedrich nach Hause. Als er sein Grundstück betritt, fällt ihm auf, daß er einige Stunden nicht an die Mama gedacht hat. Ob sie doch die Vorhänge abgenommen hat? Ob ihr etwas geschehen ist? Und genau in diesem Moment sieht er ihren Schatten, der vom Haus quer über den Garten fällt. Die Mutter steht in der Eingangstür, im Korridor brennt Licht. Bekleidet ist sie mit einem Nachthemd und einem Bademantel. Bevor der Sohn sich eine Ausrede für seine verspätete Rückkehr ausdenken kann, schreit sie schon: »Und wer soll mir die Strümpfe ausziehen?« Mein Gott, die Strümpfe, denkt er, grüßt, ist froh, daß nicht noch mehr Vorwürfe auf ihn niedergehen. Sie streckt ihm ein Bein entgegen, er kniet sich vor ihr hin, sie hält sich mit einer Hand an seiner Schulter, mit der anderen am Türrahmen fest. Wie ihr Bein aussieht, denkt er, wie Gefriersäckchen, die man mit ein wenig Wasser gefüllt und um einen Knochen gebunden hat. Haben ihre Beine schon immer so ausgesehen? Er rollt den Stützstrumpf von ihrem Bein, spürt Salbeigeruch aus seinem Magen aufsteigen. »Burli, wenn ich dich nicht hätte«, sagt die Mama. Ihr Sohn steht auf, lächelt ein wenig, und in einer einzigen Bewegung, die so perfekt funktioniert, als habe er sie jahrelang geübt, tritt er hinter die Mutter, wickelt ihr dabei den Stützstrumpf um den Hals und zieht mit aller Kraft an beiden

Enden. Alles so schnell, daß sie keine Zeit mehr hat, sich zu wehren, und er keine, sich die Sache noch einmal zu überlegen. Die Mutter rutscht aus, fällt in die Schlinge, er hört nicht auf zu ziehen, ihr Hals platzt auf, Blut spritzt auf die Ärmel jenes Hemdes, das nicht ihm gehört. Erst jetzt läßt der Herr Friedrich los. Der leblose Körper der Mama fällt zu Boden.

MANÈS SPERBER

Der Rabbi von Wolyna

Aus der Romantrilogie »Wie eine Träne im Ozean« – Galizien 1942

Der alte Sorach sagte:

»Hier an der Tür wirst du stehenbleiben, Fremder, aber am Vorhang wirst du dich nicht anhalten. Wenn man dir winken wird, näher zu kommen, wirst du einen Schritt tun und vielleicht noch einen, aber nicht mehr. Fragt man dich, antworte nicht sofort, damit sich deine Worte nicht mit den Worten des Zaddik vermischen. Und keinen Augenblick sollst du vergessen, vor wem du stehst, und mit jedem Atemzug sollst du denken, daß er noch mehr ist, als er ist, denn seine großen Ahnen stehen ihm bei. Sie tragen ihn auf ihren Schultern. Und nun sag mir, wie du dich nennst.«

»Eduard Rubin.«

»Eduard ist kein Name. Und dein Vater?«

»Moritz Rubin hat er geheißen, er ist schon lange tot.«

»So werde ich sagen, du heißt Ephraim ben Mosche aus dem Hause Rëuben.«

Der Saal war geheizt, stellte Edi mit Staunen fest. Vom Kachelofen, der bis an den Plafond reichte, ging eine Gluthitze aus.

»Kein Haus ist geheizt in Wolyna«, sagte Edi. »In Stuben mit Kindern, mit Kranken ist es so kalt, daß es wie Dampf aufsteigt, wenn man den Mund öffnet. Hier aber gibt es genug Kohle, der Saal ist überheizt.«

»Willst du denn, daß der Gerechte frieren soll?«

»Wie alle anderen, gewiß. Wie alle jene, die Tag und Nacht mit klammen Fingern arbeiten.«

Der rote Vorhang am andern Ende des Raumes wurde beiseite geschoben. Zwei Alte traten vor, ihnen folgte ein mittelgroßer, dicklicher Mann, der an die vierzig sein mochte oder jünger. Er trug einen buntgestreiften, schweren seidenen Kaftan, der ihm bis zu den Knöcheln reichte, auf dem kahlgeschorenen Kopf eine runde weiße Mütze. Die blonden Schläfenlocken schienen kunstvoll geringelt.

»Man wünscht, allein zu sein mit Ephraim ben Mosche aus dem Hause Rëuben, dem Fremden aus der heiligen Märtyrergemeinde Wien!« rief Sorach laut aus, als ob seine Mitteilung einer Menge gälte. »Der Sohn aber soll bleiben!« fügte er schnell hinzu. Er hatte einen Wink des Rabbi aufgefangen.

Edi drehte sich erstaunt um und entdeckte hinter einem einfachen Pult einen etwa sechzehnjährigen Jungen, dessen Kopf sich so tief über einen Folianten beugte, daß nur eine weiße hohe Stirn und schwarze Schläfenlocken von ihm sichtbar waren. Als sich Edi von ihm abwandte, sah er, wie die Vorhänge zugezogen wurden. Die alten Männer waren verschwunden.

»Wissen Sie, Dr. Rubin, warum der alte Sorach Ihre Heimatstadt eine heilige Märtyrergemeinde nennt?« fragte der Rabbi, ohne von seinem Buch aufzublicken. »Vor fünfhundertzwanzig Jahren hat man die Juden aus Wien ausgetrieben. Noch wußte man nicht, wohin man sie abschieben sollte. Man hatte ihnen alles abgenommen, man wartete auf die Erlaubnis, sie zu töten. Die Juden verhungerten in den kleinen Ruderbooten, mitten in ihrer Stadt. So vergingen einige Tage. Da kam der Sonntag. Die Christen spazierten die Ufer der Donau entlang, um sich am Anblick der Ausgestoßenen zu weiden. Ein findiger Bäcker brachte vertrocknete Brotlaibe und verkaufte sie billig an die Gaffer. Die Christen warfen die harten Brote auf die Verhungernden, sie zielten auf die Köpfe. Boote wurden zum Kentern gebracht, ihre Insassen ertranken. Aber nicht alle kamen um. Die Überlebenden gründeten an anderen Orten neue Gemeinden. Und später kamen Enkel der Vertriebenen und der Ertränkten zurück, aber seither nennen wir Wien *Kehillah kedoschah*, die Heilige Gemeinde. Sie sind ein gelehrter Mann, haben Sie das gewußt?«

»Nein«, antwortete Edi. »Oder vielleicht habe ich es einmal gewußt und wieder vergessen. Ich habe mich wenig für jüdische Geschichte interessiert.«

»Aber das Gleichnis verstehen Sie doch: in der Hand der Christen ist das Brot, das sie den Verhungernden zuwarfen, zur Waffe geworden. Der Allmächtige hätte den Unschuldigen die Speise gegönnt, aber er durfte den Schuldigen nicht die Gunst gewähren, eine gute Tat zu tun.«

»Um das verwirrende Handeln der Menschen zu verstehen, braucht man vielleicht Dialektik, die Taten Gottes aber sollten einfach sein, ohne Gleichnis. Er soll uns keine Rätsel aufgeben!« sagte Edi unwirsch. Er war entschlossen, sich einen von den vielen Stühlen, die um den langen Tisch und die Wand entlang standen, zu holen, wenn dieser zu gut genährte, blonde Rabbi mit den himmelblauen Augen ihn nicht sofort zum Sitzen einlud.

»Dialektik, was ist das?« fragte der Rabbi und sah zum Sohn hinüber.

»Setzt euch, Herr!« sagte der Junge. Er brachte Edi einen Stuhl, ging zum Pult zurück und erklärte, ohne den Vater anzusehen: »Ihr wißt, Rabbi, was Dialektik ist. Aber die Weisen der anderen Völker haben nur auf Aristoteles gehört, und deshalb haben sie nur die Hälfte der Wahrheit erfaßt. Daß die Einheit in Gegensätze aufbricht, daß die Gegensätze sich zur Einheit verbinden, das ist selbstverständlich, weil Gott alles Sein ist, und weil Gottes Sein eine ungestörte Ruhe im Raum und gleichzeitig eine unendliche

Bewegung in der Zeit ist. Die anderen haben nicht erkannt, daß Gott sowohl das Rätsel als auch aller Rätsel Lösung ist. Und das ist Dialektik.«

Der Vater wiegte den Kopf langsam hin und her, während er mit der Linken die Augen abzuschatten schien, als müßte er sie vor einem zu starken Licht schützen. Nach einer Weile meinte er:

»Was brauchen wir aber dann das ionische Wort Dialektik? Und warum glaubt der Fremde, daß das Geheimnis beim Menschen ist, der Allmächtige aber keine Rätsel aufgeben soll?«

»Weil er den Schöpfer der Welt nach dem Ebenbild dessen formt, der er selber sein möchte«, antwortete der Junge schnell.

»Das Gleichnis von den Broten haben Sie also nicht erfaßt, Dr. Rubin«, begann der Rabbi wieder, »nicht einmal das! Wie können Sie denn glauben, daß Sie verstehen, was jetzt vorgeht?«

»Eben, weil es sich um Vorgänge, nicht um rabbinische Gleichnisse handelt«, erwiderte Edi.

Der Vater und der Sohn lachten. Nicht zu laut, auch nicht spöttisch, sondern wie erheitert durch das vorschnelle, törichte Wort eines Kindes, dem man leicht verzeiht. Was sie dann einander sagten, in einem schwer verständlichen Jiddisch, und die hebräischen und aramäischen Zitate, mit denen sie ihre Auffassungen belegten, all das hörte er kaum an. Kein Vorgang, keine Tat, meinten sie, ohne einen Willen, der sie vorgeformt hat. Alles Geschehen ist eine von vielen Äußerungsformen eines einzigen, des göttlichen Willens.

Edi starrte unverwandt den Jungen an, seine länglichen, dunklen Augen, deren Glanz bewegend war und betörend. Zum zweitenmal in seinem Leben überwältigte ihn der Eindruck, in einem Unbekannten einem Vergessenen zu begegnen. Das erstemal geschah es ihm, als er in einer elenden Prager Stube einer Frau gegenübersaß, der er die Nachricht brachte, daß ihr Mann im Bürgerkrieg gefallen war. Wie damals fühlte er auch jetzt in bedrängender Weise, daß er ein zweites Gedächtnis haben mochte, darin das Geheimnis, aber nicht seine Lösung aufbewahrt war.

»Es ist aber ein Sinn darin, daß er gekommen ist. Jeder Fremde ist ein Gesandter, denn er bringt eine Botschaft, auch wenn er davon nichts weiß. Welche Botschaft bringt Ihr, Herr?« fragte der Junge auf deutsch.

»Und sagt, woher Ihr kommt«, fiel der Rabbi ein, »und warum gerade in dieses Städtchen und warum in der Uniform eines deutschen Offiziers. Und wenn Ihr denkt, daß Ihr unglücklicher seid als andere, sagt, durch wessen Schuld.«

Dem Jungen zugewandt, erzählte Edi, was ihm zugestoßen war seit jenem Augenblick – im August 1942 –, da er erfuhr, daß man gekommen war, ihn zu suchen, und seine Frau und das Kind und noch ein anderes weggeholt und durch ganz Frankreich und Deutschland bis nach Polen verschleppt hatte, um sie zu vergasen.

Einige Sätze würden genügen, das Wesentliche mitzuteilen, sagte er. Vielleicht war es die Art, wie der Knabe ihm lauschte, das Bedürfnis, sich endlich aufzuschließen und die Klage laut werden zu lassen, die er seit Monaten stumm in sich trug – alles mußte er nun sagen, wie er es sich selbst wiederholt hatte in den vielen Tagen und Nächten seiner Wanderung, seiner kühnen Unternehmungen, deren keine gelang. Seinethalben und an seiner Stelle, weil er sich in den Bergen versteckt hielt, hatte man die Frau genommen, die keine Jüdin war, ihren Sohn und einen kleinen Jungen, einen verwaisten Christen, dessen sich ein Freund zuvor angenommen hatte. Kaum war die Nachricht zu ihm gedrungen, war er in die Stadt gerast, in jenes Festgebäude, darin man die Häftlinge bis zu ihrem Abtransport nach Osten gefangenhielt. Er kam zu spät, Relly und die Kinder waren schon verfrachtet worden. Mit List und Gewalttat verschaffte er sich die Papiere und die Uniform eines deutschen Militärarztes, er fuhr durch ganz Frankreich, durch Deutschland. Immer zu spät, um einen Tag, um eine Nacht, am Ende nur um wenige Stunden. Denn er drang sogar ins Lager ein. Der Kühnheit war er sich nicht bewußt und nicht der Gefahr. Seit Tagen lief er einem Ziel nach, alles andere war ausgelöscht.

Nun war der Augenblick gekommen, ausführlich von den Lagern zu berichten, von der unvorstellbaren Organisation der Ausrottung, vor der er warnen wollte. Aber er sprach lange von Relly, davon, wie sie mit der Schwere des Lebens gewachsen war, so daß er am Ende nur noch in ihr den Grund fand, weiterzuleben.

Er vergaß die Zuhörer. Zu sich selbst sprach er und zu der Toten. Zum erstenmal mußte er nicht an die Leichen denken, wie er sie gesehen hatte, an jenen Anblick, der einen zeichnete bis ans Lebensende.

Nach einiger Zeit unterbrach ihn der Rabbi – der Nachmittag ging zu Ende, bald würde es Abend und zu spät für das Minchahgebet. Edi würde nachher weiter berichten. Er blieb allein. Er stand auf und sah sich noch einmal um. Die Fenster gingen nicht auf die Gasse, sondern auf einen weiten verschneiten Hof. Die Fenster öffnen, in den Schnee hinunterspringen und diese Leute niemals mehr wiedersehen, dachte er. Niemals hätte er zu ihnen sprechen sollen, wie er es getan hatte. Sie waren ihm fremd, unangenehm und geradezu verdächtig in ihrer Gewißheit, daß sie allein den Sinn kannten, in ihrer grotesken Intimität mit Gott.

Um sich abzulenken, holte er den Folianten vom Pult des Jungen. Er konnte keinen Buchstaben darin lesen. Als er ihn zurücklegen wollte, bemerkte er, daß ein deutsches Buch unter dem großen versteckt gelegen haben mußte. Er nahm es zur Hand, es war Hegels »Phänomenologie des Geistes«. Das Exemplar war in Wien gekauft worden, der Stadt, von der der sechzehnjährige Hegel-Leser wahrscheinlich nur als der Heiligen Gemeinde sprach – nicht dessentwegen, was da in den letzten Jahren geschehen war, sondern wegen eines Ereignisses, das fünfhundertzwanzig Jahre zurücklag.

Die beiden mußten bald zurück sein. Er würde ihnen dann das Ultimatum stellen: Entweder der Rabbi forderte selbst die wehrfähigen Männer auf, in die Wälder zu gehen, um, wenn es sein mußte, wie Männer und nicht wie Lämmer zu sterben – oder der Rabbi und dieser sonderbare Knabe lehnten es ab, dann wollte Edi die Gemeinde gegen sie aufbringen und ohne Verzug zur Tat schreiten. Er war jenseits aller Furcht, vor keiner Untat schreckte er zurück. Dem, der er gewesen war, glich er nicht mehr, sein Gewissen war betäubt. Er ging darauf aus, denen zu gleichen, die er haßte, im Untergang sich ihrer Welt einzuverleiben. Relly hätte ihn vor solchem Sturz retten können, aber die Erinnerung an ihr Wesen trat nur selten hervor; die an ihren Leichnam beherrschte seine Sinne. Sein Leiden hatte so sehr alles Maß überschritten, daß er es nicht mehr fühlte. Nur während er diesen Männern von Relly gesprochen hatte, war er in Gefahr geraten, zu sich selbst zurückzufinden. Nun er wieder allein war, bereute er heftig die Gemütsbewegung und versprach sich's, daß sie nie mehr wiederkehren sollte. Er brauchte keinen Trost, er wollte die eigene Klage nicht kennen. Edi war sich selbst aufs äußerste entfremdet.

Mit dem Rabbi und seinem Sohn traten mehrere Männer ein. Sie brachten aus der Betstube brennende Kerzen mit, die sie in die Leuchter steckten, ehe sie sich stumm an den langen Tisch setzten. Ihre Gesichter waren schwach erhellt, die schwarzen Gewänder vermengten sich mit dem Schatten der Leuchter auf den Wänden. Der Rabbi sagte:

»Alles, was Sie erzählt haben, wissen wir, Dr. Rubin. Durch Jahrhunderte haben Scheiterhaufen gebrannt in Europa. Dann hat man für eine kurze Zeit aufgehört, und ihr Aufgeklärten, ihr habt gemeint, es ist aus, eine neue Zeit ist gekommen, Juden brauchen nicht mehr den Messias, brauchen nicht mehr Gott. Wir aber haben immer gewußt, zwischen einer kurzen Pause und dem Ende zu unterscheiden. Wir lebten stets in Furcht und in Erwartung, und so leben wir heute.«

»Worauf warten Sie, auf ein Wunder?« fragte Edi ungeduldig. »Im Wunder leben wir Juden die ganze Zeit, ich warte auf ein

Zeichen, das mir verständlich macht, was der Allmächtige jetzt im besonderen mit uns vorhat. Vielleicht ist es die Zeit von Gog und Magog, vielleicht ist es etwas anderes.«

»Ich warte auf kein Zeichen. Ich möchte sofort wissen, ob Sie die Gemeinde auffordern werden, alles Geld oder was Geldwert hat, zusammenzutragen, damit man ohne Verzug Waffen und Lebensmittel beschaffen kann. Die Männer von Wolyna werden all das brauchen, in den Bergen und in den Wäldern, der Krieg wird noch Jahre dauern.«

»Welcher Krieg?« fragte der Rabbi scharf. »Jener, den die Mächte gegeneinander führen? Wir sind keine Macht, wir führen keinen Krieg. Meinen Sie aber die Untaten des Feindes, das Verhängnis, das den Namen Hitler trägt? Woher wissen Sie, was es bedeutet? Ohne unsere Hilfe wird Gott ihn vernichten, das ist klar, denn deshalb hat Er ihn zur Geißel gemacht, mit der Er uns straft. Der Blutfeind ist verloren, sein Volk wird erniedrigt werden, aber unsere Sorge ist es, zu erfassen, womit wir die Strafe verdient haben, damit wir in der Erkenntnis und in der Buße sterben und nicht wie unsere Feinde in Verblendung und in der Finsternis der Seele. Wir sind das einzige Volk der Welt, das nie besiegt worden ist. Und weißt du, warum, Ephraim ben Mosche? Weil wir allein der Versuchung widerstanden haben, zu werden wie der Feind. Und auch deshalb werden wir nicht in die Wälder gehen; nicht wie Mörder, sondern wie Märtyrer werden wir sterben. Ein Mensch darf irren und sich verirren, aber den Weg ins andere Leben darf er nicht verfehlen.«

Edi stand auf und ging zur Tür. Mit einem Ruck schob er den Vorhang zur Seite, der sie verdeckte. Er sagte: »Was Sie da erklären, interessiert mich nicht. Die Wolynaer Juden werden in einigen Tagen ausgerottet sein, die Aktion ist bereits angeordnet, Sie wissen es so gut wie ich. Von den vierhundert Männern, die mit mir in den Wald gehen werden, hat vielleicht die Hälfte Aussicht zu überleben. Sie versuchen, uns an dieser Rettung zu hindern, und handeln damit gegen das jüdische Gesetz, das alle Vorschriften aufhebt, wenn sie der Rettung auch nur eines einzigen Lebens hinderlich sind.«

»Warten Sie«, sagte der Junge, »Sie haben uns noch nicht gesagt, warum Sie gerade nach Wolyna gekommen sind, warum Sie gerade uns Ihre Botschaft gebracht haben.«

Edi zögerte, bevor er antwortete. Seine Ungeduld war so groß, daß er mit den Fäusten gegen die Tür hätte hämmern mögen. Er beherrschte sich mühsam und antwortete:

»Ich habe in Frankreich einen Polen getroffen, den Grafen Roman Skarbek. Ihn wollte ich aufsuchen, denn ich glaubte, daß er hierher zurückgekehrt war, um gegen die Deutschen zu kämpfen. Aber hier erfuhr ich, daß er mit deutschen Offizieren verkehrt, mit ihnen säuft und Karten spielt. Wegen eines Irrtums also bin ich in dieses Städtchen gekommen. Diese Nacht war ich in der Nähe seines Gutes, ich wollte ihn im Schlaf überraschen und ihn zur Rede stellen. Nicht nur mich hat er betrogen, wahrscheinlich hat er auch meinen Freund verraten, mit dem zusammen er Frankreich verlassen hat.«

»Der Fremde irrt sich«, sagte, sich halb erhebend, einer der Männer am Tisch. »Die echten Skarbeks sind, das ist wahr, leichtsinnige Menschen und von allen Sünden angezogen. Aber Frevler sind sie nicht gewesen. Der Jüngste, heißt es, achtet die Menschen gering, die Christen wie die Juden. Aber er haßt niemanden. Schon mein Großvater hat mit seinem Urgroßvater, dem Grafen Bronislaw, Geschäfte gemacht. Ihm ähnelt, sagt man, Graf Roman. Daher bezeuge ich: er verrät nicht.«

»Ich werde Euch das Geleit geben«, sagte der Junge. Er nahm eine brennende Kerze aus dem Leuchter und öffnete vor Edi die Tür. »Ich heiße Bynie, nach dem Großvater meines Großvaters«, fuhr er fort, während er ihm langsam durch die dunkle Betstube voranging. »Er ist ein großer Tröster gewesen, die Menschen hat es zu ihm gezogen, wie es die Verdurstenden zieht zur Quelle des lebendigen Wassers. Mein Vater – sein Licht leuchte ewig! – ist kein Tröster, und ich werde es auch nicht sein. Deshalb müßt Ihr so weggehen – verzeiht es uns beiden.«

»Sie heißen also Bynie und im geheimen lesen Sie Hegel?« fragte Edi spöttisch. Er blieb stehen und sah dem Jungen ins Gesicht, dessen eine Hälfte die Kerze beleuchtete.

»Ja. Auch Hegel ist ein unglücklicher Mensch gewesen, denn er hat sich im Garten der Erkenntnis verirrt. Er ist Gott begegnet und hat ihn nicht erkannt. Wie kann ein Geist so verwirrt sein, sich selbst für den eigenen Schöpfer zu nehmen und den Hochmut des Menschensohnes gegen den Schöpfer der Welt zu stellen.« – »Um das zu erfahren, lesen Sie die ›Phänomenologie des Geistes‹ ?«

»Nein, sondern um mich auf die Probe zu stellen. In der Mitte der Verlockungen muß ich leben; es ist wichtig, ihnen zu widerstehen.«

»Nun, dann kommen Sie mit mir zu den Partisanen.«

»Auch das wollte ich Euch sagen, ich werde mit Euch gehen.«

»Was?« fragte Edi erstaunt, »Sie sind also nicht auf der Seite des Rabbi?«

Der Junge antwortete nicht, ehe er das große Tor aufschloß:

»Ich suche einen eigenen Weg, den des Trostes. Vielleicht wird mir Eure Verzweiflung helfen, ihn zu finden.«

»Wie alt sind Sie denn?« wollte Edi fragen, aber das Tor war schon ins Schloß gefallen. Er blieb versonnen stehen. Obschon er wußte, daß er nur den verschneiten Platz überqueren und in das Gäßchen neben der hölzernen Kirche einbiegen mußte, war es ihm, als wäre er ins Unbekannte versetzt und müßte alles aufs neue überlegen, ehe er einen Schritt tat. Einige junge Männer erwarteten ihn in einem Keller, die letzten Beschlüsse mußten gefaßt werden. Auf sie allein kam es an. Er aber dachte an den seltsam frühreifen Jungen, der ihm kaum verständlich war: Talmud und Hegel, tiefe Gläubigkeit und daneben das gutgehende Geschäft eines Wunderrabbis, der sich mitten im furchtbarsten Elend reichlich von den Gaben nährte, die sich die Verhungernden vom Munde absparten. Und warum wollte der Junge den Vater verlassen und sich dem Fremden anschließen, dessen Botschaft er ablehnte?

Ein Schlitten überquerte schnell den Platz und hielt nach einer scharfen Wendung vor dem Tor. Edi wollte sich rasch entfernen, aber ein Mann, der wie aus der Erde gewachsen schien, versperrte ihm den Weg:

»Entschuldigen Sie, aber der Schlitten ist für Sie. Keine Angst, nicht die Deutschen, sondern jemand im Schloß. Er will Sie sprechen. Lassen Sie den Revolver in der Tasche, sonst liegen Sie gleich am Boden. Wir sind drei, drehen Sie sich um, ich lüge nicht.«

»Und wenn ich ablehne?« fragte Edi, während er sich umdrehte. Zwei große, kräftige Bauern, die schwarzen Pelzmützen tief in die Stirnen gedrückt, die kurzen Pelzröcke offen, standen breitbeinig da.

»Wir haben Befehl. Und ein Befehl gilt, nicht wahr?«

Die anderen faßten Edi unter den Arm und führten ihn zum Schlitten. Dann gaben sie ihm die Decke, er sollte sich bis zur Brust einhüllen. Der eine sagte:

»Und wenn wir einer Patrouille begegnen, rühren Sie sich nicht, antworten Sie nicht, wenn man Sie was fragt. Alles unsere Sache. Wir brauchen fast eine Stunde – wenn Sie während der Fahrt frieren, sagen Sie es.«

Als sie angekommen waren, wurde Edi in einen spärlich beleuchteten Saal geführt, an dessen Wänden Jagdtrophäen hingen, Geweihe und Eberzähne. Es gab neun Porträts, acht Männer in Schlachta-Gewändern und eine Frau, die aus dunklen Mandelaugen spöttisch den Saal, die Jäger und die Zeichen ihrer Siege betrachtete. Sie war tief dekolletiert, hatte breite männliche Schultern und zeigte fast unverhüllt einen vollen Busen; am besten kamen die Arme zur Geltung. In der Mitte des Saales ein riesiger Tisch, mit alten Gegenständen übersät. Es gab Spieldosen, Vorderlader, alte Bücher in schwerem Ledereinband, Schwerter ohne Scheiden, Scheiden ohne Schwerter, zwei Standuhren, Zobelpelzstücke, die schlecht rochen, Schnupftabakdosen, eine Pariser Tageszeitung aus dem Jahre 1911 und ein französisches Offizierspatent aus dem Jahre 1788. Dazwischen Weinflaschen, weiße Gamaschen, ein gelber seidener Unterrock und ein alter Telefonapparat, aus dessen Innern Drähte hervordrangen. Darüber lag eine österreichische Offizierskappe mit der verrosteten Kokarde FJI.

Einer der Männer brachte ein Tablett herein: dampfende Suppe, Speck, Brot und Schnaps. Er entschuldigte sich, daß er die Dinge auf einen Stuhl legen müsse, erklärte er in einem Gemisch von Polnisch und Deutsch, aber er wolle die Ordnung auf dem Tisch nicht zerstören. Edi solle essen und trinken, das werde ihn erwärmen.

Einige Zeit später kam er mit Skarbek wieder, stellte sich neben Edi und sagte: »Das ist der Herr. Ich habe ihm inzwischen was zu essen gegeben.« Roman blieb erstaunt stehen, er sah nur das Profil und ein Brillenglas des Fremden, aber er erkannte ihn gleich. Er ging auf ihn zu, legte die Arme auf seine Schultern, wie um das Unfaßliche zu fassen. Er begann:

»Willkommen, mein –«, unterbrach sich und sagte: »Etwas Furchtbares muß geschehen sein, daß Sie hier –« Wieder unterbrach er sich. Edi blieb sitzen, er wollte nicken, aber er war erstarrt. Alles verschloß sich in ihm, er fühlte dumpf den Schmerz des Krampfes.

Roman wandte sich ab. Sein Blick fiel auf den Tisch. Die Unordnung hatte ihn amüsiert, jetzt schämte er sich ihrer und dieses Raumes, und daß er mit der Mütze auf dem Kopf, dem Schnee auf dem Mantel eingetreten war. Er sagte:

»Gehen wir in mein Zimmer. Hier ist es abscheulich.«

Edi blieb sitzen und antwortete nicht.

»Das alles hat keinen Sinn«, begann Roman wieder. »Ich meine, es ist ein totes Haus. Überfüllt, bewohnt, aber doch schon lange aufgegeben. Deshalb –«

»Weshalb haben Sie mich herbringen lassen?« fragte Edi,

»Um zu erfahren, wer der Mann ist, der sich seit Wochen für uns interessiert und gestern nacht, zum drittenmal, vom Hügel aus das Haus betrachtet hat. Daß Sie dieser Mann sein könnten –«

»Ihretwegen bin ich nach Wolyna gekommen, ich wollte einen Retter, einen Gefährten finden.«

»Warum haben Sie mich nicht sofort aufgesucht?«

»Man hat Sie in der Bezirkshauptstadt häufig mit deutschen Offizieren gesehen, Sie verkehren im Hause der Geliebten eines Gestapo –«

»Und Sie, ein österreichischer Jude, Sie haben Frankreich verlassen und sind durch das ganze deutsche Europa gereist. Genießen Sie nicht den besonderen, höchst verdächtigen Schutz des Feindes?« fragte Roman. Aber schon verrauchte der Zorn über die Kränkung, sanfter fügte er hinzu: »Kommen Sie mit in mein Zimmer, Dr. Rubin. Ich werde Ihnen alles erklären, Sie werden in mir einen Gefährten finden, wenn Sie wollen. Ich gehöre der Armia Krajowa an, das ist die Geheimarmee Polens. Ich bin überdies der politisch Verantwortliche für diesen Kreis, ich stehe mit der geheimen Regierungsdelegation und mit London in steter Verbindung. Die Männer, die Sie hergebracht haben, sind gute Polen, Soldaten einer Armee, der niemand Mangel an Treue vorgeworfen hat. Glauben Sie mir?«

»Ich wünsche, ich habe es nötig, Ihnen zu glauben«, erwiderte Edi und stand endlich auf. Er folgte Roman, der ihn durch das weite dunkle Haus über die schlecht beleuchteten Treppen mit den ausgetretenen Läufern ins zweite Stockwerk führte und ihm in wenigen Worten berichtete, wann und wo er Faber das letzte Mal gesehen hatte.

»Behalten Sie den Mantel an«, sagte Roman, als sie in sein

Zimmer traten. »Ich werde zuerst das Fenster öffnen, damit der Parfümgeruch verschwindet. Frauen lassen immer etwas zurück, wenn sie weggehen, wenigstens einen Geruch. Man erträgt ihn, wenn man die Frau wirklich gemocht hat.«

Sie sahen beide zum offenen Fenster hinaus. Der Schnee fiel dicht, in großen Flocken. Es war so still, daß man meinen konnte, ein ganz leises Ächzen zu hören, mit dem der Schnee sich auf die Erde legte. Riesen auf einem Marsch, die haltgemacht haben, um einen Augenblick auszuruhen, und im Stehen eingeschlafen sind, so säumten die Erlen den Weg, der von der Kapelle herunterführte.

»Es ist dumm, übertrieben. Aber dennoch, ich frage mich oft, ist es möglich, daß ich wegen dieser Allee, wegen dieser banalsten aller Landschaften zurückgekommen bin? Ist Ihnen das glaubhaft?«

»Vielleicht«, antwortete Edi versonnen. »Solange sich draußen kein Lebewesen zeigt, ist es der Friede, den man in sich selber nicht mehr findet.«

»Sie glauben also an Gott?«

»Ach, lassen Sie mich!« erwiderte Edi unwirsch und schloß mit hastiger Bewegung das Fenster. Wie erklärend fügte er hinzu: »Ich komme vom Wunderrabbi. Ich hasse ihn, verachte ihn.«

Nichts habe ich mit ihm gemein und nichts mit diesem Polen. Mit niemandem, dachte Edi. Ich muß gleich zurück, nach Wolyna zu den jungen Leuten. Sofort weg von hier, von diesem Geruch, von Skarbek, der noch sagen kann: mein Haus, meine Allee, mein Volk, mein Land.

»Nun legen Sie ab, Dr. Rubin. Es wird hier bald warm sein. Setzen Sie sich und erzählen Sie.«

»Was?« fragte Edi zornig. »Daß meine Frau tot ist und mein Sohn und das andere Kind? Daß man sie verschleppt hat wie Vieh, daß man sie – was ist da zu erzählen? Daß die Deutschen das Ganze erdacht und ins Werk gesetzt haben, daß aber auch Polen,

Ukrainer, Letten und die anderen mitwirkten, die Opfer abzuschleppen, zu schänden und zu vernichten – das alles wissen Sie doch! Daß die Juden sich nicht gewehrt haben und genau die Rolle spielen, die ihnen der Vernichter zugeteilt hat – als wäre alles wirklich nur ein Spiel –, das wissen Sie doch auch. Alle sind verächtlich, die Mörder, die tätigen und die stillen Komplicen und die Opfer, die auch Komplicen sind – alle, alle. Sie mit Ihrer List, dem Spiel und der parfümierten Frau; ich, der nichts mehr kann als hassen und töten wollen – was gibt's da noch zu erzählen? Leihen Sie mir ein Pferd, ich will zurück. Wir haben nichts zu sprechen.«

»Auch wenn ich Sie weglassen wollte, Sie könnten jetzt nicht gehen, es ist zu gefährlich. Diese Nacht streifen deutsche Patrouillen durch die ganze Gegend –«

»Ich fürchte sie nicht. Seit Monaten gehe ich durch alle Gefahren. Sie weichen zurück, sobald ich mich ihnen nähere. Wenn ich selbst mich nicht töte, werde ich ewig leben.«

Roman erschrak. Ihm war's, als ob seine Wangen sichtbar zitterten, er streckte die Hand abwehrend vor, genau wie in den Ängsten seiner Kindheit, wenn er der mythischen Gestalt begegnete, wenn der Schatten an der Wand körperlich wurde und drohte, auf ihn zuzukommen.

»Es ist wahr«, fuhr Edi fort, »ich habe eine deutsche Uniform getragen. Aber sehen Sie mein Gesicht an – ich bin der Jude, den sie überall, selbst unter der Erde suchen. Durch ihre Reihen bin ich hindurchgeschritten, in ihren Zügen bin ich gefahren, immer bereit zu schießen, sobald sich einer näherte, mich auszufragen. Wenn ich meine Papiere zeigte – ich hatte sie einem Militärarzt abgenommen – so sahen sie mich nicht an. Weil ich sie nicht fürchtete. Weil ich nicht an meinen, sondern nur an ihren Tod denke, an nichts anderes. Geben Sie mir ein Pferd, Herr Skarbek.«

Sie stiegen in den Keller hinunter. Einige Männer schliefen da. Sie halfen, den geheimen Zugang zum unterirdischen Gang freizumachen. Stumm ging Roman voran. Edi schien der Weg endlos, die Finsternis vollkommen. Allmählich wurde der Pfad breiter. Roman blieb stehen, gab Lichtsignale und wartete auf eine Antwort. Sie kam erst nach einer Weile. Sie gingen weiter. Von Zeit zu Zeit leuchtete Skarbek die Wände ab, um Edi die Kisten zu zeigen, die beiderseits den Durchgang säumten, Sie trugen deutsche Aufschriften.

Ein Mann trat ihnen entgegen, sagte: »Nichts zu melden!« Er wollte Haltung annehmen, überlegte sich's aber, drückte sich an die Wand und ließ die beiden durch.

»Wir nähern uns den Ställen«, erklärte Roman. »Pferde genug, auch edle aus einem Gestüt; sie werden bei uns zugrunde gehen. Wegen der Futterschwierigkeiten werden wir uns motorisieren müssen. Merkwürdig, der Mensch hält alles aus, gewöhnt sich an alles, das Pferd nicht. Es wird melancholisch, vielleicht, weil es sich nicht mit dem Glauben an eine bessere Zukunft trösten kann. Horchen Sie, haben Sie je so trauriges Wiehern gehört?«

Vor dem Stall brannte eine Laterne. Ein ganz junger Mann meldete in strammer Haltung:

»Alles in Ordnung! Ich wollte nur fragen – es ist nur weil – ich sollte ja schon gestern abgelöst werden … meine zwei Tage Urlaub … heute abend wollte ich gehen, aber –«

»Niemand darf hinaus. Die kämmen die Gegend aus. Das soll vierundzwanzig Stunden dauern. Wir stellen uns mausetot. Nachher darfst du nach Haus.«

»Naja, wenn es so ist«, meinte der Junge. »Aber ich wollte doch eigentlich …«

Skarbek winkte ihm ab, wandte sich an Edi:

»Hier, Dr. Rubin, nehmen Sie den Schimmel. Eine gute Stute, aber unglücklich. Sie kann sich absolut nicht eingewöhnen. Ich werde Sie zum Ausgang führen, mitten im Wald.«

»Besteht nicht die Gefahr, daß eine Patrouille die Spuren der Hufe entdeckt?« fragte Edi.

»Ja, gewiß. Deshalb lasse ich jetzt niemanden hinaus. Aber da

Sie unbedingt gleich wegwollen... Und Sie haben das Recht darauf, daß ich Ihnen den Beweis liefere ... Wir sind keine Komplicen, nicht tätige und nicht stille.«

»Wie heißt die Stute?« fragte Edi.

»Das wissen wir nicht, wir haben sie den Deutschen abgenommen. Wir nennen sie einfach Schimmel, aber das ist gewiß nicht ihr Name gewesen. In dieser Zeit verlieren auch die Pferde ihre Namen.«

»Nehmen Sie den Schimmel zurück, ich werde hierbleiben, bis ich weg kann, ohne euch zu gefährden.«

Sie gingen den gleichen Weg zurück.

»Als Kind habe ich Ulysses wegen seiner List verachtet«, sagte Roman, als sie einander wieder in der Nähe des Ofens, der nun glühte, gegenübersaßen. »Hektor, mehr noch als Achilles, war mein Held. Später habe ich mich geändert. Es steckt etwas Verführerisches in der List. Jedenfalls erlaubt sie mir, unsere Verluste auf ein Minimum herabzudrücken. Daß ich mit Deutschen saufe und Karten spiele, das scheint Ihnen widerlich, aber es ist äußerst nützlich. Außerdem, das ist wahr, trinke und spiele ich gern. Nach wie vor finde ich, daß Politik dumm, Krieg häßlich und stumpfsinnig ist.«

»Was wollen die Deutschen mit der Streife?«

»Uns finden. Die Armia Krajowa aufstöbern, provozieren, um uns schnellstens zu vernichten. Sie haben in Stalingrad verloren, in Afrika, auf den Meeren und in der Luft. Sie brauchen leichte Siege und absolute Sicherheit der Verbindungslinien.« – »Und was tun Sie, um diese Linien zu zerschneiden?«

»Was wir können, nicht viel. Es gibt siebzig Millionen Deutsche, hundertsiebzig Millionen Russen und nur einige zwanzig Millionen Polen. Siegen die Deutschen, sind wir verloren, siegen die Russen in Polen, sind wir verloren. Alles kommt darauf an, daß in diesem Lande die Polen selber siegen.«

»Ich verstehe nicht ganz«, meinte Edi.

»In Wilna habe ich einmal ein Stück gesehen. Es war aus dem Jiddischen übersetzt und hieß: ›Schwer, ein Jude zu sein.‹ Es ist so lustig, daß man vor Trauer sterben möchte. ›Schwer, ein Pole zu sein‹ müßte eines Tages geschrieben werden. Es wird genauso lustig sein.«

»In Warschau habe ich es gesehen: ein Zug von Kindern. An ihrer Spitze ging ein Mann, der ein kleines Mädchen in den Armen trug. Die Straßenbahnen an der Kreuzung blieben stehen, um die dreihundert jüdischen Kinder durchzulassen, die man aus dem Kinderheim geholt hatte, um sie zur Vergasung zu führen. Der Mann vorn, der Leiter des Heims, sah die Menschen in den Straßen nicht mehr an. Er erwartete von ihnen keine Hilfe, kein Wort des Mitleids, keinen tröstlichen Blick. In der Straße, in den Tramways, überall Polen.«

»Was wollen Sie damit sagen?« fragte Roman heftig.

»Sie kennen die Antwort auf Ihre Frage. In Treblinka, in Belzec, in Majdanek, in Oswiecim –«

»Was haben wir damit zu tun? Der Pöbel ist überall gleich, wir –«

»Nicht nur der Pöbel hilft den Deutschen Kinder morden, Sie wissen das so gut wie ich, die Komplizität ist ungeheuer. Die Steine Warschaus hätten schreien müssen, aber es gab Menschen, die sagten: So werden wir auch ihre Brut los.«

»Es ist nicht wahr!« schrie Roman.

»Es ist wahr, Sie wissen es!«

»Ich weiß, daß in diesem Lande die Elite systematisch ausgerottet wird, die Besten meines Volkes«, sagte Roman. Vergebens versuchte er, sich zu beherrschen. »Die Deutschen und die Russen von September 1939 bis Juni 1941, seither die Deutschen allein. Sie köpfen die polnische Nation. Unsere Verbündeten hatten nichts als gute Worte für uns, unsere Reiter mußten mit Säbeln gegen Tanks kämpfen. Seither haben Polen an allen Fronten der Alliierten geblutet, in Norwegen, Frankreich, in der Lybischen

Wüste. Das weiß ich. Und daß man uns nachher den Russen als Beute hinwerfen wird, das befürchte ich. Und auch das weiß ich: die Juden haben Geld, sie wußten von Anfang an, daß es ums Leben geht, warum haben sie nicht Waffen gekauft, warum kämpfen sie nicht? Kinder sind zur Vergasung geführt worden, polnischer Pöbel hat sich darüber gefreut? Vielleicht. Aber ich werde nie verstehen, warum das Schicksal von Kindern mehr erschüttern soll als das reifer Menschen, deren Wert nicht eine vage Hoffnung, sondern eine Gewißheit ist. Und noch etwas, Dr. Rubin, ich bin kein Antisemit, ich bin auch kein Philosemit. Ein Volk ist liebenswert, wenn man es aus der Ferne betrachtet, aus der Nähe liebe ich auch mein eigenes Volk nicht. Ich habe es Ihnen schon gesagt, ich habe keine Politik, sondern nur einen Geschmack. Sie verachten und hassen diese Wunderrabbis – seit fünf Generationen sind die Skarbeks ihre Beschützer und oft ihre Bewunderer gewesen. Und deshalb, treu nicht einer Meinung, sondern einer Tradition, werde ich den heiligen Mann und seine Familie unter meinen Schutz nehmen, wenn er es wünscht. Die anderen gehen mich nichts an. Übrigens könnte ich nichts für sie tun.«

Sie standen einander gegenüber, die Gesichter gerötet, mit zuckenden Lippen. Sie waren beide gleich groß, Edi breit in den Schultern, trotz seiner Magerkeit massiv, Roman schmal und schlank. Er hatte schnell gesprochen, wie es sonst nicht seine Art war, sein Ton war erregter gewesen als seine Worte. Nun wartete er auf eine Antwort. Da sie ausblieb, suchte er in den blauen Augen hinter den dicken Gläsern zu erspähen, was in dem anderen vorging. Edi setzte sich wieder, rieb mit einer nervösen Bewegung seine Knie und sagte schließlich:

»Nein, die Elite, wie Sie das nennen, interessiert mich schon seit langem nicht. Sie hat überall versagt, weil sie noch viel egoistischer und eitler ist als das Volk. Den wohlgenährten Wunderrabbi können Sie sich holen, je früher um so besser. Sein Sohn kommt mit mir, wir werden in den nächsten Tagen eine Partisanengruppe bilden. Ich hoffe, Sie werden uns am Anfang helfen. Ich habe zwar im letzten Krieg gedient, Oberleutnant bei der berittenen Artillerie, ich bin bei den Kämpfen 1934 in Wien dabeigewesen, aber hier werden meine Erfahrungen nicht ausreichen.«

»Ich bin zu Ihrer Verfügung«, sagte Roman und setzte sich endlich auch. »Es wird sehr schwer sein, besonders für Sie, Sie sprechen kaum polnisch, und außerdem – der Partisanenkrieg ist noch viel grausamer als der andere. Und ohne List geht es nicht. Sie aber verachten die List –«

»Ich verachte jede Form von Komplizität«, unterbrach ihn Edi ruhig. »Es ist eine Frage der Sauberkeit. Im Angesicht eines solchen Feindes ist nur die Gewalttat sauber.«

»Das könnte Faber gesagt haben, aber Sie sind ihm sehr unähnlich.«

»Ja, unähnlich«, stimmte Edi zu. »Ihm ging's immer um das Bewußtsein, mir um das Gewissen. Deswegen hat er einmal eine Frau verlassen, er hat ein Kind aufgegeben – ich habe nie jemanden verlassen können. Aber nun … Lassen wir das. Wieviel Waffen können Sie uns zur Verfügung stellen?«

»Wenig. Wir werden darüber morgen sprechen. Es ist spät, Sie müssen hinunter. Ich bleibe hier, die Deutschen sollen mich hier finden, wenn die Streifen noch diese Nacht herkommen. Vergessen wir beide unseren Streit von früher. Verzeihen Sie, wenn ich heftig gewesen bin.«

Edi nahm seine Hand, aber er blieb stumm. Roman führte ihn hinunter. Ein Mann von der Wache brachte ihn durch den Tunnel zu einem großen unterirdischen Lager in der Nähe der Stallungen. Die Schläfer lagen dicht beieinander. Endlich fand Edi einen freien Platz. Von irgendwo warf man ihm eine Decke zu. Er wikkelte sich ein, lag lange schlaflos da und lauschte auf das Wiehern der namenlosen Pferde.

HILDE SPIEL

Rückkehr nach Wien

7. Februar 1946

Der Nachmittag sinkt, während ich nach Heiligenstadt fahre, meiner Kindheit auf der Spur.

Ich habe mir einen Jeep aus dem Wagenpark bestellt, der für Korrespondenten bereitsteht, und mich neben den schweigsamen englischen Fahrer gesetzt. Der lose Zeltstoff des Wagendachs flattert mir an die Ohren. Wir holpern über das Buckelpflaster der Döblinger Hauptstraße. Der Schneeschlamm ist im Wind getrocknet. Die schrägen Strahlen einer schüchternen Februarsonne spiegeln sich in Fensterscheiben. Außer einem eingestürzten Haus da und dort hat die Gegend sich kaum verändert; sie ist nur etwas mehr verfallen, ein wenig trostloser und ungepflegter geworden. Von Zeit zu Zeit eine neugetünchte Fassade mit bunter Beschriftung: hier hausen Sieger, in diesem Fall die amerikanische Besatzungsmacht. Die Schaufenster mögen leer sein, aber sie sind äußerlich unversehrt geblieben. Verträumt wie eh und je schaukeln diese kleinen Blumenläden, Konditoreien, Papiergeschäfte auf den Wogen der Zeit.

Jede Gasse, jede Ecke ist mir vertraut. In diesem Bezirk, dem neunzehnten, war seit Generationen die Familie meiner Mutter daheim. Fast in jedem Haus lebte eine ihrer Tanten, einer ihrer

Onkels und Vettern. Dort drüben etwa wohnte meine Großmutter Melanie. Eine große, schwere, unglückliche Frau, häufte sie ihre Liebe auf leblose Gegenstände. Jede Vase oder Kanne, jedes Mundglas, Silbertablett, Porzellanornament hatte eine unveränderliche Aufgabe, einen unverrückbaren Platz. Dienstmädchen und Putzfrauen versetzten sie in Wut: sie hatten keine Ehrfurcht vor dem inneren Leben ihrer Dinge. Ohnehin waren die meisten Leute böse; Händler betrogen, Wäscherinnen waren frech, in der harmlosesten Bemerkung des Hausmeisters lag versteckter Hohn. Und doch war sie in ihrer Jugend romantisch gewesen, hatte Gedichte geschrieben, Chopin auf dem Klavier gespielt, und einem unwiderstehlichen Hang nach himmelblauen und rosaroten Seidenbändern nachgegeben. Eine arrangierte Heirat war ihr Schicksal gewesen. Als sie von ihrer Hochzeitsnacht im Grand Hotel vor ihrem Mann geflohen war, schickten die Eltern sie unverzüglich zu ihm zurück. Eine Fin de Siècle-Tragödie: aber sie hatte weit ins neue Jahrhundert hereingereicht und das Leben ihrer Kinder, besonders das ihres Sohnes, bedrückt oder gar vernichtet.

In all den Seitengassen wurde Familiengeschichte gemacht. In diesem Garten schoß eine exzentrische Großtante mit dem Blasrohr nach Spatzen. Auf diesem Balkon verbrachte eine melancholische Cousine jeden Sommer in der prallen Sonne, reglos wie ein Derwisch, düster und tief gebräunt. In jenem Dachgeschoß hatten Freunde eine Waschküche in ein Atelier verwandelt – Zusammenkünfte und Grammophonkonzerte, Porträtsitzungen, auch heimliche Treffen zu zweit fanden darin statt. Döbling, ein früheres Dorf, lag inmitten von Gärten: man lebte hier nicht anders als in Hampstead oder Wimbledon. Alte Damen hielten sich gut in diesem Vorort. Junge Mädchen trugen die frische Luft im Gesicht. Selbst wohlhabende Frauen waren öfter bequem als modisch gekleidet, im Gegensatz zu ihren eleganten Freundinnen in der Stadt. Man spielte Tennis oder setzte sich zum Bridge ins ›Salettl‹. Väter, die nach der Arbeit jeden Abend ausspannen konnten, zeigten sich bedächtig und mild. Kinder waren vergnügt und erdverkrustet. Die Döblinger schienen immer weniger zielstrebig, aber glücklicher als die meisten anderen Menschen in Wien.

Mein Jeep ist an der Hohen Warte angekommen. Die Straße hebt sich, sie führt an einzelnen Villen vorbei. In einer von ihnen lebte Franz Werfel mit seiner Frau Alma, ehe er ins Exil ging. Die Nazis vertrieben ihn. Vier Jahre früher, als der letzte ernsthafte Widerstand gegen den Faschismus gebrochen wurde, hatte er nicht verhindern können oder wollen, daß von seinem Garten aus eine Haubitze die Arbeitersiedlung des Karl Marx-Hofs beschoß. Wo der Hügel sich jetzt zum alten Dorf Heiligenstadt herabsenkt, ist die Straße von einem hohen Schutthaufen versperrt. Hier bitte ich meinen Fahrer, mich in einer Stunde wieder abzuholen, und gehe bergab zu Fuß. Ich habe den Militärmantel und die Schultertasche im Wagen zurückgelassen. Dieses letzte Wegstück bin ich lieber unbeschwert.

Die schmalen Gassen liegen friedlich im Abendlicht. Kein Mensch ist zu sehen. Ich biege in die Probusgasse ein, wo ich die ersten zehn Jahre meines Lebens verbrachte. Sie ist unzerstört. Nur das hohe Gebäude an der Ecke, ein Heim für taubstumme Kinder, ist von Bomben beschädigt und halb eingestürzt. Hier soll in meiner Kindheit der Blitz eingeschlagen und der Donner die Luft zerrissen haben, ohne daß ich aufgewacht bin. Über meine Tochter gebeugt während der ohrenbetäubenden Luftschlachten meiner Londoner Nächte, habe ich oft an diesen legendären Vorfall gedacht. Hat der Zusammenbruch dieses Hauses, als es dreißig Jahre später neuerlich getroffen wurde, die Kinder in der Nachbarschaft aus dem Schlaf geweckt? Ist eine neue Generation von Insassen von dem gleichen Schrecken über ihr ungeahntes Verderben ergriffen worden wie damals, als der Donner vergeblich an ihre tauben Ohren drang?

Es dämmert. Zu beiden Seiten die Weinhauerhäuser, in verblaßten Farben. Ich spähe in jeden Hof durch das halbgeöffnete

Tor. Unsere eigene Wohnung ist unsichtbar, sie ging auf den Garten hinaus. Aber ich ahne, hinter der Eingangstür, den kalten, kalten Flur, die Treppe zur Linken, und rechts unten den Korridor zum Garten. Mitten im Gras stand ein gespaltener Apfelbaum, den selbst ein kleines Kind erklettern konnte. In seinen Ästen, auf einem Sofakissen sitzend, hatte ich meine ersten Märchen gelesen. Flieder und Goldregen blühten am Rasensaum. Die Gartenhütte, voll rostiger Geräte, roch nach verrottetem Holz und süßer Fäulnis. Auf einem kleinen Hügel standen zwei Gartenzwerge, die ich eines schrecklichen Morgens zerbrochen hatte, indem ich ihre Nasen aneinander rieb.

In diesen Garten war wenig von der Außenwelt gedrungen. Erst als meine Mutter und ich zum Regiment meines Vaters stießen, in dem mährischen Dorf Krönau, dann in der Garnison von Krakau, hörte ich von verlorenen und wiedergewonnenen Städten, von Kämpfen und Gefahren, in die ein junger Offizier der k. und k. Armee verwickelt war. In Krakau, mit vier Jahren, hatte ich die Monarchie in ihrem letzten trügerischen Glanz erlebt. Es war ein lebhaftes, aber unzusammenhängendes Getümmel von Impressionen, das mir davon blieb: Damen in schwingenden, wirbelnden Röcken und Hüten wie Wagenräder am Arm ihrer uniformierten Gatten; grüne Zwiebeltürme im polnischen Winterhimmel; Offiziersburschen – ›Pfeifendeckel‹ – mit den Akzenten eines halben Dutzend von Nationen im Kaiserreich; Galaabende im Kasino, an denen plötzlich alles aufstand und das ›Gott erhalte‹ sang. Glasklar und unvergessen nur eine Fahrt im Armenviertel von Krakau, durch eine Straße, die man ›Kindergasse‹ nannte und in der ein Schwarm von abgerissenen, elenden kleinen Wesen dem Wagen nachlief, die Hände bettelnd ausgestreckt. Ich war entsetzt zwischen meinen Eltern gesessen, indes der Kutscher mit scharfem Peitschenknall die Kinder vertrieb.

Der Bitternis dieser Stunde entsprach nur die Heimkehr meines Vaters aus dem verlorenen Krieg. In irgendeiner Heiligenstädter Gasse hatte ich ein Lied aufgeschnappt, dessen Worte ich nicht verstand und das ich sang, weil mir die Melodie gefiel.

Die noblichten Herr'n
mit die goldenen Stern'
die wer'n jetzt die Straßen aufkehr'n –

Singend war ich in das Zimmer getreten, in dem mein Vater saß, das Kinn auf die Hand gestützt und immer noch in seinem schmucken Waffenrock, von dem die Sterne abgerissen worden waren. Das Lied löste einen Wutanfall aus, der mich demütigte und bis ins Mark erschreckte. Danach begann der Hunger und die Grippe-Epidemie. Ich wurde nach Dänemark geschickt, um zu Kräften zu kommen, und als ich wiederkehrte, erfuhr ich, daß unsere geliebte Schäferhündin Vera gestohlen und vermutlich von den ausgehungerten Dorfbewohnern aufgegessen worden war. Eines Tages gelang es unserem bösen Hausherrn, uns aus der Wohnung zu setzen, und unser Mädchen Lisi häufte einen Handkarren mit meinen Spielsachen an.

Im dunkelnden Licht stehe ich auf dem Pfarrplatz. Hier liegt meine Seele begraben. Wann immer ich in den zehn Jahren meiner Abwesenheit Heimweh hatte, war es nach diesem Ort. Wann immer ich gewisse Stellen von Beethoven oder Schubert hörte, erschien er vor meinem Blick. Ein kleiner Dorfplatz: links steht ein Bauernhaus, in dem die Eroica geschrieben wurde; ein anderes zur Rechten; und in der Mitte die kleine Kirche zu St. Jakob. Vor ihr, zwischen vier Bäumen, ein regenverwaschener heiliger Nepomuk, der das Kruzifix und sein Birett in barocker Verzükkung umklammert hält. Die Bäume sind kahl. Zu Füßen des Heiligen liegt ein Strauß von trockenen Winterbeeren. Im hölzernen Kirchtor hängen die Gemeindenachrichten wie zu meiner Zeit, aber ich bin von ihnen nicht betroffen. Wo meine Wurzeln tief in die Erde reichen wie nirgends sonst, bin ich eine völlig Fremde, so entrückt in Zeit und Raum wie ein geisterhafter Revenant.

Ich trete ein. Ohne nachzudenken, kniee ich nieder wie früher am Sonntagmorgen, am Tag meiner ersten Kommunion, vor jenen stolzen Fronleichnamsprozessionen, die im warmen Juni durch das ganze Dorf und wieder zurück zur Kirche führten. Eben wird ein Kindergottesdienst abgehalten, doch man hat nicht einmal den einzigen Kristall-Luster, nur ein paar verlorene Kerzen entzündet. Ich beuge mich auf meine Hände nieder, nicht mehr gläubig, aber von der Schönheit und Schlichtheit des Glaubens berührt. Alles angestaute Gefühl, jahrelang unterdrückt, als man seinen Mut für den Preis erkalteter Empfindung erkaufen mußte – aller Kummer um die Erniedrigung meiner Heimat, alle Sorge um meine Kinder im Krieg, aller Schmerz um den Tod meines Vaters drängt jetzt hervor. Ein paar Buben in den vordersten Bänken drehen sich um und starren die fremde Soldatenfrau an, die nahe der Tür kniet und schamlos vor sich hin weint. Schweigend liest der Priester die Messe, von einem kleinen Ministranten unterstützt. Das Weihrauchfaß schwingt und klirrt, mit einem schwachen, wie nur geträumten Klang.

Der Jeep wartet am besprochenen Ort. Aufgebracht über meine Verspätung, rast der Fahrer durch die dunklen Straßen nach Hause, über alle Bodenlöcher und Krater hinweg.

Im Pressequartier, auf der Treppe zu meinem Zimmer, höre ich Rufe und Gelächter aus dem Keller dringen. Ich laufe hinauf, werfe den Mantel auf's Bett und kämme mir das Haar, dann steige ich hinunter ins ›Honky-Tonk‹, wo eine Schar von Leuten, die ich alle bereits kenne, die Bar umsteht. Ein guter Geruch nach Virginiatabak, Bier und Whisky, viel gutmütiges Gekicher und das Surren von Pfeilen, die man nach der Scheibe wirft, kehlig oder heiser hervorgestoßene Scherzworte und freundliche Klapse, der hohe Barhocker wird mir entgegengerückt und ein Drink vor mich hingestellt mit energischem Aufprall. Das ist die Atmosphäre meines ›Fox and Grapes‹ und meines ›King of Denmark‹, der hundert Pubs in London und auf dem Land, besonders der Kneipen in Norfolk, die wir so oft besuchten, auf den Flüssen und Seen hin- und hersegelnd von dem einen ›Mild and Bitter‹-Bier zum anderen.

»Und wie haben Sie den Nachmittag verbracht?«

»Mit alten Erinnerungen.«

Nick setzt sich ans Klavier und spielt mit feinem Spott das Lied ›Sentimental Journey‹. Eine neue Runde wird gebracht. Wir trinken, gehen zu einem lärmenden Abendessen in den Speisesaal hinauf, kommen wieder zurück, trinken weiter und spielen Pfeilwerfen bis halb ein Uhr früh.

8. Februar 1946

In London gab man mir nicht nur Botschaften, sondern auch viele Pakete mit, die neben den Geschenken für meine Freunde mein Gepäck ausfüllten. Für Zivilkleider blieb kein Platz. Jetzt beginnt das Khaki mir unangenehm zu werden, aber ich sehe seine Vorteile ein. Ich muß auf öffentlichen Ämtern niemals warten. Wenn ich meinen Jeep verfehle, komme ich trotz des Gedränges in jede Straßenbahn, muß nicht nach kleinen Münzen suchen und werde weniger herumgeknufft als alle anderen. Ist kein anderes Verkehrsmittel erreichbar, nimmt man mich in englischen Dienstwagen mit. Und wann immer ich das Telefon benützen muß, gehe ich in einen Laden, eine Kinokasse oder ein Büro der Alliierten und hebe einfach den Hörer ab. Ohne Uniform könnte ich keinen Bruchteil meiner Besuche und Expeditionen machen, und ich erfahre mehr auf diesen Rundfahrten über den Zustand Wiens als auf jede andere Art.

Neun Monate nach dem Krieg liegt die Stadt noch immer im Chaos. Riesige Schuttberge versperren Tore und Durchgänge, bombenbeschädigte Gebäude bleiben gefährlich; in den Februarstürmen, die sich so plötzlich erhoben, wie sie wieder erstarben, flogen nicht nur Schindeln vom Dach, sondern stürzten ganze Häuser ein – wie jenes, das unlängst einen Wagen mit Kutscher, Beifahrer und Pferden unter sich begrub. Es gibt wenig Verkehr; Menschentrauben kleben auf den Stufen zu beiden Seiten der Straßenbahnen, flankiert zumeist von Sowjetsoldaten, die diese Art von Transport nicht nur beherrschen, sondern offenbar genießen. Die sonderbar zusammengewürfelte Masse, die an die Stelle der Wiener getreten ist, scheint zu hungrig und verdrossen, um tüchtig oder zumindest höflich zu sein. Überdies hat sich ein natürlicher Hang, alle Dinge schwieriger zu gestalten, als sie es schon sind, offenbar noch vermehrt. In dieser Stadt wurden Pakete immer persönlich ausgetragen oder Briefe geschrieben, statt daß man das Telefon benützte. Eine gewisse altmodische Umständlichkeit gab es noch in der ersten Republik. Jetzt, nach einer Periode deutscher Überorganisation, sind die Menschen mit Erleichterung in das *laisser faire* von früher zurückgesunken.

In allen Bezirken die gleichen verbarrikadierten Läden, leeren Cafés und geschlossenen Restaurants. Das Leben ist aus den Straßen gewichen, aber man merkt, daß sich hinter den toten Fassaden manches regt. Da und dort sieht man in einem Schaufenster einen schön geschliffenen Glaskrug, einen einzigen anmutigen Schuh auf wohldrapiertem Tuch, eine einfallsreiche Fetzenpuppe oder Abendtasche. Die jungen Mädchen – reizlose Doppelgängerinnen der Wienerinnen von ehedem – sind schlecht, obschon keineswegs ärmlich angezogen, aber die wenigen offenen Läden der Inneren Stadt zeigen ein paar erlesene Modelle, als warteten sie auf eine Wiederkehr des weiblichen Geschmacks.

Verwüstet, zahnlos und angesengt, trägt das Gesicht der Stadt noch seine alten Züge. Seine höchste Glorie, die vielen Barockkirchen und Paläste, sind unberührt. Wann immer das ungewisse

Wetter es zuläßt, glänzt eine scheue Vorfrühlingssonne auf den patinierten Dächern und Kuppeln. Der Stephansturm, von zittrigem blaugrauem Nebel umhüllt, ragt über die zarte Linie des Wienerwaldes, zu seinen Füßen liegen leere Hülsen, alles im engen Umkreis ist zerstört. Dahinter, in einem dichten Netz von alten Gassen, stehen die Stadthäuser des Adels und der Bourgeoisie, edelproportioniert und einfallsreich in ihrer Ornamentik. Nur ihre Farbe hat an Würde verloren. Was einst das vornehme Grau einer Witwe von Stand war, erscheint jetzt aschfahl vor Kummer und Vernachlässigung.

In einem der Häuser, die etwa ein Jahrhundert, nachdem sie erbaut wurden, dem Luftbombardement zum Opfer fielen, haben, einen Steinwurf vom Dom entfernt, meine väterlichen Großeltern gewohnt. Sein Tor ist jetzt vom Mauerwerk der eingestürzten oberen Stockwerke ausgefüllt. Durch die Fenster, von denen aus ich als Kind den Leichenzug des Kaisers Franz Joseph über die Ringstraße ziehen sah, erspähe ich Teile der einstigen Wohnung. Hier sind Spuren der gelben Tapete des Schlafzimmers und der burgunderroten im weitläufigen Salon. Dort, absurd in den Himmel gereckt, stößt das Rohr des Badezimmerofens hervor, dessen Terracotta-Tönung ich immer bewundert habe. Die Eingeweide eines Lebens, das viele Jahrzehnte andauerte, sind jetzt den Blicken aller Neugierigen ausgesetzt. Dahin das Meißener Porzellan mit dem Zwiebelmuster, dahin das fürchterliche Pseudo-Renaissance-Mobiliar, reich geschnitzt mit Löwentatzen und Adlerköpfen, dahin die letzten Früchte bürgerlichen Wohlstandes, herübergerettet aus einem früheren Weltkrieg und finanziellen Zusammenbruch.

Mein Großvater war Kaufmann, der Inhaber einer Firma, die ihren Sitz im traditionellen Geschäftsviertel nahe dem Franz-Josephs-Kai besaß. In diesem Stadtteil sind die ärgsten Verwüstungen geschehen. Die wütendsten Kämpfe während der Belagerung fanden zu beiden Seiten des Donaukanals statt, als die zurückweichenden SS-Bataillons, ironischer Weise im früheren Ghetto verschanzt, die Stadt von ihrem Ufer aus beschossen hatten. Der Kai, dieses Merkmal der merkantilen Jahrhundertwende, wurde fast zur Gänze von deutschen Geschützen zerstört. Alle Brücken außer einer sind geborsten, ihre Reste ruhen im Wasser, das überdies von versunkenen Schleppkähnen blockiert zu sein scheint. Während ich mit einem anderen Korrespondenten an dieser Kette von Ruinen vorüberfahre, verleiht ein plötzlicher Schneesturm ihrem Anblick eine barbarische Trauer. Wir einigen uns, daß dies der Augenblick ist, um den Prater aufzusuchen. Was von ihm übrig ist, sieht in diesem Wetter zumindest nach den Folgen einer Naturkatastrophe aus.

Der Prater, ein anderes Wahrzeichen des großen bürgerlichen Jahrhunderts, hat von jeher allen Schichten zur Erlustigung gedient. Vornehme ältere Damen und Herren rollten gemächlich zu den Pferderennen in der Freudenau, indes wohlhabende junge Leute ihr Geld und gutes Aussehen beim Blumenkorso zur Schau stellen konnten. Liebespaare wandelten unter weißen und rosafarbenen Kastanienblüten. Große gemütliche Familien nahmen große gemütliche Mahlzeiten in einem der drei Kaffeehäuser am Rand der Hauptallee ein, oder in den ungarischen, tschechischen, serbischen, polnischen und italienischen Gaststätten in der Nähe des Wurstelpraters. In diesem volkstümlichen Teil amüsierten sich Kinder, Köchinnen und Soldaten. Am liebsten fuhren sie mit der Grottenbahn durch finstere Schluchten, in denen Märchenszenen oder Schreckbilder aufzuckten und wieder verschwanden: Wölfe mit gefletschten Zähnen, Zwerge, um einen funkelnden Schatz geschart, oder eine grausige Darstellung des Erdbebens von Lissabon, das sich unter ohrenbetäubendem Donnergrollen vor ihren Augen vollzog. Wieder im Freien, hörten sie die Schreckensschreie von der sausenden Scenic Railway. Ringelspiele, bevölkert von Pferden, Elefanten, Drachen, Einhörnern und jeder Art von heraldischem Tier, drehten sich zum metallischen Klang der

Polka. Das ehrwürdigste Karussell bewegte sich um die gigantische Figur eines Chinesen, den man ›Kalafatti‹ nannte – angeblich, wenn auch nicht recht einleuchtend, eine Verballhornung des Wortes Kaliphat. Für kleine Kinder gab es Marionettentheater mit jenem ›Wurstel‹, der dem ganzen Bereich seinen Namen lieh. Seit 1873, dem Jahr der Weltausstellung, hatte hier das Riesenrad gestanden, mit seinen vielfarbigen Waggons, beleuchtet von Lampions, in denen man hoch im Bogen durch den Abendhimmel fuhr.

Von allen Freuden meiner Kindheit wollte ich diese eines Tages meinen Kindern bieten. Christine, verliebt in jeden Vergnügungspark, in lebende und hölzerne Ponys, in große bunte Luftballons, hat schon lange darauf gewartet. Aus einem amerikanischen Kinderbuch namens ›Gigi the Merry-go-round Horse‹ hat sie einen deutlichen, obschon unzutreffenden Eindruck vom Prater gewonnen und mich beschworen, ihr zu schreiben, ob hier alles noch zu finden sei – Gigi, ›deren Mutter eine Tanne war und deren Vater der Wind, der durch den Wienerwald bläst‹ Victorine, die kastanienbraune Stute und ihr Reiter, ›Seine Durchlaucht, des Kaisers jüngster Sohn‹.

Aber weder der amerikanisierte Wunschtraum noch meine eigene Wirklichkeit des Praters läßt sich in der Wildnis aufspüren, die an seine Stelle getreten ist. Granatenbeschuß und ein Brand, der im Holz und Farblack der Buden ungehindert wüten konnte, haben ihn vom Erdboden getilgt, als hätte er niemals existiert. Der grauenhafte, unvergeßliche Anblick des Erdbebens von Lissabon ist zur Wahrheit geworden. Der Vergnügungspark ist durch eine Wüste verkohlter Balken und verkrümmter Eisenträger ersetzt, über die das Riesenrad, verbogen und ohne Waggons, in schmerzlicher Einsamkeit hinausragt.

Ich steige aus dem Wagen und mache ein paar Schritte durch den frischgefallenen Schnee. Die Toten, stand kürzlich irgendwo, sind uns so gründlich entzogen, daß es nicht darauf ankommt, ob sie gestern oder vor tausend Jahren gestorben sind. Hier, auf dem Friedhof des Praters, komme ich mir vor wie in Pompeji. Mit kaltem, historischem Interesse suche ich hinter Schutt und Asche eine Epoche, die nicht weniger tief im Schoß der Zeit zu liegen scheint als das Römische Reich.

FRANZ TUMLER

Wenn du durchfährst hier

Das Hotel klein, heiß, das heißt: unten geht es, auf dem Fußboden aus weißem Marmor. Aber wenn ich die Treppe in die Höhe gehe, die vier Stockwerke, schlägt mir die Hitze entgegen. Zuletzt aus dem Zimmer, in dem die Frau auf dem Bett liegt, mit Schweißperlen auf der Stirn und nackten Armen, und den Kopf nicht rührt. Nur die Augen rührt, die hin- und hergehen und sagen: Bitte Wasser. Und wenn ich sie stütze, trinkt sie, und das Wasser rinnt ihr über die Lippen auf die Haut, es ist eiskalt. – Und ich brauche es aus dem Hahn nicht lange laufen zu lassen, es ist im ersten Augenblick kalt, trotz der Hitze sonst hier, weil hier Gebirge ist, weil es aus dem Stein kommt, aus der harten dichten sofort eiskalten Steinmasse, auf der die Erde in den Tälern hier ein bißchen verwitterte Krume ist, nicht sehr tief, nicht locker, und von Steinen durchsetzt. – Aber sonst ist die Hitze im Zimmer – und hier auch auf dem weißen Marmor, aus dem das Waschbecken ist; und dem weißen Marmor, aus dem das Fenstergesims ist; und draußen auf den rostroten Ziegeln, engen Röhrchen nebeneinander, auf die ich hier sehen kann – auf die niederen Dächer. – Ich habe sie unter mir: die rostroten Ziegel, die Fliegen, die auf ihnen kriechen, die Schwalben, die über ihnen fliegen; und nur etwas ist grün – eine Wand gegenüber, höher als die Ziegeldächer und auf der anderen Seite, der Platz dazwischen; dort steigt sie auf, höher auch als das Hotelzimmer: eine grüne Efeuwand an einer grauen Mauer. – In dem Efeu raschelt die trockene Hitze, in den grauen Mauersteinen sitzen Spinnweben, aber die zierlichen Fenster haben Stäbe und Bogen und Kleeblätter – und wieder aus weißem Marmor. Es sieht aus, als wären sie extra unterstrichen und nachgezeichnet, damit man sie deutlich sieht in der grauen Mauer und über der grünen Efeuwand, die sie allmählich umflutet: grün und grau, Efeu, Stein und Fensterloggia; das Kastell.

Ich sage der Frau den Namen, er steht im Reiseführer. Das Kastell Buonconsiglio, die Loggia gotisch. Ich lese es ihr vor, wie es dasteht: Der Mittelbau und der Flügel, der die Museen enthält, sind Renaissancebauten. Ich lese es ihr nicht mehr ganz wörtlich vor, aber sehe die Sätze, wie sie dastehen: Man besichtigt das Museo Nazionale Trentino mit Gegenständen aus archäologischen Grabungen in der Region, und das Museo del Risorgimento mit Erinnerungsstücken aus den Freiheitskämpfen bis zum Krieg 1915 bis 1918.

Aber nun höre ich zu lesen auf. Die Frau sieht mich an. Es ist nicht das erstemal, daß wir so aufhören mit Lesen oder Reden, weil uns die Stimme versagt, und daß wir uns ansehen und nur wissen, daß wir am Leben geblieben sind, und daß es ein anderes Leben sein wird, das beginnt. Die Frau denkt, es ist auch jetzt so. Aber ich lese weiter und höre noch einmal auf und lege ihr den Finger auf die Zeilen. Ich sage: Es ist die Hitze. Sie liest: Ferner werden als ein italienisches Nationalheiligtum die Zellen gezeigt, in denen die Patrioten Damiano Chiesa, von den Österreichern am 19. Mai 1916 füsiliert, Cesare Battisti und Fabio Filzi, am 12. Juli 1916 gehenkt, ihre letzten Stunden verbrachten, und der Graben der Märtyrer, wo sie den Tod fanden.

Ich sehe hinüber, sehe neben der Pforte eine weiße Tafel, ein Viereck aus Marmor, und davor ein Blechschild mit einem Pfeil. Ich bin hinübergegangen und bin wieder umgekehrt. Aber seither weiß ich, ich bin hier vor dieser Pforte. Und sehe jetzt von dem

Hotelzimmer hinüber: von dem Zimmer mit dem Bett, in dem die Frau liegt, die sich nicht rühren kann. Aber es ist der erste Tag, und es wird besser – nein, keinen Arzt, sagt sie. Es ist nachmittag. Vormittag war ich drüben an dieser Pforte. Und alles ist Zufall: als sie uns in das Hotel brachten, war es finster; und der Mann, der uns brachte, war der Mann vom Abschleppdienst, der Besitzer, proprietario, ein höflicher älterer Mann mit einem Schnauzbart, einer dicken Frau, einer jungen Tochter, einem Hund im Auto. Und Zufall auch, und woran mich der Schnauzbart erinnert, so daß ich es hätte erkennen müssen: ein Mann, der noch in der österreichischen Armee gedient hatte – ja, so alt. Und jetzt Abschleppdienst, gewissenhaft, beruhigend, fährt sicher durch enge Straßen, die kaum breiter sind als sein großes Auto; fährt an grauen Mauern vorbei, an erleuchteten Springbrunnen, Efeugärten, Palmen – immer im Kreis, kommt mir vor, und lädt uns hier ab: hält vor dem Hotel mit seinem Auto, in dem wir fahren, weil es unser Auto jetzt nicht mehr gibt. Aber nichts ist geschehen. Und tritt noch an die Bar mit uns, trinkt ein Glas Wein mit uns. Die Frau kann den Kopf noch rühren. Aber allmählich, als sie sich beruhigt, kommt der Schmerz. Sie hält noch durch, bis der Wein ausgetrunken ist: dieses Glas und noch ein anderes Glas; und bis man alles genauer erkennen kann, was hier ist: den weißen Fußboden, der durch den Flur und die Bar bis in den Speisesaal geht, und auf dem weißen Stein die Schmutzspuren der Schritte, und draußen eine Schwingung von Platz, Brüstung, Mauer, grüne Efeuwand, das Kastell; und die roten Weintropfen auf dem weißen Stein der Bar – ein helles Rot, wie es dieser Wein hier hat. Sie trinkt und schleckt und sieht nun doch unruhig auf die Tür nach oben, aber hält aus, bis die Wirtin kommt, bis das Zimmer fertig ist – dann geht sie nach oben.

Das Hotel klein, heiß. Und unten der Mann vom Abschleppdienst, der auf mich wartet. Er vertreibt sich die Zeit, indem er aus einer Art Aquarium, das mit Luft gefüllt ist, Zigarettenpackungen fischt. Er wirft eine Münze ein und bewegt eine Angel, die wie ein winziger Greifbagger ist, im Innern eines gläsernen Kastens. Ein leises Surren kommt aus dem Kasten, solange er auf die Hebel drückt. Dann kommt Stille, und die Angel geht langsam nach unten. Sie streift an künstliche Korallenbäume, Blüten, schwankt ein wenig; der Mann kneift das Auge zu, als wolle er schießen, er kann die Angel stoppen. Vorsichtig dirigiert er sie, hält sie an, läßt sie ein Stück in die Tiefe. Aber nun kommt der Augenblick, in dem die Greifklauen die Packung berühren, und nun kommt das Surren wieder, sie werden sich schließen. Dem Mann gelingt es, die Packung zu fassen, sie geht ein Stück hoch über dem künstlichen Schottergrund, aber nun rutscht sie aus – rutscht nicht ganz heraus aus den Greifklauen, schwebt zwischen den Korallenästen. Bravo, sagt jemand, es ist der Wirt, der herzugetreten ist, er sagt es mit ernster Miene in dem jungen Gesicht, das immer aussieht, als habe er alles mögliche zu bedenken. Und er nimmt sich auch nur einen Augenblick Zeit, das Ereignis zu notieren, dann geht er hinter die Bar und schenkt zwei Gläser Wein ein. Der Mann vom Abschleppdienst richtet sich auf. Er hat eine Packung amerikanischer Zigaretten gewonnen. Er bietet mir eine an. Er bietet mir ein Glas Wein an, die zwei Gläser an der Bar sind für uns bestimmt, er hat sie bestellt. Er fragt: Und wie geht es der Frau? – und er spricht leise, schonungsvoll, beruhigend, so wie ich ihn von gestern kenne. Er war der Mann, der uns zur Ruhe brachte nach dem Schock, er und dieser andere ältere Mann, der Carabiniere-Major, ihm merkwürdig ähnlich, als wären sie Brüder; aber er war der erste Mann, mit dem wir ohne Schwierigkeit sprechen konnten. Jetzt bringt er mir die Rechnung und das Ergebnis der Untersuchung des Wagens. Er läßt sich reparieren, sagt er, Sie können wieder fahren. – Und dann hat er noch unsere Pässe. Und nun plötzlich blickt er lebhaft über seinem Schnauzbart und sagt: Ich habe gesehen, Sie sind in Bozen geboren, dann sind Sie ja hier zu Hause!

Ich weiß nicht mehr, wie das Gespräch wörtlich ging, aber er verstand dann, daß ich hier doch nicht zu Hause war, sondern anderswo aufgewachsen war, wohnte, lebte, nur geboren war hier. Und ich sage ihm diese Geschichte, die ich immer erzählen muß: als Kind schon weggekommen, weil der Vater gestorben ist, den Vater nicht gekannt, aber manchmal als Besuch wiedergekommen – ich sage: früher beinahe jedes Jahr, aber jetzt schon lange nicht mehr, das letzte Mal vor fünf Jahren. – Er sieht mich an und sagt: Das ist aber merkwürdig. Jemand, der in seine Heimat fährt, und dann passiert ihm das hier. – Er wirft eine Münze ein. Und stellen Sie sich vor, sagt er, als er die Angel bewegt, – wenn es nun anders ausgegangen wäre. Stellen Sie sich vor, und dann eine Notiz in der Zeitung …

Ich weiß, was er meint. Er sagt: So etwas gibt es. Hier sind Sie geboren, kommen wieder in Ihre Heimat, und eine winzige Drehung anders … – Die Angel greift zu, die Packung schwebt in die Höhe, aber nun rutscht sie aus und fällt auf den Kiesgrund. Er sagt: Und Ihre brave Frau, die brave. Er sieht mich aufmerksam an. Ich sage es immer – es ist mehr als Zufall in einer solchen Sache. – Er versucht es mit einer dritten Münze. Aber der Apparat streikt. Er rüttelt an dem gläsernen Kasten, aber die Münze fällt zurück, die Greifklauen rühren sich nicht. Er sagt: Aber nun war es ja anders, nun sind Sie nur gestoppt worden hier, und nichts ist passiert, und übermorgen werden Sie fahren. Oder in drei Tagen – er rechnet nach: Samstag, Sonntag; in fünf Tagen, sagt er, wenn Sie die Reparatur haben wollen – Sonntag können wir fertig sein!

Er greift nach dem Glas an der Bar, trinkt mir zu, und nach ein paar Worten sind wir uns einig: ich werde ihn besuchen in der Werkstatt bei seinem Kompagnon. Der wird mir alles vorrechnen, was zu machen ist, was es kostet; und dann werde ich mich entscheiden. Muß mir vielleicht Geld schicken lassen, hoffentlich dauert das nicht zu lange. – Und dann noch ein paar Worte, während Leertrinkens, und dann noch ein anderes Glas, wie am Abend zuvor. Geld, sagt er, ja. Und überlegt eine Weile, als wolle er nochmals die Tage zählen, dann streckt er die Hand vor, als müsse das offen bleiben. Er stellt sein Glas hin, bezahlt; unser Gespräch ist zu Ende. Da fällt ihm noch etwas ein: er fragt, ob ich Angehörige habe im Lande. Ich sage ihm das Dorf, in dem meine Verwandten leben, mein Vater geboren ist, herstammt. Da sieht er mich einen Augenblick an, als wolle er mich etwas fragen. Er sagt: Wo Sie auch herstammen, im Grunde. Ich sage: Im Grunde, ja. Er kennt das Dorf und zeigt jetzt auf den weißen Marmor, aus dem die Bar ist, und der Fußboden; und auch der kleine Schotter am Grund des gläsernen Kastens ist aus solchen Marmorstückchen. Ich weiß, was er sagen will: Der weiße Marmor kommt von dort her, er wird in dem Tal hinter dem Dorf gebrochen, und in dem Dorf selber sind die großen Lagerplätze, die Sägen, die Industrie für den Marmor.

Ich kenne das alles, sagt er, und da sind Sie ja durchgekommen gestern bei Ihren – Verwandten. Und das habe ich eben überlegt, wegen Geld, wenn Sie Verwandte hier haben, und wenn es aus dem Ausland nicht schnell genug geht, könnten Sie ihnen nicht Nachricht geben?

Ich sage: Ja. Ich sage ihm nicht, daß ich an dem Ort vorbeigefahren bin, und daß die Verwandten nicht wissen, daß ich hier fahre. Er sieht mich an und merkt vielleicht nun etwas wie Zögern in meinem Gesicht, ein Stehenbleiben von Gedanken, und sagt: Aber machen Sie sich keine Sorgen. Geld, soviel Blech, Sie können sich immer sagen: es ist ja auch nichts passiert.

Aber ich denke an die Frau, die oben liegt, und verabschiede mich, ich will wieder zu ihr.

Will nicht zu lange wegbleiben von ihr, obwohl sie sagt, daß es besser geht, und daß sie nichts braucht. Sie sagt: Nur den Hals kann ich schwer rühren. Da knackst etwas, beim Drehen. Aber ich muß mich nicht rühren, dann ist es gut. Laß mich nur liegen hier, du kannst nicht immer hier sitzen, du mußt einmal weggehen für eine Stunde. Und schickt mich weg, einkaufen. Und geht mir mit den Augen nach bis an die Tür, rührt sich nicht, liegt nackt unter der graumelierten gehäkelten Bettdecke, weil die am wenigsten heiß ist, und sieht mir so nach, mit weißer Stirn, das Haar angeklebt, die Arme weich und mit blauen Adern, und lächelt.

Und weiß, daß sie aufhört zu lächeln, sobald die Tür zu ist. Ich gehe nach unten, die vier Stockwerke hinunter auf der Stiege, die sich eng dreht um die Spindel aus weißem Marmor, und deren Stufen aus weißem Marmor von Stockwerk zu Stockwerk in die Tiefe mehr abgetreten sind, heroben noch scharfe Ränder haben wie Zuckerstücke, unten weiche Ränder haben, aber immer gleich unvermindert weiß sind wie Zucker, bis zu dem Fußboden unten, auf dem es kühl ist. Und denke, daß es mir der Mann nicht hätte zu sagen brauchen: der Fußboden aus Marmor, und die Marmorplatte, aus der die Bar ist – und daß es das erste war, das ich sah, als wir hereinkamen gestern abend, und das erste, was ich dachte: daß ich weiß, woher dieser Marmor kommt – aus dem Ort, wo die Verwandten wohnen. Und denke: vorbeigefahren an diesem Ort, wo sie wohnen, wo der Vater geboren ist, wo sein Grabstein steht. Und dann eingeholt. Noch ein Stück gefahren in den Abend hinein, und dann eingeholt, gestoppt, ein alter Mann geht quer über die Straße, zwingt mich auszuweichen, bringt mich zu Boden. Ende.

Jemand, der in das Land reist, in dem er geboren ist, er sagt immer: es ist meine Heimat, aber diesmal will er durchfahren, er nimmt keine Notiz von ihr, da nimmt das Land von ihm Notiz, schickt ihm einen alten Mann über die Straße, stoppt ihn, macht ihn heimkehren; und es ist nicht weit von dem Ort, in dem er geboren ist; und jetzt aufhört, nach so vielen Jahren, die er gelebt hat.

Der Grabstein des Vaters ist aus weißem Marmor. Ich habe ihn der Frau gezeigt, beim Vorüberfahren in der Kurve an der Friedhofsmauer – seine Rückseite, wie er mit einem Bogen und Gesimse und Kreuz über die Mauer hervorragt, und habe ihr dahinter die weißen Gebirge aus aufgetürmten Marmorblöcken gezeigt unter den silbrigen Stahlgelenken der Krane, die großen Platten Marmor, die dort liegen, von den Kranen gepackt, von den Sägen aus Stahlsaiten zerschnitten werden; habe auf die Geleise im Wald hingezeigt, wo sie zu Tal gebracht werden: dort kommen sie herunter! Und wenn du rechts hinsiehst, den Berg hinauf …

Ich selber kann nicht hinsehen, muß auf die Straße achten, die jetzt durch das Dorf geht, mit der Bar Milano, dem Gemeindehaus, der neuen Schule, die der Vetter gebaut hat, der hier Bürgermeister ist – er hat es geschrieben: vor drei Jahren gebaut, ich seh sie zum ersten Mal; so lange war ich nicht hier. Bleibe auch jetzt nicht hier, sondern fahre, aber weiß alles auswendig von früher: was rechts ist und was die Frau jetzt sieht – den Berg hinauf, diese Schneise, das ist die schiefe Ebene, heißt so. Und dahinter siehst du die Waldbahn. Und ganz hinten die hellen Flecke, das Loch im Berg, das ist schon der Marmorbruch. Die Frau sagt: Ja, ich seh es! Ich sehe ihre nackten Füße auf dem Gummiboden vor dem Sitz neben der Handbremse, die rotgemalten Nägel, die Äderchen auf der Haut, das Flaumhaar. Sie sagt: Ich seh es.

Ich weiß auch weiter alles auswendig: jetzt rechts dieses Haus, wo die Gasse hineingeht, das dritte Haus, das ist, wo mein Vetter wohnt. – Ja, ich seh es. Aber es ist schneller vorüber als der Satz, den sie sagt. Ich höre es als kurzes, dumpfes, anders gefärbtes Echo des Fahrgeräusches in der schmalen Öffnung der Gasse. Hast du es gesehen – den Oleanderbaum neben der Haustür, den Weinstock? – Ja, ich habe es gesehen! Und jetzt, wenn du dich umdrehst, hinten links dieses neue Haus mit dem Balkon – die Frau dreht sich um, ich spüre ihren weichen Arm an der Schulter (so wie ich ihn später spüren werde, als wir uns überschlagen – in diesem Moment den Druck ihres Körpers spüre, ihre nackten Füße sehe, die rotgemalten Nägel). Sie sagt: Ja, ich seh es; und dreht sich weiter herum, so daß mir ihr trockenes Haar an die Wange weht, wie sie den Kopf wendet und auf das Haus sieht, das zurückbleibt. Ich weiß auswendig, es ist noch immer zu sehen, langsam sinkt es ein hinter dem Hügel aus Ginster, ich sage: Dort wohnt der andere Vetter. Sie fragt: Der, von dem du mir erzählt hast? Sie sieht jetzt zu mir her, und sitzt wieder gerade, als ich sage: Ja, der; und sagt dann: Aber da waren alle Läden zu an dem Haus!

Ich habe es ihr erzählt, von diesem anderen Vetter, der sich dieses Haus gebaut hat vor drei Jahren; und mir vor fünf Jahren, als ich das letzte Mal hier war, die Pläne zeigte, und dann grade einzog mit seiner Frau und den zwei kleinen Kindern; aber kaum, daß er drin war, abgeholt wurde, eingesperrt ist – habe ihr erzählt von dieser Sache, die damals anfing und immer noch nicht zu Ende ist: den Sprengungen von Hochspannungsmasten, den Verhaftungen, der unterirdischen Unruhe im Land. Und habe ihr den Vetter geschildert, ein ruhiger Bursche, aber vielleicht sind die so. Aber ob er wirklich etwas zu tun hat mit der Sache? Man weiß es nicht, er war angestellt bei der Montecatini zur Kontrolle der Hochspannungsleitungen und wohnte im Depot bei den Marmorwerken, konnte an Sprengstoff heran. Und jetzt ist doch dieser Prozeß wegen der Verhöre damals.

Welcher Prozeß? fragt die Frau.

Ich habe es ihr erzählt: von den Plastikbomben, den Sprengstoffverstecken, und von den zwei Richtungen unter den Leuten. Jetzt hat sie die zwei Häuser gesehen. Das Flaumhaar und die Äderchen unter der Haut, und ich sage: Der eine Vetter ist ja dagegen. Sie fragt: Der Bürgermeister ist? Ich sage: Ja, der ist dagegen. Aber es gibt die andere Richtung, und vielleicht war der andere Vetter bei diesen Leuten. Und jetzt ist er doch schon beinahe drei Jahre weg von zu Hause. Und damals hat man sie geschlagen bei diesen Verhören, und alles mögliche. Es war in der Zeitung.

Bei welchen Verhören?

Ich spüre das trockene Haar, wie sich die Frau zu mir wendet. Ich weiß alles auswendig, auf dem Hang links die ersten Weingärten, die ersten Edelkastanien, kannst du sie sehen, diese dicken Kronen, dieses Laub, da fängt jetzt etwas anderes an. Ich weiß es auswendig: auf demselben Berghang ganz oben die zwei weißen Vierecke, zwei Häuser, von dort kommt mein Großvater her. Kannst du sie sehen?

Die Frau sieht nicht hin. Ich spüre den Druck ihres Arms, wie sie sich ganz zu mir dreht. Sie fragt: Aber wenn sie ihn abgeholt haben, was ist aus seiner Frau und den Kindern geworden? Das Haus war ja zu.

Ich weiß genau: die zwei Vierecke oben, jetzt vor der Kreuzung kommen sie heraus, jetzt tauchen sie wieder ein in die Waldspitzen. Aber ich weiß nicht so genau etwas von diesen Verhören, und weiß auch nicht, was mit der Frau und den Kindern des Vetters ist. Ich weiß auch von dem Prozeß nur, was ich in den Zeitungen gelesen habe, und auch da nur die Überschrift; das war noch oben an der Grenze, etwas von diesem Prozeß; in diesen Tagen soll er zu Ende gehen, irgendwo.

Die Frau sagt: Ja, daran erinnere ich mich jetzt auch, an die Überschrift. Es war die Zeitung, als wir warten mußten an der Grenze.

Und sieht nicht hin, was ich ihr, wie ich es auswendig weiß, sage: wo diese zwei Häuser am Berg oben sind; und jetzt merke ich, daß sie mich ansieht. Sie sagt:

Aber hättest du dich nicht kümmern sollen, wenigstens um die Frau und die Kinder, was mit ihnen ist, wenn du schon durchfährst hier?

JOHANNES URZIDIL

Der Attentäter

An den politischen Blitzschlag vom 28. Juni 1914 kann ich nie denken, ohne mir unwillkürlich ein späteres Erlebnis zu vergegenwärtigen, das mich zwei Jahre nachher in absonderlicher Weise dem Hauptakteur des Mordes von Sarajewo nahebrachte. Im Sommer 1916 wurde ich von meinem Regimentskader für kurze Zeit nach dem Garnisonsspital Theresienstadt gesandt. Alle Welt weiß heute, was ein Vierteljahrhundert später dieser Name bedeutete: eine Schreckenszentrale, eine der tragischen Zwischenstationen auf dem Wege zur qualvollen Vernichtung zahlloser unschuldiger Menschen. Aber im Jahre 1916 hatte der Name Theresienstadt noch keinen so schauerlichen Klang. An der freundlichen Mündung der Eger in die Elbe gelegen, beherbergte die 1780 errichtete, aber etwa hundert Jahre später geschleifte Festung zwar noch österreichische Militärdetachemente, aber auch an die achttausend tschechische und deutsche Zivileinwohner, die sich hinter den dekorativen Toren und Wällen, hinter den alten Schanzen und Gräben durchaus wohlbefanden. Es war also eigentlich eine offene Wohnstadt. Die Festungsanlagen hatten allerdings immer auch als Staats- beziehungsweise Militärgefängnisse gedient. Der berühmteste Gefangene dort war einstmals der tapfere Fürst Alexander Ypsilanti gewesen, der 1821 Griechenland mit russischer Hilfe von den Türken hatte befreien wollen, dabei aber scheiterte und nachher von Österreich, dem Bundesgenossen der Türkei, in verschiedenen Kerkern, darunter auch in Theresienstadt, gefangengehalten wurde. Es hatte also diese Festung, als ich 1916 dort eintraf, schon seit langem eine Art historischer Verbindung mit Balkan und Levante.

Mein Aufenthalt in Theresienstadt bestand aus Warten und Umhergehen. Es gab damals dort zwischen den verschiedenen militärischen Baulichkeiten allerlei Gartenanlagen. Eine davon war mit dem Garnisonsspital verbunden (das übrigens – wie man mir berichtete – auch während der Nazibesetzung als Spital diente). Ein Teil nun dieses Spitalgartens – oder richtiger dieses mit gelegentlichen Bäumen bepflanzten Hofs – war durch ein festes Eisengitter von einer frei zugänglichen Anlage getrennt. Hinter dem Gitter aber konnte man täglich zu bestimmten Zeiten die in der Festung gehaltenen Häftlinge, soferne sie unter ärztlicher Aufsicht standen, auf ihrem Rundgang sehen. Auf einen dieser Häftlinge machte mich gleich am ersten Tag jemand ungefragt aufmerksam.

»Das ist Prinkip, der Mörder des Thronfolgers.« Selbstverständlich betrachtete ich diese Erscheinung mit größter Aufmerksamkeit. Es war ein schmächtiger junger Mensch, im Gehen vorgeneigt, als wäre sein Kopf mit Blei angefüllt, das bleiche, fast bläuliche Gesicht unverkennbar von den Schatten der Todeskrankheit gezeichnet, der er dann kurze Zeit später erlag. Ich heftete meine Augen fest auf ihn, überzeugt, ich könne seinen Blick herausfordern, was mir auch bei seinem dritten Vorbeigehen wirklich gelang, denn plötzlich hob er den schweren Kopf ein wenig und sah mir ins Gesicht. Über das Gitter hinweg war er nicht mehr als etwa zwei Meter von mir entfernt. Doch war sein Blick durchaus nicht so, wie man ihn erwartet hätte, nicht jenes scharfstechende Visieren eines Klischeefanatikers. Mir war, als hätte mich Rilkes Tiger im Jardin des Plantes gestreift:

»Sein Blick ist vom Vorübergehn der Stäbe
so müd geworden, daß er nichts mehr hält.
Ihm ist, als ob es tausend Stäbe gäbe
und hinter tausend Stäben keine Welt.«

Dann wurde er abgeführt. Ich sah ihn von da an täglich. Ich war auf die Minute da, wenn die Häftlinge ihren Rundgang begannen. In der sonst langweiligen Stadt, in der ich eine Entscheidung über mein künftiges Geschick abzuwarten hatte (Front, Etappe oder Hinterland), verbrachte ich meine Zeit damit, auf den Moment zu passen, bis Prinkip käme und mir durch die Gitterstäbe seinen Blick zuwenden würde. Er tat dies auch jedesmal. Er schien sich daran gewöhnt zu haben, mich an einer bestimmten Stelle stehen zu sehen. Es entstand so ein merkwürdiger unausgesprochener Rapport. Ich suchte zu erforschen, was sich hinter seinen Gesichtszügen verberge, wie der eigentliche Mensch beschaffen sein mochte, der zum auslösenden Instrument eines Weltbrandes geworden war, ob ihn Genugtuung über das Geschehene erfüllte und ob er überhaupt die ungeheuerliche Tragweite jener Tat auch nur im geringsten ahnte. Wenn er aber zu mir herübersah, geschah dies ohne die leiseste Veränderung des Ausdrucks. Auch ich zuckte mit keiner Wimper. Und dennoch schien sich ein geheimnisvoller Kontakt ergeben zu haben, ein nicht unbedenklicher Kontakt, denn hinter Gavrilo Prinkip gingen immer zwei Wärter, die genau auf ihn achthatten. Aber je mehr ich mich bewußt anstrengte, keine Miene zu verziehen, um so schwerer fiel mir dies, so daß ich zuletzt nur noch mit Unruhe vor das Gitter trat, fürchtend, ich könnte doch irgendwann einmal Mund oder Augen unversehens in einer Art bewegen, die als ein Zeichen gedeutet werden und den Häftling aus seiner Ermattung zu einem Gegenzeichen aufschrekken könnte. Die Folgen hätten für mich unabsehbar sein können. Trotzdem zwang es mich doch immer wieder von neuem an jenes Gitter, und ich blickte zu dem Mörder hinüber.

Wenn ich jetzt darüber nachdenke, so weiß ich freilich, daß es nicht geschah, weil er gerade dieser besondere Mörder war, sondern weil ja hinter dem Fürstenmord an sich viel mehr wirkte als eine aktuelle, gegen die bestimmte Person gerichtete politische Absicht. Hier verkörperte sich der *de profundis* emporsteigende Aufruhr gegen das Autoritäre schlechthin, gegen das Machtvolle, durch dessen bloßes Dasein schon sich der Schwache unterdrückt fühlt. Der großserbische Nationalismus der »Narodna Odbrana«, der Prinkip zugehörte, war nur das Entbindungsmittel einer tieferen, ihrem Wesen nach amorphen Rebellion. Gavrilo Prinkip wäre niemals ein Buchhalter geworden, dessen größte Tat die Erzeugung eines weiteren Buchhalters mit der Tochter eines anderen Buchhalters gewesen wäre. War er überhaupt Gavrilo Prinkip? Er war, was in den Personenverzeichnissen von Shakespeares Königsdramen anonym als »Ein Mörder« angeführt erscheint. Hatte dieser Prinkip da jenen Erzherzog Franz Ferdinand ermordet? Was hatte sich wogegen erhoben?

Die Weltgeschichte war nicht so einfach ins Persönliche und Tagespolitische überzuleiten. In seiner großen Ouvertüre zum zweiten Teil von »Krieg und Frieden« hatte Tolstoj dargelegt, daß im Grunde gar nicht Napoleon und Kutusow gegeneinander kämpften, sondern daß geheimnisvolle und ungeklärte Riesenbewegungen erst von Westen nach Osten, dann von Osten nach Westen im Gange gewesen waren, wie vor Zeiten schon in umgekehrter Folge seitens der Perser und seitens der Griechen. Die Namen Xerxes, Darius oder Alexander erlangten so nur symbolische Bedeutung. In ihnen konzentrierte sich eine weit über die Person hinausreichende mystische Verantwortung. Aber solches Irrationale bildet immer auch einen Teil der Realität, wenn nicht ihre Haupttriebkraft. An den immer wiederholten Versuchen, die Realität ausschließlich aus den materiellen »Tatsachen« erklären zu wollen, scheitert eine Geschichtsbetrachtung ebenso, ja noch mehr als sie an einer vorausschließlichen Deutung aus mystischen

Imponderabilien scheitern würde. Denn ein Attentat – und dies nun ist grundsätzlich gesagt – wird niemals bloß von einem vereinsamten Fanatiker, einem irregeleiteten Einzelgänger, auch nicht bloß von einer Gruppe amoklaufender Verschwörer oder heroischer Idealisten (wie im Falle der Tyrannenmörder Harmodios und Aristogeiton) ausgeführt. Die Kräfte, die am Werke sind, reichen weit zurück, tief in die Gründe, hoch in die Höhen, umfassen die Phänomene eines ganzen Zeitalters, das sich auf den einen Verschwörer oder Heros oder Irrsinnigen – man bezeichne ihn, wie man wolle – ausrichtet, den sein Los trifft wie ein Geschoß, das von ihm in der Richtung zum Opfer hin ricochettiert.

Vor den Gitterstäben ging mir die Frage durch den Sinn, wie man überhaupt die Einzeltat dieses hinter den Stäben wandelnden zerbrochnen Geschöpfes, das mir jetzt den Blick zuwandte, zu den ungeheuerlichen weltweiten Folgen und der Kettenwirkung an Katastrophen der ganzen Menschheit ins Verhältnis setzen könnte. Ein bedeutender jüdischer Weiser, Schemarja Levin, sprach mir einmal in Prag von einer erstaunlichen talmudischen Rechtsbestimmung. Nach ihr soll ein Synhedrion keine Verurteilung aussprechen, wenn die Überzeugung von der Schuld des Angeklagten derart einmütig sei, daß an ihr auch nicht der leiseste Zweifel bestehen könnte. Dann nämlich überschreite das Ausmaß des Geschehenen jede Möglichkeit irdischer Rechtsprechung, die bei überlebensgroßen Proportionen einer Schuld diese dem Gericht Gottes anvertrauen müsse. Es ist dies übrigens nicht bloß eine jüdische, sondern eine weithin antikische Schlußfolgerung. Dieser Gedanke hat mich oft beschäftigt, und ich habe ihn immer in Verbindung mit dem Satz des Apostels gebracht (Römer 6, 14), die Menschheit lebe nicht vermöge der Gerechtigkeit, sondern vermöge der Gnade.

Als ich das letztemal vor den Gitterstäben stand – ich wußte selbst nicht, daß es das letztemal war –, sagte jemand hinter mir: »Das ist Prinkip. Den hätte man aufhängen sollen.« Der das sagte, glaubte offenbar zu wissen, wie irdische Gerechtigkeit beschaffen sein sollte; er glaubte es besser zu wissen als die talmudischen Richter und auch besser als Kaiser Franz Joseph. Er war dessen sicher, daß ein Mensch namens Prinkip einen Erzherzog namens Franz Ferdinand ermordet hatte. Er war davon durchdrungen, daß er selbst an diesem Ereignis in keiner Weise beteiligt oder gar mitschuldig sei. Dabei ließ er es beruhen. Denn für ihn war die Welt einfach. Ja, sehr einfach war die Welt. Und er war auch überzeugt davon, daß er oder seinesgleichen eines Tages dazu berufen sein würden, sie zu beherrschen.

HANNELORE VALENCAK

Ein anderer Morgen

Das kleine Mädchen ist aufgewacht. Es erkennt die Dinge wieder, die jeden Morgen da sind: den hellgrünen Schrank, die Gardinen, den Lampenschirm, die mit Häschen und Entenküken gemusterte Daunendecke. Alle Gegenstände schauen das Mädchen an, sind voll ernster, aber freundlicher Aufmerksamkeit, wollen wissen, ob es schon wach und ansprechbar ist und den Freundschaftsbund mit ihnen erneuern möchte. Es macht die Augen auf, liegt ruhig da, sieht den matten Seidenschimmer der hellen Tapete, die tanzenden Stäubchen im Licht, das Schattenmuster des Vorhangs, ein wenig verzeichnet, doch an derselben Stelle wie gestern, und eine kleine, blendende Sonnenkugel am Türgriff.

Die Tage gleichen einander, sind hell und vertrauenerweckend. Keiner hat einen Namen, der ihm eine Eigenart gibt, der ihn zu einem gewöhnlichen Werktag macht oder zu einem Sonntag, der rot im Kalender steht. Es gibt jene Tage, an denen Tante Irma hereinkommt, das kleine Mädchen aus dem Bett hebt, es wäscht und anzieht, ihm die Haare bürstet und das Frühstück kocht, und die anderen Tage, an denen der Papa daheim ist.

Tante Irma ist rundherum weich, hat ein großes rundes Gesicht und einen verrutschten Haarknoten im Genick. Ihr Atem ist warm und feucht und riecht nach Kaffee. Papa ist dunkel und hart und viel größer als Tante Irma. Wenn er morgens daheim ist, kommt er durch die andere Tür, durch die Schlafzimmertür mit dem blendenden Lichtpunkt am Türgriff. Er ist barfuß, verschlafen und zottig, aber er lacht. Er sagt: »Evi, bist du schon munter? Na, dann komm!«

Evi weiß dann, daß sie zu ihm ins Bett darf, in sein riesengroßes, warmes, zerwühltes Bett. Da spielen sie miteinander, zerzausen einander das Haar, und Evi stößt kleine lustvolle Schreie aus. Das Bett ist eine Landschaft mit Berg und Tal, mit schneeweißen Hügeln, auf die man hinaufklettern kann, mit Höhlen, in denen es dunkel und dunstig ist und in denen ein Höhlenbär namens Tobias haust. Der fühlt sich wie Papas Beine an, ist straff und wollig und hat kitzlige Sohlen. Wenn man sie anrührt, erschüttert ein Lachen den Berg, Tobias wird wild und hüpft, und die Höhle stürzt ein. Zwei harte Hände ziehen Evi ans Licht, zwei Arme stemmen sie in die Luft und lassen sie zappeln. Das Kind schaut von oben in Papas vergnügtes Gesicht. Es ist ganz zerknittert vor Lachen. »Na warte, Evi!« – Dann laßt er sie neben sich auf das Kissen gleiten, zieht das Federbett über sie und gebietet ihr, brav zu sein. Sie liegt da und ruht sich vom Zappeln und Kreischen aus, ist glücklich und verzaubert und weiß es nicht. Ganz nahe vor ihren Augen ist Papas Ohr, ein großes braunes Gebilde, das sie betasten darf. Ihre kleinen, weichen, krabbelnden Fingerspitzen erkunden das sonderbar modellierte Ding, das sich weder fleischig noch knochig, sondern fest und elastisch anfühlt, das gewundene Irrgänge und ein Loch zum Hineinblasen hat. Wenn Evi lang genug mit dem Ohr gespielt hat, hascht Papa nach ihren krabbelnden Fingern und küßt sie. Er schnappt mit den Zähnen danach, hält sie leicht und behutsam fest und sagt: »Jetzt beiß ich das Kind! Jetzt freß ich es auf!« Dann schmeißt er sie aus dem Bett und jagt sie ins Badezimmer, packt sie, läßt kaltes Wasser ins Waschbecken rinnen und ribbelt Evis Gesichtchen, bis es glüht. »Katzenwäsche! Fertig! Und jetzt zieh dich an. Linker Strumpf, rechter Strumpf, Höschen. So macht man das, kleine Frau.«

Beim Frühstück gibt ihr Papa etwas Bohnenkaffee in die Milch. Tante Irma darf nichts davon wissen, sonst schimpft sie vielleicht. – Es ist fein, mit Papa ein Geheimnis zu haben. Zum Mittagessen gehen sie miteinander ins Gasthaus.

Papa ist groß und lieb, er ist Evis bevorzugtes Spielzeug, ihr zottiger Bär Tobias, ihr Eigentum. Wenn er in der Früh in ihr Zimmer kommt und nicht Tante Irma, ist ein besonderer Tag. Daß der »Sonntag« heißt, weiß sie noch nicht. Drei Jahre ist sie erst alt. Das kleine Mädchen ist aufgewacht und fühlt, daß Papa im anderen Zimmer ist. Er sollte, wie immer, kommen – aber er kommt nicht. Mit einem jähen inneren Ruck, der weh tut, der den Dingen ihr freundlich vertrautes Aussehen nimmt und den Lichtpunkt am Türgriff in ein böses Gleißen verwandelt, erinnert sich das Kind, warum er nicht kommt. Er ist nicht allein. Sabine ist drüben bei ihm.

Sabine ist eine fremde, gefährliche Frau, obwohl sie sagt, daß sie Evi liebhaben will. Sie will ihre große Freundin sein und später ihre neue Mama werden. Evi weiß nicht, was eine Freundin ist, und Mama braucht sie keine. Sie hat nie eine Mama gehabt. Sie versteht nicht, was es bedeutet, wenn Papa zuweilen sagt: »Sie hat dich zur Welt gebracht, und bald darauf starb sie.« Evi hört zu und fühlt, daß es sie nichts angeht. Das Dasein ist für das Kind noch ein unbegrenztes Ereignis. Wirklich wichtig und wirklich traurig sind andere Dinge, besonders Papas Verbot, das ihr jetzt einfällt: »Daß du mir morgen früh nicht ins Schlafzimmer kommst! Du wartest in deinem Bett, bis Sabine dich anzieht.« – Was dies zu bedeuten hat, weiß das Kind. Da ist eine Störung, eine Kränkung, ein Unbehagen. Die Mutter, von der es nichts weiß, hat es nie verloren. Aber der Vater, der Papa ... da steht etwas Schlimmes bevor.

Evi ist vollkommen munter und langweilt sich. Und sie darf nicht zu ihrem großen Spielzeug hinüber. Sie darf nicht? Aber sie will. Sie mag nicht im Bettchen warten. Nicht einmal Tante Irma ist heute da.

Evi steigt aus dem Bett, geht barfuß zur Tür, drückt leise die Klinke nieder und späht durch den Türspalt. Es ist dunkel im Nebenzimmer. Die Vorhänge sind fest zu. Die Jalousien sind heruntergelassen. Es dauert einige Zeit, bis das Kind seinen Papa sieht, und neben ihm, auf demselben Kissen, Sabine. Sie schlafen einander zugewendet. Papa hat seine Hand auf Sabines Schulter gelegt. Evi schiebt sich ins Schlafzimmer, steht und schaut. Sie hat nie eine ganze Nacht in Papas Bett schlafen dürfen. Sabine, die gar nicht darum gebettelt hat, darf das. Papa will lieber mit ihr als mit Evi spielen. Wenn sie aufwachen, wird er der Bär Tobias sein. Dann darf Sabine zu ihm in die Höhle kriechen. Sie darf seine Fußsohlen kitzeln, dann strampelt und lacht er. Dann darf sie, statt Evi, in seine Ohrmuschel blasen.

Wenn so ein kleines Mädchen imstande wäre, nicht in Bildern, sondern in Worten zu denken, so würde es denken: »Verrat! Mein Papa verrät mich.« Und wenn das, was es fühlen kann, etwas anderes wäre als ein Licht ohne Ursprung oder ein formloser Schatten, so würde es fühlen: »Ich hasse die fremde Frau.« Für Evi ist beides zu schwierig, so hört sie zu denken auf und fühlt nichts als ein bedrohliches Dunkelwerden. Was auf sie zukommt und in sie eindringen will, ist zu groß. Es läßt sich in ihrer Welt nicht unterbringen. Sie ist nicht erfahren genug, um es einzuordnen, und noch zu ungeübt, um es meistern zu können. So wendet sie es nach außen, stößt es von sich und macht eine Tat daraus, an der nichts mehr schwierig ist. Dort auf dem Hocker neben dem Ankleidespiegel schimmert Sabines Kleid im verschwommenen Streulicht. Evi ist hingeschlichen und rafft es an sich, huscht auf nackten Füßen ins Kinderzimmer und schließt mit einem verstohlenen Klicken die Tür. Sie betrachtet das Kleid, das vor ihr auf dem Boden liegt. Es ist seidenglänzend und himmelblau und fühlt sich wie Evis Badeseife an. Evi geht in das Wohnzimmer, macht eine Lade auf, in der Tante Irma immer ihr Nähzeug verwahrt, erbeutet die Schere, kehrt in ihr Zimmer zurück und schneidet das himmelblaue Kleid in Stücke. Nicht blindwütig, sondern sehr sorgfältig ist sie am Werk und schneidet interessante Figuren aus, die in Evis Augen Sterne und Blumen sind. Sie spielt – weil sie mit Papa nicht spielen darf, weil er heute nicht kommen wird, um sie in sein Bett zu holen. Das Kleid ist bald nur noch ein durchlöcherter Fetzen. Sie läßt davon ab und sucht sich ein anderes Spielzeug. Ihr Blick fällt auf die Puppe, die ihr Sabine geschenkt hat. Sie dreht ihr den Kopf ab und zerschlitzt ihr bedächtig den Bauch. Und jetzt? Jetzt steht etwas Großes, Fremdes im Zimmer, schreit »Evi!« und windet die Schere aus ihrer Hand.

Sabine ist da und kann sehen, was Evi gespielt hat. Was sie dazu sagen wird? Sie sagt nichts, steht nur da und schaut. Evi hat gerade noch Zeit, zu bemerken, daß sie einen hellen, geblümten Pyjama trägt und daß ihr die Haare, die sie sonst aufgesteckt hat, in langen Ringeln auf die Schultern fallen – dann hat sie etwas gehört und blickt zur Tür, In der Tür ist Papa erschienen, barfuß, verschlafen, zerrauft. Er sieht aus wie immer, wenn er morgens zu Evi kommt. Aber er lacht nicht. Nein! Er hat finstere Augen. Und eigentlich sieht er auch gar nicht wie immer aus. Er schaut den Puppenbalg, das zerschnittene Kleid und dann, mit einem Kopfrucken, Evi an. Er ist zottig und rotbraun, finster und groß – nicht mehr ihr Papa, sondern der böse Mann. Das Grollen in seiner Stimme bedeutet Gefahr. Er nähert sich – ein Bär auf den Hintertatzen. So war er noch nie. Das hat er noch nie getan. Er darf es auch jetzt nicht tun, sonst fällt Evi um und ist tot. Schon trifft sie, brennend und dröhnend, sein Tatzenhieb. Die Bärenhöhle! Der bebende, brüllende Berg! Die niederstürzenden Trümmer! Und niemand rettet das Kind. – Oh doch, es geschieht. Sabine hebt Evi auf. »Nicht!« sagt sie, »Bitte nicht!« Evi sieht blondes Haar und ein helles Gesicht. Etwas Zärtliches, Helles umschließt und behütet sie, etwas, zu dem sie Zutrauen hat, weil es ihr selbst und nicht jenem Höhlenbären ähnelt. Eine Frau hält sie auf dem Arm und wehrt die Gewalt von ihr ab – den rotbraunen, zottigen Mann, der ihr weh getan hat. Ihre Stimme poltert nicht. Sie wird niemals poltern, ganz gleich, ob Sabine lacht oder zornig ist. Sie ist leise, beschwichtigend und ein wenig verzagt, als Sabine hinzufügt: »Sie akzeptiert mich nicht.«

Der Bär stoßt ein Brüllen aus: »Den Hintern hau ich ihr voll!«

Er kann nur noch drohen, aber er kann nichts mehr tun. Auf Sabines Armen ist Evi in Sicherheit. Sie wagt es sogar schon wieder, ihn anzusehen. »Hör zu«, sagt Sabine zu ihr, »ich kann jetzt natürlich nicht fort. Ein wenig wirst du mich noch bei euch dulden müssen. Ich kann nicht ohne Kleid auf die Straße gehen, sonst lachen die Leute mich aus – das siehst du doch ein. Aber wenn dein Papa zu mir in die Wohnung fährt und mir ein anderes Kleid bringt, dann geh ich sofort. Ich geh und komme nie wieder. Ist dir das recht?« Evi wußte nicht, ob sie ja oder nein sagen sollte.

Als Papa, der böse Mann, aus dem Zimmer war, nachdem er noch einmal schrecklich gewütet hatte, ließ Sabine das kleine Mädchen zu Boden gleiten. Sie zeigte auf die zerstückelte Puppe und fragte mit ernster Stimme: »Bin das ich?«

»Nein«, sagte Evi verwundert. »Das ist meine Ursula.«

»Wir wollen sie wegwerfen«, schlug Sabine ihr vor. »Die Puppe, das Kleid und alles. Und bald bin ich auch nicht mehr da.«

Dann saß sie auf Evis Bett, viel kleiner und schmäler als sonst, saß da und stützte ihr Gesicht in die Hände. Sie sah sehr hell und zart und sehr traurig aus. Ganz leise weinte sie – wahrscheinlich um ihr Kleid.

Evi stand neben ihr und schaute sie an. Sie sah glatte, rosige Haut und silberne Tränenspuren, ein kleines, wehrloses Kinn, einen zuckenden Mund. Wo Papa kratzende Stoppeln hat, sprießt bei Sabine ein feiner, schimmernder Flaum, den Evi gern streicheln möchte – wie man ein Kätzchen liebhat. Sie betrachtet Sabines Ohr. Es ist zierlich und fein – kein Ohr, das ein schwarzes Loch zum Hineinblasen hat, sondern eines, in das man seine Geheimnisse flüstert. Zuweilen geht über Sabine ein Schauer hin.

Sie hat kein Kleid mehr, sie friert, sie wird Husten und Schnupfen bekommen. Das Kind sieht drüben am Stuhl das Sonntagskleid liegen, das Tante Irma gestern bereitgelegt hat. Es ist ebenfalls himmelblau und herrlich mit Blümchen bestickt. Sie holt es, sie stupst Sabine und sagt: »Da nimm!«

Sabine hebt ihr verweintes Gesicht aus den Händen. »Dein Kleidchen?« fragt sie verwundert. »Was soll ich damit?«

»Anziehen«, sagt das Kind.

»Damit ich schnell fortgehen kann?«

»Nein, damit dir nicht kalt ist. Damit du dich nicht verkühlst.«

Sabines zuckendes feuchtes Gesicht ist unter dem schimmernden Flaum ganz rosig geworden, und nun fliegt ein Lichtschein, ein freudiges Lächeln darüber, »Kochst du mir Tee, wenn ich krank bin, und soll ich das gleiche für dich tun?« – Schweigend und ernst schaut das kleine Mädchen sie an. Es sieht nachdenklich aus, obwohl es an gar nichts denkt und nur unter rosigem Silbertau etwas sieht, das, vor kurzem noch fremd, zu etwas seit langem Vertrautem, zu etwas heimlich und schmerzlich Vermißtem wird. Dann setzt es alles, was es fühlen will und nicht kann, in die Tat um, indem es langsam und feierlich nickt.

FRANZ WEINZETTL

Mitte Juli um Mitternacht

Es war ein Abend zum Umhergehen im Freien, ein Abend, sich heimlich zu treffen, irgend etwas Verbotenes oder Verrücktes zu tun.

Die Luft war so mild, daß ihm schien, er hätte im Freien schlafen können, und selbst am frühen Morgen dann hätte ihn nicht gefroren. Sie öffnete ihm, empfand er, die Poren nicht nur seiner Haut, sondern auch viele andere, innere.

Glühwürmchen nun fast keine mehr zu sehen; nur vereinzelt auf dem Wiesenboden, wie da notgelandet und allmählich verlöschend – oder wie winzige Sternschnuppensplitter, die da verglommen. (Ende Mai hatte er beim Anblick der ersten dieser Luftraum-Verschönerer unwillkürlich gedacht: »Zu früh ausgestiegen.« Nun wirkten sie zurückgeblieben, lagen sternhagelvoll im Gras, dem Untergang geweiht, sie hatten die Stunde der Abfahrt versäumt.)

Da, eine Sternschnuppe! Und auch jetzt sein Eindruck, eher eine der letzten zu erblicken, alle anderen schon weg, geflohen; die Zurückgebliebenen sausten mausschnell von einem Unterschlupf zum anderen, wie um der allerorts lauernden nachtschwarzen Katze nicht zum Opfer zu fallen.

So selten eine Sternschnuppe, daß eine zu sehen schon die Wunscherfüllung war. Und wie froh war er jedes Mal, wenn zwischendurch irgendeine Bewegung am Himmel erfolgte, ob von einem der verglühenden Himmelskörper oder einem im Licht der untergegangenen Sonne gleißenden Satelliten oder, am häufigsten, von einem Flugzeug, letzteres noch wohltuender, weil von Menschenhand, und so ein Wir-Gefühl erzeugend.

Eines der Flugzeuge tanzte gleichsam aus der Reihe, eilte quer über den Himmel und wirkte, vielleicht gerade deshalb, noch schneller als die anderen, wobei es einen Slalom flog, wie um den Zusammenstoß mit dem und jenem Gestirn zu vermeiden, oder auch weil auf der Flucht vor weiß Gott welchen unsichtbaren Verfolgern.

Im Laufe der Nacht und des Jahres veränderte sich wenigstens die Lage der Sternbilder, manche waren nicht die ganze Zeit über zu sehen, wenn auch nur, weil die Erde selber sich drehte. Hätten alle die Sterne immerfort am selben Ort am Himmel gestanden, es hätte ihn bedrückt, merkte er wieder, und die Angst in ihm geweckt, zu ersticken – er hätte sich dabei noch mehr eingesperrt gefühlt als ohnedies; und die Sternbilder wären ihm als Gefängniszellen-Fensterstäbe anderer Art erschienen und die Sternschnuppen von dahinter wie aus einer anderen Welt, weit, weit entfernt, in die Weltall-Zelle gedrungen, in der er sich befand.

Einige der Sterne flimmerten bisweilen, als hätten sich, in dem selben hauchleichten Wind, der gerade auch an diesem Ort der Erde wehte, Blätter bewegt, oder Lichtpunkte, gespiegelt in einer Regenlache, die eben ein Wasserläufer überquert hatte.

Ihm war, als hätte das nächtliche Rascheln der Baumblätter auch ein Träumen angezeigt (auch Bäume träumten?), oder auch so etwas wie das Schnurren der Katzen.

Wäre nun nicht er hier gewesen, hätten nur das Gras, die Bäume selber, ein paar Steine, die Katzen, einige Wildtiere all das Geraschel gehört – etwas daran berührte ihn wieder, ohne daß er recht sagen konnte, weshalb. An den Tagen in der Stadt stellte er sich öfter solch ein Blätter- und Gräserrascheln, ungehört von einem Menschen oder sonst einem Lebewesen, vor, irgendwo gerade im heimischen Kogelwald oder in einem der Wälder weit weg, in denen er schon umhergewandert war. Gern dachte er sich jene Geräusche als Selbstgespräche jener Gewächse, in den Wind geflüstert und gemurmelt von etwas oder jemand sehr Einsamem. Das Traurige (Sinnlose?) daran; zugleich die Verschwendung von etwas sehr Schönem und Zartem. Verschwendung? Nein, *vergeudet* hätte ein Baum seine Kraft, hätte er verhindert, die Blätter im Wind schwanken zu lassen, gleichgültig, ob jemand anderer es wahrnahm oder nicht. Aber gerade diese Art der Vergeudung erlebte er selbst allzu oft in sich.

Jemand, der nachts allein an dem Rascheln erkannt hätte, welcher Baum das jetzt war, wäre er übrigens schon als Kind gern gewesen. Er wußte nur das der Espen- und Nußbaumblätter zu bestimmen. Für Momente wurden ihm dabei jene Kindheitsstunden gegenwärtig, da er sich in ein Leben phantasiert hatte, in dem es auf körperliche Geschicklichkeiten wie lautloses Schleichen angekommen war, aber auch auf Kraft und Ausdauer, auf Fähigkeiten wie: Fährten zu lesen, Tierlaute nachzuahmen, und so weiter …

Vielleicht auch in Erinnerung daran fühlte er sich diesmal ungewohnt angstfrei, empfand er die Dunkelheit tatsächlich als Schutz. Viel schlimmer meist für ihn, sich auf einem menschenüberfüllten Platz in einer Großstadt zu bewegen. Es tat ihm wohl, im Nachtdunkel zu sein, allein unter den Sternen.

Wie oft stellte er sich tagsüber oder nachts vor dem Einschlafen und erneut am Morgen vor dem Aufstehen das Weltall vor – die Sterne, die Milchstraße, die zahllosen Galaxien; als hätte er hoffen können, von da einen Fingerzeig für das Weiterleben zu erhalten, sich sehnend nach einem Bild zum Auf- und Durchatmen. Und fast nur unter einem Sternenhimmel fühlte er sich wenigstens zuweilen, Augenblicke lang, wie ein Baum oder ein Strauch, an dem etwas keimte und wuchs oder gar schon Früchte gediehen. Wichtiger als die Sterne vielleicht aber bloß das Alleinsein und Nichtstun.

Nicht immer freilich, wenn er nachts so im Freien umherging und zu den Sternen schaute, kamen er und sie sozusagen miteinander ins Gespräch oder ins Spiel. In jenen anderen Fällen erschienen ihm die Sterne nur als nackte Glühbirnen, angebracht an der Decke eines Raumes, der bloßes Wartezimmer war, ein Raum, in dem er nur noch unruhig umherging, ungeduldig darauf wartend, in einen anderen gehen oder übersiedeln zu können. Kein Anhalten an irgendein Ding da mehr, alles da verlebt, verbraucht, abgenützt, von gestern. Jeder weitere Augenblick da endlos erscheinend, lästig und öd. Und um wie viel wohler taten ihm dann die hinter den Waldrandbäumen im Norden des Tals heraufblinkenden Lichter der Menschen (von Häusern, Fahrzeugen, Laternen), im Vergleich zu dem ihm dann kalt und gleichgültig erscheinenden fernen Glanz der Sterne.

In einer Winternacht sterbend, hätte er seine Seele in Richtung des Orion (der dann im Süden aufrecht dastand) oder des Sirius (der ihm, dem Kind, verläßlich tröstend zugeblinzelt hatte in all den langen Winternächten) aushauchen mögen; in einer Sommernacht wie in dieser hingegen hätte er sich gern in die Richtung eines Wiesenfleckens verflüchtigt, wo besonders viele Grillen konzertierten, oder hätte sich sterbend in einen Wind verwandeln mögen, um fortan, und dies vornehmlich nachts, jenen manchmal ins Haar zu wehen oder die Stirn zu kühlen, die er zeitlebens geliebt hatte.

Zu anderen Zeiten auch sein Wunsch: das Leben einst entschwinden zu spüren mit dem Gefühl, in die geliebte Frau und in alle Winde und Katzen der Welt hineinzuversinken.

Das Gezirp der Grillen mahnte ihn aber diesmal nicht so sehr an das Verstreichen der Zeit; es klang ihm eher, als wäre da Zeit unaufhörlich geschaffen, gesponnen worden, als wären da immerfort Uhrwerke aufgezogen worden, damit sie nicht unversehens einmal stehen blieben.

Zeitweise auch: als hätte er weiß Gott wie viele Fernschreiber arbeiten hören, eine Unzahl von Botschaften aus aller Welt aufnehmend (eher aufnehmend als solche in alle Welt sendend). Fernschreiberhektik und -chaos.

Zwei Grillen in der Nähe wechselten einander ab: Es klang wie ein Sägen – in die eine Richtung zog die eine im Buchsbaumstrauch, in die Gegenrichtung (zurück) die andere im Gras nicht weit davon. Sägend woran? Auf dem Ast, auf dem sie selber saßen oder er, der ihnen zuhörte?

Mal vernahm er das Zirpen als Maschinengewehrfeuer einer unaufhörlich tobenden Schlacht, mal als eine Zeit-Weberei im Tag- und Nachtbetrieb; mal stellte er sich vor, da seine Vorfahren zu hören, wie sie ihre – Sehnsucht? Leiden? Grüße? oder all das zusammen in die Nacht, in die Welt, ins All hinausschrillten, von dort, aus dem Dunkel unter den Bäumen, wo einst die Keusche seiner Großeltern gestanden hatte … Einer der Meistersänger sogar in luftiger Höhe in der Weinhecke am Werk. Dazu kamen die von den Heusprengseln Tag und Nacht in Schwung gehaltenen Nähmaschinen, deren unermüdliches Rattern …

Dann wieder kam ihm vor, als hätte er ein unentwegtes Bohren gehört, eine Unzahl nicht mal stecknadelgroßer Geräte, die eine viele Meter dicke Holz- oder Steinmauer zu zerkleinern versuchten; diese Aufgabe wie ein Fluch von einer Generation auf die nächste weitergegeben, endloses Teamwork; und wenn es gelänge, bedeutete es das Ende des Daseins zumindest der Erde, wenn nicht der Welt.

Augenblicke lang spürte er sogar schon den ersten Herbst, und er dachte an die Zeit, da das Gezirp nur noch vereinzelt zu hören sein würde, da die Löcher in dem Klangteppich wüchsen und dazwischen stern- bis galaxienweite Entfernungen entstünden. Gerade in der ersten Herbstkühle klang es sogar noch lauter als schon jetzt, auch hektischer, wie um eine letzte Chance zu nützen. Da erst der Eindruck, einem Wettstreit, Konkurrenten zuzuhören, Werbenden, die etwas verkaufen wollten, Händlern, die fieberhaft eine Ware anboten im Nacht-Basar. So laut mitunter das Gezirp, als hätten die so Lärmenden alle Kräfte aufgeboten, um eben jetzt die endgültige Entscheidung herbeizuführen im Kampf um die ewige Vorherrschaft.

Später, im Winter, schließlich die Totenstille sowohl vom Boden als auch von den Sternen her, und dazwischen, wie umherirrend und unruhig suchend, der Wind.

Nun, im Sommer, hingegen sowohl der Boden milchstraßendicht besetzt mit den Zirpgestalten, als auch scheinbar der Himmel voller Leben; und wehte dann noch ein Wind wie eben jetzt, wirkte es wie ein sehr, sehr angeregtes Gespräch zwischen den Zirpgeistern auf der Erde und den Sterngrößen oben.

Er durfte nur nicht daran denken, wie weit er, wenn er zu den Sternen sah, in die Vergangenheit blickte, denn dies bedrückte und beengte ihn meist schnell; weil er sie als eine beklemmende Übermacht erlebte. Das Hier und Jetzt erschien so ohnmächtig und entsetzlich klein gegenüber dem Vergangenen, wie eine winzigkleine Flamme, bedroht von einem riesigen Berg von Asche und Ruß.

Dennoch: Die Zeit unter dem Nachtsternhimmel war oft die für ihn lebendigste des Tages, ohne daß ihm jedes Mal viel auf- oder einfiel. Er schaute und hörte öfter bloß zu. Und hätte sich nicht selten gewünscht, den Sternenhimmel ohne jedes (Vor-) Wissen anschauen zu können, ohne schon ein einziges Sternbild zu kennen (wie es für die meisten Menschen gewesen wäre, *hätten* sie nach oben geschaut). So freute es ihn immer besonders, wenn er den vorgegebenen Bildern wenigstens für kurz entkam und etwa den Perseus kurz als Giraffe sah oder die Kassiopeia als Narrenmütze …

Als wäre die Zeit nachts auch langsamer vergangen. Überhaupt sein Gefühl, nachts, allein im Freien, dem Leben näher zu sein als sonstwann und sonstwo, auch sich selbst. Und am hellen Tag, so seine Erfahrung, kam er der Kindheit nie so nah als nachts: jenem

Lebensgefühl, jener Stimmung von damals. Bei einem Weiterleben welcher Art auch immer (an das er freilich nicht glaubte) hätte er auch deshalb die Nacht dem Tag als Zeit des Wachseins bei weitem vorgezogen. Und wäre damit zu eben solch einem Wesen geworden, wie er es als Kind so sehr gefürchtet hatte? Nein, *er* wollte niemanden ängstigen. (Oder?/Aber das hatten jene ihn verfolgenden Stimmen auch nicht gewollt?) Nein, keine Lust in ihm, anderen Angst zu machen. Lust, andere zu belauern, heimlich zu beobachten, das schon, sehr.

Die entfernten Fahrgeräusche der Autos hin und wieder, sie erinnerten ihn, wie fast immer in der Nacht, an seine Gefühle, wenn er als Kind woanders als zu Hause die Nacht verbracht und die Eltern auf irgendeinem Fest gewußt hatte. Fast jedes Mal spürte er dann sogleich etwas von jener Sehnsucht damals, unter Menschen zu sein, bei den Eltern, in Sicherheit, oder gerade unterwegs zu sein zu einem solchen Ort.

Und als es jetzt in der Espe unten an der Grundstücksgrenze aufrauschte, war ihm, als wäre für Momente ein Fenster oder eine Tür offengestanden, und das Rascheln der Blätter wie aus einem Fest- oder Tanzsaal Augenblicke lang zu ihm herausgedrungen, wie seinerzeit die Musik aus dem Tanzsaal dieses und jenes Gasthauses, wenn er als Kind den Eltern hinterhergelaufen und dann um den Fest-Ort geschlichen war, sich da weitaus sicherer fühlend als allein in dem so verlassen liegenden Elternhaus nahe am Waldrand.

Hielt er sich nachts allein unter einem Sternenhimmel auf, gab es früher oder später auch immer einen Zeitraum, da er an seine Vorfahren dachte, nicht zuletzt daran, daß er selber kein Vorfahre, kein Ahne für jemanden schon war, noch jemals sein würde.

»Der Preis, den die entfernten Kugelhaufen zahlen müssen«, hatte er einmal gelesen, »ist Unfruchtbarkeit. Es bilden sich dort nur selten Sterne.« Aber was die dort schon vorhandenen Sterne betraf: die Verfeinerung und ein langes Leben. So würde man einst auch ihn beschreiben können?

Er holte sich aus dem Keller einen Stuhl und setzte sich vors Haus. Einige Gehminuten entfernt, das Dorf. Er hatte hier eine Kindheit erlebt, mit allem Drum und Dran, aber, wurde ihm klar, keine Jugend – jedenfalls nicht im ganzen, nur Bruchstücke, zu wenige.

Nicht *ein* aufregendes Erlebnis als Jugendlicher mit Gleichaltrigen nachts, nicht *ein* heimliches Treffen, nicht *ein* Kuss hinter einem Haus oder Baum oder sonstwo. Keine gemeinsamen Festplatzbesuche, kein Jugendstreich, nichts dergleichen. Ja, ihm war, als wäre er nie jung, überhaupt nie ein Jugendlicher gewesen; keine durchtanzten, durchlachten, durchliebten, durchtrunkenen Nächte: nichts Sorgloses, kein: »Was kostet die Welt?!«

Und hätte es nicht noch Menschen gegeben, die ihn schon von Kindheit an kannten, Menschen über fünfzig, sechzig, siebzig Jahre alt, und hätten da nicht noch seine Mutter und einige Verwandte gelebt – er wäre ganz und gar allein gewesen.

Er hatte in diesem Umfeld auch längst keine Freunde mehr, nicht einen einzigen Kameraden und Gefährten, seit er vierzehn gewesen und ins Gymnasium gegangen war.

Für die Zeit der Jugend, stellte er fest, fehlte ihm seine Heimat-Gegend als solch ein kompakter lokaler Hintergrund, wie er ihn für die Kindheit zum Glück besaß. Der wichtigste, einheitlichste Teil der Jugend im nachhinein gesehen: die Schulzeit als Gymnasiast. Danach die endgültige Aufsplitterung, auch vom Lebensort her. Kein Leben mehr an *einem* Ort; statt dessen unterwegs am regelmäßigsten im Lese-Land, das Lesen an sich als der bestimmende Hintergrund der zweiten Hälfte seiner Jugendzeit und der weiteren Jahre. Keine Entwurzelung zwar, seiner Kindheitslandschaft fühlte er sich noch immer verbunden, aber die langsame Entfremdung, fast alle Menschen seiner Kindheit betreffend, und fast allen von deren Nachkommen war er niemals bekannt geworden.

Mit wem von den noch Lebenden aus seiner Kindheit hätte er noch gern Kontakt gehabt? – Fürs erste Schweigen in ihm. Anscheinend mit niemand Einzelnem; aber von Zeit zu Zeit, sehr gern, mit allen zusammen, bei irgendwelchen gemeinschaftlichen Festen.

Zu den dunklen Nachbarhäusern schauend, wurde ihm auch bewußt, daß er die meisten, ja fast alle von ihnen schon seit über zwanzig Jahren nicht mehr betreten hatte.

Er zählte im stillen die Toten im Dorf seit seiner Kindheit – und kam auf fast vierzig. Immer weniger Menschen gab es, die ihn schon als Kind erlebt hatten, die ihn gleichsam *seit je* kannten.

Zu seinem Erstaunen konnte er sich nun vorstellen, das alles einmal aufzugeben und anderswo neu anzufangen, auf all das zu verzichten zugunsten eines kleinen Zimmers in der Stadt oder eines unablässigen Umherfahrens mit dem Zug, mal da-, mal dorthin (meist innerhalb des Landes, selten ein wenig über die Grenzen). Und er würde eines Tages, malte er sich gern aus, an irgendeinem Waldrand, womöglich in einer warmen Sternennacht, verschlafen, würde irgendwo in der Fremde, ein wenig angetrunken, in die Ruhe, in die Erlösung hineinverschwinden. Feststellen zu müssen, daß er sich mittlerweile in der Stadt mehr daheim fühlte als zu Hause auf dem Land, stimmte ihn zugleich mißmutig.

Andererseits sah er sich dann bald wieder als einen alten Mann, der, allein lebend, da oft die halbe Nacht im Freien saß, einmal unter diesem, einmal unter jenem Baum, und der nichts tat, als dem Rascheln der Blätter und Gräser zu lauschen, sowie auf das scheinbar bis zum Himmel reichende und in diesem Raum alles durchsetzende Zirpen der Grillen und auf das ZZZZZ der Heusprengsel. (Als hätte er die Elektronen um die Kerne der Atome kreisen hören.)

Jener Mann hatte als Kind die Nacht panisch gefürchtet; als Erwachsener nun fühlte er immer stärkere Lust (ja sogar allmählich einen Zwang), sich nachts draußen umherzutreiben, in der Gegend umherzugeistern, nicht nur ums eigene Haus; weiß Gott worauf aus in den Augen der anderen, auch sich selbst nicht im klaren, was ihn nachts so sehr hinauszog, aber er genoß es und gab sich jener Kraft gern hin.

Und nicht ganz allein sah er jenen Alten – immer wieder besuchte ihn eine seiner zwei, drei oder mehr Katzen …

Wie oft stieß, zwang, drängte ihn die Angst in die Gegenwart; wie schön hingegen war es, durch eine Katzenpfote oder ein Katzennäschen ins Hier und Jetzt gestupst zu werden.

Wenn er lange, lange ganz allein und einsam gelebt hätte, was hätte ihn mehr gefreut: das Auftauchen zuerst eines Menschen oder einer Katze? Eher letzteres, gestand er sich ein.

Und zum weiß Gott wievielten Mal hätte er sich gewünscht, nun als eine Katze, schwarz wie die Nacht, durch das Dorf streichen zu können; so leise, so unauffällig, so leicht; da und dort innehaltend, umschauend, sich erinnernd. Er stellte es sich so aufregend vor, daß er jetzt sogar kurz probierte, als Mensch auf allen vieren sich weiterzubewegen. Nach wenigen Metern aber gab er es schon als zu anstrengend und umständlich auf.

Wohin wäre er zuerst geschlichen? Auf den Hügelrücken im Süden, spürte er sehr klar. Die ersten Nächte vielleicht überhaupt nur dahin. Um von dort dann die Gegend weiter zu erkunden. Oder hätte ihn die Welt der Gräser, Blumen und so fort bald derart abgelenkt, daß er auf das ursprüngliche Ziel vergessen hätte?

Von den Häusern im Dorf hätte er im Grunde nur eines umkreisen wollen – jenen einzigen Bauernhof, der fast noch genauso aussah wie in seiner Kindheit, wo fast nichts um- oder angebaut worden war. (Die Erben vermieteten das Haus, hatten es nicht verkauft oder selbst bezogen.) Er hatte da etliche Zeit als Kostkind verbracht …

Mit Grasgeruch an den Händen ging er nach einer Weile zum ersten Mal in seinem Leben nachts auf die Anhöhe im Süden.

Auch als Katze, glaubte er, wäre er nicht auf offenem Feld hügelan geschlichen, sondern den Waldrand entlang, jede mögliche Deckung in Anspruch nehmend.

Sich *ergehen* (so wie man sagte: sich erfangen), das versuchte er übrigens oft. Dabei hatte spazieren zu gehen für ihn seit je etwas Künstliches, Städtisches, Kurgastartiges. Denn in seiner Kindheit waren Spaziergänger bestenfalls mitleidig belächelt worden. Ziellos waren nur die Außenseiter, die Dorftrottel, die Verrückten, die Verwirrten umhergegangen. (Wie jene »Kogelhexe« – angeblich aus dem Lot gekommen wegen ihres Unglücks in der Liebe.) Nur Kranke und Wahnsinnige und Verkommene hatten Zeit für so etwas verschwendet, so die allgemeine Meinung, oder eben allzu vieles Zeithaben hatte jene Flanierenden (mitschwingend der Ausdruck »Tachinierenden«) um den Verstand gebracht.

Selbst alte Leute waren kaum je nur spazieren gegangen; immer war ein Zweck mit dem Gehen verbunden gewesen; selbst am Sonntag, wenn ums Haus schwankend oder über die Wiesen und Felder, waren sie auf den Beinen gewesen, *um* dabei das und jenes zu tun, sich anzuschauen, zu bedenken.

Erde unter den Fußsohlen zu spüren war manchmal geradezu *die* Rettung für ihn. Besonders wenn er (nichts Schlimmeres für ihn vorstellbar) kein Gefühl einer Kontur von sich kriegte, wenn ihn das Gefühl überkam, daß er und seine Umgebung ineinander liefen wie Aquarellfarben. Und es mußte dann wirklich Erde sein, nicht Beton oder Asphalt. Er wußte dann, er hatte sich schon vor längerem aus den Augen verloren – so wie man an jemandes Seite ging und plötzlich wahrnahm, daß man allein war, weil der andere, ohne daß man etwas davon bemerkt hatte, stehen geblieben war. In einer solchen Situation hieß es, innerlich innezuhalten und sich einholen zu lassen von sich selbst.

Wie immer staunte er, daß er als einziger unterwegs war (und war gleichzeitig heilfroh darüber). Noch verwunderlicher, als daß nicht viel mehr Menschen Banken ausraubten, war für ihn seit langem die Tatsache, daß nachts kaum ein Mensch wenigstens für eine Zeitlang ins Freie ging, nur um zum Sternenhimmel zu schauen. Als hätte es irgend etwas in welchem Medium auch immer geben können, das interessanter, spannender, belebender war. Sternenkunde hätte, fand er, ein Pflichtschulfach sein müssen wie Rechnen, Schreiben und Lesen.

Jenen, welche nun schon schlummerten, wurde der Schlaf durch die Sternennacht jedoch auf irgendeine Weise verschönt? In seiner Vorstellung schliefen nun auch alle jene in ihren Häusern, die in seiner Kindheit noch gelebt hatten und mittlerweile gestorben waren, eingeschlossen sein Vater, ja, phantasierte er, sogar er selbst, aber als Kind, und nicht daheim, sondern in einem der Nachbarhäuser. Als ein Bub mit angsterfülltem Herzen ... Später, nun, ein seltsamer Kauz, ein Spinner, ein Nachtvogel. Oder wie es einst eine Frau liebevoll formuliert hatte: »Ein wenig komisch bist du schon.« Seltsam wäre den meisten wohl auch erschienen, wie viel er über *dort oben* wußte. Wobei ihn freilich die Sternsagen und -mythen wesentlich mehr interessierten als alle naturwissenschaftlichen Daten. Machte ihn jenes Wissen im übrigen glücklicher, freier, unabhängiger, half es ihm dabei, sich zu entfalten? Ja, doch – es stärkte seine Sehnsucht, wonach?, zu leben.

Der Große Wagen (den er für sich gern »die große Katze« nannte; welche Schande, daß kein einziges Sternzeichen nach diesem Tier benannt war), die Leier, die Nördliche Krone ... Dem Betrachter war, als hätte es in seinem *Inneren* nie solch deutliche Sternbilder gegeben, weder im großen noch im kleinen, immer nur solch unauffällige, schwer erkennbare, blasse Sternenmuster wie den Krebs, die Waage, das Einhorn, den Luchs. Und er hatte meisterhaft gelernt, auch anderen so unauffällig zu erscheinen; was ihn freute und worunter er zugleich litt.

»Erst wenn einen die Finsternis umhüllt, sieht man, welche Sterne in einem leuchten.« Ein uralter Kalenderspruch? Oder ein Geistesblitz tatsächlich von ihm da jetzt?

Als hätte es etwas zum Feiern gegeben, sah er das auf dem Kopf stehende Ypsilon des Perseus plötzlich als ein Glas Sekt, aus dem es spritzte.

Zu dem kleinen Sternbild des nahen Dreiecks fielen ihm die drei blauen Flecken auf dem Oberarm einer Frau ein, von dem eifersüchtigen Zugriff jenes Mannes, der sie Tag und Nacht gequält, weil sie ihn, den da nun durch die Nacht Streunenden, geliebt hatte … Er prostete ihr in Gedanken zu und seufzte, stellte sich nach einer Weile zu der Pappel in der Nähe und lehnte sich an sie. Als hätte er fürchten müssen, den Baum umzudrücken (so schwer geworden fühlte er sich da), knüpfte er ihn in seiner Vorstellung bald mit einem Marionettenfaden an den Kopfstern des Schwans und dachte sich auch alle anderen Bäume so am Himmel befestigt, als wären sie sonst in sich zusammengesunken oder als hätten sie sich ohne diesen Halt sofort zu Boden gebogen, und nicht, als wären die Sterne sonst wie gasgefüllte Ballons in der Tiefe des Alls verschwunden.

Gern hätte er jetzt den prächtigen Orion an den Himmel gerückt, wobei er vor allem die drei Gürtelsterne vor Augen hatte – gerade an jener Stelle versagte ihm, dem Himmel, scheinbar die Stimme. Vor Staunen? Vor Zorn? Oder waren die drei Punkte einfach nur ein Undsoweiterundsofort? Griechisch »aposiopesis« – das Verstummen. Das Abbrechen mitten im Satz, nicht selten vor der Hauptsache, wie es sich immer wieder auch in seinen eigenen Sätzen, den gesprochenen wie den geschriebenen, zeigte.

Fast alle Lichtpünktchen am Himmel, war ihm erst vor kurzem klar geworden, waren Sterne bloß der Heimatgalaxie; wie ein Vorhang aus Sternen, vorgezogen wie von einem gnädigen Gott, um das Dahinter zu verbergen, die gähnende dunkle Leere.

Sie erinnerten ihn aber auch an das Gewimmel von Punkten auf den Rätselseiten mancher Kinderhefte, wo bei den Punkten Zahlen standen, von eins bis so und so viel, und wurden jene Zahlen miteinander verbunden, entstand eine Figur, ein Tier oder

Gegenstand, nur daß am Sternenhimmel solche Leitzahlen fehlten …

Ein Knacksen vom nahen Waldrand genügte, und er wäre bereit gewesen, das Fernglas sofort sinken zu lassen, als hätte von dem Sternhaufen, zu dem er gerade schaute, jemand oder etwas gleichsam in seine Richtung geblickt, also die Gefahr für ihn bestanden, entdeckt zu werden – als wäre er gerade darauf aus gewesen, eine Gruppe von Leuten zu beobachten, die sich heimlich traf.

Beim Aufblicken ohnehin öfter sein Eindruck, daß der eine oder andere Stern sich eben bewegt hatte – aber nein, nichts, alles still; er blickte darauf weg und wieder hin: und wieder sein Eindruck, als hätten sich einige der Sterne gerade bewegt, jetzt aber standen sie still, nur da und dort ein Nachschwanken von dem jähen Anhalten.

Jene kurze »Perlenreihe« dort aus Sternen: jetzt Rest einer Kette, Überbleibsel eines Verbrechens, einer Gewalttat.

Und im Fernglas das Haar der Berenike beäugend, dachte er dementsprechend: »Als hätte da einer irgendwo im Wilden Westen mit einem Schrotgewehr durch die Holzwand irgendeines Geisterstadt-Saloons geschossen; das nun von draußen hereindringende Licht, auf einen Holzboden fallend, der so alt war, daß die Astaugen herausragten wie jene malerischen Pfeiler und Türme aus Sandstein in Arizona …«

Auch das Sommerdreieck veränderte sich: Wega und Deneb wurden für kurz die Augen und Atair stand für das Maul eines Tierschädels oder einer Krampuslarve …

Das Kreuz des Nordens für ihn ohnedies von jeher eher ein Kampfjet, ein »Starfighter«, als ein Schwan.

Und angesichts der gesamten Milchstraße dachte er sich noch ein zweites, im Westen bis unter den Horizont gedrücktes Sternenband, das hochschnellen, sowie jemand in die Falle tappen würde. In die Falle welches Jägers? Wie da nicht hineingeraten?

Ein Bild, das nur einem Überängstlichen, ja schon Paranoiden einfallen konnte?

Daß einige Sterne wie die Horizontlichter flimmerten, gab ihnen hingegen etwas von fernen Hoflichtern und damit etwas Trauliches. Und in der Pappelkrone funkelten Sterne wie die innersten Blätter, die Herzblätter des Baums. Er streckte sich und ging wieder auf die Wiese hinaus.

Zeitweise da oder dort ein Licht am Horizont: wie von einem dort lodernden Scheiterhaufen, um den von der Arbeit erschöpfte Menschen ruhten (friedliches Bild aus dem 19. Jahrhundert). Andere Lichter erschienen ihm mal als die von Fischerbooten weit draußen auf dem Meer, mal, schon wieder eher kriegerisch, als Lager- und Grenzfeuer. An einer Stelle die kurz beleuchtete Rollbahn wie für einen Tarnkappenbomber …

Er lag und saß dann abwechselnd im taunassen Gras, hockte mal da, mal dort, oder stand kurz da. Erstaunlich, wie lange er hocken konnte, als hätte er das als Kind immer wieder stundenlang geübt, es war seine Art von Lotus-Sitz.

Und wie jedes Mal, wenn er sich lange unter einem Sternenhimmel herumtrieb und erst recht jetzt, da er von dem Höhenrücken über seine Kindheitslandschaft schaute, erwartete, hoffte er, daß etwas sich zeigte, daß etwas sich entwickelte, Form annahm in ihm, eine Phantasie, eine Geschichte, ein Märchen – aber bisher meist nur gleichsam ein, zwei Tropfen, die ihm auf die Stirn fielen oder ins Herz, als hätten sich von tausend Blättern eines Baums nur zwei, drei gerührt, angetippt von einem Nachtfalter oder nicht einmal von diesem berührt, sondern nur vom Windhauch seines Flügelschlags gestreift. (Er wartete wohl wieder zu angespannt, zu wenig nebenbei, ganz starr vor Ungeduld, saß wie ein Jäger auf seinem Hochsitz, nur daß er nicht genau sagen konnte, worauf er aus war, er ahnte es bestenfalls nur.)

Von einer Sternschnuppe wünschte er sich schließlich eine Nacht- und Windsbraut, die plötzlich aus der Dunkelheit vor ihm aufgetaucht wäre, bis ins Innerste aufgewühlt von dem zuweilen (so seine Vorstellung) sturmstarken Wind und der Stille dann wieder, und überwältigt vom prachtvollen Anblick der Sterne. Halb an- und halb abwesend wirkte jene Frau, wie ein wenig schon von drüben. Jeden Grashalm unter den Füßen spürte sie. Und in ihren Augen leuchtete die ungeheure Sehnsucht, von etwas weitaus Mächtigerem, als sie war, gepackt und in den Himmel gezogen zu werden. Sie schien davon überrascht, zu welch starken Gefühlen sie fähig war, ja, ein wenig sogar geängstigt davon. So sich erlebend, kam ihr das Innere weit und offen vor wie der Himmel, hatte sie das Gefühl, daß Innen und Außen sich berührten. Und das Sturmwehen von Zeit zu Zeit, es klang wie ein jeweils sehr langes, sehr lautes Aufseufzen, ja-stöhnen aus tiefster Seele, wie nach dem Brechen eines inneren Dammes oder wenigstens eines Teils jener Sperre …

In einem Traum hatte er einmal einen Baum erblickt, dessen Früchte Galaxien gewesen waren. Diese Bäume stellte er sich nun als Allee vor oder als ein rundes Waldstück irgendwo im Nichts. Da hätte er nun jene Frau getroffen, tagträumte er.

Und er spürte diese *wilde Schwester* (wie er sie sich als Kind oft so sehr gewünscht hatte) für eine Weile in sich selbst, in seinem Blick, an und in seiner Haut. Und er hörte sie jetzt auch in der Stille, sie war ein Teil der Dunkelheit, der Sterne, des Juliwindes so sehr wie seines Atems …

Sein Herz, das fast immer eher schnell schlug, meist zu schnell, wie ihm schien, beruhigte sich nun doch ein wenig. Irgend etwas in ihm berührte irgend etwas anderes in ihm, und es ließ ihn aufatmen und weich werden.

Nach Nächten, in denen er immer wieder aufgeschreckt war – hin und her gerissen zwischen Schlaf und Wachsein: jeweils aufschreckend, wenn fast schon eingeschlafen, aber zu müde, um Licht zu machen und etwas zu lesen, bis er manchmal, laut fluchend, mit der zur Faust geballten Hand gegen die Mauer schlug, sowohl um etwas loszuwerden, als auch um endlich festen Boden zu spüren –, nach all jenen so unruhigen Nächten in dieser nun endlich einmal etwas ganz anderes: das Vorgefühl, bald, vielleicht im nächsten Augenblick schon, nach einem kleinen Schmelzen, einem letzten Nach- und Sich-hin-Geben, ein Glücksgefühl wie noch nie zu erleben, und *es* geschähe ... Keine Panik, sondern Vorlust, als Süße, und das anhaltend, und es hatte sehr viel mit Liebe zu tun.

MARTINA WIED

Die Flucht

Die Krähen schrein
Und ziehen schwirren Flugs zur Stadt:
Bald wird es schnein –
Weh dem, der keine Heimat hat!
Nietzsche

Niemand hatte sich vorgestellt, daß die Übersiedlung so große – so unabsehliche Folgen mit sich führen würde. Im ersten Augenblick, als Leontes die erlösende Nachricht brachte, er habe etwas Geeignetes gefunden, ein Landgut mittlerer Größe, wo die Wohngebäude zwar nicht Raum genug für alle Kostschüler, die Gründe aber ausgiebigen Platz zur Errichtung von Notstandsbauten und Baracken boten, und er habe diesen Besitz nicht etwa nur gepachtet, sondern käuflich erworben – da schallte ihm allgemeiner Jubel entgegen. Wie unbeliebt der Prinzipal auch bei der Mehrzahl seiner Zöglinge, von den Lehrern ganz zu schweigen, sein mochte, jetzt hätte ihn jeder und jede umarmen wollen; denn alle waren, wie verschieden auch sonst im Seelischen und Geistigen, an Charakter und Widerstandskraft, nur mehr von einem einzigen Gedanken besessen: Fort von hier! Fort von den pfeifenden, schmetternden, berstenden, erflammenden Bomben – den knisternden und krachenden, »sprechenden« Mauern, den zerspringenden, splitternden, zu Boden prasselnden Fensterscheiben, dem dumpfen Hummelsummen kreisender Schutzflugzeuge, dem Knattern der Abwehrgeschütze, den lichtlosen, luftlosen, schimmelfeuchten Kellern, wo sie nun seit Wochen bereits ihre angsttraumerfüllten Nächte verbrachten.

Am Anfang war auch alles wunderschön, nahezu vollkommen. Wem das Haupthaus unter dem zierlichen Balusterdach keine Unterkunft mehr bot, der fand sie in den ehemaligen Stallungen, und waren auch diese – Sattelraum, Pferdeschwemme und die darüber liegenden, unter dem vorigen Besitzer seinen Reitknechten zugewiesenen Zimmerchen – besetzt, dann verfiel Leontes auf den Ausweg, Karawanen teils zu kaufen, teils zu mieten. Er brüstete sich nicht wenig mit dieser Erwerbung, denn er war keineswegs als der einzige auf die farbigen Reisewagen erpicht: Benachteiligte, die kein Landhaus besaßen, oder eines in gefährdeter Gegend, richteten sich häuslich im Wohnwagen ein, ausgediente Automobile, die sich schamhaft in abgelegenen Garagen verbargen, wurden aufgestöbert, zu Phantasiepreisen angekauft, notdürftig repariert, mit neuen Reifen versehen und vor die Zigeunerheimstätten höherer Ordnung gespannt: »So, jetzt mögen sie kommen, wir fahren ihnen einfach davon!«

Langsam aber meldeten sich, die ursprüngliche Begeisterung übertönend und sie mählich verdrängend, Zweifel, Unbehagen, Überdruß: Die Landschaft war nüchtern und kunstlos, ohne überraschende Einfälle, ohne den Zauber des Abstand haltenden Großartigen – ohne den bescheidenen Reiz des nahen anschmiegsam Zierlichen, auf das eiligste und wohlfeilste zusammengestoppelt, gerade nur für bescheidene Ansprüche und unverwöhnte Augen, schlicht wie die Notstandsbauten des »Lavendelhofes«, dessen duftiger Name von den Tatsachen Lügen gestraft wurde.

Nicht alle Karawanen waren elektrisch beleuchtet, nicht alle Zimmer und Schlafsäle durch die offenen Feuerstellen genügend erwärmt, nicht jeden Tag waren die Mahlzeiten genießbar, nicht immer fanden sich die Zöglinge damit ab, in Brot und Milch, beides zum Überfluß vorhanden, ausreichenden Ersatz für den Mangel an sorgfältig zubereiteter warmer Kost zu sehen. Schüler und Lehrstab teilten sich fortan in zwei Gruppen: Nörgler und begeistert Zustimmende – und wie oft in den nächsten Jahren auch Zöglinge und Professoren wechselten –, diese beiden Gruppen blieben im gleichen Verhältnis und in nahezu derselben Anzahl dauernd bestehen.

Allerdings würde, wer immer unsichtbar ein Gespräch der Buben oder Mädel zu belauschen die Möglichkeit gehabt hätte, sich ein ganz falsches Bild von dem Eigentlichen ihrer Beschwerden und Klagen gemacht haben. Die rauchenden Petroleumlampen in mehreren der altmodischen Karawanen, die unzureichende Verdunkelungsmethode, welche Leontes nahezu allabendlich veranlaßte, in irgendeinem der Dormitorien die Birnen abzuschrauben und die Halbwüchsigen – Burschen wie Mädel – um neun Uhr schon, wie die ganz Kleinen, zur Dunkelhaft zu verurteilen, das lieblos zusammengehaute, unschmackhafte Essen, die Ödnis der Gründe, die doch früher einen wohlgepflegten, farbig aufgehellten Park getragen hatten –, dies alles waren nichts anderes als Vorwände, dahinter sich Tieferes verbarg. Die Thélème-Abtei-Schule, jetzt auf dem Lavendelhof den Gefahren, die sie am Rande der Großstadt bedroht hatten, ausgewichen, beherbergte und betreute Schüler und Schülerinnen, deren geistige Ansprüche, nach Abstammung und Begabung, hoch über dem Durchschnitt zu suchen waren. Ihre Nerven waren es bloß, die nachgegeben hatten, ihre Geräuschempfindlichkeit konnte die lärmend verstörten Nächte nicht mehr ertragen; ihr eigentliches Wesen aber verlangte und suchte die Gefahr, sie war ihnen Ansporn, um Tapferkeit, Selbstbeherrschung, Geistesgegenwart zu beweisen, war ein spannendes Abenteuer, ergab die Möglichkeit, bisher unerlebte Situationen nach persönlichen Eigenheiten und seelischem Bedürfnis umzuleben, umzuformen, umzudichten; sie erteilte Erlaubnis, über die Grenzen des Gestatteten hinauszulangen in das Reich des Geheimnisvollen, des Verbotenen.

Auf dem Lavendelhof aber war alles überschaubar, offensichtlich, man lebte in einer Art von Glashaus, das zwar nicht klirrend zersplitterte, im gleichnishaften Sinn aber die jungen Seelen dessen beraubte, woran ihnen am meisten gelegen war: der Unberührbarkeit ihrer keuschen – wenn auch keineswegs vor dem Kühnen, ja nahezu Lasterhaften zurückschreckenden – Knospenseele. Nun ist die menschliche Natur aber so beschaffen, daß sie sich, was ihr von außen versagt und vorenthalten wird, aus eigenem zeugt. Auf dem Lavendelhof gab es keine Gefahr, das tägliche Dasein lief, bei aller Dürftigkeit, welche durch die Bewirtschaftung lebenswichtiger Nahrungs- und Genußmittel unumgänglich wurde, wie auf gutgeölten Rädern hin: gleichförmig, vorausberechenbar, tödlich langweilig. Dagegen empörte sich der Organismus der jungen Menschen, die sich zu einer noch nicht genau bestimmten und festumschriebenen – aber auf alle Fälle bedeutenden Leistung auserwählt fühlten; man durfte es ihnen, empfanden sie, nicht so leicht machen, mußte ihnen Bewährungsfristen, Kraftmesser bewilligen. Da dies von außen nicht mehr erreichbar war und sie von dem peinigenden Bewußtsein, daß sie in der ihnen zugeteilten Prüfung versagt hatten, schier aufgezehrt wurden, stellten sie ihren Körper auf eine harte, schmerzhafte und als Situation das Groteske und Tragikomische streifende Bewährungsprobe: eine Seuche brach aus auf dem Lavendelhof, die alle Schüler und die meisten Lehrer – und nahezu im gleichen Augenblick – ergriff und seltsamerweise nur vor den Prinzipalen Halt machte.

Zum erstenmal, seit er seinen Besitz an dem nun zahnlückenhaft ausgebrochenen Rande der Hauptstadt gegen dieses abgelegene und verfallene Gut ausgetauscht hatte, fühlte Leontes sich unsicher, an seiner Verantwortlichkeit gepackt, gefährdet, aufgeregt. Er ließ, und zwar auf eigene Kosten, Chemiker aus den verläßlichsten Laboratorien der Residenz kommen, die alle Quellen und Brunnen auf dem Lavendelhof nach möglichen Viren analysierten. Die Quellen und Brunnen gaben in der üblichen Zusammensetzung, welche wir in der Ebene zu finden gewohnt sind, allerdings mit einem in solchen Lagen ungewöhnlichen Kalkreichtum, durchaus unverdächtiges, bekömmliches Wasser. Leontes, nahezu enttäuscht in seinem Bestreben, ein konkretes Gebrechen, dem man irgendwie beikommen könnte, für die Epidemie verantwortlich zu machen, dachte nun – nicht ohne den von ihm zu Rate gezogenen Fachleuten ein Lächeln zu entlocken – an die Erde, der das von den Kindern verzehrte Gemüse, oft als Rohkost genossen, entsprossen, war: eine gute, vielleicht von Kalidünger etwas überanstrengte Erde war es; schließlich ließ Leontes die in solchem Überfluß vorhandene Milch seiner acht mageren, hochblonden Kühe (die überdies vor dem Gebrauch noch pasteurisiert wurde) untersuchen: es war eine nicht sehr fetthaltige, aber bazillenfreie Milch. Leontes stand vor einem Rätsel: wenn Wasser, Erde, Milch gesund waren – warum sind dann die Kinder erkrankt? Wo verbarg sich das Gift, das ihren Organismus durchseuchte, woher strömte es in die jungen Körper über? Und wieso war er selbst – Leontes, war Hermione, seine Frau, und seine Tochter Miranda vor der Ansteckung gefeit? (Aber, das hätte ihm zu denken geben müssen, nicht Arthur, sein Sohn, der, im Gegenteil, einer der von der Seuche am schwersten, bis zur Lebensgefahr Ergriffenen war!)

Dysenterie ist keine Krankheit, die wen immer auf die Vermutung brächte, ihr Ursprung sei anderswo als im Körperlichen zu suchen; noch der verbissenste Psychoanalytiker hielte es für ausgeschlossen, daß man einen Ruhrkranken in seine Behandlung überstellen könnte. Nicht so die Zöglinge der Thélème-Abtei-Schule: Sie nannten ihre Krankheit »die Pest«, es gesellte sich bei ihnen zu den höchst empfindlichen physischen Qualen jenes Grauen, jene übernatürliche Angst, die seit altersher einzig durch Aussatz und Pest, unter allen Seuchen, erweckt wird. Die Zöglinge der Schule auf dem Lavendelhof beurteilten einander gegenseitig danach, ob sie diese Prüfung mit Anstand, Würde, Tapferkeit –

oder kläglich winselnd, jammernd und sich selbst bemitleidend hinnahmen; man konnte nicht mehr daran zweifeln, daß sie die Heimsuchung (obschon die Thélème-Abtei ja den Religionsunterricht abgeschafft hatte und den sonntäglichen Kirchgang dem religiösen Bedürfnis des einzelnen anheimgab) als eine Art stellvertretenden Leidens ansahen, wodurch sie sich von der Feigheit, die in ihrer Flucht auf das Land verborgen war – jetzt nämlich nannten sie's ohne jede Beschönigung so –, freikauften.

LOJZE WIESER

Gebet der Kinder

I.

Wir, die wir nicht wissen, was ihr wißt;
Wir, die wir nicht hassen, wie ihr haßt;
Wir, die wir nicht verzweifeln an der Güte des anderen, wie
ihr es tut;
Wir, die wir noch lieben, ohne zu fragen, woher wer kommt;
Wir, die wir leben wollen, ohne gezählt, nach Rasse oder nach
der Reinheit des Blutes gefragt zu werden;
Wir, die wir uns spielerisch begegnen, ohne Mißtrauen;
Wir, die wir die Eigenheiten jedes Einzelnen anerkennen und
diese als Selbstverständlichkeit nehmen;
Wir, die wir weinen, wenn wir Ungerechtigkeiten sehen;
Wir, die wir leben wollen und von euch nichts anderes ver-
langen, als uns in Frieden leben zu lassen;
Wir, die wir unser Gegenüber achten wollen und ihm unsere
Achtung entgegenbringen möchten;
Wir, die wir beim Spielen lieber verdreckt als sauber ge-
schweige denn rein sein wollen;
Wir, die wir nicht fragen, was ihr falsch gemacht habt, nur um
zu beweisen, daß ihr Unrecht habt;

Wir, die wir nicht unterscheiden wollen zwischen Ethnie und Rasse, sondern für die jeder Mensch mit ehrlichem Blick und ehrlichem Wollen Mensch ist;

Wir, die wir nicht unterscheiden zwischen Religionen und Kulturen, da uns Religion ist, wenn jemand zu seinem Gott betet und von ihm Kraft bezieht oder jemand glaubt, ohne an einen Gott zu glauben, und uns Kultur ist, was dem anderen Freude bringt, ihn erheitert und nachdenken, weinen und sinnieren läßt, ganz egal in welcher Sprache, und uns dadurch bereichert;

Wir, die wir nicht wünschen, vergangenes Unrecht immer neu aufgebrüht und von Mal zu Mal verwässert vorgesetzt zu bekommen;

Wir, die wir statt Einfalt Vielfalt wünschen;

Wir, die wir ein offenes Aufeinanderzugehen statt Falschheit im Begegnen leben möchten;

Wir, die wir euch sagen möchten: Wenn ihr hassen wollt, dann tut es, wir wollen es nicht. Wir wollen leben und nicht sterben, wir wollen nicht unterdrücken, sondern Neues zum Leben erwecken;

Wir, die wir euren auf Jahrhunderte alten Lügengebäuden aufgebauten Märchen und aus der Mottenkiste der Vergangenheit hervorgezauberten Argumenten kein Vertrauen mehr schenken, möchten euch auch sagen: Eure Lügen heute sollen unsere Geschichte von morgen sein. Verbrämt, verklärt, verzogen und verlogen, mit Chauvinismus, Haß und Kurzsichtigkeit infiziert, wo ihr euch eure glorreichen Teile zusammengesucht habt, je weiter zurück, je blutiger, desto »heiliger« und beschwörerischer sind eure Formeln. Für solche Wahrheiten möchten wir euch nicht zur Verfügung stehen, denn noch bevor wir zu leben beginnen, werden wir in Kriege geschickt, um Propagandastoff für eure neuen Lügen abzugeben;

Wir, die wir in unseren Seelen frei sind von Vorurteilen, wollen nicht die Herzen unserer Kinder und die der Kindeskinder mit ganzen Lügengebäuden belasten.
Wir lassen es nicht zu.

II.

Wir lassen uns nicht mißbrauchen und dirigieren noch bevor wir für uns gelernt haben, was Leben ist, was Achtung ist, was Freiheit und was Gleichheit ist und was Brüderlichkeit sein könnte;
Wir wünschen nicht, vor Karren gespannt zu werden, die chauvinistischen Unrat transportieren, und damit heutiges Handeln rechtfertigen;
Wir wünschen nicht, den verfahrenen Karren aus dem Dreck zu ziehen, den ihr hineingefahren habt, weil euch das Morgen und die Menschen gleichgültig sind;
Wir wünschen nicht und pfeifen drauf, von euch für mögliche und in Zukunft begangene Sünden heute und im Voraus auf Generationen hinaus bestraft zu werden;
Wir wünschen nicht als dumm verkauft und als unwissend hingestellt zu werden, denn mit uns und in uns wird der Samen aller Schöpfung transportiert, gestaltet und verwaltet, wird alles Wissen mitgeführt, ohne damit auch nur den leisesten Anspruch erheben zu wollen, das Rad der Geschichte neu erfunden zu haben;
Wir wissen was wir tun.

III.

Wir lieben viel zu sehr die Freundschaft der sich gegenseitig Achtenden;
Wir lieben viel zu sehr die Freiheit jedes Einzelnen, um IHN als Pfand für die Freiheit der Gesellschaft zu mißbrauchen oder herzugeben;
Wir lassen uns diese Liebe nicht nehmen.

IV.

Wir wissen aber auch, daß sich Feigheit nicht bezahlt macht und den Keim von Zerstörung und Verrat in sich trägt;
Wir wissen aber auch, daß nur zwei gleichberechtigte Individuen und Persönlichkeiten frei entscheiden können, wenn sie sich mit Achtung gegenüberstehen, wo gegenseitiges Zurücknehmen eine Verneigung vor dem Wissen des anderen und dem Stolz des Gegenübers und für jeden Einzelnen Gewinn an Menschlichkeit bedeutet;
Wir wissen aber auch, daß in diesem Jahrhundert schon viele von uns dem Kriegsgott geopfert wurden, zermalmt, zerschlagen, mit einem Schlag gealtert sind und der Zukunft beraubt, noch bevor sie die geringste Chance hatten, die eigene Lebensmorgenröte in der Weite der Zukunft zu erspähen;
Wir wissen aber auch, daß uns viele unserer Eltern geraubt und jeweils für die gerechten Ziele der verschiedenen Ideologien geopfert wurden;
Wir wissen aber auch, daß heute in Sarajevo, Srebrenica, Žepa, Goražde, Bihać, Tschetschenien und Ruanda unsere Altersgenossen mit menschenverachtendem Grauen programmiert werden;

und
Wir wissen auch, daß wir für all das bezahlen noch bevor wir es wissen; und
Wir wissen ganz genau, daß ihr dazu schweigt.

V.

Wir fühlen uns verraten und verkauft, so leer und alt, noch bevor es uns vergönnt ist, von selbst alt zu werden, noch bevor es uns erlaubt ist, selbst Erfahrungen zu sammeln;
Wir hofften, daß zumindest ein Teil von euch sich noch erinnern wird, was es war und wie es war, als vor kaum einem halben Jahrhundert 60 Millionen Menschen vernichtet wurden und vor Freude, diesem Grauen entgangen zu sein, »Nie wieder Faschismus, nie wieder Krieg« skandiert wurde;
Wir hofften, daß euer Blick nicht nur an Schärfe gewinnt, wenn er auf Vergangenes gerichtet ist, sondern diese Schärfe behalten würde, wenn neue Formen menschenverachtender Ideologien auf seichten Pfoten dahergekrochen kommen;
Wir hofften schon, daß bei den kürzlich abgehaltenen Feiern zum Sieg über das Barbarentum vor 50 Jahren die Schizophrenie überwunden werde, und wir dachten schon, es wäre jetzt soweit, der Mensch hätte es gelernt, den anderen zu achten um seiner Achtung willen, und mußten sehen, daß zur selben Zeit, ja zur selben Stund vergessen wird, was hier und heut um uns geschieht, man im Brustton der Überzeugung den zivilisierten Teil Europas als seine Heimat nennt und dem barbarischen Teil mit genauso tiefer Mißachtung begegnet und nicht begreift, daß das imposante Bauwerk der europäischen Zivilisation auf den

Skeletten zahlreicher unterdrückter europäischer Völker errichtet wurde und ihm immer nur die Rolle eines Idealmodells eines Militärkordons zugedacht war;
Wir hofften schon, ihr werdet nicht zur Tagesordnung übergehen, sondern zu begreifen beginnen, daß die Teilung Europas in einen barbarischen und einen zivilisierten Teil die Grundlage der Jahrhunderte dauernden Kriege war und so lange, bis diese überwunden wird, auch bleiben wird;
Wir hofften schon, ihr werdet euch nicht dauernd hinter den Zeitgeistfloskeln und dem Yuppietum verstecken, und daß ihr wegen der Privilegien, die ihr nur habt, weil die anderen weniger oder nichts haben, bereit seid, die Augen zu verschließen, und daß ihr euch in Propheten der Beschwichtigung wandelt, macht uns entsetzt.
Eines wissen wir ganz sicher, so wollen wir nicht leben.

1995

HERBERT ZAND

Bis zum letzten Mann
Aus dem Roman der Eingekesselten

Höhn stand auf. Er war erschreckend blaß, schmal und schwach. Erasmus kaute an einem jungen Zweig. »So ist das nun«, sagte er und spuckte ein abgebissenes Stück des Zweiges von sich. »Vorne schlägt es ein, hinten schlägt es ein, neben dir schlägt es ein. Vorne der Tod, hinten das Kriegsgericht; kein Platz dazwischen für Feigheit und kein Platz für Tapferkeit. Wohin soll der Feige flüchten? Wie soll der Tapfere seine Tapferkeit zeigen?«

Hinter einem Wacholderbusch hatte sich ein Mann die Zeltbahn über den Kopf gezogen; und die Zeltbahn sprach: »War doch von Anfang an alles Mumpitz. Aber die Verpflegung, Junge, die wir zuerst hatten – ho, solche Mengen Fleisch, und was das schönste war: die Kompotte! und der Schnaps, und die Eier, Kinder, Kinder, was haben wir für Salate gemacht …«

Die Zeltbahn schupfte sich.

»Und nun der Kessel«, fuhr Erasmus fort.

»Bei mir ist es der siebente«, sagte die Zeltbahn kühl.

Höhn wandte sich unvermittelt ab und ging in den Wald hinein.

»Unsinn!« murmelte Alban.

Ein langer, hagerer Major, der bei jedem fünften Schritt stolperte, ein Mann mit einem wulstigen Gesicht, einigen Auszeichnungen und einigen Anschauungen, in die er sich verbohrt hatte, ohne über sie nachzudenken: das war der Kommandeur der Kampfgruppe, der auch die Sturmkompanie angehörte. Er liebte Pferde, denn im Sattel fiel sein Gebrechen nicht auf. Aus einem Geschlecht stammend, das bereits unter Friedrich dem Zweiten ansehnliche Staatsstellungen innehatte, das später den Aufbau des deutschen Kolonialreiches stark gefördert und führende Beamte dorthin entsandt hatte, eignete ihm ein angeborener Sinn für den Befehl.

Die Besprechung führte sein Adjutant, ein bildhübscher Oberleutnant namens Kastenbach. Der Major selbst rauchte an seiner Zigarre und blickte auf seine Stiefel hinab. Der Oberleutnant sprach gut, sachlich, präzis, und formte mit modulationsfähigem Tenor druckreife Sätze, in denen nicht ein Wort zuviel und keines zuwenig vorkam. Er stand klar über seiner Aufgabe und konnte die Kompanieführer in der Diskussion in die äußere Brusttasche stecken, obgleich er es wahrscheinlich vorgezogen hätte, außen an dieser Tasche ihre Auszeichnungen zu tragen. Trotz seines Schwunges ließ sich niemand von ihm beeindrucken.

Als der Leutnant Spohr die Stube betrat, fiel ihm auf, daß der Major den Raum überheizen ließ. Die Luft lastete auf ihnen heiß und trocken wie in einer Backstube und war zudem von blauen Rauchschwaden durchzogen. Im Ofen loderte ein kräftiges Feuer und steigerte die Hitze. Das hinderte den Adjutanten nicht, seine Handschuhe anzubehalten.

Kastenbach stand bereits vortragsbereit am Tisch. Spohr war als letzter gekommen. Der Major saß etwas abseits. Im Halbkreis um den Tisch hatten die Kompanieführer Platz genommen, der Reihe nach, wie es gewünscht wurde, erst Schrattner, Oberleutnant von der ersten Kompanie, mit Abstand der kleine Weserlohn, der Spohr auffallend bedrückt erschien, und Kübler, Chef der Vierten, Oberleutnant dem Rang nach. Spohr rückte seinen Stuhl zwischen dem bebrillten Schrattner und Weserlohn in die Gruppierung ein und blickte mit zusammengekniffenen Brauen auf die entfaltete Karte.

Kastenbach erklärte den Plan einer Staffelung. Die Division, die den Frontbogen nach Osten besetzt hielt, mußte zuerst ihren Rückzug ausführen und brauchte dazu die Straße. Später sollte sie eine Auffangstellung beziehen und ihrerseits den Abmarsch der Sicherungstruppen decken. Alles war klar, alles war einfach und vorherbestimmt. Geschmeidig umspielte die Hand die Geländeformen.

Spohr hörte sich beim Namen nennen. Seine Kompanie hatte in der Nacht am Rande des Sumpfes vorzugehen und die Hügelstellung noch einen Tag lang zu halten, um die Straße vor Einsicht zu schützen. Spohr blickte auf.

»Das bedeutet alles in allem einen Rückzug von sechzig Kilometern bis übermorgen früh.«

»Zweiundsechzig Kilometer«, berichtigte der Adjutant. Weserlohn saß merkwürdig steif auf seinem Stuhl. Schrattner lächelte milchgesichtig.

»Und dann? Was weiter?«

Kastenbach zog die Handschuhe straff an.

»Halten bis zum letzten Mann«, sagte er. »Übrigens wird es gut sein, wenn Sie den Angriff – federnd führen. Es besteht die Möglichkeit, daß Sie in den Gegenangriff hineinlaufen.«

Die Hand im grauen Leder demonstrierte die Art, mit der Spohr seine Kompanie vorzuschieben hatte, ausweichbereit, aber mit Energie.

»Meine Kompanie erreicht ihre Kampfziele«, antwortete der Leutnant Spohr unwillig. »Das wissen Sie. Meine Kompanie hält auch ihre Stellungen, wenn ihr nicht in den Rücken gefallen wird wie heute vor wenigen Stunden. Ich verlange Aufklärung. Meine Kompanie hatte drei Vermißte. Sie wurden gesehen, wie sie fielen. Wahrscheinlich sind die Leute tot.«

Die Kernfrage der Besprechung war gestellt. Der Adjutant wandte sich dem Kommandeur zu.

»Herr Major!«

Der Kommandeur sprach hart und stockend. Er saß tief in einem Lehnstuhl, und er blickte Spohr dabei an, als habe er ihn noch nie in seinem Leben gesehen, als begegne er einem vorzeitlichen Ungeheuer.

»Was heißt das: meine Kompanie erreicht ihre Kampfziele, meine Kompanie kennt keinen Rückzug, meine Kompanie macht dies und meine Kompanie macht das? Wenn wir geschlagen werden, dann werden wir alle zusammen geschlagen, und wir stehen hier auf deutschem Boden. Wollen Sie behaupten, daß Ihre Sturmkompanie die ganze Zeit über gesiegt hat?«

Spohr beneidete in diesem Augenblick den letzten seiner Männer draußen in der Waldstellung, denn er war müde wie sie und mußte trotzdem in der Diskussion ausgeruhten Partnern standhalten. Sehr mühevoll war dies für den Ungesprächigen. Er stand von seinem Stuhl auf.

»Herr Major wissen, daß ich jeden Auftrag befehlsgemäß ausgeführt habe. Meine Einheit besteht aus dem besten Menschenmaterial, das wir uns heute wünschen können. Und Sie wissen auch, daß nicht nur meine Kompanie, sondern Ihr ganzes Bataillon, wenn die Lücken ausgefüllt sind, in einer Offensive einsatzbereit ist …«

Er hatte Haltung angenommen. Die Worte erschienen ihm, kaum ausgesprochen, ebenso beziehungslos zueinander wie die Hand im grauen Leder auf der Karte zum Geschehen – wie einzelne Halme spröden Grases, die der Wind durcheinanderwirft. Die Hitze stieg und machte das Atemholen beinahe unmöglich.

»Mann, sind Sie vom Teufel besessen?« fragte der Major und griff nach dem Schürhaken. »Unsere Truppe macht keine Offensive mehr. Sie haben Ihre Kompanie dorthin zu führen, wohin der Befehl lautet. Ohne zu fragen, von wem die Befehle stammen und warum sie erlassen werden. Gleichgültig, ob zum Vormarsch oder zum Rückzug.«

»Und wenn kein Raum mehr bleibt für Rückzüge?«

Der Adjutant hob erstaunt den Kopf. Es war eine – in diesem Rahmen – unerhörte Frage, um so mehr, als sie von der Befehlsmaschine Spohr erhoben wurde, von dem dergleichen nicht zu erwarten stand.

»Der Herr Major meint, daß eben diese Art, Fragen zu stellen, von Übel sei«, sagte er schnell, ehe der Major eine Antwort erteilen konnte.

Schweißtropfen standen auf Spohrs Stirne und rannen die Nasenwurzel hinab. Er trocknete sie nicht. Der Major legte den Schürhaken über die Knie und schoß aus dunklen, drohenden Augen.

»Was dann geschieht, wenn hinter uns nur noch der Abgrund ist …« Der Schürhaken stieß ins Leere. »… dafür ist das Oberkommando nicht verantwortlich zu machen. Verstanden?«

»Jawohl, Herr Major!«

Warten.

»Das Oberkommando erteilt an uns seine Befehle, solange es solche für gut erachtet. Es ist vor der Geschichte vielleicht für seine Handlungsweise verantwortlich, aber nicht vor Ihnen, verstanden?«

»Jawohl, Herr Major!«

Gedanken, schnell, gehetzt: Er kümmert sich keinen Deut um das Oberkommando. Da kommt noch etwas …

Der Major drehte sich mit seinem Stuhl herum; und nun kam es bereits, aber die Welle brandete an Spohr vorbei und schüttete sich aus über den kleinen Weserlohn, der seinerseits nicht mehr Weserlohn war, vielmehr ein fremder, hartgesichtiger, krankhaft gespannter Mann. »Wir haben die Befehle zu übermitteln, die uns gegeben werden, und dafür zu sorgen, daß sie die Mannschaft beachtet. Das gilt besonders für die dritte Kompanie. Führen Sie den Mann herein!«

Sie stießen einen Mann von Weserlohns Kompanietrupp in das Zimmer. Spohr trat zurück gegen das Fenster.

Von der Seite gesehen machte der Major einen negroiden Eindruck. Er war jedoch adeliger Herkunft.

»Sie hatten von Ihrem Kompanieführer einen Auftrag erhalten«, schnob der Major zwischen wulstigen Lippen hervor. »Welchen Auftrag?«

Der Mann stand wie betäubt in der flimmernden Hitze. Er war mittelgroß, hatte helles, borstiges Haar, und seine stumpffingrigen, rötlich behaarten Hände zuckten erregt, als der Major ihn anschrie. Sie suchten die Stelle, wo das Koppel gesessen hatte, die Mitte des Leibes, aber das Koppel war ihm schon abgenommen worden, und so legte er die Hände wieder zurück an die Hosennaht. Ohne Koppel stand er gleichsam nackt vor ihnen.

»Ich hatte Befehl, eine Meldung zur Sturmkompanie zu bringen.«

»Warum haben Sie diese Meldung nicht überbracht?« wütete der Major, dunkelhäutig vor Zorn.

»Der Feind war schon da. Ich konnte nicht mehr über die freie Fläche.«

Weserlohn saß wie gelähmt. Die Erregung schien selbst auf das Feuer im Kamin überzugreifen, es flackerte schnell und zuchtlos. Spohr merkte, daß seine Hände kalt waren, obgleich die Hitze einen hohen Stand erreichte, und er begriff, warum der Adjutant die Handschuhe nicht ablegen wollte. Man mußte Distanz halten von allem, was hier geschah.

»Was haben Sie sich dabei gedacht?« schrie der Major.

»Nichts!« sagte der Mann. »Nein, nichts ...«

Der Oberleutnant Kübler von den schweren Maschinengewehren rappelte sich geräuschvoll im Stuhl auf.

»Das dürfte stimmen«, sagte er. »Denken ist in der Truppe nicht gebräuchlich.«

Dabei schaute er an Spohr vorbei durch das Fenster hinaus auf die Dorfstraße und fügte hinzu:

»Von jeher nicht gebräuchlich gewesen.«

Spohr verstand, daß die Worte auf ihn gezielt waren, denn er kam als einziger Offizier der Kampfgruppe von der Mannschaft. Aber Kübler konnte jetzt reden, was er wollte – Spohr beachtete ihn nicht. Er wandte keinen Blick von dem Gesicht des Mannes, der ihn mit seiner Meldung nie erreicht hatte.

Ein Rübengesicht, dachte er. Irgendwann habe ich ihn im Trommelfeuer gesehen. Damals zeigte er Mut. Jetzt wird er bald zusammenbrechen. Er müßte den Major fragen, warum der Stab so weit hinten blieb, daß kein Funkverkehr mehr möglich war. Natürlich ist es bequemer, im Dorf zu sitzen als im Wald unter freiem Himmel.

»Man sollte die Kompanien an Exekutionen teilnehmen lassen, um die Leute auf ihre eigene Würde aufmerksam zu machen, die sie verlieren, wenn sie sich der Pflicht entziehen«, fuhr Kübler fort.

»Sie wußten, daß die Telephonverbindungen gestört waren«, sagte der Major. »Statt nun vorwärtszulaufen oder rückwärtszukriechen zu Ihrer Kompanie, sind Sie liegengeblieben und haben die Arme gehoben. Das ist Desertion.«

Er wies mit dem Finger auf die armselige Kreatur.

»Der Feind hat diesen Burschen mit Maschinengewehrgarben zu uns zurückgetrieben, als er die Sturmkompanie aus der Stellung warf. Er hat uns damit einen Dienst erwiesen. Jeder Mann der Kampfgruppe muß genau über den Fall informiert werden ... Ihnen habe ich jedoch zu sagen, meine Herren, daß von heute an jeder Kompanieführer in höherem Maße als bisher für seine Truppe verantwortlich ist. Ein neuer Widerstandsgeist hat sich zu materialisieren, in einem zweifachen Sinne des Wortes – eine Kompanie muß in der Hand des Chefs funktionieren wie geformte Materie, nicht wie eine Anhäufung unberechenbarer Lebewesen, und Sie haben diesen Widerstandsgeist, der vorläufig nur in unserer Absicht vorhanden ist, wie Katalysatoren sichtbar und in der Mannschaft wirkbar zu machen ... Wie Sie das anstellen, ist mir gleichgültig, ich zitiere nur. Es ist heute bei mir ein entsprechendes Rundschreiben eingetroffen. Wird, nach diesem Rundschreiben, ein Offizier mit seiner Einheit an einem Platze angetroffen, wo lebend zu sein ihm nicht befohlen wurde, verfällt er der unnachsichtigen Maßregelung.«

Weserlohn saß mit zusammengepreßten Lippen. In seinem Gesicht wechselten die Farben. Da geschah etwas Außerordentliches. Der Deserteur streckte sich und fing mit einem Blick auf seinen Kompanieführer, der Ergebenheit bekundete und Einverständnis heischte, an zu reden.

»Es kam plötzlich«, sagte er ruhig und bestimmt. »Und es wäre für uns alle besser, wenn ich jetzt drüben wäre. Man hat euch einen schlechten Dienst erwiesen. Denn man wird auch bei Majoren und Generälen einmal nachfragen nach uns und wird das Kriegsrecht anzweifeln ...«

Als er mit seiner Rede so weit gekommen war, mußte er sich ducken, denn der Schürhaken des Majors flog knapp über seinen Kopf hinweg und schlug krachend an die Wand. Die Melder stießen den Mann rasch aus dem Zimmer. Er zeigte nicht die geringste Furcht mehr. Der Major begab sich, öfter stolpernd als gewöhnlich, in einen Nebenraum. Kastenbach trat mit einem Bogen Papier wieder an den Tisch und ließ eine kurze Pause verstreichen.

»Wir kommen zum Schluß«, sagte er sichtlich erleichtert, doch so laut, daß der Major im Nebenraum ihn hören konnte. »Herr Spohr, Sie haben Ihre gewünschte Aufklärung erhalten. Bleibt noch ein Punkt zu berühren ...« Er nestelte an der Knöpfelung seiner Handschuhe. »Der Herr Major hat einem Antrag nach Versetzung des Herrn Leutnants Weserlohn zum Armee-Oberkommando nach Mindenburg stattgegeben. Nach reiflicher Überlegung, wie ich wohl nicht hervorzuheben brauche. Wir bedauern, in ihm einen stets zuverlässigen Kameraden von unserer Art zu verlieren.«

In einer blitzartigen Erhellung sah Spohr wieder seine Kompanie über die Äcker trotten, er sah sie auf ihrer schmählichen Flucht und entsann sich seiner eigenen Schwäche. Er empfand bitteren Geschmack auf der Zunge, dem Gaumen und den Lippen. Sie begannen also auszureißen.

»Die Welt hat hundert Revolutionen gesehen«, sagte der Major zurückkehrend. »Aber sie hat noch keine gesehen, die das Kriegsrecht abgeschafft hätte. Das ist keine Einführung von heute auf morgen, wie etwa eine Grußform.«

Er polterte durch den Raum, hinaus in die Küche, kam wieder, riß neben Spohr das Fenster auf. Es war, wie wenn ein Ventil geöffnet würde, die heiße Luft strömte ab.

»Sie verabschieden sich morgen in der neuen Auffangstellung, Leutnant Weserlohn«, sagte der Major, ohne sich umzuwenden und stoßweise die feuchte Luft einziehend. »Ich wünsche Sie noch einmal zu sehen. Die anderen Herren können sich danach richten. Wir haben keinen Grund mehr, hier beisammenzusitzen wie bei einer Truppenübung. Ich denke, es wird jetzt für jeden ernst werden, und er mag wissen, daß ich mich niemandem verpflichtet fühle. Das war alles. Sie können gehen.«

Spohr empfand instinktiv, daß es nicht alles war, daß eben das Wichtigste verschwiegen wurde. Ohne dieses Verschwiegene, ohne die ausdrückliche Ermächtigung zu neuen Methoden der Truppenführung blieb alles halbschlächtig und gefährlich. Welche Mittel waren erlaubt und welche waren noch verboten? Nichts widerstrebte ihm mehr, als ohne Befehl zu handeln.

Zuerst ging Weserlohn. In seinem Gesicht wechselten Erstaunen und Wut. Spohr folgte ihm auf dem Fuße. Schrattner führte die Hand nach alter Art an den Mützenschirm.

Auf der Dorfstraße schlug der lange Kübler Weserlohn leicht und bedeutsam auf die Schulter.

»Wir machen es hier alle nur noch ein paar Tage«, sagte er spöttisch. »Du hast Aussicht, den Krieg zu überleben. Mindenburg liegt weit vom Schuß. Halte den Kopf hoch! Es muß auch Leute geben, die am Leben bleiben.«

»Idiot!« sagte Weserlohn und entfernte sich eilig. Spohr atmete einige Male tief und wartete auf Schrattner. Sie gingen gemeinsam die Dorfstraße hinab.

»Ich habe gestern eine Nachricht bekommen«, sagte Schrattner, und sein dünnlippiger Mund bewegte sich kaum bei diesen Worten. »Meine Frau und meine beiden Kinder betreffend. Sie sind bei einem Bombenangriff verschüttet worden. Aber sie leben. Nur weiß ich nicht, wie. Nun – irgendwie ... Menschen sind zähe Geschöpfe. Sie leben auch ohne Arme und Beine weiter. Die Frau hat nicht selbst geschrieben ... Es ist aber nicht mehr wahr, wenn wir sagen, daß wir hier die Heimat schützen.«

Die Dorfstraße war kotig, und die Häuser boten mit ihren offenen Türen das seltsame Bild eines nur von Männern bewohnten Ortes. Überall in den Höfen und selbst auf der Straße standen Wagen mit abgeschirrten Pferden. Unter den Plachen lag Verpflegung, Munition, Verbandmaterial und das geringe private Hab und Gut, das manche Leute noch mit sich führten. Einige Küchen dampften. Aber bei aller äußeren Unordnung spürte man dahinter die Abmarschbereitschaft der Trosse.

Außerhalb des Dorfes führte die asphaltierte Landstraße vorbei. Dort vorne ging Weserlohn und schwenkte nach rechts ab. Er ging schnell, und Spohr fühlte sich verkalkt gegen ihn, verhärtet und freudlos. Die Sorgen Schrattners reichten nicht an ihn heran. Seit Jahren war er bemüht gewesen, Gefühls- und Gemütsregungen zu unterdrücken und hatte sich die Furchtlosigkeit der mitleidlosen Herzen angeeignet. Nun war er außerstande, Schrattner ein Wort des Trostes zu geben.

»Du kriegst keinen Urlaub«, sagte er. »Wahrscheinlich wird auch keine Post mehr befördert. Vielleicht kannst du über das Rote Kreuz Verbindung aufnehmen.« War dies Trost? War dies menschlicher Zuspruch?

Er umging eine Lache. Unter ihren Stiefeln spritzte der Schmutz in winzigen Tropfen nach beiden Seiten. Es hatte aufgeklart. Das Licht des sinkenden Tages war seltsam blau.

»Man sollte in solchen Zeiten nicht heiraten und Kinder zeugen«, sagte Spohr. »Zumindest wir sollten das nicht. Frei sein und frei bleiben und an nichts denken müssen, wenn man aus dem Graben springt. Eine Familie zu haben, vergiftet Geist und Körper. Die Kirche hat ihre Mönchsorden, Streiterformationen aus Menschen, die sich von der Welt lossagen, und sie steht schon zweitausend Jahre. Derlei müßte ein Volk auch aufbringen.«

»Man kann eine Familie haben und trotzdem tapfer sein«, erwiderte Schrattner. »Es wiegt sogar schwerer.«

An der Straßenkreuzung blieben sie stehen und sahen Weserlohn nach, der über die keimgeladenen Frühlingswiesen in die Luftspiegelung des Sonnenuntergangs hineinlief. Diese farbige Helligkeit ließ ihn wieder kindhaft, munter erscheinen. Hingegen vereiste sie das Gesicht Schrattners, stand mit blauen Punkten in den Gläsern seiner Brille.

»Man hat gestern ein ganzes Bataillon auf Lastkraftwagen verladen«, begann der Oberleutnant von neuem mit seiner dünnen Stimme, die so merkwürdig schneidend brüllen konnte, »und zum Feind hinübergeführt, unter Plachen und bei Dunkelheit. Grund: falsche Informationen über den Verlauf der Hauptkampflinie. Folge: Risse zwischen den Kompanien. Das wäre noch vor drei Monaten undenkbar gewesen. Manchmal sehe ich schon Gespenster. Auch Unfähigkeit kann gespenstisch wirken. Der Sinn unseres ganzen Einsatzes wird selbstverständlich nur darin liegen, daß wir der Armee ihre volle Potenz bewahren, bis wir sie im Gefälle einer günstigen Entwicklung entscheidend für Deutschland einsetzen können. Unter diesem Gesichtspunkt müssen auch strategische Rückzüge betrachtet werden.«

Er hatte zuletzt kalt doziert. Es war eine Strategie der blauen Eispunkte in den Pupillen. Spohr begriff nicht sofort, daß jetzt ausgesprochen war, was während der Besprechung nur andeutungsweise als Gefahr in der Luft gelegen hatte – die Revolutionsbereitschaft im Kampfgruppenstab, der Verrat an Deutschland, wie Spohr es sofort nannte –, aber als er plötzlich klar sah, traf es ihn wie ein harter Schlag in das Genick. Daher wohl Verurteilung der Desertion – man wünschte die Leute beisammenzuhalten –, aber keine öffentliche Verlesung des Rundschreibens, keine Erteilung von Vollmachten zu neuen Führungsmethoden, keine klare Sprache, bei der es auch keine Widersprache geben konnte, wenn das Steuer herumgeworfen werden sollte, keine Tatsachen, keine Feststellungen …

»Wollen Sie damit sagen, daß die Armee den Bürgerkrieg anstrebt?«

Schrattner lächelte hochmütig.

»Ich sprach natürlich vom Gefälle einer außenpolitischen Entwicklung. Addio, Spohr!«

Er ließ ihn stehen und bog nach links ab.

Kaltschlüpfrig wie eine Schlange, dachte Spohr. Verräter, glatt und nicht zu fassen, aber alle zusammen Verräter: Weserlohn auf seine Art, indem er die Zügel schießen läßt, und der Major, Schrattner, Kübler auf andere Art. Das war die Gefahr. Hinter der hellen Luftspiegelung über dem Wald lauerte das dunkle Grauen. Spohr zögerte, die Straße zu überschreiten. Da war ein Widerstand in ihm, den er nicht kannte. Weserlohn war schon verschwunden, Schrattner näherte sich dem Waldstreifen. Warum folgte er ihnen nicht? Gewiß, es war keine schöne Bilanz zu ziehen: Deserteure in der Mannschaft, Narren, die Wallenstein kopierten, in den Stäben, und die Übermacht auf der anderen Seite. Als Gegengewicht nur die Hoffnung auf ein Wunder. Wenn die ganz große Wendung nicht sehr bald einsetzte, hieß es den Nakken tief beugen unter Schmähung und Gewalt. Leutnantsschulterstücke, insonderheit deutsche, waren in dieser errechenbaren Zukunft nicht gefragt.

Spohr stieß einen Stein vor sich her über die Straße, beobachtete ihn, wie er über die Fahrbahn hüpfte und im Acker noch ein Stück frontwärts kollerte. Träge Materie. Ein Gedanke dämmerte auf. Materialisieren, hatte der Major gesagt. Hieß das nicht in verschleierter Form: mit aller Kraft zustoßen, die Materie in Bewegung setzen?

Die Luftspiegelung hatte sich aufgelöst, die Sonne war endgültig hinter die welligen Hügel gesunken, und nun wurde es sehr rasch dunkel. Spohr wußte, daß er schwach war und Angst hatte. Auch die Angst kam auf eine ihm neue und entsetzliche Weise. Das war weniger die Angst vor dem Tode, eher die Angst vor einer unmenschlichen Folter. Er kehrte um und ging zurück in das Dorf, wo noch sein Gefechtstroß lag. Unschlüssig stand er auf der abendlichen Straße. Die Plachen wurden schon über die Wagen geworfen, die Pferde aus den Ställen geführt. Abmarsch! Rückzug! Da sah er, wie sie den Deserteur von der Dritten brachten. Der Mann ging ohne Rock, im Hemd, vor seiner Wache her, die Hände auf den Rücken gebunden. Eines der Pferde streckte ihm den langen Kopf entgegen und rieb ihn an seiner Schulter. Man stieß ihn in einen bereitstehenden Kübelwagen. Wie lange mochte der Mann nicht mehr im Auto gefahren sein? Wahrscheinlich bei dem letzten Transport an die Front oder in das Lazarett.

›In die Nacht hinein vorstoßen und den Befehl erfüllen, selbst wenn er nicht laut ausgesprochen ist, dies eine wenigstens, wenn das andere zerbricht, Werkzeug sein, das nicht fragt, stumm, wie es die Kriegsherren von ihren Soldaten verlangen. Nicht mehr! Wie es im Buche steht. Und aus dieser Unterordnung Kraft saugen, die wieder vorwärtsschnellt, vorwärts wie ein Geschoß, das Bild dieses Mannes vor Augen, eines Verräters, von Verrätern verurteilt, und das Gewebe zerreißen. Ausreuten die Angst aus dem Herzen wie Unkraut, versengen, verbrennen, bis zu den Wurzeln hinab.‹

Die ganze Zeit war einer seiner Melder hinter Spohr gestanden. Er bemerkte ihn erst jetzt und packte ihn am Arm.

»Sieh dir das gut an! Diesen Mann dort. Man wird ihn in eine Schottergrube führen. Heute nacht noch. Ein Peloton wird antreten. Und man wird ihn verscharren, mit dem Kopf voran in der Erde.«

Während er so zu dem Melder sprach, erkannte er, daß auch dies merkwürdig wenig galt, daß sich niemand ernstlich darum kümmern würde, wenn der Augenblick gekommen war. Bis dahin verhielten sie sich still und waren ebensowenig faßbar wie Schrattner, der von Innen- und Außenpolitik sprach und beide nach Belieben miteinander vertauschte.

Sie machten sich zusammen auf den Weg. Einmal setzte der Melder zum Sprechen an, zögerte, räusperte sich und sagte dann: »Herr Leutnant! Die Schwalben sind zurückgekommen. Es wird jetzt warm.«

Biographien und Werkverzeichnisse

Joe Berger

Geboren am 22. Oktober 1939 in Kaltenleutgeben (Niederösterreich). Teilnahme an den aktionistischen Gruppen *ARGE Bauernschnapsen* und *First Vienna Working Group: Motion.* Lebte als Lyriker, Erzähler, Dramatiker und Schauspieler in Wien, wo er am 30. Mai 1991 starb.

Werke: *Märchen für Konsumkinder* (1977), *Plädoyer für den Alkohol. Prosa* (1985), *Märchen für die Satten und Irren* (1990), *Das Joe Berger Lesebuch* (1994).

Alois Brandstetter

Am 5. Dezember 1938 als Sohn eines Müllers in Aichmühl bei Pichl in Oberösterreich geboren, besuchte er das bischöfliche Knabenseminar Kollegium Petrinum in Linz. Studium der Germanistik und Geschichte in Wien, lehrte ab 1962 an der Universität in Saarbrücken, seit 1974 an der Universität in Klagenfurt, wo er auch lebt.

Werke: *Überwindung der Blitzangst. Erzählungen* (1971), *Zu Lasten der Briefträger. Roman* (1974), *Der Leumund des Löwen. Erzählungen*

(1976), *Die Abtei. Roman* (1977), *Vom Schnee der vergangenen Jahre* (1979), *Die Mühle. Roman* (1981), *Über den grünen Klee der Kindheit. Prosa* (1982), *Altenehrung. Roman* (1983), *Die Burg. Roman* (1986), *So wahr ich Feuerbach heiße. Roman* (1988), *Vom Manne aus Eicha. Roman* (1991), *Hier kocht der Wirt. Roman* (1995), *Meine besten Geschichten* (1999), *Groß in Fahrt. Roman* (1999).

Gerhard Bronner

Geboren am 23. Oktober 1922 im Wiener Arbeiterbezirk Favoriten. 1938 Flucht über Brünn und England nach Palästina. Verdiente seinen Lebensunterhalt als Straßensänger, Barpianist und Komponist. Überlebte als einziger seiner gesamten Familie den Holocaust. 1948 Rückkehr nach Wien, 1953–1955 in Hamburg beim NDR. Pachtete 1956 gemeinsam mit Georg Kreisler das *Intime Theater*. Übernahm 1959 das *Neue Theater am Kärntnertor* (bis 1966). Gestaltete für Radio und Fernsehen Sendungen (*Schlager für Fortgeschrittene*). 1979–1988 Leiter des Kabaretts *Fledermaus* und des Hörfunkkabaretts *Der Guglhupf*.

Lebte in Florida (USA) und dann in Wien. Textdichter, Liedermacher, Stückeschreiber, Filmkomponist, Theaterdirektor, Regisseur, Drehbuchautor, Übersetzer.

Werke: *Kein Blattl vor'm Mund. Ein ungeschriebenes Buch* (1992), *Die goldene Zeit des Wiener Cabarets. Anekdoten, Texte, Erinnerungen* (1995), *Tränen gelacht. Der jüdische Humor* (1999), *Meine Jahre mit Qualtinger. Texte und Erinnerungen* (2003) *Spiegel vorm Gesicht. Erinnerungen* (2004).

Albert Drach

Am 17. Dezember 1902 als Sohn eines jüdischen Gymnasialprofessors in Wien geboren. Veröffentlichte mit 17 Jahren seinen ersten Gedichtband. Nach dem Jusstudium Rechtsanwalt in Mödling. 1938 Flucht über Jugoslawien und Italien nach Frankreich (in Paris, Nizza, diversen Internierungslagern). 1948 Rückkehr nach Mödling, Wiederaufnahme seiner Anwaltspraxis und jahrelanger Kampf um die Rückerstattung des elterlichen Wohnhauses. Einige seiner besten Erzählungen stammen schon aus den 20er Jahren, aber erst 1964 kam mit seinem ersten Roman der Durchbruch zum literarischen Ruhm. Er starb am 27. März 1995 in Mödling.

Werke: *Kinder der Träume. Gedichte* (1919), *Das große Protokoll gegen Zwetschkenbaum. Roman* (1964), *Das Spiel vom Meister Siebentot und weitere Verkleidungen* (1965), *Die kleinen Protokolle und das Goggelbuch. Erzählungen* (1965), *Das Aneinandervorbeispiel und die inneren Verkleidungen* (1966), *Unsentimentale Reise. Ein Bericht* (1966), *»Z.Z.« das ist die Zwischenzeit. Ein Protokoll* (1968), *Untersuchung an Mädeln. Kriminalprotokoll* (1971), *Gottes Tod ein Unfall. Dramen und Gedichte* (1972), *Das Beileid. Nach Teilen eines Tagebuchs* (1993), *Ironie vom Glück. Kleine Protokolle und Erzählungen* (1994), *O Catilina. Ein Lust- und Schauertraum* (1995), *Werke. 10 Bde.* (2002 ff.).

Helmut Eisendle

Am 12. Jänner 1939 in Graz geboren, absolvierte eine Lehre als Telefonmechaniker der Post und arbeitete als Entstörer und Revisor. Nach der Abendmatura Studium der Philosophie, Psychologie und Biologie in Graz. Zwei Jahre als Pharmareferent tätig. Seit 1972 freier Schriftsteller mit Wohnsitzen u. a. in Barcelona, Berlin,

München, Triest, Amsterdam, Südsteiermark und seit 1993 in Wien. Am 20. September 2003 in Wien gestorben.

Werke: *Walder oder Die stilisierte Entwicklung einer Neurose. Roman* (1971), *Jenseits der Vernunft oder Gespräche über den menschlichen Verstand. Roman* (1976), *Exil oder Der braune Salon. Roman* (1977), *Das nachtländische Reich des Doktor Lipsky. Erzählungen* (1979), *Das Verbot ist der Motor der Lust. Essays* (1980), *Der Narr auf dem Hügel. Roman* (1981), *Die Frau an der Grenze. Roman* (1984), *Oh Hannah! Roman* (1988), *Block oder Die Melancholie. Erzählung* (1991), *Lauf Alter, die Welt ist hinter dir her. Erzählung* (2000), *Gut und Böse sind Vorurteile der Götter. Ein Gespräch* (2002).

Herbert Eisenreich

Am 7. Februar 1925 in Linz geboren, verbrachte seine Jugend in Oberösterreich (Enns und Pregarten) und in Wien, wo er das Gymnasium besuchte. 1943 wurde er zum Kriegsdienst eingezogen und 1945 schwer verwundet. Studierte ab 1946 Germanistik und klassische Philologie in Wien, schlug sich mit Gelegenheitsarbeiten durch. 1952 ging er nach Hamburg, lebte bis 1956 in Stuttgart, dann in Wien, in Sandl, Oberösterreich, in Istrien und Tamsweg. Am 6. Juni 1986 starb er.

Werke: *Einladung deutlich zu leben. Erzählung* (1952), *Auch in ihrer Sünde. Roman* (1953), *Böse schöne Welt. Erzählungen* (1957), *Die Freunde meiner Frau und neunzehn andere Kurzgeschichten* (1957), *Reaktionen. Essays zur Literatur* (1964), *Sozusagen Liebesgeschichten. Erzählungen* (1965), *Ein schöner Sieg und 21 andere Missverständnisse* (1973), *Die blaue Distel der Romantik. Erzählungen* (1976), *Verlorene Funde. Gedichte 1946–1952* (1976), *Die abgelegte Zeit. Ein Fragment* (1985).

Gunter Falk

Gunter Falk, der am 26. Oktober 1942 in Graz geboren wurde, studierte Soziologie, Philosophie, Zoologie und Mathematik. Ab 1969 Universitätsassistent für Soziologie in Graz. Auftritte und Lesungen im Forum Stadtpark (auch gemeinsam mit Wolfgang Bauer). Am 25. Dezember 1983 starb er in Graz.

Werke: *Der Pfau ist ein stolzes Tier* (1965), *Die Würfel in manchen Sätzen* (1977), *Die dunkle Seite des Würfels* (1983).

Reinhard Federmann

Am 12. Februar 1923 in Wien geboren, wurde 1942 zur Wehrmacht eingezogen. Nach der Rückkehr aus russischer Kriegsgefangenschaft 1945 Jus-Studium. Ab 1947 freier Schriftsteller und Journalist, Herausgeber und Übersetzer. Häufige Zusammenarbeit mit Milo Dor. Ab 1972 Herausgeber der Literaturzeitschrift *Die Pestsäule*. Am 29. Jänner 1976 in Wien gestorben.

Werke: *Es kann nicht ganz gelogen sein* (1951), *Internationale Zone. Roman* (mit Milo Dor, 1953), *Das Himmelreich der Lügner. Roman* (1959), *Barrikaden. Roman* (1973), *Chronik einer Nacht. Roman* (1988), *Die Stimme. Erzählungen* (2001).

Franzobel

Als Franz Stefan Griebl am 1. März 1967 in Pichlwang bei Vöcklabruck (Oberösterreich) geboren, wuchs in Pichlwang auf und besuchte die HTL, Fachrichtung Maschinenbau, in Vöcklabruck. Nach Anläufen zu einem Studium der Malerei an der Akademie der Bildenden Künste in Wien begann er 1986 das Studium der Germanistik und Geschichte in Wien, arbeitete daneben als Maler und Konzeptkünstler und war auch Komparse am Burgtheater. Lebt als Schriftsteller und Maler in Argentinien und Wien.

Werke: *Der Wimmerldrucker. Ein Lexikaroman* (1990), *Die Musenpresse. Aus einem Roman von Margaret Lanner* (1994), *Die Krautflut. Erzählung* (1995), *Das Beuschelgeflecht* (1996), *Böselkraut und Ferdinand. Roman* (1998), *Der Trottelkongress. Commedia dell'Pape. Ein minimalistischer Heimatroman* (1998), *Met ana oanders schwoarzn Tintn. Gedichte* (1999), *Scala Santa oder Josefine Wurznbachers Höhepunkt. Roman* (2000), *Mayerling. Die österreichische Tragödie* (2001), *Austrian Psycho. Ein Rabiat Hödlmoser* (2002), *Lusthaus oder Die Schule der Gemeinheit. Roman* (2002), *Luna Park. Vergnügungsgedichte* (2003), *Zirkusblut. Ein Austrian-Psycho-Thrashkrimi. Zweiter Teil* (2004).

Barbara Frischmuth

Geboren am 5. Juli 1941 in Altaussee. Nach Besuch einer Klosterschule in Gmunden 1958 Übersiedlung nach Graz, Studium des Türkischen und Ungarischen, 1960 neun Monate in der Türkei, 1963 ein Jahr in Debrecen. 1964–67 Studium der Orientalistik in Wien. Lebt nach vielen Jahren in Wien nun wieder in Altaussee.

Werke: *Die Klosterschule* (1968), *Amoralische Kinderklapper* (1969), *Rückkehr zum vorläufigen Ausgangspunkt* (1973), *Das Verschwinden des Schattens in der Sonne. Roman* (1973), *Die Mystifikationen der Sophie Silber. Roman* (1976), *Amy oder Die Metamorphose. Roman* (1978), *Kai und die Liebe zu den Modellen. Roman* (1979), *Die Frau im Mond. Roman* (1982), *Kopftänzer. Roman* (1984), *Über die Verhältnisse. Roman* (1987), *Mörderische Märchen* (1989), *Einander*

Kind. Roman (1990), *Die Schrift des Freundes. Roman* (1998), *Die Entschlüsselung. Roman* (2001), *Schamanenbaum. Gedichte* (2001), *Der Sommer, in dem Anna verschwunden war. Roman* (2004), *Hexenherz. Erzählungen* (2005).

Gertrud Fussenegger

Geboren am 8. Mai 1912 in Pilsen (heute Plzeň, Tschechien), verbrachte ihre Kindheit in Neu-Sandec in Galizien und in Dornbirn (Vorarlberg). 1921 nach Telfs in Tirol übersiedelt, lebte sie nach dem Tod ihrer Mutter 1926 bei den Großeltern in Pilsen. Studierte Geschichte, Kunstgeschichte und Philosophie in München und Innsbruck. 1937 Heirat mit dem Bildhauer Elmar Dietz, 1944 nach Hall in Tirol, 1950 Heirat mit dem Bildhauer Alois Dorn. Lebt seit 1961 in Leonding bei Linz.

Werke: *Geschlecht im Advent. Roman* (1937), *Mohrenlegende. Eine Weihnachtsgeschichte* (1937), *Der Brautraub. Erzählungen* (1939), *Die Brüder von Lasawa. Roman* (1948), *Das Haus der dunklen Krüge. Roman* (1951), *Das verschüttete Antlitz. Roman* (1957), *Zeit des Raben, Zeit der Taube. Roman* (1960), *Die Pulvermühle. Roman* (1968), *Spiegelbild mit Feuersäule. Roman* (1979), *Sie waren Zeitgenossen. Roman* (1983), *Gegenruf. Gedichte* (1986), *Jirschi oder Die Flucht ins Pianino. Roman* (1995), *Ein Spiel ums andere. Erzählungen* (1996), *Bourdanins Kinder. Roman* (2001).

Marianne Gruber

Geboren am 4. Juli 1944 in Wien, Kindheit im Burgenland. Klavierstudium am Konservatorium der Stadt Wien sowie mehrere Semester Medizin und Psychologie bei Victor E. Frankl. Seit 1980 freie Schriftstellerin, von 1991 bis 1994 Leiterin des Literaturkreises Podium, Herausgeberin der Zeitschrift *Podium* 1992–1995. Seit 1994 Präsidentin der Österreichischen Gesellschaft für Literatur. Lebt in Wien.

Werke: *Die gläserne Kugel. Utopischer Roman* (1981), *Protokolle der Angst* (1983), *Zwischenstation. Roman* (1986), *Windstille. Roman* (1991), *Der Tod des Regenpfeifers. Zwei Erzählungen* (1991), *Esras abenteuerliche Reise auf dem blauen Planeten* (1992), *Die Spinne und andere dunkelschwarze Geschichten* (1995), *Ins Schloss. Roman* (2004).

Reinhard P. Gruber

Geboren am 20. Jänner 1947 in Fohnsdorf (Steiermark). 1966–1973 Studium der Theologie, Philosophie und Politologie in Wien, von 1974–1977 Kulturjournalist in Graz. Lebt seit 1978 als freier Schriftsteller bei Stainz in der Weststeiermark.

Werke: *Alles über Windmühlen. Essay* (1971), *Aus dem Leben Hödlmosers. Ein steirischer Roman mit Regie* (1973), *Im Namen des Vaters. Roman in Fortsetzungen* (1979), *Heimwärts einwärts. Die Abstände in den Beständen der Zustände. Prosa* (1980), *Die grüne Madonna. Roman* (1982), *Vom Dach der Welt. Schicksalsnovellen* (1987), *Das Schilcher-ABC. Prosa* (1988), *Nie wieder Arbeit. Schivkovs Botschaften vom anderen Leben. Roman* (1989), *Einmal Amerika und zurück. Roman* (1993), *Die Geierwally. Ein steirisches Musical* (1996), *Werke. 6 Bde.* (1997/2002).

Egyd Gstättner

Geboren am 25. Mai 1962 in Klagenfurt, studierte dort Philosophie, Psychologie und Germanistik. Lebt in Klagenfurt.

Werke: *Ein kranker Geist in einem kranken Körper. Eine »Biographie«* (1984), *Kands Fieber. Roman* (1992), *Nachrichten aus der Provinz. Idyllische Erzählungen* (1993), *Servus oder Urlaub im Tauerntunnel* (1994), *Spielzeug. Prosa* (1994), *Alles Irre unterwegs. Unmögliche Geschichten von Reisenden und Daheimbleibern* (1997), *Schreckliches Kind. Roman* (1998), *Herzmanovskys kleiner Bruder und andere Geschichten von Künstlern, Müßiggängern und Abenteurern* (1999), *Februarreise an den Tejo* (2001), *Der König des Nichts. Das atemlose Lebend des Gorgias aus Leontinoi* (2001), *Waidmannsdorfer Weltgericht. Neue Nachrichten aus der Provinz* (2002), *Horror Vacui. Die spanischen Dörfer des Don Miguel de Unamuno* (2003), *Geschichten aus dem Süden* (2005).

Klaus Hoffer

Geboren am 27. Dezember 1942 in Graz. Studierte Germanistik, Latein und Kunstgeschichte, nach einem Studienaufenthalt 1964/65 in den USA Anglistik. Zuerst als Journalist tätig, arbeitete er von 1973–2002 als Gymnasiallehrer in Graz. 1981–1984 Literaturreferent des Forum Stadtpark. Lebt als Autor und Übersetzer in Graz.

Werke: *Halbwegs. Bei den Bieresch 1. Roman* (1979), *Am Magnetberg. Ein Fragment* (1982), *Der große Potlatsch. Bei den Bieresch 2. Roman* (1983), *Methoden der Verwirrung. Betrachtungen zum Phantastischen bei Franz Kafka* (1986), *Pusztavolk. Essay* (1991).

Franz Kain

Geboren am 10. Jänner 1922 in Posern bei Goisern (Oberösterreich) als Sohn eines Maurers. 1936 als Mitglied des illegalen »Kommunistischen Jugendverbandes« KJV wegen Verteilens von Flugblättern verhaftet und zwei Monate in Haft. Zimmermannslehre, dann Holzknecht. Nach weiterer illegaler politischer Tätigkeit 1941 im Gefängnis, wegen »Vorbereitung zum Hochverrat« zu drei Jahren Zuchthaus verurteilt, in verschiedenen Gefängnissen, ab 1942 bei einer »Strafdivision« in Afrika, 1943 amerikanische Kriegsgefangenschaft (zuerst in Tunesien, dann in Lagern in den USA). Seit 1946 bei der KPÖ-Tageszeitung *Neue Zeit* in Linz, 1953–1956 Korrespondent der Volksstimme in Berlin (DDR). Nach der Rückkehr nach Linz (1955) wieder bei der Neuen Zeit, zuletzt bis 1982 Chefredakteur. 1977–1986 KPÖ-Gemeinderat in Linz. Am 27. Oktober 1997 in Linz gestorben.

Werke: *Romeo und Julia an der Bernauerstraße. Erzählung* (1955), *Die Lawine. Erzählungen* (1959), *Der Föhn bricht ein. Roman* (1962), *Die Donau fließt vorbei. Drei Novellen* (1969), *Der Weg zum Ödensee. Geschichten* (1973), *Das Ende der Ewigen Ruh. Roman* (1978), *Das Schützenmahl. Geschichten* (1986), *Der Schnee war warm und sanft. Vom Wagnis, Geschichten zu schreiben. Erzählungen* (1989), *Im Brennesseldickicht. Die Leiden des alten Grammatikers. Erzählungen* (1989), *Am Taubenmarkt. Damasus. Roman* (1991), *In Grodek kam der Abendstern. Roman* (1994).

Walter Kappacher

Geboren am 24. Oktober 1938 in Salzburg. Lehre zum KFZ-Mechaniker, dann Schauspielschüler. Seit 1959 in verschiedenen Berufen tätig, als Milchmann, Landarbeiter, Versicherungsangestellter, Reisebüro-Kaufmann. Seit 1978 freiberuflicher Schriftsteller. Lebt in Salzburg.

Werke: *Nur Fliegen ist schöner und andere Geschichten* (1973), *Morgen. Roman* (1975), *Die Werkstatt. Roman* (1975), *Rosina. Erzählung* (1978), *Die irdische Liebe … Erzählungen* (1979), *Der lange Brief. Roman* (1982), *Gipskopf. Erzählung* (1984), *Cerreto. Aufzeichnungen aus der Toskana* (1988), *Touristomania oder Die Fiktion vom aufrechten Gang* (1990), *Ein Amateur. Roman* (1993), *Wer zuerst lacht. Erzählungen* (1997), *Silberpfeile. Roman* (2000).

Lipej Kolenik

Geboren 1925 in St. Margarethen bei Bleiburg/Šmarjeta pri Pliberku (Kärnten). Nach dem Abschluss der Volksschule Arbeit am elterlichen Bauernhof. 1943 zur deutschen Wehrmacht einberufen, desertiert 1944, schließt sich den Partisanen an und wird 1945 schwer verwundet. Nach Kriegsende arbeitslos, politisch aktiv und mehrfach Verfolgungen ausgesetzt. Ab 1954 bis zur Pensionierung Arbeit in einer Druckerei. Lebt in Schilterndorf/Cirkovče (Kärnten).

Werke: *Mali ljudje na veliki poti. Spomini na predvojni, vojni in povojni čas na Koroškem* (1997; *Für das Leben, gegen den Tod. Mein Weg in den Widerstand*, 2001), *Po zmagi – zatiranje in zapori. Spomini na angleško zasedbeno oblast 1945–1955* (2002).

Armin Konnert

Geboren 1976 in Karansebesch, Rumänien. Er lebt als Zahnarzt in Treisendorf, Bayern, gewann 2004 den begehrten Literaturpreis des alternativen Jugendsenders FM4. In seiner rumänisch-deutschen Familie, die altösterreichische Wurzeln hat, wurde Deutsch, Rumänisch und Ungarisch gesprochen.

Alfred Kubin

Geboren am 10. April 1877 in Leitmeritz (Nordböhmen) als Sohn eines Obergeometers, in Salzburg und Zell am See aufgewachsen. Photographenlehre in Klagenfurt, ab 1898 Kunstgewerbeschule in Salzburg und Kunstakademie in München. 1902 erste Ausstellung in Berlin. 1906 Kauf des Schlosses Zwickledt bei Schärding (Oberösterreich), wo er bis zu seinem Tod am 20. August 1959 lebte.

Werke: *Die andere Seite. Roman* (1909), *Der Guckkasten. Erzählungen* (1925), *Dämonen und Nachtgesichte* (1926), *Vom Schreibtisch eines Zeichners. Essays* (1939), *Abenteuer einer Zeichenfeder* (1941), *Phantasien im Böhmerwald* (1951), *Aus meiner Werkstatt. Gesammelte Prosa* (1973), *Aus meinem Leben. Gesammelte Prosa* (1974).

Jakov Lind

Geboren am 10. Februar 1927 als Heinz Landwirth, Sohn ostjüdischer Eltern in Wien. Kommt 1938 über das jüdische Flüchtlingskomitee zu Pflegeeltern in den Niederlanden, die Eltern emigrieren nach Palästina. Ab 1943 unter einem holländischen Decknamen zunächst als Matrose, später als Kurier einer Dienststelle des Reichsluftfahrtministeriums in Deutschland. 1945–1950 unter dem Namen Jakov Chaklan in Palästina, Gelegenheitsarbeiter und Schauspieler, diente in der israelischen Luftwaffe. 1950–1954 in Wien, Schauspiel-Studium am Max-Reinhardt-Seminar. 1954 Übersiedlung nach London. Schreibt zunächst in deutscher, seit Ende der 60er Jahre in englischer Sprache. Lebt als Autor und Maler in London, New York und Deya auf Mallorca.

Werke: *Eine Seele aus Holz. Erzählungen* (1962), *Landschaft in Beton. Roman* (1963), *Eine bessere Welt. In fünfzehn Kapiteln. Roman* (1966), *Selbstporträt* (1970), *Israel. Rückkehr für achtundzwanzig Tage* (1972), *Der Ofen. Eine Erzählung und sieben Legenden* (1973), *Nahaufnahme* (1973), *Reisen zu den Enu. Die Geschichte eines Schiffbruchs* (1983), *Der Erfinder. Ein Roman in Briefen* (1988), *Im Gegenwind* (1997).

Selma Mahlknecht

Geboren am 21. März 1979 in Meran (Südtirol). Studium in Wien, Dramaturgie und Drehbuch an der Filmakademie der Universität für Musik und darstellende Kunst. Drehbücher (zusammen mit K. Prossliner) für die TV-Serie *Von hier bis zum Mond* (RAI). Lebt in Plaus (Südtirol).

Werke: *Ausgebrochen. Erzählungen* (2003), *Ex. Komödie* (2004), *rosa leben* (2004).

Peter Matéjka

Geboren am 19. Dezember 1949 in St. Pölten (Niederösterreich). Sprachstudium in Wien (Englisch, Italienisch, Nubisch). Arbeit als Buchhändler, Verlagslektor und Versicherungsangestellter. Lebt in Stössing (Niederösterreich).

Werke: *kuby, eine schöpfung*. Aus dem Esperanto von Budak Budala (1970), *die katzen. Stück* (1970), *der hatschete, die wampete und der bartete. Stück* (1971), *Der Halbmord von Gagging. Kriminalroman* (1984), *Die letzte Donau* (1997).

Jörg Mauthe

Geboren am 11. Mai 1924 in Wien. Studium der Kunstgeschichte in Wien. Von 1947–1950 Kunstkritiker. 1950–1955 Leiter der »Abteilung Wort« des US-Radiosenders *Rot-Weiß-Rot* (gestaltete mit Peter Weiser, Walter Davy und Ingeborg Bachmann die Serie *Radiofamilie*). 1967–1974 Kulturredakteur und Programmplaner für den ORF (Gestalter der kritisch-satirischen Wochensendung *Der Watschenmann*). Ab 1978 Gemeinde- und Stadtrat in Wien. Gründete 1980 das *Wiener Journal*, das er auch herausgab. Am 29. Jänner 1986 in Wien gestorben.

Werke: *Wien für Anfänger* (1956), *Die große Hitze oder Die Errettung Österreichs durch den Legationsrat Dr. Tuzzi. Roman* (1974), *Nachdenkbuch für Österreich* (1975), *Die Vielgeliebte. Roman* (1979), *Demnächst oder Der Stein des Sisyphus. Autobiographie* (1986), *Der Weltuntergang zu Wien und wie man ihn überlebt. Prosa* (1989).

Erika Mitterer

Geboren am 30. März 1906 in Wien. Ausbildung zur Fürsorgerin. 1926 Säuglingsfürsorgerin in Reutte (Tirol), 1928 im Burgenland. 1924–1926 Briefwechsel mit Rainer Maria Rilke (*Briefwechsel in Gedichten*). Ab 1927 Philosophiestudium in Heidelberg und Paris. 1929/30 Sekretärin im Kulturbund in Wien. 1937 Heirat, seit 1940 in Kritzendorf bei Wien. Starb am 14. Oktober 2001 in Wien.

Werke: *Dank des Lebens. Gedichte* (1930), *Gesang der Wandernden. Neue Gedichte* (1935), *Der Fürst der Welt. Roman* (1940), *Begegnung im Süden. Erzählung* (1941), *Die Seherin. Eine Erzählung* (1942), *Wir sind allein. Ein Roman zwischen zwei Zeiten* (1945), *Briefwechsel in Gedichten* (1950), *Die nackte Wahrheit. Roman* (1951), *Die Welt ist reich und voll Gefahr* (1964), *Entsühnung des Kain. Gedichte* (1974), *Alle unsere Spiele. Roman* (1977), *Das verhüllte Kreuz. Neue Gedichte* (1985), *Bibelgedichte* (1994), *Das gesamte lyrische Werk. 3 Bde.* (2001), *Dramen. 2 Bde.* (2001/2002)

Franz Nabl

Geboren am 16. Juli 1883 als Sohn eines Güterverwalters in Lautschin (Böhmen), aufgewachsen in Niederösterreich und Wien, wo er Jus und Germanistik studierte. Ab 1913 in Baden, 1924–1927 Redakteur beim *Neuen Grazer Tagblatt* in Graz, Rückkehr nach Baden, seit 1934 endgültig in Graz als freier Schriftsteller, wo er am 19. Jänner 1974 starb.

Werke: *Noch einmal. Ein letzter Akt. Dramatische Dichtung* (1905), *Hans Jäckels erstes Liebesjahr. Roman* (1908), *Narrentanz. Novellen* (1911), *Ödhof. Bilder aus den Kreisen der Familie Arlet. Roman* (1911), *Das Grab des Lebendigen. Eine Studie aus dem kleinbürgerlichen*

Leben. Roman (1917; seit 1936 unter dem Titel *Die Ortliebschen Frauen*), *Der Tag der Erkenntnis. Erzählungen* (1919), *Die Galgenfrist. Eine erfundene und etwas aus der Form geratene Geschichte. Roman* (1921), *Ein Mann von gestern. Roman* (1935), *Steirische Lebenswanderung* (1938), *Spätlese. Gedichte* (1943), *Johannes Krantz. Erzählungen in einem Rahmen* (1948), *Das Rasenstück* (1953), *Der erloschene Stern. Eine Kindheit und Jugend um die Jahrhundertwende* (1962), *Vaterhaus. Roman* (1974), *Meine Wohnstätten* (1975).

Leo Perutz

Am 2. November 1882 in Prag geboren, kommt 1901 mit der Familie nach Wien. Arbeitet 1907 als Versicherungsmathematiker in Triest, dann von 1908–1923 in Wien. Im Ersten Weltkrieg wird er an der galizischen Ostfront schwer verwundet (Lungenschuss), langwierige Spitalaufenthalte. Lebte in Prag und Wien. 1938 emigriert er nach Tel Aviv. Seit 1950 verbringt er die Sommer in Österreich, die Winter in Israel. Am 25. August 1957 in Bad Ischl gestorben.

Werke: *Die dritte Kugel. Roman* (1915), *Zwischen neun und neun. Roman* (1918), *Der Marques de Bolibar. Roman* (1920), *Der Meister des Jüngsten Tages. Roman* (1923), *Turlupin. Roman* (1924), *Wohin rollst du, Äpfelchen … Roman* (1928), *Herr, erbarme dich meiner! Novellen* (1930), *St. Petri-Schnee. Roman* (1933), *Der schwedische Reiter. Roman* (1936), *Nachts unter der steinernen Brücke. Ein Roman aus dem alten Prag* (1953), *Der Judas des Leonardo. Roman* (1959), *Mainacht in Wien. Romanfragmente. Kleine Prosa. Feuilletons* (1996).

Georg Pichler

Am 30. Juli 1959 in Judenburg (Steiermark) geboren. Seit 1972 in Graz. Ausbildung zum Schriftsetzer und Buchhändler, studierte Germanistik und Philosophie. 1976 Herausgeber der Literatur- und Musikzeitschrift *Schuwiduwa*. 1992/93 Literaturreferent des »Forum Stadtpark«. Seit 1994 Redakteur der Bibliothekszeitschrift *Bücherschau*. Lebt in Bad Vöslau und Graz.

Werke: *Zwischen zwei Festlanden. Prosa* (1989), *Der Pflanzenbewuchs der Sprache. Prosa* (1991), *Weg* (1996), *Paradeis. Erzählungen* (1999), *Alle heiligen Zeiten. Erzählung* (2000/2004).

Herbert Rosendorfer

Geboren am 19. Februar 1934 in Gries bei Bozen. 1939 mit den Eltern nach München, von 1943–1948 in Kitzbühel. Studium Bühnenbild, später Jus in München. 1965–1966 Gerichtsassessor in Bayreuth, Staatsanwalt und von 1969–1993 Amtsrichter in München. Bis 1997 Vorsitzender des Oberlandesgerichtes Naumburg. Lebt in der Nähe von Bozen.

Werke: *Die Glasglocke. Erzählung* (1966), *Der Ruinenbaumeister. Roman* (1969), *Der stillgelegte Mensch. Erzählungen* (1970), *Deutsche Suite. Roman* (1972), *Eichkatzelried. Erzählungen* (1972), *Großes Solo für Anton. Roman* (1976), *Das Messingherz. Roman* (1979), *Ball bei Thod. Erzählungen* (1980), *Briefe in die chinesische Vergangenheit* (1983), *Die Kellnerin Anni. Drama* (1987), *Autobiographisches. Kindheit in Kitzbühel und andere erinnernde Geschichten* (1998), *Die Schönschreibübungen des Gilbert Hasdrubal Koch* (1999), *Kadon, ehemaliger Gott. Roman* (2001).

Julian Schutting

Geboren am 25. Oktober 1937 als Jutta Schutting in Amstetten (Niederösterreich). Ausbildung in Fotografie, anschließend Studium und Doktorat aus Geschichte und Germanistik in Wien. Ab 1965 Lehrer an einer Höheren technischen Lehranstalt in Wien. Hat sich 1988 entschlossen, das männliche Geschlecht anzunehmen (gilt seit September 1989 »auch vor dem Gesetz« als Mann). Lebt in Wien und Spittal an der Drau.

Werke: *In der Sprache der Inseln. Gedichte* (1973), *Tauchübungen. Prosa* (1974), *Lichtungen. Gedichte* (1976), *Sistiana. Erzählungen* (1977), *Der Vater. Erzählung* (1980), *Der Wasserbüffel. Geschichten aus der Provinz* (1981), *Liebesgedichte* (1982), *Liebesroman* (1983), *Reisefieber. Erzählungen* (1988), *Flugblätter. Gedichte* (1990), *Katzentage. Prosa* (1995), *Der Tod meiner Mutter* (1997), *Rohübersetzung. Mondscheiniges über die Liebe* (1999), *Jahrhundertnarben. Über das Nachleben ungewollter Bilder* (1999), *Dem Erinnern entrissen. Gedichte* (2001), *Gezählte Tage. Notizen* (2002), *Was schön ist* (2002), *Metamorphosen auf Widerruf. Über Musik* (2003), *Nachtseitiges* (2004), *Tanzende* (2005).

György Sebestyén

Geboren am 30. Oktober 1930 in Budapest, dort zweisprachig (deutsch/ungarisch) aufgewachsen. 1946 in die Kommunistische Partei Ungarns eingetreten, ständige Mitarbeit und Feuilletons bei Parteizeitungen. Seit 1948 Studium der Philosophie, Soziologie und Literatur, seit 1951 der Ethnologie, Kunstgeschichte und Archäologie in Budapest. 1956 aktive Teilnahme am Ungarnaufstand und Flucht nach Österreich. Schreibt ab nun Deutsch, 1963 österreichische Staatsbürgerschaft. 1972 Gründung der Zeitschrift

Panorama, 1976 Gründung der Zeitschrift *Morgen* und deren Chefredakteur. Am 6. Juni 1990 in Wien gestorben.

Werke: *Die Türen schließen sich. Roman* (1957), *Der Mann im Sattel. Roman* (1961), *Die Schule der Verführung. Roman* (1964), *Flötenspieler und Phantome. Eine Reise durch das Tauwetter* (1965), *Thennberg oder Versuch einer Heimkehr* (1969), *Der Faun im Park. Erzählung* (1972), *Studien zur Literatur. Essays* (1980), *Die Werke der Einsamkeit. Roman* (1986), *Das Leben als schöne Kunst* (1988), *Erzählungen* (1989), *Notizen eines Mitteleuropäers* (1990), *Wirths Roman. Lexikon eines Lebens. Roman* (1999).

Norbert Silberbauer

Geboren 1959 in Eggenburg (Niederösterreich). Studierte in Wien Germanistik und Geschichte, danach Mitarbeiter im Dokumentationsarchiv des österreichischen Widerstands. Lebt als Schriftsteller und Lehrer an der HAK in Retz in Ober-Retzbach im Weinviertel.

Werke: *Franz. Roman* (1994), *schön und irr. Liebesgedichte* (1997), *Manche Tage dauern Jahre. Gedichte* (2000), *Tarot-Suite. Erzählung* (Gemeinschaftsprojekt, 2001), *Die elf Gebote* (2002), *liebes-krank. Gedichte* (2002).

Manès Sperber

Geboren am 12. Dezember 1905 in Zablótow (Galizien). 1915 Flucht mit der Familie aus Galizien, seit 1916 in Wien. 1919–1921 erster Kontakt mit dem Begründer der Individualpsychologie Alfred Adler, von 1917–1933 Lehrer für Individualpsychologie in

Berlin. Beitritt zur KPD, Leiter von Kursen an der Marxistischen Arbeiter-Schule der KPD. Anfang der 30er Jahre Bruch mit Alfred Adler. 1933 verhaftet, flüchtet nach Wien, anschließend in Zagreb (Tätigkeit für die verbotene jugoslawische kommunistische Partei, u. a. als Kurier). 1934 in Paris, Verlagsleiter, 1937 Lösung von der KP als Protest gegen die Moskauer Prozesse. 1939–1940 bei der französischen Armee, danach halblegal in Hauts-de-Cagnes (in der Nähe von Nizza). 1942 Flucht in die Schweiz, 1943 in einem Auffanglager. 1945 Rückkehr nach Paris, Lektor und Mitarbeiter an deutschsprachigen Sendungen des französischen Rundfunks. Am 5. Februar 1984 in Paris gestorben.

Werke: *Alfred Adler. Der Mensch und sein Werk. Ein Essay* (1926), *Zur Analyse der Tyrannis. Das Unglück, begabt zu sein. Zwei sozialpsychologische Essays* (1939), *Der verbrannte Dornbusch. Roman* (1950), *Die verlorene Bucht. Roman* (1952), *Wie eine Träne im Ozean. Romantrilogie* (1961), *Die Wasserträger Gottes. All das Vergangene … 1* (1974), *Die vergebliche Warnung. All das Vergangene … 2* (1975), *Bis man mir Scherben auf die Augen legt. All das Vergangene … 3* (1977), *Churban oder die unfassbare Gewissheit. Essays* (1979), *Wolyna* (1984), *Der schwarze Zaun. Roman* (1986), *Sokrates. Roman, Drama, Essay* (1988).

Hilde Spiel

Geboren am 19. Oktober 1911 in Wien. 1930–1936 Studium der Philosophie und Psychologie in Wien bei Moritz Schlick sowie Carl und Charlotte Bühler. Daneben Arbeit am Institut für Sozialforschung und Mitarbeiterin der *Neuen Freien Presse*. 1936 Heirat mit dem nach Österreich geflüchteten deutschen Schriftsteller Peter de Mendelsssohn und Übersiedlung nach London. 1941 britische Staatsbürgerin, 1944–1958 Mitarbeit beim *New Statesman* (als Berichterstatterin auch in Wien). 1946–1948 in Berlin, Theaterkritikerin für die *Welt*. 1948 Rückkehr nach London. 1963 Trennung von ihrem Mann und als Kulturkorrespondentin der *FAZ* nach Wien. 1972 Heirat mit Hans Flesch-Brunningen. Am 30. November 1990 in Wien gestorben.

Werke: *Kati auf der Brücke. Roman* (1933), *Verwirrung am Wolfgangsee. Roman* (1935), *Flute and Drums. Roman* (1939; *Flöte und Trommeln*, 1947), *The Darkened Room. Roman* (1961; *Lisas Zimmer*, 1965), *Fanny Arnstein oder die Emanzipation. Ein Frauenleben an der Zeitwende 1758–1818* (1962), *Rückkehr nach Wien. Tagebuch 1946* (1968), *Mirko und Franca. Erzählung* (1980), *Die Früchte des Wohlstands. Roman* (1981), *In meinem Garten schlendernd. Essays* (1981), *Glanz und Untergang. Wien 1866–1938* (1987), *Die hellen und die finsteren Zeiten. Erinnerungen 1911–1946* (1989), *Welche Welt ist meine Welt? Erinnerungen 1946–1989* (1990), *Die Dämonie der Gemütlichkeit. Glossen zur Zeit und andere Prosa* (1991).

Franz Tumler

Geboren am 16. Jänner 1912 als Sohn eines Gymnasiallehrers (der 1913 starb) in Gries bei Bozen (Südtirol). Kindheit und Jugend in Linz. 1930–1938 Volksschullehrer. Ab 1941 freiwilliger Kriegsdienst. Lebte seit 1954 in Berlin, wo er am 20. Oktober 1998 starb.

Werke: *Das Tal von Lausa und Duron. Erzählung* (1935), *Die Wanderung zum Strom. Erzählungen und Gedichte* (1937), *Der Ausführende. Roman* (1937), *Der Soldateneid. Erzählung* (1939), *Österreich ist ein Land des Deutschen Reiches. Essays* (1940), *Anruf. Gedichte* (1941), *Auf der Flucht. Erzählung* (1943), *Ländliche Erzählungen* (1944), *Landschaften des Heimgekehrten. Prosa* (1948), *Der alte Herr Lorenz. Roman* (1949), *Heimfahrt. Roman* (1950), *Ein Schloss in Österreich.*

Roman (1953), *Der Schritt hinüber. Roman* (1956), *Der Mantel. Erzählung* (1959), *Nachprüfung eines Abschieds. Erzählung* (1961), *Volterra. Wie entsteht Prosa?* (1962), *Aufschreibung aus Trient. Roman* (1965), *Sätze von der Donau* (1972), *Pia Faller. Erzählung* (1973), *Das Zerteilen der Zeit. Gedichte* (1989), *Die Keksfresser. An der Waage* (1990).

Johannes Urzidil

Geboren am 3. Februar 1896 in Prag. Ab 1914 Studium der Germanistik, Slawistik und Kunstgeschichte in Prag. 1916–1918 Kriegsdienst, danach Redakteur und Mitbegründer der Monatsschrift *Der Mensch*. Mitarbeit an expressionistischen Zeitschriften in Wien und Berlin. 1922–1933 Pressebeirat der deutschen Gesandtschaft in Prag. Juni 1939 Flucht über Österreich und Italien nach England, ein Jahr später in die USA. Kontakt zur tschechischen Exilregierung. Ab 1951 Mitarbeit an der *Voice of America*. Während einer Vortragsreise am 2. November 1970 in Rom gestorben.

Werke: *Die Stimme. Gedichte* (1930), *Goethe in Böhmen. Roman* (1932), *Der Trauermantel. Eine Erzählung aus Stifters Jugend* (1945), *Die verlorene Geliebte. Erzählungen* (1956), *Das große Halleluja. Roman* (1959), *Prager Triptychon. Erzählungen* (1960), *Das Elefantenblatt. Erzählungen* (1962), *Geschenke des Lebens. Gedichte und Erzählungen* (1962), *Entführung und sieben andere Ereignisse. Erzählungen* (1964), *Da geht Kafka. Erzählungen* (1965), *Die letzte Tombola. Erzählungen* (1971), *Morgen fahr' ich heim. Böhmische Erzählungen* (1971), *Bekenntnisse eines Pedanten. Erzählungen und Essays* (1972).

Hannelore Valencak

Geboren am 23. Jänner 1929 in Donawitz (Steiermark). Metallurgin in einem steirischen Stahlwerk, ab 1962 Patentsachbearbeiterin in Wien. Seit 1975 freie Schriftstellerin, starb sie am 9. April 2004.

Werke: *Die Höhlen Noahs. Roman* (1961), *Morgen werden wir es wissen. Erzählungen* (1961), *Ein fremder Garten. Roman* (1964), *Nur dieses eine Leben. Gedichte* (1966), *Zuflucht hinter der Zeit. Roman* (1967), *Montag früh ist nicht das Leben* (1970), *Vorhof der Wirklichkeit. Roman* (1972), *Erzählungen* (1973), *Ich bin Barbara* (1974) *Das Fenster zum Sommer. Roman* (1977), *Das magische Tagebuch. Roman* (1981), *Mein Tag – mein Jahr. Gedichte* (1983), *Bettina und das eiserne Versprechen* (1989).

Franz Weinzettl

Geboren am 15. Juli 1955 in Feldbach (Steiermark), Gymnasium in Radkersburg, danach Studium der Germanistik, Geschichte und Psychologie in Graz. Lebt als Schriftsteller und Psychotherapeut in Graz und Gossendorf (Oststeiermark).

Werke: *Auf halber Höhe. Erzählung* (1983), *Die Geschichte mit ihr. Erzählung* (1987), *Der Jahreskreis der Anna Neuherz. Erzählung* (1988), *Im Pappelschatten, Liebste. Erzählung* (1990), *Prag, Pécs, Budapest* (1993), *Zwischen Nacht und Tag* (1997), *Das Glück zwischendurch. Prosa und Verse* (2001).

Martina Wied

Geboren als Martina Augusta Schnabl am 10. Dezember 1882 in Wien. Tochter eines Richters. Lehramtsprüfung für Bürgerschulen, Studium der modernen Philologie, Kunstgeschichte, Philosophie und Geschichte in Wien. 1910 Heirat. 1939 Emigration nach London, zeitweilig Dozentin an der Freien Deutschen Hochschule in London, Lehrerin. 1940–1943 in Schottland. 1947 Rückkehr nach Wien, wo sie am 25. Jänner 1957 starb.

Werke: *Rauch über Sanct Florian oder Die Welt der Missverständnisse. Roman* (1936), *Das Einhorn. Aus dem Tagebuch eines schottischen Malers in Italien* (1948), *Kelingrath. Roman* (1950), *Das Krähennest. Begebnisse auf verschiedenen Ebenen. Roman* (1951), *Die Geschichte des reichen Jünglings. Roman* (1952), *Brücken ins Sichtbare. Ausgewählte Gedichte 1912–1952* (1952), *Der Ehering* (1954), *Das unvollendete Abenteuer. Eine Novelle* (1955).

Lojze Wieser

Geboren am 9. Juni 1954 in Klagenfurt/Celovec. 1969–1972 Buchhandels- und Verlagslehre (ein Jahr Klagenfurt, zwei Jahre Wien), danach verschiedene Tätigkeiten in Buchhandlungen und Druckereien. 1975–1980 Aufbau einer eigenen Druckerei in Wien, 1980–1981 Offsetmonteur, 1981–1986 Leiter des Drava Verlages. 1987–1992 bei einer Versicherung. Seit 1992 ausschließlich verlegerische Tätigkeit (Wieser Verlag, 1987 gegründet). Lebt in Klagenfurt/Celovec.

Werke: *Die Zunge reicht weiter als die Hand. Anmerkungen eines Grenzverlegers* (2004).

Herbert Zand

Geboren am 14. November 1923 in Knoppen bei Bad Aussee, wächst auf dem Land auf. 1942 zum Militär einberufen und an die Ostfront geschickt, Teilnahme am Kampf um Moskau und am Rückzug zu Kriegsende; schwere Verwundungen. Seit 1947 abwechselnd in Knoppen und in Wien, ab 1954 meist in Wien, zuerst als Verlagslektor, dann als Mitarbeiter der Österreichischen Gesellschaft für Literatur. Er vernichtete viele seiner Arbeiten. Zahlreiche Übersetzungen (Charles Baudelaire, Stephane Mallarmé, Arthur Rimbaud, Lawrence Durrell, Henry Miller, Anaïs Nin). Nach mehreren schweren Operationen ist er am 14. Juli 1970 seinen Kriegsverletzungen erlegen.

Werke: *Die Sonnenstadt. Roman* (1947), *Letzte Ausfahrt. Roman der Eingekesselten* (1953), *Die Glaskugel. Gedichte* (1953), *Der Weg nach Hassi el emel. Roman* (1956), *Erben des Feuers. Roman* (1961), *Kerne des paradiesischen Apfels. Aufzeichnungen* (1971), *Demosthenes spricht gegen die Brandung. Erzählungen* (1972), *Aus zerschossenem Sonnengeflecht. Gedichte* (1973), *Träume im Spiegel. Essays* (1973).

Inhaltsverzeichnis

Quellennachweis

Joe Berger: Aus: märchen für konsumkinder. Wien 1977, Verlag Jugend & Volk.
Alois Brandstetter: Aus: Meine besten Geschichten. © 1999 Residenz Verlag, Salzburg
Gerhard Bronner: Aus: Meine Jahre mit Qualtinger. Texte und Erinnerungen. © 2003 Amalthea Verlag, Wien
Albert Drach: Aus: Ironie vom Glück. Kleine Protokolle und Erzählungen. © 1994 Carl Hanser Verlag, München Wien
Helmut Eisendle: Aus: Das nachtländische Reich des Doktor Lipsky. © 1979/2005 Thomas und Valentin Eisendle
Herbert Eisenreich: Aus: Böse schöne Welt. © 1957/2004 Christine Fritsch, Wien
Gunter Falk: Zutreffende Beschreibung eines Sisyphos. Aus: Der Pfau ist ein stolzes Tier. © 1965/2004 Gerlinde Falk. Credo. Aus: Die Würfel in manchen Sätzen. © 1977/2004 Gerlinde Falk. Franz erwacht. Aus: Die Würfel in manchen Sätzen. © 1983/2004 Gerlinde Falk. des winters wenn ich früh aufsteh. Aus: Die dunkle Seite des Würfels. © 1983/2004 Gerlinde Falk
Reinhard Federmann: Aus: Die Stimme. Erzählungen. © PicusVerlag 2001
Franzobel: Aus: Scala Santa oder Josefine Wurznbachers Höhepunkt. © 2000 Paul Zsolnay Verlag, Wien
Barbara Frischmuth: Aus: Hexenherz. Erzählungen. © 2005 Barbara Frischmuth, Altaussee
Gertrud Fussenegger: © 2004 Gertrud Fussenegger, Leonding
Marianne Gruber: © 1991/2004 Marianne Gruber, Wien
Reinhard P. Gruber: Aus: Aus dem Leben Hödelmosers. © 1973 Residenz Verlag, Salzburg
Egyd Gstättner: Aus: Der König des Nichts. Das atemlose Leben des Gorgias aus Leontinoi. © 2001 Edition Atelier, Wien
Klaus Hoffer: Aus: Am Magnetberg. Ein Fragment. © 1982/2004 Literaturverlag Droschl, Graz
Franz Kain: Aus: Der Weg zum Ödensee. Erzählungen. © 1973/1996 Verlag Bibliothek der Provinz, Weitra
Walter Kappacher: Aus: Wer zuerst lacht. © 1997 Franz Deuticke Verlagsg.m.b.H., Wien
Lipej Kolenik: Aus: Für das Leben, gegen den Tod. © 2001 Drava Verlag, Klagenfurt/Celovec
Armin Konnert: © 2004 Armin Konnert, Treisendorf
Alfred Kubin: Aus: Aus meiner Werkstatt. Gesammelte Prosa. © 1973/2005 Eberhard Spangenberg, München

Jakov Lind: Aus: Eine Seele aus Holz. Erzählungen. © 1984 Carl Hanser Verlag, Hamburg
Selma Mahlknecht: © 2004 Edition Raetia, Bozen
Peter Matějka: Aus: Die letzte Donau. © 1997 Literaturverlag Droschl, Graz–Wien
Jörg Mauthe: Aus: Die große Hitze oder Die Errettung Österreichs durch den Legationsrat Dr. Tuzzi. © 1987 Edition Atelier, Wien
Erika Mitterer: Aus: Die Welt ist reich und voll Gefahr, Stiasny Verlag 1964. © 1964/2005 Martin G. Petrowsky. Erika Mitterer Gesellschaft, Wien
Franz Nabl: Aus: Das Rasenstück, Leykam Verlag, Graz 1953. © 1953/2005 Franz Nabl Institut, Graz
Leo Perutz: Aus: Mainacht in Wien. © 1996 Verlag Zsolnay, Wien
Georg Pichler: Aus: Alle heiligen Zeiten. Eine Erzählung. © 2000 Edition Atelier, Wien
Herbert Rosendorfer: Aus: Briefe in die chinesische Vergangenheit. © 1983 Langen Müller Herbig, München
Julian Schutting: Aus: Jahrhundertnarben. © 1999/2004 Julian Schutting, Wien
György Sebestyén: © 2005 Anna Sebestyén, Wien
Norbert Silberbauer: Aus: Die elf Gebote. © 2002 Franz Deuticke Verlag GmbH, Wien
Manès Sperber: Aus: Wie ein Träne im Ozean, 3. Band, Die verlorene Bucht. © 1961/2005 Europa Verlag, Hamburg
Hilde Spiel: Aus: Rückkehr nach Wien. Tagebuch 1946. © 1968 Langen Müller Verlag, München
Franz Tumler: Aus: Aufschreibung aus Trient, Suhrkamp Verlag 1965. © 2005 Sigrid John-Tumler, Berlin
Johannes Urzidil: Aus: Bekenntnisse eines Pedanten. Erzählungen und Essays aus dem autobiographischen Nachlass. © 2003 F. A. Herbit Verlagsbuchhandlung GmbH, München
Hannelore Valencak: Aus: Erzählungen 1973. © 2005 Viktor Mayer, Wien
Franz Weinzettl: Aus: Das Gück zwischendurch. © 2001 Edition Korrespondenzen, Franz Hammerbacher, Wien
Martina Wied: Aus: Das Krähennest. Begebnisse auf verschiedenen Ebenen. © 1951/2004 Elisabeth Weisel-Götz, Wien
Lojze Wieser: Aus: Die Zunge reicht weiter als die Hand. Anmerkungen eines Grenzverlegers. Czernin Verlag Wien 2004. © 2004 Lojze Wieser, Klagenfurt/Celovec
Herbert Zand: Aus: Letzte Ausfahrt. Roman der Eingekesselten. © 1971/2005 Europaverlag, Hamburg